古罗马墓志铭

生死之门

陆幸生◎著

中国书籍出版社
China Book Press

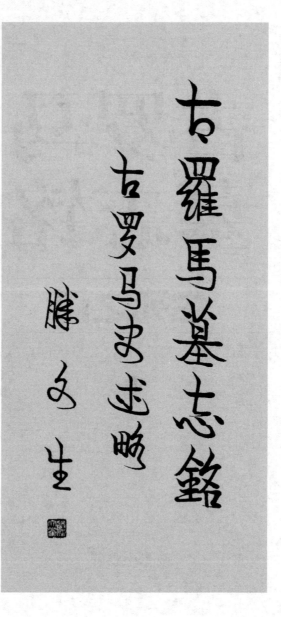

古罗马墓志铭

古罗马史述略

滕文生

滕文生 | 中央政策研究室、文献研究室原主任
中国共产党第十五、十六届中央委员
国际儒学联合会荣誉会长
中国政策科学研究会荣誉会长

古罗马墓志铭题记

陆幸生

烟雨随春天的风吹散
荒冢孤坟伴视线淡去
葳蕤的森林和盛衰的草木
伴季节变化，四时无常
闪烁着幽火萤光的灵魂
出入古典、中世纪、绵延当下
去人们的脑海，掀起无尽波澜
罗马高大的柱廊，支撑着拱门
变得空旷而无边无廓
那是古往今来的时空
唯剩斗兽场的残垣断壁注入血腥
广场上图腾柱前骑马挥手的帝王
指点江山，出入英雄或者枭雄的
道口，寓寄着帝国兴衰存亡
接续生死之路的阴阳轮回

凯旋幽灵之门的来路和去向
续绝存亡，生生死死，恺撒
亚历山大、君士坦丁的宏图大业
称霸世界的野心勃勃跳动在疆场
走向世界这个斗兽场
不断出演丛林中弱肉强食
胜者为王的血腥游戏
元老院的谋杀，独裁官
壮志未酬，死于非命
醉生梦死的执政官安东尼和
埃及女王的缠绵，成就那段
风流往事，古今传唱
荒诞荒唐荒淫的演绎
出入宫廷，流播天下
国家覆灭了，罗马堕落了

奥古斯都凯旋的旗帜
舞动在广场，胜利的鼓角
雄壮的军号齐鸣于天空
太阳王的驷马走向权力宝座
沐猴而冠戴上王冠穿上衮服
月亮神的羽翼盘旋荒郊野岭
寻觅断碑残碣上的墓志铭
尸身速朽，阴魂不散
无论生前的叱咤，死后的哀荣
一概归于尘土。文字的魅力
在史诗般的墓志铭中
永恒流转着岁月余晖
那些闪烁在灿烂夜空的明星
柏拉图、苏格拉底、阿基米德
亚里士多德、西塞罗、塔西佗
睿智的思想镌刻在天地间
穿越世纪的冰川送来暖流
良知化为春雨滋润荒芜的田野
绿色的茎叶舒展花的骨朵
花园里升起霓虹布满天穹

萦绕着千年罗马的墓碑，铭记
一切帝国辉煌，升上顶峰的旗帜
那些腐败、无可挽回的殒落脆断
都将在悲欣交集中循环轮回
又将去痛苦的悲哀里流窜
狂欢篝火后的余烬，终将泯灭
枯藤古树晨钟暮鼓中的墓志铭
在鸦雀啼鸣里走进黯夜
明天又是一个血色黎明
人们抚去岁月尘埃
罂粟花布满的坟场战场角斗场
唯断简残章零落的墓志唤起记忆
神圣出尘的、肮脏渺小的
高尚纯洁的、卑鄙无耻的
统统浓缩在灵动的字里行间
让人品味、揣测、感叹
吟颂、思量，余韵绕梁
江海呜咽，风涛訇响，绵延流殇
……

古罗马墓志铭　Ⅱ
生　死　之　门

目　录

第一章
三头鼎立到两雄争霸

商人政治家克拉苏

卡莱战役使帕提拉（安息）帝国威名远扬，打破了罗马帝国不可战胜的神话，这个东方王国一度成为罗马的克星。被俘获的数万战俘和缴获的鹰帜一直是罗马的心病，恺撒曾经想再次出征一洗前耻，终因在出征前遭遇谋杀，战争机器戛然而止。克拉苏战败的噩梦也就一直萦绕在帝国头顶挥之不去，直到奥古斯都帝国，才通过外交斡旋赎回了战俘的遗骸和罗马军团的旗帜，双方开始相安无事。再到罗马帝国尤里乌斯和克劳狄王朝末期，末代君主尼禄在帝国落日余晖的笼罩下，在财政几乎挥霍殆尽的时候，几乎倾全国之力十分奢侈地接待了安息国王，以隆重的仪式十分轻佻地为安息国王加冕，满足了帝国元首的虚荣。几年后，尼禄被元老院罢黜，自杀身亡，与此同时尤里乌斯 - 克劳狄王朝宣布终结。弗拉维王朝在内战中胜出登上罗马帝国的舞台，开始了新表演。

然而，安息王朝也在内斗中四分五裂，逐渐衰落，已经完全构不成对于帝国的威胁。军队的弱点也充分暴露，技术力量渐趋薄弱，缺乏了攻坚能力，一度逞强的骑兵一旦到了山地便难以发挥作用。因而罗马和安息在西亚的权力呈现出势均力敌的态势。同时，和东方人的战争亦使罗马人逐渐意识到自己的一些弱点。此后的一百余年中，罗马军队大幅度增设弓箭手，大型机弩以及投石机等远程火力。铁甲骑兵亦逐渐出现在罗马军中，已经完全不把帕提拉王朝放在眼中了。

所谓的罗马"前三头政治"因为克拉苏父子的战死而宣告终结。三足鼎立的政治格局迅速演变为两雄争霸的态势，最终衍化成两股势力的内战，整个意大利乃至希腊、西班牙再次沦陷于战火和兵燹之中。而前三头政治中，对于克拉苏的评价历来是负面的。然而，克拉苏只是在罗马由共和到帝国转型时期的大舞台中扮演了一个志大才疏自不量力的军事寡头角色而已，他与恺撒和庞培的联盟只是僭主政治不能单独坐大时的临时型组合，借助三足鼎立维持着共和国的暂时平衡和稳定。

现在的罗马就是双雄争霸，终有一雄要跃居成为帝国一统的主宰者。庞培和恺撒都做着这样的梦，然而，即使成为帝国的独裁者后，又会有怎样的命运？无论被称为东方大帝的庞培还是被称为帝国独裁者的恺撒只是自我感觉良好地向权力的峰顶攀爬，丝毫不考虑在爬上高峰后跌入悬崖的严重后果——或横死于异国他乡的东方滩涂而抛尸海边，或惨遭阴谋者杀害于殿堂的众目睽睽之下，总之都在短时间内死于非命。

而罗马首富、共和国三任执政官、杰出的商人兼风险投资家克拉苏的结局也大同小异——最终悲惨地死于自己挑起的侵略战争中。克拉苏出身以军功崛起的骑士新贵阶层，其父曾经担任过共和国的监察官，有过享受一次凯旋仪式的光荣，在共和国对外扩张的战争中拥有了海外庞大的产业群。也就是说克拉苏家族有着经商的传统，是罗马典型的经商成功打入政界，跻身政治军事行列的典型。克拉苏家资饶厚，出身高贵，使他从小受到贵族文化军事教育。他曾经是个相当出色的辩护士，在苏拉和马略的争霸中，他和庞培一样带着自己征募的军队成为苏拉的忠实的追随者。在共和国内战中他以商人的精明，投机政治大发国难财，巧取豪夺了许多政治受难者被罚没的家产，并凭借其敏锐的商业眼光，在重建罗马城过程中以他所储藏的设计建筑人才和丰厚家族财富为资源，投资承包工程，扩大再生产，累积了更多的财富，成为罗马首富。

克拉苏以商人的精明和工于算计的投机心态介入政治军事，尤其是对于斯巴达克斯奴隶起义的镇压，使他的政治军事生涯达到顶峰。然而，商业投机的大胆冒险，使他不计后果地挑起对于帕提亚安息帝国的入侵，毋宁说是一次共和国的政治军事行动，不如说是克拉苏为扩大自己的商业经营市场、拉长产业链布局一次大胆的商业投机冒险行为。因为情况不明决心大，心中无数点子多，他以军事手段的商业豪赌，不仅输得精光，还赔上了自己的军事老本——七个自己豢养的子弟兵团，再加搭上了父子的身家性命。可谓是"机关算尽太聪明，反误了卿卿性命"。他的贪婪决定了他成不了苏拉和恺撒那样的独裁者、帝国政治的开创者，只能像是一个贪心不足蛇吞象的杂耍玩家，因为企图以有限的智慧指挥一支庞大军团而最终因之惨死，为罗马历史留下笑柄。普鲁塔克在评价克拉苏时说，"民众只要提到克拉苏，出于习惯说他那唯一的恶行就是贪婪"。

商人的贪婪和不择手段的敛财，往往掩盖了商业文明对于社会进步的推动和随之形成的新道德和精神价值。市场主体地位的确立，带来人的观念变革，冲决贵族寡头政治的尊卑等级制度；契约精神构成了商人交易中的公平、公正、透明度原则，将之注入共和国政治就形成了公开的法治精神，财富的积累必然带来商业的流通，随着共和国版图的不断扩大，促使市场向世界开放，促进了生产力的发展和生产关系的改变，逐渐瓦解罗马共和体制原有的贵族奴隶制，寡头控制下的共和国走向元首专制独裁的大一统帝国，使罗马成为世界超级大国，这客观上促进了人类文明的发展，对于中世纪宗教改革和近代启蒙运动资本主义精神的产生，起着不可估量的催生作用。

当然文明世界的演进和重组渗透着血腥的杀戮，其中强权霸权的建立更渗透着对世界弱小民族的欺凌压榨和人民生命财产及社会财富的掠夺，其道德的邪恶性无论如何评估都是并不过分。所有改变时局的思想行为，莫不源于对于人性之恶的警惕，孟德斯鸠说："要防止滥用权力，就必须以权力制约权力。"商业文明原则和自由市场经济体制的建立健全，无不与针对权力制约的法治精神相辅相成，这就是古罗马商人政客克拉苏所踏上的一条重商主义开辟市场自由贸易的罪恶之路，即在法治政体规范下的对于自由市场经济资源科学配置，适应生产力发展和人类文明进步的必然之路。他只不过是罪恶起点制度创新者漫长道路上原始欲望的牺牲品而已，至于他到达权力顶点后的作为，也可能是新时代的天使，也可能是旧时代的恶魔。克拉苏的死于非命也是某种警示，也就是龙种生下了跳蚤，跳蚤很可能会孕育文明，也可能仅仅是罪恶的延续。历史的发展是不以人们的意志为转移的。

在当时的罗马社会视商人为卑贱小人，贵族以和商人有来往为耻，而克拉苏为了发财竟"全然不顾廉耻"地效法商人的行径去从事奴隶贸易、矿产经营、投机地产买卖，由此而迅速积累了在贵族当中也属罕见的巨大财富，成为既不靠贪污受贿、也不靠当官压榨百姓，而是靠自己的经营发家致富的贵族第一人，这使他在贵族当中蒙受污名，也赢得了相当部分基层民众的赞赏。甚至恺撒的当选也是靠他，他借给恺撒的钱数以万计。却丝毫不害怕血本无归，因为他相信，恺撒最终会把从战争掠夺来的巨额财富连本带利地偿还自己，借贷也仅仅是投资。普鲁塔克说，克拉苏"那唯一的恶行掩盖了很多美德，使之暗淡无光"。

克拉苏的思想新潮还体现于他待人处事不分贵贱一视同仁的态度上。有评论说：在三头同盟中，庞培的军功无与伦比，恺撒的智慧有目共睹，克拉苏想要与前两人比肩，就只能去做一些那两人没有做也不屑于做的事情。据记载，克拉苏待人和蔼可亲，无论对方是高贵的议员、著名的将军、卑微的商人、可怜巴巴的乞丐、谁也不多看一眼的奴隶，都能从克拉苏那里得到温暖的笑容、亲切的关怀、无微不至的问候还有力所能及就无不应允的援助。贵族们看不起他，穷人们崇拜他，把克拉苏当做神明来崇拜。

克拉苏也有精明的政治头脑。当苏拉政变上台时，克拉苏从旁协助，赢得了暴君的信任和重用。斯巴达克起义的时候，克拉苏虽然一败再败，但他知道自己必然能够取得最后的成功，因此毫不吝惜地掏腰包加大对战争的投入，并不担心血本无归的风险。当他发现后起之秀中庞培和恺撒都拥有自己所不及的才能时，他想到的是把这两个人的才能变成为自己服务的工具，因此有了前三头同盟的诞生。如果说谁最有可能阻止罗马向帝制的演变，那还轮不到天真的布鲁图斯，克拉苏也就足够了。

但是聪明一世糊涂一时，有时会导致千年道行一朝散尽。尽管克拉苏在三巨头中控制的军队数量最多，拥有的财富也最多，但是却在战功上落后于两个盟友，于是感觉自己处于尴尬境地的克拉苏悍然为自己挑选了罗马最强悍的敌人——只要能战胜谁也奈何不得的帕提亚帝国，那么到时庞培和恺撒都滚蛋吧！共和国不需要其他英雄了！

但是克拉苏错判了自己的军事才华，他以为灵活的商业头脑可以帮助他克服一切的困难，这导致他选择了最错误的进攻方式，当他想到要撤退时却已被包围以致全军覆灭。他面对帕提亚（安息人）倾盆而来的箭雨束手无策，他的儿子小克拉苏和几万大军成了他的殉葬品。共和国随着克拉苏的死亡而走向灭亡，一个时代结束了，再没有人能够阻止内战和谋杀，一个新的时代在朽骨上诞生了。

对于这一点，古罗马最伟大的政治家西塞罗确有先见之明。当西塞罗在罗马听到克拉苏父子在卡莱城全军覆灭父子双双罹难的时候，就已经预感到共和国面临瓦解命运难以避免，可以说是在劫难逃。克拉苏之死的真正意义在于打破了军阀之间的"权力三分"，共和国三大巨头权力相互制约保持均势，国家方能在权力鼎足中保持平衡和稳定，权力两分则一方迟早会千方百计控制另一方——这是自然规律也是弱肉强食的政治规律，受丛林法则主导，任何道德戒律和法律信条都难以控制野心家攫取国家统治大权的欲望，只要有足够强大的军事实力，最终走向帝国的专制独裁是必然的趋势。也就意味着罗马共和民主制度的死亡。

克拉苏也许具有优秀的军事才能，但没有时机和机会能够让他有表现的机会，在恺撒和庞培的心中，克拉苏只是一个包里装满金币的政治投机者，军事战争中颟顸愚蠢的拙劣指挥家。混乱的共和国晚期舞台上大放异彩的只是在武力和战功方面显赫的人物。也就是说他们三人之中唯独他不可能主宰未来罗马的命运，庞培和恺撒无论谁在竞争中胜利，克拉苏都只能在他们下面。克拉苏为人所记住的只有不值得一提的一场奴隶战争（剿灭了斯巴达克的奴隶起义）的胜利，还是在罗马最优秀的军事将领远在海外征战之时乘虚取得，带有很大的商人投机冒险的性质。

克拉苏的权势和人望主要是靠他的各种政治手段建立起来的（这和庞培完全不同，尽管他同庞培发迹之初的道路几乎没什么不同，都是投奔苏拉，在他麾下作战），但庞培的军事成果实在是太辉煌了，相形之下，克拉苏要靠这条道路来压倒他夺得罗马第一人的位置几乎不可能，后来又出现了另一个比庞培更加卓越的政治军事强人恺撒。

克拉苏希望通过一场决定性的胜利来赢得可以与庞培、恺撒相提并论的名声，同时借助战争机器的开动培养出一支忠心耿耿的军队为自己财富和权势的扩张奠定基础，这些动机使他在时机和舆论完全不具备的前提下去发动帕提亚战争！悲哀的是他没有成功，卡莱战役中，他的七个军团全军覆灭。还以自己和儿子生命悲惨地死无葬身之地的惨痛付出而告终结。

国的扩张才是无可非议的。

在斯多葛主义者看来，人虽然生活在某一个城邦中，但人与人的本性是统一的，因此不能局限于城邦，应以世界为范围。也就是说，人既是某一城邦的公民，同时又是世界公民。这样每个人必须遵守两种法律：他自己城邦的法律和世界的法律，或称习惯的法律和理性的法律。在两个法律中，后者高于前者，因为理性的法律是习惯法律的准则，由于风俗习惯不同，习惯的法律千差万别，但差别在背后应该有一致的目的和理性。斯多葛派倾向于制定出拥有无数分支的世界范围内的法律体系，这种理论愿望既是对当时希腊化社会的一种反映，同时也就把罗马帝国的统治提升到必然的高度。因此，罗马法仍然是欧美法系的基础。

马可·奥勒留告诉人们，把人打发走的不是暴君和不公正的法官，而是自然。这正像一个法官雇佣一名演员，后来把他辞退让他离开舞台一样，演员也许会有遗憾："我还没有演完。"其实对人生来说五幕是一出戏，三幕也是整个戏剧，究竟"怎样才是一出完整的戏剧，是决定于那个先前构成这出戏的原因、现在又是解散这出戏的原因的人，可是你却两方面的原因都不是"。所以满意地离去吧，把苦涩的泪水，变成欢乐的泪花。

罗马政治舞台上追求征服世界的强人、伟人们，无论是大小西庇阿、马略、苏拉抑或是征服东方的卢库鲁斯、庞培和征服高卢、不列颠、日耳曼的恺撒，他们都是在人生舞台扮演的角色，在征服世界的过程中强有力地表演了轰轰烈烈的人生一幕，又倏然悲壮地走向了不归之路。帝国的首位皇帝奥古斯都在临死之前，干脆就对他的文武大员们说是人生舞台的谢幕，对众人询问他在台上的表演是否出色，等到众人以掌声给予肯定后，安然阖上了双眼。

公元180年，罗马边境战云密布，马可·奥勒留这位古罗马安东尼乌斯家族的杰出子孙，再次遵循罗马古时的习俗，从卡皮托尔山马尔斯神庙的神龛中取出血迹斑斑的矛头，带着它奔赴前线英勇杀敌，不幸在征战途中染上瘟疫，与世长辞，享年59岁。

英国学者弗兰克·麦克林恩在《马可·奥勒留》一书中评价这位皇帝说：

就权术与统治而言，马可基本上算是失败了，他深陷于种种超出于常人能力范围的困境而难以脱身。尽管如此，马可仍然不失为历史上最优秀的罗马皇帝，用莎士比亚的话来讲，他是"所有罗马人中最伟大的，他是比他的帝国还要完美的人"。他之所以流芳千古，成为真正意义上的"永垂不朽"是因为他的思想。

威廉·沃尔夫·凯普斯在《安东尼王朝》一书中对马可·奥勒留评价道：

作为统治者，马库斯·奥勒留对战利品没有多大兴致，但对沉思和冥想非常感兴趣。他的传世之作《沉思录》意义非凡，反映了他日常生活中灵光一现的想法。纪念碑上记载了马库斯·奥勒留利用一切机会随时随地沉思：闲暇时或者沉闷单调的冬季，大战前夜的主帅营帐里或者多瑙河畔的沼泽中。《沉思录》没有行云流水的文风，没有华丽的辞藻，也没有以辩证法的藩篱为背景的哲学体系。不过，它是马库斯·奥勒留灵魂的真实写照，揭示了他的优点和缺点。在冥想中，马库斯·奥勒留一人分饰多种角色，包括被告人、证人、辩护人和法官等角色。

威廉·沃尔夫·凯普斯说，对马库斯·奥勒留来说，自我反省是一生的习惯，贯穿于他的全部思想和行为中，他会时不时地问自己以下问题。即使面对肉体的死亡，他也会这样去叩问即将飞升的灵魂：

你即将走向生命的终点。想想你见过多少美好的事物，又蔑视多少人的喜怒哀乐？有多少荣誉是世人推崇而你不屑一顾的，你又对多少心怀不轨之人以德报怨？

面对人生，他自认为是个行走在如梦似幻的朝圣者。在人生不懈努力后，很多问题解决了，很多矛盾化解了……最终，所有的事情都会随风而逝，逐渐淡出人们的记忆。那么我们活着的人们为什么要竭尽全力呢？原因就是我们奋发向上、勇于担当。言而有信并安于现状。但是在他的其他文章中也写过类似的话，但语气更为悲伤，但寓意一样。

很快你就会成为骷髅，化为灰烬，变成墓碑上的一个名字，或者甚至连名字都没有……我们生命中珍视的一切都是虚无缥缈、腐朽琐碎的，就像小狗互相撕咬、孩子斗嘴大笑，然后马上张嘴大哭一样转瞬即逝。连忠诚、谦逊、正义及真理也会随风而逝。那么，还有什么能把你困在此处呢？……在这个世界上，名扬四海是一件毫无意义的事。那么，无论是消亡还是变成其他东西，为什么都不能平静地等待天命所归呢？在此之前，拥有多少才算足够呢？除了敬神，祈求保佑，与人为善，宽大为怀及自我约束，还有什么可做呢？

他的传记作者弗兰克·麦克林恩评价马可·奥勒留：

就像我们有时会一遍一遍地说，他真是一位在任何时代都可以称为男子汉的人，当然也包括 21 世纪。马可·奥勒留的职业充满着讽刺和矛盾。斯多葛派的教义告诉他的世界的样子（导致他悲观）和他本能察觉的（使他充满希望）之间充满矛盾。他关于邪恶非现实的哲学立场和他对现实世界认知过于现实而给予的偏见言论之间明显充满着矛盾。他轻视人的外在世界却又坚持其作为罗马皇帝的职责；他渴望成为一名哲学家过隐居生活，但他的命运却是成为一名战士；这些都充满着矛盾和讽刺。然而，最大的讽刺在于，马克·奥勒留鄙视名声和后世，他常常提及死后的虚荣是多么荒谬，可两千年以来，他却拥有了巨大的声望，成为人们的楷模，激励着人们。

庞培门客拉比埃努斯的抉择

庞培决定放弃罗马，并向元老院发出撤退命令。他警告说，留下的人将被视作叛徒。他去了南方自己部队的驻扎地加普亚，最后通牒的发出，无法避免地导致了共和国的分裂，罗马高层以及恺撒部属和将帅都面临着自己的抉择。

当恺撒带领着先遣军第十三军团 5800 名勇士雄赳赳气昂昂跨过卢比孔河前去夺取首都时，他的军团也发生了分裂，尽管这种分裂对于恺撒庞大的军事集团只是小小的一点缝隙，从整体上不能动摇恺撒的强劲实力和发起锐利攻势的能力，但是也产生了不小的影响。

也就是说，他的副将、曾经担任过共和国护民官的提图斯·拉比埃努斯离开了自己十分亲密的战友、他的主帅恺撒，投奔了自己过去的恩主庞培。因为他的家族和庞培家族的关系渊源更深，深到几乎密不可分。那就是一种主子和奴才的关系，在主子遭到危难之际，按照古罗马的礼仪和道德他必须挺身而出效忠主子。现在老主子既然和主帅恺撒决裂反目为仇，他当然也得弃主帅而去，去反哺老主子庞培，在他看来这是天经地义的事情。

恺撒一度还打算在高卢战役胜利结束后，选择这位亲密的心腹大将，在庞培的支持下共同参选下一年度的共和国执政官。然而，这样的如意算盘，则因为他与庞培联盟的破裂，导致了拉比埃努斯的背他而去。人生在时势变异的关键时刻做出的选择十分重要，有时决定人生一生命运的起落浮沉。但是，这种选择又是身不由己的，因为它建立在有着极大影响力的罗马门客制度上，这种选择不是一种政治投机而是出于古典道义主仆之间忠诚的必然。这种宗法制度本身就是一种吸附人生的巨大漩涡，在现任主帅和前世恩主的选择中拉比埃努斯只能去投靠老东家，这是骑士新贵对道义的担当，容不得半点迟疑和犹豫。

提图斯·拉比埃努斯出生于意大利半岛上坐落于亚得里亚海边安科纳港附近的珍古里村的一个平民的家庭。村庄所在地，就是大地主庞培家的世袭领地。他的家族自然成为庞培家族的"后援会",是一种保护者和被保护者之间的关系,因而是某种"一损俱损一荣亦荣"休戚与共的主仆关系。当庞培成为恺撒女婿时,他作为联盟军的一员,自然跟着恺撒在高卢南征北战,建功立业,自己的官位也是节节攀升。当庞培另觅新欢,立场转变向着元老共和派,与恺撒反目为仇后,老主子庞培向他召唤归队时,他在踌躇犹豫后,还是按照武士对于宗主的效忠原则,终于弃恺撒而去,作为恺撒军团的副总司令毅然决然地和总司令反目为仇。

拉比埃努斯 17 岁时,加入了 23 岁的庞培在家乡拉起的队伍——自行组建的 3 个兵团,成为 18000 名子弟兵的重要成员,以后他追随青年将军庞培跟着苏拉与马略、秦纳的武装争夺天下,随着少东家的建功立业,他的政治前途也是水涨船高,在内战中成长为一名富有军事经验作战勇敢屡建功勋的少年将军。可以说,他在军界和政坛的崭露头角和庞培的提携有着至关重要的关系。

在马略势力平定后,进入苏拉独裁时期。苏拉死后,庞培所领导的军队称霸地中海一带,拉比埃努斯没有追随庞培远征,他已经因为军功进入政坛,由于杰出的组织能力和卓越的才干,他在公元前 63 年被公民大会选举为护民官,成为庞培在罗马的代理人,于是开始了他和恺撒在政治上的密切合作时期。显然他的出山和庞培的鼎力推荐有着密不可分的关系。

那时候恺撒在罗马政界十分活跃。公元前 62 年恺撒竞选罗马大祭司,在这之前拉比埃努斯在恺撒的支持下通过了一项代表民主派的法案,把选举祭司团成员权力交给了公民大会,从而强化了恺撒在竞选大祭司职位的拉票手段。共和国祭司长任职是终身的,享有很大的特权,在恺撒与权贵元老卡图卢斯的竞争中,恺撒得到了平民派首领拉比埃努斯的支持,终于当上了大祭司长。

公元前 60 年,"三头政治"开始,庞培又成了恺撒的老女婿,拉比埃努斯和庞培、恺撒的关系自然是如鱼得水,十分和谐。他们共同针对的目标是共和派首脑西塞罗和小加图。结果有了公元前 59 年恺撒出任执政官的结果。执政官期满,恺撒出任高卢总督,拉比埃努斯追随恺撒撤离罗马,在视战场表现选择部下时，他成为恺撒唯一亲自选择的副将。

盐野七生在《罗马人的故事》中这样描述拉比埃努斯和恺撒的关系：

拉比埃努斯也圆满地回应了恺撒的期待。当时良家子弟出身的众多幕僚及军团长中，不需要派援军支援的，只有拉比埃努斯指挥的战线。将兵力一分为二的时候，恺撒也一定将其一交给拉比埃努斯负责。在恺撒越过莱茵河及多弗尔海峡远征时，在背后留守的也是拉比埃努斯。在恺撒返回行省过冬那年，拉比埃努斯也还继续留在高卢。或许，拉比埃努斯是一位拥有恺撒全部信赖的部属将领。

再说，恺撒是那种有福共享的人，他也将机会给了拉比埃努斯。拉比埃努斯因此也有了些积蓄，并且投资于故乡村落的整修。这个出身于平民家庭的男人，带给了故乡荣耀。恺撒在高卢战役结束时，任命拉比埃努斯为北意行省的军团指挥官，这纯粹出于慰劳之意，以及自己当上执政官以后，拉比埃努斯就是可以托付的对象，总之，对拉比埃努斯而言，自己和庞培的关系是先天的，而与恺撒的关系是后天的。

先天的关系是某种宗主和门客的关系，后天的关系是统帅与将军的关系。对于拉比埃努斯而言，他没有多少文化理论的素养去分辨恺撒和元老院之争的政治因素，作为保民官出身的他，先天会倾向于作为民主派领袖的恺撒；但作为庞培的门客，他必须效忠于宗主。而在庞培和恺撒政治联姻破裂，政治上分道扬镳后，他必须在老主子和共同浴血奋战 13 年之久的老战友之间做出选择。这当然是十分痛苦的抉择。

根据《高卢战记第八卷》的记载，恺撒其实已经了解到庞培派人前来游说拉比埃努斯的情报，在拉文纳的总督行辕，他们有三个月的时间在一起，但是双方谁都没有说破这件事。直到恺撒渡过卢比孔河五天之后，拉比埃努斯才不告而别，连行李也未携带就悄悄离去，为了避免和恺撒的部队行进路程相会，他从第勒尼安海一侧越过国境，借助阿皮亚大道南下追赶庞培逃窜的步伐，于公元前 49 年 1 月 22 日追赶上庞培的步伐，正式投到过去恩主的麾下。

庞培喜出望外，委任他担任骑兵统帅。拉比埃努斯在两难的选择中，并没有完全按照元老院的要求去分化瓦解恺撒的队伍，仅仅是自己带着儿子与追随他的奴隶离开了恺撒，他的行李全部留在营地。他几乎只带走了自己的身体以报答老主子的知遇之恩，同时给新主帅保留足够的情面和实力，他尽量做到忠诚和情谊的两全其美。但一仆难事二主，恺撒得知消息后，甚至还派人将他的行李和遗留的钱财一一送还，以示对老战友政治抉择的尊重，也算对两人十三年战斗情谊有了一个还算说得过去的了断。这也是他对追随多年老部下唯一能够表示的善意，由此可见恺撒的通情达理。最终这两位曾经生死与共的战友分道扬镳之后，必将相逢在内战的前线，必有一场生死的搏斗。

公元前 48 年 6 月，恺撒与庞培在铁萨利亚的法萨卢斯附近决战，恺撒大胜，庞培败逃埃及，被他所扶植的托勒密十三世的宠臣密谋在尼罗河畔刺杀身亡。公元前 45 年，拉比埃努斯追随庞培的儿子格涅乌斯·庞培乌斯（Gnaeus Pompeius）等反恺撒派在西班牙行省再度发起叛乱，恺撒出击西班牙。3 月 17 日开始的孟达会战，拉比埃努斯率领骑兵大队英勇杀敌，歃血疆场，最终战败身亡，与庞培相会于九泉之下，也算了结了他忠仆效忠主子的夙愿。以死相报知遇之恩，终究无愧于一名骑士的气节。

共和杀手布鲁图斯的选择

布鲁图斯（Brutus）能在青史上留名，是因为他是刺杀恺撒的主要凶手之一。恺撒对他恩重如山，因此布鲁图斯被认为是罗马史上忘恩负义的典型。但是共和派人士却认为他是为共和理想而壮烈殉国的烈士，他对于独裁者恺撒的刺杀不能从私情而论，只能从公义去评价。就忠诚而言，罗马社会一直都十分微妙，并鄙视那种非黑即白的简单区分。

同以往一样，许多公民觉得在庞培和恺撒之间选择几乎是不可思议的事情。曾几何时这两个军政界强人，狼狈为奸，沆瀣一气，操纵政坛，呼风唤雨，翁婿两人可以说不分伯仲。现在竟然成了不共戴天的敌人，实在令人感到不可思议。这对一部分人来说尤其残酷，大家关注着他们，比如马尔库斯·尤里乌斯·布鲁图斯。

布鲁图斯出生于公元前85年，他的父亲在公元前77年因卷入雷必达叛乱，被庞培的部将杰米努斯所杀害。因此，可以说他和庞培有着不共戴天的杀父之仇。当年庞培不顾苏拉的反对扶植雷必达当上执政官后，他的父亲老布鲁图斯是雷必达的部将，负责镇守高卢。雷必达扯旗造反，谋求担任独裁官，在向罗马推进时，庞培和新任执政官卡图卢斯负责讨伐雷必达叛军。老布鲁图斯和庞培在高卢莫蒂卡城下长期对峙，庞培久攻不克，在卡图卢斯击溃雷必达后，老布鲁图斯主动致函庞培约定率部在高卢的莫蒂卡城下自首。庞培违背契约，当他率领卫队到波河边的小村庄如约前来投降时，庞培的亲信部将杰米努斯在次日将其秘密杀害。时人均谴责庞培的背信弃义行为，而杰米努斯正是和庞培共享罗马名妓弗洛拉的那个家伙，两人是所谓的刎颈之交。据普鲁塔克记载，老布鲁图斯和他的儿子一样，为人正直作战英勇，在罗马政坛是一位素有清名的资深贵族。

布鲁图斯在没有父亲的环境下长大。他的母亲塞尔维莉娅是他一生中最重要的人，而恺撒是塞尔维莉娅一生所钟爱的人。有传闻称恺撒是布鲁图斯的父亲，但事实上是毫无依据的传言，只是想证实恺撒和塞尔维莉娅长期保持的亲密关系。据现存史料，两人首次传出暧昧关系时，她已经嫁给了德基姆斯·尤里乌斯·西拉努斯，后者是公元前 62 年的执政官，塞尔维莉娅与他育有 3 个女儿。西拉努斯死于公元前 60 年。但塞尔维莉娅似乎更愿意做恺撒的情人而不是妻子。

塞尔维莉娅是共和国晚期最具影响力的贵族妇女之一，《罗马革命》的作者罗纳德·塞姆在书中评价她：

妇女不仅仅是男权的政治工具而已。与此相反，一些世家大族的女儿本身可以形成重要的政治影响，其权力之大可以使许多元老望尘莫及，在这些宪政政府发展的各个阶段发挥幕后作用的重要势力中，最引人注目的便是塞尔维莉亚——加图同母异父的姐姐、布鲁图斯的母亲、恺撒的情人。

对于野心勃勃的塞尔维莉娅的政治目的，塞姆揭露道：

总的来说，苏拉死后十五年左右，麦特鲁斯家族的鼎盛时期，似乎就已经终结了。因此，统治权会落入寡头集团中加图所领导的那一派手中，而加图又对他同母异父的姐姐塞尔维莉娅——这个女人拥有赛尔维利乌斯家族的全部贪婪野心，不择手段地想为她的家族重新夺回权力——言听计从。

塞尔维莉娅也是小加图的同母异父的姐姐，而小加图是恺撒不共戴天的政敌。两人至少在公元前 60 年代中期便产生不和。此时罗马政坛延续早期苏拉和马略的传统，已经公开分裂成为贵族派（也称为共和派）和平民派（也称为民主派），小加图是贵族派领袖。这些保守的贵族和他们的追随者希望古老而传统的共和体制得到延续，并反对任何形式的改革。他们信奉"祖制"得到继承和延续，这正是苏拉所希望巩固的体制。这帮人操纵着元老院对于执政官的选举。

恺撒所属的"平民派"摒弃了或者从未赞同过古老传统，并意识到变革的必然性。他们认为，借助普通民众和对平民运动的支持，改革可以获得成功。从提比略·格拉古兄弟的改革开始，很多人开始意识到，罗马普通群众的愿望，虽然被忽略了几世纪之久，但此后不能对之视而不见。野心勃勃的政客也发现可以通过利用民众的表决权得到利益，他们将其视为获取政治权利的捷径。新旧秩序之间的斗争也即将到来，双方最终目的便是控制罗马政府。

两派之间尖锐复杂的斗争，对于罗马政局也产生广泛而深刻的负面影响，公元前80年马略和苏拉的内战血流成河，双方仇恨延续至今，矛盾的累聚积压，即将再次兵戎相见，形势的紧迫，迫使不同的人都将进行必要的选择。同时，加图与同党也发现通过将恺撒之流视为政治斗争的异端，精心地呵护着千疮百孔摇摇欲坠的共和国已经破碎的体制，维护着自己家族的政治特权，操纵着共和国政治、经济、组织人事的构成，支撑起显赫的特殊利益集团的利益固化，是他们维持摇摇欲坠共和国大厦的唯一选择，这种选择其实是一场看不到前景的赌博。

布鲁图斯成年之后，他见证了母亲的情人恺撒与他崇敬的舅父加图之间激烈的斗争。从情感的来看，他不可能不受此影响。他与恺撒的关系不可能那么亲近，和庞培的关系更是形同陌路之人，甚至相遇，他都不屑于用正眼去瞧他。但恺撒无疑是布鲁图斯人生中十分熟悉的人，恺撒对他也确实视若己出，关爱有加。一度在他母亲的撮合下，在公元前60年，他完全有可能成为恺撒的女婿，他对恺撒的独生女、美丽善良的尤利娅也情有独钟，最后这位温文尔雅的少女却沦为政治联姻的牺牲品，嫁给了比自己大二十多岁的老庞培，在残酷的政治斗争中因流产而死于惊吓。这使布鲁图斯一度感到十分痛苦。

布鲁图斯曾经在雅典接受教育，并接受希腊人对于民主自由的向往和蔑视专制独裁的教育。他在雅典广场上瞻仰过诛杀暴君者哈尔莫迪乌斯和阿里斯托吉通的大理石雕像，对两位希腊民主前贤的壮举十分欣赏。二者同自己传说中的祖先卢基乌斯·尤里乌斯·布鲁图斯身处同一个时代。这个伟大的祖先在公元前509年奋起反抗，结束了罗马的王政时代，他的两个儿子图谋恢复王政，结果均被他处以极刑。这些均被视为维护共和制度的神话传说。布鲁图斯与其家族因这些优良的传统而倍感自豪。

他的舅父小加图的贵族保守派言论对布鲁图斯的影响日益增强，公元前58年他随加图前往塞浦路斯，帮助后者将这座岛屿组建成为罗马行省。

公元前54年，由于"三头"联盟的存在，使共和国未来的自由似乎岌岌可危；在此关头布鲁图斯作为造币团成员发行了带有卢基乌斯·布鲁图斯和亚哈拉的形象及"Libertas"（自由）字样的铸币。

不过，布鲁图斯除了具有崇高的理想和共和信念外，他也有邪恶的一面，这一面似乎与众人称颂的那个布鲁图斯是矛盾的。他对恺撒的最终指控是后者凌驾于法律之上。因为他曾通过某法案让他在贷给塞浦路斯一座城镇的贷款中收取 48% 的利息。由于元老院规定的合法利率是 12%，布鲁图斯则以不正当手段弥补损失，甚至企图向西塞罗寻求帮助，为此一度造成两人关系紧张。因此，布鲁图斯是一个经营规模很大的放贷者。他的明抢强夺并不符合罗马传统的道德准则。而他却标榜用这些准则来规范自己。同时，这样做也违背了一个为美德著书立说者的哲学信仰。有时所谓的理想主义者面对严峻的现实也是未能免俗的，只能从自己的切身利益和家族利益出发去践行自己的理念，他们所倡导的理念和世俗的行为差距很大。这就是性格上自相矛盾的布鲁图斯，在政治上抉择，有时也是言不由衷、变化多端的。

公元前 49 年，恺撒和庞培及元老院贵族集团的内战开打，布鲁图斯面临重要的抉择。有许多因素鼓励他加入恺撒的阵营。他的母亲塞尔维莉娅是恺撒的亲密情人，甚至有传言说他是两个人的私生子。无论是否属实，他父亲确实在公元前 77 年因为参加了意大利北部的那次起义，死于庞培部将之手。布鲁图斯和母亲塞尔维莉娅都痛恨庞培。人们揣测，他会顺从母意，加入恺撒的阵营。他在公元前 52 年攻击庞培是"自由"的破坏者。在庞培的对立面他可以选择恺撒。并且恺撒在事业上肯定会对他鼎力相助。

然而，恺撒是与他争夺母亲感情的竞争对手。鉴于他对加图的尊重和对"贵族"派的支持，布鲁图斯加入庞培似乎是唯一合理的解释。但是他并非人们所想，是一个政治上的教条主义者。例如面对众多的联姻选择，布鲁图斯在公元前 54 年选择了阿皮乌斯·克劳迪乌斯的女儿。这个决定实在有些不可思议，此刻的克劳迪乌斯家族在罗马上层社会实在臭名昭著。尤其是姐姐克劳狄娅的强悍和放荡对小弟克劳狄乌斯深有影响。罗马高层的寡头政治特色，彻底改变了共和国建立的初衷，所谓共和的理念早已经名存实亡，高层政治早已在体制进入晚期时，向几个有名望的权贵家族转移，这就是亚里士多德和西塞罗共同认为的城邦制共和国的变异。诚如英国学者罗纳德·塞姆在《罗马革命》中一针见血所揭露的那样：

罗马共和国——"罗马人民的公共财产"自始至终都是一个空洞的口号。社会的等级制度仍旧存在于罗马城内，并支配着一个庞大的帝国。贵族家族主宰着罗马共和国的历史。为其中的各个时代名字来命名。这里有西庇阿家族的时代，同样也有梅特鲁斯家族的时代。

尽管显贵集团运用各种诡计或传统习俗来掩饰自己的行为，他们所进行的秘密统治，还是无法逃避人民的眼睛。贵族们拥有并使用三件武器：家族、金钱和政治联盟。罗马贵族氏族间这种宽广的、令人印象深刻的关系网赢得崭露头角的政治家的鼎力支持。贵族是投资者，他们的女儿犹如公主，与一位人脉深广的某家族女性继承人的婚姻就成了一种政治行为和权力联盟；它比行政官职更为重要，比任何誓言和利益的约束都更加牢靠。

这几大家族之间通过儿女联姻结成利益共同体"一损俱损，一荣共荣"利益链的延伸几乎捆绑着家族成员中的每一个人，贵族公子哥儿布鲁图斯自然不能置身其外。

梅特鲁斯家族同克劳狄乌斯家族建立政治联盟，以婚姻为纽带，除三个儿子，阿皮乌斯·克劳狄乌斯·普尔切在公元前54年是执政官，二儿子盖约·克劳狄乌斯·普尔切在公元前56年是大法官，小儿子普布利乌斯·克劳狄乌斯·普尔切是臭名昭著的恶棍，曾在恺撒支持下在公元前58年担任保民官。他的三个女儿中，大女儿嫁给了昆图斯·马尔其乌斯·雷克斯，他在公元前68年任执政官；最著名的二女儿嫁给了昆图斯·梅特鲁斯·凯勒尔，他在公元前60年任执政官，也是布鲁图斯的继父；最小的克劳狄娅是卢奇乌斯·李锡尼乌斯·卢库鲁斯的妻子，他是罗马战胜本都国王米特拉达梯的英雄，在公元前74年任执政官，在卢库鲁斯出征期间克劳狄娅红杏出墙被休弃。马尔库斯·波尔奇乌斯·加图则和塞维莉娅是同母异父的弟弟，是元老院共和派的精神领袖。

也就是说恶棍克劳狄乌斯是布鲁图斯的小叔叔，战斗英雄梅特鲁斯·卢库鲁斯曾经是他的姑父。而共和派头目小加图则是布鲁图斯的舅舅。他是被置身于罗马上流社会犬牙交接错综复杂的贵族圈人脉关系网中的贵族公子。公元前 57 年，他的恶棍叔叔克劳狄乌斯被另一位元老院豢养的恶棍米罗在街头斗殴中杀害身亡，其追随者在罗马元老院为他举办火葬，致使共和国最高议事机构被一把大火焚烧殆尽。克劳狄乌斯的姐姐据说是其弟弟女性的翻版，成了布鲁图斯的姑姑，人们难以想象这位共和国"光荣"传统的坚定捍卫者怎么会加入到这么一个声名狼藉的家族中。根据英国作者伊丽莎白·罗森在《西塞罗传》中描述这个家族：

在目前的这一代中，克劳狄·普尔克里家族是由三兄弟和三姊妹组成的家庭代表的（对罗马上层阶级来说，这个家庭之大是不寻常的），所有的兄弟姊妹的名声是可疑的。他们如胶似漆地混在一起，人们甚至经常谴责最年轻的弟弟普布利乌斯·克劳丢斯（克劳狄乌斯）乱伦，说他同自己的一个和多个姊妹有不正当的关系。人们常说，这样的谴责告诉我们的有关罗马政治的辩论标准的更多知识，而不是国民道德。（西塞罗也会遭到和自己女儿图里娅乱伦的谴责）。但在这种情况下流言特别能够蛊惑人心，因为有些流言出自知名度很高的人，特别是卢库鲁斯，他同最年轻的克劳狄娅结了婚，后来又同她离了婚。第二个姊妹是梅特鲁斯·凯勒尔的妻子，她也是有罪之人，至少西塞罗是这样说的。

由此可见，共和国后期随着对外的征服，贵族阶层敛聚了大量的财富，饱暖思淫欲，使他们的生活越来越奢侈放荡，人欲横流的结果，使得传统伦理道德观形同虚设，在私生活上极端糜烂堕落。一般的男女之间的偷情已经完全不能满足自己的感官刺激，才可能滋生出克劳狄乌斯家族这些人寻求各种畸形的肉欲释放，制造出大量的丑闻。

布鲁图斯就是置身于这样一个家庭关系错综复杂的环境中。这个贵族世家蕴藏的故事极为缤纷多彩：其中渗透着对于理想的执著追求和对权力不择手段地疯狂追逐；在正人君子的假面背后，填充进更多的贪婪狡诈，交织着野心狂妄；在淫荡奢侈中又注入了诸多荒诞荒唐的家族丑闻和诸多高层权争丑闻半真半假地交织在一起，演绎着共和国最后岁月的最后疯狂和新生帝国新的丑闻和花边新闻，延后到帝国时代克劳狄家族还有精彩的表演。

克劳狄乌斯家族是个古老而著名的显贵家族，所以对布鲁图斯来说他的婚姻也许是其母亲塞尔维莉娅刻意安排的结果。在没有能够和恺撒攀上姻亲后，只能退而求其次在母系亲属中进行选择，以塞尔维莉娅的强悍，布鲁图斯只能充当母亲的乖宝宝。他看上去瘦削文弱腼腆，甚至还有些女性的害羞，其实他内心坚韧。他和自己的岳父阿皮乌斯相处融洽，曾经在岳父担任西西里行省总督时出任财务官。然而，阿皮乌斯行事乖张肆无忌惮。公元前 51 年被指控为渎职贪贿，在竞选共和国监察官时公然行贿。西塞罗接任为西西里总督，对他的不端行为感十分到震惊。布鲁图斯出面为岳父辩护，阿皮乌斯得以被判无罪。

除了对家庭的忠诚，我们在这里几乎看不到这个一直被标榜正直的哲学青年布鲁图斯有丝毫的可敬之处，因为他知道阿皮乌斯确实有罪，并目睹老丈人在西西里的某些恶劣行径。但是，他昧着良知，怀揣着家族的利益出庭辩护。布鲁图斯大约担心，这一案件的深入调查可能会引得自己和老丈人投机生意的曝光，在家族利益上似乎他与老丈人有着更多共同的"理想"，虽不够美好，但经济利益巨大，只能两人捆绑在一起共进退。

当阿皮乌斯的小弟弟克劳狄乌斯冒充女人去和大祭司的老婆庞培亚幽会的丑闻曝光后，布鲁图斯没有表现出任何对于家族的忠诚度，因为他本身对于自己的小叔子的流氓秉性十分反感，他是有良知和理性的贵族文艺青年。小叔子可是显赫家族的纨绔子弟，作恶多端后暴尸街头，凶手米罗受到审判。布鲁图斯创作了一篇辞采华丽的辩护词为米罗做无罪辩护，认为米罗是为国除害，显然米罗和他及舅舅加图在政治上都是贵族共和派的同道之人，而小叔子只是平民派头子恺撒在罗马的代理，一帮蝇营狗苟的政客。布鲁图斯显然认为自己和阿皮乌斯以权谋私的行为是无关宏旨的小节，而对于米罗的审判则是事关共和国安危的大局。这一点他和西塞罗、加图的政治理念是一致的，他可以宽恕针对自己家人的极端行为，但不能容忍对于共和事业的亵渎。

在人们考量布鲁图斯对于恺撒的所作所为时也应当注意到，恺撒对他来说也相当于亲人，因为这位盖世枭雄和母亲的亲密关系，令他和他的家族感到蒙羞。因此，恺撒的无限关爱并没有使他感到温暖，反而平添了一份厌恶的感情。

布鲁图斯与阿皮乌斯家族的联姻还给他带来一份人际关系，除恺撒女儿是庞培的太太外，他的一个表妹嫁给他的仇人——庞培的长子。如此看来，罗马似乎没有哪个家族能与公元前50年代的重要政治人物如此血脉交融地紧密结合在一起。无论布鲁图斯加入这个家族出于何种考虑，这些因素绝非偶然。在抉择背后，政治前景、财富与威望似乎比思想观念是更为重要的考量。在这方面，布鲁图斯与其他任何有野心的罗马人毫无差别。

当布鲁图斯最终选择加入庞培和舅舅加图的阵营时，受到这位杀父仇人的热情欢迎。他站在共和派一边十分令人瞩目，不仅仅因为许多人把他视为自由的捍卫者，还因为他放弃了恺撒转而支持自己之前视为暴君的人。庞培对此感到宽慰和满意，布鲁图斯已经作出了自己的抉择，现在他就要追随庞培不遗余力地阻止恺撒的进攻，捍卫四分五裂满目疮痍的共和国权威，然而这似乎已经完全不可能了。在萨瓦卢斯战役中庞培大败后，他又皈依恺撒的阵营，遭到世人嘲笑，最终铤而走险成为刺杀恺撒的凶手之一。

理论教父痛心疾首

庞培放弃首都是一个重大的战略性失误，尽管他可以把理由说得冠冕堂皇，但是溃败的形势是十分明显的。因为共和国不是抽象的概念，它来源于城邦的每个细节，细节构成国家的基本元素，基本元素被变异病毒的侵染，意味着毁灭。

也就是说，罗马城由王政体制向共和体制的转变，是以罗马的七个山丘为标志的首都建设的规划，它的生命力蕴藏在罗马纵横交错如同棋盘一样的街巷之中，街巷之中的贫民窟；他的政治文化活力就是那些大型的公共建筑，如分布在山顶广场的神庙和大型竞技场、元老院、马修斯教练场，这里所举行的祭神和凯旋仪式以及一年一度的投票选举，以及七丘山中那些象征权力财富的豪华府邸和别墅群。

西塞罗时代的罗马城拥有大约 100 万居民，但大部分建筑仍然用砖块或当地的石头建造，到处都是错综复杂的蜿蜒街道和昏暗的小巷。雅典或埃及亚历山大里亚（笔者注：典型的希腊化城市）的来访者会觉得此地毫无特色，甚至显得肮脏。这里是疾病的温床，后来有个罗马医生写道，你无须教科书就能在罗马城研究症疾，因为这种疾病在你周围随处可见。贫民窟中的租房市场为穷人提供了糟糕的居所，但给不择手段的地主带来了丰厚的收入。西塞罗本人在低档房产上投资了很多钱，他有一次开玩笑说（处于炫耀而并非尴尬），就连老鼠也收拾好行李并离开了他的一处摇摇欲坠的出租房屋。

可见倡导共和理论道貌岸然的学者西塞罗，面对实际他也参与了权贵家族对于贫苦民众敲骨吸髓的吸血者的行列，可谓近朱者赤近墨者黑的结构性体制性腐败。体制不变，身处体制中枢的西塞罗理论再伟大，也不能回避冷酷的现实，在生活中他是未能免俗的特权腐败集团的一员，属于少数富豪俱乐部的重要成员，因为他拥有无与伦比的话语权，可以垄断舆论，左右思想。总而言之，罗马阶层的贫富悬殊已经固化得难以改变，现在这座贫富悬殊巨大的首都即将被恺撒军团占领，共和国还有生命力吗？诸神还能够保佑罗马人民安定的生活和权贵们巨额的财富吗？逃离首都的元老、贵族们遗留在罗马城的豪宅和来不及带走的财富，都使他们忧心忡忡。从此，他们和罗马绝大多数公民失去了联系，流亡在外的庞氏贵族集团，成了无根的浮萍，跟随着一个完全不靠谱的大将军漂泊到遥远而完全不可预测的四面八方，共和国政府就成了名存实亡的流亡政府。这使得共和国的理论教父西塞罗尤其痛心疾首，忧心如焚。

因为，罗马就是共和国的象征，是政治家、哲学家、思想家、文学家西塞罗理想开始起步的地方，说丢就这么轻而易举地丢弃了，这使他百感交集，欲说还休。伟人庞培的保证已经被实践证明如同一场噩梦中的呓语，很快会被恺撒凌厉的攻势所彻底打破。

在庞培向意大利南方撤退时，恺撒加快了追击的步伐，看来庞培召来保卫共和国的军团即将重蹈奴隶起义军斯巴达克斯全军覆灭的命运，他们被围困在意大利半岛的脚踝处。只有一个办法可以避免重蹈覆辙，就是逃离意大利，他们将流亡到那些很不靠谱的海外行省和同盟国之间，这些摇摆在庞培和恺撒两大军事集团之间的行省总督和国王们随时可能为了自己的政治利益出卖罗马共和国的流亡元老们。细思极虑，也极为恐惧，想到不确定未来的前景，元老们不寒而栗。虽然庞培手中还有军队，但是随着战斗的不断升级，军事力量将每况愈下，就是一场底牌越来越稀少的博弈。最终输得底裤被彻底剥光时，也就到了僭主寡头疯狂裸奔，彻底灭亡的时候，想到这里共和国的理论家西塞罗极端地恐惧不安。

在意大利半岛之外的地方，庞培召开了元老院议事会议。对于流亡的元老进行了权力的再分配。行省分配给了几个重要的领袖：加图得到了西西里，叙利亚分给了自己老丈人梅特鲁斯·西庇阿，庞培留给自己的是他担任总督的西班牙两行省，这是他兵源和粮草的后方基地。这样共和国命运的主宰者将不再使得自己在城市的统治具有相应的身份和权威，而是去远方的邪恶野蛮人中间与恺撒玩着最后的猫捉老鼠的游戏。他们权力唯一的后盾就是武力支撑下的强权。可那样的话和恺撒又有什么区别？汤姆·霍兰这样追问道。无论哪边取胜，共和国将如何重建呢？西塞罗欲哭无泪，他只有牢骚和愤怒。

一连串的未知追问，使得共和国的理论权威陷于极为痛苦的泥沼，情绪变得非常烦躁，和共和国的坚定捍卫者小加图之间不断发生争吵。小加图的豪赌，已经输得一塌糊涂，他为每一次的战斗哭泣，无论胜负，显然不能安慰自己巨大的道德失落感。

西塞罗虽然服从了庞培的命令，但是离开了罗马，则完全失去了方向感，变得越来越歇斯底里。几周以来，他什么也没做，只是不停地给自己的好友提图斯·庞波尼乌斯·阿提库斯写信，问他该怎么做？该去哪里？该支持谁？他把恺撒追随者看成凶手，把庞培看做无能的罪犯。西塞罗不是军人，他清楚地看到了放弃首都后的灾难。认为这导致他失去一切最爱的东西，从他的财产到共和国本身。他在给自己最知心的倾诉对象也是自己弟弟昆图斯·西塞罗的大舅爷阿提库斯信中如是说：

"我们像是乞丐一样，携着妻儿游荡，把所有希望寄托在每年大病一场的人身上。我们甚至不是被赶出首都的，我们是被召唤着离开城市的。"

带着难以愈合的伤口，西塞罗总是那么痛苦，这么烦恼，他深知逃亡的公民不再是公民，如同丧家的走狗，不再具备选举和罢免官员的权力，只能听天由命，跟随着愚蠢的独裁者庞培亡命天涯，这使他感到十分沮丧。至少公民是支撑起共和国政治体制的基本元素。

西塞罗对"共和国"的理解来自于希腊哲人柏拉图、亚里士多德，希腊文的"公民"一词即由"城邦"衍生而来，其基本含义为"属于城邦的人"。现在城邦已失，公民何在？城邦不是一个地域概念，而是一个"政治社团"。"若干公民集合在一个政治团体以内，就成为一个城邦"，在雅典民主政治下，作为"政治社团"的城邦实乃公民依具共同法律而分享共同权利义务的政治体系，亦即一个公民自治的团体。因此，把城邦看做"若干公民的组合"并不仅仅意味着公民是组成城邦的社会成员，更重要的是视为，这些成员有权参加公共事务，因而实质性充当着城邦的主人。

而君主制国家，因为是"家天下"，民众只能是唯命是从的臣民。罗马政治体制早期的城邦制共和国，早已经为领土扩张和财富的积累而演变为事实上的超级帝国，共和的理念也已经变异为寡头政治上的武装集团的僭主政治。现在克拉苏死了，将由三足鼎立的恐怖平衡，变为双雄争霸，因为诸多自治性质的海外行省和加盟国的加入，共和国就带有联邦或者邦联的性质。共和体制也就变得支离破碎，而在内战中即将重新组合为定于一尊的元首独裁体制。这究竟是时代的变迁，还是人为的野心支配，很难解释得清楚。如同斯芬克斯之谜，到底是英雄创造历史，还是时势造就英雄，已是千古之谜，最终权力说了算，权力背后就是军事实力和财富支撑起所谓"真理"的框架，也即自说自话似的强权就是真理的荒谬，支撑起弱肉强食的政治框架，公民的地位也就不复存在了。其他的说辞，也就是政客和枭雄们的胡扯乱谈了。

从实际出发，西塞罗也是既得利益集团中的一员，官场所有的陋习，如贪污腐化、巧取豪夺、道德的伪善他都不能免俗，只是做得更加隐蔽而已，他也在现行体制庇护下借助特权捞到了不少的个人实惠。他在口头上、理论上所钟爱的共和理想和眼前的以利益为支配政治经济体制结合得很巧妙，这就造成了崇高的类似于乌托邦理想变得十分空洞，与实惠实在的共和国丑陋现实差距非常遥远，因而克劳狄乌斯才有依据对他可能实施所谓的"污名化"攻击，这些攻击才会在平民中得到广泛的响应。

新权贵的财富和资产

西塞罗在自己风景如画的故乡，也即离罗马东南方约 100 公里处的避暑胜地阿尔皮奴姆小城有一座风光宜人，装修豪华的别墅，这是他的祖业遗产所在。是作为乡绅地主和骑士阶层的父亲留给他们兄弟的产业，但是后来的重新装修，却是他进入官场后敛聚的财富所带来的豪华和荣耀，这是他值得炫耀和自夸的资本。随着官位的升迁，他可以炫耀和自夸的资本还在不断升值，豪宅越来越多，在罗马那些众多廉租房的衬托下越发显得光鲜夺目。

这里是大山深处一块狭长的谷地，进入利里斯河上游，由窄逐渐变宽，形成一片肥沃的平原。平原的边缘处就是西塞罗的祖传产业。周边道路伸向林木丛生的山坡，山坡点缀着橄榄和葡萄树。西塞罗的别墅位于利里斯瀑布附近，风景如画，气候宜人。别墅坐落在两座山峰之间，美丽的阿尔皮奴姆小城就在附近。这座小城还诞生了罗马的另一位名人——就是曾经七次当选罗马执政官的独裁者马略，这一文一武两位新人骑士的家族，堪称小城的双璧，照耀着罗马的历史。

虽然两个名人的家族之间可能有姻亲关系，但是却分属共和后期两个完全不同的政治派系。马略属行伍出身的天生平民派，西塞罗属骑士中的文化精英，属于共和理想的追求者、探索者。他的探索不属于现代，而是未来。属于未来的理论家往往能够在青史留名，在眼前的名声未必见得就很伟大，因为后来的仰慕者往往忽视伟人们在当时的诸多生活细节，包括人性丑陋的细节。

当然作为共和国高官西塞罗的产业，绝对不止这一处。除了在罗马市中心其父著名学者老西塞罗有一座住宅外，他还在罗马城的帕拉蒂尼山上买过一座豪宅，这是他担任执政官期间购置的产业。从那里可以俯瞰整个广场和大半个罗马城，与同时代人的奢华豪宅相比，这座豪宅从克拉苏手上购买的价格要便宜许多。显然是富豪权贵克拉苏在卷入喀提林阴谋案时为了寻求解脱，讨好当朝执政官半卖半送的交易，是对于西塞罗某种形式的贿赂。它像一座宫殿，关于这座宫殿式豪宅，西塞罗作如下描述：

它是"用大理石建成的，象牙和黄金熠熠生辉，塑像和绘画琳琅满目，饰有图案的金银餐具和柯林斯的青铜器皿一应俱全"。

这座豪宅使他陷入了沉重的债务深渊，资助豪宅的一线贷款来自普布利乌斯·苏拉，这位有着独裁者苏拉高贵血统的贵族公子哥儿，在政治上站错了队，参加了喀提林阴谋推翻共和国的团伙。这显然又是一位来自喀提林阴谋分子别有用心的资助。也可以说是西塞罗为保护阴谋分子不惜收受钱财以权谋私庇护阴谋集团成员的铁证。安东尼乌斯·海布里达是他担任前62年罗马执政官的副手，曾经和喀提林是臭味相投的朋友，只是因为其贵族的血统才当选了第二执政官，成为西塞罗的副手。此公贪婪成性，能力平庸，也是怕在喀提林暴动失败后遭到清算，才在执政官尚未期满，就迫不及待去了马其顿担任总督。

这个职务本来是西塞罗下野后任职的去处，但为了排除这个家伙对于施政的干扰，提前将他打发去了油水肥厚的马其顿。这对海布里达是畏罪潜逃，对西塞罗则是一种职务上的贿赂。作为回报，海布里达在任上胡作非为，大肆敛财。在这个行省，有人认为他的另一笔贷款就来自于海布里达，这完全是他在担任执政官利用职务优势赚取的好处，所以这栋宫殿式豪宅的购买装修费用来源很不干净。正因为如此，在克劳狄乌斯横行时期，这栋豪宅被愤怒的罗马平民焚毁，甚至还建有一座揭露其贪污腐败的铜铸耻辱纪念碑，正面塑有克劳狄乌斯的浮雕。

根据普鲁塔克的记载：

他的妻子特伦夏带来的妆奁共值10万笛纳，他自己继承的遗产大约9万笛纳，靠着这些钱财与学识渊博的希腊人交往，过着相当优裕而节制的生活。

在帕拉蒂尼山中别墅居住期间：

他很少在日落之前进餐，主要原因不是事务繁忙，而是胃纳虚弱，致使健康状况很差。所以他对自己的身体特别注意，每天都要散步和按摩，非常重视养生之道，所以体格渐渐强壮起来，能够应付生活当中许多忧烦和艰辛。他把父亲留下的房屋给自己的兄弟昆图斯，自己住在帕拉丁山附近，以便前来访晤的朋友不必走很远的路，事实上每天到府上的访客，人数之多与克拉苏和庞培相比毫不逊色；要知道这两位是罗马最有声望和权势的人物，前者是富甲天下的财主，后者在军方有极大的影响力。甚至庞培本人也时常是西塞罗的座上客，因为西塞罗的政治活动对于庞培的权势和名望大有助力。

公元前 58 年，恺撒在罗马代理人克劳狄乌斯当选保民官，并煽动罗马民众包围元老院且强制通过《克劳狄乌斯关于西塞罗的法案》，对西塞罗进行残酷迫害：

鉴于马尔库斯·图利乌斯·西塞罗不经审判处死罗马公民，且为此伪造元老院的授权和法令，特此下令：禁止西塞罗进入罗马城方圆四百罗里以内；所有人均不得擅自庇护或者收留他，违令者死；没收其所有财产；拆毁其在罗马的房产，代之以自由女神利伯塔斯的神庙；凡为其四处活动或以演讲、投票等方式意图召回西塞罗者，将被视为人民公敌；对曾被西塞罗不公正判处死刑的犯人，应优先予以释放。

面对一个毫无做人底线的政治流氓不择手段的迫害，前执政官求告无门，这时庞培已经成为恺撒的女婿，对于西塞罗回避唯恐不及，断不可能在此危急关头对他施予援手，他的共和朋友加图已经被派往塞浦路斯担任总督，远水解不了近渴，他只能在午夜时分狼狈逃离罗马，经由布林迪西港去了马其顿的来克尼多斯。他在帕拉蒂尼山的豪宅和城内的住宅被克劳狄乌斯党徒全部摧毁。他的其余产业遭到公开拍卖。

直到克劳狄乌斯被米洛宰杀，庞培的妻子尤利娅受到惊吓流产至死，庞培当政。西塞罗在流放十六个月后才归来，元老院通过决议，这栋被毁的房产才由政府赔偿在原址重建。

西塞罗庞大的产业还远远不止这些，在风景如画的避暑胜地那不勒斯海边和庞贝古城，还各有一座庄园。这是根据他亲爱的朋友阿提库斯的建议购置的。

与银行家阿提库斯的友谊

西塞罗和阿提库斯的认识是通过他的律师朋友昆图斯·霍藤西斯（Quintus Hortensius）而得以交往的，逐渐发展成知心好友莫逆之交。后来西塞罗将自己的弟弟昆图斯·西塞罗介绍给了阿提库斯的妹妹，两家又成了姻亲关系。两人的关系得到了进一步巩固，他们的友谊几乎持续一生。西塞罗是凡军国大事或者家政事务，几乎事无巨细都会咨询这位朋友，阿提库斯总会给予非常中肯的建议。

霍藤西斯是西塞罗青年时期在希腊留学时的好朋友，学成回国后都在罗马的律师界混事。霍藤西斯进入官场早一些，名气要比西塞罗响，他们后来在审判西西里总督维勒斯（Verres）贪污勒索案中成为控辩双方，西塞罗以扎实的调查证据和犀利的控诉词迫使霍藤西斯放弃辩护而暴得大名。他的那篇《控诉维勒斯》也成为青史留名的法学范文。霍藤西斯也和西塞罗一样是以政府官员身份介入商业经营而获得成功的典范。公元前50年夏，他以占卜官的身份去世，留下了巨大的产业，一座意大利最大的动物园和几座大农庄、一万瓶酒和占卜官的职位空缺。占卜官在共和国面临大难时是不容或缺的职位，通过研究鸟儿的飞行姿态或圣鸡的啄食姿态，为行政官解释众神的意愿，找出平息众神怒气的最好方法。这一尊贵职位的空缺引来马可·安东尼和资深贵族多米提乌斯两人的竞争。多米提乌斯认为这一职位理所当然应该他来继承。但是最终安东尼这个和库里奥有着暧昧关系的浪荡子却在保民官库里奥和恺撒的支持下当选，次年又继承了库里奥的保民官职位。恺撒独裁时期安东尼成为恺撒的骑士团团长。恺撒担任独裁官后成为罗马执政官。西塞罗最终在"后三头"政治中就被安东尼残酷杀害。

西塞罗给阿提库斯的现存书信开始于公元前68年底，当时阿提库斯的大部分时间是在希腊度过的。起初的信件寥寥无几，两名通信者都抱怨对方懒于写信，有些信件可能丢失了。他们主要讨论家庭事务：例如阿提库斯的妹妹庞波尼娅最近嫁给了昆图斯·西塞罗。她与丈夫相比，不仅年龄大，而且还相当富有。他们相处并不融洽。这多半是西塞罗的主张，看中的是对方的财富和家族的影响力，这种婚姻关系和西塞罗本身的婚娶非常相同。他和太太特兰提娅的结合多半看中的是对方丰厚的妆奁，这是他涉足政坛的第一笔财富，因此夫妻感情一直不和睦。

西塞罗对于阿提库斯的母亲也很关心，他写信称，特兰提娅患了风湿病，但她向其母亲问候；他还说，同阿提库斯的女亲属保持良好关系。阿提库斯答应给"我的爱女小图里娅"一件礼物，为了得到这件礼物，女儿一个劲地向父亲催要。公元前67年，图里娅刚10岁出头，西塞罗便宣布她已经被许配给一位名叫盖约·皮索·多拉贝拉的年轻贵族。皮索家族也是罗马的显贵，恺撒最后的老岳父就名叫皮索，多拉贝拉是一名出类拔萃年轻人，既沉稳又严肃，后来成为恺撒麾下的一员骁将。

这样实际上西塞罗家族本身就与恺撒集团有着密切的交集，虽然后来这位贵族公子多拉贝拉和图里娅感情破裂而离婚。先是弟弟昆图斯成为恺撒军团的副将，在高卢战役中有着杰出表现，受到恺撒的赞赏，后来出任行省总督；后是他的亲侄子小昆图斯带着他的儿子小西塞罗公开在罗马投入恺撒阵营，那是在恺撒渡过卢比孔河，占领罗马期间发生的故事；最后是女婿多拉贝拉参与了对庞培的征讨，为平息内战做出贡献，而且他成功地劝说西塞罗退出庞培集团隐居乡间别墅起到了很关键的作用。

从书信中还发现，西塞罗和阿提库斯两人都购买了地产，阿提库斯买的是地产是在与克基拉岛相望的伊庇鲁斯海岸。西塞罗购买了好几处别墅。西塞罗购买的图斯库伦的别墅过去归苏拉所有；弗拉斯卡蒂地区的别墅鳞次栉比，在这里可以尽情领略凉爽的空气和优美的风光。西塞罗还谈到了另一处地产，该地产位于首都南海岸的福尔米埃，那里也是一个景色宜人的好地方。

西塞罗对图斯库伦的别墅非常满意，特委托阿提库斯给他运来相应的书籍和艺术品，用以装饰即将建成的"会馆"。他称的"会馆"类似柏拉图的学园，后来他改变了设计方案，增加了一些厅堂和回廊，主要用于学术活动而不仅限健身。再后来，他在别墅里还建了第二个"会馆"。在亚里士多德的回忆中，这一次称它为"学园"，如此怀旧的名字非常时髦，使人想到柏拉图建在雅典近郊的森林学校。

西塞罗坐在他的"学园"中给阿提库斯写信说道："是的，带有青铜头像的方形石柱是非常相配的，我还想装饰小门廊的墙壁，请你弄些浅浮雕和两尊雕刻精美的头像。"阿提库斯的鉴赏力是值得信赖的。购买别墅耗费了他大量的资金。因而一度他无钱从阿提库斯那里或者经阿提库斯之手去选购所需图书，他把图书视为"自己老年的财富"，但图书更像是政治上必备的武器。图斯库伦的房子，也就是他本人接受军队授徽的那所房子，迄今犹存。

阿提库斯也是罗马共和后期不能回避的人物，他是西塞罗无论在不在罗马都形影不离的亲密朋友，他和西塞罗存世的五十多封通信，几乎构成了西塞罗人生中十分有价值的精神遗产。西塞罗目前存世有一千多封书信，大部分是他口授，由他的秘书班子记录整理存档，他的首席秘书泰罗就是由阿提库斯的希腊秘书学校培养推荐给西塞罗。这些书信和他的论文、演讲词一样有着独特的价值，甚至比那些经过漂亮辞藻修饰的官样文章更加真实地反映了西塞罗内心世界的复杂性多样性。

威尔·杜兰如此评价阿提库斯：

阿提库斯虽然出生于骑士家庭，但比克拉苏更像贵族，也更像百万富翁，他有迈耶·安斯切尔的诚实；洛伦佐的美第奇的学识；理财方面有伏尔泰的狡猾。我们第一次知道他的名声，是他在雅典学校做学生的时候，苏拉因听到他念希腊和拉丁诗时抑扬顿挫，有板有眼，大为敬佩；这位满面杀气的统帅想带他来罗马作为他的伙伴。结果被其拒绝。阿提库斯是个学者兼历史学家。曾写过世界历史的大纲；其一生大都在雅典哲学圈子里面度过；由于其博学多才和博爱慈善而闻名遐迩。他的父亲和叔父留给他相当于美金96万的财产；于是他把钱投资在伊壁鸠鲁大牧场；在罗马买下房子后出租，训练公开表演的格斗者和秘书以供出租；以及出版书籍等等。好机会到来时，他就放高利贷营利；但对雅典人和其朋友，他不取利息。

西塞罗、霍藤西斯和小加图等人把他们的储蓄都交托给他；他们一致对他的正直、谨慎表示尊重。西塞罗听他的忠告，不仅去购买了房产，也选买雕像来装饰房间和其书房。阿提库斯请客很少有排场，对自己生活则讲究享受，是个地道的美食主义者。但是他那亲切和蔼的个性与其有教养的谈吐，使他在罗马的住宅成为显要政客"促膝谈心"的场所。他对各党派都捐助、贡献，所以在每次判刑公告中，都逃过浩劫。77 岁时，他患了重病，由于明知治愈无望，就绝食而死。

既得利益和未能免俗的学者

西塞罗当年在法庭上痛斥西西里总督维勒斯贪污腐败的罪行时，绝不会想到号称廉洁公正的共和国理论家在自己登上权力宝座时，也会堕入贪腐的陷阱。威尔·杜兰在《世界文明史·卷三》中这样评述西塞罗的廉洁：

西塞罗自认为是一个廉洁到家的人，但是在西西里亚担任总督的一年中就囊括了 11 万元（美金），还时不时为自己的"清廉"称道不已。

共和国只能是权力制约权力而防止权力的滥用，"绝对的权力导致绝对的腐败"这是万古不易的铁律，西塞罗时代罗马共和国腐败如同威尔·杜兰所评述的那般：

贵族们在胜利的余韵中显得懒散颓废；大家不过问政事，尽情追求财富，尽情享受人生。贵族与平民之争有增无减，而且正酝酿着另一次的暴乱。贵族们把其高贵的身份视为当然，他们认为一个好的政府必定把政府中的高职高位留给祖宗当过大官的人来继承。如果你的祖宗未曾任官，而你想竞选当官的话，准被讥讽为"新人"或者"暴富"，马略和西塞罗就属于这些人。

……贵族与平民都不相信什么民主，他们宁愿独裁；双方肆无忌惮地强行胁迫，或贪污贿赂。原来用于社会福利的社团机构，现在则演变成为买卖选票的图利市场。买选票的行业演进到需要专业人才方能"胜任"的地步：有顾问专司买票事宜，有中间人专管一手交"货"，一手交钱。西塞罗描述说，候选人手拿钱袋，不停地周转于投票者之间。庞培以邀请部族首长到其花园后，赠送金钱给他们的办法来使他的一个叫阿弗拉尼乌斯的平平庸庸的朋友当选执政官。由于候选人需要大笔竞选经费，致使利息提高到月利八分之多。已被元老院收买的法院，与选举竞相贪污受贿。誓言已失其效用，假誓与贿赂一样是司空见惯的事了。

共和国法制的堕落使得民主成为空名，而贿赂公行法律私用，政府的诚信和法律的尊严荡然无存。所谓权力制衡体系，已经被寡头既得利益集

36

团所操纵，陪审团制度实际上已经解体，共和体制名存实亡。司法审判只是维护着表面的形式。法庭判决往往是权贵元老之间权钱交易的利益默契平衡手段。

西塞罗在写给儿子的信中说：

"法庭审判腐败到这种地步，以后除了杀人犯之外，没有人会被判罪。"其实他应该说"除了杀人犯之外，只要有钱就不会被判罪"。因为有一个律师说："要是缺乏钱和一个好的律师，就是一个平常的案件都会被判罪。"有一个叫昆图斯·卡利丢斯的副执政被元老院陪审团定罪，他就暗自盘算着说："这回他们的'索价'不会低于30万苏斯特斯的了。"

然而，西塞罗在担任公元前63年执政官期间，最为人诟病的就是没有经过司法程序的审判，而将卷入喀提林阴谋案的几名嫌疑人非法处决，导致被民粹头子克劳狄乌斯死盯着不放，追着他猛打，他几乎毫无招架之力，这也是他的主要把柄。他的政敌也表示，无论他在元老院反恐决议下，拥有何等权威，处决喀提林支持者的行为都践踏了任何罗马公民有权接受适当审判的权利。为此，人民有权流放西塞罗。

关于粉碎喀提林阴谋暴动事件，他甚至企图组织一些文人以史诗的形式记载他这个"共和国之父"亲自领导、亲自指挥的盖世奇功，但是没有人响应，他只能亲自动手为自己的功劳自吹自擂，自我表扬。目前这篇奇葩史诗仅存残篇，玛丽·比尔德在《罗马元老院和人民》一书中带有讽刺性评述道：

西塞罗为称颂自己在执政官任内取得的成绩所写长诗的残篇，虽然残缺不全，但已足够著名（或声名狼藉），有70多行被其他古代作家和西塞罗本人后来的作品所引用，其中的一句是经历了黑暗时代流传至今的最臭名昭著的拉丁语打油诗句之一：这个音韵刺耳的句子大意为："罗马何其有幸，诞生在我的执政官任内！"此外，作者显得大大有失谦卑（甚至略显滑稽），似乎在诗中描绘了一场"诸神会议"，我们这位超凡执政官在会上就他应该如何处理喀提林阴谋问题与奥林匹亚山上的神明元老院讨论了一番。

公元前一世纪的罗马，名誉和声望不仅靠口碑流传，而且离不开宣传，有时还需要精心地（甚至相当笨拙）安排。我们知道西塞罗曾试图说服自己的一位史学家朋友卢基乌斯·卢克伊乌斯撰文称颂自己挫败喀提林及其后续事件（他在信中写道："我极其热盼我的名字在你的作品中成为焦点。"）；他还希望一位当红的希腊诗人（西塞罗曾经为此人棘手的移民案件辩护）能以此为题创作出一部出色的史诗。到头来，他不得不自己动手写诗称颂自己。

看来执政官西塞罗急于想着青史留名，不仅希望动员宣传力量组织作家编写自己引以为傲的平叛辉煌业绩，在无人响应后，只得自己动手自我吹嘘。英国作家比尔德在正文括弧中的文字几乎全是反讽讽刺这种愚蠢作法。她说："在从罗马时代留存至今的对该话题的表达的看法中，大多数罗马评论家都嘲讽了该作品自负的构思及其预言。就连西塞罗最忠实的仰慕者，热衷学习他的雄辩技巧的弟子也遗憾地认为'他做得太过分了'，其他人则幸灾乐祸地嘲讽和戏仿这首诗。"看来一些伟大的政治家在功名利禄的引诱下，也会常常犯一些十分愚蠢的小错误，所谓"功名反被功名误"，炒作过分便成了历史的丑闻。

一年执政官期满，在他担任执政官的最后一天，"祖国之父"伟大的西塞罗灰溜溜地下台，按照常规，他应当去罗马市民广场去发表告别演讲，但是就是因为在喀提林案件的违法杀人，他的两个政治对手不允许他去面对公众做最后的例行的自我表扬。他们坚称"没有举行听证就处罚他人的人不该有权要求被人聆听自己的讲话"。他悄悄地遁出首都去担任西西里总督，和前任总督维勒斯一样闷声发大财去了。再过来几年的公元前58年，他的死敌共和国保民官克劳狄乌斯提出无论什么人，拥有何等权威，再不经审判随意处罚任何人，人民有权流放他。

昔日"祖国之父"，在民粹疯狂迫害中被逼自我流放，在希腊北部的马其顿度过了痛苦的一年，直到克劳狄乌斯和米罗的械斗暴尸街头，罗马陷入骚乱后，庞培平息了动乱，人民投票又招回了他。他在支持者的欢呼中回到了罗马。此时的罗马共和国，法律的虚悬，导致贵族任意妄为、丧心病狂地榨取和掠夺民众的财富无法遏制，民众动乱不止，社会已经完全难以共和共存，国家已经到了分崩离析的边缘，只要一个火星就能点燃燎原的大火，共和国大厦即将崩塌。西塞罗的理想俨然成为共和国改朝换代的噩梦。

在罗马共和国的政治斗争中，几乎都是围绕着权力和财富的攫取，寡头权贵集团既得利益的保持而展开。罗马高层的奢侈生活水平在共和国覆灭前十年与日俱增。在城内，政治家都需要一栋装饰华丽的大房子，以便接待大量的依附者和来访者，表现自己的亲民形象。城中没有印刷厂和邮局，政治家们需要养活大批秘书、誊写员和信使，其中多为奴隶或被释奴隶。最后通过发放养老金让大管家退休，通常赠送的礼物就是一笔安全可靠的投资，即一个农场。比如长期担任西塞罗秘书的马尔库斯·图里乌斯·泰罗，就是西塞罗的家用奴隶，从二十四岁开始在西塞罗身边工作三十六年，当年西塞罗二十七岁。泰罗不仅是一位记录员、抄写员，同时也是一位颇有声望的作家，他发明了一套速记法，使得大理论家的演讲有可能完整且准确地被记录下来。西塞罗被安东尼残杀后，泰罗在部丢利附近买下了一块农场，退休后一直住在那儿，直到百岁高龄去世。

西塞罗在公元前五十年致信泰罗："你对我的帮助是无量的——无论是在家里，罗马还是海外，私人还是公共事务，以及研究工作还是文学创作上……"

房产田庄的购置，私人助手班子的配备和养活，薪金酬劳的支付都是一笔不小的开支。虽然作为律师，西塞罗不允许收取小费，但是按照罗马人的通常做法，他可以名正言顺地从感恩者手中接受遗产和贷款。有些遗产通常可以从通商获利的骑士那里得到，数额十分巨大。罗马法律理论上禁止元老从事贸易活动，西塞罗的收入几乎全部来自意大利房屋的租金（元老们不像骑士，似乎很少向行省的土地投资）西塞罗是一个经常不在农场的地主，他把阿尔皮奴姆的农场租赁给佃农，而不是直接靠奴隶劳动让农场为自己谋利。人们经常发现，这样获得的利益是很大的。他对图斯库伦的别墅进行了装修，目的是从租赁部分土地的市场果蔬商那里收到更多的租金。

到了晚年，在繁荣的坎帕尼亚普特奥利港，西塞罗继承了一些商铺和其他财产；在这个港口，特兰提娅拥有林地，这些林地是从国家那里租来的，用于放牧牲畜。在罗马城内她拥有房产，虽然房地产投资风险很大，但有利可图。骑士阿提库斯在城镇和乡村不仅有房地产，而且在意大利之外，也有一些不动产。他还是一名大规模的贷款者，并经营各种有利可图的产业，他让奴隶接受教育，提高他们的使用价值，让自己的誊写员制作精美的图书供出售，他一度豢养用于供出租的角斗士队伍，他在承包国家合同的公司中好像没有任何股份，特别是承包税收这些公司与现存的当代公司最为接近。

虽然西塞罗最终跻身高位，拥有六处豪华别墅，但是人们公认他个人生活很俭朴。

共和国晚期的分崩离析

罗马共和国的后期，战争和征服，打开的不仅仅是疆域和财富的通道，使得市场不断扩大，商品经济不断繁荣，促进了生产力的发展。原有小农经济的奴隶制生产关系瓦解，使得土地兼并加剧，出现了大农庄主和大地主经济生产方式的转变。同时市民社会也在不断成长发展，贫富悬殊导致了各阶层矛盾的激化，建立在贵族寡头政治上的奴隶主政体不断瓦解逐步解体。所谓条条大路通罗马，为了战争的需要，不仅仅是指军队调动的迅疾便利，更重要的是商品流通的四通八达，物畅其流的交易渠道的畅通，帝国的财富不断增长，这是帝国征服的目的，也是繁荣富强的基础。权贵寄生阶层仰仗特权可供攫取和挥霍的资源将更加丰富，在军事实力强盛的基础上，战争机器昼夜轰鸣，无法止息，人民在战乱中不断贫困，奴隶和释奴队伍也大量增加，战争同时也孕育出新的军事权贵集团，这些都使民众不堪重负。

罗马高层的既得利益集团已经失去了民心，恺撒才得以趁势借助民意而崛起，循环推动了帝制王政幽灵的借尸还魂，这种循环不是内核的平移，而是在更高的社会生产力基础上的升华，意味着高度集权的大帝国即将在战乱中横空出世。

西塞罗理想中的城邦共和传统即将被淘汰，他的经典定义也将为残酷的现实所打破，他在《论共和》中曾定义：

一个政治体系若在"公法"和"公益"基础上聚合民众，并将国家当成一项"人民的事业"来实施治理，便可称为共和国。

西塞罗认为最好的国家体制应该包含：

卓越的王政因素，同时把一些事情分出托付给显贵们的权威，把另一部分事情留给民众们协商解决。

西塞罗心目中的最佳政体，也即希腊思想家所划分的三种基本政体的混合，后来在英、美、法大革命和政治实践中所体验的"共和"体制：君主制、贵族制和民主制在权力相互制约共同分享的宪政共和体制。然而，这三种政体可以分别蜕变成暴君政治、寡头政治和暴民政治。继古希腊许多哲学先贤名家的阐述挥发之后，他将之归类为三种政体的混合，可以防止一种政体形式向另一种政体的迅速演变。这就是著名的混合政体论，也即共和理论。

而西塞罗的共和主义带有古希腊雅典式城邦共和体制的特色，罗马既是一个商业贸易繁华的地区，又是一个崇尚领土扩张的尚武之乡。当武力扩张掠夺更多的社会经济资源和更广袤的领土后，城邦体制已经完全不能适应对于广大疆土和殖民地众多民众的统治，于是帝国体制应运而生，帝国体制更加庞大的权利诱惑刺激着恺撒、庞培、克拉苏、安东尼、屋大维这些野心家为争夺最高统治权进行你死我活的斗争，这就是罗马帝国的所谓"前三头"和"后三头"政治给罗马在共和向帝国转型过程中带来的混乱，西塞罗只是政局混乱、共和体制瓦解过程中的牺牲品。

法国自由主义文学评论家丹纳在他的《意大利游记》中，如此评价古罗马早期城邦制和后来在文艺复兴前期回光返照的佛罗伦萨所谓新雅典共和国：

当国家不是一个由官僚机构组成的巨大机器，不是一个只能通过纯粹理性才能理解的机构，而是一个凭个人的普通能力从感官上就能理解的城邦时，人们就会热爱它，但不是像如今这种需要唤醒的爱国之情，而是每天自然存在于其思想中的爱国之情。人对公共事务的参与，将会提升他的心灵和才智，使他富有公民的而不是自由民的思想和情感。一个鞋匠为了所在城市的教堂能够更漂亮而出钱；一个织匠晚上磨剑，并决定不再做臣民，而要做敌对城邦的某个领主。在某种压力下，每个人都像一根绷紧的弦，只要触碰它就能弹出美妙的声音。让我们再现这种高尚的情操和遍布城邦的每个阶层的活力，再添加上蒸蒸日上的发展、自信以及那种当人的感觉强大时所怀有的喜悦之情。让我们从眼前去掉那传统和继承带所带来的重负，它们既是我们的财富也是我们的累赘。想想一个自由人在因颓废而形成的荒漠中如何生存，我们就能够理解为什么这里如同埃斯库罗斯（古希腊悲剧作家）的时代一样——艺术是从商业活动中诞生的，为什么一块长满了政治荆棘的荒芜土地出产的东西比我们整洁又精确测量的土地出产的还要多，为什么那些不同派系的人、那些战士、那些航海家都在最危险、最担忧和最愚蠢时刻创造并革新出美丽的形态，并且带着一种源自本能的可靠性和天才般的丰富性，而这是我们如今再也无法达到的高度。

这里丹纳和古罗马的西塞罗一样，崇尚古希腊的自然法理论上建立的原始雅典城邦体制，后来被移植到古罗马城邦七丘之国的共和体制，乃是对于人的自由民主权利的尊重，而激发出城邦各个阶层公民对于国家热爱，迸发出的爱国主义和对于社会财富以及文学艺术的创造创新精神。随着领土和财富扩张，这种早期创造精神因享受权力带来的统治快感和消费财富带来肉体欲望而消失殆尽，罗马因此变得堕落而衰败乃至最后灭亡。这种对于帝国体制的否定和对共和体制的怀念与西塞罗的共和情结是一脉相承的。

西塞罗的共和国理想综合了柏拉图的道德理想国元素，融入了亚里士多德共和政体理念，将古希腊的政体理念注入更多自己的乌托邦美好理想，形成自己的《论共和国》理论体系。然而，理论很丰满，现实却很骨感，理论与现实的变异，使得理论中的美好共和国在现实中变得十分丑陋，因为罗马社会的贫富不均问题始终未解决，在商品经济高度发达后，反而使得阶层利益的固化日益严重，利益集团的巧取豪夺无所不用其极。富者越富，贫者益贫的"马太效应"使社会矛盾几乎无法平复，斗争此起彼伏。在格拉古兄弟被谋杀后，先后有斯巴达克斯的奴隶起义和喀提林策动的平民暴动，屡禁不止，愈演愈烈。诸多矛盾的累积导致共和国在一个偶然因素的催化下最终脆断。使得西塞罗的美好理想化为了一缕袅袅青烟，随共和国走进天堂。然而，不容置疑的是共和国首席理论家西塞罗本身就是利益集团的重要成员。

西塞罗赞成公元前六世纪的森多里亚会议（也即百人团公民大会）决定：倚重富人，赞成贵族通过宗教控制政治，但这并不意味着反对公正。像柏拉图一样，在他看来，尽管有人对"在法律面前人人平等"赞不绝口，但只有保存适当的阶级和阶层，才有公平可言——在共和时代，由于对穷人和富人量刑不一。公平的原则早就消失了。西塞罗批驳了不公乃国之必需的陈腐而又荒谬的论调。赞美了斯多葛学派有关自然法的某种信念，实际上他认为法律和公正是一致的。法学家将法律作为民众的呼声，或其他机构和个体的声明。西塞罗与法学家不同，他以这种方式解释法律，为我们展现了他的公职生涯中的所作所为。他公开声明忠于法律和法律程序，因而他毅然决然不去理睬那些在他看来不公正和不适宜的法律；必须考虑民众的利益，但是未必征求他们的愿望，这也是西塞罗理念的核心之一。然而，他坚持政府必须谦虚和蔼，不可触怒民众；极少动用死刑是罗马人的明智之举，为了和谐，政治家应该体恤民情。他赞成传统的庇护制，理由是：应以这种方式鼓励上层阶级通过建议、支援和资助，保护穷人和救济穷人。

然而这些善心，如果没有制度层面对贵族寡头集团权力的限制，一切将会流产于权力无限膨胀的高层权贵集团的个人意志，因为他们手中掌控着恐怖的军事工具，这也是体制的设计之一，无论是奴隶或者是贵族中的开明派企图撼动体制几乎是不可能的。

如果将这一正面说法反过来解读按照均衡综合政体的设计理念，政治生活的公共性应该防范各种形式的公共权力的"私有化"——僭主化、寡头化、抑或平民化。恰好西塞罗所见到的罗马共和国的政治生态都出现过这三种病毒的存在，且发展到综合性变异，最终催生了行走在悬崖边缘的共和国堕入深渊。在这个意义上，"正宗"的共和政体个人权利的不受制约最容易滋生出寡头政治，寡头政治又孕育了僭主政体的出现，亦即没有国王的国王出现。

与之相反的，是民粹土壤滋生出类似克劳狄乌斯等政治流氓的怪胎。街头政治对抗僭主政治而使得共和国在动乱中摇摇欲坠，军事强权的最后一击，也就土崩瓦解了。此乃作为古典共和主义者西塞罗对于政体变异辨析无法预估的盲区。本来在古典共和主义者西塞罗的视野中，"天下为公"对应各种形式的"天下为私"，并有各种制度对权贵集团的滥用权力以及以权谋私加以制约。然而，法律一次次被暴力所劫持，践踏公民的民主权利所导致流血冲突层出不穷。更何况被压迫在最底层的奴隶反抗规模越来越大。如代表平民阶层利益的格拉古兄弟被杀害，斯巴达克斯奴隶大起义惨遭镇压，就连所谓"喀提林阴谋"的贵族平民派暴动也暗中得到统治集团内部所谓平民派贵族克拉苏、恺撒的支持。这些综合因素，促使西塞罗和小加图支持的共和国实质上走向"礼崩乐坏"的不归之路。

善政、德政的短暂和暴政、苛政的延续，导致了理想的共和国体制归于空心化虚无化，寡头僭主政治便成为永久的噩梦，共和国便名存实亡了。作为亚里士多德"混合均衡政体"的深入阐发者，虽然深谋远虑、智慧老道，可他一旦进入政治博弈的现实场景，便变得指向含糊、目标不清，面对冷酷现实，十分苍白无力。最终他目睹了共和国的衰亡，只能痛心疾首长歌当哭。他不明白的是，作为利益集团的重要一员，既得利益也使他利欲熏心，在追逐功利的过程中，成为摧毁共和国的重要推手。

在《世界文明史》作者威尔·杜兰看来：

"君主政体只有在主权者是贤明的才是最好的政府形式。贵族政体也只有在统治阶层是真正的领导人才时，才是好政体"。但是出生于中产阶级的西塞罗不太相信固守的家庭制度是最好的。民主制度只有在百姓都是善良的时候才算是好制度，但是西塞罗认为百姓不可能永远善良。最好的政体是混合政体，像格拉古兄弟以前的罗马政体：议会的民主权力，元老院的贵族权力，任期一年的执政官之无上权力等。缺乏制衡，贵族政体就会变成专制政体，贵族政治就会变成寡头政治，而民主制度也会变成暴民政治——混乱且独裁的体制。在恺撒当选执政官之后，他抨击道：

柏拉图说暴君随自由的口号应运而生……最后，这所谓的自由就成为奴役。在这种制度下，某些人会被选为领导者。这个领导者以没收甲方财产来取悦于乙方。像这种人独处时因怕生命危险，总有卫士在旁保护。平常总以独裁者自居，统治曾帮他取得权势的人。

这段评述，非常经典，几乎适应以后历朝历代依靠所谓民粹走向政坛的独裁统治者。公元前59年恺撒还是当选了执政官，西塞罗知道大势已去，只得研习法律，重温友谊和荣耀以娱晚年了。他以"战时无法律"来自慰，他和斯多葛学派一样，把法律解释为"顺乎自然的正当理由"，即法律是要把人类的关系弄得井然不紊，他说"自然要我们爱人类"，这就是法律的基石。而在爱人类这一抽象的口号下，在面对自己既得利益和家族利益时，西塞罗毫不犹豫会选择自己和家族的利益。他的《论共和国》更多是写给后人看的，他在实惠和名声的追求上力求兼得，因此成果显著，影响力广泛而深远。他播种的是一棵常青的不朽的思想理论之树，使之流芳百世，享誉万代。

西塞罗和恺撒割不断的关系

古罗马最出色的思想家、理论家、雄辩家西塞罗，同时也是一位热心于法学、政治学、哲学的综合性学者。从个人的感情讲，相比庞培，西塞罗更欣赏恺撒，他先后将自己身边最心爱的人弟弟昆图斯、女婿多拉贝拉以及多位得意门生推荐到恺撒麾下服役，恺撒一一予以重用，刻意栽培。众所周知，早在"喀提林阴谋"案中，两人因为政见不同，就开始了针锋相对的辩论，但是并不影响两人的私人关系。恺撒并不因为政见不同而歧视不同政见者，他对于西塞罗一直待以老师之礼，始终是非常尊重的。西塞罗则将恺撒视作文学上的知音和同道者。对他的两本纪实性散文《高卢战记》《内战记》，从文学欣赏的角度评价甚高。

作为古罗马最有见地的知识分子，西塞罗认为，元老院指导的少数制——传统的寡头政治是较为符合罗马国体的。西塞罗与小加图不同，并不是坚持"元老政体"的顽固派。作为有良知的知识分子，西塞罗认为应当恢复到"布匿战争"前的传统共和体制，即由无私的、公忠体国的精英人才领导治理国家。此时的西塞罗最希望看到罗马的两强——庞培和恺撒能够携手合作，共治罗马共和国。

然而，对恺撒的功高盖主，满腹牢骚的元老院却毫不通融地发出"最后通告"，意欲置恺撒以死地。西塞罗在庞培和恺撒之间百般斡旋，终因小加图、马塞拉斯等顽固派的阻挠而不果。倍感委屈的恺撒拒绝接受"最终劝告"，率兵跨过卢比孔河，点燃了内战的炮火。西塞罗理想破灭，在恺撒大军兵临罗马城下时，他只能满腹怨尤地跟着庞培撤出罗马城。

但是，在逃离罗马的途中，只跟随庞培走了一小段路——不到阿皮亚大道的十分之一，西塞罗就和庞培分道扬镳了。后来从他留下的大量手稿来看，西塞罗认为国家和社会绝不应当把庞培当成大树来依靠。他倒不是认为庞培不值得信赖，相反，他认为这个世上没人比庞培更加实诚。庞培的问题，主要在于力量上不能与恺撒相匹敌，自东方战役后，庞培日益居功自傲，丧失了敏锐的战略眼光，显出年老昏聩、不思进取的征兆。尽管他看到了庞培的问题所在，在和庞培只凭豪言壮语空口说白话地对于恺撒的反叛毫无准备的时候，西塞罗清醒地地认识到恺撒的强大，在和阿提库斯通信中他说：

现在我们不得不对付十一个军团和他可能征集的大量骑兵，不得不对付高卢以北的高卢人、所有的保民官、城市下层民众，不得不对付我们那些不负责任感的年轻和极富影响力和勇敢精神的领导人。

在这封信中，我们可以看到西塞罗的洞察力和对形势的极强判断力。从双方的军力和民心所向以及领导人素质的研判都是准确无误的。但是从政治立场来看，他无法接纳恺撒。他向阿提库斯公开宣告，他将公开支持庞培。"但在私下里我会极力劝说庞培讲和"。然而，庞培却多次拒绝了恺撒讲和谈判的善意，内战只能打到决出胜负来。这使西塞罗的美好理想彻底破灭。他内心陷于极端矛盾和苦闷之中，急需排解。无奈之中，他随庞培行进到首都南海岸福尔米埃时，躲进了自己的别墅，以西塞罗的性格，不可能真正隐居起来，不问世事。在临海别墅里他不断接到朋友亲人的来信，因此有关庞培和恺撒的信息他几乎毫无遗漏地一一知悉。在这个时候，西塞罗收到了恺撒的来信。

致西塞罗：

我与我们共同的朋友弗尔尼乌斯（恺撒的秘书）见面的时间很少，因此我虽然很想了解您的近况，却总没有时间向他打听。

总是收到您的来信，我目前虽亲率大军在急行的途中，但总想着能有时间给您回信。在此，我想拜托您一件事：我现在快马加鞭赶回罗马，也很期盼能在罗马与您相见。我迫切地盼望能得到您的指点，借助您的权威，在各方面得到您的帮助。匆匆数语，请见谅。容见面后再详叙。信中未尽之意，已请弗尔尼乌斯代为转达。

接到信后，西塞罗大吃一惊。在庞培逃到希腊后，恺撒已经是意大利的武力主宰者了。而自己虽然偏居海边，却也听说他将在4月1日在罗马召开元老院大会。这是他建立统治合法性的必要程序。恺撒在信中所言"期盼罗马相见"，不就是"请务必出席元老院会议"的意思？也就是想请他出山充当恺撒式以军事强权掌控元老院的门面装潢。如果前去罗马，庞培肯定认为自己已经投靠了恺撒。如果不去，又得罪了掌握意大利实权的恺撒。信中所提的"未尽之意"见面详叙显然就是恺撒即将拜访西塞罗的提前告知。进退两难之际，未解燃眉之急，他立即写信给自己的老朋友阿提库斯征求意见：

致阿提库斯：

今天，3 月 27 日，我一边给您写信，一边在等托尔帕提乌斯（西塞罗年轻的老乡，之前因西塞罗的推荐成为恺撒的秘书），我打算听听他的建议，再综合马提乌斯的回信，看怎么对付恺撒的要求。现在我真是度日如年啊！恺撒肯定是不惜动用武力也要逼我去罗马。4 月 1 日在罗马召开元老院大会的通知已经发到了福尔米亚了。我该怎么办才好，拒绝吗？拒绝的后果又将如何？无论什么状况，我都会跟您逐一叙述详情的。早知如此，还不如离开这里回阿尔皮奴姆去。太多烦心的事，我已经受不了了。

西塞罗的福尔米埃别墅面朝大海，背靠阿皮亚大道，是罗马高层夏季别墅建造的胜地，在这里进行房产投资，有着很高的经济价值。但是现在西塞罗被这个极具经济价值的投资给害苦了。阿尔皮奴姆是西塞罗的出生地，位于拉蒂纳大道往内陆腹地的山谷中。现在澎湃的潮汐拍打礁石的轰响，撞击着他的心头，使他心潮久久不能平静。

恺撒拜访西塞罗的预想，三天后成为现实。可两人见面时，似乎各自心怀鬼胎，在暗中较着劲，但是表面上保持着绅士的风度和礼仪。恺撒军务倥偬，行色匆匆，戎装未脱，前来急于与大思想家相会，显示了相当的诚意；大学者保持着尊严，特地穿上象征元老院议员身份的红色镶边托加。因为这一次的会面不是文学的切磋，所以两个人在着装和谈话上都不敢随意。56 岁的西塞罗和 50 岁的恺撒，素来亲善，所以西塞罗担心的武力威胁情形并没有出现在这次会面中。这次交谈的内容，可以从随后西塞罗写给阿提库斯的信中分析出来：

致阿提库斯：充分听取您的忠告后，我和他进行了会谈。我不去罗马的决心丝毫没有动摇。但是您还记得吗？在恺撒上位之初，我们曾经认为，在驯服庞培之后，也能轻易地驯服恺撒。事到如今，我不得不承认，当初这个预测是错误的。

他跟我这么说："你应该知道，如果您不去罗马，不仅意味着不同意我的行动，还会对元老院其他议员产生重要影响。"

我辩解道："我有我不去的理由，其他的同僚们如果不同意，也自有他们的理由。"

在这一点上，我和他争论一番之后，他最后说：

"那么以和平之名。重邀你到罗马任职，如何？"

"那么我可以按照自己的意志做事吗？"

"难道恺撒还要担任西塞罗的词语老师吗？"

"既然这样，恕我直言。元老院不会同意，恺撒派兵攻打在西班牙庞培三将领，同样元老院也不会同意，恺撒向庞培逃往的希腊进攻。至于我个人，则对庞培将来的命运深感悲哀。"

"哦，不，我一点也不想听到您这么说。"

"我猜也是，所以我才不会去罗马。以我的立场，我一定会这么说，而且能说出你无法沉默的内容。那会形成什么样的局面？所以，我还是不去的好。"

恺撒站起来对我说："请您再好好地考虑考虑。"

他言及于此，老朋友，我真的无法拒绝。他对我的态度肯定是不满意的，之后他就出发了。但是我已经给自己打了高分，这种满意的感觉，很久没有感受到了……

而那些恺撒年轻时候的追随者们却令我无比感慨。这些豪门望族出身的年轻人，心甘情愿地跟随恺撒，把手中的长矛指向庞培阵营里的父母前辈。恺撒的威望已经植根于他们每一个人的身上，根植于军队每一个角落，但是对向来决策大胆的恺撒，我并不认为有好结果等待他。或者真的像您说的那样，我该隐退了吧。对我这样的人来说，这是个越来越超出想象的时代。

西塞罗在和老朋友阿提库斯在信中详细介绍了这次和恺撒会面的谈话内容。由此可见，双方见面都具备了绅士似的表面礼仪，恺撒并未武力相威胁迫使首席理论家加入他的阵营，而思想家也并未放弃自己的共和立场，而是理性、温和地拒绝了恺撒的建议。这也许是双方都预料到的结果，双方的见面也许只是某种试探和摸底，因而如约见面，和平分手。显示了军方枭雄对这位深孚众望学者声誉和人格尊严的尊重。而睿智的学者却对于恺撒阵营有着深刻的了解，尤其是那些思潮新颖的年轻贵族背叛自己的阶级，义无反顾地投身到代表平民利益的恺撒阵营向自己贵族父辈宣战。这并非特殊利益的选择，而是道义的选择，身为贵族自然近水楼台享受更多的特权和利益，但是优越的环境使得他们知道挂羊头卖狗肉的共和贵族政府即将倒台的残酷现实，对这个虚伪的共和政体导致人民苦难的加深有着更加切身的认识，因而反叛也更加坚决。

这群人中包括西塞罗的门生和亲人，比如他的弟弟昆图斯父子，女婿皮索·多拉贝拉等人都先后投身恺撒的阵营。这就如同前有西庇阿家族的盖约·格拉古兄弟的平民化改革，后有俄罗斯的"十二月党人"的反农奴制起义，前赴后继，生生不息。

衡量一个人的道德良知，在于能否摆脱自己的阶级限制和既得利益目光，站在公平公正的立场，做出道义的选择，所谓贵族的担当就是对国家和人民的责任心和使命感。作为思想敏锐的学者西塞罗不是不明白历史发展的趋势，而是惋惜他所竭力维护和效忠的共和体制，这个体制曾经给他带来了巨大的特权和利益。体制的坍塌不仅导致了自己心爱的贵族的灭亡，而且是自己共和理论的破产。他不是思想保守的老权贵加图，他总希望通过自己的斡旋来挽救共和体制灭亡的命运。但是历史已经不给他任何机会了。

而恺撒对于西塞罗的恳求，更多是一种试探的姿态。盐野七生分析得很透彻：读完这封信的前半部分，会觉得西塞罗真不愧是罗马的第一雄辩家，即使面对军事强人恺撒也不遑多让，而且考虑得更为周详。即便恺撒的多方劝说，也要保持自己学者的独立意志和坚守自己的共和理念，不和背叛共和的叛军头目同流合污，不当恺撒的传声筒和政治花瓶，不为恺撒在议会争取合法性去摇旗呐喊。在气节上是无可指责的。就连西塞罗也就此甚为得意，认为自己是赢了。多次写信说："我不去罗马的决心丝毫没有动摇""我对自己的表现感到很满意。"

通过这件事，看得出，恺撒始终是言行一致的。这个时期的西塞罗，在支持元老院主导共和政体这件点上，也算是言行一致的。但如果西塞罗真的理想信念如此坚定的话，如此坚定地避免兵刃相见，他应该去罗马，出席元老院大会，堂堂正正地阐述反对恺撒起兵的理由，为庞培站台。因为对恺撒来说，最坏的情形就是遭到罗马理论权威——西塞罗的公开反对。

因此，双方的谈话都显得有些言不由衷，虽然恺撒的大军几乎兵不血刃就掌控了整个意大利半岛。但是，真正的决战并不在意大利本土，而在庞培的基地西班牙及阿非利加本土，庞培的军队主力集中在行省以及附属国，正式的对决才刚刚开始，鹿死谁手还很难说。他也知道，与庞培政治信念相一致的西塞罗不会轻易就范，虽然在拜访这位理论权威时保持了足够的尊重，口口声声希望西塞罗参加元老院的会议，实际上他根本不希望西塞罗参加会议。表面的礼贤下士就是虚晃一枪，做足表面文章，在道义上抢占高峰，这就是恺撒的智慧，对庞培和加图及其追随他们的将领只要能够投降的一概宽恕，有的还予以重用，即使当上独裁官也不搞"公敌名单"这类政治报复的血腥屠杀。这是恺撒性格上的宽容，也是他的软肋，对于政敌过于仁慈，为他招来杀身之祸埋下了伏笔，也不幸为西塞罗所言中。

其实，西塞罗一直在庞培和恺撒之间首鼠两端，待价而沽，他在亚得里亚海岸的福尔米埃别墅潜伏等待着两虎相争，鹿死谁手的最后结果，好坐收渔翁之利。无论谁抢占先机，他都会是胜者之王的座上宾。因此，他的情报收集工作一直未停止，两方阵营都会有大量信息送到他的案头。因此，他的退出政坛是玩弄的韬晦之计，随时准备在适当的时候，重出江湖，直达庙堂，再次成为国家的舆论主导和理论权威。让恺撒按自己的意图再造共和。

西塞罗家族成员的选择

公元前48年7月底，决定恺撒和庞培最终命运的法萨卢斯会战即将开打，西塞罗在福尔米埃别墅收到了在内战前线追随恺撒围剿庞培的多拉贝拉（Dolabella）的来信。多拉贝拉属于恺撒麾下的青年将军，出生名门望族，是西塞罗爱女图里娅的第三任丈夫，如果抛开他的放荡不羁，大肆挥霍妻子的嫁妆引起西塞罗的不满外，其他方面他和这个女婿的关系还是不错的，尤其这位将军长着一张俊俏的娃娃脸，虽然生性好色，却是一副没心没肺胸无城府的样子，有点人见人爱，在图莉娅面前就像是一个可爱弟弟或者是一个长不大的孩子，西塞罗就越加像是一位慈爱的白胡子老爷爷。

多拉贝拉一直处在两难的境遇中，因为他参与了一场可能置岳父死地的军事战争。为阻止这种可能性的发生，同时考虑到可能对其婚姻造成的影响，多拉贝拉给西塞罗寄去了这样的信件：他奉劝西塞罗在决战打响前通过退隐自救，而对于这场战役多拉贝拉自然相信恺撒会赢。这封信也表明西塞罗已有相当时间未与家人联系，多拉贝拉借机让他了解前线的战局进展。信中还提到，恺撒显然很乐意宽恕西塞罗，这也证实了前文所叙述的二者的友好关系，这封信写于公元前48年5月，并从第拉奇乌姆的希腊军营发出。三个月之后，庞培在法萨卢斯以优势兵力被恺撒以少胜多彻底战败，逃到埃及后被杀。

多拉贝拉致西塞罗的问候：

见信安好。我自己很好，我们的图里娅（西塞罗女儿）也很好。泰伦提娅（西塞罗妻子）的身体一直欠佳，但是现在我可以肯定她已康复。此外，您的家务事一切顺利。

当我建议您和恺撒与我共命运，或者至少退出政治舞台隐居，无论何时，如果您认为我是出于党派利益而非您的利益，那么您误解我了。然而，此时正当天平倾向于我们一边的时候，我认为我唯一能考虑的就是为您提供建议，作为您的女婿这是我义不容辞的责任。从您的立场出发，我亲爱的西塞罗，您必须接受以下事实，不管您是否同意，您要相信，我的所想与所写均出于对您本人最真切的忠诚与挚爱。

您了解马格努斯·庞培的处境。不论他的名字与过去所拥有的荣誉，还是他经常引以为豪可托重任的诸国王与民族，均无法保护他。卑微之人尚可全身而退，对他来说却不可能。先被逐出意大利，继而失去西班牙，老兵部队又被俘，现在他只能在遭到封锁的军营中称霸。我想这种耻辱之前是从未发生过在任何一位罗马将领身上。所以，做一个识时务者，考虑一下他有何可希望或者我们有何可恐惧；然后，您将发现做出对您最有利的决定相当容易。有一件事我要恳求您，如果庞培的确在设法摆脱当前险境随舰队逃难，请慎重考虑您自己的利益，与自己而非其他人为友。您为您的派别和您所赞同的共和体制已付出许多。此时此刻，我们应以共和国实际所处的发展阶段而非因循其古老的形象来选择立场。

因此，挚爱的西塞罗，倘若最终结果是庞培又被驱逐出此地而被迫去寻找世界上的其他地区，我希望您能隐退雅典或其他任何您中意的和平区域。如果您决定这样做，请写信告诉我，如果可能的话，以便我能够赶往您的所在。无论您想从最高统帅那里得到何种特许以维护您的尊严，在恺撒这样的仁慈者这里您都可轻而易举地得到；但是我相信我的恳求对恺撒的影响也不是完全微不足道的。

出于对您的信用和仁慈的信任，我希望我遣去的信使能返回并带回您的回信。

这封信写得情真意切，且文字不俗，可谓苦口婆心，为维护西塞罗的切身利益，从战局胜负大势到对岳父的抉择，提出忠告，可以说是情理交融，使得西塞罗不得不认真思考。

多拉贝拉长相俊美，才华横溢，他身上有三个最引人注意的特征，五官深邃俊美，体格强健有力，身材小巧玲珑，被罗马人称为袖珍版的希腊男神阿多尼斯（希腊神话中掌管春天植物的男神），由于作战英勇而深得恺撒欣赏，在追讨庞培的内战中一直被委以重任。但是多拉贝拉眼看内战进入尾声，即将尘埃落定时，他关心着老岳父未来的命运。他是西塞罗爱女图莉亚第二任丈夫，西塞罗以60万塞斯特斯的厚重妆奁作为陪嫁将女儿嫁给了多拉贝拉，但作为罗马贵族中著名的美男子也是著名的花花公子，他一直沾染着寻花问柳、拈花惹草的恶习，此刻他正从前线归来，准备参与竞选第二年因他的小舅子克劳狄乌斯被杀而空缺的保民官职位，所以他一直瞒着西塞罗父女，躲在自己的帕拉蒂尼山的住宅内和安东尼漂亮风流的老婆（她是梅特鲁斯·塞勒的遗孀和克劳狄娅的女儿）梅特拉暗度春宵。他太太也即西塞罗女儿图莉亚比多拉贝拉年长六岁，她正在父亲图斯库姆的别墅照顾父亲的起居，西塞罗在这里隐居写作。多拉贝拉不可能和图莉亚离婚，因为他根本支付不起按照罗马法律必须返还图莉亚的厚重妆奁费用，即使是图莉亚提出离婚，这位债台高筑的花花公子也偿还不了高达60万的塞斯特斯陪嫁，况且参与竞选保民官即使有恺撒的鼎力支持，也是需要花钱的。他在高卢的亲密战友安东尼听说了他与梅特拉的丑闻，干脆就和老婆一刀两断，娶了克劳狄乌斯的遗孀富尔维娅。图莉亚却没有和花心丈夫多拉贝拉一刀两断的决心，她一直在犹豫着如何解决多拉贝拉的婚外出轨的问题，因为她从心眼还是喜欢这位风流浪子的。西塞罗虽然讨厌这位花心浪子，但是出于对于女儿的爱，他绝对尊重自己女儿的情感意志，而且他在暗中也希望保留这条可以和恺撒保持关系的渠道。多拉贝拉当然也是看中老岳父如日中天的声望，他也希望借助这层关系，在保民官的选举中得到岳父及其身后元老们的支持，因为恺撒已经许诺，在他当选保民官时力荐他出任下届的执政官。

但是，多拉贝拉在当选上保民官之后，已经彻底将图莉亚抛诸脑后了。他夜夜笙歌，日日风流，热衷于和安东尼的老婆梅特拉的风流韵事，她的不忠，让安东尼大发雷霆，尽管他自己堂而皇之地和身为裸体演员的情妇伏卢蒙尼娅·塞蕾里斯鬼混在一起；后来他还是和梅特拉离婚，娶了克劳狄乌斯的遗孀富尔维娅。多拉贝拉和图莉亚结婚后，没有出过生活费，却欠下了大量债务，而西塞罗太太特伦提娅却不顾丈夫的一再恳求，拒绝替图莉亚偿付债务，说这是丈夫的责任。他们夫妇曾经体面的公众生活和私生活都已经荡然无存。

西塞罗曾经和他的秘书泰罗如是评价自己的女婿："多拉贝拉，是个什么样的人？一个投机分子，和恺撒那帮人一样，一个流氓、犬儒派，脑子里全是动物本能——我还是挺喜欢他的。但我可怜自己的图莉娅！她这次给自己找了个什么丈夫？我亲爱的姑娘在我离开之前刚刚在库迈生了孩子，但那孩子没活过一天，再生一胎，肯定要她命，此外多拉贝拉越厌烦她和他的体弱多病——她比他大——她就越爱他。"罗伯特·哈里斯在西塞罗的传记小说《独裁者》中如此描述西塞罗和多拉贝拉的翁婿关系时说。

罗马内战就像是一场政治动乱中权贵之间的混乱交易，各自都有自己的精巧算计。当同一个国家的政治家为信念、权利、名望，或者只为赤裸裸的利益、贪欲而斗争死亡，那么内战中就没有真正的赢家。城门失火殃及池鱼，除了陷身于兵燹战火中的平民饱受流离失所之苦外，还有权贵亲友家属因为不同理想而分道扬镳，也要承受友情的破裂并四处迁徙。

西塞罗家族就是面临着这样的悲剧：先是拉着很不情愿追随兄长跟着庞培逃难的亲兄弟昆图斯半道脱离庞培的逃难大军，重返了恺撒阵营。因为昆图斯也曾经是恺撒高卢军团的副将，深得恺撒信任，在昆图斯被蛮族包围、他的军团几乎全军覆灭时，是恺撒亲率大军赶到救援，使他绝地逢生。后来又在恺撒鼎力推荐下出任行省总督，这种战友之情，生死之交，是西塞罗很难感同身受的。

西塞罗的亲侄子也即昆图斯的独子，不仅给恺撒写信，还到罗马拜见恺撒，甚至还向恺撒报告说，自己的伯父西塞罗牢骚满腹，打算离开意大利，西塞罗认为这种背信弃义行为："在我一生中没有什么比这更痛心的了。"这小子在罗马没有见到恺撒，只见到了恺撒的秘书，却在不到当兵的年龄投身恺撒反庞培的大军，顺带将西塞罗的儿子也带去加入了所谓叛军。加上这位年轻的叛军大将宝贝女婿。西塞罗大部分家庭成员都投身恺撒麾下，不能不说对待理念价值观的选择，不同时代的人其实是大相径庭的，归根结底还是共和理想的堕落，使得共和国已经失去了民心，也就失去了存在的合法性。人们对即将诞生的新帝国寄予更高的期望值。

这对年老体弱的共和元老来说，无疑在精神上是巨大的打击。收到女婿的信，他一定百感交集。此时，对共和派而言，前景看来黯淡无光，即将到来的新政体又能够寄予什么样的希望呢？西塞罗和他的贵族学生布鲁图斯面对专制独裁和自由的追求，再次面临新的抉择！

公元前 48 年 9 月，恺撒击败庞培大军，取得法萨卢斯战役的完胜。9 月 28 日，庞培逃到埃及，轻信了埃及国王托勒密十三世的承诺，被宫廷总管太监和叛将诱杀，惨死暴尸于埃及海滩，一代英豪落得死无葬身之地的悲惨结局。几个月之后，恺撒在埃及击败托勒密十三世，同时将著名的埃及艳后收入怀中。在爱江山也爱美人的陶醉之间，不经意又播下自己的龙种，最终一举荡平庞培余党之乱。而在恺撒的一路凯歌声中，西塞罗一条战线的战友小加图为共和理想视死如归，壮烈殉道，为自己赢得了身后的美名，更加衬托出了罗马共和国首席理论家西塞罗的怯懦。

几天后，西塞罗再次收到女婿的来信，这封信对于西塞罗打击是致命的，导致老人家毕生追求的共和国复兴的理想彻底覆灭，他的亲密战友小加图自杀殉国：

多拉贝拉致岳父大人：

我很荣幸地告知您，恺撒击败了敌军，而加图选择了自尽。我于今早到达了罗马。向元老院汇报了这一情况。我回到家，听说图莉娅和您住在一起，请问我可以前往图斯库努姆看望我在这世界上最爱的两个人吗？

接到女婿的这封信，西塞罗真正感到一种椎心泣血的悲哀，他喃喃自语地说："真是祸不单行。"他总结道："共和国败了，加图死了，现在我的女婿要来看他的妻子了。"家事国事一团糟，使他心情黯然，他将目光越过早春嫩寒尚存雾气弥漫的原野和罗马的丘陵湾区，远山如黛，一片迷茫，令人看不到希望。"没有了加图，这个世界也就不一样了。多拉贝拉这个孽种的存在，就是亲爱的女儿心头压抑的一座大山，使她一直闷闷不乐，始终不能释怀"。

西塞罗派奴隶去将女儿找来，他把信拿给她看。她经常和父亲说，多拉贝拉对她多么残忍，所以父亲一定认为她不愿意见他，但她让父亲帮她决定，自己怎样都无所谓。

西塞罗说："好吧，如果你真的那样想，那我就让他过来了，这样我就正好和他聊聊他对你的态度。

图莉娅连忙阻止父亲说："不要，父亲，求您不要这样做。他这人很骄傲，根本经不起责骂，要怪就怪我自己——结婚前，所有人都向我警告过他是怎样的人。"

西塞罗拿不定主意，但是他实在想听听亲历者讲述加图的遭遇，所以他克服了对这个无赖的厌恶——说多拉贝拉是无赖，并不仅仅是他对图莉娅的所作所为，还因为他用上了喀提林和克劳狄乌斯曾经使用过的政治手段——赞成取消所有债务，借此收买人心。并同时可借助法律权威永久消除自己挥霍的巨额债务。这种一箭双雕的把戏，使得西塞罗进一步看透了这位政客自私而贪婪的心态。怯于自己女儿对这位流氓的情感，他还是下帖子请这位花花公子来自己的别墅一叙，也让女儿夫妇团聚。

罗伯特·哈里斯在他传记小说《独裁者》中借助西塞罗的秘书泰罗的口，如此描绘道：

他让梅特拉派些搬运行李的奴隶跟他一起走，然后和我一起坐上马车前往图斯库努姆，一路上他基本睡觉。我们到达庄园时，奴隶们正在准备晚餐，西塞罗让他们再加一个座位。这时的多拉贝拉却径直向图莉娅坐着的沙发走去，并将头枕在她的腿上。过了一小会，他开始抚摸他的头发。

那晚风清月白，夜莺的叫声此起彼伏。在这种氛围下，多拉贝拉绘声绘色地讲着恺撒远征北非阿非利加对于庞培两个儿子叛军的残酷绞杀：西庇阿和努米底亚国王尤巴率领七万共和国联军迎击恺撒，他们企图用象兵冲破恺撒防线，但是面对铺天盖地的箭矢和燃烧弹，这些可怜的野兽惊恐奔逃、互相踩踏。恺撒的铁骑冲散了恺撒的共和军的队形，只是这次恺撒没有留下任何战俘，对于共和军和尤巴部属尽行宰杀毫不留情，他过去所标榜的仁爱之心在残酷的战争中已经完全消磨殆尽。恺撒将叛军头目庞培大儿子格涅乌斯枭首示众。这些残酷战争的场面听得西塞罗后背发凉，冷汗淋漓。当毫无心机的多拉贝拉仿佛儿童那样，眉飞色舞地讲述在乌提卡坚守的小加图切腹自杀的血腥场面，使得西塞罗听得毛骨悚然、悲愤不已。而原来相貌堂堂的美男子多拉贝拉由于在孟达战役中负伤：一条伤口从耳朵一直延伸到锁骨，他走起路来一瘸一拐的；那是敌人的一杆标枪刺死了他的坐骑，害得他摔倒在地上，被马压在身下，好在没有破相，脸庞黑里透红反而透出几分将军的英武，他依然精力充沛。当西塞罗叹息着表示自己已经累了。缓缓走进自己卧室休息时。这对夫妻和好如初，携手走进了图莉娅房间。西塞罗脑海中反复翻腾着西非战场的残酷画面和小加图在乌提卡总督官邸切腹自尽的场面，脑海翻腾中耿耿难眠。

恺撒于公元前 46 年 4 月 25 日返回罗马，西塞罗早早地赶到恺撒可能登陆的城市布林迪西港，怀着忐忑不安的心，诚惶诚恐地等待着已经成为罗马独裁官的恺撒凯旋。

西塞罗听说恺撒在塔轮屯登岸，将从陆路抵达布林迪西，赶紧前去迎接，这时他的内心固然抱有相当希望，仍旧担忧不已，不知成为征服者的恺撒在众人目睹之下，对他会是何种态度。事实证明他无须妄自菲薄，做出屈辱自己的言行，因为恺撒刚一看到他在众人之前就走了过来，马上下车迎前向他致意，然后与他且行且谈。从那时开始恺撒对他一直优容有加，即使西塞罗写出颂扬小加图主张的论点，恺撒在应和的演说中，对西塞罗的情谊和辩才大肆赞誉，认为可以媲美伯里克利和瑟拉米尼斯（前者是古希腊雅典民主政治的倡导者、善于演说，后者是雅典的海军司令），西塞罗和恺撒主张的论点，题目分别是《论加图》和《反加图》。

至今无人记录恺撒和西塞罗在布隆迪西港的交谈中到底说了些什么。只有英国著名作家罗伯特·哈里斯根据后来这位罗马著名思想家、政治家西塞罗和罗马独裁者恺撒后来的交集和合作，按照事实和文艺创作的逻辑，虚构出他们之间的谈话，这篇谈话是根据西塞罗和阿提库斯和多拉贝拉的信件，实际反映了西塞罗以政治上的妥协来换取自己隐居创作的自由。作家以西塞罗秘书泰罗的口吻写道：

恺撒一行四五百人，停在百步之外，摆开蓄势待发的态势，我们走了过去，西塞罗走在我和小马尔库斯之间。一开始我还不知道哪个是恺撒，直到一个高大的男人翻身下马，摘下头盔递给副官，一边用手将平头发，一边朝我们走来。

看着他一步步走来。我有种恍然隔世的感觉。这么多年来，这个巨人一直是万众瞩目的焦点——他率领千军万马四处征战，将共和国碾为齑粉，仿佛只是砸碎了一只早已过时的破旧花瓶。每个人都在关注他、寻找他，但他其实也是一个需要呼吸的普通人类！他迈着短促的步伐。我一直觉得他很像一只鸟：有像鸟一样狭长的头颅，还有鸟眼般炯炯有神的一双黑眸。他走到我们面前，停住脚步。我们也停了下来。我离他很近，可以看到头盔在他柔软苍白的皮肤上留下的红色压痕。

恺撒见到西塞罗感到十分高兴，他笑着对老朋友说："我不辞路远出城来看你，就是为了表达对你的敬意。"随后，他邀请西塞罗随便走走聊聊天。他们避开卫士和随从向他林敦方向走了半里地，恺撒的士兵为他们让开路，卫士们走在他们身后，其中一人牵着马。泰罗和西塞罗儿子小马尔库斯跟随在后，听不清他们讲什么。只见两人十分亲密，恺撒偶尔会一边挽着西塞罗的胳膊，一边用另一只手比画。后来西塞罗告诉他的秘书泰罗，那日他们相谈甚欢，主要对话如下：

恺撒："你想做些什么呢？"

西塞罗："回罗马，如果你允许的话。"

恺撒："你能保证不给我惹麻烦吗？"西塞罗："我发誓。"

恺撒："你干嘛回那里？我还没想好让不让你在元老院发表演讲。"

西塞罗："噢，我的政治生涯已经结束了，我知道，我会隐退的。"

恺撒："隐退之后？"

西塞罗："可能写写哲学书吧。"

恺撒："很好。我喜欢搞哲学的政治家，这意味着他们放弃了权力争夺。你可以回罗马。你愿意边写边教吗？我先介绍几个有潜力的手下给你。"

西塞罗："你不怕我教坏他们吗？"

恺撒："有你在，我什么都不怕。你还有什么要求吗？"

西塞罗："我想撤了这些执法吏。"（在这之前，西塞罗出任西里奇

亚行省总督，拥有一支四千人常备军的统帅权，因此身边常配备有六名手持束棒象征权力的执法吏）

恺撒："没问题。"

西塞罗："不需要元老院表决吗？"恺撒："元老院里我说了算。"

西塞罗："啊！所以你不打算恢复共和国了吗？"

恺撒："我不能用朽烂的木头重建房屋。"

西塞罗："告诉我，这是不是你的目的？你想要独裁？"

恺撒："怎么可能！我只想得到应有的尊重。至于其他的我不过是顺势而为。"

这是一次不同理想价值追求朋友间敞开心扉开诚布公的谈话，他们之间的气氛非常友好，恺撒说这些话时语气亲切，一脸平静、波澜不惊，尽可能表达了胜利者对于曾经的反对派舆论领袖的宽容大度和应有的尊重，西塞罗并没有放弃年轻时的共和理想，在历尽磨难后对于现实政治已经厌倦，准备归隐田园，对共和国兴衰的历史进行理性的反思和总结，但并不意味着他对于政治理想彻底放弃，尤其是面对安东尼在恺撒死后准备独揽大权建立独裁专制统治时，他再次走出图斯库努姆的书斋，再次回到罗马钻进了政治旋涡的中心，成为元老院反独裁专制的核心，他利用自己巨大的政治影响力进行了拼死一搏，最终死在独裁者的屠刀之下。西塞罗暂时和恺撒妥协了。

恺撒凯旋后西塞罗的妥协

　　受到恺撒尊重对待的西塞罗，在解除了思想顾虑后，立即写信给妻子特伦提娅，准备随恺撒凯旋的大军一起返回他在罗马帕拉蒂尼山的豪宅。他告知妻子，返家的第一件事，就是洗澡，仿佛要洗去流亡期间所沾染的浑身晦气，回家后就能过上顺心舒畅的好日子。然而，他流亡在外期间，妻子特伦提娅对他并没有表示应有的关心，而是抱怨他对于政治理念的坚持给家庭带来的灾难，因此西塞罗给妻子的信也没有多少热情：

　　我想我应该要去图斯库鲁姆，请务必做好准备。到时候还会有很多人和我一起住一段时间。如果浴室里没有浴缸那就买一个吧；其他生活必需品也要买，再见。

　　没有任何爱称，没有表达任何期待，甚至没有邀请她见面，当时西塞罗身边的人，已经意识到他们长期冷漠的夫妻关系已经走到了尽头，他已经打定主意要和妻子特伦提娅离婚了。

　　当西塞罗一行到达图斯库努姆的弗拉斯卡蒂别墅时，特伦提娅已经在那儿等待。他们夫妻在经过漫长的分别后，她跑到他面前，紧紧地抱住他，眼泪情不自禁流下来。这似乎是他们三十年夫妻生涯的最后一次拥抱也是最后一次彼此怜悯着流下眼泪。岁月的风霜在他们各自的脸上都留下纵横交错沟壑，头发已经花白，曾经骄傲的背脊已经显得佝偻。直到这一刻西塞罗意识到，身为他的妻子，生活在恺撒执政的罗马，她一定也吃了不少苦头，这些都是受到他的牵连。但是在他看来这一切都将结束了。他们像是海难中幸存的陌生人，紧紧相拥后，又默然地分开了。离婚后，特伦提娅第二天便回到罗马，儿子小马尔库斯随母亲去了罗马，只有女儿图莉娅仍然留在图斯库努姆庄园陪伴父亲。

　　普鲁塔克在《西塞罗传》对西塞罗的这段婚姻如此写道：

　　对他影响最大的就是就是与特伦提娅的离婚，特别是在战争期间，她出于忽略未能尽到做妻子的责任，使得他离家远行之际，完全没有准备旅行所需的各种物品，等他回到意大利，特伦提娅仍旧对他不理不睬，因为他在布伦迪西港停留很长一段时间，她也没有前去与他相聚，她的女儿图莉娅年龄已经不小，头一位丈夫已经过世，现在的多拉贝拉是第二位，当西塞罗长途跋涉前往布林迪西的时候，她并没有派适当的护送人员，也没有提供足够的盘缠；她只给他留下一座空空如也的房屋，还要加上大笔的债务。

这时，闻名遐迩的哲学大师、老牌政治家在成了单身贵族后，反而变作香饽饽，受到众多上流社会贵妇的追求者，他在离婚后不久，就在众多的追求者中挑中了一位比他小四十五岁，小得可以做她孙女的十五岁贵族少女普布利莉娅结婚。当然，老哲学家并不是贪图她美貌，而是相中了巨额财产也即是丰厚的嫁妆。因为她的父亲是银行家阿提库斯的骑士朋友，非常富有，他死后钱财需要委托朋友帮助保管，让利莉娅结婚后再交给她。西塞罗需要利用结婚来搞钱。

因为特伦提娅早在离婚之前就收回了嫁妆，这让他经济上陷入了困境，虽然他有很多房产，但他显然付不起维修费用。但是他又不愿意售出他房产。他一直坚信"用多少赚多少，而不是赚多少用多少"。由于年事已高，现在他已经不能通过法律业务来搞创收了，唯一可行的办法就是再次娶一个有钱的老婆。挑来选去他选中了小姑娘普布利莉娅。和这个小姑娘结婚也是阿提库斯的主意。他称为"优雅的方案"。一切合情合理又合法。女孩的母亲和舅舅都非常赞成，位能够和这样一位杰出的男人成为亲家而感到受宠若惊。普布利莉娅则在西塞罗为娶这样一位年龄悬殊的小姑娘而犹豫不决时，她主动表示，如果能够成为他的妻子，她将感到不胜荣幸。就这样在阿提库斯的撮合下，在姑娘的主动投怀送抱下，老政客西塞罗只能顺水推舟收下了这份礼物。

而这份礼物似乎让他子女都有点受不了。图莉娅听到这个消息昏了过去，一两个小时后才苏醒过来。在此期间她怀上多拉贝拉的孩子，父亲的婚姻让她受到很大的打击，她快分娩了，于是她搬到母亲那儿去了。小马尔库斯则恳求随恺撒出征西班牙。西塞罗则劝说道，参与对于庞培两个儿子的镇压就是对他前共和派战友的背叛，是不光彩的行径。于是小马尔库斯带上一大笔钱去了雅典，想往自己的脑袋里装上一些哲学知识。这些都让西塞罗大肆举债，他更加急于与普布利莉娅结婚来偿还巨额债务。

英国作家罗伯特·哈里斯在《独裁者》一书中如此描写西塞罗和他的新妇普布利莉娅的关系：

这桩婚姻一开始就是一场灾难。西塞罗不知道如何与年轻的妻子相处。在他眼中，她就像前来玩耍的朋友的孩子。他有时扮演长辈的角色：她弹琴，他高兴；她刺绣，他鼓励。其他时候他又是严厉的导师，为她在历史和文学上的孤陋寡闻感到诧异。但大多数情况下，他不会主动找她。他说，维持这段关系的唯一方式就是情欲。但他完全没有感觉。可怜的普布利莉娅！她丈夫越是对她不理不睬，她就越是对他紧追不舍，然后他就越是恼怒。最后西塞罗找上了图莉娅，恳求她搬回来与自己一起住。他说她可以在他家生孩子，他会送走普布利莉娅，或者让阿提库斯帮他送走，因为他觉得这段关系太让人心烦了。图莉娅见父亲如此模样，心痛不已，便同意了。而可怜的阿提库斯不得不去跟普布利莉娅的母亲和舅舅解释，为什么这位年轻的女士结婚还不到一个月就要回家。阿提库斯提出，他希望图莉娅的孩子出生之后这对夫妻可以重修旧好，但现在要以图莉娅的愿望为优先。他们别无选择，只能同意。

就这样，西塞罗在图斯库努姆庄园的写作生活又恢复了正常，这座庄园是他在阿提库斯的建议下购买的，且这位热心的朋友对于庄园的装修摆设均报以巨大的热心，并为他在雅典专门定制了一批青铜和大理石雕像，装饰庭院；购买了不少的典籍为他充实书房。在西塞罗众多庄园中，这是他最喜欢住的地方，乃至于法国著名作家茨威格在创作《人类群星闪耀时》一书时专门写了西塞罗在图斯库努姆隐居写作的岁月。

弗拉斯卡蒂的清幽恬静，使他有着某种世外桃源的感觉，现在没有人来打扰他了。此外，有亲爱的女儿来陪伴他，他又重回到亲情中。从此时开始，这里就是他的主要住所，也是他安心著书立说的地方。房子的上层有间锻炼室，和他的书房相连，为了纪念亚里士多德，他称其为"吕克昂"——这是亚里士多德于公元前 355 年创办的雅典学校：他早上会在这里散步、写信、会客，有时还会在这里练习演讲。从这里还可以看到十五罗里外连绵起伏的罗马七丘。但是现在以他的处境和对恺撒的承诺，他不再为罗马的国家大事去牵肠挂肚，可以潜心去写书了——这样看来独裁统治反而使他获得了自由，一种摆脱潜藏着种种风险和利益牵制的在心灵思想学术上的自由。露台下有个花园，花园里有一些林荫道，为了纪念柏拉图，西塞罗将花园称为"阿卡德米"。吕克昂和阿卡德米这两个区域都装饰有大理石和青铜质地的精美希腊雕像，其中西塞罗最喜欢的是阿提库斯送给他的赫尔墨斯和雅典娜的双头像。那是一尊标准的雅努斯式半身像，众神使者赫尔墨斯和智慧女神雅典娜背对而立。花园中还建有几处喷泉。潺潺水声和鸟鸣花香，为这里营造出一种伊甸园式的宁静氛围。山上本来也很安静，因为住在附近的元老不是逃了就是死了。西塞罗和图莉娅在这里待了有整整一年，偶尔也会去一趟罗马。他认为这些日子是最幸福的时光，也是他创作欲最旺盛的时期，因为他兑现了对恺撒的承诺，不问世事，一心写作，他不再为法律和政治事务分神，而是专注于创作，在接下来一年里，他写了一本又一本哲学和修辞学的著作，数量都赶得上学者一年的产出了。

但是，共和大将小加图在阿非利加乌提卡无比惨烈的死打破了西塞罗平静的隐居和写作生涯，他不由自主地再一次被他的共和派学生布鲁图斯拉进共和派与独裁官恺撒的纷争。

普鲁塔克的记载，多少对于恺撒包容不同意见的情怀有些夸张。西塞罗的《论加图》的出笼，与另一位共和派大将，在法萨卢斯战役后归顺恺撒的布鲁图斯有关。加图在恺撒大军围困阿非利加省省会乌蒂卡时慷慨壮烈捐躯（将专章描写），恺撒感到十分不快，作为罗马人炽烈追求自由信念不惜以身殉道的典范，没有谁比加图更有资格。而加图曾经和西塞罗是属于一个营垒里的共和派战友，战友殉国，就是从同道者来说，表达自己的哀思也是理所当然的事情，而对加图的赞扬，无疑是对恺撒的批评，恺撒为此表达了毫无掩饰的愤怒，他们之间的关系有所冷淡，但也仅仅是冷淡而已，西塞罗从此淡出最高统治层，除了著书立说，课徒授道外，元老院议席仍然保留，他对于国家大事发表言论的自由还是有的。

恺撒准备宽恕这个一贯刚直不阿的政治对手，以表现自己的仁慈。但是加图没有将机会留给他。加图以血淋淋的英雄主义壮举兑现了自己为共和国献身的诺言，更加衬托出了布鲁图斯和西塞罗等知识分子首鼠两端的犬儒人格，毕竟他们和恺撒妥协了。加图死后，他的幽灵依然有着相当的号召力。用鲜血捍卫的荣誉、自由——加图的自杀升华了罗马人珍爱的主题。

恺撒打败了庞培，但是没有打败加图，这个事实罕见地使他在第四次凯旋仪式的宣传上出了丑。他下令装饰一辆象征加图自杀的花车，跟着游行队伍穿越罗马市区。他想表达的意图是：加图和一切与他为敌的公民是非洲人的奴隶，已经作为共谋者被消灭了，其他持不同政见者如西塞罗和布鲁图斯等人也已经被招安。但是，罗马的观众们似乎并不买他的账。看到花车，市民们哭了，即使是恺撒的怒火也无法消灭加图的巨大影响力。

加图依然让罗马人难以忘怀，他的一些同伴依顺了恺撒，还为此受到了奖赏。但是对他们而言，加图的死是无声的谴责。最突出的是加图的外甥布鲁图斯。起初，他从哲学的角度，批评舅舅的自杀。后来舅舅的自杀渐渐使他很不安。布鲁图斯是个热诚、高尚的人，羞于被看做恺撒的同谋者。他仍相信恺撒是个共和主义者。因此他认为支持这个独裁者与忠于加图的英灵并不矛盾。为使之更显明白，他和妻子离了婚，另娶了加图的女儿鲍西娅。鲍西娅的前夫是马尔库斯·比布鲁斯（恺撒公元前59年担任执政官时期的副手、恺撒政敌。笔者注），不难想象，恺撒对这桩婚事不会很高兴。

然而，事情还不止于此，为了让舅舅加图永垂不朽，他还着手写了一篇讣告。并请罗马最伟大的理论家、作家西塞罗也写一篇论文来弘扬加图精神。西塞罗受宠若惊，正愁无法洗刷他投靠恺撒充当贰臣的污名，他欣然从命提笔撰文表达对前同志、战友、烈士的敬意。其实是怀着自责羞愧的心情答应自己学生的请求。他痛苦地意识到，为了捍卫共和国不被毁灭，自己并没有英勇战斗过，就屈辱地接受恺撒的宽恕，更证明自己是首鼠两端的墙头草。面对众人的轻蔑，西塞罗依然很想扮演共和主义价值观最无畏的鼓吹者、坚守者的角色。

但现实是另一种情况，自从他和恺撒和解以来，不断遭遇到的嘲弄，将自以为是击得粉碎。如今，借公开赞扬乌蒂卡的烈士，西塞罗又壮着胆子抛头露面了。他写道，加图是极少数比他的名声更伟大的人。这一定位很尖锐，矛头不仅指向了独裁者，还暗贬了那些屈服于恺撒的那些人，包括他自己。这就是西塞罗那篇脍炙人口的《论加图》。在这篇对于加图的赞美文章中他完全不顾及恺撒的感受，秉笔直书称赞加图：

思想坚定，为人正直，我行我素；视荣誉和功名如粪土，鄙薄追名逐利之徒；捍卫法律和自由；克己奉公；不屈服于僭主之威；倔强、暴躁、苛刻、固执；一个理想主义者；一个狂热分子，一个谜一样的人物，一名军人；宁可剖腹抛肝也不愿向独裁者低头——只有罗马共和国才能孕育出这样的人物，这样的人物也只肯活在罗马共和国。

在镇压庞培余党取得决定性战役胜利后，恺撒读到了西塞罗和布鲁图斯的文章，他怒不可遏，稍有空闲他便开始撰文反击。他写道，加图算什么英雄？他是一个卑劣的酒鬼，一个不识时务的疯子，简直不值一提。将对加图和西塞罗的不满完全倾泻在笔下。这篇名为《反加图》的文章在罗马散发后，人们对照着《论加图》看，读得兴高采烈，这种统治阶层的对垒文章成了罗马人街头巷尾茶余饭后的有趣谈资。恺撒的攻击不仅无损于加图的名声，反倒将加图推上了一个几乎神圣的境界，反而连带着西塞罗也跟着神圣起来。恺撒的怒气也仅此而已，对理论家和他情人的儿子布鲁图斯他也无可奈何，只能继续宽容下去，只是西塞罗从此被恺撒当成鬼神敬而远之了。

其实恺撒无论在胸怀和气量上都是与众不同的，主要表现在他对于政治对手的宽容和谅解，表现了政治家的磊落情怀，即便对于逝去的政敌庞培和加图，如果不是自尽和被谋杀，他也乐于扮演一个开明君主的角色，不会从肉体上消灭他们，而乐于在元老院给予虚名和政治上的高位，让他们在帝国体制内部继续扮演政治反对派的角色，显示帝国的自由和民主。即使登上高位，他也没有像马略、苏拉那般搞什么"公敌名单"对政敌搞家族株连，在制造恐怖中树立权威，趁机敛财。他对庞培和加图的家属和财富均给予保护照顾，对名士西塞罗一直给予尊重，使得西塞罗在体制内部继续保持相对的独立性，继续充当着体制反对派的角色。这里有着学者型军阀枭雄恺撒和相对怯懦投机型学者思想家西塞罗的相互欣赏和信任的和而不同的人格魅力，彼此心照不宣地对立着照应着。

普鲁塔克在《西塞罗传》中，记载了这样一件事：

庞培的部将奎因都斯·黎加流斯率军与恺撒对抗遭到起诉，西塞罗受委托担任被告辩护律师。开庭那天，恺撒亲自参加聆听审讯情况。恺撒等了很久，未见西塞罗发言，心中不禁有些暗自得意，以为西塞罗也不屑于为之辩护了。便对旁边的朋友说："为什么我们不能再度听到西塞罗口若悬河的发言呢？看来黎加流斯确实是个坏人和敌人。"等到西塞罗开始陈述案情，非常奇妙的是竟然使得恺撒感动不已，他的语气哀怨委婉，措辞优美典雅，恺撒的神色随着变化，情绪产生很大的激动，最后提到萨法卢斯战役，恺撒竟然感动得全身颤抖不已，手里拿的文件在不知不觉中掉落在地。他完全被那篇《为奎因都斯辩护词》所征服，法庭终于宣告黎加流斯无罪开释。恺撒尊重法庭判决，未对司法加以干涉。显示了某种对于法制的尊重精神。

回到罗马后的恺撒，在享受了隆重的凯旋仪式后，立即着手处理在他离开罗马期间，由他的骑士团长法务官安东尼留下的烂事，先是平息了老兵部队的反叛；后是纠正对于庞培集团成员没收财产的过激作法，发还被没收的家属财产，或者征得所有者同意以市场价格收购；兑现承诺保证小加图和庞培家属的安全。对于流亡者表示想回国恢复公职的想法，恺撒全部应允。就连当初发出"元老院最后通告"并宣布他为国家公敌的前执政官马塞拉斯，他也没有为难。恺撒企图弥补战争创伤，缓和矛盾，民族实现和解，不分敌我地共同建设罗马帝国，他开始着手改革共和政体，适应帝国体制的需要。已经54岁的恺撒，在树立新秩序之初首先把"宽容"作为改革的宗旨。在凯旋仪式上派发的银币上就刻着拉丁文的"宽容"字样。

此时的西塞罗，虽然在《论加图》中对于小加图的以死明志大加赞赏，但同时他也认可恺撒的"宽容"路线，积极致力于修补昔日同事因为战争与恺撒的破裂的关系，以团结两派为己任，在新的帝国建设初始即种下共和的种子，在繁荣昌盛的基础上嫁接出新的果实。因为西塞罗是共和的理想主义者，其理论来源于希腊城邦体制的共和理论家如苏格拉底的民主体制、柏拉图道德理想国和亚里士多德的马其顿帝国联盟的联邦制萌芽。罗马共和国从王政中脱颖而出，又经历将近五百年开疆拓土的历史，共和国疆域不断扩大，财富不断增加，进而带来管理上的捉襟见肘和制度上的腐败堕落两大难题。

此时，过去的同盟国很多变成了共和国的行省实现着自治，同时国民已经陆续享有了公民权，实际在国家之间已经是某种松散的联邦。西塞罗所向往的理想主义共和国模式从理论到实践的考验，还要经过漫长的岁月，才能逐渐走向成熟。经过文艺复兴、宗教改革、启蒙运动和美、英、法三国大革命的战火淬炼，在经验和教训中，逐渐完成在体制机制上的进步。进一步限制权力，保障公民自由权力，并在社会层面相对公平公正地推行，而确保共和国体制的相对的纯粹性和自我更新的能力。这一任务的完成，必须突破所谓底层无限民主也即民粹的阻力和高层权力的滥用导致的巧取豪夺弊端，唯一的途径，就是以原有罗马共和体制法制宪政去束缚规范民权和行政权使用，才能达到共和的目的。

西塞罗可以去幻想做梦，恺撒不能，他是务实的。面对破碎千疮百孔的共和体制，需要进行制度性改革和创新，实现民族的团结，需要因战乱所阻滞的经济生产力得到发展，促进社会文明和文化的进步，需要对帝国首都罗马在废墟上重建等等一系列国政民生问题殚精竭虑，可谓百废待举、百业待兴，他也是夙夜心劳，不敢稍有懈怠。

宽容比扩大帝国更伟大

　　西塞罗期望在手握大权的恺撒领导下，重建少数精英主导的自由共和制国家，几乎等同于幻想。因为恺撒认为国家建设并不是政治理念，而是实干。能否让国家机制发挥应有的作用是事业成败的关键。因而，对于西塞罗实行的仍是一种和而不同，斗而不破，敬而远之的策略。西塞罗由开始的热情转而变得失落，他称自己是"无业人员，在罗马几无立足之地"。但是，对恺撒的人品能力还是给予了公正的评价：

　　恺撒有着杰出的平衡能力，他虽怀着宽容的心但并不滥用。对于那些才堪重任的人，一律不分国别、不问出身，委以重任。对恺撒的认真、公正的态度和贤明的行为，我从不吝啬赞美之词，即使庞培在谈到恺撒时，言语中也充满了敬意。

　　根据普鲁塔克在《西塞罗传》中记载，在共和国体制变身为帝国恺撒独裁体制后，西塞罗退出公职，空闲时间用来教授年轻人学习哲学，其中不乏家世高贵的和位居要津的人士，西塞罗与他们密切交往，再度在罗马拥有很大的影响力。作为政治人物，他是不甘寂寞的。他大部分时间都消磨在位于图斯库伦附近的别墅，他很少进入罗马城中，只要参加元老院的会议，总要变着花样讨好恺撒，往往提出建议用新设的荣誉授予恺撒，想尽办法用新的词句颂扬恺撒的作为。譬如恺撒下令重塑庞培塑像，西塞罗说恺撒表现得仁至义尽，不仅是为庞培建立雕像，同时也是为自己竖立起伟大的纪念碑。聪明的恺撒当然对于西塞罗的谄媚之举心知肚明，并不予理睬，甚至在某些事上还表示出极大的反感。

　　公元前55年2月15日的牧神节，罗马帝国独裁官恺撒走向元老院广场前的讲坛，他头戴花冠，身穿紫红色托加，踌躇满志地坐上元老院授予他的金色座椅。他的亲密战友、执政官同僚安东尼三次企图献给他一顶王冠，恺撒拒绝这顶王冠，他命人把这沉重象征终身享有权利的玩意儿送到卡皮托尔山上朱庇特神庙去。恺撒当众上演的这一幕是向公众明示，他拒绝国王的头衔。当然这也许只是恺撒试探民意的手段，如果民众当时热烈鼓掌，他也许就顺水推舟地接受了，但是民众不仅毫无表示，有些人甚至发出嘘声，他领略了民意的真心表达。故而只希望享用独裁官十年的权限为帝国干一些实实在在的事情。恺撒对安东尼的作为明察秋毫，不为皇帝头衔所动。西塞罗目睹了这场闹剧，他说，安东尼的举止反而使他成了杀害恺撒的真正凶手。这一点西塞罗是明察秋毫的。

可惜书呆子西塞罗竟然也参加到了安东尼不怀好意的劝进闹剧中，加深了恺撒对他的反感。《西塞罗传》的作者伊丽莎白·罗森记载：

有一天，西塞罗带着请愿书前往恺撒的宅邸，结果遭到冷遇，只好在门外久等；这可不是一个罗马执政官级别的大人物应该受到的礼遇。恺撒已经注意到了西塞罗的来访，他对一个朋友说："当马尔库斯·西塞罗在门外久等，没能在他方便时进来见我时，我怎能不怀疑我不是一个讨人喜欢的人呢？如果有谁能够通融的话，那就是他了。但我一点都不怀疑他非常恨我。"

恨归恨，但是对于功名利禄的追求，使他不断地违心地拍着恺撒的马屁。恺撒当时日理万机非常忙碌，几乎无暇顾及与老对手西塞罗进行思想上的交流，他大致忙着这三样大事：

第一是如何建立更多的殖民点，使跟着他南征北战的退伍老兵更好地享受战后安居乐业的生活；

第二是为其征服地区的授予当地头面人物以公民权，进而借此改变元老院议员的权力结构，让这些酋长们进入元老院，这一点阻力很大，遭到了罗马贵族的群起抵制，但对于增强恺撒权重和权威，巩固帝国统治是有好处的；

第三是重建受到战乱破坏的首都罗马，对此他有宏大的规划：建一座图书馆，建一座堪与庞培竞争的新剧院，在马修斯大校场建一座世界级的神庙。由于台伯河阻碍了他的建筑计划，恺撒甚至决定要将它改道。很明显十年的独裁官任期将给罗马的外貌留下永久的印记。

西塞罗急于想见恺撒的目的，似乎是想解释他写《论加图》的目的，并就恺撒所写的《反加图》一文交换看法，求得恺撒的理解。这当然是阿提库斯的意思。另外，从西塞罗留存的书信中可以看出恺撒所选中的老兵安置殖民点，有一处紧邻阿提库斯在伊庇鲁斯的布特罗顿的城镇，这座城镇靠近阿提库斯的大地产。西塞罗对这个城镇特别担忧，因为它面临丧失土地的危险。西塞罗利用与恺撒共进晚餐的机会，向恺撒递交了一份陈情书，结果得到了恺撒的许诺。这类插曲表明恺撒对西塞罗是很通情达理的，恺撒辞世以后，西塞罗承认这位独裁者对他极其宽容，大概在生前最后几年，恺撒对西塞罗的赞美之词达到无以复加的地步。恺撒深明大义地觉得，善待一个有着不同价值理念的学者，提振罗马人的精神，要比扩大罗马帝国的边界更加伟大。

上述会见和交谈的时间是在公元前 45 年 12 月 18 至 20 日。三个月后，恺撒在元老院议事大厅遭到西塞罗的共和战友布鲁图斯等人的刺杀身亡。没有证据证明西塞罗参与共谋了这次刺杀。

恺撒这次为视察老兵殖民地而来，应邀顺道拜访了西塞罗在坎帕尼亚普特奥里的庄园。恺撒在西塞罗的邻居同时也是屋大维（恺撒的甥孙、最终的继承人）继父菲力普斯家过夜，并单独与其一名主要助手巴尔布斯核对账目。随后他步行至附近西塞罗庄园，沐浴后愉快地与西塞罗一同用餐。恺撒和蔼的性情使西塞罗消除了警惕。这位忧郁的共和主义者意外发现自己度过了一段愉快的时光，他写信给阿提库斯讲述了这段经历：

多么不好招待的客人啊！然而对那场晚宴我一点都不感到遗憾，因为那是一次非常愉快的宴会。但是农神节的第二天傍晚，恺撒来到菲利普斯的住所，这座别墅挤满了士兵，几乎腾不出为恺撒本人进餐的空房间，事实上足有 2000 人。我真担心第二天会发生什么事情。卡西乌斯·巴尔巴前来帮助我，布置了岗哨；在庭院架起帐篷，别墅四周设卫兵把守。恺撒在菲利普斯处一直待到农神节的第三天的一点钟，一个人都不接待——我认为，他只允许跟巴尔布斯结账。在此期间，他到海边散步，然后洗澡。即便他听到马穆拉的事情，他的脸色也没有什么变化。涂油后，他躺下用餐，他正在服用一个疗程的催吐药，因此他可以放开肚皮尽情地吃喝。这顿饭菜极其丰盛，服务也特别周到，不仅如此，而且——佳肴可口，酒醉宾朋，谈话投机，其乐融融。

在另外三个餐厅中款待他的随从。地位卑微的获释奴和奴隶也可量腹取足——我对重要客人的招待很得体。简言之，我很清楚如何尽地主之谊。有的客人临别时，主人会对他说"请下次再来"但我的客人可不是这种人。来一次就够了。我们不谈严肃问题，多谈文学问题。事实上，他对自己很满意，也很尽兴。总之，我要表现出我知道我如何生活。他说，他将在普里奥利和巴亚各停留一天。

事情就是这样——这次拜访，或许我应称之为宿营，如我所说，对我来讲相当麻烦，但没有不愉快。关于访问和宿营的事你现在知道了吧。我将在这里待上一段时间，然后前往图斯库伦。当他经过多拉贝拉的别墅（女婿的别墅，以及那些不熟悉的地方）时，整个武装力量都紧随左右。

由此可见，恺撒和西塞罗的交往也算是君子之交，政治见解的不同，并不影响两人的私人友谊。对于最大的敌人庞培，恺撒也尽量在人格上给予必要的尊重。在庞培出资建造的庞培剧场附属大回廊上矗立的庞培立像雕塑，曾在法萨卢斯会战后被恺撒推倒。但不久后，恺撒又在原地重新竖起了一尊和原像等大的大理石庞培塑像。即便是对待死者，恺撒依然如此宽容。对此，西塞罗大加赞赏。作为罗马首屈一指的理论权威，西塞罗曾说："恺撒的文章，无论是口述还是笔著，都秉承了其一贯的特征：品格高尚，灿烂光明，壮丽高贵，充满理性。"而恺撒在历史的不朽留名，在于辉煌的征服业绩；西塞罗的千古流芳却是其不朽的共和理论贡献，虽然只是残篇也足以奠定他在人类文明史上的地位。可惜的是，恺撒这位绝世枭雄在几个月后，壮志未酬就死在他重新矗起的庞培雕像之下，凶手就是他百般关照重用的布鲁图斯和卡西乌斯等人。

第二章
罗马沦陷和萨法卢斯战役

恺撒兵不血刃进入首都

庞培轻易放弃了共和国首都罗马，并对意大利全境未做任何防守措施的部署，就全线撤离，在布隆迪西港渡海进入希腊。企图抵抗恺撒进军的庞培余党一次次败退，罗马前沿城市尽入恺撒之手，使得恺撒大军兵不血刃地顺利进占意大利全境。

原来元老院任命接替恺撒担任高卢总督的多米提乌斯·阿若巴布斯，带着他的罗马军团一直在意大利中部枢纽城市考菲尼姆等待前去拉文纳。他根据罗马元老院指示，期待前去和恺撒进行工作上的交接。出乎他的意料，恺撒抢先渡过卢比孔河，挥师罗马，却在中途绕道先行去了考菲尼姆。

多米提乌斯对恺撒和庞培一样的痛恨，直接拒绝了庞培撤退到布林迪西的命令，准备在考菲尼姆阻挡恺撒的进军。但是，他的军团不到 4000 人，士兵全是临时拼凑的杂牌部队，既缺乏战斗力，指挥官对他也没有任何忠诚度。考菲尼姆的市民绝不愿意为多米提乌斯做出牺牲，因为他们还记得四十年前马略和苏拉内战时期，城门失火殃及池鱼的血腥历史：野心家们的争权夺利，老百姓成为牺牲品，现在历史又在重演。

恺撒大军刚刚兵临城下，市民代表和守城部队便开城要求投降。多米提乌斯见势不妙，他想逃跑的时候，却被居民和哗变的士兵在城门口捉住了，把他直接捆绑着带到了恺撒面前。在市民的鼓噪下，他的部队彻底瓦解，全部投降了恺撒。被五花大绑的多米提乌斯已经做好了慷慨就义的准备。他请求一死，但是恺撒无意成全他成为烈士，却想把他塑造成体现自己仁慈的绥靖政策的样板。以上是《罗马史》作者阿庇安的记载。

普鲁塔克在《古希腊罗马英豪传·恺撒传》中记载的多米提乌斯投降恺撒的过程，更加搞笑：

公元前 49 年 2 月 21 日，恺撒率军兵临考费尼姆城下，当时守城的副将是多米提乌斯，守备部队是 30 个步兵支队。多米提乌斯认为自己没有能力防守人心涣散的城市，就向随行的医生索取毒药，服下去后等待死亡的来临，没过一会儿，他听说恺撒对待俘虏非常宽厚，叹息自己何其不幸，不该仓促做出决定。医生告诉他服下去的药能够安睡，并不是致命的毒药。他听到后极为愉悦，马上从床上跳了下来，赶去晋见恺撒宣示效忠恺撒，后来还是再度投奔了庞培，先后在马赛和法萨卢斯与恺撒的部队作战。

显然这些如同闹剧般的演绎出于普鲁塔克的夸张描述。真实的情况是，恺撒的军队在积极准备攻打考费尼姆城时，正在城里准备和恺撒决一死战的多米提乌斯，内心忐忑不安，他对自己能否以 33 个大队阻挡恺撒的进攻没有信心。而此时，接到恺撒的命令，从高卢跋山涉水而来的第 8 兵团，已经进入意大利境内。一旦双方会合，恺撒手中将有 30 个大队，对方军力和守城部队旗鼓相当，但是他的杂牌部队军心涣散，他已经无法协调指挥。

多米提乌斯立即向离考费尼姆城南面 120 公里处的庞培求援。这样身处卢克利亚的庞培大军和考费尼姆城的部队左右夹击，击败恺撒胜券在握。但是多米提乌斯的如意算盘没有成功，显然没有得到庞培的积极响应。恺撒在继第 8 军团飞驰增援后，法国南部行省的由高卢人组成的精锐"云雀"军团的 22 个大队也到达考费尼姆城下。恺撒下令构筑一个新的军事阵营，不仅解决部队的收容问题，也解决部队的指挥问题，这个第二阵营的指挥官就是恺撒心腹铁杆弟兄库里奥。

和恺撒军团的命运相反，多米提乌斯处处遭到打击，首先是拼凑起来军队被恺撒倍增起来战斗力吓倒，接着传来更加不利的消息。庞培得知恺撒逼近考费尼姆城后，准备将北上支援的行军路线改成南下，开往考费尼姆南面 60 公里的坎尼。被蒙在鼓里的多米提乌斯正精神抖擞地城里积极备战。不仅加紧构筑防御工事，而且给部下承诺，战争胜利后，每个人可以从他在意大利的行省以南分得约 15 公顷的土地。

这时离考费尼姆城 10 公里的斯尔莫那居民，被庞培的七个大队兵力驻守无法投奔恺撒。恺撒立即派安东尼带 5 个大队前往，斯尔莫那居民即刻开城欢迎。庞培安排的守城部队竟然也参与了欢迎的行列。他们的指挥官成了安东尼的俘虏，被带到恺撒面前，随后被恺撒释放。恺撒不费吹灰之力拿下斯尔莫那城，还白白捡了 7 个大队的兵力。

这时，多米提乌斯接到庞培的回信。信中说，在考费尼姆城迎敌根本不是自己的计划，而是多米提乌斯的自作主张，因而他绝不会派兵增援，而且还命令防守军团全军撤退，与自己的兵团会合。

此时恺撒构筑的包围网只差一步就合拢，等于是对多米提乌斯形成了瓮中捉鳖的战略态势。在这种情况下，他带领他的 33 个大队近 2 万名士兵撤退几乎是不可能的事情。面对强敌恺撒军团，多米提乌斯决定带领政要和家眷偷偷溜出城。他只是在指挥官之间悄悄谈了自己的想法，没想到的是，他的想法竟然变成了可怕的流言在四处传播起来。造成了军心浮动，人们三五成群地议论着城防司令官准备逃跑的消息，那么大家只能自己掌握自己的命运了。在这种舆论氛围下，士兵们蜂拥而上，抓捕了多米提乌斯，并将他押解到了恺撒面前。这样考费尼姆城不战而收入恺撒囊中。恺撒宽大为怀，释放了多米提乌斯。恺撒看上去十分仁慈，多米提乌斯像是一只斗败的公鸡垂头丧气地离开了考费尼姆城，他的兵团尽数成为恺撒的部下。

如果两人调换一下位置，多米提乌斯一定会将恺撒处死。恺撒的宽容大度是某种不战而屈人之兵的精明策略，这种对待庞培的统一战线策略，可以最大限度地从心理上瓦解敌对势力，这不仅是恺撒深得民心的体现。而且也是在政治军事实力上具有绝对优势自信心的表现。使得罗马共和国各行省乃至意大利联盟分兵把守的中立派人士安心，让天下人都知道恺撒绝对不是第二个苏拉和马略，他绝对不会搞什么"公敌名单"等残酷杀戮行为。即使是最顽固的敌人，只要他们肯低头，恺撒仍然会宽恕。为此，共和国理论权威西塞罗给恺撒写了封赞扬信。在行军途中接信的恺撒大喜过望，立即回信道：

致西塞罗：

从您信中所言，可知您对我知之甚深。我的行为无论从何种角度来说，都无残暴可言。这些话从您口中说出，足以令人信服，我对自己所行之事，均足以自谓满意，如今承蒙您称赞，令我不胜欣喜。

从我手中重获自由的人，哪怕再次用剑指向我，我也绝无后悔可言，不管面临何种情况，我始终要求忠实于自己内心而活，因此我也认为别人也当以此为准则。

可惜的是，别人并不以此为准则，政治并不是搞慈善，战争的双方有时毫无正义可言，只是为争权夺利合法地进行杀戮和掠夺。他希望己所不欲勿施于人，而别人却是背弃承诺，反复无常，居心叵测，恩将仇报地对待他。包括这位被释放的多米提乌斯，回到庞培阵营，立即反目为仇，挥戈相向。他所器重的情人塞维利娅之子布鲁图斯和卡西乌斯均为他在宽恕重用后，反戈为仇，要了他的命。

在离开考费尼姆后，恺撒高速度直扑布林迪西港。庞培正在这里带领着他的逃跑大军准备迅速逃离意大利本土，渡海向希腊流窜。途中传来消息，在两位执政官的带领下，一半敌军已经登船启航，另一半，仍然拥挤在港口，等待船队从希腊返航将他们全部接走。庞培现在就是死守布林迪西港，完成渡海任务使得大军安全逃逸。庞培虽然成功逃跑了，但是恺撒却轻而易举地完成了对意大利全境的迅速占领，很快进入首都罗马。在此期间，恺撒两次致函庞培要求举行和谈，结束内战，共同治理国家，企图以外交手段结束纷争。但是都被庞培以各种理由拒绝。

恺撒追击庞培到达布隆迪西，双方发生几次遭遇，互有胜负。但是，庞培在布隆迪西兵力有限，无法和恺撒继续较量下去。一天黄昏，庞培趁着弥漫的大雾，带着他的亲信和一部分元老贵族逃出布隆迪西，渡过亚得里亚海，到伊庇鲁斯（希腊地区）去了。

公元前49年3月17日，庞培剩下的20个大队在日落之后全部登上了出港的船只，也就结束了他在祖国的统治生涯，远去了异国他乡。手中无船的恺撒，无法出海追击。迅速结束内战的愿望，像梦一样在黎明前破灭了。望着庞培舰队渐行渐远的灯火，恺撒意识到，和30年前苏拉和马略在意大利半岛的内战不同，这将会是一场旷日持久，波及深广的内战。庞培悄然远去，他再留下已经毫无意义，两天后恺撒撤离布林迪西，沿着阿皮亚大道朝罗马疾驰。恺撒和庞培，这两位当代头号将领的正面对决就此拉开序幕。

当时，庞培在西班牙有一支强大的陆军，随时可能进犯意大利。为了防止敌人的进攻，恺撒分兵留守布隆迪西，继续监视庞培的动向，自己则率领一部分军队向罗马进军。

3 月 30 日，恺撒在疾行罗马途中拜访福尔米亚别墅的西塞罗。

4 月 1 日，恺撒大军停驻罗马郊外，出席在神庙举行的罗马元老院会议。根据罗马法律规定，作为高卢总督他不能率兵进入罗马城内。元老院只能在郊区的马尔斯神庙举行会议。

当恺撒回师罗马城时，当时留在首都观望的豪门贵族们惶惶不可终日，害怕恺撒的报复。因为这批元老院逗留在罗马的贵族本身对于庞培这伙人心存疑虑，都是一些冷眼观望的中间派人士。争取这些人的支持是恺撒政治上组建统一战线的需要，也是他争取早日召开元老院大会的需要，在经过十年执政官法定间隔期即从公元前 59 年到公元前 49 年，正好是他可以再次竞选执政官的法定期限。他完全可以合法的在军事力量的支持下当选执政官或者独裁官，就可以共和国政府的名义，重组政权结构，师出有名地声讨流亡海外的庞培集团。

但是，此番重返首都的行为，似乎更大程度是解决军费问题和部分稳定罗马局势的人事布局，这些临时举措是为了剪除庞培的党羽做战略上的准备；同时在稳定罗马政局的前提下，进行海外行省的人事布局；最关键的是接管国库财政资源，为内战提供更多的军费支持。

为了这些目的，他特别循规蹈矩，将大军驻扎在马尔斯大校场的罗慕洛斯壕沟之前，绝不越雷池一步。其实大军压境本身就对城内的罗马贵族造成心理上压力。再加上他在征讨庞培的途中实施优待俘虏的政策。他不仅释放多米提乌斯，并且允许他带着家小财产再次投奔庞培。在此之前，他对庞培门客拉比埃努斯也是仁至义尽，不久前还对共和派元老西塞罗进行了拜访，这些善待反对派元老、将领的做法，至少在形式上恺撒已经占领了道德制高点，且为滞留首都观望的元老们树立了良好的榜样，基本解除了他们的思想顾虑。然而，更多的元老依然心有余悸，对于高卢总督携兵到来，仍然还在观望中犹豫着。

公元前49年4月1日，罗马元老院迫于压力，专门为恺撒在罗马郊外的战神马尔斯神庙会议厅举行了元老院会议。这次会议更像是会议的形式。当元老院议员因为回忆到马略和苏拉时代的政治恐怖依然是提心吊胆时，恺撒则对元老们恭敬有加，和他们和蔼可亲地交谈。鼓励他们去庞培处传达他和谈的善意，以求达成一项合理的和平协议。显然没有人愿意冒险前去见庞培，他们生怕自己被当成依附恺撒的叛徒，被庞培处死。因为这些老于世故的政客，久经官场起落，知道政客的本质都是一些翻手为云覆手为雨的权术高手，这些美丽的口头和平协议只是某种为达目的不择手段的障眼法而已，谁知道是不是一些随时准备推翻的美丽谎言呢？内战进行到此时，已经是箭在弦上，不得不发，这是一种站在道德制高点上推卸内战历史责任的高姿态，是政客们的惯常做法而已。对他们来讲最好的做法对于政客们还是敬鬼神而远之，对于两强相争保持适当的疏离感，坐山观虎斗，在夹缝中图生存，等到决出胜负，再公开表明政治上的明确立场为好。

元老们的畏葸退缩，正中恺撒的下怀，这些家伙其实都是他当年在议会的老同事，彼此知根知底，即便穿着宽大的托加，他们的五脏六腑他都能看得清清楚楚，双方心知肚明，心照不宣，都不点破。他在协调会议上以共和国的光明前景鼓舞元老们，宣示自己对共和国制度、文化、道路的自信心，并反复宣传自己的怀柔政策，这些都是他争取民心民意必须进行的规定动作。恺撒进入罗马后，对他的政敌采取宽大、怀柔的政策功效还是明显的。政客们明明知道他在说谎，但是美丽的谎言使人们听起来还是比较舒服顺畅的，他向人们保证，不随便滥杀无辜，对于俘虏无条件释放，对于个人财产无条件保护。恺撒的这些做法，不仅赢得了部分元老贵族的好感，而且也得到部分骑士和大部分平民的支持。这是他希望得到的结果，至于个人称王称霸的野心，现在必须紧紧包裹在精致的铠甲和锦绣的斗篷之内，斗篷就是漂亮的外在言说，铠甲才是文治武功的实力，两者一样不可或缺。

然而，恺撒并非良善之徒，他也只是铤而走险的赌博高手，赌本就是维持内战的雄厚资本，好话说尽后，他开始直奔主题。他这次返回罗马除了争取贵族和平民的支持做好统战工作，争取在十月份的下届执政官选举中积累名望拉取选票，真正的目的却是借助兵临城下的军事胁迫，攫取国库财富，以填充日益紧缺的军费，才能让战争持续有效地进行下去。

当他踌躇满志带着卫队昂首阔步，在市民的众目睽睽下来到市中心广场的沙托鲁努斯神殿，准备打开国库大门时，却遭到了国库看守人保民官凯西利乌斯·梅特鲁斯的阻挠，他认为这是十分恶劣亵渎圣明的行为，拒绝交出国库的钥匙。恺撒的手下干脆用大斧劈开门栓企图强行闯入神庙。护民官义正辞严地抗议说，除了执政官之外任何人不能动用国库，这是罗马国法的规定。恺撒理直气壮地的回答：

"如果我的作为使你感到不快，可以离开这里；战争期间不允许言论自由，等我达成和平协议放下武器，你再回来就可以随心所欲放言高论。"他接着又说道："我老实告诉你，这样做已经对你非常客气了，因为我并没有运用所获得的正当权力，你和那些反对我的人已经落到我的手里，只要我高兴，怎么处置你们都可以。"他说完这些话后，走到国库的门前，一时找不到钥匙，派人叫来铁匠把门撬开。梅特鲁斯再次表示反对，旁边有人再次表示附和，对他不畏权势表示大加赞扬。恺撒提高声音告诉他，如果继续阻挠，立即将他处死。恺撒说道："年轻人，你应当知道，要我说出这句话，比我实际做出这件事，更让我感到难过。"严厉的口吻将梅特鲁斯吓跑。

恺撒取走了过去从未有动用过的国库金银。共计 1.5 万根金条、3 万根银条和大约 29 吨、价值 3000 万的塞斯特斯铜币。这笔钱财当年是在高卢偷袭时准备的战略储备金，任何人如果不是在高卢人战争时候动用这些金钱的话，将受到公众的诅咒。恺撒说，我已经完全征服了高卢，因此使共和国免除了这种诅咒。

在强取军费成功后，他又开始了他的人事和军事上的布局。他命令大法官马尔库斯·埃米利乌斯·雷必达（Marcus Aemliius Lepidus）负责管理罗马城的治安；保民官马尔库斯·安东尼负责管理意大利以及保卫意大利的军队；在意大利之外，他命令库里奥统治西西里，以取代加图的总督职位；提拔昆塔斯·法里略担任萨丁尼亚总督。他派盖乌斯·安东尼前往伊利里亚担任总督；把山南高卢总督的位置交给了李锡尼·克拉苏统治。他命令今年建造两个舰队，一个驻守亚德里亚海域，另一个驻守第勒尼安海，分别任命霍藤西斯和多拉贝拉为两个舰队的司令。虽然这两个舰队正在组建之中，但是，对城防和行省、海防的重建，巩固罗马政局稳定起到关键作用。在防止后院起火的同时，他对于意大利以外庞培势力的打击进行了军事部署，并对意大利海岸线的保卫，防止庞培势力卷土重来进行了重点布防。这样他好安心地率领大军去西班牙和庞培大军进行决战。

　　公元前49年4月7日凌晨，恺撒告别了使他沮丧的罗马官场，满怀信心地率大军前去西班牙迎战庞培的大军，只有在自己的军队中，他才有着某种如鱼得水的安全感，军队是他雄心抑或野心生长的温床。他是一个办事缜密的人，在他绕过布林迪西港从陆路迁回前去西班牙之前，指示元老院通过了一项法案，即对于卢比孔河北面的意大利行省那些常年追随他参加高卢作战的老弟兄们加上那些蛮族酋长和骑士，赋予罗马公民权利的法案。由于这个法案由大法官罗西乌斯提呈，被称为《罗西乌斯法案》。实际上这是恺撒报答那些在高卢战役中全心全意支持过他的北意大利行省人民的一项法案，也是恺撒争取民心的有力法律铺垫。通过这项法案，除西西里和撒丁两岛外，罗马本国的版图和现代意大利领土几乎重合，卢比孔河不再是中、北意大利的分界，而是象征他的权柄已经延伸到欧洲大陆的标志，以后这些蛮族领土也是他的领地，那里的人民就是他的忠实子民。就如同马格努斯·庞培曾经征服的西班牙和东方大地成为他战略基地的性质。

流窜东方的伟人庞培

　　恺撒手中没有足够的船只可以在布林迪西港渡海作战，因为地中海的制海权在庞培大帝手中。这是当年庞培征服东方时打下的基础，这样坚实的基础，在目前似乎还是不可撼动的，这是之所以庞培放弃意大利本土，将战场转移到东方的初衷。因此，恺撒只能辗转陆路迂回去奔袭庞培在西班牙的军队。

　　恺撒自 4 月 7 日离开罗马后沿着阿皮亚大道一路北向，经过热那亚，到达法国行省后，向西进发。军队一路高歌，到达马赛已经是 4 月 19 日。迦太基灭亡后马赛成了地中海西部的第一大港口，在这里恺撒遇到了出兵以来的第一个障碍——马赛人紧闭城门，他们被拒之门外。

　　古代被称为马西利亚的马赛港，是个起源于希腊殖民地的海港城市，拥有比罗马更悠久的历史。以叙事诗、哲学、悲剧著称的希腊民族，在商业和海运上也有卓越的才能。希腊统治下的马赛，虽然在文化上乏善可陈，却是个繁荣的商业都市。作为商人，马赛人对于时代的变化很敏感，早在罗马和迦太基竞争的时代，马赛因为地缘政治的精明计算开始投靠罗马。罗马击败迦太基，成为西地中海霸王后，虽然把马赛置于自己的军事范围内，但仍允许其以独立城邦国家的形态存在。此外，法国南部的罗马行省，也承认马赛的独立地位。由于庞培肃清海盗，实现地中海"罗马统治下的和平"，以贸易立国的马赛也深受其益，因此马赛很自然成为庞培东方贸易利益圈中的盟友，庞培有责任保护马赛的利益不受侵犯，马赛有义务为庞培提供军事政治上支持。

　　内战爆发，恺撒需要从马赛迂回去西班牙和希腊作战，这是一道绕不过去坎。马赛拒绝为恺撒打开城门更重要的原因是，他们是不为感情所动的商人，早在高卢战争结束后，恺撒统治高卢中部及北部地区，就一直致力于发展当地经济。因此获得最大经济利益的就是那些具有罗马公民权的希腊血统商人，这些人成了马赛人最大的商业竞争对手，马赛人自然对恺撒素无好感。这是地缘政治决定了商业利益获取，马赛人在政治上更倾向于庞培身后更加庞大的东方市场。

恺撒和庞培之间的战争，恰好在这里开打，在马赛人看来就是帮助他们扫清海盗的英雄和破坏他们商业利益的坏人之间的战争。毫无疑问马赛人坚定地站在庞培一边，使得恺撒吃了闭门羹，而庞培也会毫不犹豫地支持马赛对于恺撒军团的抵抗。这是恺撒所始料未及的，恺撒的军队在马赛与当地军民对峙了一个月，只得留下部分部队继续围困马赛，自己带着大部队另觅渠道渡海去西班牙和庞培的部队作战。

按照普鲁塔克的记载：

在此期间，庞培在海上和陆地都集结了一支大军，特别是他的水师可以说是所向无敌，一共有500艘战船，加上不计其数的小型船只，像是利布里亚双桡船和各种运输船，陆上部队仅骑兵就有7000人，意大利的精华部队都集结在他的麾下，所有成员出身良好，家境富裕而且士气高昂。步兵部队虽然数量庞大，是各地区招来的新兵混合编成，几乎全无作战经验。他将部队驻扎在贝里亚（马其顿的小镇），加紧各种训练和操演。他自己不再像以往那样过着奢靡怠惰的生活，如同生龙活虎的年轻人接受所有年轻士兵的课目，将领那么以身作则激起士兵奋发图强的精神，他们看到庞培以58岁高龄，全身披挂徒步进行全程的军事演习，部队立即鼓舞起高昂的士气；同时他还能骑在马上，全速疾驰之际很轻易地拔剑和很技巧地入鞘。他投掷标枪不仅富于技巧能够命中目标，力道极大投出距离很远，很少年轻人能够超越。

当恺撒向西班牙进军时，庞培就又在东方招募军队，征集粮草，积极备战，准备反攻意大利。在地中海沿岸各个王国和部落首领的支持下，他聚集了大量的军队和金钱。据古代历史学家记载，到公元前49年底，庞培已经拥有11个军团的步兵、7000名骑兵和装备完整的600多条战舰。另外还有希腊马其顿、伯罗奔尼撒的辅助军，以及克里特的弓箭手，色雷斯的投石手，本都的投枪手，人力和物力相当雄厚。

一路跟随恺撒作战的是追随着他跨过卢比孔河的、称霸意大利的三个老兵军团，另外他已经命令在高卢东北部过冬的 6 个军团全部出发。他拿出高卢战争中的老底子，试图一举肃清庞培势力。

驻守西班牙的三位庞培方大将，则率领着 7 个军团及当地民兵 9 万人严阵以待。其中 5 个军团 3 万名重装步兵加上 4.8 万名当地兵共计 7.8 万名步兵，5000 名骑兵，由卢基乌斯·亚弗拉利乌斯和佩托雷乌斯代理总司令指挥，另有瓦罗将军率领两个军团在西班牙南部待命。

做好这些战略准备的庞培，认为对于战局的取胜有着十足的把握，于是该吃就吃，该喝就喝，一切按照传统的罗马官场"官本位"等级关系继续端起东方大地征服者的架子，扮演庞培大帝耀武扬威的角色。庞培好的就是虚荣，这是他一生的喜好，也是他致命的弱点，而东方的小国君主们都是父子相袭的专制君王，习惯的就是这套尊卑等级礼仪维持着王国的一统。这样庞培带着他庞大的罗马贵族团队在东方土地如鱼得水，享受着帝王似的尊贵和荣耀，因为人们还依稀记得庞培当年平息地中海海盗和征服东方诸国的雄姿，庞培心安理得地消费着自己当年积累的资源，继续自满自得，完全无视恺撒的凌厉攻势。

庞培顺利渡过布林迪西港进入地中海海域。罗马共和国统治的疆域非常广阔：东起幼发拉底河，西至直布罗陀海峡，北沿莱茵河直抵北海，南到撒哈拉大沙漠。地中海被称为"我们的海"。无论是由布林迪西逃走的庞培，还是阻止未遂的恺撒，都以这样的地理认知作为其雄伟战略的依据。庞培在肃清地中海海盗之后，地中海沿岸的诸城邦和东方战役的诸城邦成为他的囊中之物。他在渡过亚得里亚海，到达希腊的伊庇鲁斯地区自己的势力范围后，行辕就驻扎在德密湾西岸的贝利小镇。他就完全可以以东方诸城邦救世主的面目出现。因为这些城邦的诸侯王或者君主都是他所扶植的。他实际上就是希腊和东方诸城邦的邦主，在小国寡君中耀武扬威，庞培自我感觉良好。

根据普鲁塔克在《庞培传》中记载：

有几个国家的国王和大君前来参加他的阵营，还有一大群罗马市民包括所有的官员在内，特别是议员之多可以组成一个元老院。拉频努斯（也即是恺撒在高卢战争最得力的助手拉比埃努斯）是恺撒的老战友，高卢战争期间全程追随征讨各地。现在他背弃恺撒投奔庞培。甚至还有积极进取的布鲁图斯，那位在山内高卢被他以不光明的手段杀掉的老布鲁图斯，就是现在这位老兄的父亲；他在过去从来未与庞培讲过一句话，因为他一直把庞培看做杀害自己父亲的仇人，然而为了维护国家的自由权利，投效到庞培的旗帜下。

东方诸国与罗马共和国有很大的不同，在东方，人们熟悉的是专制的国王，他们搞不明白罗马那种权力分工精致的共和体制，除了家族世代相传的君主世袭体制，不知道还有全民参与相互制约的政府形式。在这些地方甚至把统治者当成神一样崇拜。很自然罗马人觉得这种迷信是十分可笑的。尽管如此，罗马共和国政府派出的总督们也被抬到了当地的万神殿当成神一样供奉了起来：对他们的赞美随着烟香袅袅飘荡在神殿的穹顶当中飘荡。他们的肖像摆进了奇怪神明的殿堂里。至少在共和国，对于这些海外行省总督的吹捧和夸耀都难免遭到罗马公民的嫉妒和怀疑。但是，东方的做法，使得总督们感到心醉神迷。当然，庞培在东方诸国的排场和待遇绝对要超过他所安排的总督，邦国的诸王当然知道总督的权力来自眼前这位亚历山大大帝式的马格努斯·庞培。

然而，这种神化统治者的现象是十分危险的。他所带领的元老院议员团伙们很多都是担任过罗马执政官、法务官、监察官甚至行省总督的家伙，他们对于庞培在东方享受的王中之王的隆重礼遇感到嫉妒，他原先在罗马的这些竞争对手们现在跟随着来到了东方，习惯于权力制衡、警觉着军阀独裁的元老们对于庞培的独裁野心一点也不亚于对于恺撒的防范，他们谴责着对于庞培皇帝般的排场的每一丝迹象，这是罗马共和国古老的民主传统，传统对于人心和野心的制约是无所不在的）。

"记住你是一个人！"一位奴隶曾经这样在东方君主豪华筵席上吃喝的庞培耳旁警告道。意思很清楚，你不是一个神，也不是一位定于九五之尊的王，此刻的老庞正沉浸在神一般的享受中。他仍然能像帝王一样在东方君主的阿谀奉承中自得其乐。庞培的政敌们当然不会像奴隶们那样，将警告仅仅停留在口头上，他们的妒忌表现在运用一切手段限制他的野心膨胀，最终在他们的挑唆下拉拢下，庞培和恺撒两个手握实权的野心家终于分道扬镳。两位僭主瓜分共和国权力的野心，为元老权贵集团寡头集体维护特权体制的野心所取代。庞培被送到了恺撒的刀下。

如今同一批敌人成了他流亡的伙伴，继续羁绊着庞培手脚，左右着他的决策。使得他在恺撒的凌厉攻势面前，缩手缩脚，莫衷一是，导致了最后溃败，面对如同累累丧家之犬的庞培，也只能像狗一样卑微地死在埃及托勒密十三世君臣的屠刀之下，这是东方专制君主的狡猾和势利，也是庞培的悲剧。

幸运的是初踏东方大地这位自命"罗马亚历山大"的伟人，余威不减，他把东方诸行省的军团几乎搜罗一空，形成庞大的声势和威严。这种膨胀的声势很快传到了对岸的隐居在福尔米亚别墅中窥测风向的西塞罗耳中，忍耐不住寂寞的政治动物终于像是冬眠的青蛙那般苏醒过来，他像一切投机的政客一样，迅速放弃所谓政治中立的立场，终于考虑要坚持自己的共和理想了，毕竟庞培打的就是保卫共和国的旗帜，共和大将们大都麇集到他的旗下，准备和共和国的叛将恺撒决一死战。这一宏大的政治主题，绝不能缺少他这个杰出写手和伟大的共和理论家。于是他急吼吼地赶到了庞培的行辕。行程中他生怕遇上恺撒的大军，不敢从已经被恺撒严密封锁的布林迪西港渡海，而是转道从福尔米亚别墅出发，首先通过陆路到达库玛。然后南下，从那里坐船通过墨西拿海峡进入埃奥尼亚海，再从那里北上到达希腊西海岸，和庞培会合。

当他走进庞培的军营后，迎面碰到了小加图，加图把他叫到一边，说他不应该跟着出来，"如果他留在家里保持中立，对他的国家和朋友会更有用"。这也许就是希望西塞罗借助自己和恺撒的关系，保持一条和敌人斡旋沟通的渠道，关键时刻寻求和平妥协保持国家的稳定，避免陷于内乱的精明打算。

后来庞培也发现，西塞罗对战争的唯一贡献就是他所散布的失败主义消极情绪。庞培公开表示西塞罗应该到敌人那边去。但西塞罗就这么默默无闻、无精打采地坐着，毫无一点生气，因为他实在对于庞培到达东方后，陶醉于东方小国君主的谄媚和豪华宴筵中做派感到十分厌恶，相对于恺撒，庞培更像是一个十足的小人。他敏感地预测到庞培覆灭的必然，因为他太夸张、太虚浮、太浅薄。

霍兰·汤姆在《卢比孔河》一书中指出：

过去西塞罗曾经在背后亲切地称他为"萨姆希色拉姆西"，这句希腊语的意思就是波斯独裁君王。忧伤的西塞罗待在坎帕尼亚的军营里看到这位当年罗马共和国的英雄越来越像本都国的专制君王米特拉达梯。他对友人阿提库斯透露，庞培把击败恺撒的可怕计划告诉他，他要占领行省，切断粮食的供应，让意大利挨饿，然后是大屠杀："从一开始庞培的计划就是掠夺全世界，占领所有的海洋，驱赶野蛮人的国王为他效命，将武装的野蛮人送上我们的意大利，以及动员庞大的军队。"这里，在共和国雄辩的发言人笔下，传出的是存在一个世纪的预言的回声。难怪听说庞培的打算后，留在意大利的人们都吓得发抖，更加深切地怀念共和国。

不过，对一个军阀的恐惧，并不意味着对另一个军阀的幻想。的确恺撒是一个宣传方面的天才，对于舆论的指导作用，他亲力亲为，通过给元老院定期报告的形式，对于自己的外战或者内战都是不遗余力地自我宣传自我表扬，最终汇编成书而成为历史的一个组成部分，在他的《高卢战记》中，他的对外征服几乎成了撒播文明的正义之师；在他的《内战记》中，处处体现了他的委屈忍让、仁慈宽容之心，占尽道德优势。极其成功地消解了人们的恐惧，让共和国民众知道他完全没有政治报复的清洗计划，尽力把自己的权力与受到欺骗和背叛的人民捆绑在一起，形成群体性良好的口碑，他对政敌的宽容受到了西塞罗极高的赞誉。此处对于庞培秘密计划的臧否，带有西塞罗一贯的主观随意性，放大了政治人物的缺陷，带有妖魔化的色彩。

《庞培传》的作者普鲁塔克记载：

庞培召开元老院会议，就如同逃亡的军事首脑在召集流亡政府的会议，通过小加图的动议。颁布敕令：除了在战场上不处死一个罗马人，凡属罗马帝国的城市不受洗劫和掠夺。做出这个决定使得庞培的阵营获得更高的声望，甚至那些对于战争认识不多的人民，可能是他们住的地方很偏远，或者实力太弱引不起别人的注意，不管怎么说，在他们的心里或在他们的谈话中就要支持庞培党羽。他们认为要是有谁不希望庞培获胜，可以肯定他就是神明和人类的敌人。恺撒在赢得胜利的时候，总能表现出宽宏大量的一面，等到他在西班牙打败庞培军团，大部分人员成为他的俘虏，他把指挥的官员全部放走，普通士兵全部收编到自己的部队。

以加图为首的流亡元老院虽然出台了战争期间宽大俘虏禁止杀戮的统一战线政策，但是在军团执行时，却大相径庭，实际使得庞培的流亡政府诚信尽失，这项争取人心的政策流于一纸空文。比如，从恺撒军团出走，投靠恩主庞培的骑兵统领拉比埃努斯就似乎企图通过对自己原来老上级恺撒的绝情，来增加自己对于恩主庞培的忠诚度。除了大肆出卖恺撒军团的军事机密，为庞培军团的军事行动出谋划策，擘划军事行动外，还丧心病狂地杀戮自己过去的部下和战友讨好庞培，无耻到了丧心病狂的地步。

如公元前 48 年 7 月 6 日的杜拉斯战役中庞培大败恺撒，在这一天的两次战斗中，恺撒失去了 960 名重装步兵和 200 名骑兵，以及 5 位大队长和 32 名百人队队长，这其中很多人不是死在敌人手中，而是跌落战壕后，被败走的自己人挤压踩踏致死。此外，他还失去了 33 面军旗。

这 1197 人并非全部战死，其中除了跌落战壕被踩踏致死的人之外，还有不少人被庞培俘虏。拉比埃努斯请求庞培将这些俘虏交给自己处理。听到这个请求的庞培，认为拉比埃努斯一定是想说服他们和他一样抛弃恺撒归顺自己，立刻应允了。俘虏们曾经和拉比埃努斯一起出生入死经过八年高卢战役，是恺撒的部将与恺撒的士兵，是他并肩作战的战友。拉比埃努斯在庞培士兵的列队面前，请出这些老部下，亲切地称呼他们"诸位老战友"。随后对他们竭尽嘲讽羞辱之能事，出乎意料地问他们："你们今天这个惨相，也配称是恺撒的精锐战斗作风吗？"他接着又问道："恺撒的精锐，是像你们这样一味只知逃跑吗？"如此这般羞辱以后，这些战俘全部被刺死。

　　盐野七生在《罗马人的故事·恺撒时代下》中分析拉比埃努斯对自己曾经的战友下此毒手的心理时指出：

　　关于这个插曲，后来的研究者大多认为是显示拉比埃努斯是对恺撒的怨恨。但是，事实果真如此吗？首先从庞培实际的副将拉比埃努斯这边来看，他是想让自己的士兵知道恺撒的精锐是不足为惧的。这是军事上的理由。但是理由真是这样的吗？恺撒和拉比埃努斯之间是总司令和颇受信赖的首席副将之间的关系。这种关系有15年，也就是公元前63年的"三头政治"同盟开始，到公元前58年为止长达8年。此后拉比埃努斯将这样深厚信赖的关系弃之不顾，却优先考虑世袭的宗主的传统投靠庞培。这样看来，拉比埃努斯似乎没有怨恨恺撒的理由。如果说要是有怨恨的话，那么也应该是恺撒对背叛自己的这15年来信赖的拉比埃努斯的怨恨。

　　但是恺撒这样的男人是拒绝对他人怀有怨恨感情的，因为怨恨是对与自己实力相当的，或是比自己地位更高的人才会有的感情。恺撒对于绝对优势有着充分的自负，当然要拒绝"怨恨"——这种所谓下等人才具有的情感。

　　而且这次和庞培的内战，不是对待异族的征服，而是共和国内部两派势力的争斗。彼此的厮杀是本民族之间共和国军队分裂的自相残杀，因而恺撒在内部纷争中作为胜利的一方，乐于表现对于失败者的宽恕和仁慈，因此他对于政治反对派的"宽恕"是一贯的，不管是战时对于俘虏的宽恕，还是和平环境下，对于政治反对派的宽容都是贯彻始终的。而庞培所谓的对罗马人的"宽恕"，更像是他的首席元老顾问小加图出于争取民心的策略，因而在实际操作层面往往遭到各级将领的扭曲。如同拉比埃努斯对于俘虏的残杀，更像是奴才对于主子表示忠心而献上的投名状。因此在庞培军中，没有谁比他更强硬地反对恺撒，更残忍地杀害恺撒方的俘虏，他似乎以他自己更加极端的方式，坚定地清算他和恺撒在战场浴血奋战所建立的起的信任关系。而实质上毁弃的却是小加图等元老苦心孤诣地建立起的争取民心、民意的统一战线分化瓦解敌人的策略。

　　在恺撒撰写的《内战记》中详细记录了拉比埃努斯多次在庞培内部战

略分析会上，分析敌我双方战略态势时，以自己恺撒阵营过来人的身份，公开贬损恺撒军团的作战能力，借此证明忠诚故主的忠心，顺便鼓舞一下士气。即便如此，也使得庞培的战略决策受到错误片面信息的误导，而在法萨卢斯战役中过分轻敌，以绝对优势的兵力惨败于恺撒，最终走上不归之路。他在庞培军团战前分析会议上的发言在恺撒的《内战记》中有着详细记载。

不战而胜的西班牙战役

西班牙战役可以说是恺撒采用宽容、宽松剿抚两手策略，以安抚为主的方法瓦解庞培兵团，达到不战而屈人之兵的目的，从而收服西班牙两个行省6万多将士的成功范例。

驻守西班牙行省的是庞培的三位副将：阿弗拉尼乌斯拥有近西班牙行省三个军团，佩特雷尤斯拥有阿纳斯河以北维托涅斯人的地区和维斯塔尼亚两个军团。瓦罗负责远西班牙地区，从卡斯图洛关隘一直到阿那斯河所率领两个军团，负责后方支援。此外，他们还拥有八十个支队的地区协防军，装备有来自西班牙的重装步兵部队的长盾，来自远西班牙的轻装步兵所使用圆盾，加上两个行省的五千骑兵。

恺撒有六个军团进军西班牙，另有五千名地区协防军，这些高卢骑兵都经过他亲自选拔，由高卢各部族中出身高贵和作战勇敢的成员组成，而且曾经追随他久经战阵，经验丰富，勇猛无比，在对外征战中有辉煌的战绩。他从阿奎丹尼和高卢行省边界的山地部落也招了许多英勇善战的士兵。恺撒听说庞培率领的军队正在经过毛里塔尼亚的途中，近期会到达西班牙。为了避免庞培大军和西班牙守军的会合，形成优势兵力完成对自己军队的合围，他强令自己的军团连续行军，必须赶在庞培大军到达之前消灭西班牙守军。

连续几天长时间的急行军，这些常年征战在外的部队难免会有思乡之情并产生怨言。当厌战的情绪在军中蔓延时，唯一的办法就是以金钱刺激起兵士继续艰苦行军的勇气。但是，这些奖励的资金如何解决？恺撒并不想动用他刚刚获取的国库资金和原本在高卢战役中掠夺的财富，于是他想出了一条向军官借钱发给士兵奖金的妙计，这些军官在高卢战役中个个小有积蓄，每人几乎都藏有自己的小银行，当然这些军官借出的钱财，在战后他会高利息偿还，用这些钱财以钱生钱何乐而不为呢？他在《内战记》中不无炫耀地记载道：

　　他立刻向军事护民官和百夫长借钱，发给部队做赏金。这真是一石二鸟之计；一方面可确保百夫长的忠诚，以免血本无归；另一方面士兵为报答统帅的慷慨，就会奋勇作战。

　　对待庞培部署在西班牙的守军，恺撒继续本着剿抚结合的策略争取人心，在取得战略胜利的同时，以宽大的政策对待敌军，因为内战的双方本质上均为共和国的军团，所谓"煮豆燃豆萁，豆在釜中泣，本是同根生，相煎何太急"。他本着一丝对同胞的怜悯之情，对所有战败归降的将帅、士兵一律予以宽大处理，愿意归顺的编入作战部队，将帅继续以原职级统军，予以信任；不愿归顺者可以携带私人财物礼送皈依庞培部，绝不予以加害；士兵在遣散的前提下，愿意留在当地务农的，一律给予安家费妥善安置，因为不少士兵常年驻守西班牙已在当地娶妻生子，愿意返回意大利本土的，发给路费允许返乡，愿意留在麾下当兵的，编入军团服役。这些宽松的政策，受到那些常年离家在外服役的士兵的欢呼。恺撒在《内战记》中极为动情地写道：

　　恺撒切断敌人的粮食供应后，希望能在部队不要战斗、将士无须牺牲的前提下，结束西班牙方面的战事。他想知道："为什么要牺牲我的弟兄，只为了一场战争的胜利？为什么部队为我表现得这样优异，还要让他们受伤流血？总之神必须眷顾我，又为何要违背神的旨意？特别就我所知，一位高明的统帅能够从策略上比从刀剑上创造更大的胜利。另外，看到这样多的罗马市民要被杀死，也难免起怜悯之心，我宁愿在不伤害他们的原则上达到目的！"

　　开始在西班牙战斗的恺撒军团并不顺利，他将军营驻扎在一个高地上，利用架在西科理斯河的桥梁，取得军粮。突然河水暴涨，把桥梁冲垮，这样驻扎在对岸的军队被截断，这些军队被阿弗拉尼乌斯包围聚歼。恺撒带着其余的军队因为气候的恶劣和粮草缺乏带来的饥饿受到很大损失。他们所驻扎的高地，处在包围之中。直到炎热的夏季到来，阿弗拉尼乌斯和佩特里尤斯撤退，往西班牙企图征集更多的军队。恺撒开始率领他的军团总是抢在敌人的前面占领有利地形，这是一场争夺关隘的赛跑，成败决定于速度,速度决定胜负,开始的步兵在山区的行军,因道路阻隔而耽误了战机。

恺撒开始起用他著名的山地高卢骑兵军团,这些凶悍的骑兵身经百战,在山地行军如履平地,西班牙军团完全不是对手。高卢骑兵紧追不舍,延缓阻碍了敌军纵队的行军速度,抢先封锁敌人的行军通道,阻止了他们前进。迫使阿弗拉尼乌斯将敌军驻扎在孤零零的高地宿营。当敌军派遣四个盾牌大队前来袭击恺撒营地时,其中一个大队被恺撒军团反包围在悬崖之间,被包围的士兵将盾牌高举在头顶,表示愿意投降。

恺撒既不俘虏他们,也不杀戮他们,而按照招安瓦解的做法,对他们不加任何伤害,让他们回到阿弗拉利乌斯军团。这样对峙着的恺撒军团和西班牙军团的士兵之间开始友好互动起来,因为同为罗马军团双方兵团中免不了有着亲戚朋友,这样双方士兵情感开始交融,许多问题也可坦率地提出讨论,比如,对方士兵似乎愿意倒戈,但是如何对待他们的老长官阿弗拉尼乌斯和佩特雷尤斯这个问题,希望仁慈的恺撒能够保证长官们的生命安全——他们不愿意受倒戈叛变的审判,打上背弃长官烙印。如果这些要求得到满足,他们就答应立即将连队的旗帜送过来。并派遣由首席百夫长率领的谈判代表团进行和平谈判。士兵中通过亲戚朋友之间的私下交流已经暗中达成某种和解的协议,双方敌对情绪开始化解。这些士兵中的私下磋商正中恺撒的下怀,和谈至少在下层中进展十分顺利。

面对全军有可能被恺撒的亲情攻势瓦解的可能,被包围的阿弗拉利乌斯军团中弥漫着绝望的情绪。军官开始议论起最好将西班牙让给恺撒,只要不对他们进行伤害,而让他们返回庞培那里就成。阿弗拉利乌斯坚决反对这项动议,他气势汹汹地闯进自己的军团,大肆搜索恺撒军团前来游说的士兵进行屠杀,并且亲手宰杀了一名企图阻止他进行野蛮杀戮的军官。士兵们因为自己主帅的野蛮行径受到刺激,两相比较,更加感觉到恺撒的仁慈,阿弗拉利乌斯的军心彻底动摇。两个营地之间人员继续往来络绎不绝,好像同在一个营地。恺撒在他的《内战记》中这样描述敌对双方营垒中洋溢着的亲切友好气氛:

有些军事护民官和百夫长去见恺撒,要为他服务;跟着是一些西班牙

酋长，他们被征召来作为人质留在营地，也一样来找寻旧相识和老家的朋
友，借助各种渠道去见恺撒以表示感谢之情；甚至连阿弗拉利乌斯的幼子
也通过副将苏尔皮基乌斯的安排，为父亲和自己的生命安全去和恺撒协议。
全部景象充满着欢悦和沾沾自喜的气氛：一方面是为了逃脱危难而庆幸；
另一方为了一场巨大的冲突能够不流血就得以解决而感到高兴。全军将士
都认为恺撒的仁慈得到了最大的收获，他的决定普遍得到赞扬。

这一切似乎都在士兵之间静悄悄地沟通协商下，水到渠成地得以完成。
为最高将领之间正式谈判前的友好气氛进行了有力的铺垫。最终的结果是
恺撒的不战而屈人之兵取得了极大的成功。

面对全军被完全切断供应，即使留下的马匹和驮兽都没有草料，面临
全面断粮绝水，军心陷于全面动摇的窘迫，阿弗拉利乌斯和佩特雷尤斯不
得已选择和恺撒进行谈判。他们提议在离营地较远的地方见面会谈。恺撒
拒绝私下和谈，同意当着双方部队公开商议，只要对方答应可以把阿弗拉
利乌斯的儿子送来当人质，地点由恺撒决定。

在两军之前，阿弗拉利乌斯尽量用谦卑的口吻诚恳地请求说：

我、佩特雷尤斯和全军的所作所为，都是为了效忠统帅庞培，请你无
须为此而责怪我们；我军将士都以全力履行职责，受尽苦难牺牲惨重。自
从我军被围，得不到粮食饮水，寸步难行，度日如年，再也无法忍受肉体
的折磨和心灵的羞辱。我们承认被你击败，谨以诚挚之心，请求你们永怀
怜悯之情，宽大处理，勿施极刑。

恺撒公开答复说：

阿弗拉尼乌斯，除了你！全军每个人都无须求饶和自责。除了你！所
有在场人员都已善尽其职责。拿我来说：即使状况、时机和地点都极为有
利，还是不愿出战为的是尽量不错失和平的机会；我的军队：即使受到暴
力的摧残，战友被杀害，在有权力施加报复的时候，还是不记前仇，予以
保全；你们的军队：曾经主动寻求和平解决，为的尊重所有同伴的生命。
阿弗拉尼乌斯！只有你！在各个阶层都基于同情心而思有所作为的时候，
你仍旧与和平背道而驰；你不愿接受休战和谈判的会议；有人宁愿上当也

不放过和谈的机会，你却将这些人无罪的人残忍处死；那些愚蠢和傲慢的人所要遭受的厄运，同样会降临到你的身上。你现在要乞求，要依靠的唯一生路，就是不久前嗤之以鼻的和平。我不是存心要羞辱你，也不想从目前的状况获得好处，来增加自己的本钱。我仅有的要求，是解散这支多年来反对我的军队。他们派6个军团到西班牙，又就地征召一个军团，准备一支数量强大的舰队。指派有作战经验的将领来领导，这些整备不是针对西班牙的绥靖和行省统治的需要——此处已有长期的平静，何须保持强大的军队？！所有这些长期进行的工作，都是为了打击我。

　　恺撒对于阿弗拉尼乌斯的回答，通情达理，义正辞严，既表示了对于战败敌军的宽大为怀，也表示了对于庞培长期整军备战的目的不在于对行省的统治，而是针对恺撒军团，所谓醉翁之意不在酒，而在于抢夺中枢权力之间。也即恺撒和庞培的政治博弈，打击恺撒，巩固自己的权力。恺撒进一步指出，加图在西西里准备了一支舰队作为共和派的海上策应。庞培势力所把控的马赛港也打算照此办理，瓦罗不仅在西班牙南部拥有两个军团，还打算再打造一支舰队，全面封锁海域。为了打击恺撒，他们还创造了一套联动协调出击的指挥体系。让一些军队长期在罗马城外逗留，监督首都的政治军事动向，庞培还以缺席方式保留多年的对于行省的政治军事指挥权，同时他所兼任的两个行省的总督，通过党羽全面发展武装，时刻准备军事斗争。在军事的威慑下，为了打击恺撒势力，庞氏权贵集团在罗马中枢还篡夺了最高权力，把过去担任法务官和执政官的党羽派去行省担任总督，形成中央到地方的军事政治团伙，合谋围剿恺撒。虽然过去如此，现在更是变本加厉，国家军政大事的把控全部操纵在一小撮企图篡夺共和国最高权力的阴谋家手中。无形中给恺撒集团带来军事政治的双重压力。恺撒最后表示：

　　我绝无收编你们的军队为我所用的打算，虽然很容易办到；我仅有的希望，是这支军队不会再用来对抗我，这也是我为达成和平所要求的唯一和最后的条件。

　　当听到恺撒这番袒露心扉的统战宣言，阿弗拉利乌斯和佩特雷尤斯部队5个军团的所有士兵,个个欢欣鼓舞。对于士兵而言,结束战争,解散部队,不受任何惩罚,不用编入恺撒兵团,返回家乡结束漂泊在外,拎着脑袋进行内战那些提心吊胆的日子,带着积攒的财富回家去过老婆孩子热炕头的世俗生活,是他们心中日夜盼望的理想生活。无疑恺撒的策略取得了极大的成功。当退伍的时间和地点在经讨论决定后,士兵们就开始等待在营垒里,手舞足蹈,边笑边叫地跑出来,表示愿意立即遣散。有人甚至怀疑,恺撒的承诺是否靠得住。但是,恺撒反复强调了:

从我手中重获自由的人们,哪怕再次用剑指向我,我也绝无后悔可言。不管面临何种状况,我始终要求忠实于我内心而活,因此我也认为别人也应当以此为准则。

事实证明恺撒是信守承诺的,并且在以后的战争中都始终遵守他的人道人权的原则,对反对者始终宽大宽容。在西班牙有产业、家眷的士兵立即遣散,带着在战争中掠夺的财富打道回府。其余人员则在法国和意大利交界的凡尔河处就地遣散。至于阿弗拉利乌斯和佩特雷尤斯,以及庞培的其他将领们,恺撒让他们自由决定去留。恺撒还承诺,当他们在到达边界前都一直为敌对方军队提供粮食。这一天是公元前49年8月2日。

带着两个军团镇守西班牙南部的瓦罗,在和恺撒接近之后就全部投降。恺撒依然允许他自由决定去留。瓦罗和阿弗拉利乌斯、佩特雷尤斯一样,选择带着财富返回在希腊的庞培阵营。经过40多天的艰苦奋战,庞培在西班牙的势力全部瓦解。恺撒在解决了西班牙的后顾之忧后,于这年12月,组织了第二次大的战役,准备和庞培进行最后决战,这就是决定庞培生死的法萨卢斯大战。

马赛攻防战和库里奥殉难

在恺撒和庞培法萨卢斯会战之前，恺撒在马赛港的攻防战中夺取了最后的胜利。恺撒回到马赛的时间是 10 月已经过半，他所部署的马赛战役胜利在望，围困马赛已经到了瓜熟蒂落的收获季节。马赛人遭到各种灾难性的袭击，在神经高度戒备的攻防战中被折磨得疲惫不堪，痛苦万分，城内粮食奇缺，人心惶惶。

在 7 月 31 日进行的第二次海战中，恺撒留下督导围攻马西利亚的副将盖尤斯·特雷柏尼乌斯大获全胜。此外，因为食物短缺，用多年前储备的粮食，已经发霉的粟米和变质的大麦充饥，乃至发生大面积的瘟疫感染，军队完全丧失了抵抗力。一座棱形战斗堡垒倒塌，大段城墙的根基已经被敌人挖空。因为西班牙已经落入恺撒之手，期盼来自邻近省份的援助也希望渺茫。失败的庞培方将领阿赫若巴尔布斯逃走以后，马赛行政当局和驻军决定向恺撒投降。

10 月 25 日，马赛被攻陷。马赛人遵守命令，把武器和投射器全部集中交到城外，并从金库中搬出钱财全部移交给恺撒军团。恺撒赦免了全城老百姓，没有按照共和国对于抵抗城市的惯例进行屠城，只是剥夺了马赛郊区的土地，马赛依然是独立的城邦制共和国。这是因为恺撒顾及马赛港悠久的历史传统和商业港口的声誉，秉持内心的良知和对战败国人权的尊重，他不愿意轻易报复卷入战争的民众。

这时，他得知罗马通过法律，要推举一名独裁官，因为他安置在罗马的党羽、大法官马尔库斯·雷必达已经提名他出任独裁官。公元前 49 年选出的两位执政官已经随着庞培跑到了希腊，作为独裁官就可以顺理成章地主持公民大会，选举执政官填补逃跑执政官的空缺，名副其实地将共和国的最高权力依法夺取到手，庞培的流亡政府也就从法理上丧失了合法性，恺撒也就师出有名地由叛军变成了政府军，这是成王败寇的丛林法则在政治军事实践中的应用。

恺撒留下两个军团守备马赛港的同时，其余部队回到意大利本土。他自己却返回罗马。他要按照法定年限参选独裁官，他不愿意放弃这次登上权力宝座的机会。必须为自己的权力来源争取合法性。在大部分元老跟随庞培出走希腊后，他顺理成章地借助军事机器的开动顺势登上了共和国独裁官宝座。恺撒行使了独裁官的权力，如愿召集公民大会，作为会议召集人又如愿以偿以最高票数当选共和国第一执政官，第二执政官则是由温和厚道的元老院议员伊扫里库斯担任。

就这样恺撒以军事手段为压力，从宪政程序的形式上，完全扫清了通向最高权力的道路，第二次成为罗马执政官却具有独裁官的权力。他为自己挣得了半年独裁共和国军政事务的特权。而他所任命的阿非利加总督，他最信任的手下库里奥却在与庞培势力争斗中死于庞培派系任命的总督瓦卢斯和努米底亚国王尤巴的联军之手。恺撒对库里奥之死感到十分痛心，他在《内战记》中以大量篇幅记载了他的这位忠实部下的悲剧性结局。

也就在恺撒匆匆忙忙赶回罗马夺取独裁官宝座的时候。他的心腹库里奥正在从西西里赶往阿非利加的途中。他从恺撒留给他的四个兵团中，只带了两个兵团和500名骑兵、十二条战舰，航程花了两天两夜，最终停泊在安奎拉尼亚港，这里离阿非利加首府乌提卡还有35公里。从他所带兵员的数量来看，他是十分轻视阿非利加总督普布利乌斯·阿提乌斯·瓦卢斯以及联军努米底亚王国的国王尤巴。而驻守阿非利加的总督瓦卢斯和尤巴均非等闲之辈：瓦卢斯曾任前53年法务官，退职后担任阿非利加总督，前49年受命重返阿非利加对抗恺撒和库里奥。库里奥狂妄地认为自己可以轻而易举击败这些蛮夷之地的守军和番邦国王的联军，征服整个阿非利加，如同当年大小西庇阿征服迦太基那般建立不世之功，比肩共和国历史上的英雄，这些无疑是权贵子弟昼思夜想的美好梦想，当他们从高贵的血脉中诞生那一天起就做着这样的梦。

安奎拉尼亚港显然是一个很好的抛锚之地，夏季的海风吹拂着两边延伸出去的海岬，满目葱绿的热带植物摇曳出阵阵凉风，给库里奥送来轻松愉快的感觉，显然这里是他大展宏图的美丽起点。然而，眼前的一切，都是他主观的幻觉，海市蜃楼般的幻觉总是十分赏心悦目的美好。贵族纨绔子弟最大的通病就是自视甚高，由此而从血统的优越中诞生出不切实际的蛮横无知和毫无来由的傲慢，几乎成为这类权贵子弟的通病。

库里奥并不把对手放在眼中，自高自大、自以为是，使他变得任性且骄狂，他的贵族习气难以免俗，几乎就是娘胎中带来的天性，这是他高贵的血统给他造成的幻觉。他并不把庞培的总督普布利乌斯·阿提乌斯·瓦卢斯的部队放在眼里。然而瓦卢斯的背后还有一个挺厉害角色，他就是努米底亚国王马西尼萨的曾孙尤巴，这是一个彪悍而富有智慧的王族子弟，继承了祖先英勇无畏又善于谋略的传统，他拥有着努米底亚自马西尼萨老国王开始几乎战无不胜的骑兵和大批的战象，这支劲旅曾经追随大小西庇阿消灭了强悍的迦太基，而且尤巴是庞培在北非的坚定盟友。

庞培的盟友必然是恺撒的死敌，尤巴对于恺撒和库里奥的仇恨是因无法解开的历史死结所导致的。罗马的阿非利加行省算不上很大，却相当富饶。自从六十多年前努米底亚国王的统帅犹格塔被罗马将领盖乌斯·马略击败后，努米底亚的许多领土被并入阿非利加省。由于罗马共和国当局向来喜欢培养傀儡政府，所以努米底亚国王希厄姆普萨尔被允许保留大部分的领土。这位国王在位四十多年，最后他的长子尤巴继承了王位。

阿非利加省内有一处非常重要的战略要地，使得罗马必须将其控制在自己的管辖之下，那就是巴格拉斯河。这条大河有众多奔流湍急的支流，这使得沿河两岸附近形成大规模的农产品种植的基地，使得乌提卡和西西里成为隔海相望的两大产粮基地。乌提卡的大型农场主几乎都为罗马共和国的元老权贵家族所控制，他们同时又是实力最强的贵族商人。因此想要入侵西西里染指整个意大利，这里无疑是最佳的始发地。

庞培不愿意看到田园牧歌似的意大利毁于一场内战，因此他决定以外国或者是西班牙或者是希腊、马其顿作为和恺撒决一死战的战场，从某种意义上说，这些地方传统上都是属于他的势力范围。可是要使自己的兵力不断雄厚起来，拥有丰裕的粮食生产基地对不断增加的后方供给基地十分重要，为此交战双方几乎不约而同地都看重了西西里和阿非利加这两处海外行省。

共和派在逃离故土前任命加图攻取了西西里，紧接着请阿非利加总督瓦卢斯以共和派议员的身份继续管理该省。恺撒自然不甘落后，任命自己最信任的手下库里奥先是击败了小加图攻陷了西西里，由于当时的小加图充其量是个有勇无谋甚至带点书生气的军事指挥官，在库里奥的穷追猛打下，西西里迅速陷落。当他们从西西里逃窜到阿非利加时，老奸巨猾的瓦卢斯运用策略鼓动民变，搅和得小加图根本无法在乌提卡立足，只好去投靠驻扎在马其顿的庞培。借助攻克西西里的余勇，库里奥一鼓作气渡过西西里海峡，来到了阿非利加的安奎拉尼亚港，逐步逼近首府乌提卡。

努米底亚国王尤巴明里和罗马人结盟，骨子里却对罗马人怀着非同一般的仇恨，这种仇恨来自于罗马人借助军事力量不断蚕食自己先祖马西尼萨国王开拓的基业，当年恺撒担任执政官不屑于与他结为军事同盟，此番借助罗马共和派和民主派之间的内战，他希望借助共和派之手将自己的疆土扩充到毛里塔尼亚一带。他也是一位忍辱负重不停地做着恢复王国鼎盛时期疆土美梦的君主。

和库里奥结下的梁子，起源于公元前50年担任共和国护民官的库里奥，竟然狂妄地企图将努米底亚王国撤销并入行省阿非利加，幸好这一动议被庞培阵营的元老院议员所否定，这使他对库里奥更加恨之入骨，反之对于庞培大帝更加就要誓死效忠，因为这是涉及江山社稷存亡的大事。这就是库里奥面对的尤巴王，家国仇恨加上努米底亚强悍的骑兵，库里奥面对的绝对是一支力量不可小觑的劲旅。

库里奥一登陆，即在乌提卡附近击溃了努米底亚一小股骑兵袭击，受到他手下士兵"大将军"般的欢呼致敬，这是他的士兵授予他的光荣称号，也是当年庞培大帝享受的称号，似乎他就是他们十分称职的司令官。这极大地满足了这位贵族将领的虚荣心，使得库里奥心情更加激动，在全军将士的欢呼声中，仿佛远征北非的胜利唾手可得。

按照罗马共和国的传统，只有统帅在建立最伟大的功勋的时候，至少杀敌10000人以上，才配被称为大将军。库里奥在战役还没展开，仅仅取得一次小小遭遇战胜利后，就开始心安理得地享受着部下近乎谄媚的欢呼声，显然这种名不副实的欢呼冲昏了花花公子库里奥的头脑，更加助长了他的轻敌情绪的滋长，他把两军对垒的残酷战争。当成了贵族公子之间的纸上谈兵或者干脆就是儿时玩伴间的军事游戏，抱着游戏的心态去对待战争，必然输得一塌糊涂。

当库里奥从西西里渡海的时候，阿非利加的居民认为他会像伟大的西庇阿祖孙大将军那样，把他的军营建立在西庇阿军营的附近，他们在附近的水域投放了毒药，果然不出所料，库里奥在西庇阿军营附近扎营后，大批士兵被毒倒，士兵们饮用了附近的水后，视觉模糊，如在云雾之中，在睡眠时麻木不仁，常常发生呕吐，全身抽筋。

库里奥只能带着他疲弱的军队，通过了广阔的沼泽地区，把他的军队迁徙到首府乌提卡附近。这时库里奥军团得到了恺撒在西班牙大获全胜的喜讯，这无疑更加鼓动起库里奥心中的勇气，他当然不能给恺撒丢脸。他在沿海狭窄的峡谷地带列成阵势，在这里和瓦卢斯部队进行交手，激烈的战斗之后，库里奥杀敌600人，受伤的人更多，自己只伤亡一人，连续的小胜，使得库里奥更加轻敌，骄慢之气加倍增长，他完全沉浸在胜利在望的梦幻之中。

然而，螳螂捕蝉黄雀在后。这时尤巴国王率领的努米底亚骑兵，带着六十头战象，正在赶来参战的途中。他在没有到来之前，就到处散布流言，说他到达不远的巴格达河边时，就闻听库里奥大将军的威名，吓得又退回到他的王国，对外说他的王国受到邻国的入侵，他不可能两面作战。现在逗留在巴格达河边的只是他的部将萨布拉带着少数军队在观望。这无疑是狡猾的尤巴散布的烟幕弹，战略欺骗的目的当然是为了进一步助长库里奥的轻敌骄横之气从而麻痹这位贵族将军。库里奥竟然毫不怀疑这个情报的真实性，轻易相信了这个有意散布的谎言，决定在巴格达河边进行决战。

就在那个炎热夏季的上午7点，曦阳初露的时候，库里奥带着他的大部队开始企图进攻萨布拉。军队由于在沙砾堆积的道路上长途行军，加上缺乏饮用水的补充，已经饥渴难忍，他们急于到达巴格达河边占领水源之地，但是由于强烈阳光的照射，那些地方的溪流和小河已经干涸枯竭。当他们疲惫不堪饥赶到巴格达河边时，发现这条河已经被国王尤巴和萨布拉的军队所占领。

无奈之中，库里奥只能将部队退到小山上，此刻的军队因为气候炎热、口渴难忍，加上连续地重装急行军，兵士体力已经达到极限，在大汗淋漓中，气喘吁吁，疲惫不堪，士气十分低落。库里奥完全忽视了眼前的危险，他指挥着这支远程鞍马劳顿之师，从山上冲向平原，准备强行渡河。此时，国王的骑兵部队包围了库里奥的军团。库里奥只能勉强带领着他的军团慢慢撤退，他将部队收缩在很狭窄的山谷中，艰难地抵抗着敌人的进攻。

此刻，被尤巴围困在峡谷中的库里奥军团已经是四面楚歌，走投无路，全军上下，风声鹤唳，全无斗志。因为，这些士兵大部分都是原来庞培军团被招安混编的人员，对于恺撒的忠诚度开始动摇，又碰上这样一位狂妄无知自以为是的司令官，自然对于敌军的进攻充满了恐惧和绝望。入夜时分，原地休战。参战的庞培副将阿非利加总督瓦卢斯不失时机对敌军进行统战性喊话，部队军心开始动摇，大部分士兵丢弃了武器，又投降了庞培阵营。

库里奥的两个军团顷刻被瓦解，身边只剩少数亲信和高卢骑兵跟随着他做最后的抵抗。在濒临绝境的时候，他的思维反而十分冷静，当着所有准备和庞培的部队决一死战的将士，他开始真诚地检讨自己，他说：

你们曾经用"大将军"来向我欢呼，而我的选择，只称自己为"恺撒的士兵"，如果各位能够让我符合这个称谓，我必以重酬回报。我诚恳地请求各位恢复我的声誉，务必能够言行一致，名实相符。

也就是说在全军生死存亡的关头，这位年轻的贵族将军从迷狂的梦中清醒，回到了自己的本性，本能地抛弃了华而不实的"大将军"虚名，回归战士本色，他只想当一个恺撒的忠诚战士，忠诚于恺撒的伟大事业，即使扑汤蹈火粉身碎骨也在所不惜。他已经完全将生死置之度外，以歃血北非疆场回报恺撒的知遇之恩。

在众叛亲离的最后关头，他命令大家占领附近的一座小山，带着鹰帜结成顽强的抵抗据点。但是瓦卢斯和萨布拉带领骑兵抢先占领了这一据点，这样一贯心高孤傲不可一世的库里奥带领着他的残兵败将已经陷入万劫不复的境地。骑兵军官格涅尤斯·多米提乌斯集结少数高卢骑兵围绕着库里奥，愿意拼死护送他突出重围，返回乌提卡留守老营，因为老营由他的财务官马尔库斯·卢福斯奉库里奥之命留守，仍然保留着不少于两个军团的兵马，海边停泊着不少的战舰。他如果不返回乌提卡，所有进军阿非利加的军队将群龙无首，必将陷入全军覆灭的悲惨之境。

　　但是，库里奥不准备逃生，他坦然地表示准备牺牲自己的性命，宁为玉碎，不为瓦全，接受人生悲剧的降临，作为贵族将军，他视荣誉比生命更加重要。库里奥毅然表示，是他的轻敌冒进致使全军覆灭，有负恺撒的重托，已经无颜去见江东父老，尽管他还保留有两个军团的实力，卷土重来进行雪耻的可能性还是有可能的。于是奋然扬鞭纵马驰骋于正面战场，他甚至舍弃了盾牌，手执长矛，冲进敌人阵地奋勇杀敌，直到被杀，头颅被砍下献祭于蛮族国王尤巴面前。经常被庞培方恶意中伤说被恺撒用金钱收买的库里奥，就这样在刚刚 30 岁出头的大好年华浴血战死在疆场，时在公元前 49 年 8 月 20 日。在这场血腥惨烈的战斗中，库里奥麾下的 3 个半军团共 2 万名士兵，大部分在被瓦卢斯招安后，又遭到尤巴的残杀，只有少数骑兵逃脱。

　　财务官马尔库斯·卢福斯，听到库里奥轻敌冒进全军覆灭的消息后，鼓励部下不要丧失斗志，他承诺按照大家要求，尽快乘船返回西西里，他命令所有船长将船只靠岸。但是普遍的恐慌情绪很快蔓延到全军，谣言风起：有的说尤巴的部队已经逼近；另外有人说瓦卢斯率领的军团紧紧跟进，掀起的尘烟已经清晰可见，后来证明并无此事；也有人怀疑敌军的舰队会猝然前来进行水陆夹击，大家都将死无葬身之地。总之，这些谣言使得人心惶惶。每个人都在惊慌失措的状态下力求自保。船队在舰长登船后就急促起航，运输船队的船长也跟着逃走。只有少数小船在执行撤退的任务。岸上人员拥挤不堪，争着登船逃命，有些船员被人挤掉沉没在海中；其余的船只不敢靠岸，以免遭到同样下场。结果只有少数士兵和成年男子能够登船安全返回西西里。留下的部队派出百夫长连夜去见瓦卢斯向他投降。

次日，尤巴在乌提卡城墙前看到那些被看管起来的敌人部队，宣称这些投降的俘虏都是他的战利品，除选择少数人带回国内，下令把大多数将士处死。瓦卢斯抗议残杀俘虏，使他在库里奥投降的兵士面前背信弃义，因为毕竟都是罗马军团的将士。但是他不敢强行反抗尤巴的旨意。尤巴在一群元老院议员簇拥下，将库里奥头颅钉在乌提卡的城门上示众三天，自己以凯旋的姿态骑马进入乌提卡城。他任由自己的部队在乌提卡城为所欲为，然后带着自己的部队趾高气昂地凯旋班师回国。

库里奥雄赳赳气昂昂地带着部队去征服阿非利加，却以全军覆灭的悲剧性代价结束了这次惨烈的远征。汤姆·霍兰在他的《卢比孔河》一书中评述到：

库里奥仍和过去一样大胆鲁莽，领着两个军团在非洲作战。战败时，他羞于逃命，同部下们死在一起。他们紧紧围绕在库里奥身边，以至于尸体都没有倒下。

对于爱将库里奥的全军覆灭，恺撒在他的《内战记》中只是平静地叙述整个战役的经过，并无过多的指责，甚至对库里奥视死如归的壮烈有所褒扬：

他的年轻，他的勇气，他在历次战斗中的胜利，以及他相较于执行任务更加看重战斗结果的责任感，以及他从恺撒这里接受军令的强烈的自觉，使他过早地作出了判断。

季拉基乌姆战役的败绩

恺撒胜利返回意大利，成功当选罗马执政官，并任命了共和国各行省的总督，稍事休整，待其在罗马的统治巩固后，于公元前49年12月22日，率领大军浩浩荡荡地云集布隆迪西港，准备向东方冲杀过去。出乎庞培意料的是，恺撒进军的速度十分神速，在双方冬季休营尚未结束，恺撒尚未筹集起足够的舰船，便于公元前48年1月亲自率领1.5万名步兵和500名骑兵从布林迪西港渡过寒风凛冽海浪咆哮的亚得里亚海峡，先期抵达希腊开始追击庞培。

按照计划，剩下的物资装备和1万名步兵和800名骑兵，由他的骑兵司令安东尼率领，将在运送先锋部队的船只返回后，再去希腊与恺撒军团会合与庞培进行决战。先期登岸的恺撒部队以迅雷不及掩耳之势，攻下庞培重兵把守的几个要塞。取得最初的几场胜利后，恺撒命令大军全力向庞培的军械粮草集中之地季拉基乌姆挺进。此时庞培已得知恺撒的企图，亦率军驰援季拉基乌姆，并下令不惜一切代价地日夜兼程，务必在恺撒赶到之前到达季拉基乌姆。

根据阿庇安《罗马史》记载：

恺撒启程离开罗马，尽一切可能的速度前进；但是同时庞培正在尽一切努力建造舰船，聚集更多的人力和金钱。他俘虏了恺撒在亚得里亚海中的40条船舰，派遣驻军防止恺撒渡海。

从对庞培部陆军部队分析可以看出，在两军的实力对比上，庞培占有绝对优势，不仅人员充足、装备精良，而且军兵种齐全，几乎动员了东方各国的所有精兵强将，来对付恺撒远道奔袭之师，以逸待劳，占尽天时地利人和的好处。然而，最值得关注的，是庞培还拥有一支得天独厚海军力量，这是他在剿灭地中海海盗时积蓄的力量，几乎无人可以匹敌。

他有装备完整的战舰600条，其中大约有100条配备有罗马船员，这些船舰被认为是比其他舰船要好得多。他还有许多运输船和载重船，有很多海军司令官，指挥各个分队，马可·比布鲁斯为海军总司令，指挥所有的海军司令官。

阿庇安所指的比布鲁斯，就是共和派头目小加图的女婿，加图的女儿鲍基娅就是嫁给了马尔库斯·比布鲁斯。此公当然也是道地的贵族子弟，只是能力平庸了一些。这位贵族公子曾经在共和国监察官、大法官甚至执政官岗位上都和恺撒是同事。生不逢时的比布鲁斯恰恰和恺撒比肩而官，在政治表现上相比较总是显得十分愚蠢和无能，恺撒像是一个伟岸的绅士将军，他却像是一个无能的跳梁小丑。有比较就有了鉴别，比布鲁斯在小加图的支持下，通过贿赂选举出任恺撒的副手，原本是想制约恺撒独裁的野心，由于执政能力有限而处处衬托出恺撒的精明强悍。总之，恺撒在各个方面都压他一头，使他在岗位上饱受屈辱，处于处处被玩弄的愚蠢角色。

此番，比布鲁斯受命担当庞培亚德里亚海域海军总指挥，率领着110条舰船负责阻挡恺撒军团的渡海作战，使他有生以来第一次变得积极活跃起来。"即使在最寒冷的冬天他也露天睡在甲板上事必躬亲，竭尽全力对付敌人"。但恺撒依然抢在他布防前，突破了海上封锁线，顺利渡海在希腊登陆。

公元前48年1月5日，恺撒成功地从希腊西岸登陆，首先从陆上对奥瑞克斯实行背后攻击，他亲自率领陆上进攻，手下剩余的12艘军舰从海上进行配合，对奥瑞克斯港实行双面夹击，不到一天时间就攻克该港。遭到突然袭击的奥瑞克斯港向柯基拉海军基地请求支援。但是事先没有准备，比布鲁斯的110艘船还没来得及出港，奥瑞克斯就被攻陷。

在两人最后的较量中，比布鲁斯依然败在老对手恺撒的手下，被击垮的前执政官比布鲁斯最终因感冒发烧不治身亡。他的老婆鲍基娅在小加图兵败自杀后，嫁给了布鲁图斯，所以这位权贵的怨妇鲍基娅太太对恺撒有着杀父兼杀夫双重的仇恨，世人普遍认为，她与布鲁图斯最后参与疯狂刺杀恺撒的行为有着相当的关系。因此而导致了塞维莉娅和这位儿媳妇也是自己的侄女有着不共戴天之仇恨，她认为这位儿媳妇引诱自己的儿子，刺杀了自己的情人。

几天后,庞培终于率先赶到季拉基乌姆,扎营在城市附近。不及喘息,立即进行部署防御,他派遣一支舰队收复了奥瑞克斯港,严密地防范海上。庞培扎营的地方和恺撒扎营的地方中间隔着阿洛尔河。庞培深深知道,这个城镇虽然不大,却是全军的生命线,若有闪失,后果不堪设想,他立即部署严守阵地,不得有丝毫懈怠。随即立即派出舰船在海上巡逻,封锁整个海岸线。

恺撒大军接踵而至,双方挖取堑壕严阵以待,就这么对峙着,偶有小冲突。由于庞培控制了海岸线,恺撒失去了海上的供给线,大军难于得到给养补充。军队只能挖取草根和野菜同牛奶掺和着充饥。士兵们有时跑到敌人的哨所前将做成的面包扔过去,试图告诉敌方,只要地里还能长出野草和薯类植物,他们就能坚持下去和庞培的军队作战。

庞培却并不着急和恺撒决战,他在陆地和海上都有充足的给养,况且他有源源不断的税收来源作为军费支撑他庞大的军队。这和当时庞培在希腊地区委任的包税商有很大的关系,在庞培和恺撒斗争中,税吏都站在庞培这一边,保证了资金的流入。税吏和放贷人这类罗马社会的金融人员,对恺撒在高卢和西班牙地区实行的税制改革,产生了极大的危机感。税制改革一旦实施,就不能随意进行操作,他们的利益就会受到影响。此外,恺撒为了平民的利益还规定了利息的上限,高利放贷受到限制。鉴于上述既得利益的考量,他们自然就是庞培的拥戴者。庞培很有耐性地和恺撒长期打消耗战,拖到恺撒因为经费告罄,粮草断绝,部队发生饥馑或者爆发大的瘟疫,大军自然瓦解撤退,这是庞培不战而屈人之兵的策略。

庞培的军士拿着这类草根和薯类野菜混杂碾碎做成的面包禀报主帅:"恺撒的军队已经没有了粮草,仅能以草根野菜充饥了,看来我们一定能将其一举歼灭。"言谈话语中颇有幸灾乐祸骄慢轻敌人的意味。庞培却正色告诫他的将士:"大家一定不要放松警惕,能够吞咽草根野菜的将士,仍能坚持与我军作战,试想,我等的对手就是野兽,而野兽比人类更加可怕。大家务必小心谨慎,等待时机。"

普鲁塔克在《恺撒传》中记载：

庞培为了免得士气受到打击，费很多力气不让扔面包的信息情形和他们所说的话，传到他的部队变得众所周知，因为庞培的士兵把恺撒的人马视为野兽，对于他们的凶狠和胆大极为忌惮。

恺撒抵达季拉基乌姆沿海岸线构筑了一条长达 24 公里的堑壕围攻庞培的部队，敌军处在内围，构筑的防线较短，西边长达 13 公里，东边间隔的距离从 2 到 3 公里不等。在古罗马时代，可以算是最伟大的野战工事。长期的对峙，已经使得恺撒感到焦虑，他曾经派出使者，企图和庞培寻求和谈之道，双方罢兵撤军共同返回罗马，商谈权力的再分配，势力的再划分。但是被庞培借口元老院议员和执政官都不在，他无法单独做主和谈。庞培拒绝了恺撒的多次和谈请求。和平不得，内战就得继续进行下去。而这些招摇橄榄枝的友善举止，恺撒实际已经将庞培推上了内战的道义审判台，他至少占有道德上居高临下优势去面对人民和历史。

即使这样的对峙，两军将士也是同胞。特别是庞培的两个军团在高卢战役的后四年里，他们是恺撒手下的兵，由于高层之间的权力斗争，分为两个敌对的阵营。但是，彼此之间的战友情分，还是存在的，在双方之间的战士接近河堤时，敌对双方开始隔着河交流。恺撒认为这是一个寻求和谈的好机会，于是再次派人送去亲笔信，但是庞培依然不予理睬。并对寻求交流的士兵严加训斥，责令回营。恺撒曾经的亲密战友，拉比埃努斯再次出头充当堵塞两军交流渠道的急先锋，他冲上河堤大声呵斥着庞培方的士兵，驱赶他们返回营地。并对恺撒方士兵大声吼叫："什么讲和！什么同意！禁止再交谈这样的内容。对我们来说。取下恺撒的首级那一刻，便是和平之日。"再一次愤怒表达了对于昔日首长的决绝姿态。

求和不成，双方的对峙夜以继日，已经陷入胶着状态，恺撒进退两难，痛苦不堪。唯一的希望便是他留在布隆迪西港的军队早日与他在希腊会师。恺撒的第二拨人马，由他的骑兵司令安东尼率领，共计有 1 万重装步兵和 800 名骑兵数次尝试出海，都因为冬季海上的风浪咆哮，以及庞培海军的严密封锁而宣告失败，他们被牢牢困死在港口，直到比布鲁斯病死。

　　三月底，海上风浪暂时止息，安东尼率领的军团企图在阿波罗尼亚登陆，但是遭到庞培海军的阻击，安东尼的船队，在强劲的西南风下安全进入避风港，庞培的海军在港口外受到南风的阻击，发生舰队的相互碰撞，有的船只被吹向山崖，破损严重，有的士兵被恺撒的军队救起。这些获救的罗德岛居民被遣散回乡。几天后，安东尼的船队在林法姆港登陆，同时增援的粮草也随军运到。公元前 48 年 4 月 3 日恺撒和安东尼在相隔三个月后成功会师，恺撒部的粮荒也暂时得以缓解。于是在双方对垒线的外围，经常发生前哨战斗，恺撒每次都能占到便宜。面对恺撒的挑衅，庞培决定反击。

　　公元前 49 年 7 月 1 日庞培集中优势兵力，对恺撒的左翼发起了海陆两栖的联合攻击，动用 60 个支队的兵力围歼恺撒，大获全胜，恺撒率领着他的军团大败而逃，几乎连大营都未能保住。庞培的部队发动猛烈攻击，恺撒的疲惫饥馑之师，已经丧失了固守抵抗的能力，堑壕里满是尸体，在敌人的追赶之下，很多人死在防护壁和阻绝工事的上面。恺撒遇到奔逃的士兵，企图迫使他们返回战场进行抵抗，但是没有人听从他的指挥。恺撒想拿起鹰旗鼓舞斗志，掌旗手竟然将军旗丢弃在地，以致有 32 面军旗落在敌人之手，恺撒本人几乎丧失性命，一位身强力壮的士兵从他身边跑过时，恺撒抓住这位士兵的手，命令他站住，转过身去和敌人交战。这位士兵对于敌人的凌厉攻势感到万分恐惧，竟然举起自己的佩剑挥向主帅，恺撒的护甲卫士，抢先下手把那人的胳膊砍断，恺撒才趁机躲过了风险。

　　此战，恺撒部 1000 多名官兵丧生，丧失了部分骑士阶层的精英分子，32 名百夫长和军事护民官，大部分死者身上都没有致命的伤口，都是在大军溃败逃窜时，相互践踏死亡在堑壕里和在河堤上，因为惊恐被溃兵踩踏挤压而死。

　　恺撒陷入了深深的绝望之中，不知道是庞培过于谨慎还是性格使然，他没有一鼓作气继续攻击，在把溃军赶回营地后，就收兵退了回去。这次的战斗，恺撒军团侥幸没有全军覆灭，在《内战记》中恺撒总结庞培没有乘胜追击的原因：

首先，可能是庞培怕有埋伏，因为战况的发展与他的预想的状况完全不一样，因为就在片刻之前，他还看到他的部队从营寨里逃走，他的目标是救出被围的兵团，根本没有想到我军会溃败，因此就不愿冒险前进，越过壕堑攻击我军。其次，庞培骑兵在攻击中，因营门狭窄而受阻，再加上受到我军阻挡，不愿放手全力一搏。

战后返回营地，恺撒对他的幕僚说："如果敌方将领能够掌握战机就会赢得今天的胜利。"他进入营帐躺下就寝，辗转反侧耿耿难眠，脑海里全是白天血战的残酷场景，战马嘶鸣，刀光剑影，尸横遍野，血流成河，情势使他感到困惑，经过反复考量，他认为自己对于战争的指导思想产生了偏差，他的面前是土地肥沃的希腊国度，还有马其顿一些富裕的城市，他应该在那里寻求和敌人进行会战，而不是在滨海边鄙之地向敌人发起进攻。庞培拥有强大的舰队，所以他们无法围攻敌人，反而陷入绝粮的困境。

恺撒整夜地思索面临的困难和艰苦，第二天早晨下令拔营，决定率军去攻打庞培继任老岳父西庇阿。这样一来逼着庞培追随他的行动，如果庞培跟进就无法现在这样占有海上补给的优势，如果西庇阿得不到庞培的支援，他就很容易获得胜利。

恺撒率领的大军，经过七个昼夜马不停蹄的行军，扎营在法萨卢斯附近，等待时机与庞培决战。庞培的部队和军官认为恺撒是战败逃走，大家斗志昂扬、信心百倍急于发起追击，庞培不愿贸然从事一场会战。因为他的给养充足，长时间地维持战局毫无问题，反之恺撒无法持久，可以慢慢消耗他的战力直到难以为继，自动撤兵为止，他再乘胜追击一鼓作气消灭恺撒军团，夺取战役的最后胜利。当然，这只是庞培的一厢情愿。他的战略设想遭到他的团伙内元老集团的群起抵制，在恺撒的不断引诱下，他不得不改变他的战略初衷，而最终落入恺撒的圈套。导致全军覆灭，万劫不复的境地。

恺撒的弟兄们身经百战，能够表现出英勇无畏的气概，然而不断地长途行军，经常变换营地，打造碉堡和工事以及长期的夜间警戒，使得他们疲惫不堪，特别是老兵们年龄较长，随着体力的衰退，已经难以胜任日益繁重的军中事务和工程的构筑，作战的勇气渐趋低落，加上希腊北部秋季的气候反常，高卢和西班牙的士兵水土不服，因为饮食不良，引起的传染病正在军中流行。最为紧迫的是恺撒的军费和粮食得不到足够的供应，战局的延长，将拖垮他的军团，而导致全面崩溃。

庞培在这次作战胜利后，按照惯例接受了"大将军"的欢呼，但是他的头脑并未沉浸在这种隆重的表面礼仪性庆贺中。他保留这个头衔仅仅限于书面文书中使用，没有像惯常那样归功于自己的处置机敏、指挥得当，也没有在自己的权标上加上月亮桂冠的徽志。庞培心中很清楚这次胜利他不应当享用过分的荣誉，显然这是一场罗马军团内部的战争。这是恺撒在《内战记》中对于敌手相对客观的记载。接下来的就是恺撒部将、现在庞培兵团骑兵统帅拉比埃努斯为了表达对于新统帅的效忠，对于自己在交战中俘虏的老部下、老战友的大肆屠杀，前面已经描述，这里不再重复。

庞培基于这些理由不愿与恺撒立即交战，他有耐心在战局的延长中拖垮恺撒。只有小加图赞许他的做法，加图之所以赞成，是他的同胞可以避免自相残杀，这次会战后，他看到了恺撒大军遗留的那些肢体不全浑身血迹的 1000 多具尸体，他转过头去几乎痛哭失声。

心怀鬼胎的贵族元老

对于恺撒兵团在一夜之间的战略大转移，庞培部的大部分人尤其是追随庞培的元老权贵集团，都兴高采烈地认为是恺撒团伙的大溃败。

庞培的部队因此信心大增，纷纷抱着渴望的心态要与敌人进行一场大决战。虽然庞培像是一个胜券在握的征服者，亲笔致信他的同盟国国王或者将领表示，希望能够避免速战速决的鲁莽会战，明确表达了胜利的机会在于延长战争，保持因敌军补给品短缺所形成的优势，最终才能用饥饿和劳累拖垮敌军。证明作为军事统帅的庞培并没有被权贵们的愚蠢所裹挟，他是具备战略眼光的。

恺撒则和庞培的希望完全相反，他希望速战速决，恰好恺撒的所希望达到的战略目标竟然成了庞培高级参谋团集体的愿望，和幕后牢牢牵制着庞培的元老贵族团伙的想法完全吻合，两者的吻合将庞培装进了枭雄和庸官不谋而合的圈套。最终导致了庞培悲剧性的覆灭。

当庞培苦口婆心地劝阻他的同事和部下们不可贸然出击，追击恺撒主动撤退的大部队。那些元老权贵们却大肆叫嚣恺撒已经大败而逃，何不乘胜追击，趁机解体敌方部队，趁势打回意大利，复兴我大罗马共和国？有的元老甚至还暗中派遣奴仆潜回首都，在靠近市中心市民广场附近租赁房屋，早为预谋新的职务做好准备。还有庞培的心腹坐船前去列斯波斯岛上，去为避战的庞培新太太柯尔涅莉娅通报战争结束的喜讯。总之，庞培阵营大大小小的官员都沉浸在一片喜悦的氛围中，享受着脑海中胜利的欢乐。

高官们几乎异口同声地表示：当务之急就是要一举光复意大利，所有的战略都是为了达到这一最终目的。只要掌控了罗马，西西里、萨丁尼亚、科西嘉、西班牙和高卢行省都会自动归顺。元老卢契乌斯·阿菲拉纽斯从西班牙丧失所有军队归来，被元老们讥讽为"卖国贼"的他，现在表现得极为爱国，他特别煽情地说，故乡近在咫尺，正在向大家伸出求援的双手。他认为就庞培而言，他的畏葸决战，令人感到气愤不平，最羞辱的事莫过于坐视自己的出生地不管，被恺撒这样的暴君所奴役和蹂躏。

庞培则有着自己的想法：回师意大利有损自己伟人的声誉，这等于第二次在恺撒面前的逃窜，命运让他具备优势成为恺撒的追捕者，不应该中途放弃自己的追捕目标；另一方面擅自离开东方战场于情于理于法皆不合，等于放弃了自己的老岳父西庇阿和分布于希腊以及伯罗奔尼撒半岛那些分散驻守各地的执政官、大法官等一众高级官吏，连带巨额的金钱和大量的兵员，都可能落入恺撒之手，他对罗马并非不关心，梦寐以求就是打回去，恢复自己的江山社稷。但是最好的办法，就是让这座伟大的父母之邦免于战火，罗马可以等待的就是即将到手的胜利，拖垮恺撒，聚而歼之，这一点他始终坚信不移。

庞培说服大家后，开始行军追踪威慑恺撒，并保持坚定的决心轻易不与他会战。他采取包围或者骚扰的办法，切断他的补给线，使敌人陷入坐以待毙的困境。虽然有很多理由让伟人坚持自己的伟大战略，但是伟人所处环境充斥着贵族似的颟顸和速战速决的狂妄叫嚣。那些闲言碎语中夹杂着种种毫无根据的谣言，像是乌云那般笼罩着他，再伟大的人也难以抵御谣言的反复攻击。共和权贵们说，他们应该尽快消灭恺撒，庞培才不可能一直在贵族元老面前抖威风，他不想很快使恺撒灭亡，是为了继续保持自己军事独裁的地位，在侍卫和奴仆的簇拥下像是一个主宰整个世界的“王中之王”就如同当年希腊的阿伽门农这个野心家独裁者等等；还有人说，在整个战争期间，他一直不愿意重用小加图，为了避免这位共和派要员的絮叨，他刻意不让他跟随大军作战，将他打发在季拉基乌姆基地，为他看管行李，免得恺撒被除去之后，小加图会采取手段，迫使他放弃所有权利，而实行真正的共和民主体制。说他运用主将的军事专权不是对付恺撒，实质上是针对元老院和整个共和国，他热衷于像是对待奴隶那样对待共和国的前执政官和大法官，他和恺撒这类独裁者一样，没有任何区别，他们就是一丘之貉等等。流言蜚语像是污泥浊水那般无情地包围着庞培。

在群情激愤叫嚣一举歼灭恺撒叛贼的情况下，庞培受到舆论的裹挟，不得不启程去追歼恺撒，恺撒诱敌深入进行决战的计谋在敌人内部元老的帮助下，开始实现。庞培留下 2 万兵力驻守自己最大的军械粮草基地季拉基乌姆，自己率领剩下的兵力进入希腊中部的色萨利地区和老岳父梅特鲁斯·西庇阿的军队成功会合。

庞培的军队里充斥着胜利的欢乐气氛，总司令庞培也显示出气定神闲，从容而悠然。庞培对自己的岳父、叙利亚行省总督、前执政官西庇阿，并没有把他当成自己的副将来对待。而是给予和自己完全并列的平起平坐总司令地位。比起等级森严的严格指挥系统，庞培更喜欢被人看成是平易近人的总指挥，他甚至还给梅特鲁斯·西庇阿分配了军号手，该职位的设立是为了更有效地传达总司令的作战指令。包括西庇阿的营帐都和庞培一样是红色的。突出了他在庞培军内与众不同的地位。其实这位徒有"西庇阿家族"美名的家伙，本质只是一位广蓄优伶，私生活淫荡，贪图美色美食，习惯享受奢华排场的贵族贪腐分子。他之所以能够充当"总司令"的角色，只是因为他有着一位曾经征服东方的女婿，庞培正宠着他的女儿柯尔涅莉娅，爱屋及乌而已。

庞培就是在元老贵族们的无端叫骂攻击声中，肩负着拯救共和国艰巨而神圣的使命去和恺撒对决的。而帮派林立，各怀鬼胎的共和国股肱之臣们，早已以他们的贪腐行为，蛀空了共和国的大厦，共和国其实已经到了寿终正寝的地步。一个已经行将就木的政权，是不值得拯救的，恺撒的叛逆也就是顺势推了一把而已，根基腐朽的共和国大厦必然坍塌于瞬间。从总司令战略意图受到元老政客的多方掣肘，就可以充分看出庞培集团在军事指挥上的政出多门和恺撒的政令军令独裁出于一尊，在效率上是难以比较的。英国学者汤姆·霍兰《卢比孔河》一书中指出：

而恺撒没有这些掣肘，可以不受阻挠地发布命令，不必担心人会讥笑他。但不论恺撒找什么理由，最重要的在于他不是像共和国的捍卫者那样战斗，但庞培是，而且他非常看重这个称号。他的同事们仍和过去一样嫉妒妄自尊大的人，他们要求庞培顺从大多数人的意愿，展示自己的能力，一劳永逸地击败恺撒。庞培勉强同意了。

这就是庞培在法萨卢斯会战前面临的真实处境。在会战开始前胜负未决的前夕,庞培召开了一个作战会议。营帐内灯火通明,佳肴美酒应有尽有。

庞培首先说明了自己的作战方略:

我知道各位像是有点不敢置信,但是听到我的战术计划,那么各位在作战时会更有信心。我已经指示骑兵,两军接战到相当距离时,就从恺撒暴露的侧面而来攻击他的右翼,再从后方包围敌军的战线,使其全面陷入混战之中,在我军正面不发一矢的状况下大败敌军。骑兵主将已经给我保证要完成任务。这样做军团不冒任何危险就可结束战争,也无需流血牺牲。基于我军绝对的优势,取胜毫无困难。

拉比埃努斯接着发言,他藐视恺撒的战斗力,同时把庞培的计划捧上天,他说:"庞培,不要以为敌军还是征服高卢和日耳曼的军队,我参与所有的作战,要是对这些事情外行就不会冒失地断言;原来那支军队现在留存的人只占很少一部分,因为经过若干次大小战役,大部分将士都战死,意大利秋季的瘟疫又夺去很多人的性命,年长的人员都解甲归田,有些人还留在意大利本土,你难道没有听说一些已经编成的支队因疾病不能前来,仍旧留在布隆迪西吗?现在看到的部队,是在过去几年从山外高卢征召兵员补充的,也有许多兵员来自山外高卢的殖民区,此外在季拉基乌姆的两次会战中也丧失不少好手。"然后他发誓,除非战胜否则不会再进入营寨,同时也催促其他人发誓。庞培赞许他,自己也提出同样的誓约,其他人毫不犹豫地宣誓,然后会议解散,每个人心中都充满愉快和希望。一位战功彪炳,经验丰富的统帅给了绝对的保证,全般处置不会有任何差错,所以每个人心理上已经获得预期的胜利。

庞培的骑兵司令拉比埃努斯以恺撒阵营过来人的身份,结合自己的经历,说了那些吹捧庞培,鼓舞人心的豪言壮语,很能说服人,也坚定了庞培与恺撒决战的决心,在《内战记》中,他的老上级恺撒详细记录了他曾经的老战友的慷慨陈词,这篇气壮山河的发言,无疑促使庞培下定决心一举击败恺撒。

元老们似乎已经以过分乐观的狂热,开始准备自己的庆功宴。营帐用胜利的月桂装点。元老们个个喝得面红耳赤，小酒微醺之际，开始讨论在胜利返回罗马后的财产与权力再分配问题，借着酒醉争吵不休。他们认为：

"庞培对什么事都是过分认真的人，以他谨慎的性格而言，只有这次表现出如此的悠闲和胜券在握，看来这次会战只要一天就会决出胜负来。"

"庞培在慎重处事的同时，同时也在享受着像是命令奴隶那样命令我们这些有着执政官、大法务官经验者的快感。"

"在两支（指与西庇阿部队）大军会合后，庞培的战斗力得到了大幅度提高，营地内从上到下充满着胜利的希望。庞培和以往一样，在对这些前任执政官、法务官的唯命是从中，享受着他们的廉价恭维，满足自己的虚荣心，从中获得莫大的乐趣。"

对于谁来接替恺撒的大祭司职位，多米提乌斯、西庇阿和伦图鲁斯三位大佬发生了激烈的争论，三人都认为自己有资格接任这一终身任职的神圣宗教职位。因为他们对庞培和恺撒决战中，庞培的胜利确信不疑，早早就开始为争当这个职位争吵不休。这三个老政客都先后出任过共和国的执政官，都认为自己完全有资格接任这个位置。

总之，共和国这些流亡在外的精英们满脑子想到的都是这些胜利后的名利地位，像是一个个生活在美丽梦幻中的梦游病患者，在战争尚未开始，胜利的八字尚未见到一撇时，这些争名于野，争利于朝的家伙，都在做着升官发财的美梦，完全显示着他们境界和情怀的猥琐和丑陋。复辟以后的共和国就靠这些遗老遗少去统治？庞培感到这简直是不可思议的事情，倘若如此，不如自己像恺撒一样去充当独裁者。想到这里，庞培嘴角漏出一丝不易察觉的冷笑，他不屑地甩动托加的长袖，中途悄然退席。

当晚他做了一个梦。他躺在中军帐的舒适床榻上，恍惚迷离中进入美好的梦境，脚下踏在舒适松软的波斯地毯，走进以他的名字命名的豪华剧院，罗马市民正以响亮的欢呼声欢迎他的凯旋，鲜花伴随着掌声不断撒向他，这时他用无数的战利品祭献装点着胜利女神维纳斯的神庙，这个梦境从表面看来可以鼓舞他的斗志，深入思考反而使他感到气馁，生怕自己成为光鲜华丽的祭品，被恺撒拿来奉献给维纳斯。因为恺撒家族据说来自这位高贵的女神,仿佛荣誉已经从他身边悄悄溜走,从此一去不回,成为对手的荣誉,这样的联想又使他感到无比的沮丧,似乎天意如此,又使他丧失了斗志,也只能顺其自然地走向了失败。

此刻,大战在即的营地发出了一阵阵士兵的喧哗,惊醒他的梦境,一阵恐惧和惊悚的吵闹声,使他难以入睡。侍卫禀报他,士兵们对军饷太低不满,正在闹营,这可是军心不稳、士气低落的象征,他披衣而起,前去安抚,士兵们终于归于平静。时间,已经接近黎明,恺撒的营地在万籁俱寂中,突然升腾起一阵火光,化为一个火球跃入他的军营。

探子报来,恺撒打算在拂晓到来以后,拔营前往法萨卢斯,这时士兵们正在拆除营帐,牲口和奴仆们已经先行出发向法萨卢斯方向运动,全副武装的人员开始调动,嘈杂的口令声和四处奔跑的脚步声,伴随着战马的嘶鸣,预示着大战即将来临。恺撒的红色大氅已经高挂在中军帐前,对于罗马军团而言,就是要进行会战的常用信号。士兵们看到后立即离开帐篷,发出欢乐的喊叫,立即拿起武器,军官们率领所属部队按照战斗序列排成阵式,都在预定的行列就位。一切井然有序而鸦雀无声,熟练的程度像在进行一场彩排已久的舞蹈。于是庞培也率领着他的兵团,紧紧追随着来到了法萨卢斯大平原。

庞培完全被恺撒牵着鼻子进入了他生死攸关的决战。

古罗马史学家阿庇安在《罗马史·内战史》中评价庞培时指出:

庞培是有军事经验的将领,看到元老院贵族的愚蠢和颠顶行为,暗中甚为恼怒,因而提前离开了这场临战前的夜宴。但是他因为迟疑和恐惧这些家伙的力量,因而缄默无言,好像他已经不是一个司令官,而是一个受人指挥的马弁一样,他所做的一切是违反他自己的判断,而被迫做出的。这个有着伟大功勋的人,变得如此苦闷,或者因为在作出战略决策时,他没有实现自己的主张,而去参与一场赌博,迫不得已去孤注一掷。而这样做出的决策是草率的,不负责任的,因为轻易地会战牵涉到许多人的生命,同时也是自己曾经建立的功勋毁于一场草率的决战;或者因为那些正在到来的灾祸而感到烦恼。预示着那一刻,他将从势力雄厚的地位上完全跌落下来。他对他的朋友说，无论哪一方面胜利，那一天就是罗马人民大祸的开始。于是他就开始准备战斗。在他这一句话中，有些人认为他流露了自己内心深处真实的想法，在恐惧的时候不知不觉地表达出来，他们推测，纵使庞培胜利了之后，他也不会放弃最高权力。

法萨卢斯会战定输赢

恺撒和庞培在内战时期，最主要的军事行动就是法萨卢斯会战，这一战决定双方的胜负存亡。

涵盖了伯罗奔尼撒半岛的希腊，法萨卢斯平原处于北希腊的南端，如果这里不是公元前 49 年底古罗马两大巨头进行决战的战场，也许只是一片籍籍无名的普通麦地，不会给人留下深刻的印象，麦田周围由不到 500 米高的丘陵围绕，中间开阔的平原东西长 20 公里，南北长 17 公里，在平原北部边缘附近，有一条浅浅的小河，向东缓缓流淌。

恺撒率先到达这里，选择的营地在最初会战中使他获得战略上的优势，没有想到的是在会战时会在瞬间处于战略劣势的状态。恺撒的营地控制着肥沃广袤的平原，中间有潺潺的小河流过，交通线畅通，可以获得充足的粮草供应，并且有利于他争取附近城镇居民和行政官员的支持。他在平原中心地带构筑营地的目的在于采取主动进攻的态势，准备在短时间结束整个战役。

庞培为了确保交通线的畅通，把营地设在丘陵的高地上，并没有考虑有什么战术上的优势，他的战术就是以拖待变，以时间换取空间，在粮草的供应上困死恺撒，因为他在兵力上占据优势。

但是，庞培的决策，受到他所率领的元老院贵族权贵集团的掣肘，这些元老们个个倚老卖老，利欲熏心，自以为是，求战心切，急于战胜恺撒后，反攻意大利，回到首都罗马复辟旧制度旧体制，继续享受高官厚禄的特权。因此，庞培很难在军事决策上定于一尊独裁专权。再加上骑兵统帅拉比埃努斯自以为出自恺撒门下，可以提供恺撒军团的真实情况，严重误导了庞培的战略决策；相比较而言恺撒的决策政出独门，果敢利落，无人可以制约，就可以达到速战速决出奇制胜的目的，从而把军事上的劣势转变为战术上优势，一举扭转战局，击溃庞培。

庞培带着庞大的共和派元老议员们和恺撒军团开展了一场抢占战略先

机的赛跑，等于是背上了一个沉重的包袱参加一场竞赛，这个包袱也许过去是一种政治的优势，象征着权力的合法性，但是离开了共和国的政治之中心——首都罗马，这种空洞的象征就变成了某种累赘的负资产，和军事运动型竞争兵贵神速的原则格格不入，再加上伟人庞培已经老了，和比他年轻六岁的恺撒相比，在军事行动上显得迟缓而犹豫，在军事决策和极限行军、不断转移阵地、挖取战壕、指挥战斗方面都显得力不从心。庞培希望的是以逸待劳，坚持持久战，在占领加勒比海岸线，切断恺撒本土供给线的情况下，困死、饿死对手，不战而屈人之兵。

但是，追随他出走的元老们个个利欲熏心，他们希望速战速决，打回意大利本土，迅速收复罗马，一门心思地做着瓜分权利的美梦。而这些利令智昏的家伙几乎都是官场老政客，曾几何时全是共和国的顶尖级权贵——法务官、执政官，在政治地位和庞培不相上下，这次追随庞培流亡，仿佛都成了总司令官的太上皇或者高级参谋。在他们而言，老庞的军事指挥官职权都是出自元老院的授权。因此，对于庞培的军事策略的评头论足是理所应当的，这极大地影响到伟人庞培统一指挥的执行效率。这其实就是元老们心目中对于权力的监督制约，容不得最高指挥官的军事独裁。

他们的速战速决的企图包藏着既得利集团极大的祸心，导致了他们在政治企图和恺撒的速战速决在表面上的不谋而合，实质上差距很大。因为东方的决战原来是在庞培的传统势力范围进行，在兵力和同盟国的支持上庞培都占天时地利人和。恺撒的速战速决就是企图规避庞培的先天优势，扬长避短以迅速决战的方式突发奇兵，出其不意攻其不备，以少胜多，以弱胜强，而一举夺取决战的胜利。

元老们的势利和颟顸，正中恺撒的下怀，他以突然撤退的方式，造成全军溃败的假象，促使庞培军团很快进入了自己诱导决战的圈套。庞培全军上下都在一厢情愿地做着共和国美梦时很快进入了噩梦。

看来元老干政是古今中外世界级的普遍问题，尤其是共和国晚期当共和体制进入寡头政治怪圈后，共和名存实亡，国家政治军事社会体制完全为既得利集团所操纵，所谓的民主不是权贵挂羊头卖狗肉似的操纵，就是民粹克劳狄乌斯群体性动乱所困扰。尤其是有着共和国名义的古罗马，元老院有决定官吏参与选举、操纵选举的特权，有宣布战争决定军事指挥官的特权，势力完全不可小觑。庞培依靠元老院登上战时指挥官的高位，自有其军事权力来源的合法性，但是放弃首都后的流亡，也就如同失去家国的丧家之犬，再受到元老院影子内阁的限制，反倒不如军事独裁者恺撒来得干脆利落。

公元前 48 年 6 月 6 日，具有决定性意义的法萨卢斯战役开始了。从当时双方投入的兵力来看，优势在庞培一边。他有 47000 名步兵和 7000 名骑兵，而恺撒只有 22000 名步兵和 1000 名骑兵，兵力不足庞培的一半。但是，恺撒的军队大多是能征惯战的老兵，战斗力很强。当天早晨，两军摆开了阵势。

庞培的营寨在小山上面，把会战队形列在较低，占有居高临下之势，很明显是在等待机会，看恺撒是否愿意冒着仰攻的不利态势来寻求决战。恺撒判断庞培不会受到引诱而放弃地形优势出来决战，决定撤离营寨，其目的是将营寨搬到易于获得粮食的地点，同时在行军途中，寻求与敌决战的机会，并且庞培的军队不习惯吃苦耐劳，在每日行军的状态下，一定疲惫不堪。他在下定决心后就发布撤离信号，正在撤除帐篷时，他看到庞培的战线与平日不一样，已经离开壁垒线向前移动，这样会战时恺撒就不会处于仰攻的不利位置。现在行军纵队开始要离开营门，恺撒向部将们说："此刻立即停止撤离。吾人期盼已久的会战终于到来，我军已完全充分准备，务必掌握战机与敌一决胜负。"然后命令部队卸下行军背囊和负载，迅速列队出阵。

庞培把意大利兵摆在前面，分左、中、右 3 路，每路相隔一定的距离。骑兵摆在两翼，辅助军放在后面作为预备队。针对庞培的战术，恺撒也把军队分成左、中、右 3 路，自己站在右翼第十军团中间。这个军团是恺撒最精锐的部队，战斗力很强。为了对付这支劲敌，庞培专门调来一支骑兵，并想利用人数上的优势来包围它。看到敌人新的部署，恺撒调来最勇敢的 3000 名步兵，埋伏在第十军团附近，以应突变。一场恶战开始了。

法萨卢斯平原上黑压压的一片，两军战线分明，战马嘶鸣，战旗猎猎，铠甲鲜明，会战的信号已经高高挂在旗杆。但是，双方都不约而同地静默着，仿佛主将内心中都在激烈煎熬着，谁也不愿意首先发出战争的号角，去迈出启动会战的第一步，毕竟这一场共和国内部的权力争斗，不存在道德上的正义和非正义的区别。对这一刻沉默，双方主将的内心矛盾交织困惑。阿庇安的《罗马史·内战史》有很经典的描述：

当双方一切都准备好了的时候，他们在静默中等待了一个时候，迟疑未决，彼此目不转睛地注视着，每人都希望对方开始发动战斗。他们两人都深为这场大战而忧虑，因为过去从来没有这样多的意大利军队一块儿遭遇同样的危险。他们为这些人（两军的精华）的英勇而相互怜惜，特别是因为他们看见意大利人列成阵势与意大利人战斗。当危险愈来愈近的时候，使他们激动和盲目的野心熄灭，而开始恐惧了。理智澄清了争取光荣的疯狂欲望，估计到危险，使战争的原因赤裸裸地暴露出来，说明这两个为了争夺最高权力而彼此斗争的人，把他们两人自己的生命和幸福（因为战败就意味着降低到最低地位）和这样多的高贵公民们的生命和幸福来孤注一掷。这两个领袖也回忆到他们不久之前还是朋友和亲戚，在很多方面还彼此合作，以取得地位和权势，而现在拔剑而起，互相屠杀，领导他们的部下犯同样的罪恶，而他们的部下来自同一个城市、同一个部落、有血统亲属关系的人，有时是兄弟们对抗兄弟们。就是这些情况，在这次战役中也不会少的，因为，在同一个国内成千上万的人发生武装冲突的时候，许多违反天理的事情一定会发生的。两人回忆到这些事情的时候，每人都后悔不及；因为这一天，将决定谁将成为人类中地位最高的，或最低的，他们迟迟不敢首先发动这样重要的一个战役。据说，两个人甚至都哭了。

然而，战争是冷酷的，排除一切带有私人情感的人性和人情的杂念。现在已经是箭在弦上不得不发，战机稍纵即逝，时间正在一点一滴地过去，双方所有的人都属原来共和国罗马军团序列，现在都排列在各自的位置，没有任何动静。但是当庞培看到他的同盟国军队已经产生混乱时，他担心在大战尚未开始前混乱会在自己的军团蔓延，终于忍耐不住，首先吹响了

125

战斗的号角，恺撒的军号迅速回应。双方号令一响，几乎同时发出震耳欲聋的呐喊声，雨点般的梭镖、箭弩投射到对方密布的战阵，接着是骑兵互相厮杀。开始，庞培骑兵处于优势，并对恺撒第十军团形成包围之势。

盖尤斯·克拉西阿努斯是一位百夫长，指挥着一个百人队的 120 名战士，从恺撒的大军中一马当先冲向敌阵，他要用夺旗斩将的迅疾，表达对恺撒的忠诚和勇敢。当他踏着晨曦走出营门时，正好遇见恺撒，他对统帅举手行军礼致敬后，恺撒问他对这场会战有什么想法，科拉西阿努斯伸出右手高声说道："啊！恺撒！你会获得光荣的胜利，我在今天无论生死，都要为你赢得荣誉。"为了实践自己的诺言，就在手下弟兄的追随下，他冒着矢石箭雨左手握盾右手拔剑冲锋在前，率先闯进敌人的军阵，他用佩剑和敌人近身搏斗，给敌军前锋带来很大的损失，他紧压对手毫不放松，终于突破敌军的前锋队列，一位庞培的士兵用剑从他的嘴里戳进去直穿过颈脖，鲜血飞溅，坠马身亡。会战变得胜负难分，双方在势均力敌的对抗中持续下去。

庞培在右翼按兵不动，一直在注视左翼的骑兵，等候他们行动之后看会造成怎样的局面再配合行动，以致获得最佳的战果。这时庞培的骑兵在拉比埃努斯的指挥下，近距离拉开队形，打算转向恺撒的侧翼打击配置在最前列的少数骑兵，退到步兵战线的后面另一边的恺撒挥动令旗发出信号，他的骑兵部队暂退少许，把正面让给了 6 个步兵支队。这里需要说明的是，恺撒的骑兵大部分来自高卢的所谓蛮夷之族，但是跟随恺撒在高卢战役中南征北战，征服过不列颠，跨过莱茵河和凶悍的日耳曼人交锋，骁勇异常，对恺撒忠勇无比，此番又刚刚参加了西班牙战役，人数虽少，但几乎无往而不胜。

庞培的骑兵却都是富家子弟，大部分骑着政府配备的高头大马，穿着鲜亮的牛皮铠甲，铠甲上装饰着精致的金银花纹图案，这些所谓的骑士阶层，家资饶富，是新兴的贵族子弟，因而一个个趾高气扬，他们蓄着长发，容貌俊美，气质一流，且十分珍爱自己的容貌，这是高贵骑士必须保持的风度。拉比埃努斯带领的就是这样一班银样蜡枪头的新贵族子弟。当恺撒部署的 3000 步兵不待接近，就在远处投掷标枪，专门对准骑士们视若珍宝的容颜，随后近身用长矛对着敌人细腻白皙的面孔猛戳。保护颜面是骑士特别看重的身价显示，既是赢得贵族姑娘青睐周旋于情场的资本，也是将来进入官场谋求晋升的表面考量。

这些富家子弟如何见识过这种阵势，这种攻击使他们感到恐惧，不仅会有性命之忧，而且还会使他们的容貌变得丑陋不堪，以后谈情说爱进入统治阶层都会受到影响。恺撒作为贵族中的风流浪子自然深谙个中三昧，考虑到骑兵数量和庞培相比悬殊甚大，于是特别下令从前列步兵中挑出敏捷而年轻人员，变成轻步兵配合骑兵作战，经过多日演练，结果是 1000 名高卢骑兵配合于相当数量的轻步兵，企图一举阻挡庞培 7000 名骑兵的进攻。实际状况不出恺撒所料，骑士们果然禁不住标枪长矛的乱戳乱刺，甚至不敢正视敌人，纷纷转过脸去用手臂把脸部挡住，以免被标枪戳中，经过一阵混乱之后，他们回身策马逃走。

普鲁塔克在《恺撒传》和《庞培传》中这些绘声绘色的描写可能有夸张的成分。在恺撒的《内战记》第三卷第 84 节中提到：

恺撒一旦获得稳定的粮食供应就全力提振部队的士气，何况季拉基乌姆接战迄今已过了一段时间，他相信能够适当地评估将士们的战斗精神，决定要试探出庞培在什么条件下才有意愿接受会战。因此，他领军离开营寨排列成会战队形，最初在靠近自己阵地一边，距离庞培的营寨较远，但是在随后的几天，逐渐离开自己的营寨，把战线靠近庞培所占领的小山，这样的运动使得将士们的士气日益高涨。骑兵仍旧使用先前的战术，因为在数量上处于极为劣势的地位，特别下令从精选的前列士兵队伍中挑选出敏捷而年轻的人员，编成轻步兵配合骑兵作战，经过多日演练，养成步骑协同作战的技巧，结果是 1000 名骑兵甚至在开阔地形上也毫不在乎数量上的劣势，一举抵挡住 7000 名庞培骑兵的攻击。

敌人抵抗不住，纷纷逃跑。恺撒趁势指挥他的第十军团，从侧面袭击敌人。恺撒的骑兵乘胜对庞培的步兵发起围攻，先将后卫击溃，开始大肆杀戮。普鲁塔克在《庞培传》中这样评述这场罗马军团自相残杀的会战：

双方使用同样的武器装备，部队按照同样的步骤排列阵势，在样式相同的鹰帜和队标下面列队进击，整个战场的精英和实力在那里拼个你死我活，都是来自同一个城市，从这件事可以提供一个明确的证据，人类只要受到激情的煽动和蛊惑，人性就会变得如此盲目和疯狂，如果他们的欲望仅仅是统治，全世界无论是陆地还是海洋，最广阔和美好的部分都在他们的管辖之下，这些在战争中征服的区域，可以在和平中享受成果。

失去骑兵保护的庞培步兵立即陷于混乱，狼狈逃跑。中路和右翼看到左翼惨败，转身而逃。开始，他们还能保持队形，慢慢向后退却，有的还能尽力抵抗。但是，没有参战的辅助军，在一旁惊呆了，他们慌乱地逃跑，一面跑，一面大声喊叫："我们被打败了！我们被打败了！"顿时，庞培的军队全线崩溃。拉比埃努斯指挥的骑兵精锐早已逃得无影无踪。

庞培知道自己大势已去，似乎完全忘记了自己是全军总指挥的身份，仿佛失去了魂魄，下意识地一言不发，他策马加鞭逃回了大营。他浑浑噩噩地踏入中军营帐，半晌回不过神来，完全不理会外面的呐喊厮杀的噪音，只是呆愣愣孤零零地独坐在中军帐中沉思冥想，感觉自己已经被神明所抛弃。他在等待着战斗尘埃落定的那一刻如期到来。他就这么一直毫无作为地坐等全军的一败涂地。等到敌人攻入大营，和他的士兵们激烈地格斗厮杀时。他才仿佛从梦魇中回过神来，只是喃喃自语般地说了一句："怎么，已经攻进营地来了？"

然后，脱掉身上主帅的铠甲和大红披风，换上便于逃逸的普通市民的白色袍衫，就此上马几乎没有和留守的将士告别，就悄悄溜出了营门，带着少数侍卫跨上坐骑，自顾逃命去了。此刻，他的军队群龙无首，全线溃败逃窜，如同无头苍蝇一般盲目地逃散四方。其实，当时庞培大军损失不到6000人，即便残留的败军已经退回小山坡上的营寨，所有将士也是拼死抵抗，尤其是军中的色雷斯人和地区协防军，更是拼死不退，等到堑壕上防壁被攻破，营地人员和战场败军依然在小山居险固守以待。营地的奴仆和保卫大帐的侍卫遭到大肆屠杀，死伤狼藉，尸横遍野，法萨卢斯平原顷刻成为血流成河的屠场。

黎明时分，恺撒命令庞培的残军从小山下到平原，交出武器。全体敌军毫无异议照办，然后趴在地上伸出双手，乞求恺撒饶命。恺撒叫大家不必担心，简短地说明了他会宽待俘虏的政策，和缓了他们的恐惧情绪，他一如既往地赦免了所有投降的敌人，交代士兵不要用暴力对待他们，也不得剥夺他们的私人财物。那些溃散的大部分骑兵在退向拉里沙途中被围困，只能投降。如果庞培不抛弃他的军队，私自出逃，转败为胜的可能性是始终存在的，而且他在地中海的海军始终是完整存在着。可惜历史不能假设。法萨卢斯会战决定了庞培走向末路的悲剧性命运，首先被打败的是他的心理防线。

根据恺撒《内战记》的记载，法萨卢斯会战的结果是：恺撒损失二百名将士，包括三十名百夫长，都是英勇善战之辈。庞培的军队有15000人战死，包括10余名元老贵族被杀，24000人投降，辅助军伤亡不计其数。被恺撒缴获180面军旗，其中有九个军团的鹰帜。当年被派到高卢接替恺撒继任总督的卢基乌斯·多米提乌斯溃败后逃离营寨，在山岭间被恺撒的骑兵射杀。

普鲁塔克在《庞培传》中记载：

等到恺撒的士兵夺取营地之后，他们看到的景象可以显示敌人的愚昧和虚荣，所有的帐篷和凉亭都点缀着桃金娘的花环，用地毯和挂毡装潢得富丽堂皇，餐桌上面都是名贵的器具，排列着装酒的大银杯，所有的准备和安排，像是参与的人士要举行献祭或是庆祝节日，跟他们要士兵上战场去打仗毫无关系；可以知道他们那天早上出战的心态，那就是拥有胜利的期望和满怀虚荣的信念。

恺撒巡视着庞培死伤狼藉、飘荡着浓烈血腥味的营地，他的敌人有的倒毙在地，还有一些人正垂死挣扎在血泊之中。不禁叹息道："他们完全是自作自受，逼得走上了这种地步。像我盖乌斯·恺撒这样的人物，曾经获得多少次战争的胜利，他们居然要解散我的军队，好让我束手待毙听候摆布，简直是异想天开。"参加这次战役的恺撒部将阿西尼阿斯·波利俄记载下这段近乎内心独白的话语，恺撒是用拉丁语说出此话的，仿佛是意犹未尽似的，他又用蜡笔在蜡版上用希腊文写出来给他看，此刻的恺撒是志得意满的。他将俘虏的步卒尽数编入自己的军团，许多有名望的人得到他的赦免，比如他情人塞维利娅的儿子，后来成为刺杀他的凶手布鲁图斯就是其中之一。

大将军沦落为流浪狗

布鲁图斯本质上是一个有着名士做派的理想化书生，在罗马高层也算是一个略次于西塞罗齐名的共和派理论家之一，他们两人都有着在希腊留学的经历，算是名义上的师生。但他又是恺撒情人塞维利娅的儿子，因而在贵族共和派和平民民主派两大阵营中可以首鼠两端，如鱼得水，游刃有余。他懂得恺撒对他的怜惜多半是对于母亲情感的投桃报李，恺撒爱屋及乌对他也是尊敬关爱有加，这是某种长辈似的怜惜。而他的书生意气，使得他激情多于理性，因而在政治上又带有很大的投机性。和他的舅舅小加图相比，他对共和的理想主义就来得不够坚定。

他对于庞培的投靠，带有很大理想主义驱动，也多半带有恺撒对其母亲的占有所带来的耻辱感。他皈依共和阵营，使得庞培非常惊喜，虽然他和庞培有着杀父之仇，终因为对理念的追逐，放弃了私怨参与到拯救共和国的战斗行列中。但是，他本质上不是像恺撒那样是一位上马草军书，下马击狂胡的文武全才，而是一个徒有虚名，甚至名不副实的懦弱学者。

当布鲁图斯来到庞培身边时，大将军身边正围绕着一群叽叽喳喳高谈阔论的共和派元老贵族。看到他的到来，庞培又惊又喜地立即起身欢迎他，仿佛很亲热地和他紧紧拥抱，把他视为共和派的重要人物。在决定命运的法萨卢斯会战前，布鲁图斯几乎所有的时间均留在营地，协助庞培处理军务，空余时间都用在看书学习研究学问上，即使在会战前夕，还是那样心无旁骛孜孜不倦地追求学问，似乎是一位很专注的学者，几乎是手不释卷。

时值仲夏时期，天气非常炎热，他的营地设置在沼泽地附近，酷烈阳光照射着的湿地，蒸腾着暑气，使人心烦意乱，烦闷异常，他的帐篷却迟迟没有送过来，生活极其不便。一切的作息程序全部被打乱，等到中午才能吃到一顿涂上黄油的简单食物，其他人不是在睡觉就是为何时开战而担心，只有他在专心致志地研读波里比乌斯的《罗马史》，并认真地做笔记，随时写下感想，直到夜幕低垂为止。

大战之前，恺撒对布鲁图斯十分关心，专门命令所有部将不能在战场上杀害他，尽量给予优待和宽容，如果他愿意投降，就保证他的安全，一定要将他带到自己身边，即使他仍然在抗拒，也要让他有机会逃走，不得夺取他的性命。对他的关心无异于一位慈父对于儿子的关爱。大家都相信恺撒对他的大力保护完全是出于恺撒对他母亲塞维莉娅的情分。

恺撒在年轻的时候就与塞维莉娅的关系十分密切，塞维莉娅对恺撒极其迷恋，布鲁图斯正好出生在他们两人热恋时期，故而罗马官场一直流传着布鲁图斯是恺撒和其母亲的私生子。塞维莉娅对恺撒的恋情在罗马高层几乎是公开的秘密，这使得他母亲声名狼藉，而对于布鲁图斯身世蒙上了一层引人猜想的迷雾。

法萨卢斯会战使得庞培全军覆灭，伟人认为是上苍对他命运的无情安排，他无意组织抵抗，随即逃向海洋，接受仿佛上苍安排的那种漂泊无定的命运。恺撒的军队对营地进行了袭击，布鲁图斯趁机从一处营门溜走，进入水网密布、芦苇丛生的沼泽地，经过连夜心惊胆颤的跋涉，终于抵达伯罗奔尼撒的首府拉里沙。看到庞培大军兵败如山倒，他绝望了，从拉里沙写信给恺撒，表示愿意归顺敬爱的恺撒。他知道恺撒是母亲心目中永存的偶像，而且痴情终身未变。在恺撒心目中情人的儿子就是自己儿子，而且坊间的传闻也许是真实的，连恺撒本人也是将信将疑。恺撒接信，为他的生命安全而大喜过望，吩咐他立即前来会晤，不仅宽恕了他的行为，同时给予他很高的礼遇，把他看成自己最受尊敬的忘年朋友。

庞培逃走，没有人知道他的下落，恺撒单独和布鲁图斯进行了一次时间很长的散步，打算听取他的意见，两人在营地周围边走边谈，经过私下的交谈，恺撒认为布鲁图斯的推测是有道理的，恺撒率领兵马直接向海港基地季拉基乌姆发起追击庞培的军事行动。结果完全如同布鲁图斯的判断一样，庞培确实在抵达季拉基乌姆和小加图、西塞罗等人会合后，又去海上，辗转去了埃及。

恺撒晚了一步，致使他企图宽恕自己的前女婿，曾经的同盟者，后来的政敌，表现自己仁慈高贵情怀的表演彻底落空，这使他不无遗憾。

西塞罗和小加图，因为被命令留守在季拉基乌姆，并没有参加法萨卢斯会战。在亚德里亚海指挥海军的庞培长子格涅乌斯·庞培（Gneaus Pompeius），也没有参加法萨卢斯会战。指挥右翼的亚弗拉利乌斯，以及跟随他在西班牙与恺撒交手战败的佩托雷乌斯和瓦罗。还有比任何将领都出类拔萃的在庞培军中担任主力指挥 7000 名骑兵作战的骑兵司令拉比埃努斯。以上四人都成功地逃到了季拉基乌姆。这些军事指挥官，以及留守的小加图、西塞罗和其他元老派的议员一致认为，虽然季拉基乌姆位于海峡尖端，防卫也很坚固，毕竟还有一段与大陆相连在这里，不容易继续抵抗下去。面对恺撒咄咄逼人的追击态势，这些残留人员如同惊弓之鸟，又迅速舍弃了季拉基乌姆，转移到使没有海军的恺撒不易攻击的克基拉岛。趁着庞培还有强大的海军，大家决定逃往利于海军作战的北非。那里曾经在北非总督和努米底亚国王尤巴的指挥下，一举歼灭过库里奥的四个军团。他们决定在那里等待庞培积聚力量，卷土重来。

公元前 51 年的执政官马尔库斯·马尔凯鲁斯是强硬的恺撒反对派，他厌倦了罗马那种风诡云谲的政治斗争，决定前往希腊的一个小岛，隐居起来聊度余生，永远从政治生活圈中隐退。

作为庞培的军团长之一，瓦罗在西班牙战役中和恺撒对决，被俘虏后又被释放，选择回到庞培身边。这一次他决定彻底告别庞培。这个人与其说是个武将，更像是一个文人，决定回到罗马从事学术研究工作。

众人之中西塞罗也决定不到北非去，他也执意要回到意大利专心从事理论和文学创作。他被庞培的大儿子痛斥为叛徒，如果不是小加图竭力阻拦，险些被拔剑相向的庞培大公子所诛杀。瓦罗和西塞罗与马尔凯鲁斯不同，他们不愿亡命异乡，而是决定返回罗马，因为他们和恺撒还有着学术和文学兴趣上的共同爱好。两人熟知恺撒的脾性，应该不会计较他们在政治上追随庞培这件事情。瓦罗回到罗马后被恺撒任命为最早的国家图书馆馆长。后来恺撒在结束内战后，实施宽容政策，努力弥补内战给民众造成的创伤，刻意营造和谐的社会氛围，对于流亡在外的政客返乡给予重出政坛的机会，连马尔凯鲁斯也不甘寂寞，返回了罗马继续担任元老院议员。

事实证明恺撒对于政敌是宽容的。然而，也就是他的宽容给他最终带来了杀身之祸。

庞培换上便服带着一小部分随从，轻装骑马趁着夜色逃出了大营，他们狂奔了一段路程后，发现并没有恺撒军队追来，为了不至于因目标过大而不方便逃窜，他们放弃了马匹，开始慢慢徒步行走。看着渐行渐远的法萨卢斯平原，想想刚刚过去的那场恶斗，简直像是刚刚经历的一场噩梦那般。这位早已习惯了胜利和辉煌的凯旋仪式的伟人庞培大帝，在老迈之年首次尝到了失败后仓皇逃窜的滋味，胜负决战仅仅在一个小时之内，就全部有了结果，他以全军覆灭的惨痛代价，使得自己多年浴血奋战所取得的功勋与权力，因为这场战役丧失得干干净净。

世事百态命运转蓬，简直如同白云苍狗般的倏忽迅疾，想到自己曾经是征服东方的伟人，变成现在这般四处流浪的惶惶如丧家之犬的流浪狗，他感到人生的无常，由高峰到泥沼的跌落也就是转瞬之间，不能不说是某种天意。在此之前，他的护卫队列整齐威武雄壮，数量惊人的骑兵和阵容庞大的舰队，现在跟随他败逃的只有一支不起眼的队伍，由马尔凯鲁斯等两名前执政官和一小部分释奴组成侍卫，这支队伍里的人个个显得萎靡不振、狼狈不堪，一副丧魂落魄模样。今昔对比，他突然感到伤心莫名，潸然泪下，真正是成者为王败者为寇啊！想到这里，他百感交集，五内俱焚。

在经过拉里沙进入田佩山谷之间的佩尼乌斯河时，他只能跪在河边去饮水解渴。曾经前呼后拥、威风八面的庞培，何曾沦落到这步田地，想想又是一阵感伤。穿过狭隘窄小的山路，他们来到季拉基乌姆海边，夜晚就寄宿在贫穷的渔民家里将就了一夜。次日凌晨，他们登上一条运粮的小船继续向埃及方向航行，他身边只带了几名释放的自由奴，他吩咐其他的奴隶不必再追随他，要他们去见恺撒，会得到收容和妥善安排的。他们划着小船在沿着海岸上下颠簸着，凑巧碰见了一条罗马来的商船装卸完毕，正准备起航。这是一艘五层楼高的大帆船，船长仿佛还认识当年的大将军伟人庞培，看装束就知道庞培已经落难，船长根本不问来由，便吩咐水手让小船靠近，热情地向庞培挥手打招呼，等到他们登上商船就扬帆起航，进入一望无际漂泊无定的大海，这仿佛就是他的命运。

庞培随着商船沿着安菲波利斯的海岸航行，渡过大海来到米提利尼市和在那里避难的妻子柯尔涅莉娅和小儿子赛克斯图斯·庞培会面。这里还有他曾经作为剧院蓝本的建筑和大批拥护者。他的妻子在这个海岛城市躲避战乱。之前，庞培的娇妻柯尔涅莉娅一直收到前线传来激动人心的消息，使她坚信伟大的夫君能够轻而易举地赢得这场战争，享受辉煌凯旋荣耀。当她看到落魄回到自己身边，颜面憔悴、衣衫褴褛的夫君时，两人相拥而泣。

柯尔涅莉娅正告他永远不要放弃希望的重要性，使庞培这个久经沙场的古典式英雄受到极大的震动。他几乎从失败的迷茫中清醒过来，是的，在法萨卢斯他遭到惨败，但东方并没有失去，战斗还没有结束，他还有东山再起的希望。

妻子派人将自己的奴隶和行李送到了城外，装点登船。米提利尼市的市民前来向伟人庞培致敬，这使得庞培非常感动。市民们邀请庞培进城休息，被他婉言谢绝。他真诚地嘱托市民们说，很快恺撒就会尾随而来，你们无须恐惧，也不必抵抗，因为恺撒的为人非常善良，对待你们会很仁慈。

希腊著名的哲学家克拉提帕斯是米提利尼人，老人受到西塞罗的推崇，西塞罗的儿子和布鲁图斯曾经在雅典受教于他的门下。睿智的哲学家随着众人一起出城迎接从神坛跌落的庞培，并和庞培交流了罗马两大巨头在内战中的成败，以及涉及罗马共和政体转变的一些看法。庞培对自己在法萨卢斯中的惨败没有半句自己的反思和对腐败共和政体早已转化为权贵寡头僭主政治的自我批评，而是简单地归咎于根本不着边际的"天命观"，仅仅是埋怨上天没有保佑他等等。

头脑相对简单的庞培不是从共和政体的弊端和自身战略指挥失当去进行反思，只能是自己无着无落的灵魂堕入对政治前途的绝望，又在爱妻的宽慰鼓励下升腾出的种种不切实际的希望，在反反复复的灵魂煎熬中，他开始玄思冥想。当然，他在东方大地和意大利本土还是潜藏着巨大的政治和军事实力的，只要指挥调度得当，也是存着卷土重来的可能性。只是他在天命观的主导下，完全失去了对于未来的信心，他心理上已经被摧毁，才是他最大的人生悲哀。伟人被打断了脊梁骨，便成了懦夫。

科拉提帕斯没有反驳庞培的话，只是礼貌地希望他能够保持乐观良好的心态，为了舒缓他对老天的抱怨心态，用假设的语气向庞培提出了一个问题，譬如说共和国的统治集团将国家治理得十分糟糕，难道不应当改变一下国家治理的形态或者体制？比如实行相对开明的君主制，给社会提供更加公平、公正的机会，给民众创造更多的福祉。他最后反问："啊！尊敬的庞培大将军，很多事情我们无法预先得知，你也不能够提出保证，设若你取得了这场战争的胜利，难道你能够保证你有好运比恺撒做得更加尽善尽美？我们只有听从上天的安排，冥冥中自有定数。"显然，面对战争失败者而言，这种假设是毫无疑义的，庞培默然无语。庞培带着妻儿和朋友登船杨帆远去。或许能够在东方寻找到一片托起希望土地。

一路顺风，除了获取必要的粮食和饮水，他们乘坐的船不进港口也不停靠任何陆地。庞培进入的第一个城市是位于庞菲利亚的阿塔利亚，在这里他获得几艘从西里西亚开来的战船，加上一队人数不多的士兵，几乎又有了 60 位元老院议员和他在一起。他听说整个海军安然无恙，小加图在溃败以后，经过收容和整顿又聚集起相当数量的士兵，渡海到达了阿非利加首府乌提卡准备继续英勇无畏地抵抗恺撒的军队。

这时庞培开始冷静下来，可以有时间反思一下内战开启以来的种种失误和今后东山再起的策略，因为他看到了自己在东方、西班牙和各同盟国可以和恺撒集团长期对抗的潜在实力。他开始抱怨元老贵族时，自己也感到内疚。自己作为堂堂军事指挥官，竟然顶不住那些元老贵族的压力，放弃海上优势要在陆地和恺撒接战。自己的阵营在内战整个过程中，未能发挥海权优势和意大利全境的陆军部队优势用充分的海陆两栖分进合击，掌握制海权，可以使自己从海上取得源源不断的战略物资和境外兵员粮草的补充。而他仓促撤离首都，反而采取处处被动的消极防守策略，在态势、心理和士气方面完全处于下风，已经给整个战略行动蒙上了失败的阴影。尤其是在马其顿自己在享受东方帝王般虚幻威势时，坐视恺撒各个击破剿灭他的部将，而不采取任何救助举措，更是败亡的主要原因。等到恺撒渡海来到希腊寻求决战，他的大势已去，无论是否能与海军配合，终归难逃失败的命运。

现在庞培和那 60 位元老们可以坐下来商量一下今后的出路和反击恺撒的计划了，他心中雄心似乎如同冬眠僵死的蛇那样开始复活，蠢蠢欲动了。最初庞培中意的目标是帕提亚，虽然他们现在处于弱势，他认为帕提亚人会接受他们，并且给予保护，只有这个王国最有能力可以提供战争工具，还会派遣一支大军前来助战。有元老提出，伟大的庞培大帝怎能置身于这样蛮夷之族之下，难道还要接受那个反复无常毫无诚信可言的阿萨西斯贼王之下，想想当年阿克苏父子在投降之后依然被害的悲剧吧！听到这一些言论就使得庞培感到毛骨悚然冷汗淋漓，彻底打消了去帕提亚的念头。

其次是北非阿非利加行省，他的长子格涅乌斯也在那里，他的两员大将亚弗拉利乌斯、佩托雷乌斯和骑兵司令拉比埃努斯也在那里。最重要的是共和坚定拥护者小加图还在乌提卡坚守。但是前往北非的弊端是无法忽视与阿非利加行省接壤的努米底亚王国国王尤巴，这是个野心勃勃的家伙。他能够一举歼灭库里奥的四个罗马军团，与其说是庞培派的功劳，不如说是国王尤巴的功劳。表面上是同盟国，实际上是附属国的努米底亚，显然凭着这一点就有更大的话语权，原来对伟人庞培唯唯诺诺恭敬服从的尤巴就可能对败军之将庞培开始颐指气使起来，这实在有损罗马第一武将，过去一贯以亚历山大大帝自居的伟人庞培尊严的伤害，十分看重虚荣的庞培认为这是不可接受的事情。

现在唯一的选项是去埃及，因为这里距离埃及很近，航程只需要三天。逃往埃及的话，有利的一点就是现在的埃及是由姐弟俩共同统治的，他们的父亲也就是父王托勒密十二世是在庞培鼎力相助下，从一度被罢黜的废王重新复位的。为了巩固王位，庞培的手下将领盖比尼乌斯配备了一个军团镇守亚历山大港。也就是说，现在统治埃及的王朝是罗马共和国的"藩属"被保护国。早在和恺撒对决前，庞培对东方诸国就提出要求派出援军。埃及女王和他的弟弟就提供了 50 艘军舰作为援助，克尽了被保护国的义务。只是现在原本共同统治的姐弟俩，为了各自的权力，成为政治对手，被夺去王位的姐姐正在谋划召集士兵日思夜想着夺回王位，埃及正处于内战状态。

庞培思前想后，犹豫再三，还是决定到埃及王国去避难。想当初，埃及国王托勒密十二世正是靠庞培的帮助才登上王位的，现在庞培有难，小国王就是念父王的面子也会收留他的。因为埃及是地中海最富庶美丽的王国，统治那片辽阔国土的国王欠着他的人情，国王还是一个孩子，国家发生动乱，主少国疑，是很容易就落入东方主人之手的。至少在当时庞培大帝是这样憧憬着，未来能够在古埃及这片广袤的土地上升起新的旭日，因为这里曾经是亚历山大大帝统治过的国家，也是亚历山大大帝陵寝所在地，亚历山大大帝过去的梦，始终在庞培大帝的脑海中波涛翻滚着畅想着。

天真的大将军不知世事的变迁，人心也是会变异的，他还是错误地以为，像这样的两国间的相互扶持关系，应该是父子相传的。但是这种保护国和宗主国之间的独特人际关系，是由各种非常现实的利益交织在一起的。如果在罗马以外也受到尊重的话，更多是受到利益的支配，而不是所谓对传统的尊重。现在战败的庞培不可能再给王朝带来利益，还可能给王朝安危带来消极影响，两者的关系就会发生逆转，庞培就可能在利益转换的过程中成为牺牲品，被祭献给新的统治者——已经在罗马获得独裁官合法称号的恺撒。而他只是恺撒手下的败将，俗语说落架的凤凰不如鸡，龙困浅水遭虾戏。

英雄末路魂归埃及

亚历山大港，既是当时埃及王国的首都，也是东地中海最大的海港都市，港口设备完善，可以停泊大型的船只。这座充满希腊风韵的城市是当年征服欧亚的马其顿王国亚历山大大帝规划准备作为马其顿新首都的选址。

亚历山大里亚港始建于公元前 332 年，是按其奠基人亚历山大大帝命名，作为当时马其顿帝国埃及行省的总督所在地。亚历山大大帝远征巴比伦战胜波斯大流士帝国后，为庆祝胜利娶了两名波斯美女，表示希腊和波斯血统的融合，意在将马其顿的统治范围拓展到东方的意图。连夜狂欢庆祝胜利，通宵达旦，饮酒过度，因偶感风寒，高烧不退，十三天后逝世，年仅 33 岁。时在公元前 323 年 6 月 10 日。

据企鹅欧洲史《古典欧洲的诞生·从特洛伊到奥古斯丁》一书作者西蒙·普莱斯、彼得·索恩曼记载：对于亚历山大大帝遗留下政治遗产的继承分别是埃及的托勒密、远东和巴比伦的塞琉古、色雷斯的利西马科斯和马其顿的卡山德。这些新王国的合法性至少可以说是成问题的：

在继承者战争中最终胜出的这三个家族与亚历山大本人没有任何血缘关系。因此，他们必须找到其他途径来为自己分享亚历山大王位作出辩护。对托勒密来说，这并不困难，因为他曾经是亚历山大的童年玩伴，于是他愉快地默许那种说他其实是菲力二世私生子的流言，这样一来他就成了亚历山大同父异母兄弟。托勒密还拥有一样最为有利的王家遗物，那就是亚历山大的遗体。亚历山大的遗体在被送回马其顿的路上，被托勒密手下无耻地劫持；经过防腐处理之后，国王遗体被展示在托勒密王朝的首都亚历山大里亚的一个玻璃棺里。其他的王朝尽管无法证明自己与亚历山大之间有如此密切的关系，但国王们至少可以模仿他的形象。几个世纪以来。在原来亚历山大帝国的每一个角落，国王的肖像都高度一致：胡须刮得干干净净，眼睛向上凝视，头发野性而飘逸。此外还有一缕额发以及某种神圣的象征，和亚历山大一模一样。

看来每一个独裁王朝的建立都有着为创建者编造神话的历史，因而不惜歪曲历史，包括托勒密王朝对于亚历山大里亚的首都建设都是亚历山大大帝准备迁都于此而编造的谎言，目的也是准备托勒密登基为国王的某种背书。

亚历山大死后，他的临时情妇嫁给了他手下的大将托勒密，生有两个儿子。威尔·杜兰评价托勒密"是一个平易而粗鲁的军人，兼有丰富的情感和实际的思考能力"。

亚历山大大帝的灵柩原来是被装载在金棺内，由他最忠实的部将、当时被任命为埃及总督的托勒密从古巴比伦城运往古埃及首都孟菲斯，予以厚葬。亚历山大大帝死后，托勒密在亚历山大港建立了托勒密王朝，自我加冕为托勒密一世（救星）、埃及法老。亚历山大成为埃及王国的新首都。9 年后，亚历山大大帝的灵柩移葬于新的陵寝，原来的金棺被托勒密熔化成金子自用，改用玻璃棺材落葬。由此很快就成为古希腊文化中最大的城市。在西方古代史中其规模和财富仅次于罗马。

当时亚历山大帝国的其他继承人，皆将半生经历用于战争，梦想独得完整的主权，托勒密却一心致力于巩固他在异族国境已有的地位，并奖励埃及农、工、商诸业的发展。他建立了一个大舰队，使埃及免于海上的攻击，正如天然地理形势已使该国几乎不可能遭受陆上攻击。他帮助罗德斯等诸希腊联盟脱离马其顿而独立，因而赢得"救主"Soter——称号。他在经过18 年的苦心经营，将其领土的政治与经济生命组织得很稳固之后，才开始自称为王（公元前 305 年），经由他本人及继承者的努力，希腊人的埃及建立了对昔兰尼、克里特、塞浦路斯、叙利亚、巴勒斯坦、腓尼基、萨摩斯及达达尼尔海峡的统治权。他晚年抽出时间写下了关于他所经历战役的评论。其真实性令人颇感惊奇，又与公元前 290 年左右，开始建造亚历山大博物馆与图书馆，使得亚历山大城得享盛名。公元前 285 年，他感到自己已届 82 岁高龄，就令次子继承王位（托勒密二世），让出政权。

托勒密二世在位时间较长，治国宽仁，但贪图享乐，长于美食，喜欢结交文艺、科技界人士，热衷于扩大亚历山大城的规模，以希腊建筑美化城市，又建立了艺术与科学博物馆，既是研究机构，又是高等教育学府人才培养机构。这是托勒密王朝对于亚历山大城在文明史上的显著贡献，他死于公元前 246 年。托勒密三世一心想征服近东，先后攻破巴比伦，瓦解了塞琉西王国，用兵远及印度，以致穷兵黩武，经济崩溃，被罗马军团一举击溃。托勒密四世竭力仿效其父对外热衷于征战掠夺，对内横征暴敛贪图享乐，在公元前 205 年埃及成为罗马的保护国。

威尔·杜兰曾经这样评价托勒密王朝：

托勒密王朝是大希腊世界中组织最有效率的政府。其国家形式采自埃及与波斯，其市镇形式采自希腊，而后传给罗马帝国，全国分为若干州和省，各有国王所任命的官员管理，几乎所有的官员都是希腊人。当年亚历山大主张希腊人和东方人或埃及人应以同等条件生活及融合的思想，因被认为不合算早已置之脑后；尼罗河谷公然成为被征服的土地。

亚历山大大帝是庞培和恺撒共同顶礼膜拜的偶像，两人先后都以罗马共和国的亚历山大大帝自居，都有着称霸世界的野心。而落魄的庞培现在正从海上向这座以伟人命名的城市漂流而去。恺撒也紧随其后，带着十几艘战船，四千兵马，紧锣密鼓地追赶着手下败将庞培的小小船队。他们前后脚接踵来到这座港口城市，等待他们的却是完全不同的命运。

庞培是按照原来的航程来到亚历山大城的，他事先派人去通报国王将要抵达的信息。后来传来的信息是十三岁的国王正在和他共同执政的姐姐克娄巴特拉女王七世发生内战。克娄巴特拉在被他弟弟驱逐出首都后，流亡叙利亚，正招兵买马准备打回亚历山大城，托勒密十三世带着他的顾问班子和军事力量，驻扎在埃及的入海口佩鲁西姆城堡准备迎战。小国王因年龄过小，由他的国务大臣阿瑟努斯和首席宦官波特依鲁斯以及家庭教师泰奥多图斯辅政。阿瑟努斯指挥军队，波特依鲁斯掌管国库。庞培的命运实际上掌握在这几个家伙手中。

亚历山大港的整座城市都环绕在大海和一个广阔无垠的淡水湖之间的狭长地峡中间。大海和这个丰富的淡水宝库之间的距离不足 3.3 公里宽，这个湖储藏着丰富的优质微甜的饮水，水源来自埃及的母亲河——尼罗河。

尼罗河三角洲一直凶险无比，到埃及的水手们一直找不到路，为了方便在水网密布湖海交集的地方找到进港的水路，在离海岸很远的地方法罗斯岛建造有巨型灯塔，这是当年希腊人的后裔托勒密二世时期在亚历山大港建造的最高建筑物。灯塔为国王所设计，耗资合 240 万美元，塔身高耸至约 121 米，其外表系由白色大理石建造，并饰有大理石和紫铜雕刻，在容纳灯塔而配有支柱的圆顶阁上，立着海神波塞冬的雕像。灯塔的火焰以多脂的木材为原料，借助金属凸面的镜子将火光放大，使茫茫大海上的人在 61 公里以外也能够看见。

　　庞培所乘坐的五层帆船，原本可以在有名的灯塔后面宽阔的内港抛锚停靠。可是，由家庭教师和宦官所组成的埃及王亲信，以托勒密十三世的名义，说国王将在佩鲁希姆城隆重迎接他，指示庞培一行在港外等待。庞培并不怀疑有其他变故，他只能在离海岸有相当距离的地方焦急地等待这个昔日被他救助过的保护国做出最后的裁决。帆船绕过灯塔顺流去了佩鲁西姆城堡前的海滩。在颠簸不平的海上忐忑不安地等了好几天，此时他的心情有点像是一个等待审判的罪犯，不像是一个等待觐见的贵客。

　　在庞培到来之前，国王的顾问班子召开了一次御前会议，专门研究如何对待这位昔日伟人的问题。有人主张送点钱财干脆将庞培礼送出境打发走，有人主张不能忘恩负义，还是将他以礼相待。国王的教师泰奥多图斯为了表现他的睿智和修辞学的说服力，说会上提到的两个方案都无法确保国家的安全。如果善意接待庞培，就会使得国王成为恺撒的敌人，到时庞培反而会成为他们的主人。要是他们不理会庞培要他离开，就会得罪他，有朝一日引来庞培的报复，同样也会惹得恺撒的仇视，因为没有把庞培交到恺撒的手中。最好的办法是派人去见庞培，然后就势去了他的性命。这样一来反而使恺撒欠了他们的人情。最后泰奥多图斯冷笑着说："反正死者是不会反咬一口的。"庞培最后的命运就这样被决定了。

　　国王导师的建议获得大家附议，他们把下手的任务交给了波特依鲁斯去执行。他带着两位帮凶和三四名随从赶往庞培的战船所在地；两位帮凶中其中有一位名叫赛普提米乌斯，过去是庞培手下的指挥官，另外一位是萨维乌斯是庞培军团的百夫长，现在他们都在托勒密十三世麾下的雇佣军服役。这几个人乘着一艘渔船在夕阳西下的时分飘飘摇摇地开始接近庞培乘坐的大船，看上去像是迎接庞培大帝的到来。

此时是公元前 48 年 9 月 28 日。庞培父子和爱妻柯尔涅莉雅以及他的岳父梅特鲁斯·西庇阿和前执政官佩托雷乌斯都在他的船上。在他们看来，国王派来的使者接待他们的态度并不热情，也完全谈不上符合庞培尊贵身份的隆重礼仪，和他们的预期有着天壤之别。他们开始怀疑这种待客之道是否埋藏着某种阴谋，他们对庞培提出警告，应该将他们的大船划向投射武器打击不到的地方，然后驶向大海另谋出路。

埃及人的小艇已经渐渐划得越来越近，赛普提米乌斯首先站了起来，用拉丁语向伟大的统帅伟人庞培致敬，称呼他"凯旋将军"。随后萨维乌斯用希腊语向他问候，要求他登上他们的船只，并特别禀报说这里是海岸的浅滩，战船的负载很重，船底会陷在沙中动弹不得。他们用手指着岸边可以清晰地看到国王乘坐的战船，甲板上站着的侍卫，海岸边布满了士兵，现在他们即使想改变主意很可能也是无法逃脱了，因为他们已经被重兵包围。庞培似乎预感到自己的厄运即将来临，他还是从容镇定地和自己的妻儿、岳父告别，柯尔涅莉雅吩咐手下两位百夫长和两位奴隶前去陪同庞培前往，公元前 49 年的前执政官佩托雷乌斯自愿前往追随庞培登上了埃及人派来的小艇。对方船上的水手和波特依努斯前来搀扶他登上小艇，庞培回首对他的妻子和幼儿，口中抑扬顿挫地默诵着希腊悲剧大师索夫克勒斯的诗句：

任何人到一个暴君那里去的时候就会变为他的奴隶，纵然他去的时候是一个自由人。

普鲁塔克在《庞培传》中如是说。这大约就是古罗马曾经的一代英豪对着亲人和朋友说出的最后遗言，透露出某种不祥的预感。

从小艇到岸边还有相当距离，庞培发现船上竟然没有一个人同他寒暄，或者对他表现出通常应该具有的尊敬和欢迎的意思。他用诚恳的眼神对塞普提米乌斯说："我如果没有弄错的话，我记得过去你是我的战友。"其实被庞培称为战友的人，在地中海剿灭海盗时期只是庞培麾下的一名指挥长。他的这位部下只是冷漠地点了一下头。庞培已经觉察到危险的邻近，全船一时陷入死一般的沉寂，他还是按照自己原来的安排，镇静地手持他的笔记本，用希腊文朗诵着他准备献给埃及国王的演讲词，幻想着国王会用隆重的礼仪来接待他。等到小艇快要接近岸边的时候，柯尔涅莉雅和庞培的朋友们在五层帆船上焦急地等待着事态的发展，当他们看到几位王室侍卫跑过来迎接庞培的到来，显然是想给马格努斯·庞培更为隆重的接待，使得大家暂时放下了忐忑不安的心，不过这只是更大灾难到来的预警。

庞培在他的贴身奴隶菲力普的搀扶下站了起来，准备下船登岸。突然他的老部下赛米提乌斯首先拔出利剑从他的后背猛刺进他那略显肥胖的身躯。随后维萨乌斯和波提那斯相继拔出利剑，庞培本能地用双手将他的托加拉起来，盖住自己因痛苦已经扭曲的面孔。鲜血已经渗透他白色的长袍，他几乎是毫无防备地、什么话也没来不及说，就这样毫无抵抗地忍受着伤口带来的痛苦，在喘息和呻吟中终结了自己 59 岁的戎马一生。

这一切都是发生在瞬间，并在他的爱妻和幼小的儿子目睹下发生的血腥谋杀，他们为自己亲人被残杀所发出的惨叫声，岸上策划这场谋杀的埃及君臣均能够清晰地听见。而这一天正好是庞培的生日，也是他十三年前在罗马举行的第三次凯旋式的纪念日。

装载着庞培亲人的五层大船，立即用最快的速度扬帆启航，漂向浩瀚无垠的大海，埃及人想要拦截已经来不及，只能打消了追赶的念头。凶手们手忙脚乱地砍下庞培的头颅，摘下他手指上滴血的戒指，将他的尸身从小船上抛下，任凭裸露在海滩上，随后扬长而去。他们提着庞培·马格努斯的头颅和戒指前去邀功领赏。

只有庞培的奴隶菲力普守候在主人残缺不全的尸身前，等到围观的群众和士兵散尽，他用海水清洗干净主人的尸体，脱下自己的外衣将尸体仔细包裹好。菲力普在沙滩附近找到一些小渔船朽烂的船板，足以为庞培赤裸的遗体搭建起一个简易的火葬堆。正当菲力普忙着将那些朽烂的船板收集起来，进行火葬时，一位罗马老兵前来问他是谁？为什么要为庞培大将料理后事？菲力普回答说，自己是庞培的自由奴，这位老人真诚地说："既然如此，希望自己也能够分享为大将军送葬的荣誉，我请求你让我也能为这个神圣的伟人进行祈祷，以不至于后悔自己多年来一直按照大将军的安排留在了异国他乡。因为自己年轻时，曾经也是庞培手下的士兵。在晚年能够亲手为大将军安葬也是一份难得的荣耀，总算是补偿了自己毕生的遗憾。那就是我能够亲手接触到庞培的身体，能够为罗马最伟大的将军恪尽最后的义务。"基于往日情感，他们为庞培举行了尽量体面的葬礼。

公元前 49 年的执政官卢奇乌斯·连图卢斯对于在埃及海岸发生的这一事件全然不知情，他在法萨卢斯会战中随庞培一起逃跑，后来和庞培分手。他在庞培死后的次日，从塞浦路斯岛出发沿着埃及海岸航行，看到火葬堆前在海风中孤零零站着的菲力普，才听说庞培的死讯，他不无悲伤地说："谁会想到伟人庞培竟然会在此地结束了自己悲壮的生命。"沉默良久，他感叹道："庞培·马格努斯或许这就是你盛极而衰的命运。"他被埃及当局逮捕并处死。不久他的同事、前执政官佩托雷乌斯也在狱中被杀害。

根据《罗马史》作者阿庇安的记载：庞培残缺不全的遗体骨灰被埋葬在海滩不远的堤岸上，墓前竖立着一个小墓碑，有人在碑上题了这样一段墓志铭：

对于在神庙中的这样富丽豪华的人，这是多么可怜的一个坟墓。

当年的庞培大帝几乎在东方打遍天下无敌手，所在征服之地很多都建有记载他辉煌业绩的神庙。在埃及和叙利亚的出入海交接处的佩鲁希姆城建有他的神庙并不奇怪。

若干年后，这座不起眼的墓碑完全被岁月的风沙所湮没；他的亲属在附近竖立的铜像亦遭到了涂鸦凌辱，这个墓碑和铜像就被迁移到了神庙神秘壁龛中去了。但是在阿庇安所在那个时代，罗马帝国的皇帝哈德良旅行到那里的时候，开始寻找这座墓碑和铜像，他找到了，并且仔细洗去墓碑和铜像上的污渍，将他们安放在合适的地方。阿庇安评价道：

庞培在过去曾经胜利地进行了许多最大的战争，为罗马人的帝国增加了最多的领土，因此得到了"伟大的"这个称号；他的结果却是这样悲惨。过去，他从来没有战败过，从青年时代起，他一直是最幸运的。从他23岁起，到他58岁，他行使专制君主的权力，从来没有停止过，但是不可避免地同恺撒比较起来，他有一个近乎民主的外表。

孟德斯鸠在《罗马胜衰原因论中》评价庞培和恺撒两人时正确指出：

两人同样野心勃勃，差异只在于其中一人更懂得如何径直走向目标。他们的声誉、战功和品德令其他公民黯然失色，庞培首先登场，恺撒紧随其后。

庞培为了笼络人心，废除了苏拉制定的所有限制民众权力的法律，当他基于野心而牺牲掉最有益国家的法律之后，就如愿以偿地得到了他说要的一切，民众对他的野心却毫无警觉。

罗马的法律把公共权力作了非常合理的划分，掌权的官员相互支持，相互制约。每位官员的权力都相当有限，每个公民因而也就有可能当官。百姓看到官员经常更迭，所以对谁也不熟悉。可是，共和国制度此时发生了变化，权势最大的那几位人物设法让人们赋予他们特殊委托，人民和官员的权威因此而被扼杀，大权落入一人或几个人的手中。

这就是后来形成的"三头集团"，共和国寡头政治向僭主政治特殊利益集团转型的罗马政治架构，蕴藏着帝制的开端。克拉苏战死后，三足鼎立变成两雄争霸，最终胜出的一方总有一人会走向独裁，那就是没有皇帝的帝制，直到恺撒的甥孙奥古斯都登上元首宝座完成帝制的构建。

如果说恺撒是以其野心、雄心成就他的一番帝国伟业的话，那庞培则是靠他的战功为帝国的扩张打下了雄厚的基础，在共和国发展的顶峰上，虚荣成就了自己风光的大半生，但也正是虚荣心让他最后如同夕阳般陨落，死于非命。

庞培自登上共和国的历史舞台，就以其杰出的军事才华赢得同时代人的注目，年纪轻轻的他在25岁时就赢得了进行凯旋式的荣耀，被独裁者苏拉称之为"伟大的庞培"。年纪如此之轻，荣誉如此之重，已经超过了当年"非洲的西庇阿"。当他在西班牙平定塞脱流斯的叛乱、用三个月平定海盗、又在东方彻底征服本都国王米特拉达梯时，他的声誉已超过同时代的任何一位罗马政治领袖。而此时的恺撒，仍然在不知所措地为自己仍一事无成而焦虑流泪。

战功如此显赫，但结局如此凄惨，不得不让人遗憾。庞培之败并非败于他的军事才华，而是败于他的虚荣心、败于他缺乏自始至终的政治理想。

庞培作为一名伟大的军事将领，在军事才华上无人能敌，但作为一名政治人物，他缺乏坚定的政治理想。如果他是一位坚定的共和拥护者，他就应该坚守"苏拉体制"，但恰恰是他首先破坏了"苏拉体制"；如果他是一位独裁者，他应该与恺撒坚守同盟，但当恺撒的声誉超过他时，他又选择与元老院合作掀起内战。因此，在他内心始终只有虚荣心在主导着他的政治生命。谁能让的虚荣心得到满足，他便与谁合作，而谁的声誉超越他时，他就要与其他人合作反对谁。所以不难理解，他为何会同意与恺撒、克拉苏建立"三巨头联盟"，只是因为元老院没有满足他的要求，让他在他的士兵前难堪；而与恺撒结束联盟，也是因为恺撒的声誉超过了他，他不能忍受其他人可以超越他的名声。庞培就这样在他的虚荣心主导下不断地选择他的政治合作对象，包括他的五次婚姻，很多时候出于政治的考量，而与当时权势熏天的顶级家族联姻，增加自己的政治资本，便于登上权力顶峰。至于国家利益、国家体制并非缺乏政治教养的他能够关心的事情。

其实，从庞培的早期经历可以看出他在政治上的善于投机的，当苏拉命令他与结发妻子离异，选择他指定的女子与他结婚时，他毫不犹豫地同意了，而与之对比的，则是列入"黑名单"的年仅18岁的恺撒，面对着苏拉同样的命令选择的则是反对、逃亡。不畏强权、意志坚定伴随着恺撒一生，而爱慕虚荣、思想摇摆则始终左右着庞培，因此他们之间战争的胜负在他们早年的微小事件中就已注定了。

一位伟大的将领因为军功能进入政治领域进行政治活动是可以理解的，因为每个人都有虚荣、野心、欲望，他们都渴望在军事领域上取得的成就能复制在政治领域。但可惜的是，很多伟大的将领并不理解从事政治活动完全不等同于军事活动，从事政治活动不仅需要政治远见、政治谋略，更多的是要有坚定的政治理想，只有他坚守政治理想，他才能实现他的政治抱负，如果把参与政治活动看做是增加自己炫耀、虚荣的资本，那他注定在政治上只能是一位平庸的政治家。

第三章
英雄美人和殉道者

恺撒登陆亚历山大港

恺撒在法萨卢斯战役取得胜利后，停留了两天，他简易地举行了祭神大典，并让士兵稍事休息。他宣布协助他取得胜利的伯罗奔尼撒同盟军获得自由，并宽恕了所有卷入战争的雅典人，他对这些希腊人说："因为你们祖先的光荣，会多次挽救你们的民族免于毁灭。"因为，罗马城邦共和国的发展壮大，乃至今天扩张成超级帝国，其思想精神的源流来自于雅典睿智先贤的创造，尤其是民主共和政体的优越缔造了最初的共和国，孕育了今天帝国的强大。

第三天，恺撒开始向埃及进军。由于没有三列桨大船，他企图乘小艇渡过东地中海。此刻，负责制海防卫的是庞培的海军总指挥卡西乌斯·朗基努斯，他正带着舰队前往本都国，准备联合本都国王法那西斯共同对抗恺撒。这位法那西斯就是曾经被庞培征服的米特拉达梯国王的长子，他曾经被庞培迁徙出本都国，庞培大帝另辟了一块肥沃的封地让他担任国王，他感佩伟人庞培的功德，始终是庞培忠实的追随者。米特拉达梯大帝的大国美梦延续到他的后代身上，法纳西斯乘罗马内战无暇顾及之际，突然攻占了本都，趁机复辟了本都王国，并欲与庞培残余分子遥相呼应着对抗恺撒。

没有想到的是，卡西乌斯在赫勒斯滂海峡中间迎头撞上了恺撒。虽然他完全可以利用自己海上的绝对优势，一举击溃恺撒，但是他完全被恺撒在法萨卢斯击溃庞培所形成的声势所吓倒。而恺撒完全以先声夺人的虚张声势，迎着风浪驾着一列小舢板，单枪匹马地向卡西乌斯的三列桨战舰靠拢并向他喊话，促他投降。

卡西乌斯却以为恺撒是向他开战的，未及深虑，自己已经心胆俱裂，一种不由自主的恐怖袭上心头，顿时乱了方寸。他站在他的巨型战舰上，居高临下地向小艇上的恺撒鞠躬作揖，请求宽恕，他宣布率领他的四十多条战舰投降。恺撒当然欣然接受，照单全部笑纳，并迅速形成自己的舰队向埃及进攻。

说起这位卡西乌斯·朗基努斯也是罗马高层的一位人物。公元前54年，时年30岁的卡西乌斯以财务检察官的身份随克拉苏远征帕提亚。在次年的战斗中，他担任克拉苏左翼大军总指挥。在与帕提亚大军在卡雷城对垒的时候，他曾经极力劝阻克拉苏掉头回撤，避免全军覆灭，克拉苏不听劝阻决意会战，而遭惨全军覆灭。卡西乌斯却在决战前夕抛弃身陷绝境的主帅，率领500名骑兵独自逃走。他这次奉庞培之命率领他的舰队去和本都国王会合，准备夹击恺撒。

在恺撒与庞培的内战中专责地中海防卫的卡西乌斯，选择投靠庞培。在恺撒渡海追击庞培时，他以强大的海上优势不战而降。于是他成了恺撒麾下，并与年龄相仿的布鲁图斯成为莫逆之交，他还迎娶了布鲁图斯的妹妹作为妻子。而就在恺撒登上权力顶峰时，他再次显示了自己政治投机的本色，扮演了反噬恩主的角色。公元前44年的"3·15"事件中，他成为刺杀恺撒的主谋。这是后话。现在他开始忠实地为恺撒效劳。

在庞培·马格努斯被阴谋杀害三天后，紧紧尾随其后的恺撒率领着卡西乌斯交出的小型舰队，载着他的4000名士兵，其中3200名步兵、800名骑兵，四十艘战船，有许多都是带有青铜撞角的五段帆船，也不乏四段和三段帆船。舰队划过法罗斯岛来到了亚历山大港，埃及派出引航员，决定全部战舰都经过由波塞冬俄斯航道入港。因为今天这条航道是三条航道中最平静的。傍晚时分，高耸的灯塔，将火光映射在海面，虽然是初秋季节，但是微风荡漾，气候湿润而温和，轻帆送着这些战舰逶迤入港，这些战船和兵马依然等待王国政府的批准，才能登岸。

高大壮实，肤色白皙，头顶微微有些秃顶的恺撒独自站在指挥舰的甲板上。他头上戴着西维卡桂冠，身上穿着镶紫色宽边的托加袍，脚上穿着特别定制的显示自己高级执政官身份、缀有新月形银环扣的栗色议员靴，显得威风凛凛，气势非凡。沐浴着湿润温暖的海风，他被眼前独特的异域风情所陶醉：星星点点流光溢彩的灯火，装饰在建筑物门廓上的三角墙，金碧辉煌的雕像和碾压着青石板路面的四轮马车，清新秀雅的石膏外墙，那些枝叶婆娑的棕榈树和其他珍贵的草木实在令人目不暇接、赏心悦目。

亚历山大城看起来无比豪华、气派。一座风格繁复精致的宫殿坐落在沿无数平浅的阶梯拾阶而上直达高台之顶。恺撒心中想，这兴许是王家院落，巍峨壮丽的宫殿群各处的院落，星罗棋布地点缀着花园，园中盛开着娇艳的玫瑰和月季。花园四周围绕着颇具天然风情的绿色树丛和迎风摇曳的棕榈树。在这个月色当空的夜晚，伴着秀美的建筑轮廓，月亮的清辉更觉城市的妩媚动人。这座城市的布局如此的完美和谐，宛如极富韵律感的华美乐章的高低起伏，跌宕有致，象征着这座由公元前 3 世纪由希腊民族马其顿大帝创建城市的等级分明。亚历山大里亚尊卑有序地在海湖融汇之处依次展现在罗马征服者的眼前。地中海的主人在历史风水中轮回，由希腊马其顿的亚历山大大帝到罗马的庞培大帝，现在轮到我恺撒大帝当家作主了，恺撒心中油然而生出某种自豪感，这是历史开创者心中升腾着的自信心。

他是来寻找被打败的庞培大帝行踪的，他并不想追杀他的前女婿，这位曾经的老朋友、政治盟友。他只想将庞培安安全全地带回罗马，他们的争斗已经结束，对驯服的猛兽需要的是安抚，给予符合身份的虚荣和地位，他要适当地显示他对政敌的宽厚，重建被战争摧毁的相互间的信任，在宽容中营造团结和共识，不需要进一步扩大仇恨，他和庞培至少在名义上需要再次合作，再次平衡相互间的关系，重新携手建设创伤累累的罗马帝国，使帝国再现辉煌。想到这次的使命和辉煌的愿景，他觉得至少在气势上绝不能输于这座东方属国首都中所潜藏着的腐败王朝。

应该说恺撒从本质上对这个荒淫腐败堕落、正在打着内战的小朝廷根本是不屑一顾的。因此，他只带着区区 4000 名兵马就渡海而来，说明他并不把小朝廷孱弱的军事力量放在眼中，况且那些可怜军事力量，已经因为内战分裂成势不两立的两个阵营。

因为地势的平坦，恺撒难以计算超过滨水区之外整个亚历山大里亚城的总面积。可是恺撒知道，如果把老城墙外那些城区一起算上，亚历山大城少说也有三百万的人口。是世界上人口最多的城市。亚历山大里亚城是比罗马更大、更国际化、更美丽的城市。如果说破旧的、迷宫一样的罗马城简单粗陋，代表着共和国的朴实美德；亚历山大里亚却象征着曾经征服世界的马其顿国王的成就。亚历山大大帝的陵墓像是护身符那般，立在他所建造的这座城市的中央，格栅状的街道旁有着雄伟的柱廊，仅仅聆听着夜晚訇响的海涛声，就可以追溯城市历史的渊源悠长。惊涛拍岸的回声中，倾诉者源远流长的历史，记载了马其顿帝国曾经拥有的辉煌历史，历史是由强权者塑造的。

公元前300多年前那位马其顿国王是很有数学头脑的统治者，他把这块地方分为相当于阿拉伯数字排序的五个仲裁区——阿尔法、贝塔、伽马、德尔塔和依普赛龙，住着犹太人和来自希腊的权贵。大部分住在老城墙以内的人员算是中产阶级，城中最富裕的居民全是纯种马其顿血统，则散居在老城墙之外、月亮门以西遍布花园的郊区地段的一大片公墓之间。罗马商人之类富裕的外国人的居住区在太阳门以东的城墙之外。一切都等级分明，不可有丝毫逾越。只有三十余万人被亚历山大里亚城承认为合法居民。这些人都是最初到达亚历山大港的马其顿纯种后裔。这些人正是这片被征服土地的主人，残酷制定了永久保住自己特权的种种法律。

王朝的顶级官员，包括翻译官、书记官、大法官、会计官以及军队的指挥官必须由纯血统的马其顿人担任。包括商界还是社会各界的高级官员概由马其顿人垄断。依次是马其顿和希腊人的混血、然后是纯血统的希腊人、再后是犹太人和闪米特人，绝大多数埃及人只能是最底层的奴隶。恺撒获悉这样的等级分化，完全是因为食物供应链的短缺所导致，亚历山大城的统治者，从来未像罗马统治者那样，为城市中的贫苦人民免费资助食物，导致民众为生存铤而走险，经常发生暴乱，一旦暴乱发生往往难于收拾。而且统治者也缺乏政治智慧去舒缓民间不满情绪，在解决基本温饱后，适当组织大型群体性娱乐活动，比如那些竞技场的表演等等，用娱乐来分散贫苦民众的注意力，转移他们对于政治不平等带来的分配不公的视线；用基本温饱来满足他们猪狗般的生存权。穷人只要有了食物再加上适当的娱乐，转移了社会矛盾的关注度，就不会无故滋生事端，成为统治者可供驱使的愚民，来保证体制的稳定性、持久性，贵族阶层的特权才能在制度的平稳中得以承续。

恺撒还发现亚历山大城还有这样一个古怪的风俗：仅仅为了使青少年有可能被宫廷相中，甚至有些出身高贵的马其顿贵族也常常故意把自己最聪明、最有发展潜力的儿子行阉割礼，以便日后有机会擢升为宫廷最高的职位——皇宫内务大总管。只要一个家族中有一个亲戚在宫中，就等于在国王和王后身边安插下一个耳目。

威尔·杜兰在他的《世界文明史·希腊的生活》中，曾这样描述亚历山大城的富人区：

东南角的一区称为 Brucheyoum，内含王宫、博物馆、图书馆、托勒密王朝的陵寝、亚历山大的棺椁（当代先贤宫）、军械库、主要的希腊神庙及许多大公园。一个公园有长达 600 英尺（182.88 米）的回廊；另一个包括王室的动物园。城中心区有行政建筑物、政府仓库、法院、体育馆，以及上千家的店铺与摊位。城外有跑马场、竞技场、圆形剧场以及一个被称为"死者之城"的大坟场。沿着海滩有一连串的淋浴设施及娱乐场。

威兰·杜尔评价：

最上层是马其顿人与希腊人，其生活十分奢华，以致曾使公元前 273 年的罗马派来的使臣大感震惊。Athenaeus 曾细述那些使主子阶级的餐桌与消化力均不胜负荷的佳肴。而 Herodas 也写道"亚历山大城是爱神阿芙洛狄特之宫，其中万事俱备——财富、游乐场、军队、晴朗的天空、公开表演、哲学家、贵重金属、俊俏的娈童、好的王室、科学院、醇酒及美丽的女人"。亚历山大城的诗人发现了贞洁的文学价值，而小说家则更以此作为许多故事的主题及最后的结局；但这个城市却因为女人的放纵及承欢的干女儿人数之多而声名狼藉；波里比阿曾抱怨说，亚历山大城中最好的私人宅邸属于妓女。

考琳·麦卡洛在《恺撒大传》中描绘道：对恺撒来说，当然不是亚历山大城所有事都让人开心。恺撒无视那些咆哮着、带有恐吓脸色的当地暴民，探访了整座城市的军事防卫装备，他发现亚历山城的所谓防御工事全部都是针对海上而非陆上进攻者而安排的，很明显，现在的亚历山大城的人对于陆上入侵者是毫不畏惧的！对！如果有什么人敢入侵亚历山大里亚城的话，他们一定是从海上来的，而且无疑是罗马人。亚历山大城的外观是令人赏心悦目的，同时在实用功能上也不缺乏天才的创造。可是这一切远非完美。其中也充斥着肮脏卑琐的贫民窟和邪恶的犯罪场所。在相对较穷的伽马区——拉可提斯街区和伊普赛龙街区随处可见堆积如山的垃圾和动物死尸，一旦远离那两条大道——卡罗比克大道和宫廷大道，就很难看到公益泉水和公共厕所，而且绝对找不到一间浴室。

传承着托勒密名称的末代君主早已习惯忍受一切侮辱，只为保持王朝的特权，在胡作非为的阴谋和淫乱中苟活。诚如英国学者汤姆·霍兰在《卢比孔河》一书所言：

在东方，所有的希腊王朝都很贪婪、堕落、沉溺于声色享乐，托勒密也不例外，还增添了传自埃及法老的一项新特征：毫无顾忌地乱伦。近亲繁殖的后果十分恶劣，不仅体现在宫廷密谋的血腥嗜杀，而且，即使以当时的王权标准来看，王朝的衰败也是极其突出的。罗马人公开把托勒密王朝看做一个怪物，一有机会便说个不停，甚至认为这是共和主义者的责任。如果国王肥胖而虚弱，来访的总督会兴致勃勃地和他一起在亚历山大里亚的街道上行走，看着他在精致的袍子里摇摇晃晃，大汗淋漓地跟着。还有其他方式表达罗马人的轻蔑。加图在治理塞浦路斯期间有位托勒密国王前来访问。刚好他正拉肚子。众目睽睽之下，加图就坐在马桶上会见国王。

现在罗马的独裁官兼执政官恺撒来了，带着他的舰队来到了亚历山大城，并在港口登陆，只带了很少的军队，与其说是缺少军队，不如说是他是故意显示对托勒密王朝的轻视。他是来寻找在法萨卢斯大战中失踪的政敌、他过去的亲密盟友、一度的乘龙快婿庞培，当然不是要索取他的性命，而是要假模假式地畅叙旧情，显示自己对落败者的宽宏大量，再将他接回罗马，商谈政治上的合作和共同振兴罗马帝国的方略。财产和权力的重新分配是必然的，因为庞培在罗马和海外行省及其东方帝国依然有不可小觑的力量。降伏庞培给予一点面子上的虚荣，其实就是借助庞培的威望达到自己不战而屈人之兵的目的，这是恺撒屡试不爽的怀柔策略的再运用、再体现。

对这个亚历山大大帝的遗产——连续存在的王朝，他从心里就是入不了法眼的，小朝廷一直充当着罗马共和国的傀儡的角色，自满自足，自以为是地颟顸而愚蠢，贪欲而腐败。整个首都充满着纸醉金迷的糜烂气息，这是希腊人的最后一个独立王国，但是已经从根子上烂透了，现在只是在内部权力的争斗中彻底堕落。在踏上海岸的第三天，在皇家专用码头，等待着托勒密王的瞬间，他对这个古老家族的轻视更加明显了。

一长队轿子鱼贯被抬下码头，每一顶轿子都由六个长相及身材相仿佛的男人抬着。国王的轿子镀着金黄，用宝石嵌成神秘而奇特的古埃及图案，帘子上装着毛茸茸的紫色羽毛。国王被奴隶们用胳膊从庙宇式的船舱中抬上岸。然后将他小心翼翼安置在金碧辉煌的轿子内。他是一个刚到青春期的少年，皮肤白皙，身材稍显肥胖，脸上略呈因酒色过度而特有的浮肿和疲惫。在国王身后一位留着鼠褐色卷发，身穿紫红色袍服的年轻人，脖子上戴着一个硕大的金项圈，这个人就是阉人大内总管波特侬鲁斯。接着从船上下来的是一个干瘪清瘦，浓妆艳抹，打扮妖里妖气，有点女人气的老年男子，这个人就是国王的老师泰奥多图斯。在对手看到自己之前，他已经看到这些家伙的真面目，这都让恺撒自我感觉极为良好。

国王到达皇宫后，立即召见了恺撒，国王的召见纯粹是礼节性的走走形式，没有什么实质性的内容，正式而短暂。国王的问候就像是背书，语调生硬刻板，全是在他家庭教师刻意安排下，所走的程序。

国王的大内总管波特侬鲁斯邀请恺撒去他的府上去坐坐，要聊一下两人之间的一些私事。

国务大臣的"珍贵礼物"

波特依努斯虽是一位宦官，却是朝廷中最具有权势的国务大臣，他的权势来自于他所寄生的这个朝廷，他是国王的宠臣，宠臣控制着国家权力，就变身成炙手可热的权臣，权臣可以架空挂名的傀儡国王，在实际上行使国王的权力。

他的住所修建在一批富丽堂皇的宫殿之中，而且整个建筑占据了得天独厚的地理位置。在自己家中不仅可以随时欣赏港口的旖旎风光和风云变幻的动向。而且随时可以从寝宫的后门出去，赤脚踩着海湾松软的沙滩在海风中漫步。

澳大利亚著名作家考琳·麦卡洛在她的专著《恺撒大传》中绘声绘色地描写了恺撒在波特依努斯府上进行的秘密会谈的内容，以及恺撒收到一件特殊的见面礼物后震惊和愤怒。

现在这位国务大臣兼内务总管和恺撒面对面坐着，他那深不可测的灰眼睛注视着恺撒。麦卡洛用文学手法描绘着这位埃及小朝廷权臣和罗马独裁官恺撒见面时的种种的举止言行：

他还不是一个国王，却有着国王的派头——他的面容虽然饱经风霜，但仍能见出昔日的美丽来；一双隐藏着不安和忧虑的眼睛显出遭遇挫折后的阴沉，眼光比冰还冷。可是他将自己的情绪控制得很好，显得很客气。

"你到亚历山大城来做什么，恺撒？"

"为的是格涅尤斯·庞培·马格努斯，我一直在寻找他的下落。"

波特伊鲁斯眨了眨眼睛，非常惊讶地问："为了一个手下败将而亲自出马？你只要吩咐下属就能够办到啊？"

下面恺撒的回答显然使他感到吃惊：

"你说得不错，我愿意尊重我的对手人格尊严，而派一个下属来找寻庞培对他来说无疑是奇耻大辱，波特伊鲁斯。庞培·马格努斯和我这二十三年来一直是朋友兼同僚，有段时间他还是我女婿。虽然在内战中我们选择了对立的立场，但这并没有丝毫改变我们的朋友关系。"

接着恺撒又说："我的敌人只指那些来自于不同文化的人，而不来自于我们民族各阶层内部。我并非一个复仇主义者。以前是仁慈温和的，以后也将继续如此。我一直在亲自找寻庞培·马格努斯的下落，这远比待在由阿谀奉承的者组成的元老院要有意思得多。"

考林·麦卡洛这段对话显然出于文学虚构，但是基本真实地反映了恺撒当时的想法，虽然有点言不由衷，其潜在的政治目的并没有和盘托出，但是对于俘获庞培后，对曾经敌手表示宽容符合恺撒的一贯作风。

以下的场面令恺撒和主人一度感到十分尴尬。埃及国王的老师泰奥多图斯突然带着两个仆人抬着一个大瓦罐，匆匆忙忙闯进了会见大厅，脸上充满着谄媚的笑容，似乎是向恺撒表功献媚。考林·麦卡洛继续他的长篇传记文学在基本史实准确的基础上进行细节上艺术虚构：

恺撒直直地坐在原处，没有作答。他的手沿着象牙权杖延伸的方向握着它左手跨过肩头抱着托加袍上的褶饰。他那平时显得极其仁慈、性感、幽默而略微上翘的嘴唇如今变得薄薄的，两只眼睛寒光逼人。

泰奥多图斯感到一种莫名的快乐。他伸出手大步走向恺撒；恺撒把权杖放在自己腿上，伸出手去揭坛子的盖子。盖子上有一只雄狮头浮雕，在雄狮头鬃毛外环刻着"庞培·马格努斯"。恺撒紧紧地握着拳头按住盖子，不愿将它打开。那两个奴仆费了很大劲才把他苍白的指关节掰开。其中一个奴仆揭开坛盖，另一个则把手伸进坛子摸索。不一会就抓住一小撮乱蓬蓬的银发把庞培的头提了出来。庞培脸上的皮肤被泡碱弄得惨白如麻，一条条血顺着头颅的下部滴落坛内。

庞培那张脸看上去很平静，眼睑垂下来遮住他那对生动的蓝眼睛；正是这两只无邪的眼睛过去常常在元老院聚会时环视四周，天真如被宠坏的孩童。他的狮子鼻，小而薄的嘴唇，凹陷的下巴，高卢人典型的圆脸都一如往昔。除了略带雀斑的皮肤已经变得灰白外，其余部位都与生前一模一样。

看来，伟大的庞培已经成了埃及宫廷这个阴谋小集团可怜的牺牲品，包括托勒密王朝的几个主要大臣，一个宦官，两个雇佣兵，一个学者。没有比这种非罗马人的密谋更可恶的了。老朋友庞培的人头竟然被当成珍贵礼物交给了恺撒，恺撒悲痛地失声大哭起来。不管是不是带有很大的表演成分，但是，他在私下里一直耿耿于怀的一个沉重包袱终于放下了。但他的哭声，多少把自己带到曾经和伟人亲密无间合作的那些个年代，无论如何，庞培是罗马开疆扩土的英雄，作为曾经的女婿，恺撒深知庞培的性格其实并不复杂，只是与生俱来的贪慕虚荣，傻乎乎地喜欢被人吹捧。终因虚荣而目光短浅，导致在一个乱七八糟的附属国命丧黄泉。恺撒为庞培的英雄失路而误入歧途导致悲剧性命运感到痛彻骨髓的伤心。看着泰奥多图斯那张得意扬扬丑陋嘴脸，他恨不得一巴掌劈死眼前这些个无耻小人，竟然还有胆来向他讨要赏钱，真是不知道自己是几斤几两。恺撒在心中赌咒着这些混蛋，表面上还得和他们周旋。

恺撒亲手将庞培的头颅仔细在一条摊开的推罗紫丝巾上放好，轻轻地吻着庞培的眼睛和嘴唇。然后，恭恭敬敬包裹好，不让任何贴身的侍卫插手，亲自捧着那个神圣的紫色包裹，在王宫外的僻静处，立了一个火葬用的小柴堆，摆放上乳香和药材，点上火。算是隆重火化了这位曾经十分亲密的战友兼亲友的头颅。是的，愚蠢的埃及人不仅剥夺了他带着庞培安全返回罗马，以展示他对于政敌宽宏大量的机会；但是也确实是帮他卸下了一个沉重包袱，无论如何，庞培活着对于他的政权是一个潜在的威胁。他可以包容庞培，给予一个名义的头衔，甚至有名无实的帝国议会的元老首领，在虚名下去安静颐养天年。他太了解庞培，其实庞培在政治上并没有太长远的战略目光，他毕其一生追求的是虚名，尤其在失去了军事支撑以后，他可以在乡间别墅平静地打发自己的晚年。

但是，庞培身后共和派势力始终是新兴罗马帝国存在的威胁，说不准什么时候，在某种神秘势力的挟持下他被人打着旗号东山再起，再次给帝国的稳定带来灾难是完全说不清楚的事情。现在愚蠢的埃及人帮助他一劳永逸地在政治上解决了永绝后患的难题，他又何乐而不为呢？！

不久，他从佩鲁希姆城堡来到亚历山大城的菲力普那里打听了庞培遗孀和小儿子的下落。他要充当伟人庞培的祭祀者和复仇者的双重角色。他将伟人庞培头颅的骨灰用一个镶嵌着各色珍宝和深海珍珠的黄金骨灰盒装殓起来，郑重委托庞培的贴身家奴菲力普将骨灰盒交给庞培大帝的遗孀科尔涅莉娅和小儿子赛克斯图斯·庞培。恺撒索回了庞培大帝姓名的戒指，交给菲力普拜托他务必交给庞培的长子格涅尤斯·庞培，无论他在何方。恺撒一直将菲力普送上一条向西航行的商船，才返回亚历山大城国王的宫殿——埃及人给他安排的符合他尊贵身份的住处。现在，恺撒要反客为主，创造控制这个腐败王朝先声夺人的机会，这也是符合他行事的一贯风格。

恺撒开始"鹊占鸠巢"，在亚历山大里亚风云诡谲的皇宫里像是太上皇那样发号施令起来。当国务大臣波特依努斯提醒他："恺撒，你是我们的客人，而且你所带的兵力也不足与我们匹敌。"

恺撒以一贯的强悍，义正辞严甚至有点强词夺理地回答道："我不是你们的客人，我是罗马帝国的独裁官，罗马的维斯塔尔贞女依然掌握着埃及最后一个合法国王托勒密十一世的遗嘱，我手中还有着托勒密十二世的遗愿：老国王所希望的是他的长女和长子继承王位，共同治理埃及，而不是现在你们所扶植的傀儡国王。他说完这些，眼神瞟了一眼面色惨白的波特依鲁斯，随后十分严厉地说："我是你们的合法统治者，因此我在你们这里的混乱局面没有改变之前，将亲自掌管这里的朝政。你们应当服从和执行我的所有决定。你们真以为我的兵力不足以将亚历山大城夷为平地吗？那就等着瞧。"他有点虚张声势地威胁道："我不是作为谁的支持者，而是作为仲裁者的身份，公平解决托勒密和他姐姐的内战问题。"最后，他竟然颐指气使地命令这姐弟俩解散各自的军队，到亚历山大城的王宫中前来觐见他。

自此，国王权臣们寄希望恺撒在托勒密十三世与克里奥特佩拉七世的权斗中倾向小国王的梦想彻底破灭。

托勒密十三世并没有解散他的军队，却在大臣们的劝说下来到了王宫。当国务大臣波特伊努斯陪着国王来到恺撒居住的埃及行宫时，恺撒命令国王君臣必须偿还托勒密十二世曾经借的 6000 泰伦相当于 40000 万塞斯特尔提乌斯的银币。这笔债务是公元前 54 年国王被臣民罢黜流亡罗马谋求复位时，向罗马银行家波斯图姆斯商借的。国王复位后，这位罗马银行家一直担任埃及宫廷的财务官。当恺撒提出偿还这笔债务时，发现埃及君臣根本没有偿还的意思。

这笔债务借出后，这位接受邀请担任埃及财务大臣的盖尤斯·拉比利乌斯·波斯图姆斯接受了小朝廷大笔贿赂后，银行家对这笔债务也就闭口不提了。公元前 54 年波斯土姆斯被控收受贿赂，遭到指控，经西塞罗出面辩护，他被无罪释放。以后投靠恺撒麾下，公元前 48 年任法务官，内战时期，对恺撒助益很大，负责全盘财政金融事务，这次恺撒是拿着托勒密十二世的借据前来追讨宿债的。这笔债务恺撒是准备去补充日益告罄的军费，维持下一步清剿庞培残余势力开支。因为在西班牙、阿非利加即将开打的战役需要这笔钱。

笔者在搞清这别债务的来龙去脉时，特地翻阅了图拉真时代的罗马史学家苏维托尼乌斯写的《罗马十二帝王传·神圣的朱利乌斯传》，里面记载着恺撒对于财富的疯狂掠夺，以及如何洗白变现的过程，颇具罗马权贵贪贿窃国化公为私洗钱变白的特征：

无论是在行省统帅军队还是在罗马担任长官，他都不吝惜花钱。正如某些人的回忆录所证明的，恺撒在任西班牙总督时，他不仅恳求同盟者出钱为他还债，而且还攻陷并洗劫了鲁西塔尼亚人的某些城市，虽然这些城市接受了他的条件并在他兵临城下时开城欢迎了他。在高卢，他劫掠了放满贡品的神殿和庙宇。他毁掉了一座城市，常常是为了掠夺，而不是为了惩罚。因此，他的金子多得不知道如何处理好，于是在意大利的行省以每磅 3000 塞斯特尔提乌斯的价格把金子卖掉。在第一次担任执政官期间，他从卡匹托尔神殿盗窃了 3000 磅黄金，并以同样重的镀金青铜替换之。他把这些黄金卖给同盟者和国王们，换取现款。例如单是从托勒密那里就以他的名义卖得金币近 6000 塔兰特。后来他又以完全公开的掠夺和盗窃圣物来维持内战、凯旋式和娱乐活动的费用。

由此可见，恺撒通过银行将这些黄金卖给了托勒密十二世，当时是以某种借贷的形式作为资助他复辟用的经费。现在他要催逼这笔父辈的借款，将债务转化到小托勒密头上，来填补自己捉襟见肘的军费，坚持将这场战争打下去，只要战争进行一天，就能够创造更多掠夺财富的机会。

国务大臣波特伊努斯却告诉他："你最好现在就离开，去处理其他更为重要的事情，我们以后会带着感激的心情，偿还所欠的金钱。"看那口气，埃及君臣现在根本就不想归还这笔欠款。恺撒冷冷地教训道："我用不着一个埃及人来充当我的顾问。"将这个狡诈的阉人怼了回去。

很快，恺撒就秘密派人前往克里奥特佩拉在叙利亚的隐退居住地，想把她接到亚历山大城，用以和托勒密十三世的势力抗衡。然而，克里奥特佩拉却无法进入被国王卫队重兵把守的首都，只能徘徊在托勒密的战线之外。

就在恺撒到达亚历山大城的第十天晚上，主动投怀送抱的埃及女王身兼法老的克里奥特佩拉就与恺撒过了令人难以忘怀的一夜春宵，顺便也解决了埃及王朝未来发展的政治命运。在恺撒的鼎力支持下，克里奥特佩拉不愁不在宫廷权斗中胜出，稳稳当当地坐上了女王的宝座。

克里奥特佩拉其人

　　女王克里奥特佩拉七世的强悍，要追溯到她那伟大的曾外祖父米特拉达梯大帝血统的高贵和基因的强大。一脉相承地贯穿在她颇具传奇的言行举止中，成为性格的组成部分。所谓性格决定命运，造就她香艳奇葩跌宕起落的一生，铸就她有声有色自命不凡地周旋在罗马帝国几任执政者之间。

　　她的父亲托勒密十二世是托勒密九世的私生子。早年因为其是非婚生王子，根本不可能去继承王位。因为政治上的失意，使他生性懦弱，沉溺于酗酒和性生活的放纵，但他热爱音乐，雅好吹笛，因而拥有"吹笛者"的绰号。希腊文字中的"奥勒特斯"成了他的名字。他登上王位纯属偶然，公元前80年，托勒密十一世杀了他的共治者兼继母贝勒尼基三世女王，被暴怒的人民杀死。由于他没有男性继承人。托勒密王朝仅剩下托勒密九世和一位希腊小妾所生的私生子就是托勒密·奥特勒斯。

　　当时的奥特勒斯正被王国驱逐，在本都国王米特拉达梯大帝的宫廷流亡。国王长女克里奥特佩拉·特蕾法耶那公主被赐婚，强加给非婚生的托勒密·奥特勒斯王子。克里奥特佩拉·特蕾法耶那生有两个女儿，大女儿贝勒尼斯，小女儿就是后来大名鼎鼎的埃及艳后克里奥特佩拉。

　　奥勒特斯登上国王宝座后抛弃了结发妻子，和自己异父同母的妹妹结为夫妻，托勒密十二世的第二位妻子生了另一个女儿阿尔希洛和两个儿子时，被遗弃的克里奥特佩拉带着两个女儿在皇宫中艰难度日。特蕾法耶只能将小克里奥特佩拉送往孟菲斯的普塔神庙。在那里克里奥特佩拉度过了自己最幸福的童年和少女时代。在孟菲斯的神庙中，她过上了一种与亚历山大里亚王宫完全不同的生活。那些赏心悦目的古埃及风格的大理石建筑像是古典风情画那样使她记忆深刻，普塔的高级祭司加厄姆和他的妻子视她如同己出，时时给予关爱和温暖。他们教她学习几种埃及语言——现代埃及语、亚拉姆语，还教她学习了希姆莱语、阿拉伯语和希腊语，乃至成为一种自我炫耀的资本，她见到恺撒时就大言不惭地自我吹嘘，她懂七种语言。

她的智商和情商完全可以与聪明绝顶风流无双的恺撒大帝相媲美。和着乐曲美妙的歌声她可以娴熟地弹奏竖琴，她的多才多艺无疑也为她今后自己在政治上崛起积累了无与伦比的资源。同时作为学者的宗教界领袖加厄姆还引导她了解埃及的历史和尼罗河神祇的起源，万能的创始者普塔神庙的历史和由来。可以说在神庙的时期是克里奥特佩拉最幸福的时光，也为她未来走向神坛和政坛执掌权柄打下了的基础。

可是至尊至高的埃及国王和其他的统治者一样，在宫闱绮丽飘逸外纱的掩盖下却有着许多见不得人的肮脏，也就是王室的乱伦像是瘟疫一样始终流窜于王室后宫，荒淫无耻成为习俗，荼毒着宫廷风气，奥勒特斯和自己的长女贝勒尼斯结为夫妻，被称为克里奥特佩拉六世，父女两人共同治理这个渐至没落的王国。

这位六世女王就是埃及艳后的姐姐。埃及托勒密王朝就是在这种王族内部混乱的婚姻乱伦关系中维持着统治。过去托勒密十一世曾经立下遗嘱，要把自己的王国捐赠给罗马共和国，因此，托勒密十二世并不算合法继承者。但是，罗马当局对于在埃及的扩张毫无兴趣，庞培大帝根本没有兴趣去夺取这个在政治上混乱不堪，朝政依靠乱伦继承的海外朝廷，他宁愿要一个俯首帖耳的附属国，源源不尽地为自己的对外扩张和解决共和国的粮食缺乏供应优质的埃及大米。

公元前 58 年，罗马元老院任命小加图担任塞浦路斯总督，小加图一不做二不休干脆一举吞并了由托勒密十二世的堂兄弟统治的托勒密王国，国王被逼蹈海自尽，塞浦路斯正式并入罗马成为海外行省。对于这种赤裸裸的侵略行为导致自己兄弟的死亡，托勒密十二世竟然沉默不语。他的懦弱激怒了埃及民众，民众的暴动一举推翻托勒密十二世统治。因为奥勒特斯不是法老，无权动用孟菲斯那些堆积如山的金银宝库，被迫身无分文地从王宫的地下通道逃走流亡罗马。此刻。年方十一岁的小克里奥特佩拉被母亲从孟菲斯接回亚历山大王宫，她不得不在托管所和自己两个尖刻、爱惹是生非的同父异母兄弟小托勒密混在一起。她的母亲克里奥特佩拉五世统治埃及不到一年，即宣告驾崩。

她的姐姐贝勒尼斯女王寡居日久，穷极无聊，急着想着找一个人结婚，情急中她选择了正在逃亡的米特拉达梯家族成员，和他的表兄阿勒拉斯结为连理，两人有一段幸福的时光。但是好景不长，奥特勒斯通过贿赂买通罗马高层，四处奔走筹措资金，包括收买恺撒的财务总监比利乌斯·波斯图姆斯借贷。庞培通过他的副将、时任叙利亚总督的奥卢斯·加比尼乌斯帮助奥特勒斯复辟。

公元前53年，托勒密十二世再次登上埃及王位。此时小克里奥特佩拉再次被送到孟菲斯。她的姐姐却被父亲谋杀，女王的丈夫阿勒拉斯率兵抵抗，被起义的士兵杀死。此时的克里奥特佩拉刚满十四岁。她的同父异母弟弟六岁（后来的托勒密十三世），最小的弟弟三岁（后来的托勒密十四世）。

公元前51年，托勒密十二世病死。他见自己的几个儿子年龄尚小，孱弱无能，便打破旧例，立下遗嘱让克里奥特佩拉和她的异母弟共同接替王位，联合执政。姐弟俩按照埃及传统举行了盛大豪华的婚礼，此时女王只有18岁，托勒密十三世只有8岁，还是个乳臭未干的儿童。克里奥特佩拉再次返回亚历山大城时已经今非昔比了，她已然是灰姑娘变身为白天鹅。根据古埃及三千年的传统，普塔在任的最高祭司有权决定谁当法老。作为具有埃及王家血统同时又有着米特拉达梯大帝高贵血脉的她，顺理成章地被高级祭司加厄姆加冕成埃及最高神职的象征——埃及法老，为她今后的执政在神俗两界铺平了道路。当然获得这一切荣耀，她和最高祭司加厄姆的关系也变得绝非一般的暧昧，也就是她用漂亮女人最宝贵的肉体资源，俘获了加厄姆换来了埃及最具权威和财富的神圣职位。

她的地位在埃及可以说是至高无上的。因为这里的一切都归法老所有，土地、粮草、田野及农庄上的一切飞禽走兽、国税、地税、关税及车船运费无一不归法老，每年法老的总收入一般都会超过一万两千金泰轮。她把这些金泰轮装进两个钱袋——私囊和国库。法老的地方神职长官、幕僚、近卫军、海军部队、水上巡逻队、工厂工人、农民的收入都靠国库支出。

而私囊则完全归法老自由支配，除了满足法老个人的需求和愿望外，别人不能碰一个子儿。同时那些在阿非利加湾停泊的大部分船只只归属于上、下埃及的统治者——法老。

至高无上的权势和富可敌国的财富，她极力网罗亲信，培植势力，不断铲除异己，经过两年来的苦心经营，她实际已经是大权独揽，不再担心反对势力的捣乱，在一心想干掉托勒密十三世的同时，开始在生活上放纵起来。

托勒密十三世虽然懦弱无能，但是他手下波特伊努斯和泰奥多图斯却十分能干。他们打着托勒密十三世的旗号，秘密扩充军队，特别是利用海军统帅对女王的不满，用重金加以收买，后来成了对抗克里奥特佩拉一派军队的重要力量。

公元前47年，他们认为解决女王的时机已经成熟，决定采用突然袭击的手法，发起对女王势力的进攻，动用强大的海军封锁亚历山大港，截断克里奥特佩拉增援部队从海上增援的通道。对克里奥特佩拉居住的王宫发起进攻，经过三天三夜的激战，女王精锐的王宫卫队被击溃。克里奥特佩拉从王宫地道仓皇出逃，她率领着一千多名残兵败将仓皇逃到叙利亚避难。

叙利亚国王对克里奥特佩拉的美貌早已是垂涎三尺，倾慕已久。见她投奔自己喜出望外，按照最高礼仪，极为隆重地接待了她。女王虽然从心眼里讨厌这位比她大了20多岁的叙利亚国王，还是从政治需要出发和他强颜欢笑地周旋交往，牺牲自己的姿色求得对方的保护，图谋东山再起。为此，他们还结成了夫妻。克里奥特佩拉深得国王恩宠，依然像是在埃及一样过着花天酒地的生活。因为克里奥特佩拉遭到她的丈夫托勒密十三世君臣猜忌逃离亚历山大城时，直接从孟菲斯提取了足够前去叙利亚组织了一支雇佣军和够其挥霍的财富。

现在恺撒的四千兵马从海上先行来到亚历山大里亚城，紧接着他的三个军团也将接踵而至，会同罗马共和国原在亚历山大城的驻军以及女王同党的部队，可以说克里奥特佩拉战胜国王夺回王位的信心满满指日可待。女王对自己拥有的美色资源去俘获恺撒简直是手到擒来，十拿九稳。现在，

22 岁的克里奥特佩拉竟然背弃自己弟弟兼丈夫托勒密十三世，滚上罗马独裁官恺撒的床，两王对决的胜负高下立见。按照普鲁塔克的说法"性感和迷人的谈吐，以及她魅力十足的言说和做的每一件事，令人对她无法抗拒"。在两人春风缠绵之时，恺撒对自己情人的请求，自然是言听计从。但是政治家自然不能直接表达自己的倾向性，他还要假装以宗主国独裁官的身份，开始主持两王之间矛盾的仲裁，希望表面去维持姐弟共治的局面。但他骨子里的倾向性是瞒不过托勒密群臣的。

发现姐姐和恺撒之间的龌龊勾当后，托勒密勃然大怒。他在街道上跳脚大骂，把王冠扔进了垃圾里，喊叫他的臣民保护他。亚历山大城的居民骚动起来。

国务大臣波特伊努斯面对恺撒咄咄逼人的攻势，面临恺撒对先王债务的追讨，王室这帮人也在暗中紧锣密鼓地策划着反对恺撒和女王的政变。为了庆祝姐弟重归于好，他们筹备了盛大的宴会，在餐桌上撤下了豪华的金银餐具，换上了木制或者陶制的器皿，宣称金银餐具都被恺撒以抵债之名拿走。恺撒的理发师是一个善于察言观色的人，虽然生性胆怯，但是对周围的一切事情都注意打听，他发现国王的禁军首领阿奇拉斯和国务大臣波特伊努斯，正从事着一项对付恺撒的阴谋。恺撒获得了这一情报，马上派兵监视着宴会大厅的一举一动。恺撒趁机先下手，处死了叛乱的策划者波特伊努斯和泰奥多图斯，算是为自己曾经的老战友庞培大帝复了仇，也为女王独揽大权清除了障碍。

阿奇拉斯没有出席宴会，却跑到他的部队中去发起了一场针对恺撒的战争。他们煽动亚历山大里亚的民众造反，埃及国王托勒密十二世也仓皇出逃投身到阿奇拉斯阵营和恺撒拉开了决战的架势。一度，恺撒被围困在皇宫里面，处于十分危险的境地，他不得不同意托勒密和克里奥特佩拉共掌王权，并将被小加图占领的塞浦路斯归还给了埃及。

恺撒的兵力和拥有两万之众的王家军队相比在人数上相对薄弱，对付一个实力强大的兵员众多的王国军队和暴乱的民众，显然感到力不从心。他在筵席未散之际，悄悄离席，趁着夜色潜入他在亚历山大城自己军队驻扎的兵营，发现军营的水源已经为敌人所切断。他的海上交通线也被敌人所阻隔，他派兵放火烧毁了埃及王家舰船停泊的船坞，火势蔓延开来延烧到亚历山大图书馆，这座图书馆是托勒密二世在公元前三世纪所建造，图书馆是西方学术世界的中心，特别是科学和哲学在世界首屈一指，这场大火烧毁 40 多万卷珍贵典籍。

在法罗斯岛的一次交战中，为了拯救陷入危险的罗马士兵，他从堤岸上面跳上一条小船，王国军队从四面八方向他逼近，使他不得不泅水向海湾逃生。据说这个千钧一发的时候，他的手里拿着著名的典籍抄本，虽然敌人不断向他投掷标枪，逼得他把头埋在水里，还一直将抄本高擎出水面，不让它被浸湿，用另一只手划水前进，在他身后，他所乘坐逃生的小船已经很快沉没。

恺撒率领着他的船队撤到罗德斯小岛，对国王的军队和被煽动起来的暴乱民众进行了顽强的抵抗，亚历山大港的王家舰队由于缺少具有海战经验的将帅和士兵，始终不是恺撒水兵的对手，战争暂时呈胶着状态。亚历山大里亚的战火依然在延烧，当地饱受欺凌的犹太人和闪米特人自觉成为恺撒罗马军团和女王军队的坚强同盟军，战斗在宫廷大道的两侧的街垒中对峙着，呼应着罗德斯岛上的罗马军团。

时间延续到公元前 47 年 11 月中旬，罗马的海上援军终于神不知鬼不觉地抵达亚历山大里亚港，和恺撒的军队会合后占领了王宫，惶恐中的托勒密逃出亚历山大城，在一身黄金铠甲的拖累下，淹死在尼罗河中。这下正中克里奥特佩拉的下怀，女王少了一个强有力的竞争者，她的王位再也无可置疑，恺撒的胜利得到巩固。同时，他和女王爱情之花，终于也结出了果实，女王的肚腹逐渐隆起，一个埃及的小国王正在孕育之中，女王潜藏着的心思还包括这个未来的儿子终于有一天能够成为恺撒的继承人。

在通信联络重新建立之后，恺撒和他的部下恢复了联系。各地传来的消息并不乐观。这位在亚历山大城几乎命悬一线的政治强人，葬送了法萨卢斯会战所取得的一切优势。在意大利他的同伙骑士团长安东尼代替他管理政务，却引起了上下普遍憎恨；在亚洲，米特拉达梯六世的儿子法纳西斯不安心在庞培当年在击败其父后分配给他的、位于克里米亚半岛的博士普斯王国，希望趁着罗马内战恢复原来的疆域，法纳西斯国王入侵了本都，证明和他父亲一样难缠；在非洲，梅特鲁斯·西庇阿和加图召集了一支庞大的军队；在西班牙庞培的人马正在酝酿新的暴乱；东南西北全线告急；一场世界大战正在等待着恺撒。尽管形势危急，共和国危机四伏，罗马人的帝国陷入无政府状态。然而，恺撒依然在埃及逗留着，躺在情人的怀抱里沉睡，不愿苏醒。

　　恺撒虽然有着无数的情人，但是从来没有见过像克里奥特佩拉这样美丽多情的女人。克里奥特佩拉对她的情夫兼保护人百般逢迎。恺撒在埃及的日子里，女王和他形影不离，一同乘坐着王家装饰豪华瑰丽的游船溯尼罗河而上，一路饱览两岸旖旎秀丽的风光，克里奥特佩拉的妖媚几乎使恺撒忘记了一切，使他意乱神迷。公元前49年末，她生下了恺撒的儿子，工于心计的克里奥特佩拉清楚地知道，只有让这个孩子得到罗马人的承认，她才有希望做成恺撒的夫人。在一次军事会议上，她亲自抱着这个孩子送到恺撒面前，恳求恺撒承认这个孩子是他的儿子。恺撒当着全体军官的面抱起了孩子，向人们表示这个孩子是他的，并且给孩子起名为恺撒·里昂。按照罗马法律，恺撒这一举动就等于接受恺撒·里昂为自己的继承人。

　　迫于罗马国内政局的动荡不安，以及东方行省庞培余党的兴兵作乱，恺撒部下官兵对于他在埃及骄奢淫逸的行为日益不满，他不得不决定和克里奥特佩拉分手。公元前47年夏，恺撒和克里奥特佩拉在亚历山大港洒泪而别，临行前，他信誓旦旦地向情妇表示，等待处理完东方战事、整顿好罗马政局后，马上派人来接他们母子。

　　恺撒前脚走，克里奥特佩拉为了巩固自己的地位，依照埃及法律，又同另一个同父异母的弟弟托勒密十四世结婚，名义上她是埃及王后，实质上一切大权尽握自己手中。托勒密十四世软弱善良，一切听从她的安排，顺从她的意愿，但是仍然无法取得她的欢心，恺撒的威武雄壮多情，永远留存在她的心间，她期待着和他重温鸳梦的时间。

　　难怪罗马人对克里奥特佩拉的魅力畏惧如同蛇蝎，她能让一个以精力无限著称的世界级领袖变得温顺懒散，引诱他置治理国家重任的职责于不顾，对国家遭遇的不安定命运不闻不问。坊间流传着许多这位古罗马最伟大的政治家和军事家的风流轶事，最最脍炙人口莫如他和埃及艳后的故事。

本都王叛乱和安东尼崛起

当恺撒迅速摆脱埃及艳后克里奥特佩拉温暖的怀抱，毅然决然地暂时斩断情丝，由善解人意的暖男变身敢作敢为的斗士，他再次拿起武器，去面对本都国王法纳西斯的挑战，并在短时间内战胜阿非利加和西班牙的庞培残余势力的挑战，终于铸就了自己在渡过卢比孔河的二次辉煌，他的势力成功冲向如入中天的顶峰。

这位罗马朱庇特神庙的首席大祭司、自命为战神阿瑞斯和爱神阿弗洛狄特的后代以战神的勇猛精进，开启着战争机器征战和掠夺践行着自己"我来、我看、我征服"的诺言，同时又具备爱神温情如水博爱宽大的情怀，他就是在这样的矛盾综合体中孕育自己的错综复杂的个性，最终死于这种性格。因为权斗和战争他结下了许多怨恨；因为爱欲的滥用，他拥有许多情人，因为宽容使他的仇敌始终在滥用他的宽松，最终仇恨还是将他在事业的顶峰被阴谋绞杀。这就是恺撒的悲剧。

他是匆匆忙忙从叙利亚去进攻法纳西斯的。在此之前他派他的副将多米提乌斯去平息本都王叛乱，但是多米提乌斯却被强悍的米特拉达梯的儿子所击败，恺撒不得不亲自出马去迎战法纳西斯。在此之前，趁着罗马内战，法纳西斯已经捞到了不少油水，几乎恢复到米特拉达梯大帝鼎盛时期的版图。他夺取了周边地区原来属于罗马的附属国。在和恺撒部将多米提乌斯的战斗中，他取得辉煌的胜利。他因此而得意扬扬，主观地认为恺撒军团的战无不胜等等说法，也只不过是虚假的神话。他戳破了这个神话，他征服了本都的阿米苏斯城，因为这个城市的执政者是维护罗马人利益的，哪有怎么样？作为米特拉达梯的伟大儿子，它不仅可以将父亲脑袋砍下献给庞培大帝换取自己的功名；也可以去动恺撒大帝奶酪，在老虎头上拔毛。

随后残忍的法纳西斯对这个罗马人的城市实施了血腥报复，把城市的居民变卖为奴；还把所有的男孩阉割，成为自己宫廷的宦官。当恺撒率领着他的军团前来征讨时，他真实地感觉到了恺撒对他的威胁，他开始后悔他对恺撒的挑战；当恺撒大军逐渐逼近他时，他派出使团去议和。使团带了一顶纯金的王冠和大量金银财宝表示对恺撒的臣服，同时还愚蠢地建议以自己的女儿去充当恺撒的小妾，想以财富和女色双重贿赂，阻止恺撒进军的步伐。但是恺撒并不为之所动，当他知道他们带来的贵重礼品时，依然没有停止进军的步伐，而是一路走一路在马背上和颜悦色地与大使们闲谈。直至到达法纳西斯的营帐前。他才说："为什么我对这个杀父之人，不马上复仇呢？"他的意思是法纳西斯是杀害自己父亲米特拉达梯的忤逆之子，他是来为老本都国王复仇的。于是他跃马扬鞭，大吼一声率领着他的骑兵小分队，冲进大营，法纳西斯闻风而逃。恺撒杀了许多敌人，他当时仅仅带了一千高卢骑兵，冲在最前面。在占领了法纳西斯的大营后他慨叹着说："啊！幸运的庞培，他在这个家伙的父亲米特拉达梯时代曾和这样一些人在一起作战，因而被认为是伟大的，并在名字中冠上了'伟大'的称号。"关于这次战役，恺撒写信给罗马的朋友说："我到。我见，我胜利。"成为恺撒的一句名言传世。恺撒轻而易举荡平了法纳西斯的叛乱，心想：当年庞培占领东方的举世功劳也不过如此，却被戴上"伟大"之桂冠，在他眼中实在是儿戏。

法纳西斯一口气逃回了当年庞培分配给他的王国领地波斯波鲁斯，继续去当他的小国寡君，再也不敢窥伺恺撒所占领的东方属国，去混充米特拉达梯七世了。恺撒在本都国仅仅逗留了很短一段时间，在恢复秩序后就匆匆离去。他还有很多大事需要处理。他回到了亚细亚行省。经过行省各个城市，他处理了行省各项公务。罗马突然传来发生兵变的消息，他又马不停蹄地向帝国首都进发去平息兵变。

在独裁官恺撒离开罗马去埃及这段时间，罗马共和国的整个行政事务都由恺撒全权委托给他的骑士团长马尔库斯·安东尼处理。安东尼和库里奥、克劳狄乌斯三个家伙都是贵族子弟，三人过去就是沆瀣一气的发小、密友。后来三人都不约而同地投效在恺撒门下，他们几乎是罗马纨绔子弟无恶不作的代名词。

安东尼的祖父是著名的辩护律师，罗马政坛的领袖人物，参加过苏拉阵营，被马略处死。他的父亲也叫安东尼，参加过清剿克里特海盗的工作，虽然没有打败海盗，但是仍然被称为"克里特人"荣誉称号。他在政界没有什么名望，但是为人和善，慷慨大方，乐于助人，很受世人尊重。有一次朋友向他借钱，他手头没有现款，吩咐奴仆为他打一盆水来，声称要刮胡子，然后打发走奴仆，转手将这个银盆送给了朋友，叫他去卖掉以应急需。后来家中发现银盆丢失，遍找不着，妻子准备拷问奴仆，这时他才承认已将银盆送人了。

安东尼的母亲尤利娅（Julia——恺撒家族的女性名字通用）出身恺撒家族，父亲朱利乌斯·恺撒是公元前 90 年的执政官，作为贵族妇女她言行谨慎，仪态高贵，不逊于任何一位大家闺秀。安东尼就在这样一位贤妻良母教养下长大。等到安东尼的父亲去世，她再嫁法务官科尔涅利乌斯·连图卢斯，由于涉及喀提林叛变阴谋被西塞罗处死。安东尼之所以对西塞罗恨之入骨，这大概是最基本的原因。据安东尼自己说，他继父被处决后，西塞罗竟然不允许家属安葬遗体，是母亲向西塞罗的妻子请求，才同意将遗体发还给家属。

安东尼青年时代仪表俊美，前程远大。可惜结交到库里奥、克劳狄乌斯这样的狐朋狗友后才开始堕落下去。库里奥是一位喜欢寻花问柳的年轻人，为了使安东尼更加易于受到操控引诱他过着醇酒美人的生活，养成挥霍无度的习惯，以致他在青年时期就欠下巨额债务。这笔欠款全部由库里奥出面予以担保，等到库里奥的父亲得知这件事情以后，便将安东尼从他的家中驱逐出去不准登门。在后来的一段时间内他又追随罗马街头最为鲁莽卑劣的贵族浪子克劳狄乌斯，专以寻衅滋事煽动民众骚乱从事破坏活动为能事。没过多久民众对这些唯恐天下不乱的民粹党徒感到厌烦和不满，并在政界形成一股反对势力。安东尼感到了恐惧，于是离开意大利去了希腊，开始注重锻炼身体，练习辩才，学习那种希腊式的流行演讲术。这种辞藻华丽、虚浮夸张、炫耀卖弄才情的表演形式，非常适合他那张扬的个性。

他在希腊度过了一段短暂的学习生涯，即在公元前 58 年应当时罗马执政官盖比纽斯的邀请远征叙利亚，安东尼时年 25 岁，盖比纽斯委任他为骑兵指挥官。他的作战对象是唆使犹太人造反的亚利斯托布拉斯。在会战中，他身先士卒，英勇无畏，攻坚克难，冲锋在前，击溃超过自己数倍的敌军。逐渐声名鹊起。并且一举俘获并处死了亚利斯托布拉斯父子。叙利亚战争结束后，他又追随盖比纽斯应埃及废王托勒密十二世的请求，协助恢复了托勒密的统治。他参与多次重大的军事行动，表现出英勇顽强颇具杰出的军事指挥才能。安东尼在亚历山大里亚民众间留下很好的口碑。所有在罗马军团服役的军人都认为他是最勇敢的军人。

年轻时的安东尼仪表俊美举止高贵，胡须长而美观潇洒，白皙的面孔配有挺拔的鹰钩鼻，酷似神话里的大力神赫拉克勒斯。类似相貌很适合出现在古典油画和雕塑中。古罗马的传说中安东尼家族就是这位神明的后裔，这使得安东尼本人具有了传说中英雄后裔的意味。因此，他从着装打扮和精神风貌上刻意模仿赫拉克勒斯，用以证明传说确有其事。每当出现在众人面前时，他总是穿着一袭长袍，佩戴一把宽剑，外面披着粗毛料的斗篷。

普鲁塔克评价安东尼的个性：

他喜欢夸耀也爱开玩笑，常常当众饮酒，旁人进餐他就坐在旁边，有时还站着和士兵一起吃简单的食物，不拘小节的行为虽然使某些人感到讨厌，却博得部下的欢心。他在爱情方面无往而不利能够争取到人们的好感。他因为帮助别人的恋爱事件，使得那些人成为他的好友，至于旁人取笑他的风流韵事，都能泰然接受，不以为忤。他的慷慨作风可以说是挥金如土，对于朋友和士兵的大量馈赠毫无吝啬。这对他的青云直上有很大帮助，等他身居要津后，虽然同时发生无数愚蠢行为使他受到很大打击，但还是靠着宽厚的心胸，能够使他维持并且增大他的权势。

罗马政坛分裂为共和派和民主派两大派系时，安东尼是随着库里奥的转变而转变自己的立场，他转向投入恺撒阵营。两人在恺撒的资助下先后出任保民官，公元前54年，他曾随恺撒远征高卢立下汗马功劳，公元前51年出任财务官并返回罗马，公元前50年出任占卜官，公元前49年接替库里奥担任保民官，在恺撒渡过卢比孔河之前，他和库里奥返回恺撒集团，从此死心塌地跟着恺撒南征北战，战胜庞培集团。直到恺撒率兵进入埃及，将镇守罗马的重任托付给了安东尼。他像脱缰的野马那样失去了制约，野心和秉性充分暴露：无节制地酗酒、不择手段地玩弄女人、贪污受贿、大肆敛财、结党营私可以说是不择手段，无所不用其极。已经到了天怒人怨的地步。

尤其是在恺撒将庞培的骨灰委托菲力普交给科尔涅莉娅，并写了一封措辞温婉关切的信给庞培的遗孀，恺撒在信中允诺保证庞培在罗马的资产不会受到侵犯。科尔涅莉娅在庞培的地产阿尔班别墅所在地为丈夫建立了一座庄严而豪华的大理石陵墓。贪得无厌的安东尼跑到她那里要没收她的所有资产，她就拿出恺撒的信为凭据。但是安东尼还是占据了庞培的豪华别墅，并且重新进行了装修。在恺撒的干预下，安东尼不得不以低价买下了别墅，等到要支付价款时，却高声抱怨，不肯支付购买别墅的钱款。

普鲁塔克在他的《安东尼传》根据西塞罗在元老院三次控诉安东尼的演讲《论菲力》中的说法，对安东尼在恺撒征战期间的种种丑陋行为做出如下描述：

安东尼鲁莽的行动让平民不再对他产生好感，至于位阶较高和重视品德的人士，诚如西塞罗所言，他日常的生活方式引起大家的深恶痛绝。因为他经常纵饮酗酒、奢华挥霍、荒淫无度，白天不是睡觉就是毫无目的地在各处乱逛，到了夜间全都用来宴饮和观剧，或者参加喜剧演员和丑角的婚礼。据说喜剧名伶希皮阿斯结婚的时候，喝了一夜的酒；第二天早晨要到市民大会去演说，走上讲坛时对着群众呕吐不止，他的朋友拉起他的长袍，赶紧遮住面孔，不至于太难堪。

名角塞吉乌斯（Syrgius）是他朋友中，对他影响最大的人士之一，还有从事这个行业的旦角塞舌瑞斯（Cytheris），最受他的宠爱，在他外出视察的时候让戏子随行，就随员的人数和排场盛大而言，只有他的母亲可以与他分庭抗礼。他随身携带着金的酒杯，就像宗教游行中神圣的器具，野外搭起高高的天幕，河边的树丛中摆出极其豪奢的盛宴，甚至从清晨开始就大吃大喝。他乘坐的战车用狮子拖拽；占用正经人家的房舍，安置着一些不三不四的妇人和歌女，一般人民看到这些情景，产生很大的反感。当时恺撒正在意大利境外从事征讨，风餐露宿，席地而眠，不辞辛劳危险，继续进行未完未了的战争，这些在他庇荫之下的权贵，竟然如此骄奢淫逸，无视舆论的批评，可说实在荒谬无比。

安东尼和恺撒虽然是姑表兄弟，两兄弟之间由于文化层次上的不同，个人阅历经历上差异，在思想作风上有着明显的差距。通过恺撒在行事作风上与安东尼的尖锐对立比较，可以看出两人器宇情怀上的巨大落差；在行政工作能力和处理突发事件方面的胆识和方法也是完全不同的。尽管恺撒对他是高度信任，不断委以重任。但是，安东尼一直不安于现状，他一直野心勃勃总想着有一天能够取代恺撒成为罗马政坛的老大。

由于安东尼在恺撒远征期间，受命主持罗马政务，他作风上草率轻浮不务正业，生活上的骄奢淫逸，遭到罗马高层和底层民众的严重不满，社会矛盾已经激化到了临界点，而且逐步由民变转化为兵变。恺撒从东方到小亚细亚行省返回意大利途中不断传来罗马告急的文书，全是罗马发生动乱的坏消息，共和国政府已经岌岌可危。市民们因为要求"取消债务"，在市民广场集会示威请愿，大规模的群体性暴乱即将发生。但是，市民广场早已为安东尼派出的城防部队所占领，骑着高头大马身穿铠甲的士兵，手持剑戟、长矛、标枪全副武装的城防部队对市民们大打出手，开始了血腥杀戮，一次屠杀了八百多人，整个市中心广场血流成河。大批市民、包括承包商在内的商界人士被逮捕。等到恺撒火速赶到罗马时，整个暴乱已经被残酷镇压。

然而，兵营中的不满并没有消退，而是激起了更大的反抗高潮，尤其是法萨卢斯战役后恺撒曾经将部分老兵军团撤回意大利休整，对于公众安全造成极大的威胁，这些老兵整日游手好闲，经常惹是生非，吵闹着要求举办凯旋式，论功行赏后退伍回乡；恺撒后来将他们安排在远离罗马市区的坎帕尼亚地区卡普亚兵营，他们的服役期限早已超过期限，他们要求给予补偿后集体退役。在要求没有得到满足的情况下，发生了大规模的反叛事件，愤怒的士兵杀死前去安抚的法务官普布利乌斯·苏拉，用石块击伤盖尤斯·撒路斯提乌斯。可以说这些事变的酿成都和安东尼暗中的纵容有着相当大的关系。

　　恺撒闻讯，摆脱一切事务，匆忙赶回罗马，从他在罗马的其他代理人口中了解到这次兵变的原因就在于安东尼的贪婪。他仔细算了一笔账：将近一年来，安东尼掌管着整个意大利并独立指挥着恺撒的留守意大利的老兵军团。尤其是他去希腊和庞培交战期间，军团的士兵们还没有拿到任何军饷。也就是说，这两年来的军饷一直拖欠着。安东尼表面上装着若无其事的样子，暗地里将国库的一万八千银泰伦提取一空，运到他非法侵占的庞培官邸私藏了起来。十五个罗马军团按照每个军团五千人计算，每年每人要发一千塞斯特尔塞斯，这样算起来，足足需要七千五百万塞斯特尔塞斯。光这些一年就得花上三千银泰伦，还有其他的开销——光付给那些非战斗人员一年至少也得花上一百银泰伦，需要六百银泰伦才够付清他们两年的工资。也就是说，要付清军饷最少需要六千六百银泰伦。这一万八千银泰伦支付这笔欠款绰绰有余。这笔钱比起安东尼从国库攫取走的要少得多。引起兵变的主要原因是安东尼不顾士兵死活，贪得无厌贪污军饷所导致的严重恶果。安东尼因此被免去骑士团长的职务，由大法官雷必达取代。

　　当叛变的第十军团和十二兵团的老兵从坎帕尼亚卡普亚兵营一路呼啸着，大规模进发到了位于罗马城北郊的马修斯教练场，正准备挺进罗马，眼看着大规模的兵变即将发生时，出乎意料的是，他们曾经的统帅恺撒和他们迎头相撞上了。恺撒勒住了缰绳在战马上威风凛凛地注视着哗变的叛军。他身穿着大元帅的猩红披风，穿上平时的银色盔甲，头戴着橡叶桂冠昭示着自己昔日的荣光：他是一位冲锋陷阵、获得过无数荣誉的战斗英雄。恺撒只需要轻轻一瞥就足以将叛军吓得两腿发软。

　　考琳·麦卡洛在《恺撒大传》中绘声绘色地描绘了眼前神奇的一幕：
　　因为沿着阿皮亚大道的所有酒馆都向叛军队伍紧闭着大门，因此等他们经由坎帕尼亚长途跋涉抵达罗马时，被酒精迷惑的头脑已经渐渐清醒了。他们才醒悟过来自己不但身无分文，而且马尔库斯·安东尼答应供应他们的酒水的承诺，到了罗马这个地方也纯粹变成了一纸空文。在罗马可不会买安东尼及叛军队伍的账。因为自从恺撒辞去了独裁官职务后，安东尼被削职的消息也不胫而走。等到叛军才抵达罗马附近的沼泽地时，他们已经惊闻这一可怕的消息。随着他们一步步靠近罗马，心中膨胀的愤懑之情渐渐消融，底气也越来越小；取而代之的是：他们回想起恺撒曾经是他们推心置腹的朋友和战友，然后才渐渐发展成独裁官的。因此，当他们看到恺撒毫无畏惧地骑在马上时，他们心中涌起的只有热爱恺撒之心。他们一向热爱恺撒！他们一向拥护恺撒！

"你们准备到这里做什么，民众们？"他冷冷地发问道。

恺撒的声音所到之处，所有的老兵们莫不大惊失色，民众们？恺撒如今已经把他们当成普通公民来看待了吗？可是他们并不是普通的罗马公民，他们是恺撒最忠诚的战士！他总是称呼他们为他的孩子！他们是他的战士！

"你们再也配不上战士的称号了。"他充满轻蔑地说，用责备的语气大声说，"即使是法尔纳西斯王也不会承认你们这样的人为战士。瞧你们整日喝得醉醺醺的，打起仗来也极不得力，纯粹是一群酒囊饭袋！你们擅长的不过是偷盗、抢劫、纵火、大搞破坏！用乱石块砸普布利乌斯·苏拉——你们在法萨卢斯战役中的司令官——而已。还用石块砸我的三名议员，其中两个已经身亡！如果现在我不是口干舌燥的话，我一定会唾弃你们的！向你们喷口水！"

叛军中的一些人开始呻吟，继而号啕大哭。

"不！"军官中有个人尖声叫道，"不！这只是个误会！一个天大的误会，恺撒，我们以为你早已不管我们的死活了呢！"

"要是我现在有忘川的水就好，我真不愿意相信自己深爱的法萨卢斯战士们如今成为叛军！要是你们早战死沙场就好了，那我也不用和你们这群谋反者站在一起了！"

恺撒痛心疾首的话语让军团士兵们感到异常惭愧；他们知道恺撒有整个罗马需要照料，他们知道，恺撒一直都相信自己的军队会忠于自己，会耐心等待料理完罗马事务的。

"可是我们仍然热爱你！"某些人叫喊道，"你也爱我们！"

"爱？爱？爱？"恺撒咆哮道。"恺撒从来不会爱背叛自己的人！你们是罗马人民和全体议员们的专职士兵、你们是全体罗马民众的公仆、你们是他们抵御外敌入侵的唯一坚强壁垒！你们的叛变正表明了你们你们不配拥有罗马民众信任和爱戴，你们不过是一群乌合之众！连给罗马城清扫垃圾的资格都不够！如今你们叛变了，你们知道这到底意味着什么吗？这意味着你们再也没有资格分享凯旋仪式结束后的掠劫品和战利品，也没有资格获取你们退役后应得的那份土地；更不要妄图得到任何额外的奖赏！你们现在早已是一介平民！"

他们开始号啕大哭、恳求、哀求甚至跪下来请求恺撒对他们发发慈悲。不！他们不想成为普通的罗马市民！他们永远不想成为草民！他们是罗马的祖先罗慕路斯和战神马尔斯的后代，他们绝不是平民的后裔。

全罗马几乎有半数以上的民众骑在塞尔维莉亚城墙上或高踞在卡匹托尔的屋顶上，见证了马尔斯原野上的这一幕精彩的好戏；全体元老院议员及护政官们目睹了恺撒仅凭一己之力就平息了这场来势汹汹的叛乱。

按照《罗马史》作者阿庇安的记载是：士兵们没有携带武器，在吵吵嚷嚷的声音中向突然出现的恺撒聚拢，他们按照习惯向突然出现在他们面前的司令官行军礼致敬，当他们惊慌失措地诉说他们的要求，甚至没有敢提出他们的物质和土地上的诉求，而是温和地只要求解除他们的兵役。出乎所有人的意料之外，恺撒毫不犹豫地回答说："我遣散你们。"使他们更加惊异的是，他严肃地补充说："当我和别的士兵取得胜利的时候，我将把答应给你们的一切，都给你们。"这句话是完全出乎叛军们的意料的，使参与哗变的士兵感觉到了他的仁慈；使所有参与者感到羞耻。使他们感觉到当他们还面临许多敌人的关键时刻背叛了司令官，而由别人替代他们取得最后的胜利，他们将会丧失在阿非利加战役中可以预料的许多战利品。由于恐惧心和嫉妒心的交织，他们开始感到了耻辱，于是更加沉默，更加不知所措。此刻，恺撒对他的老伙伴们仿佛是要做最后的告别，他说道"公民们"而不是"同伴士兵们"这就意味着他们已经从军队遣散，而是普通人了。

叛军们再也不能忍耐，他们高声喊出，他们后悔他们的所作所为，恳求保留他们的军籍。但是，恺撒转身而去，似乎将要离开讲坛，士兵们在身后大声恳求他留下，惩罚他们之间有罪的人。恺撒回转身说，他绝不惩罚任何人。但是，他深表遗憾地说，他深为倚重，曾经给过许多荣誉的第十军团也参加了这场闹剧。他继续说："只有这个军团，我决定解除他们的兵役。尽管这样，当我从阿非利加回来的时候，我一定把我所承诺的一切给予他们。当所有的战役结束后，我一定分配土地给全体士兵，不是如同苏拉一样，从现在的土地所有者手中夺取土地分配给士兵，使现在的土地所有者和过去的土地所有者混合在一个殖民地中，使他们彼此永远成为敌人。而我决定把公有土地和我个人的土地给予士兵们，同时我也一定要购买必需的生产工具分配给你们，好使大家安居乐业。"这时在场的所有士兵，以掌声和欢呼声为司令官的庄重承诺表达深深的敬意。只有第十军团的战士深为忧虑，他们恳求恺撒以军队的传统对犯罪的士兵进行惩治，他们恳求以抽签的方式处死一些人。但是恺撒看他们已经真诚忏悔，无须再去刺激他们。于是他和全体士兵和解，转身离去，准备前往阿非利加参加战斗去。

恺撒就这样以自己的人格魅力，几乎是四两拨千斤般的神奇，化解了士兵们心中长期积郁的不满，并打破了安东尼胡言乱语的蛊惑，他的骑士团长曾经以士兵的暴动来威胁他，谎称军团的士兵会大批赶到罗马来，将他置之死地。可以说野心勃勃的安东尼，苦心孤诣地算计恺撒，他一厢情愿地认为，他可以取代恺撒在士兵们心目中的地位，获取士兵们对他的爱戴之情。那时，他经常口出狂言，等恺撒去世后，他将继承恺撒的军团这些大话。这一年来，安东尼不停地用烧酒来迷惑士兵们的心智，侵蚀他们的灵魂、让他们饱食终日。削弱他们的斗志。这样一支可以为恺撒赴汤蹈火一连几天跋涉在艰难路途的雄兵，如今变成了酒囊饭袋，这正是安东尼掩盖自己长期克扣军饷的贪婪和算计恺撒的卑劣手段。

正如考琳·麦卡洛对安东尼的评价：

虽然穷凶极欲、荒淫无度的生活方式腐蚀了他的思想，可他还远没有他兄弟盖尤斯（库里奥）那么愚蠢，更不能等同于呆子和弱智。在清醒精明的头脑掩藏在浑浑噩噩、骄奢淫逸的外表之下，一旦有危机及自身利益的危机出现，人们就会看到一个明哲保身、圆滑狡诈的安东尼。他非常善于伪装自己，表面上一副忠诚厚道的样子，背地里却暗藏杀机，无恶不作，这一点恐怕只有他堂兄弟独裁官恺撒体会最深。除了见风使舵外，他还继承了他们家族的一大优势，那就是善于妖言惑众——哦！他的演说风格虽然远远敌不上西塞罗和恺撒，可是在整个元老院还是首屈一指的。他勇敢而自信，即使在风云变幻、短兵相接的战场上他照样能镇定自若地思索和解决问题。他身上真正缺少的是正义感和道德感，他既不愿用正义和道德来指引自己的行为，也不懂尊重和维护人的尊严。尽管如此，有时他也会表现出一种难于言喻的仁慈和友善来。可以说安东尼是一条随时会冲出大门的斗牛，一个被激情和本能左右的动物。由于他出身贵族家庭，因此贵族纨绔子弟们固有的恶习在他身上都能找到，总的来说，他的欲求是多方面的：首先，他想成为罗马政界第一人；另一方面他又非常看重世俗的享乐的价值；琼楼玉宇，软玉温香，美酒佳肴都是他生命价值的所在；他也喜欢喜剧和娱乐，有的时候，他甚至梦想自己有朝一日会成为一名德高望重的人，他的这一愿望既是他过多欲求绝佳的征兆，又是他内心痛苦而不安宁的体现。

平息由安东尼一手策动的老兵叛乱事件，发生在公元前47年9月和10月期间。恺撒返回罗马，在布林迪西港登陆，会晤西塞罗后，回到罗马所遭遇的第一件麻烦事情。当恺撒从阿非利加、西班牙战胜庞培余党的叛乱归来不久即被刺杀，安东尼的种种劣迹作为活生生的材料，被西塞罗充分利用，放进了他在元老院攻击安东尼的三篇《论菲力》的演讲中，埋下西塞罗在"后三头政治"中被安东尼谋杀的伏笔，也成为史家普鲁塔克撰写《安东尼传》的生动素材，他后来在罗马和埃及的种种秽行，终于在史家笔下遗臭万年了。恺撒这次返回罗马，也只不过是六天时间，在此期间成功被选举出任第三次罗马执政官，并被元老院授权担任五年任期的独裁官。他在着手处理了安东尼在代理罗马执政官期间的种种失政的问题后，再次挥戈出征阿非利加和西班牙解决了庞培余党的叛乱。

阿非利加行省攻防战

法萨卢斯会战后，马尔库斯·加图和梅特鲁斯·西庇阿逃到了阿非利加，他们获得了努米底亚王国朱巴的协助，纠合了一支实力强大的部队。恺撒决定前往阿非利加亲自征讨叛军，恺撒所面对的是公元前 49 年曾经击败过库里奥远征阿非利加的庞培余党的联军和努米底亚王国尤巴的骁勇骑兵。他在冬至前后渡海到达西西里，为了使他部将放弃延缓作战的念头，加强紧迫感，他将军营背临大海驻扎，目的就是等待亚德里亚海面风和日丽天气晴好的时候，待机而动，只要顺风顺水，立即渡海到达阿非利加首府乌提卡附近，一举击溃庞培残余势力。

恺撒登船出海的部队是六个兵团 3000 名步兵和 2000 名骑兵。在兵力人数上远不如朱巴和西庇阿。尤其是努米底亚王国的骑兵在马西尼萨国王时期就是征服迦太基的劲旅，曾经击败过恺撒的副将库里奥。这次对阵的是恺撒所拥有的高卢骑兵也算是棋逢对手，旗鼓相当，战斗力并不亚于尤巴的骑兵，只是人数上差距巨大。恺撒以通常的自信，带着某种赌徒的心态去放手一搏，赌的多是运气。风浪止息，恺撒的大军，扬帆起航顺利地漂流到了对岸的阿非利加乌提卡附近的哈德鲁墨图姆城，城内部署有一支城防部队，兵力大约有两个军团。恺撒亲自修书一封，请一位俘虏兵带信给城防司令孔西狄乌斯，希望他能够投降。但是，对方针锋相对回答："目前罗马人民只有一位统帅，那就是西庇阿。"恺撒招降遭到严词拒绝，并且将送信使者当即宰杀，招降信甚至没有拆封，就原封不动带交到了西庇阿之处。

恺撒花了一天一夜等待孔西狄乌斯的回答，一直杳无信息。恺撒的后续增援部队还未到达，最关键是骑兵短缺，这座城镇防守很是严密。此时攻城一点把握都没有。而敌人大量的增援骑兵却陆续赶到。恺撒考虑转移阵地。突然一大群增援上来的努米底亚骑兵突然冲出城镇主动实施攻击。恺撒的高卢骑兵不顾势单力薄停止行军，英勇接战超过自己数倍的敌军。

奇迹发生了，不到三十名的骑兵，打败了两千名努米底亚骑兵，这样敌退我进，来回了几个反复，离城越远，努米底亚人追击越为缓慢，经过连续行军，恺撒于公元前46年1月1日到达卢斯比那。

恺撒的部队刚刚登陆阿非利加的时候，部队的粮草供应很缺乏，被迫用海藻作为喂马的草料，先用淡水洗去少量的盐分再掺进草料，使得味道不至于太怪异，便于军马食用，维持骑兵的战斗力。恺撒的大军所到之处，数量众多善于骑射的努米底亚人赶来投效，他乐得利用当地人的实力占领了大片土地。

在西西里营地驻扎的时候，恺撒听到了一个传说，西庇阿家族在征服阿非利加时曾经立下的赫赫战功，使得大小西庇阿先后都获得"阿非利加征服者"的光荣名号，导致贵族公子哥儿梅特鲁斯·西庇阿也存在于祖辈的光荣神话中，在阿非利加变得形象高大起来，在伟大的姓氏虚幻光环笼罩下，似乎他也是常胜将军那样可以借助家族的光荣去克敌制胜，高贵的血统已然一厢情愿地成为提振士气的资本。

为了制造胜利的吉兆，恺撒也接过这种神话，他破例将一个在自己军团中地位卑微受人藐视，却有着"西庇阿"名字的家伙担任名义上的统帅。此西庇阿出身于阿非利加尼氏族，并非罗马资深西庇阿家族。而是当地的土著，来自尼斯族名字叫做西庇阿·萨努提奥的家伙。仿佛是玩笑般打破那种毫无根据的神话，恺撒提拔这个人当了恺撒军团名义上的总指挥，也许仅仅是为了讽刺西庇阿的荒谬。因为根据谱系，梅特鲁斯·西庇阿也并非正宗出自西庇阿家族的血统，而是梅特鲁斯家族过继到了西庇阿家族，借助这个资深贵族的名声，才在罗马官场飞黄腾达起来，其本人能力十分平庸。真正资深贵族的恺撒是根本看不上西庇阿这一介徒有虚名的匹夫。主将的昏庸，并不意味部将的无能，其中恺撒最熟悉莫过于他曾经的亲密战友拉比埃努斯，此刻，正在西庇阿的麾下担任他们最引以为傲的骑兵统帅，这似乎是庞培册封的传统职务，在法萨卢斯战役他所指挥骑兵被恺撒一举击败后，他追随西庇阿来到了阿非利加行省，企图卷土重来。

西庇阿和努米底亚国王尤巴签订了协议，共同抵抗恺撒、战斗到底。

实际上西庇阿供养的骑兵属于尤巴所提供，但是阿非利加行省要提供费用。恺撒宣称：他为这些人感到遗憾，在自己的国土上，和自己的同胞在一起，为什么不掌握自己的命运来保障自己的权益，反而情愿降低身份付费给一位国王成立雇佣军。简直是丧权辱国，莫此为甚。遗憾归遗憾，但是面对的严峻形势，还是不能掉以轻心。一着不慎，有可能全盘皆输。

有一天，非洲土著人在笛子伴奏下表演的激情舞蹈吸引了恺撒部骑兵的目光，负责巡游的骑兵将马匹交给了当地儿童照料，突然遭遇了西庇阿和尤巴联军骑兵的包围，恺撒部有不少骑兵被杀，大部分逃回了营地，敌人骑兵在后面紧追不放，要不是恺撒本人率领兵马及时赶到救援，及时制止了部队的败逃，这场战役也许在此时就可能结束，过去的所有胜利成果就会付之东流。

普鲁塔克在《恺撒传》中只是简单地提到恺撒在进军阿非利加的首次战役中，是被西庇阿手下的骑兵总指挥拉比埃努斯一举击溃，这似乎与阿庇安在《罗马史·内战史卷》的记载是相一致的。而在不知名作者的《阿非利加战纪》中记载的首战虽然也说到了恺撒的失利，却在失败后又非常幸运地反败为胜，就如同一篇宏大的协奏曲开局就出现了死亡的噪音，却在终场突然昂扬升调，在疾风暴雨过后，奇迹般地出现一轮彩虹，最终变调为慷慨悲壮令人感奋的胜利进行曲。这可能和这位不知名的作者是恺撒麾下并不知名的下层军官有关。

作为部下，也是恺撒的拥趸和崇拜者，当然要为司令官指挥的首场战役进行多方掩饰，涂脂抹粉，以壮声色。反正最后是恺撒取得了胜利。而后来的历史学家阿庇安就完全无必要去为"尊者讳忌"，他可以去秉笔直书，还原当时征战激烈胜负瞬息万变的场面。按照卡西乌斯·狄奥和阿庇安的记载，佩特雷尤斯和拉比埃努斯杀了恺撒的不少人马，残余人员在退却到高地之后一直浴血奋战到死，要不是佩特雷尤斯和拉比埃努斯受伤，恺撒的全军覆灭都可能在劫难逃。根据阿庇安《罗马史·内战史第二卷》的记载：

西庇阿的部将拉比埃努斯和佩特里阿斯进攻恺撒，大败恺撒，他们以傲慢和藐视的态度穷追不舍恺撒的部队。直到拉比埃努斯的马腹部受伤，把他摔了下来，他的侍从把他运走；佩特里尤斯认为这场战役已经彻底地检验了自己军队的强大实力，他完全可以随时战胜敌人，所以他将军队撤退，他对周围的人说："我们不要把我们将军西庇阿的胜利夺去了。"在战役的后半部分，胜利的敌人在他们可能全胜的时候中途退场，增加了恺撒夺去最后胜利的机会，这似乎是恺撒的运气；但是据说，在撤退的时候，恺撒突然向敌军的整个阵线冲去，迫使敌军回转，恺撒军抓住了一个撑着主要军旗——鹰帜的掌旗军官，把他拖到前线。佩特里尤斯率军撤退，恺撒自己也趁势退出战场。

《阿非利加战纪》则是这样记载的：

恺撒在阿非利加卢斯比那遇到强劲对手，是他当年高卢战役的亲密战友、他的副将拉比埃努斯，在前49年背叛恺撒投靠庞培后，就成了庞培派的死硬分子，他从法萨卢斯战役败逃后，他和西庇阿、小加图一起渡海来到了阿非利加开辟了新的战场，他是西庇阿手下名气最大、最勇敢、最凶残的一员骁将。

西庇阿军团在拉比埃努斯和配特雷尤斯的领导下，排列出实力强大、人员密集的阵势，不仅有步兵，还有骑兵在内，其中还掺杂着努米底亚轻步兵和徒步弓箭手，可以说是一个人数众多，混装编制的战时军团，看上去有些吓人。以至于恺撒的手下从远距离观察以为乌泱泱一片全都是步兵。恺撒因为自己兵力薄弱，尽可能展开成一线部署，把弓箭手部署在战线的最前列，骑兵掩护左右两翼，恺撒特别指示，不要让敌军优势的骑兵包围我军侧翼。他以为双方的步兵会在主战线进行决定性战斗。

双方严阵以待，却都虎视眈眈地沉默着等待着对方先出手。恺撒没有主动实施攻击，他认为用不足的兵力对抗数量极为众多的敌军，无异于送死，不如等待敌人先发制人，在战斗中寻觅薄弱环节发动攻击，以策略取胜而不是靠蛮力斗狠。恺撒的骑兵散开形成包围的队形威胁敌军。此时，努米底亚轻步兵使用密集队形靠外侧骑兵突然发起冲锋。标枪、弓箭向雨点般向恺撒部飞来，双方在交战中间部位激烈交锋。恺撒所率领的全军将士奋勇向前，无一退缩，敌军骑兵不支，开始溃退。但是步兵坚持不退，直到骑兵再次增援。

恺撒面临着新的情况：士兵跑到最前面去实施攻击，队列已不能保持整齐，发生暂时的混乱。事实上，如果步兵离开连队旗帜太远去攻击，就会暴露软弱的侧翼，驰离得很近的努米底亚骑兵能够投出标枪，杀伤突入敌阵的步兵。同时，敌人的骑兵速度很快，容易避开恺撒方步兵的短矛。因此，他下令给百夫长，士兵前进不得超过连队旗帜 1.21 米。这时，拉比埃努斯骑兵靠着数量上的优势，不失时机地包围恺撒的部队，数量有限的恺撒骑兵在敌军的轮番攻击下，损失很大。有很多马匹受伤，逐渐向后退守，敌军的压力愈来愈大。瞬间恺撒所有的军团都被包围。恺撒的部队被驱赶在一个狭窄的圆圈中做困兽犹斗状，被敌军重重围困。

得意扬扬的拉比埃努斯骑着马穿着铠甲，甚至连头盔都不戴，在队列前跑来跑去的，鼓励手下再加一把劲，务必全歼恺撒军团。他偶尔向恺撒军团的弟兄喊话："你以为你们在做什么，胆小鬼，打场小架吗？你们笨得还要听那个家伙指挥的吗？我告诉你们，他只能把你们带进死路，我为你们感到可怜！"

恺撒军团的一个士兵回应道："我们不是胆小鬼，拉比埃努斯，我们是第十军团的老兵！"拉比埃努斯回答道："我没看见第十军团的鹰帜。"士兵说："你就会认出我是谁的。"说完，他取下自己的头盔，好让自己曾经的老长官看清楚。然后把自己的标枪对准拉比埃努斯，尽全身力量投了出去。标枪全部插进拉比埃努斯坐骑的胸部。战马嘶鸣着倒地不起。老兵大笑着对拉比埃努斯说："第十军团的勇士在揍你。"敌军看到主帅倒地顿时阵脚大乱，纷纷跑来抢救主帅。

恺撒趁机运动自己的部队尽量将战线拉长。他调动两个支队对敌军左右两翼实施分割包围。再利用骑兵把一半的敌军孤立起来。继续利用步兵在内圈向孤立敌军发起进攻，发射出大量的矢石让敌人落荒而逃，伤亡惨重。为了怕有埋伏，恺撒没有追击，他就这样步兵和骑兵紧密配合，以灵活机动的战术，根据战场瞬息万变的状况调动部队联合作战，击败了多于自己数倍的敌军。再一次以少胜多。反败为胜。然而，战斗远没有结束。

此时，马尔库斯·佩特雷尤斯和格涅尤斯·皮索率领一千二百名精选的努米底亚骑兵和一支训练精良的努米底亚步兵部队，到达战场，直接投入战斗。敌军开始重整旗鼓，士气再次得以激励，骑兵们兜着圈子，开始攻击落在后面的军团士兵。因为恺撒部正在后撤，准备退回营寨避开攻击。恺撒看到这种情况，马上命令鹰帜和连队的旗帜面向敌军，重新在平原上列队再行决战。敌军运用的套路没有任何创新，不做近距离的进攻性搏斗，恺撒的骑兵发现这些从海上刚刚登陆的西庇阿部援军似乎因为晕船、干渴、受伤以及以寡敌众等变得力不从心有些萎靡不振。此刻，从兵力优势上恺撒部变得以多击少占有绝对优势，因此信心满怀志在必胜。恺撒亲自到各地给骑兵和步兵支队鼓舞斗志，敦促大家务必不得松懈斗志，要尽最大的努力将敌人赶到最远处的高地。

夕阳西下，白昼渐渐远去，黄昏已经降临飘满血腥味的战场，敌军的标枪开始无目的地乱掷乱投，出现了劳累疲惫的迹象。恺撒立即发出信号，用支队和骑兵分队发起突然出击，竟然没有遭到任何有效的阻击。就把敌人从平原驱赶到了小山的背后。恺撒军团随即占领了山头，稍作停留，才保持战斗队形有序撤退回到防御工事里面。敌军遭到重挫，最后也算是撤回了自己的阵地。佩特雷尤斯在战斗中受伤。

双方交战停止后，敌军不论各阶层都有大量人员逃亡。也有相当数量的步兵和骑兵被俘，西庇阿在阿非利加所制定的战略计划逐步暴露，被恺撒所掌握。拉比埃努斯这次完全是有备而来，意图像对付库里奥那样赢得胜利；期望恺撒军团因不熟悉战斗方式而陷于混乱之中，不知所措；他们想针对恺撒军团在人数上限于劣势、新兵居多的缺陷，最后用骑兵包围将其消灭。这份作战报告还提到：拉比埃努斯在集结部队时大言不惭地表示，他有数量庞大的协防军，可以源源不断地增援，恺撒的手下就是将他们杀光也会筋疲力尽。在争取胜利的关键时刻，他们再投入主力将恺撒部一举消灭。

拉比埃努斯的自信完全来自于兵力人数上的优势。首先他听说恺撒有三个久经战斗的军团在罗马反叛，拒绝渡海来阿非利加参战；其次，他在阿非利加指挥部队已经有三年之久，和当地部队配合默契，部队对他很忠诚；此外，他还有大量的协防军，包括努米底亚王国骑兵和轻步兵，这些部队和恺撒威名赫赫的日耳曼和高卢骑兵没有什么差别。他是在庞培和恺撒最后在法萨卢斯会战时，带着这些骑兵逃走的；在阿非利加，他还从混血儿、自由民和奴隶中征召了大批新兵；再者他有尤巴国王的拥有一百二十头战象和无数骑兵；最后他还从各个民族中征召兵员组成军团，共有一万二千人之多。在《阿非利加战纪》中不知名的作者写道：

总之，拉比埃努斯的胆识和自信，是依靠着一千六百名高卢和日耳曼骑兵、七千名不用缰绳的努米底亚骑兵、佩特雷尤斯增援的一千六百名骑兵，不论是重装还是或是轻装都居四倍优势的步兵以及大量骑兵和徒步弓箭手和投石手而建立起来的。他带着这些士兵，于1月4日也就是恺撒登陆后的第六天，在一个平坦而毫无障碍的平原上，与恺撒开始会战，从上午十一时一直打到日落。佩特雷尤斯在战阵中受到重伤从战场撤走。

拉比埃努斯和佩特雷尤斯就是这样以优势兵力，败于恺撒，而被恺撒在阿非利加的首场大规模遭遇战中撕开一道致命的大口子，以后越撕越大，直到全面开裂根本无法弥补，宣告西庇阿和小加图的阿非利加防线彻底溃决。

决定命运的普塔苏斯决战

在阿非利加的最后关键一战是公元前 46 年 4 月 6 日两军在突尼西亚湾东海岸发生在塔普苏斯大会战。趾高气扬的梅特鲁斯·西庇阿率主力前往塔普苏斯建立了防卫森严的营地，他让阿菲拉纽斯和朱巴两支军队分别驻扎在不远之处，自己居间调停。西庇阿带着 8 个兵团的步兵，20000 名骑兵（其中大部分是阿非利加人）、许多轻装部队和 30 头战象；尤巴带领着大约 30000 名步兵和 20000 名努米底亚骑兵外，还有许多长枪手和 60 头战象。可以说在军队数量和武器装备上敌人远远超过恺撒。正当西庇阿实行自己的计划时，恺撒再次使用迅雷不及掩耳的闪电战术，穿过浓密的森林和被认为无法通过的山间小路，突然切断了阿菲拉纽斯所率军队与外界的联络，然后从正面向尤巴的部队发动进攻。

根据阿庇安的《罗马史·下·内战卷四》的记载：开始的时候恺撒的军队听说要同战象交战都感到十分恐惧，因为前来对抗恺撒部队的庞大军团，特别是努米底亚骑兵人数众多，十分骁勇善战，使得恺撒的部队开始骚动起来。和战象的作战士兵们并不习惯。然而，最后恺撒的胜利如同神助，看上去带有太多的偶然因素，其实是恺撒精心布局的必然结果。因为和毛里塔尼亚国王的联手显然是恺撒的杰作，这场阿非利加战局恺撒甚至还赢得了包古斯国王王妃的欢心，可以说是一举两得。

这时恺撒的同盟军毛里塔尼亚国王包古斯（Bocchus，书中译为菩卡斯）攻下了朱巴国王的首都瑟塔；当这个消息传到的时候朱巴（通常译为尤巴）马上带着他的军队回国，只留下他的战象 30 头给西庇阿，因此，恺撒的军队鼓起勇气，纷纷请战，以致第五军团请求列阵在战象的对面并勇敢地把战象打败了。从那一天起，直到现在，这个军团在它的军旗上，还有一个战象的图案。

等到尤巴率领的骑兵撤退，恺撒趁机扩大战果，一举占领了阿菲拉纽斯的营地，接着对努米底亚人进行了大肆劫掠，尤巴因为撤退迅速幸免于难。西庇阿在痛失两翼后，已经完全无心恋战，狼狈逃窜。直到黄昏的时候恺撒取得了胜利，他勇往直前一举攻下了西庇阿的营地。

乘着夜色，西庇阿把一切交给了塔普苏斯守将、前法务官阿弗雷尼阿斯，随后率领着自己的部队向海边败退。最终乘坐是十二条敌船逃向海上。

《阿非利加战纪》这样记载（译文略有改动，主要是对应人名翻译）：这个时候，努米底亚王国发生了紧急情况。原先尤巴听说恺撒缺少粮食，就决定不能给恺撒时间恢复实力、增加资源，乃结集一支大军离开王国火速前进，协助盟友。这时，在朱古达战争期间就渡海来到阿非利加打拼的罗马冒险家普布利乌斯·西提乌斯，就会同毛里塔尼亚国王包古斯趁尤巴率领主力离开之际，开始向努米底亚王国运动，西提乌斯攻击王国最富裕的城市基尔塔（Cirta），几天内就破城而入，烧杀抢掠，将城镇洗劫一空。他事先提出条件，要居民撤离交出城镇，如果拒绝就会将被俘人员杀死。接着，西提乌斯离开基尔塔，四处流窜，继续摧毁乡村和城镇。尤巴在离西庇阿不远处接到报告后，决定回援本国，因为要是他还继续救助盟友，到头来会被自己的王国所排斥，甚至遭到两方面的打击。为此，他领军回师时，为了增强实力以免危及国内和自身的安全，为了保住王位，他甚至把派到西庇阿的协防军也撤了回来。

就这样，面对西庇阿部的孤军奋战，恺撒在一天短短的时间内，竟然攻取了3座营地，杀死5万敌军，他的部下仅阵亡几十人。西庇阿所率领的这支部队总共达到80000人，人数是恺撒远征军团的10倍以上，而且训练有素，在前次的战斗中曾经大胜过恺撒，却在塔普苏斯会战中一败涂地全军覆灭。

现在恺撒的声誉节节攀升，被誉为不可战胜的幸运之人。被他战败的人，不归功于他的才能，而把这一切都归之于偶然的幸运。回避了自己的无知和愚蠢，缺少把握全局的将才，如同在伯罗奔尼撒半岛的战斗一样缺少战略的眼光，其实他们在自己的地盘上战斗，忽视了自己占据的天时地利人和，没有利用拖延战这个政策，在这个海外行省消耗恺撒，直到他的粮食消耗殆尽为止；同时没有巩固第一次胜利的成果，也是自己的战略机遇瞬消即逝，而使恺撒的胜利来得那样轻而易举。

　　恺撒开始利用自己罗马独裁官的身份，签署了一批免职令，大批量的以煽动颠覆国家罪，解除了一批庞培派任命的阿非利加各城镇军政官员的职务，罪行严重者则派兵押解回罗马进行审判。这些举措大大分化瓦解了庞培残余势力在阿非利加行省的统治基础，为自己全面占领行省，彻底击垮小加图、西庇阿等庞培残余势力奠定了基础。

　　恺撒对一些反叛西庇阿和尤巴的势力，前来大营投诚者继续赏以钱财、委以重任，在分化瓦解敌军的同时，招降纳叛扩充实力。恺撒刚柔兼济的政策收到明显效果。包括努米底亚王国骑兵统帅、尤巴王的叔父萨拉斯提阿斯·克里斯阿斯率领一千骑兵前来投诚，此公曾经在恺撒姑父马略手下服务，算是恺撒父执辈的朋友。

　　尤巴王回师首都扎马时，他的王国已经尽行落入叔父和毛里塔尼亚国王包古斯之手。《罗马史·内战篇》的记载是，当尤巴和他军事统帅佩特里阿斯见到王国民众已经抛弃了他时，两人在醉饮一番后，相互刺死了对方。当年他的祖父马萨西斯国王创立的努米底亚王国彻底覆灭。被恺撒一分为三：一部分别并入毛里塔尼亚；一部分赏赐给罗马冒险家西提乌斯，因为后者已经建立了自己的殖民区；另一部分并入阿非利加行省，拉斯提阿斯被任命为行省总督，《阿非利加战纪》对尤巴国王之死，记载得颇为惨烈：

　　在此期间，尤巴国王和佩特雷尤斯一齐从战场逃出来，白天藏在农场，夜间才赶路，想尽快回到自己的国家。尤巴的府邸在扎马（Zama），妻妾、儿女和全国的财物珍宝都在此地，城镇有坚固的防备。尤巴从战争开始，为表示与罗马人民对抗到底的决心，扎马市场的中央用木材架起了巨大的火葬堆，只要战败，他就把所有的财物堆在顶上，屠杀所有的居民，将他们全部扔上去，举火焚烧，最后自己在最顶上自杀，和妻妾、儿女、臣民和全部皇家财宝一起化为灰烬。所以镇民听到恺撒胜利的消息如释重负，马上拒绝承认尤巴是国王，等尤巴到达了也不让他进城。尤巴在城外等待很久，开始想靠着早年建立的权势去威胁，但是已经不起作用，他转为恳求，希望人们给他一条通道去参拜众神，同样也遭到拒绝；最后他要求镇民把他的妻妾儿女让他带走，同样也没有任何答复，一切希望全部落空，他就和佩特雷尤斯带着随行人员退到乡间的住所。

尤巴这位一度称霸阿非利加的一代枭雄，经过这场战役已经沦落到山穷水尽、众叛亲离的地步。恺撒则在打败了西庇阿主力之后，一路扫荡庞培派残余势力，在小加图自杀后攻进乌提卡取得了决定性的胜利。此时，扎马人民派使者来到乌提卡谒见恺撒，请求他在国王征集军队攻击城镇之前，派遣城防部队给予支援。他们甚至表示即使没有援兵，他们也要拼死保卫家园，将城市完整奉献给伟大的阿非利加征服者恺撒。扎马使者的马屁谀词使得恺撒大为感动，他好言慰勉了扎马的使者，希望他们回去后大造舆论，恺撒大军即将到来，解救努米底亚民众，王国军队归顺，一律宽大赦免过去的罪行，如果顽抗到底只有死路一条。

翌日恺撒即率兵前往扎马，前往征讨尤巴。一路毫无抵抗畅通无阻地来到扎马。尤巴的骑兵闻讯纷纷赶来，悉数归顺了恺撒。国王的军队就这样闻风瓦解，归于飞灰湮灭，尤巴完全丧失了复国的希望，与其被恺撒俘虏披枷带锁地地被押送到罗马，为恺撒的凯旋式装点辉煌，在百般凌辱后被处死，还不如自我了断。尤巴设晚宴招待佩特雷尤斯，两人商定各自以佩剑刺死对方，了结生命，避免被俘虏的厄运。借着酒精的麻痹，他们跟跟跄跄地拔剑而起，刺向对方。尤巴身体强壮，轻而易举就将身体羸弱、刚刚在战斗中负了伤的佩特雷尤斯刺死。国王用自己的剑猛刺厚实的胸部，强健厚实的肌肉难以使剑锋深入，最终国王说服自己的奴隶把自己杀死。两人就这样带点悲壮地横尸在一片血泊之中。

在此期间，西庇阿带领着一群在塔普苏斯会战中败下阵来的残兵败将仓皇逃离乌提卡，乘船逃往西班牙，在海上遭遇了大风暴，漂泊了好几天，屋漏偏遇连天雨，又迎头撞上恺撒的同盟军西提乌斯的舰队，西庇阿的船队寡不敌众，在围攻中被击沉，西庇阿拔剑刺伤自己后毅然蹈海自尽，他和他的残部全部丧生于波涛汹涌的大海。

恺撒在扎马拍卖了尤巴的产业，没收了抵抗自己远征军团参与庞培势力反叛官员的资产，对扎马人民紧闭城门抵抗尤巴国王的民众给予奖励，把皇室征税权发给罗马承包商，将努米底亚王国改为罗马行省，然后前往乌提卡。

　　公元前 46 年 6 月 13 日，恺撒在乌提卡登船，两天后抵达萨丁尼亚的首府卡拉利斯，二十八天后班师凯旋到达布隆迪西港，在隆重的欢迎仪式中抵达罗马，等待着他的将是连续四天的凯旋仪式，纪念他对高卢各族的征服、对埃及托勒密十三世、本都国王法纳西斯、阿非利加尤巴国王的战胜，四个凯旋仪式联袂出台，声势浩大，把恺撒推向荣誉的高峰。至于在法萨卢斯会战中对于庞培等人的胜利，他刻意回避了，因为这是罗马人内部的战斗，不宜高调渲染，国家内部共和派的实力依然是不可小觑的，在民众中依然有着广泛的影响力，为了争取民心凝聚共识，医治战争创伤，振兴百业凋敝的经济，恺撒刻意降低了内战胜利的调门，在罗马人内部因政见纷争而引发的内战，毕竟不是一件光彩的事情，因此不值得大肆渲染，免得引起负面效应。

小加图：乱世中的落日微光

大约在三天之后，乌提卡知道了共和派全军覆灭的噩耗，这是公元前46年6月的傍晚。

一轮血红色的夕阳笼罩着阿非利加行省首府乌提卡城，离海岸以南约32公里处的迦太基城废墟依然在黄昏中腾现出死亡的气息。当年出于老加图的谋划，由小西庇阿率领的罗马军团彻底消灭了迦太基共和国，这里成了一片沦落在蒿草中的残垣断壁，暮色中的昏鸦鸣叫着飞起，更加增添了凄凉和恐怖。离废墟不远的重建的正是当年共和国监察官老加图理想中的阿非利加行省首府乌提卡，这里也是阿非利加省的重要港口，是非洲重要的商业贸易交流中心，住有大量的罗马商人，其中的三百人团是共和派残余势力西庇阿军队经费的提供者。

现在，乌提卡不远处的非洲海面上满载着共和逃亡者的船只，星星点点地分布在海上，他们企图离开深陷战火中的乌提卡，因为恺撒的军队即将到来。这帮家伙都是塔普苏斯会战的西庇阿军团落败者，既是恺撒反对派的溃军，又是类似土匪的游兵散勇。在战场豪赌落败后，他们从塔普苏斯逃亡到乌提卡途中又烧杀抢掠一番后，企图从乌提卡港口撤往海上，准备向西班牙漂泊聚集，会同海军司令小庞培和骑兵司令拉比埃努斯的军队，负隅顽抗到最后。此刻，恺撒的大军也在迅速向共和国军的最后据点进发。

乌提卡市现在由共和国最坚定的理想主义者、学者兼演说家小加图在做最后的坚守，其实小加图也只不过是企图做最后的顽抗，乃至以命相搏，以身许国，完成自己最后的精神涅槃。可以说，坚定的共和国理想最后的守夜人马尔库斯·鲍基乌斯·加图是其曾祖父老加图理想的践行者，即便垂死挣扎，也绝不放弃信仰。他和共和国权贵中如庞培、西庇阿等人既得利益集团的头面人物有着本质上的区别，他是有崇高理想的共和信仰者。有信仰的学者和唯利是图的政客是不同的。他的信仰来自于古希腊城邦制共和国的先贤们——苏格拉底、柏拉图、亚里士多德等人，他是有着坚实的哲学基础的政治家，虽然显得有些迂腐和不识时务。因而在人欲横流、贪贿普遍、腐败堕落的罗马官场，像他这样廉洁正直、素朴自守、公正无私、鹤立鸡群、疾恶如仇、秉持公义、特立独行、我行我素近乎冥顽不化而不近世俗人情的高官，自然受到官场敬鬼神而远之的排斥。

他坚守贵族共和理想，反对僭主独裁专制，始终坚持制度对于权力的有效约束，使他在同流合污沆瀣一气的浑浊罗马官场，犹如一缕潺潺流淌的清泉，烛照幽暗的人心，从而在高贵气节和纯良品格的坚守中，铸造了凛然的风骨，升腾起超越于一般风尘俗吏之上的崇高人格。这样的人格魅力，就是老于世故傲视群雄的枭雄恺撒也对他敬畏三分。这是共和理论泰斗夸夸其谈的伟大演说家西塞罗所不能与之比肩的真正精神贵族。小加图在乌提卡自己的官邸中切腹自杀后，已经投降恺撒的西塞罗满怀崇敬地写下了《论加图》一文。精神上的贵族是使世俗的官僚、政客、军阀对其高山仰止的道德神圣者，即便败亡，也败亡得有声有色，波澜起伏，使人不敢望其项背。小加图就是这种近乎可以入圣的道德楷模。

然而，共和国没落时期贵族寡头集团对于权力和社会政治经济资源的垄断导致的政治腐败，已然遭遇新兴贵族僭主集团的挑战，这是共和向帝制强人政治过渡的历史必然。小加图、西塞罗的理想主义必然遭到僭主借助民粹的严峻的挑战，小加图们的坚守，客观上代表了寡头既得利益集团的特殊权力利益，在失去了执政合法性的民意基础后，作为政治博弈的反对派在民粹的挑战中，屡屡败北后惨遭毁灭的悲剧，历史发展的必然性几乎不涉及人品的高贵和卑劣问题。小加图等所谓贵族中的正人君子就显得落落寡欢、悲愤莫名。

因为民意很难支持他，贵族特权阶层也不喜欢他。因而，他就成为阳春白雪、和者盖寡、行吟泽畔的歌者；堆高于岸流者必湍之的落魄共和精英；木秀于林风必摧之的残花落英败柳而已。最终只能在理想坠落的共和末路中大义凛然、义无反顾地视死如归。他如同苏格拉底那般从容就义，慷慨赴死。他的这些品格，连恺撒也对他敬重三分，罗马国民甚至欧美各国均将之视为道德楷模。全部源自于他在阿非利加战役的生死搏斗中，成功地扮演了殉道者的角色。殉道者是被人世代尊崇信仰的悲剧英雄，虽败犹荣，他生活在历史的光环中，作为坚守理想的精神楷模永垂不朽。

古希腊人的雕塑带有某种神圣庄严的艺术特色，而罗马人的雕塑虽然传承以希腊的写实风格，但是更贴近于生活而显得更加世俗化，更接近于真实，追求和本人酷似的逼真效果。公元前 2 世纪出生的马尔库斯·加图是举世闻名的罗马共和国监察官，以公正无私干练严厉而著称，他是小加图的曾祖父。从存世的塑像而言，爷孙两人相貌酷俏，而且行事作风和精神面貌也相似，似有家族基因和家风的某种一脉传承。

爷孙俩都有着红色的皮肤，脸部轮廓棱角分明仿佛刀刻斧斫般刻板威严，狭长的脸颊上浓眉下深藏着一对灰色凌厉的眼睛，仿佛能洞穿人间的一切。在腐败蔓延的罗马官场高层，两人都是鹤立鸡群不怒自威不苟言笑却一言九鼎的角色，他们对于共和理想的坚守和执著是有口皆碑的。就在老加图竭力维护的共和国在扩张中走向没落，帝国在内战烽火中破土而出之时，小加图作为共和国理想的最后坚守者，以生命践行了自己的诺言。

美国学者威尔·杜兰在他的《世界文明史·恺撒与基督》一书中这样评价小加图：

在这政治腐败，道德衰落，人心不古的当儿，出现了一个典型的正人君子小加图（Marcus Porcins Cato the Younger），他违背其曾祖父的箴言去学习希腊文（作者注：老加图毕生反对用希腊文写作，坚持用拉丁文写作。），从学习希腊文中，他领悟到斯多葛哲学的真理，及对生活不变的热衷。虽然他继承了相当于美金 42.2 万元的财产，他还是布衣粗食，乐此不疲。他借钱给别人都不收利息；他缺乏祖宗那种粗犷的幽默。人们都为他那种一贯的清廉作风和死守信条感到惊讶异常。大家都希望他犯一些人类习以为常的小罪恶和错误。当他持犬儒学派极端观点而认为女人是一种生物机械，把太太马西娅（Marcia）"借给"他的朋友霍藤修斯（Hortensius），（即跟她离婚，帮助她与霍腾修斯成婚），他的朋友去世，他又把她接回来当太太。当人们看到上述情形时，一定乐得不可开交地说："这家伙终于犯罪了！"他不可能成为深孚众望的人，因为他对乡愿深恶痛绝；他比监察官加图更铁面无私，小加图脸上鲜有笑容，从不伪装友善殷勤；如果有人敢当面奉承他，必遭严厉斥责。他没有当选执政，西塞罗认为他的行为太像柏拉图《理想国》里的公民，而不像活在罗慕路斯（Romulus，罗马建国者）后代渣滓的罗马人。

小加图是个财政官，他使那些渎职的税吏心惊胆寒；他严密地监视国库，以防各种政治洗劫。当他任期快结束时，也不放松他的监视。他对各党派一视同仁，该起诉的就起诉，因此虽然赢得成千上万人的赞赏，但却得不到一个朋友。当他任副执政的时候，他诱劝元老院颁布命令，要所有的候选人到法院说明他们的竞选费用和竞选运动的进行过程。这个措施给那些靠贿赂当选的候选人当头一棒；于是当小加图第二天在会堂出现时，这些政客和其赞助人就利用机会辱骂他，还有人用石头打他。他马上跑到讲台上，面对群众，把他们说服得服服帖帖。当他任保民官时，曾率领一军团攻打马其顿王国，其时他的卫士骑马，他却步行。小加图鄙视商界，护卫贵族制度。对于那些用金钱腐化罗马政治，用以奢侈败坏罗马道德的人，他都予以猛烈抨击。对于庞培告恺撒主张独裁的建议，他极力反对，支撑到底。于是当恺撒把共和国推翻时，他饮恨自尽，身边堆着一大摞哲学书籍。

没有掌握最高权力的小加图先行了一步，西塞罗随后紧步后尘，先后都走向了死亡的不归路，虽然两人都死得悲壮惨烈，究其根本乃是一种为旧体制的殉葬的行为。随着共和理论家西塞罗的死亡，共和国也就宣告彻底地的覆灭了。

巍峨耸立了将近五百年历史的共和国山脉，即将整体沦陷之际，必然有些人要为之付出生命的代价，做出必要的牺牲，包括那些冲在改朝换代最前列的一代枭雄如恺撒、安东尼等人；同时包括那些为逝去的共和体制殉葬者们如小加图和西塞罗、布鲁图斯等人。后者为了捍卫注定要灭亡的体制而进行了自觉的、长期的、顽强而又显然是为时已晚的拼搏。因此等待他们的必然是一种玉石俱焚的灭亡，尽管有些人死得有声有色、颇具戏剧性，为了这一必然的灭亡而进行了引人注目的血腥惨烈表演，如果说庞培之死还只不过是权斗失败后的失足，而小加图则是一个不合时宜的理想主义巨星的悲壮陨落，在罗马公民心中是一个堪称伟大的共和理想殉道者的榜样。

小加图在走向死亡前，还在乌提卡的总督临时官邸中孜孜不倦地阅读品味着柏拉图《斐多篇》中关于苏格拉底走向死亡的最神圣一刻。试图借助先贤的亡灵，为自己解脱面对死亡的恐惧。柏拉图以超越诗歌的优美文笔记录下《苏格拉底自辩篇》：世上第一位为哲学殉难之人，向世人宣告了自由思想的正当性和必要性，在国家面前维护了自身价值和个人尊严，并拒绝向一群素来为他所不齿的人乞求怜悯。他们有权赦免他，但他不屑于求情。愤怒的陪审团判了他死刑，而法官们却想放他一马，这正是对他理论的一种奇特肯定。若他没有否定众神祇，教给人们超越他们认知能力范围之外的常识，或者更多超前的内容势必引来杀身之祸。法庭判定他饮毒酒自尽。他的学生和友人贿赂买通了狱卒，为他设计了周密的逃跑路线，最终为他所严词拒绝。此时，他已经七十岁了（公元前 399 年），他自觉是应该离开尘世的时候了，让灵魂超越凡尘出神入化到至高无上的太空，与日月星辰相伴，这或许就是他高贵灵魂的最后归宿。他对悲伤的朋友说："你们仅仅是来埋葬我的尸骨的。"

柏拉图在《斐多篇》的结尾详细记载了那神圣庄严的一刻，这一刻在三百五十年后罗马共和国的首席法务官、共和元老小加图看来依然是神圣而令人砰然心恸的：

此时的苏格拉底表现得悠然自得，眼中没有丝毫的恐惧，面部表情也没有任何变化，他两眼注视着狱卒，接过酒杯，并说道："你说我用这杯中之酒来祭神可以吗？"狱卒答道："苏格拉底我们只准备刚够你使用的分量。""我明白了，但我必须向众神祈祷，请求他们保佑我从这边走向彼岸世界——请允许我实现这个愿望。"他说。接着他将酒杯举至唇边，轻松愉快地将毒药一饮而尽。

当听到朋友和亲人们的哭声时，在场的大部分人哭得撕心裂肺，而苏格拉底却依然保持着镇定，他平静地说：

　　"我将妇女打发走就是为了避免这种打扰，因为我听说人应当平和、安详地死去。所以请你们安静下来，坚强一点。"听到这番话，我们自觉羞愧无比纷纷止住泪水，他一直四处走动，直到双腿像狱卒说的那样感到沉重不堪，然后按照指示躺到床上，那位狱卒时不时地检查一下他的腿和脚，过了一会儿狱卒使劲摁了一下他的脚并问他是否有感觉。他说没有，接下来又按腿，然后一步一步上移，就这样我们知道他已浑身冰冷僵硬。苏格拉底自己也感觉到了，他说："等药力到达心脏，我的生命就终结了。"当他感到腹股沟也变冷时，他露出脸（因为之前他蒙住了脸）对我们说——这是他的临终遗言："克里托，我还欠阿斯克勒皮俄斯一只公鸡，你能记得帮我把这债还了吗？""我一定记得还这笔债。"克里托说："还有什么要说的吗？"对这个问题已经没有了回答。一两分钟后我们听到一些动静，侍从将蒙着他脸的东西掀开，只见他双目已经发直，克里托合上了他的眼睛和嘴巴。这就是我们的朋友的最终结局，他的确是我所认识的人中最聪慧、最正直和最优秀的。

　　小加图在人生最后的生死关头最终阅读的篇章，在柏拉图的字里行间毅然决然地选择了古希腊先贤对待死亡的坦然。他完全可以选择投向恺撒的怀抱，这是一向以"慈悲为怀"的枭雄求之不得的事情。然而，小加图选择了殉道，他的共和理想在腐败的社会中被世俗所异化，使他愤世嫉俗；在民粹和野心家的喧嚣中引发战火，摧毁了他最后的希望，理想随风而散，他的生命随之失去了存在的意义。

　　他曾经在梦境中感觉到曾祖父的谆谆嘱托，他为之孜孜不倦地奋斗过的，那些个美好纯洁的理想像是远逝的风帆，在恶浊的风浪中被狂风暴雨席卷而去，变得了无踪影，他绝望了。他感到他那气势磅礴而又虚无缥缈的乐曲应该终结，人生已经谢幕，于是他应该像苏格拉底那样慷慨赴死，义无反顾！在他走向死亡前，他的同伙西庇阿和努米底亚国王尤巴都曾经竭力劝阻他，希望他能够和他们一起逃亡，但在他眼里，这两个家伙一个只是他一向唾弃的共和国渣滓，一个只是共和国所推翻专制王政在非洲的幽灵，他们都应当是被世代淘汰的丑恶角色，他是不屑于与他们为伍的。

公元前 48 年 8 月，庞培在法萨卢斯战场战败后，在后方基地留守没有参加会战的小加图作为坚定的共和派，他在撤离首都罗马时，为了表示对于共和理想的忠诚，开始蓄发留须明志，立志不打败民粹头子恺撒绝不剃头剃须。原本就不拘小节的他，穿着肮脏的托加，留着不甚整洁的长发髯须乘坐着一艘十二列长桨的小艇，从季拉基乌姆基地出发，在海风中漂泊了好几天，终于来到了庞培在亚德里亚的海军基地——科库拉岛。庞培三十二岁的大公子格涅尤斯·庞培在这里率领着一支庞大完好的舰队，就航舶在这里纵横交错的港湾中。庞大公子以海军元帅的头衔担任总司令。当时他们都认为庞培大帝与他分手后去了共和派在非洲的据点阿非利加，遂决定率领水军前去非洲和庞培会合，誓死与卷土重来与恺撒决一死战。这时的阿非利加首府乌提卡显然已经成了共和派残余势力的聚集之地，反恺撒的大本营。

庞培家族的历届海军统领都曾经对科库拉岛进行过军事化的改造，尤以庞大公子对它的改造最为彻底和有效，使它越来越适合作为海军基地而存在。这里几乎每一个小海湾里都停着战船和军舰，周围的每一个村庄都被改造成临时的小镇以供军需。法萨卢斯溃败后，这里聚集这一批庞培余党，包括共和理论家西塞罗和中坚分子小加图，西塞罗已经被恺撒的胜利吓破了胆，立场开始发生动摇，那些绝望的理论遭到小加图的鄙视和庞大公子的怒叱，不是小加图的力阻，小庞培差点拔刀相向，一剑宰了这个变节动摇分子。西塞罗带着屈辱和委屈渡海返回了意大利，开始和恺撒鱼雁传书眉来眼去忸怩作态一番后，两人重修旧好。

小加图与老朋友西塞罗分道扬镳后，则慷慨请命出征阿非利加。四天后，加图从季拉基乌姆基地率领着十五艘舰船一千五百名士兵和小庞培赠送的一千泰伦银币和大量战备物资，前往阿非利加行省乌提卡去和行省的总督阿提乌斯·瓦卢斯以及梅特鲁斯·西庇阿、努米底亚国王尤巴会合，准备在这块庞培的非洲据点和恺撒决一死战。这已经到了九月中旬。

共和国的殉道者

　　在登上阿非利加海岸小镇帕拉尼乌姆时，小加图邂逅了先期到达的庞培遗孀科涅莉娅·西庇阿。这位二十四岁的贵族美妇，是庞培的第四任妻子，她身后是庞培的小儿子风华正茂的赛克斯图斯·庞培。柯尔涅莉娅像见到久别的亲人那样扑向小加图的怀抱，她哭诉了庞培的惨死，谈到了今后为了回避被列入剥夺公民权名单，随时有生命危险，准备远离罗马流亡海外。加图则面带冷峻发自肺腑地说道：

　　我亲爱的夫人，在这方面我担保恺撒和苏拉的处事风格完全不一样。恺撒的处世哲学是仁慈——这一点他做得很聪明。他想方设法不要得罪商人和他的那帮贵族同胞；通过赦免他们的死刑和让他们保留私有财产的手段，他期望的不过是让这些往日的死对头都对他感恩戴德罢了。我承认马格努斯家产可能会被恺撒没收，可我可以担保恺撒绝不会动你的那份财产。只要风向合适，我建议你立即启程回罗马去。接着他转过头去，严厉地对塞克斯图斯说："至于你，年轻人，你的任务是明确的，你应该先把你的继母护送到布隆迪西乌姆或者塔伦图姆去，接着再加入恺撒的敌军，目前他们征集中在阿非利加省图谋大业呢！"

　　可以说小加图对柯尔涅莉雅母子这番劝说，是根据自己的长期观察，对恺撒性格的准确解剖，对手经年累月和恺撒打交道，深知敌人的秉性，他自己不愿意满足恺撒的这点道德纯洁癖好，坚决地以死抗争。但他对别人苦口婆心的劝解乃是对妇孺生命的珍惜，显示了作为一个有着崇高拯世情怀的斯多葛主义者的博大心胸，吞吐着伟大的人文情怀，渗透着纯洁的原教旨主义般共和国精英追求。与那些共和后期口是心非的渣滓、伪君子政客是有着天壤之别的。在道德情操上西塞罗不如他，其他如庞培、西庇阿甚至他的外甥布鲁图斯也不如他。

　　小加图鉴于目前是冬季海上航行，因气候变化多有不便，决定带领着他的大队人马徒步行军前去乌提卡，他征集了很多驴子用来运送饮水，同时准备了大车携带足够的粮食，在当地土人向导的指引下，足足徒步行走了七天。小加图始终走在队伍的最前面，他没有骑马或者乘坐车辆。为了表示对法萨卢斯阵亡将士的追悼，加图改变贵族饮食的习惯，除了睡觉不再躺在床上吃饭，而是坐着用餐。这一习惯一直保持到他为共和理想殉道为止。

七天以后，在乌提卡那栋宫殿式的市政厅中，蓬头垢面的小加图一行见到了衣冠楚楚的行省总督，当时因打败库里奥声名鹊起退休执政官普布利乌斯·阿提乌斯·瓦卢斯。瓦卢斯是庞培推荐的总督，绝对的庞培死党，因曾经打败过恺撒的部下库里奥，变得越来越狂妄傲慢且目空一切。对这名声名赫赫铁面无私的共和国前法务官的到来，瓦卢斯满怀嫉妒和不满。因而态度冷漠而傲慢。他指着市政大厅走廊里席地躺卧的乱哄哄人群，表示对于前资深法务官及其随员在乌提卡的食宿无法安排。因为这些人大部分是罗马前政府各级流亡官员，有的身份地位并不在加图之下，他遗憾地摊摊手，仿佛对眼前大学者的到来爱莫能助似的。

还是流亡到此的庞培大帝第一军团的首席百夫长卢基乌斯·格拉提乌斯在靠近乌提卡港口的地方为加图找到了临时的住处：九间屋子外加一个浴室，还配备了一名女清洁工，一名厨师，两名男仆，每个月租金五百赛斯特尔塞斯，对一个罗马贵族而言，这是非常节俭的花销。这九间房子位于一栋七层建筑的底层，从宽敞明亮的窗户望出去，可以看到：茂密丛林衬托下树木一般密密麻麻矗立着的桅杆，银灰色的防波堤和码头周围的地方一片混乱，天空压抑着灰色的阴霾，城市笼罩在战争的恐惧之中。然而，庞培余党在偏安一隅的海港城市还在上演着穷途末路中争权夺利的丑剧。这种权力争夺的闹剧恐怕一直要演绎到共和国走向灭亡的最后一刻。后来小加图被推荐为乌提卡总督（市政长官），这里就成了市长的临时官邸。

从塔普苏斯会战败退下来的西庇阿和瓦卢斯为了争夺阿非利加的统治权闹得水火不相容，也就是说在垂死挣扎末路狂奔的时候依然不忘记对于权力的操控。在双方发生激烈矛盾后，两人都在讨好努米底亚国王尤巴。尤巴是一位爱好虚荣的国君，有时会到无理取闹的地步，仗着实力和财富摆出目空一切的姿态。他首次前去参加会议，竟然把自己的座位放在西庇阿和瓦卢斯的中间，仿佛成了罗马权贵的主人那般充当着仲裁者。这种打破官场座位排序，显然是一种越俎代庖的僭越，一个附属小国竟然可以自以为是地排在两位前罗马执政官中间摆出主子的架势，是一贯严格遵循共和国秩序的小加图所不能容忍的事情。

小加图实在看不下去了，就将自己的座位移到西庇阿一侧，这样西庇阿就坐在了主位，虽然小加图从内心里根本就看不起纨绔子弟西庇阿，西庇阿过去也常常刻毒攻击小加图对官场潜规则泛滥的零容忍，把他看成是刻板僵化不知变通的怪物，称他为"伪君子"。但是，此公毕竟是前执政官和指挥阿非利加战场的最高统帅，加图尊重是共和国的礼仪和官场秩序，与个人好恶无关，他维护的是共和国的尊严。即便这个共和国已经成为僵尸，但是僵尸在未入葬之前，尊卑等级的排序是不能擅自改变的，这就是官场"排序学"的奥秘所在。加图利用这种方法使得尤巴的嚣张气焰收敛了不少。这位国王曾经把这两位罗马权贵仅仅是看成两个省长，经常对他们颐指气使，口出狂言。等到加图压下了尤巴王的气焰，两人开始和好如初。

留在乌提卡的所有部队都希望小加图成为他们的领导人，西庇阿和瓦卢斯也愿意交出指挥权给加图。加图以不愿意破坏法律为借口，说他不过是一位卸任法务官，当一位前任执政官在场的时候他不可以负起指挥的责任。但事实是官员的威望往往是以在人们心目中的地位所决定的，反而并不在乎过去的地位，在决定共和国行省生死存亡的关键时刻小加图在事实上拥有了过去西庇阿所拥有一切指挥大权。因为西庇阿在关键时刻利用自己的权力，作出了一项十分荒谬的决定，遭到小加图的坚决抵御。

西庇阿在尤巴的教唆下，认为乌提卡全体市民完全为恺撒的叫嚣所蛊惑，在思想上都是倾向于恺撒的，全体市民实际上已经投效了恺撒阵营，必须将全体居民杀戮一空，将城市夷为平地。在这次关键的战争会议上，小加图唇枪舌剑地发表长篇演讲，阐明争取民心的重要性。发言中，不断地祈祷神明，赌咒发誓般地竭尽全力反对这项毫无人性的杀戮计划。在他滔滔不绝雄辩的口才震慑下，终于说服了西庇阿，击败了尤巴的阴谋，保障了乌提卡全体市民的财产和人身安全。小加图在全体市民的拥戴下，成为乌提卡总督。

小加图加强了各种准备工作，使得城市的防务更加森严。他命令储存大量的谷物，修复了破损的城墙，建立起高耸的塔楼，挖掘很深的堑壕，环绕整个市镇围起巨大的栅栏，他征召乌提卡的年轻人，要他们住在工事里面，开始的时候他将民众手中的武器收缴，后来干脆将武器发到他们手中，便于在受到侵害时武力自卫。其余的居民还是留在城内居住，小加图想尽办法不让乌提卡市民受到罗马人的伤害和冒犯。他从这里运送大量武器、金钱和粮食到抵抗前线的西庇阿营地，使得整个城市成为抵抗恺撒入侵的后方基地。然而，小加图对于西庇阿和尤巴的满腔希望和不懈努力完全付之东流。西庇阿在握有绝对兵力的情况下，依然被处于劣势的恺撒彻底击败，全军覆灭，岂非天意？

由于乌提卡的重要战略地位，既是阿非利加的重要海港，又是运往罗马的粮食集散之地，还是军队和民军战时的聚集据点，现在已经成为共和残余势力和军政势力纠集在一起重要城镇。庞培的夫人和他的两个儿子先后到达乌提卡，尤其是庞大公子格涅尤斯·庞培乌斯还率领着他的庞大舰队前来支持西庇阿对于恺撒的作战。

在乌提卡，共和元老四十八岁的小加图也没有忘了对自负傲慢的贵族公子哥儿、三十二岁的海军元帅小庞培进行长辈似的训导，主要是用父辈的功勋来激励这位官二代的激情。《阿非利加战纪》是这样记载的：

在此期间，加图负责乌提卡的防务，经常对年轻的格涅尤斯·庞培乌斯长篇大论地说教。他说："你父亲在你这样的年纪，看到国家落到罪孽深重的市民手里，正直人士不是被杀就是受到放逐的处分、产业被充公、公民权被剥夺，虽然他只具有市民的身份，年纪刚过少年期，但是具有崇高的理想和尚武的精神，以无私牺牲奉献的行动，把他父亲军队里过去受到压制和摧残的残存人员集合起来，在他的感召和领导下，奋斗不已，重新恢复意大利和罗马的独立自主。他率领军队以惊人的速度光复西西里、阿非利加、努米底亚和毛里塔尼亚。光荣的战绩和傲世的功勋，使他的声

205

名在全世界无人可以匹敌。虽然他只是个年轻人论出身不过骑士阶级，但已经获得了一次罗马凯旋式。就他而言，他的父亲没有光辉的成就，他没有继承祖先高贵的地位；后来从事公职服务，也没有众多有实力的部从和显赫的身世，他的一切都是靠自己的努力。反之，说到你，你得到的不仅是你父亲赠予的权力，而且具有高贵的天性和正直的情操，难道你所做的一切努力，只是要纠合你父亲的部从去为自己打天下，而不是为了国家。为了全体公民去奋斗吗？"

看来小加图在回顾老庞培在追随苏拉为击溃民粹派马略、秦纳部队铸造自己为振兴共和国的辉煌历史，以及后来在征服欧亚非开疆拓土中所走过的光辉历程、所建立的卓越功勋，希望借助老一辈的业绩，激励起这位著名的罗马官二代子承父志的勇气和斗志，坚决地和当年马略等民粹派的继承人恺撒斗争到底。老学者加图的谆谆教导中寄托了前辈对这位年轻后辈的极高期望。

果然小庞培不负前辈的厚望，带领着他的三十多艘各类战舰，有些甚至是装有铁制撞角的船只，船上载有一支由奴隶和自由民组成的军队，大约有两千多人马。小庞培在武器装备尚不齐全的情况下，仓促起航急于建功立业，仓促中离开乌提卡港，沿海路侵入由恺撒同盟军毛里塔尼亚国王包古斯的军队守卫的毛里塔尼亚首都。企图借助对恺撒侧翼的攻击，来分散恺撒对西庇阿会战前线的注意力。部队下船，向着毛里塔尼亚首都阿斯库鲁姆前进，该城有一支皇家警备军。小庞培逼近城镇，守军毫不领会，让他们尽量接近城墙，一直到达城门前，然后派军出击，只一战就击溃了庞培乌斯的军队，使得他们仓皇出逃，败退到船上。小庞培在损兵折将后赶紧起锚流窜到海上，从此再也不敢向海岸推进。

看来，贵族纨绔子弟的通病就是志大才疏，面临实战却是一触即溃，所谓"位尊而无功，俸厚而无劳。且多挟重器也"。北非战役结束，庞培夫人和小庞培兄弟双双受到恺撒宽恕和优待，在罗马近郊自家庄园内悠闲度日。然而，两兄弟不甘政治上的寂寞，始终幻想着恢复庞培大帝的昔日辉煌的业绩。公元前45年初，偷偷逃出罗马，在西班牙行省，纠合拉比埃努斯等父亲残部，再次举旗反叛。恺撒亲自出征，于 3 月份进行孟达会战，庞大公子被俘被杀，落得个身首异处的悲惨下场；庞二公子落草为寇，成为臭名昭著的海盗，后为奥古斯都所剿灭。

在西庇阿和恺撒举行塔苏普斯会战前，小加图劝西庇阿不要步庞培的后尘，非得与恺撒决一胜负不可；他认为恺撒精通军旅机动作战的方法，用兵经验极为丰富，统率的部队可以说战无不胜攻无不克，西庇阿绝对不是恺撒的对手。鉴于恺撒的远途奔袭，后勤补给战线拉得很长，不利于持久作战，他肯定是希望能够速战速决，尽快毕其功于一役。所以，加图建议西庇阿应该采取坚壁清野的持久作战方略，拖死恺撒军团。特别是恺撒篡权建立的军政体制，经不起时间的考验，拖得时间越久，恺撒在罗马面对的政权危机就会增大，高层矛盾会越来越大，危机和负担也会越来越重，就会使他的原来的实力不断削弱，不战自退了。

但是，目光短浅的西庇阿为人傲慢自负，拒绝接受他的意见。他写信答复小加图：谴责加图行动过于怯懦，不仅自己藏身于深壕高垒之中苟全生命贪生怕死，还嫉妒别人不失时机展示自己的忠义武德的雄风。小加图回信说，他要率领阿非利加的步兵和骑兵，领着他们渡海打回意大利，逼得恺撒改变原来的进军计划，离开西庇阿和瓦卢斯，由自己来对付回师意大利的恺撒，显示自己誓死报效共和国的决心。西庇阿嘲笑他这是异想天开不切实际的痴心妄想。

接到此信，小加图连连叹息，后悔不应当将军队指挥权拱手让给了这个毫无战略头脑的贵族纨绔。因为这个人根本不具备军事指挥能力，缺少的是指挥大军作战的智慧和能力。这时的加图已经难以保持沉默，他对他的朋友们公开抱怨：对当前的局势他深感绝望，指挥作战的将领有勇无谋，且缺乏把控全局的政治智慧。即使他们获得意想不到的大捷，恺撒的势力遭到全部铲除，他也绝不会留在罗马，他将从此退出政坛，归隐田园。因为西庇阿这个粗陋浅薄的匹夫，为人残暴毫无仁爱之心，现在已经暴露出他对民众的凶狠和倨傲，使得很多人的性命受到威胁。

小加图对于战局的发展越来越绝望，而整个事态的演变比他预料的还要糟糕还要迅速，简直完全超乎人们的想象。西庇阿军团的溃败如同江河决堤一泻千里。溃兵的逃窜似乎是末路狂奔很快从塔苏普斯向乌提卡一线各个城镇蔓延。公元前46年4月6日傍晚，西庇阿率领的共和国联合军团在恺撒的凌厉攻势下，几乎全军覆灭。

败军企图溃退至乌提卡城，向海上逃窜。途中路过帕拉达城，恺撒胜利的捷报已经事先传入城中，居民拒绝溃军入城，杀红了眼的败兵破城而入，为了泄愤大肆烧杀抢掠。市民广场架起圆木，堆满掠夺来的财物，放火焚烧，再把捆绑起来的居民不分年龄种族，都丢到火堆里烧死。然后，继续向乌提卡推进。

不久之前，马尔库斯·加图曾经预言乌提卡居民在公元前59年恺撒担任执政官时期颁行的《朱里安法案》中得到很大的政治经济利益，大部分的居民从感情上都倾向于恺撒。支持西庇阿为他出钱出力的只有城内的被称为300人团的罗马商人。溃军到达乌提卡城郊遭到居民们奋起反抗，他们用棍棒和石头打退西庇阿败退的骑兵。敌军抢掠的目的无法得逞，强行闯入市区破屋开始抢劫，杀死许多市镇议员，打劫了许多富户，小加图对此一筹莫展，既无力组织军队进行有效抵抗，又无力阻止军队对人民的屠杀。

小加图对于西庇阿的无知和残暴一语成谶，他已经是独木难支即将倾倒的共和大厦，难以挽回面临溃败的大局。最后关头，他只能在仓促和混乱中召开了市民大会，他把大群逃亡人员和三百人团组织起来，催促大家通力合作，释放奴隶来防守乌提卡。很明显只有少数人同意，大部分人一心一意只想着逃走。面对离心离德的残酷现实，加图放弃了再做进一步抵抗的努力，把船只交给那些已有打算的逃亡者，任凭他们的意愿到任何地方去。

面对大势已去，这位共和国的政治强人已经不能挽救城市将可能随时陷落恺撒之手的败局，共和国必然灭亡的命运像是乌云压抑着他的心头。他现在唯一能够做的就是坚守个人效忠共和的理想，保持生死抉择时以生命的庄严终结，去保持共和党人的风骨和气节，并且尽可能地减少市民的伤亡。他对市民代表和罗马商人几乎是披肝沥胆推心置腹地劝说道：

　　我现在已经不能替你们做决定了，你们必须自己拿主意；要么与恺撒奋战到底，要么臣服于他。如果你们定要让我发表自己的看法的话，我劝你们趁早与恺撒和解吧！否则你们很快会遭到恺撒军团的重兵包围，以后的情形简直难以想象，或许你们最终的下场与迦太基、努曼提亚、阿瓦里库姆、阿勒西亚（均为抵抗后遭到屠城的城市）的下场一模一样。恺撒的围城战术可是比西庇阿、艾米莉亚努斯（古罗马共和时期的杰出将领）等人高明多了。战争的后果只会把我们这座充满魅力和美丽富饶的大城市夷为平地，只会让我们的民众无辜流血。如果你们放弃抵抗的话，虽然恺撒会为此要你们缴纳巨额的战争补偿金，但你们至少还有部分产业和家庭可以依靠和维持。因此，我劝你们还是识点时务请求恺撒谅解吧。

　　阿庇安在《罗马史第十四卷·内战史第二卷》是这样记载小加图在乌提卡陷落前的表现：

　　大约三天之后，乌提卡知道了这些事实的时候，同时因为恺撒正在进军，直攻乌提卡，许多人开始逃跑。加图并不阻止任何人。凡是贵族们请求船只的，他都供给船只。但是本人却坚守他的岗位。当乌提卡的居民答应在替自己求和之前，替他向恺撒求和的时候，他带着微笑说，他不需要人替他向恺撒求和，这点恺撒知道得很清楚。于是他把所有的公共财库加印封记，把各种文书交给乌提卡的行政长官。

　　结论很快出来，乌提卡愿意和平归顺恺撒。小加图松了一口气，他对朋友们说："虽然我比乌提卡所有人更应当恨恺撒，可我相信恺撒是个心口一致的、仁慈的人。自从他登上政治舞台后，我就开始仔细地观察他。你们可以放心，他绝对不会使用任何酷刑或者损害身心健康的手段折磨你们，也决不会无故没收你们的财产。"小加图在尽最大的努力履行了他市政总督的最后职责后，带着疲惫的身心回到自己的临时官邸。

　　加图所在的这座濒临港口，毗邻乌提卡主要广场的临时住所，格局堪称完美，其中有一间令人羡慕的浴室。他可以放松心情，在温水的浸泡下，洗却战争给他带来的阴霾，放弃各种心理的负担要走向自己选择的人生终点，到达人生肉体的寂灭以求灵魂的永恒，所谓舍生取义的亘古长存精神涅槃，如是而已。

在舒舒服服泡了一个澡后，洗净全身，又用剃刀剃去了自己凌乱的长胡须和头发，他要将自己收拾得干干净净去见天上的众神。等他面目一新在餐厅出现的时候，小型的私人宴会已经布置停当。参加宴请的是他的哲学上的朋友和乌提卡的官员：其中有一名就是他挚友史达代努斯，加图的儿子也参加了这场最后的晚餐。人们以惊讶的目光，看着容光焕发的加图，他的胡须和长发已然剃去，光溜溜的脑壳和狭的长脸庞以及下巴都刮得干干净净，在四周环绕的烛台照耀下泛着青光，他已经完全放弃了希腊式哲人的大胡子，恢复了罗马式学者官员的装束。他容光焕发地穿上了罗马元老院特有的右襟滚镶着紫边的束腰短袍，象征着他曾经担任过的共和国首席大法官的高级职务。他看起来一下年轻了好几岁，显得英姿飒爽、气度非凡，他那双灰色的眼睛仿佛又恢复了往日的神采和锐气。表现出某种看透红尘世事完全掌握自己命运的达观和通透。汤姆·霍兰在《卢比孔河》一书中说：

他为西庇阿的残兵败将准备了撤离的船只，自己却不肯走。那不是加图的作风。晚上，照着自己在法萨卢斯制定的规矩，他坐着用餐，没有流露出一点慌乱的神色，也没有提过恺撒的名字，他喝着葡萄酒，谈的是哲学。加图特别强调，只有善良的人才可能是真正自由的，一位客人引经据典反对他的论点，令加图很光火，连他的话都不肯听完。这是加图稍显不安的唯一证据。看到大家沉默不语，他马上转移了话题，加图不想让大家看出情绪，或是猜出他的计划。

其实，加图和他的朋友史达代努斯讨论的依然是柏拉图在《斐多篇》中所点到的灵魂和肉体的辩证关系，"灵魂是否是实在之物"的哲学抽象问题，连他的儿子也参加了讨论。加图最终带有惯常地斯多葛学派的演讲风格，开始侃侃而谈：

所有符合人性和道德的人都是自由的，而那些损害他人的人则成为他们恶劣品格的奴隶。一个默许甚至赞同任何形式的奴役的人都不能称之为真正的自由民。就是这样！不管他采取任何形式让奴役他人——让他人沦为自己的性奴隶——贪食——贪杯——榨取他人的钱财——不守承诺等等。任何一个以奴役他人为乐的人都将使自身受到更深的奴役！奴役他人就相当于增加自己的罪恶，将邪恶的毒汁注入自己的身体之内！他恶臭的灵魂将渐渐侵入人的全身，使自己浑身无不显示出腐败的气息，他的罪恶会永远滞留在他的灵魂和肉体之中，直到奔赴死地，并永远栖身于最黑暗幽深的地狱，只有那些襟怀坦荡之人的灵魂才能随自己的善良飞入天国、与无忧无虑的神祇相伴，进入极乐的王国！他虽不是神，却享受着神的澄明！一个心灵真正自由的人从来不会真正屈服于奴役！不管是什么样的奴役！精神的奴役还是肉体的奴役！

听到这里史达代努斯也许明白了加图言谈话语中潜藏着的深意，他暗暗嘱托加图的儿子"你去他的卧室将他的剑偷出来"。他的仆人偷出他的佩剑藏匿了起来。

根据阿庇安在《罗马史》中记载，加图与友人这场最后宴筵中：

他和那些在他身边的人谈论那些航海离开那里的人，询问是不是顺风，假如在第二天早晨恺撒到达那里以前，他们是否已经走出了足够的距离。但他退而休息的时候，他也没有改变他的任何习惯，只是他抱着他的儿子比平常更有感情。当他发现他的短剑没有在他床边习惯上所放的地方的时候，他大声叫喊，他被他的仆从出卖给敌人了。他问道："如果今夜我被人攻击的时候，我将使用什么武器呢？"当他们请求他不要自杀，只是去睡觉，不要带短剑时候，他的回答更为值得赞扬："如果我愿意的话，难道我不能用衣服自缢吗？不能向墙壁撞碎我的脑袋吗？不能以头撞地吗？不能阻塞我的呼吸而自杀吗？"他说了很多话，以表示着同样的意思。直到最后他说服了他们，把他的短剑拿回来。把短剑放在固定的地方之后，他拿出了柏拉图论灵魂的文章开始阅读。

普鲁塔克在他的《古希腊罗马英豪传·小加图传中》记载：聚会结束，参与的人员向他告别，他与朋友一起散步，通常晚餐以后都会如此。他对值班的军官下达必要的指示，回到自己的寝室之前，拥抱他的儿子和仍然在场的每一位朋友。感觉比以前更为贴心，他嘱托自己的儿子，今后不要涉足罗马政坛；当前恺撒大兵压境的时候坚持共和的原则已经是完全不可能的事情了，要是背弃理想改弦更张，更是会令人不齿，只会遭到人们耻笑。这时他的儿子和其他朋友都匍匐在他的床前，开始恸哭和哀求。小加图坐了起来，用凶狠的眼光看着他的朋友说道：

　　难道你们想逼使一个像我这样年龄的人苟且偷生，非要坐在那里一动不动地对我加以严密监视？我发现我的安全除了求之于敌人，已经没有任何办法可想的时候，难道你们还要提出一些理由来证明，这样做对小加图而言，并不是羞辱的事而且有其必要？如果这样，举出案例来证明你们的论点，那么我就会质疑，为什么我们为了活命就得否定所有的信念，过去所学的原则，岂不是变得一无是处。看来现在我们承蒙恺撒的帮忙变得更有智慧，仅仅是为了他，我们还得苟全性命于乱世。我的决定并不是完全为了关心我自己，目前我认为最好的解决方法是能自行做主去去贯彻个人的遗愿。我还是把你们当成我的顾问。今天所以这样做完全是听从你们在哲学的理论方面给予我的指导；所以这个时候你们不要自找麻烦，应该去告诉我的儿子要他顺从父亲的旨意，不可违命而行。

　　史达代努斯和另一位哲学界的朋友无法回答加图的提问，只能低声抽泣着走出寝室，一位仆役将他的佩剑送进来，小加图接过去，将短剑抽出剑鞘，仔细检视着剑锋，看到尖端极其锋利就说道："现在我总算可以自行做主了。"于是他放下佩剑，再次拿起书卷，据说他聚精会神地读了两遍柏拉图的《斐多篇》。接着他沉沉睡去，睡得很熟，无法入眠的人，能够听到他打呼噜的声响。

　　大约在午夜时分，他叫来了他的两位自由奴，一位是他的私人医生克利底斯，另一位是他的私人助理布塔斯帮助他处理公共事务。他派布塔斯到港口去看看他的朋友们有没有起航。医生帮他按摩手掌，刚才因为寻找他的佩剑，震怒之中顺手一个巴掌打了他的奴仆，手腕竟然肿了起来。如此这般，在场的人以为他已经回心转意，不想那些恼人的死亡之事。大家似乎都松了一口气，将悬着的心放了下来。

　　过了一会布塔斯回来报告说，除了克拉苏因为处理公务，所有的人员都登船发航了。克拉苏也即将出发。他还说，现在海面风势增强，波涛汹涌。小加图听到以后叹息了一声，他还在为出海逃生的朋友的安危感到担心。他再次派遣布塔斯前去港口探望，有没有因为发生事故而返航的，并且要求他尽可能满足他们的需要。

　　小加图再次迷迷糊糊打起盹来。布塔斯再次返回禀告主人，港口已经风止浪息，该走的人全部安全出港。小加图安心躺下，看起来整夜没有很好安歇，满脸倦色，眼睑浮肿。他吩咐布塔斯出去时把门关好。布塔斯刚刚关上门，加图便从床上一跃而起，抓起那柄靠在床边的利剑，向心窝附近直刺进去，可惜他的右手因为怒击他的仆人而受伤，手腕肿了起来，无法立即准确刺进心脏部位，结果剑走锋偏，刺入较高的部位并顺着拉开了一道大豁口。他痛苦地呻吟着，继续挥剑往自己身上猛砍。他想象着要还自己灵魂以纯洁、清白和自由，以自己的鲜血和生命献身给共和国的伟大理想。因此，必须要消灭自己的肉体。可是他那不甘心就此被毁灭的肉体还在做着最后的挣扎。他的肢体不停地颤动着、蜷缩着，在血泊晕染的卧榻上痛苦地翻滚到地下，发出惊心动魄的恐怖声响。奴仆们听到后，不禁大声叫喊。

　　整栋屋子里的人，从各个方向拥向加图的卧室。他的儿子首当其冲进入父亲的房间。发现父亲已经倒卧湮没在血泊中，一大截肠子从他的肚腹中拖出来。他还活着，张开那双灰色的眼睛，无神地看着他们，可惜如此茫然空洞。大家面露惶恐之色，站在那里不知所措。儿子歇斯底里地痛哭着，史达代努斯头脑异常冷静地发现了加图一个眨眼的动作。命令医生上前救治。医生将没有断裂的肠子塞进已经割裂开的肚腹中去，克勒安特斯将加图的肚皮拍了拍，轻轻地摇晃了几下，直到肠子恢复到了原位置，他再牵起两片分离的肚皮，用曲针和消毒的麻线将它们小心翼翼地缝合起来。为了将长长的伤口缝合在一起，克勒安特斯足足缝了好几十针。

　　当加图从臆想中的天国重又飘坠到人间时，他感到无法言喻的痛苦，他没有尖叫，也没有哀号，只是从心底里发出一声声沉郁的类似呻吟的叹息；他迷离的目光恍恍惚惚地扫过围在自己身边的亲友：涕泪横流的儿子，哭得一塌糊涂的好友史达代努斯，正在盆里洗手的医生，一簇一簇的焦灼目光，带着忧伤和哀切表情的妇女。加图眼中的迷雾渐渐退却了，他注意到搭在自己肚腹上那块血淋淋的推萝紫毛巾，用左手轻轻推开它，最后用尽最后的气力，双手撕开刚刚缝合好的伤口，全然不顾自己形象的狰狞血腥，用野兽般的声音声嘶力竭地嚎叫道"啊！我的灵魂！"

目睹小加图近似疯狂的殉道场面，所有在场的人一时呆若木鸡，毫无反应，他们实在是被吓傻了。他的儿子，他的朋友，他的奴隶，他的医生和助理们，木然地站在那里看着他活生生地撕碎了自己，他的灵魂仿佛已经飞身而去，归于了永恒的天国，就这样如同熬干了油灯永久地寂灭了。

此刻，晨曦初露，暗淡的阳光，经过一夜狂风暴雨的洗涤后，在阴霾中破雾而出，光焰慢慢喷薄而出，和朝霞一起笼罩着这栋充满红色血腥的官邸。不到片刻工夫，罗马商人三百人团全体成员来到官邸门口，瞬间这栋小楼门口云集了大量乌提卡的市民，哭喊的声音惊天动地，民众把小加图看成城市的救星和恩主，他一生都在坚持人民的自由权力，人们知道恺撒即将带着他的人马进入城区。然而，人们既不畏惧当前危险，也不想去奉承新的征服者，整个城市没有动乱和争执，大家唯一要做的事情就是使小加图获得最后的尊荣，因此人们要修复他伤痕累累的尸体，为他举办隆重的葬礼。他的尸体裹着最上乘的推萝紫托加，这是罗马高层最高贵的颜色，浑身点缀着金银珍珠和宝石。他的火葬柴堆里洒满香料和肉桂，他的肉体在熊熊火焰中化为一缕烟云，袅袅飞升上曦阳初露的天空，飘飞到附近的市民广场和风止波平的海面。

恺撒骑着栗壳色高头大马，穿着红色大氅，威风凛凛地带着他人马踏进乌提卡市民大广场时，加图的骨灰已经收敛了起来，但是葬仪柴堆上燃烧的火焰尚未熄灭。史达代努斯恭恭敬敬地将一卷用火漆印章——由拉丁字母"M·PORCCATO"围绕着的自由女神像，仔细封好的书信交给了恺撒，这是他的老对手加图致他的遗书。信中加图愤怒抨击了恺撒，骂恺撒的曾祖母是奴隶的女儿，但却对恺撒的暴君行为只字未提：

我拒绝将自己的命运交付在这样一个人身上，他藐视几千年的法律，随意将谅解施以那些不法之徒，自己还以为自己的行为理所当然。可是我要告诉你：法不容情！

马尔库斯·鲍基乌斯·加图死之前非常从容不迫，在短短的时间之内，他把自己后事安排得非常周到：写了几封信分别给自己孤苦绝望的儿子、知心好友史达代努斯和政治对手恺撒，他还遗赠了一笔钱给他的助理和侍卫，只是固执地没有给自己的妻子马尔基娅留下片言只语。显然他们之间婚姻关系并不圆满，在年轻的时候加图是非常爱自己妻子的好丈夫，后来传出妻子和花花公子恺撒的关系暧昧。他的朋友大律师霍腾修斯的妻子不能生育，恳求加图将自己美丽的妻子借给自己生养后代，小加图竟然慨然允诺，他与妻子解除婚约，妻子和霍腾修斯结婚并生养了两人的孩子后，他又和妻子复婚，夫妻之间不能说没有感情，但由于早年妻子出轨和恺撒的风流韵事，已经难以弥合两人最终在情感上的裂痕，复婚抑或是一种形式，是某种加图对妻子的责任或者人道关怀。毕竟两人曾经孕育了一儿一女。果然不出所料，恺撒在占领乌提卡后，儿子没有受到恺撒的丝毫伤害，并始终受到恺撒的善待。

据普鲁塔克在《加图传》中记载：恺撒接到加图逝世的报告后，不无遗憾地说：

小加图，我对你的轻生弃世始终耿耿于怀，如同你会恨我保全你的生命一样。你不愿意使我做一件光荣的事情。

也就是说，假如小加图为了活命要求恺撒宽恕，苟且偷生并不会损害到自己的名声，却会使政治对手恺撒的声誉得到提升。因为凭着恺撒的宽宏大量，恺撒一定不会加害于他，如同恺撒一直善待共和派理论家西塞罗一样。

在普鲁塔克时代，阿非利加行省的首府乌提卡港口的市民广场还建有小加图的青铜雕像：目光炯炯的小加图穿着共和国首席法务官的长长托加，手里握着一柄佩剑，凝眸面向浩瀚无垠的大海，眺望着共和国首都罗马，那里正在为独裁官恺撒举行规模宏大的凯旋式，慷慨就义杀身成仁的小加图似乎若有所思……

是非功过任人评说

　　同时代的罗马军团统帅兼著名的历史学家撒路斯提乌斯（公元前 88—公元前 34 年）和恺撒与小加图、西塞罗、庞培、克拉苏等巨头都有着密切的接触，尤其和恺撒可以说相交已久，相知甚深。作为恺撒的亲信，他经历了那个时代的几乎所有的重大历史事件。

　　撒路斯提乌斯出生于阿米特尔鲁姆的平民骑士家庭，是和西塞罗、庞培一样的新贵阶层，在家乡类似乡绅和大庄园主，家庭条件是不差的。由于家境的优越，他从小就接受过良好的教育。公元前 58 年，因为上流社会普遍生活腐化奢侈，他也不幸因纨绔子弟的那些毛病搞得声名狼藉，被元老院除名。次年恺撒当选执政官，在招降纳叛中被恺撒网罗，重出江湖，被任命为财务官，再次进入元老院。从此死心塌地地追随恺撒，从政治谱系而言，他应当属于典型的恺撒派骨干分子。但是从他的历史著作和言论来分析，其思想和意识形态深处却是和加图所尊崇的斯多葛哲学有许多共通之处，这是罗马上流社会最时髦和流行的主流意识形态，包括恺撒也不能例外，追求英雄的名声和思想业绩的不朽。

　　加图追求的是精神的涅槃，因而以死做最后拼搏使自己升华到历史伟人的行列；恺撒则寻求业绩的不朽，在对外扩张中完成自己罗马征服者的高大形象塑造，名垂史册。这些都是斯多葛学派渴望建功立业中所必然蕴含的坚忍不拔精神和英雄主义气概的体现。两者只是表现在不同层面的理想主义精神的发扬光大和宁死不屈的坚守。

　　公元前 48 年至前 47 年，撒路斯提乌斯被恺撒任命为军团长，率兵出征西班牙、希腊、埃及、阿非利加等地，几乎参加了罗马内战的各场重要战役，为恺撒获取内战胜利立下汗马功劳，在军事指挥才能方面似乎差强人意，但在部队的后勤保障征集兵员方面却有突出的表现，一直受到恺撒的重用。以后担任恺撒任命的阿非利加行省长官，取代庞培派瓦卢斯的总督职务，负责处理这个海外行省的军政事务，在保障远征军粮草补充、战斗兵员方面帮了恺撒很大的忙，因此，行政事务能力是不错的。在恺撒平叛胜利后，他从总督任上退休回到罗马。恺撒遇刺以后，不再参与政府的政治经济军事事务，专心致志地从事历史著作的写作。

他创作的纪实文学作品《朱古达战争》《喀提林阴谋》最负盛名，成为古罗马研究的重要珍贵文献。中译本 1996 年由王以铸、崔妙因翻译，商务印书馆出版。这两部纪实体历史文献材料，大部分来自罗马官方记载，有些涉及当事人的史实，作者还向本人求证过，因而可信度较高。笔者在写作过程中，曾经披览全文，深感作者行文简洁流畅，文辞优美，结构紧凑，全篇夹叙夹议，对于罗马共和国向帝国转型时期的两大重要历史事件，表述得来龙去脉清晰，举证史料详实。其中夹杂的议论十分经典，有些可做警句去读。因为作者在参与这两大历史事件时，就和恺撒与小加图、西塞罗有着亲密的接触，后来又在恺撒领导下直接参与了恺撒和庞培争斗的大小战役，并在内战后见闻了反对派对恺撒的谋杀。他以亲历亲闻来对事件的各位主角做出自己符合实际的评价，应该还是客观公允的。对老上级恺撒的颂扬自是不必多言。但是其对小加图的公正研判却非常难能可贵地体现了这位能文能武的将军学者史论的精到，体现了作者不带偏见的良知。

撒路斯提乌斯认为，他在对罗马人民的历史进行了长期观察和思考后，获取了一个坚定不移的信念：就是罗马共和国所取得的一切胜利和成就都是个别杰出公民的崇高品德在社会实践中的具体运用，他们的人格魅力在公共事件中集中展现的结晶，也即思想之花结出了业绩之果。在罗马共和国历史上，有两个人物几乎是回避不了的，他们虽然在理念追求和价值观、行为方式上处于对立的方面，但是这就如同事物发展的阴阳两极构成相反相成的一个整体，在行为方式和价值追求方面处于优势互补相辅相成，从而构成整个罗马共和国的精神本质。

也就是说，当作者在淡泊中宁静致远，才能对过去在名缰利锁的牵引下所经历的诸多历史事件进行冷静的观察和梳理，以平常的心态回顾历史，审视历史人物，得出符合实际的思考，并不局限于自己在诸多事件中政治立场的选择。偏执于自己的私人情感叙述历史，评论历史人物，难免会有失偏颇，带有主观随意性，经不起历史的检验。

诚如他在《喀提林阴谋》一书开头部分中所述：

在经历了许多困难和危险之后，我的心情归于平静并且我已决心从此再也不参与政治生活……我决心回到我过去向往的志愿上来，而不祥的野心曾使我偏离这一志愿，我决心撰述罗马人民的历史，把我认为值得后人追忆的那些事情挑选出来，笔之于书。而我之所以对这一工作抱有信心，是因为这时我个人已经不再有所希求，不再有所恐惧，不再有派系的偏见。

他又接着对学者作家们对希腊和罗马之间历史事件不同的记载方式之间的差别有所考察辨析。他指出：

依我看雅典人的行迹确实是相当伟大而又光荣的，尽管如此，他们实际上也不是像传闻中所描写的那样出色，但是由于雅典产生过非凡才能的作家，所以雅典人的功业便被认为是世界上无与伦比的。这样看来成就功绩所以被捧得如此之高，只不过是有伟大的作家能够用颂扬的文字对事业本身进行抬高而已。但是罗马人民从来不曾有过这样的有利之处，因为他们中间最有才能的人们总是从事于实际的工作。他们总是要在身体力行的情况下使用他们的头脑；最优秀的公民重视行动而不喜空谈，他认为自己的英勇行为应当受到别人的称赞，而不应当由他本人来记述别人的英勇行为。

当时罗马共和国的政治体制已经千疮百孔，犹如辉煌宏伟的大厦在根基上已经彻底动摇，一艘渗漏严重巨轮航行在风高浪激、骤雨雷霆的海面随时有可能倾覆。统治集团内部的纷争，平民社会和贵族集团的尖锐对立，更加增添了共和体制瞬间瓦解的可能性，一个偶然的火星，就可能引发燎原的大火，这就是当时共和国所面临的险境。

撒路斯提乌斯作为严格的共和主义者，罗马传统道德标准的坚定维护者。他的理想主义色彩使他对当时元老院若干权贵家族掌权的共和国的现实抱着彻底否定的态度，作为体制的批判者，他对社会弊端有着清醒的认识，他在致恺撒的信件中已经提到，后来写作《喀提林阴谋》和《朱古达战争》中又反复加以强调：

反之，今天的一些贵族饱食终日无所用心，一点进取精神也没有，虽然他们没有受过苦，没有同敌人作过战，没有过过军事生活，但是他们却形成国内的一个帮派并且横傲地宣称要统治所有的民族。

接着他又揭露那些贵族为了自己的利益操纵元老院这一事实。这时元老院已经从罗马人民的代表蜕化为少数人手中的玩物：

先前飘摇不定国家是靠元老院的智慧来掌舵的，但是现在的元老们却受到另一些人的控制并且随着他们的高兴而被折腾；他们按照他们主子的好恶来发布一个又一个的命令，来确定什么是对公众有利，什么对公众是有害的。但是如果所有的元老都有同等的行动自由，或者他们可以不必这样公开地表决，那么国家就会有更大的力量，而权贵的权力就会小一些。

他在《朱古达战争》中对于参战的副将平民将军马略从非洲前线赶回罗马参加执政官选举的竞选演说中，对于罗马特贵族权阶层的痛斥，可以说是痛快淋漓，可以看做是对高层权贵声讨的战斗檄文，在结尾处，马略声情并茂地说：

我不能摆出家族祖先的塑像，也列举不出我的祖先的凯旋式或者执政官职位；但是如果情况需要，我可以摆出长枪、旗帜、胸饰和其他战利品给你们看，我还可以把我的胸部的伤痕给你们看。这些就是我的塑像，这些就是我所以有权置身显贵之中的证据，这是通过我自己的无数劳苦与危险挣来的，不像他们的贵族身份是继承来的。

最后，马略以对共和国的权贵不无讽刺的抨击来结束自己慷慨陈词的演讲：

好了，让他们继续干他们喜欢的、他们珍爱的事情吧；让他们去作爱和饮宴吧；让他们在老年时回到他们度过青年时代的地方去生活吧；让他们的老年在宴会中，在沉湎于口腹之欲和淫欲的状态中度过吧；让他们把尘土和诸如此类的一切都留给我们吧，这些东西对我们来说比宴饮更加可爱。但是有了这些他们还不够；当他们那些人间最无耻的人用他们的罪行玷污了他们自己之后，竟还要夺取有道德的人应得的报偿！因此而发生了极不公正的事情：他们的奢华和懒散、一切恶习中最可恶的两种恶习，绝不会对于已经沾染上了这种恶习的那些人有所伤害，可是却毁了他们无辜的国家！

　　这篇演说完全可能出自于撒路斯提乌斯艺术加工后的文学作品。这篇文采斐然的竞选演说并非出身平民的马略这样一介武夫能够写得出来的。

　　在《喀提林阴谋、朱古达战争》中作者对罗马为什么变得如此堕落已经能够作出系统的论述，也就是说"它（罗马）怎样不再是最崇高和公正的城市而变成最坏、最邪恶的城市"。这是因为：当罗马由于劳苦和主持公道而变得强大起来的时候，当那些国王在战争中被驯服的时候，当罗马人在所有的海洋和陆地通行无阻的时候，命运开始变得残酷起来，把我们的全部事务搅得天翻地覆。那些能够坦然自若地忍受劳苦和危险、焦虑和灾难的人们却发现闲暇与财富对他们来说是一种负担一种不幸。也就是说共和国在扩张掠夺中不断繁荣却因此走向了反面，钱权交易的盛行孕育了贪婪和腐败，导致了贫富悬殊使得共和民主体制发生了根本的变异，使国家和民众离心离德不断发生动乱，滋生种种罪恶而万劫不复：

　　……在他们身上，对于首先是金钱，然后是权力的渴望加强了。应当说，这些正是一切罪恶的根源。因为贪欲消灭了诚实、正直和所有其他高贵品质，却使横傲、残忍取代了它们，它要人们蔑视诸神，使得一切事物能用金钱买到。野心使许多人变得虚伪，变得言不由衷、口是心非；使得人们待人接物只是摆出一副好看的外表，而不是怀有真心的诚意。开头这些恶习蔓延得不快，它们间或还受到惩处，但是到了最后，但这种病像是瘟疫那样流行的时候，这个国家就发生了变化，一个过去曾是极为公正诚实的政府竟变得残暴而又令人无法忍受了。"

　　撒路斯提乌斯特别指出，共和国产生的这种变异，是从苏拉独裁对于政治反对派进行迫害，大规模地确立"人民公敌"并对反对派及其家属进行血腥屠杀和掠夺开始的，进而开始向全国各个阶层蔓延，情况进一步恶化，乃至不可收拾。反之，马略派当权者也是如法炮制，这样走马灯似的权力争夺，使得罗马共和国始终陷于军阀混战的兵燹和战火之中，官场动荡不安，人民苦不堪言。

　　"苏拉派士兵在成为胜利者之后，不给被征服者留下任何东西。老实说，繁荣幸福的生活甚至对于智者的灵魂都是一种考验，那么在道德上本来就堕落的人们犹如这些胜利的士兵又如何能保持节制呢？"

一旦财富开始受到人们的尊重，并且当光荣、军事统帅权和政权随之受到尊敬的时候，德行便开始失去了它的光彩，贫困被认为是一种耻辱，廉洁反而被认为是一种恶意的表现。……今天的人们，那些最卑劣、穷凶极恶的人们……他们的情形好像表明，统治的唯一方式便是干伤天害理的事情。

由此可见，在对于罗马共和国黑暗现实的揭露和批判，维护共和国的道德纯洁性这方面，撒路斯提乌斯和小加图是有共同语言的。他虽然侧身于恺撒的所谓民主派阵营，但在骨子里还是尊崇原教旨主义的共和理念的。只是加图怀着某种悲天悯人的"补天"意识，力图凭借个人的努力挽狂澜于既倒；而撒路斯提乌斯则对黑暗现实的结构性腐败完全绝望，而参与了恺撒对于共和国推倒重来的所谓"罗马革命"。

一个社会基本稳定，曾经打遍天下无敌手的罗马共和国，怎么解体得那般迅速，那样彻底？罗马人深恶痛绝的君主制为何在废除近五百年后卷土重来？具有历史感的罗马学者如撒路斯提乌斯、阿庇安、李维、塔西佗等人都进行过不同程度的思考：

古罗马史家集体对罗马"革命"的解释大体一致，就是对外部力量的恐惧凝聚了内部的道德力量，恐惧刺激了罗马人追求美德，压抑固有的贪婪，所以才会产生一大批精忠报国的平民百姓和贤明伟大的贵族精英。然而随着外敌逐一被消灭，特别是战胜强敌迦太基之后，对外部的恐惧感渐次消失，各地财富涌流到罗马，致使从贵族到平民都普遍沉溺于享乐，进而追逐钱财，放纵人性的邪恶，直至社会矛盾尖锐化到积重难返，天下大乱，最终靠一个政治军事强人收拾残局。

如此这般，对于小加图这样的学者，他的单枪匹马对于体制的挑战，无异于没落贵族骑士堂·吉诃德对风车的挑战，不仅以失败而告终，而且还在末路中走向生命的尽头，这是小加图的悲剧。

《罗马十二帝王传》的作者苏维托尼乌斯指出，作为用散文写作的历史学家，撒路斯提乌斯直接的源流应当说是老加图。观点不用说了，就是文字也有明显的继承关系，乃至攻击他的人竟说他抄袭监察官加图的作品。对老加图作品风格的模仿，说明他对共和国中兴元老加图的欣赏追崇。

从以上的论述可以看出，撒路斯提乌斯对于罗马人不尚空谈而以办实事为荣的特色，正是恺撒所具备的品质；而对于希腊古典城邦共和国和哲学传统的继承，注重内心品格的培养和锤炼而达到圣贤的标准正是小加图所孜孜以求的目标。有时政治上的选边站未必代表作者真实的思想，这就导致了作者在恺撒生前的公开场合的表态和恺撒死后，在他传至后世的历史著作所展示观点的不同。这是政治体制主导下所形成的人格分裂，也许传诸后世的文字，才代表着作者真实的想法，因为老加图及其曾孙的政治立场是一脉相承的。所不同的是，老加图是共和鼎盛时期对外扩张的代表人物，小加图是共和末路时期坚守理想和信念的标志性人物。但是，这些都不影响他们作为共和国历史上道德纯正人品纯良的楷模。这也是撒路斯提乌斯对恺撒和小加图的基本评价。

撒路斯提乌斯说，在对罗马人民的历史进行了长期思考后，他夯实了这样一个坚定的信念，这就是，罗马公民的一切胜利与成就，和个别杰出公民崇高品德的发扬光大密切相关。他心目中的杰出人物就是——马尔库斯·加图和尤里乌斯·恺撒——都是他的同时代人。

作者在《喀提林阴谋》开头就指出，两位杰出人物也是这一阴谋事件中势不两立的政治对立面。在出身、年龄、辩才而论，他们两人是对等的；在精神的伟大方面他们也是旗鼓相当的，因此，他们便同样具有恢宏的气度和崇高的声誉，但不同之处则在性格、脾气方面。恺撒的性格具有如下一些特点：他非常宽厚、慷慨、仁慈并且富有同情心，他因为支持、宽恕过许多人而使自己声誉卓著，他是不幸者的辩护人，人们称赞他的谦恭和随和。他一向是不知疲倦地操劳、夜以继日地活动；他恪守并且捍卫自己友人和被保护人的利益，不管这些友人是否有道德上的瑕疵，他常常为之而牺牲自己的利益；为了表现自己的勇武精神，他力图取得最高权力——军队的统帅权，他渴望进行新的战争拓展自己和国家财富空间。

在描述恺撒时，作者还强调指出了恺撒这样一些品质，诸如仁慈，后来仁慈、宽容成了他对敌绥靖政策的一个主要口号，对于必然与之有联系的人们比如家人、朋友、被保护人、被释放奴隶的忠诚、毅力与主动性。留给一般人的印象：他首先是一位实干的事业家形象，一位富有进取心和功名心的政治家形象——装点他的各种各样的美德也绝不是摆摆样子就算了，而是名副其实地践行自己理念的身体力行者。

恺撒对于朋友的所谓仁慈、宽容一般也为小加图所首肯，比如他在阿非利加登陆时曾经苦口婆心劝解庞培的妻子和小儿子回到罗马去，那是因为深知恺撒的秉性，在乌提卡即将落入恺撒之手时，他劝乌提卡的罗马商人和市民放弃不必要的抵抗，去和恺撒讲和，他料定恺撒一定不会屠城，并且将自己唯一的儿子托付给朋友，交给恺撒带回罗马，也是出于对恺撒人品的信任。但是，他自己出于理念和价值观的巨大差异，绝不和恺撒妥协，乞求政敌的宽恕，他之所以以死抗争也是宁死不愿意满足恺撒的那点虚荣。

他在最后致恺撒的遗书中甚至还无情地讽刺恺撒的"仁慈和宽容"只不过是结党营私笼络人心的卑劣手段。从某种意义上说，恺撒对于那些品行低劣的朋友的包容和宽待，就是对恶人恶行的纵容和庇护，是狼狈为奸夺取最高权力的情感贿赂，这是笃信斯多葛主义的加图所不能容忍的行为。所以他用尖刻的语言讽刺恺撒是"藐视几千年的法律，随意将谅解施以那些不法之徒"。他指的那些不法之徒，也就是著名的罗马恶少克劳狄乌斯、库里奥和安东尼这些在罗马几乎无恶不作的权贵纨绔子弟。

恺撒为招降纳叛几乎不择手段地无所不用其极，金钱收买是他的主要手段。恺撒一味地以个人情感的好恶，对于一些流氓政客甚至政治反对派的无限度滥用仁慈、宽容，最终自己的性命也丧失在这些人的阴谋之中。所谓性格决定命运，算尽机关太聪明，反算了卿卿性命，人情之凉薄，莫此为甚。他豢养大了安东尼、布鲁图斯、卡西乌斯等人，这些人却联手要了他的命。重复着罗马版的农夫和蛇的故事。

加图的形象在撒路斯提乌斯看来，完全是另外一种境界了。加图培养的是自我克制的能力，得体的风度，首先是严正的作风，这是一位既严于待人，也严于律己，几乎不近人情的"道德英雄"形象，完全是一位站在道德制高点裁判人间是非的判官形象，是一位令人敬畏而不可亲近的道德偶像。在这里撒路斯提乌斯强调了他的完美道德方面的特征。

关于加图，作者指出：他在生活作风方面完全是无可非议的，他对自己和别人一样地严格，他具有坚忍不拔的意志，始终贯彻自己的理念，有节制地控制自己的欲念，几乎清教徒般地循规蹈矩，对于共和规则、法制绝不越雷池一步。而歹徒们则把他看成自己的魁星，他不同富豪比财富，不同阴谋家比阴谋诡计，而是同勇敢的人比勇气，同谦逊的人比羞耻心，同诚实的人比无私，和有自制力的人比节制，同洁白无私的人比清廉，和有进取心的人比贡献，他更想成为一个有道德的人，而不是看来像是一个有道德的人。他之所以杰出，不是在言语上而是在实际行动上，因此他自己越是不追求荣誉，他反而取得了更大的荣誉。可谓是自觉遵循崇高理念为自己生命动力的人，往往会收获意想不到的人生硕果，所谓无心插柳柳成荫，这是文化素养道德修炼所达到的最高境界，也即精神之不朽，生命之永垂，完全是个人修为而孕育的伟岸人格所导致。

"犬儒"的变异和斯多葛主义

　　追溯小加图所心仪的斯多葛学派的源头乃古希腊城邦共和时期雅典哲学，其代表人物为苏格拉底和柏拉图、亚里士多德师生所创立的丛林学园派哲学。师生三人的学术研究并非学术上从一而终，而是各有创新发展，各具时代特色，从苏格拉底到亚里士多德的承前启后的人物为柏拉图。柏拉图所诞生的时代，正是战乱频仍城邦民主制度逐步瓦解，向僭主寡头政治转化的过程，当时雅典已与斯巴达开战四年，史称伯罗奔尼撒战争（公元前431年—公元前404年），柏拉图出生前一年，雅典民主伟大的贵族领袖伯利克利已经去世。他成年之时，战争正在结束，雅典下场悲惨，外则遭到斯巴达在雅典卫城的驻军之辱，内则经历寡头统治与民主势力的激烈争斗。

　　一个处于战争时期的城市政治，无疑是青年哲学家谈话的主题。这在柏拉图的一系列对话著作中有所体现。战争期间，雅典的民主制度的性质发生变化。伯利克利率领的雅典及其盟友投入战争，因为他们认为雅典别无选择，加上他控制的议会，有办法将雅典的战略计划控制在国家预算可以负担的范围之内。伯利克利去世后，议会听信一些媚上压下的偏激野心家煽动，开始视盟友为雅典帝国的属地，导致叙拉古战争大败。一个三十人的寡头集团在斯巴达支持下掌握政权。"三十僭主"对民主派政敌犯下累累罪行。掌权不久民主派重新执政。公元前399年，民主的雅典以不敬神灵倡导异端邪说腐蚀青年，将柏拉图的恩师被誉为"希腊最有智慧的"苏格拉底判处死刑。

　　苏格拉底和孔子一样是一位述而不作的学者，他的大量哲学观念都是他的学生记录整理成语录体的书籍所传世。其中就包括小加图追崇的《斐多篇》。苏格拉底死后，被后人追崇为哲学的圣徒和殉道者。至今没有那位哲学家像他那样痴迷于过一种正义的生活。像许多殉道者那样，当苏格拉底只要稍稍变通一下，就很可能保全生命，他没有这样去做。亲历苏格拉底审判的柏拉图说，当时苏格拉底对法官们说："你们错了……如果你们认为一位值得尊重的人应该花费时间来权衡生和死的前景有何不同的话。他在做出任何行动的时候，考虑的仅仅是一件事，那就是他的行为是正义的还是非正义的。"不过与许多宗教的圣徒不同，在苏格拉底身上渗透着一种鲜活的幽默感；与任何宗教圣徒也不一样，他的信仰不存在对于天启或者盲目的希望的依赖中。而是存在对于理性思辨的奉献之中。他不会被那些没有真正价值的事物所支配。苏格拉底在法庭上慷慨陈词：

我从来没有生活在平庸的安静生活之中，我从不在意大多数人刻意追逐的东西，诸如赚钱、拥有一个舒适的家，拥有较高的军衔或公民身份以及所有其他在我们这个城市正在进行着的活动。

在这个纷乱多难、迹近瓦解的共和城邦内，各种思潮风云激荡，更多是回避尖锐的现实政治冲突，干脆躲入自我封闭的象牙塔，追求着吃喝玩乐、风花雪月般的各种闲适逍遥的人生状态也即所谓满足自然欲望和本能的幸福生活，这一派就是雅典的典型世俗化伊壁鸠鲁派人生哲学家们。他们不染指政治，不关心世事，要躲避的就是理性政治化的崇高情感和英雄主义的追求。威尔·杜兰在《世界文明史·希腊生活》中总结伊壁鸠鲁的哲学主张：

哲学的真正功用并非说明世界，因为部分永不能说明全体，而是指我们追寻快乐"我们所见到的，不是一套系统和无用的意见，而是一种免于一切忧虑的生活方式"，在伊壁鸠鲁的花园入口处悬有引人注目的题跋："宾客，你将到此得到快乐，因为快乐到此是视为最高的美德。"在这派哲学中，道德本身不是目的，而只是实现快乐生活的必要手段。若生活不谨慎、不诚实、不公正，而欲生活得快乐，那是不可能的；若生活不快乐，而欲生活得谨慎、诚实、公正也是不可能的。哲学上唯一确定的主张：乐即是善，苦即是恶。肉体的快乐本身是正当的，智慧应当另以容纳；但此种快乐可产生不好的结果，必须在仅能由智慧提供的选择下去做有区别的追求。

威尔·杜兰称：这是一个耿直得可爱的学派。能发现一位不讳言快乐的哲学家及一个替感官说好话的逻辑家，确是令人鼓舞的事。但对曾经对希腊创造出的科学与哲学的大胆好奇心表现出一种反动。这套思想深远的缺陷是其消极性：提议免于痛苦便是快乐，逃脱生命的危险与充实就是智慧；这为独身生活提供了良好的图案，对社会殊少益处。伊壁鸠鲁认为国家是必要的，因为他们在国家保护下，可在他的花园里过着不受任何干扰的平静生活，但显然他们不关心国家独立；诚然他的学派似乎更喜欢君主政体甚于民主政体。而这种在体制庇护下，人之自然欲望的自由释放走向反面，去投机政治，追求更大的个人利益就变成了当时哲学人生观中部分学者所提倡的犬儒主义。

这一流派以一种消极的人生方式，在以后演变为完全相反的人生观和价值观，这也就是消除一切人生幸福的欲望，甘居贫困无欲的人生原初阶段，一切安贫乐道随遇而安。最初所谓的犬儒主义是对提倡享乐人生的伊壁鸠鲁主义的反动。倡导主张以追求普遍的善为人生之目的，为此必须抛弃一切物质享受和感官快乐。其所以称为"犬儒"，一是由于其创始人是在雅典一个名叫"快犬"的运动场讲学；二是由于其信徒生活刻苦，在大街上讲学时衣食简陋，形同乞丐，被人讥为犬。创始人和主要代表人物为雅典的安底斯泰纳。他是苏格拉底的学生，认为"美德是自足的""无欲是神圣的"；外在的物质利益，如财富、名誉、快乐及传统的文化、道德规范是违反人的自然，压制人的本性的东西，道德自由在于顺从自然；摈弃名誉、财富，藐视社会传统，克服欲望才是美德；并以过艰苦生活、锻炼抵制诱惑的精神能力为善。

这一派的哲学观点直接为后来成为斯多葛主义主要来源。我们可以看出，他们的学说在这一方面是被斯多葛派所采用了的，但是他们并没有追随着他摒绝文明的欢乐。他们认为普罗米修斯由于把那些造成了近代生活的复杂与矫揉造作的技术带给了人类，所以就公正地受到了惩罚。在这一点上他们有似于道家、卢梭与托尔斯泰，但是要比他们更加彻底。所以犬儒派提倡共妻共子，拒绝小家庭的模式。以此杜绝私有和不公。犬儒还认为物质的富足与精神的富足是此消彼长的，所以由此产生了文明无用的理论。并且认为文明无法解决人的本位问题。所以倡导尽量少的改变自然，与自然和谐共处。不因人的过多需求去改造自然，追求清静无为，小国寡民。随着犬儒理念的流行，犬儒主义的内涵发生了微妙的根本变化。早期的犬儒主义者是根据自身的道德原则去蔑视世俗的观念；后期的犬儒主义者依旧蔑视世俗的观念，但是却丧失了赖为准绳的道德原则。

因此，后期的犬儒主义者普遍有这样的想法：既然无所谓高尚，也就无所谓下贱。既然没有什么是了不得的，因而也就没有什么是要不得的。这样想法的结果是，对世俗的全盘否定变成了对世俗的照单全收，而且还往往是对世俗中最坏的部分的不知羞耻的照单全收。于是，愤世嫉俗就变成了玩世不恭。这就是犬儒主义背离初心地走向了彻底的异化，因而"犬儒"这个词汇也由原来褒义变成了近现代的贬义。

如果说伊壁鸠鲁派是相对那些为了迎合风云诡谲的政治形势而见风使舵，对进行投机的伪君子道学家的反叛，而追求独立自由人格的肯定。近现代的"犬儒主义"意指对人类真诚的不信任，对他人的痛苦无动于衷的态度和行为。基本思想就成为那种进行政治投机掩饰真实性情的人遮羞布。一般被称为"犬儒"派哲学家，就是被孔夫子称为"乡愿"一类的投机客。

苏格拉底死后，柏拉图游历各国，足迹远涉，曾想使一个叙拉古的暴君变成他在《理想国》中塑造的贤明君主"哲学王"未能成功。最后在公元前396年在雅典郊区创立树林学园，在此任教以终，亚里士多德在这里成为他的学生。征服欧亚的亚历山大大帝又是亚里士多德的学生。以后柏拉图所创立的树林学院走马灯式地换了一任又一任的哲学掌门人，从伊壁鸠鲁学派到犬儒学派再到斯多葛学派，其中以斯多葛学派的芝诺影响最大。

公元前330年左右，芝诺出生于一个兼属于希腊的塞浦路斯当地土著腓尼基人家庭。他走上哲学必经的雅典之旅时已经24岁。史载其父以经商之便常带希腊书籍回家，芝诺读书勤奋，从而向往哲学生活，在雅典他遍聆诸派哲学名师讲座，初为柏拉图主义者，涉足亚里士多德主义，其后皈依"犬儒"学派。以后自成一家，在雅典授业，讲学之地在"尖顶柱廊"，即斯多葛主义希腊文一词所出。

斯多葛派认为世界理性决定事物的发展变化。所谓"世界理性"，就是神性，它是世界的主宰，个人只不过是神的整体中的一份子。在社会生活中，斯多葛派强调顺从天命，要安于自己在社会中所处的地位，要恬淡寡欲，只有这样才能得到幸福。他们自称是世界主义者，打破了希腊人和野蛮人之间的传统界限，宣扬人类是一个整体，只应有一个国家，一种公民，即宇宙公民。而这个国家也应由智慧的君主来统治。这种理论是为马其顿统治希腊服务的。在国家观方面，斯多葛派认为，国家不是人们的意志达成协议的结果，而是自然的创造物。斯多葛派把宇宙看做是美好的，有秩序的，完善的整体，由原始的神圣的火种演变而来，并趋向一个目的。人则是宇宙体系中的一部分，是一个小火花。因此，人应该协调自身，与宇宙的大方向相协调，最终实现这个大目的。芝诺说："与自然相一致的生活，就是道德的生活，自然指导我们走向作为目标的道德。"塞内加说："奴隶是人，他们的天性与其他人相同，奴隶的灵魂中，同样被赋有其他人所具有的自豪、荣誉、勇敢和高尚那些品性，不管他们的社会地位如何。"这个学派后来对于罗马文化有很大的影响。

斯多葛派人士相信每一个人都是宇宙常识的一小部分，每一个人都像是一个"小宇宙"（microcosmos），乃是"大宇宙"（macrocosmos）的缩影。他们因此相信宇宙间有公理存在，亦即所谓"神明的律法"。由于此一神明律法是建立在亘古长存的人类理性与宇宙理性之上，因此不会随时空而改变。在这方面，斯多葛学派的主张与苏格拉底相同，斯多葛学派认为，全体人类（包括奴隶在内）都受到神明律法的管辖。在他们眼中，当时各国的法律条文只不过是模仿大自然法则的一些不完美法条罢了。斯多葛学派除了否认个人与宇宙有别之外，也不认为"精神"与"物质"之间有任何冲突。他们主张宇宙间只有一个大自然。这种想法被称为"一元论"（monism），与柏拉图明显的"二元论"（dualism）或"双重实在论"正好相反。斯多葛学派人士极富时代精神，思想非常开放。他们比犬儒学派更能接受当代文化，也非常关心政治。

斯多葛学派对共和国时期的罗马有着广泛而深入的影响，诺贝尔文学奖获得者蒙森在《罗马史·第四卷》中指出：

这种哲学和罗马的国民经济彻底融合，毫无疑问就像一株从海外移来的植物适应意大利的水土，我们可以在各种不同的活动领域发现他的痕迹。当然，斯多葛学派最早出现的时间向前追溯，但他首次对罗马社会的上流阶级产生的全面影响，是依靠聚集在西庇阿·艾米利亚努斯周围的一群人。西庇阿及其所有亲密伙伴在斯多葛学派方面的老师是罗德斯的帕耐提乌斯，他们不断跟随着他，甚至在旅途中加入他的队伍。帕那提乌斯知道如何让哲学体系迎合精明之人，如何将猜疑隐藏起来，如何改善枯燥的哲理和道德问答的无趣，尤其是如何借助哲学先贤，其中西庇阿自己是偏爱色诺芬的苏格拉底。自此以后，最有名望的政客和都承认斯多葛派哲学——其中科学语言学的奠基者斯提罗和科学法学的奠基者昆图斯·斯凯沃拉。

在罗马的斯多葛学派许多人后来都成为统治集团活跃的政治家，其中最有名的是打败迦太基，征服非洲、西班牙的西庇阿祖孙；其中最出类拔萃的是集演讲家、哲学家与政治家等各种头衔于一身的西塞罗（Cicero，公元前106年—公元前43年），他在罗马提倡希腊文化与希腊哲学，所谓"人本主义"（一种主张以个人为人类生活重心的哲学）就是由他创立的。西塞罗早年即留学雅典学习伊壁鸠鲁和柏拉图的哲学，盲眼斯多葛哲学家狄奥多托斯公元前87年之后寄住在其家中。同为共和派大佬、最后为共和殉国的小加图更是斯多葛哲学的身体力行者。历史学家撒路斯提乌斯虽为恺撒阵营大将，却也是斯多葛学派的追随者。

此外，斯多葛学派强调，所有的自然现象，如生病与死亡，都只是遵守大自然不变的法则罢了，因此人必须学习接受自己的命运。没有任何事物是偶然发生的，每一件事物发生都有其必要性，因此当命运来敲你家大门时，抱怨也没有用。他们认为，我们也不能为生活中一些欢乐的事物所动。到了今天，我们仍用"斯多葛式的冷静"（stoic calm）来形容那些不会感情用事的人。在人类历史上斯多葛学派第一次论证了天赋人权，人生而平等这一西方人文主义的核心理论。斯多葛学派从者如云，影响巨大，尤其是在罗马时期。其对后世影响甚大，如近代西方。孟德斯鸠在《论法的精神》中对于斯多葛学派评价极高：

斯多葛派虽然把财富，人间的显赫、痛苦、忧伤、快乐都看做是一种空虚的东西，但他们却埋头苦干，为人类谋幸福，履行社会的义务。他们相信有一种精神居住在他们心中。他们似乎把这种精神看做一个仁慈的神明，看护着人类。他们为社会而生；他们全都相信，他们命里注定要为社会劳动；他们的酬报就在他们的心里，所以更不至感到这种劳动是一种负担。他们单凭自己的哲学而感到快乐，好像只有别人的幸福能够增加自己的幸福。

蒙森对于小加图的死有如下评述：

加图绝不能说是伟人。他短视，偏执，啰嗦，枯燥，代表了缺乏反省的共和主义者之典型，然而，他仍然是唯一高贵而勇敢地为伟大体制卓绝奋斗至最后的一个人。正因为最狡狯的谎言会在最单纯的事实面前无地自容，正因为人性的尊严与光荣不再精明而诚实，加图仍比许多较聪明的人更具有历史地位。他之为呆子，正提升了他死的悲剧意义；真的，正因为堂吉诃德先生是呆子，他才是悲剧角色。而在这广袤的戏台上，固然有这么多伟大和聪明的人物上上下下，却注定要由呆子做谢幕词，这乃是令人深动于心之事。

小加图以自己的鲜血涂抹了罗马共和国这面残破的大旗，而这面旗帜依然不屈不挠地在血雨腥风的罗马大地和意大利本土飘荡，小加图虽然悲壮地死去，但是共和国反抗恺撒独裁专制斗争正在加图幽灵的感召下揭橥，贵族上层的斯多葛主义者中坚力量麇集在罗马神殿地下室酝酿这推倒恺撒的阴谋，随之发生了对恺撒大帝的血腥刺杀，罗马内战烽烟再起，屋大维、安东尼、雷必达"后三头"僭主政治粉墨登场。

第四章
恺撒：壮志未酬身先死

凯旋式的狂欢

公元前 46 年 7 月 25 日，恺撒顺利结束了阿非利加战役。罗马郊外的大道上人声鼎沸，热闹非凡，军旗猎猎，鼓乐喧天，远征军团在鲜花、掌声中班师凯旋回到了罗马。参加了法萨卢斯、亚历山大港、本都、阿非利加等数次战役的恺撒军团分列式入城。有的军团甚至来回多次，随后就是举国空前的四次凯旋式，将恺撒的权威推向了顶峰。至于一代枭雄如何从胜利的峰巅滑向死亡的深谷，是谁也难以意料的事情，这次胜利女神给了荣耀后并没有保护他的生命。

凯旋式从 9 月 20 日到 10 月 1 日分四次举办：首先是庆祝高卢战争的胜利，在这次战争中，他使许多有影响的民族匍匐于罗马势力之下；其次是对埃及国王托勒密十三世和阿尔西诺伊四世的战争；再次是对本都国王法纳西斯国王的胜利；最后是庆祝在阿非利加战胜梅特鲁斯·西庇阿同盟者努米底亚尤巴国王。这些仪式的重点都是放在对于意大利本土和罗马共和国以外国家民族的征服，刻意低调地回避了内战中和庞培军团的自相残杀，避免因为国内的人们联想到庞培的被杀、西庇阿的自刎、小加图的自戕而伤害到共和国民众的情感。

在凯旋仪式的行进中，为了降低战争的残酷肃杀气氛，恺撒特意默许士兵拿统帅放荡的私生活开涮，因为那些高层道德腐败的私生活丑闻，已经司空见惯，早已成为恺撒引以为傲的资本，只是为凯旋式增加一些幽默的花絮而已。

在高卢凯旋中士兵们在雄壮军乐的伴奏下迈着整齐的步伐，齐声高喊："市民们请注意！好色的秃子回来了，快把你们的老婆藏起来！"身披战神马尔斯金色铠甲戴着月桂金冠掩盖秃头的恺撒只是苦笑，并不加以制止。给严肃的军团行进式和围观的群众，带来幽默的欢笑声。于是恺撒立即花钱请求他的部下们在下面三个即将进行的仪式中封口，稍许给统帅留些面子。统帅也要花钱贿赂士兵来维护自己在民众中的高大形象，也算是罗马式民主的小笑话。

　　穿着白色镶紫边托加的元老们在队前开道，跟着浩荡的军乐团喇叭手们吹奏着喜庆的音乐，奴隶赶着战利品的大车队，那车上不仅满载金银器皿、军旗、武器，还装有从被战胜者建筑物拆下的纪念碑、雕像等艺术作品，金钱总数达6万多塔连特，光金冠就达2822个，重20414磅。随后是垂头丧气的俘虏队伍，队伍的最后是得胜的统帅和军团。雄壮的军乐队在马车前开道，车后是雄赳赳气昂昂的官兵。恺撒本人端坐在车上，手握象牙权杖和月桂树枝，身旁的奴隶为他高举着象征胜利的花环。他完全沉浸在胜利喜悦的自得自满中。

　　在高卢凯旋和本都凯旋之间还加入一个埃及凯旋，在这个凯旋中，年仅四岁的努米底亚王国的小王子替代父王尤巴接受战败国耻辱，他带着一些尼罗河海战中所俘虏的王室成员，包括了在战争中被俘的克里奥特佩拉的姐姐、煽动叛乱被俘的阿尔西诺伊四世，为了把自己心爱的女人扶上王位，恺撒废弃了她的王位，并将她当成战利品拿到罗马进行凯旋式的炫耀，为了显示她的高贵身份，她是用黄金打造的锁链，被牵引着游街示众的。在凯旋式结束后她就被释放，流亡去了叙利亚。在这个凯旋仪式中，历史学家朱巴（努米底亚王国朱巴的幼子，他写的《罗马史》已经失传）被当成俘虏带着游街示众。可以说他是一个最幸运的俘虏，虽然他是一个野蛮的努米底亚人后裔，后来却因在罗马接受最优秀的希腊式教育，成为一个跻身希腊最博学的史学家行列的学者。

　　虽然恺撒注意不把任何罗马人的名字出现在他的凯旋仪式中。如果在内战中因为争权夺利的血腥嗜杀中战胜同胞，并且在凯旋式肆意加以炫耀，在罗马国民看来是很不体面的事情。罗马人心目中，这是卑鄙而不祥的，因为这是自相残杀的内战；而非抵御外侮和对外的征服。因此，恺撒在《内战记》中刻意回避了对庞培的贬低，尽量做到客观公允地描述敌对双方。但是，所有这些罗马内部自相残杀的不幸，都在游行中不经意表现了出来，只有伟人庞培他不敢公开展览出来。因为罗马民众对这位曾经战胜东方对罗马共和国疆土拓展的伟人，依然记忆犹新深深怀念。除庞培一人外，其他一些他认为无足轻重的庞培派将领他都用各种肖像和图画描绘了出来。

罗马人民虽然因为恐惧而压抑自己的感情，但是却为国内的不幸而在暗中深感悲叹，特别是当他们看到总司令梅特鲁斯·西庇阿用自己的佩剑刺伤胸部，蹈海自尽；看到佩特里阿斯在与朱巴的宴筵中慷慨自戕而亡，看到加图像野兽一样，撕开自己的肚皮时，他们深感痛苦和无奈。

恺撒对于小加图设计的壮烈殉国结局一直耿耿于怀，他想用隆重纪念自己的辉煌胜利来冲淡民间对于加图之死的深深怀念，强化对内对外决定性的胜利的影响力，他刻意营造欢乐的气氛。恺撒为全体市民举办了两万二千桌盛大筵席。使全城官民和全军将士都沉浸在胜利的仪式感中，享受他的尊荣，塑造自己的英雄形象。庄重热烈的仪式是造就新的神话和煽动民众对自己个人迷信，使自己偶像化的必要手段，为他今后的独裁专制披上神圣的外衣，制造领袖独尊的某种社会氛围。

伴随着名目繁多的表演，恺撒想使人们忘却那些曾经为打造共和国尊严的前辈英雄，包括东方大帝庞培和他的部下们对于后世的影响力。他在竭尽全力，利用所有的宣传造势手段企图使首都市民陶醉于他的胜利中，在鲜花和掌声中竖立起自己个人无与伦比的英雄形象，从而忘记历史，最终为意念中的定于一尊服务。尤其是忘记那位不识时务的唐吉诃德式的殉难者——小加图，共和国最能打动人心的悲剧英雄。

在第一天的高卢凯旋式中，他的彩车通过帕拉蒂尼和卡匹托尔山丘的维拉布洛姆山谷时，由于车轴断了，恺撒险些从车上倒栽下来，幸好侍从们的抢救，才没有发生事故。晚上他乘着夜色登上卡匹托尔山，左右有四十只大象张灯照明。各处彩灯高挂、流金溢彩，罗马全城笼罩在绚丽多姿的梦幻中，人们兴高采烈地在庞培剧院和市民广场观看大象、长颈鹿的表演，不列颠式的战车簇拥着丝质的华盖，贵族们涌现到人工湖畔，灯光摇曳中精彩的角斗士竞技表演吸引了所有人的目光：

恺撒举办各种各样的表演。有剑斗士的比武、在全城每个区举行的戏剧表演（包括演员用一切语言表演的戏剧），还有赛马、运动员比赛和海战比赛。在市中心广场的斗剑比赛中，出身大法官的家族的弗里乌斯·涅普提努斯和律师与前元老克温图斯·卡尔本鲁斯都进行了殊死格斗。亚细亚的和比西尼亚的王公子弟跳皮里赫舞（古希腊斯巴达人的武装舞蹈），在演剧中，罗马骑士德基莫斯·拉贝里乌斯表演了一出自己编写的笑剧。为了赛马，场地两头加长，四周挖上宽宽的壕沟。一些最高贵的年轻人驾着四马战车或两马战车，或骑双马从这匹马跳到那匹马背上。一种名为特洛伊战争的游戏有两队少年儿童组成的骑兵队表演。人兽格斗的表演持续了五天。最后表演两支军队的战斗，双方各拥有 500 名步兵，20 只大象，30 名骑兵，为了厮杀有较大的场地，在场地两头竖立起标柱，并在立柱的地方扎起两座相对立的营盘。运动员在马尔斯原野特地建立临时的竞技场上比赛 3 天。在较小的科戴塔原野挖了一个湖泊供海战表演，由装载大量战士的属于推罗舰队和埃及舰队的两列桨、三列桨、四列桨舰船进行海战。从四面八方赶来观看表演的人是如此之多，以致许多外地人只好在大街小巷搭起帐篷过夜，常常因为拥挤，许多人被践踏至死，其中包括两名元老。

　　所有这些活动都取得了让观众目瞪口呆的效果，仿佛共和国的事业已经到了登峰造极的高度，目的只在于维护共和国表面靓丽的招牌，招牌下的恺撒缺少的仅仅是黄袍加身、加冕王冠的登基大典，合法而平静地走向一人独裁的帝制。

　　作为被平定的外邦敌人，高卢人、埃及人、亚洲人和非洲人被披枷带锁，用铁链子串着在罗马人狂热欢呼的声浪中游街示众。恺撒用这种方法在公民同胞面前庆祝自己的胜利。在战胜本都国法纳西斯国王的凯旋仪式的进行过程中，恺撒有些得意忘形，命令他的士兵高举着他那句著名的格言"我来、我看、我征服"的大标语牌随着游行队伍走过罗马的街区大道，这是他在征服本都王国时的豪言壮语，现在亮眼地出现在人潮汹涌的游行队伍中，目的再明显不过，是与当年击败米特拉达梯老国王的庞培相媲美，因为他不费吹灰之力便使国王的儿子法纳西斯小国王永久地臣服罗马。恺撒借此与庞培在建功立业方面，借助夸张的仪式暗藏一比高下的用心。罗马公民心领神会，只是不便明说。是的，庞培败给了恺撒，但是另一位对手也即是小加图却永远像是人民心中矗立着的丰碑，他是打不败的。如同幽灵一样始终压抑着他那颗噗噗跳动的野心。

在第四次阿非利加凯旋式上，恺撒终于未能按捺住自己兴奋的心情，企图在展示自己非洲战役胜利的同时羞辱一下已经死去的对手小加图，他下令装饰一辆象征加图自杀的彩车，跟着游行队伍走过罗马市中心。他想说明的是：加图与一切与他为敌的公民都是非洲人的奴隶，已经作为共谋者被消灭了。然而，效果适得其反，看到加图切腹自戕的惨烈场景。围观的民众眼含热泪低声饮泣，似乎无限伤感。即使恺撒的怒火中烧，也无法制止民众对加图绵绵不尽的思念之情。

在隆重举行凯旋仪式后，恺撒立即兑现诺言，他马上把这些对外掠夺来的巨额财富，分配给全部参战的官兵，以战利品的名义对老兵军团论功行赏，每位士兵和军官都得到了比想象之中要多很多的奖赏。每个士兵得到 5000 德拉克马，每个百夫长增加一倍，每个步兵军团将校增加四倍。同时还给他们分配了土地，但是地块不连成片，为的是不致赶走原来的地主。甚至每个罗马市民都受到了奖励，除给每个罗马市民 10 斗粮食和 10 磅油外，还分给每个人 300 塞斯特尔提乌斯。在罗马他支付给承租人 2000 塞斯特尔提乌斯，在意大利付款达到 500 塞斯特尔提乌斯的承租人减免租金一半。他还举办宴会和分发免费肉食。对举国上下全体军民均有数量不等的犒赏，目的在于贿买人心，钓取更大的政治利益，恺撒是从来不惜工本并不吝惜花钱，反正这钱也是从战争中抢来的。

庞培余党的叛乱

共和国被恺撒的威权和军事实力牢牢控制住了。元老院惊异他辉煌的成就，敬畏他的巨大权力，在恐惧和慌乱中承认了他的胜利，恺撒第三次当选共和国独裁官。他第一次出任独裁官是公元前 49 年底，为期 11 天，当时他正在匆忙中竞选执政官；第二次是在公元前 48 年 10 月，为期 1 年；这次当选独裁官破天荒的任期却是十年。他还兼任着执政官，同时获得任命共和国所有行政官员的权力，实际上严重破坏了共和国的全民普选制度，共和民主体制名存实亡，他成了名副其实的独裁者。他周围开始围绕着一群吹牛拍马的谄媚者，他被滑稽可笑地授予罗马"圣贤（Perfect of Morals）"称号。

在阿非利加普斯塔斯会战后，元老院作出下面一些决定：举行感恩祈祷四十日；恺撒有权在两位执政官中间坐高级长官用的象牙圈椅，在卡匹托尔山的朱庇特神殿的奉献铭文上，将公元前 83 年被毁弃，前 69 年重建者卡图卢斯的名字换成恺撒的名字；把荣誉的神像车赠送给恺撒，如果体育竞技场，举办运动会，恺撒将端坐着神像车被推到赛场接受民众的欢呼；为恺撒竖立雕像，雕像脚旁塑有象征地球的物体，上面镌刻铭文"献给半神"恺撒，象征他是神的后裔，享有神的荣光。

因为恺撒一直自我标榜他所在的朱利乌斯家族的祖先是爱神维纳斯，按照他在法萨卢斯战役开始前发下的宏愿，恺撒在罗马市民广场建立了一座维纳斯女神的神殿，并在神殿四周划出了一块圣地作为广场。这个广场不是用来做买卖的，而是作为处理公务的会议和办公地点。人民可以在这里集会，表达各方面的申诉，包括公正的司法审判或者学习法律等等。当然，女神庙的建造暗藏着恺撒自己的私心，这种和神话中的人物挂上钩的做法，在罗马显贵中非常普遍，无非是借助先祖们的光辉来照亮自己脚下晋升的台阶，沾点仙气而抬高自己的身价，为君权神授的必然进行铺垫。如同自己的高贵地位和辉煌业绩是神的眷顾而不可剥夺的。

另一层意思却是借助爱神说明自己"博爱"的美好情怀是祖先世代相传的。他还悄悄将他情妇埃及艳后克里奥特佩拉的美丽雕像也塞进了神庙维纳斯雕像旁，克里奥特佩拉似乎也成了美神兼爱神维纳斯的传人，而受到民众膜拜。据说恺撒的坐骑与众不同，四蹄颇像人脚，蹄张开时像人的脚趾。他所钟爱的战马也被塑成雕像安置在神庙前。这匹马在他住的地方出生。占卜者曾经预言它的主人将统治世界，恺撒对它的饲养特别尽心，乃至也成了他乘坐的神马，到底要想驮着他奔向何方？只有恺撒自己心中明白，那就是帝王至尊的高位。

直到战争结束后，他命人统计罗马的人口，战前的 35 万人，战后仅剩 15 万人，大部分的市民死于战乱和兵燹。恺撒和庞培的战争使得首都的人口减少了一半以上，还不包括意大利和行省、诸多同盟国所牺牲的人。无论阿庇安还是普鲁塔克在郑重描述了这些隆重的凯旋式之后，都不得不为内战给人民造成的灾难感到悲叹。恺撒几乎是用海量的财富去收买整个社会为自己的政治目的服务，为自己走向独裁铺路，用心可谓良苦。然而，他的政治根基并不安稳。

公元前 45 年，不久前从阿非利加败逃到西班牙的庞培势力东山再起。庞培的两位公子格涅乌斯、赛克图斯会同从普斯塔斯会战失败流亡到西班牙的骑兵司令拉比埃努斯、前阿非利加总督瓦卢斯带领的罗马军团残余力量，动员起了大批西班牙的庞培追随者，形成反抗恺撒的联盟，向罗马新的统治者独裁官恺撒发起挑战。

参与举旗造反的还有过去恺撒在非洲的盟友毛里塔尼亚国王包古达的共治国王包古斯的军队。包古斯是因为对恺撒处理努米底亚朱巴王的领土过分倾向其兄包古达非常不满，选择投向了小庞培反对派阵营。其中庞培的小儿子赛克斯图斯还是在乌提卡受到恺撒宽大处理，被恺撒送到西班牙他的兄长处，如今他们兄弟企图重振其父伟人庞培陨落的声誉，幻想着以武力恢复父亲失去的共和国江山而共同举旗反叛。按照日本学者盐野七生的说法：

西班牙原本就不甘心被罗马统治，说得好听点是不甘心向强权屈服。

因为他们可能尚未意识到人类社会的一个残酷现实——权力是生存的必要条件，所以每次有人反抗罗马，西班牙总是会跟随其举起反罗马的大旗。毫不夸张地说，西班牙是个屡战屡败却又屡败屡战的民族。公元前75年左右庞培出马解决塞多留之乱就是典型的例子。谁会想到，当年庞培是镇压动乱的领袖，而如今他的儿子却成了发起动乱的首领。西班牙并不属于庞培派，如果这次政府的首领不是恺撒而是庞培的话，他们也会毫不犹豫地进行反抗。对付这样的民族，凯撒认为除了武力镇压，别无他法。

因而，这次恺撒率领罗马军团前去平叛等于御驾亲征，他对敌手毫不客气，因为他在北非对庞培余党的宽容，尤其是对两位庞培公子的优待，使他们获得了喘息的机会，养精蓄锐后，在恺撒正准备创建新的国家体制、展开人事布局的关键时刻，向他的心头狠狠扎上了一刀，着实使他恼羞成怒。因此，恺撒对他们以及面广量大的西班牙人卷入叛乱，绝不留情。

此次出征，他名正言顺，他已是罗马政权的合法独裁官和执政官，面对叛军的斗争已经超越了内战范围，因而镇压得特别残酷，对于战俘也是赶尽杀绝，毫不宽恕，甚至有些丧心病狂。他的维纳斯"博爱"情怀早已成为美丽的大抹布，在擦净了共和国内战的肮脏后被扔进了垃圾箱，他开始露出独裁者的獠牙，扑向敢于挑战的反叛者。

面对千疮百孔的战后和平建设，可以说百废待举，百业待兴，如此关键时刻，恺撒不得不再次跨上战马披挂上阵，赶赴西班牙平叛。他只能丢下首都大量政权重组体制改革的繁重工作，不得不远赴西班牙进行战斗，心中难免有焦虑急于求胜的感觉。他是忧心如焚，希望能够速战速决，因此实在是难以平心静气地进行战略规划和战术布局。

这次恺撒从本意上说，是根本不想离开罗马的，他之前离开完全是不得已，以致他不得不把手中没有办完的事情放下，集中精力来对付叛军。恺撒离开的这段时间，恰好又是他所挚爱的情人克里奥特佩拉带着他们两人的爱情结晶在罗马逗留，甚至就住在他的家中。艳后是希望恺撒能够正式接受这位名叫"恺撒·里昂"的私生子，按照基因拼图成为罗马权力和财富的正式接班人，但是前提必须是将来在恺撒加冕称王后，成为恺撒的王储，在恺撒百年以后就可以顺理成章地成为罗马和埃及的国王。而这些完全都是与罗马共和国的伟大传统背道而驰的，按照共和开国元勋布鲁图斯的警示是应当全民共诛之的叛逆行为。

恺撒这时自己的妻子还健在，却又把克里奥特佩拉接到自己的家里，这件桃色新闻在首都人民中间造成了极坏的影响，长时间成为市民街头巷尾流言蜚语到处传播的话题。独裁者从来都是我行我素独断专行的，强大的政治权力和无与伦比的气场，使他根本就不在意民间的任何舆论。

恺撒从罗马出发，全副武装长途跋涉 27 天到达西班牙。他先是命令驻西班牙行省的两个军团指挥官佩提乌斯和法比乌斯率军在事态扩大前控制住局面。这两位将军是称职的军团长，但是事态的严重性完全超出了他们能够遏制的能力范围，结果非但没有稳定住局势，反而让格涅乌斯·庞培的势力扩大到了整个西班牙南部。小庞所掌握的兵力已经达到十三个军团 8 万多人，还不算背叛恺撒的毛里塔尼亚国王包古斯的辅助作战部队。恺撒带领的军团只有四五万人，明显在兵力上处于劣势。对于这场所谓最后的战争能够胜出，实在不可掉以轻心。因为所有从阿非利加逃出来的旧贵族都聚集在那里，摆出一副孤注一掷的困兽犹斗的决战架势。这些人基本上都是追随老庞培从法萨卢斯到阿非利加本土，再流窜到西班牙，加上被鼓动起来的西班牙本土及土著民族能征惯战，尤其是庞培阵营中被解放的奴隶，他们都准备拼死一战，倒转乾坤后再夺回整个意大利。

恺撒从罗马出发，虽然他带着一支满负荷长途奔袭远道而来的军队，面对人数超过自己一倍的敌军，人们感到了恐惧。因为在途中他们就听到了敌军庞大的人数。恺撒在科尔都巴附近把军队列成阵势，准备战斗。这座城市被认为是西班牙行省的首府。他用老祖母"维纳斯"为口号，激励士气。小庞培则以"虔诚"为口号，表示认真而又坚决继承父亲的遗志。

当双方开始交战的时候，小庞培摆出的强大阵势让恺撒方感到了恐惧，因恐惧在行动上就有些迟疑和恐慌。面对这种敌强我弱的现状，恺撒举手向天祈祷所有的神明，恳求神灵保佑不要让他先前创造的许多光辉的业绩，因为这次失败而遭到玷污。他亲冒矢石箭雨跑到阵前鼓励他的将士，他从头上取下自己的金盔，当着全体将士的面，率先向敌阵冲过去。主帅冲锋在前，使将士们为自己的怯懦感到了羞愧，显然三军将士并没有减少自己心中的恐惧感，还是露出畏葸怯敌的神态。

恺撒见状，夺过一个士兵的盾牌，对他周围的军官们说："这次我的生命完结了，你们的兵役也完结了，所有征战带来的荣誉和财富也就烟消云散，化为泡影。"说完这些，他跳到战线的最前面，英勇无畏地向敌军冲过去，离敌军只有约3米远时，大约有200多支标枪向他投射，有些他躲开了，另有一些射中他的盾牌。于是军团的将校们向他聚拢，站在他的身旁，接着全军上下同仇敌忾冲向敌军，激烈的厮杀持续了一整天，互有进退。将近黄昏的时候，恺撒取得了胜利。恺撒说了这样一句话："过去我常常是为了胜利而战，但是这次我甚至是为了争取生存而战。"

公元前45年3月17日，恺撒平叛的决战——孟达会战开打。小庞培拥有的十三个军团列阵展开，一字排开成作战前沿，两翼有骑兵掩护，加上六千名轻步兵和相当数量的西班牙协防兵；恺撒麾下拥有八个军团，八十个步兵中队，其中有四个老兵军团组成，以及八千多名骑兵配合作战。在数量上小庞培的军力配比强于恺撒阵营。

当恺撒军团前进到孟达平原尽头时已经是傍晚时分。安营扎寨完毕，夜月临空，星光灿烂，隐隐约约可以看见占据高处有利地形的小庞培军团已经完成战斗的布局，静静地等待着明天决战的到来。两个营寨之间相隔着8公里宽的开阔原野。

清晨，曦阳初露，恺撒军团的营帐已经悬挂起会战的红旗。敌军占据着绝对有利的地形：一边可以依靠城镇，另一边是凸起的高地，从高地延伸过去，原野十分平坦开阔，接着就是潺潺奔流的小溪，溪流右边的地面形成一片沼泽，这对于恺撒的行军作战造成很大障碍。

温暖的阳光照射在原野上，视线良好，周围的景物一目了然。恺撒军团斗志昂扬，部队继续前进寻求会战。小庞培部不愿意冒险离开城镇的堑壕工事向前推进，于是恺撒部继续向前推进。庞培部凭借城镇和高地堑壕工事顽强据守。

恺撒等待着敌人下到河谷来，并渡过阵地之间的河流，主动出击。但是他的等待落空了，庞培派压根就没有考虑他们会主动出击，始终龟缩在他们的堑壕中，坚决不离开他们凭借高地固守的阵地。恺撒只能率领军团向河流逼近。恺撒的军团在对方严阵以待的阵地前停了下来。恺撒犹豫着，他难以预料决战的后果，统帅的犹豫，使得士兵们甚至感到了恐惧。停顿片刻之后，恺撒下定决心向敌军发起主动进攻，这很符合他冒险豪赌的个性，他再次率先冲向最前线，手持盾牌，挥舞长剑冲向戒备森严的敌人阵地，他嘴里吼叫着："就让这一天成为我生命中的最后一天，全部出征就是战士们最后一次出征吧！"他在百人团长们还未来得及前来解救他之前，已经向投枪如雨的敌人阵地冲了过去。战机的转变也就在这殊死拼搏的一瞬间，战略力量因此发生逆转。

激烈的拼搏从凌晨持续厮杀到傍晚，这时他的胁从部队毛里塔尼亚国王包古达将自己的骑兵穿插到敌军的后方进行了袭击，并且一举进攻了敌人的营地。拉比埃努斯见状，从前沿阵地撤回了五个步兵中队，敌人前线抗击进攻的力量立即遭到了削弱，此战败局已定。这位恺撒曾经的副将，在内战中投靠自己的恩主老庞培，老庞培死后，又义无反顾地辅助小庞培，在高卢战争中按照恺撒的部署屡战屡胜，自从追随了庞培父子，却屡战屡败，一路从法萨卢斯流窜到阿非利加再逃到西班牙，可以看出他对战争艺术的把握远远不如恺撒。

庞培派全线溃败，仓皇败逃，整个西班牙战局胜负已定。拉比埃努斯和阿提斯·瓦卢斯（曾经的阿非利加总督、击败过库里奥）战死沙场。恺撒下令掩埋了两人的尸体。这场会战，敌军有三万人被杀，还有来自罗马和各行省的三千名骑士。恺撒军团只损失约一千人，骑兵和步兵各半，俘获敌军十三面鹰帜，尚有许多连队旗帜和军官的权标。孟达会战是内战以来所有战斗中最顽强最酷烈的一场战斗。

战争对交战双方的将士来说都是残酷的，在血腥和硝烟的弥漫中充满着生与死的考验，尤其是战败一方的将士和官民几乎就是一场灾难和浩劫。这次恺撒在西班牙的平叛中的报复来得特别残酷，其中贯注着对庞培二子以及拉比埃努斯、瓦卢斯对他背叛的高度仇恨，同时对于西班牙整个民族的蔑视。他在担任西班牙总督时就曾经领教过西班牙人对于罗马的仇恨和天生叛逆所产生的威胁，两股负面情绪的交织使他新仇旧恨叠加在一起形成难以扑灭的怒火，因而放弃了他始终标榜宽恕仁爱的精神，对于战俘不管是平民士兵还是贵族骑士几乎全部屠杀殆尽。

《西班牙战纪·32 章》记载了这样血腥的场面：

……有些人撤回了孟达，把城镇当成了避难所。我军将士把残兵败卒封锁在里面，从俘获的敌军武器中检出盾牌和标枪，把他们像栅栏一样的竖起来，尸体堆成一道防壁，在顶上排列着用刀将砍下的头颅。这样做是为了恐吓威胁城镇的守军，也是为了展示弟兄们的英勇。同时，弟兄们修建的围城工事包围了敌军。等到他们把死尸像是护墙一样环绕着全城围成一圈的时候，高卢人开始用掷矛和标枪发起攻击。

退守孟达的瓦勒里乌斯带着少数骑兵从战地逃到科尔杜巴，向塞克都斯报告了战况。塞克都斯整个人都吓傻了，他把自己的钱财分发给了在场的骑兵，并且告诉市民们他准备和恺撒谈判讲和去。就在傍晚时分，他悄悄潜出科尔杜巴城，从此遁入山林、海边，与盗匪为伍干着打家劫舍的勾当，躲避着恺撒的追杀，等到恺撒撤军，他东山再起，盘踞西班牙沿海十三年，直到恺撒的接班人奥古斯时代，两人进行了一场大战，小庞培被小恺撒诛杀。

涅尤乌斯带着少数骑兵和步兵，从相反的方向逃向由海军舰队驻守的卡提亚港。他化装成普通人，乘坐着一乘软轿，悄悄地钻进了船坞。他看到了这里的士兵犹如惊弓之鸟那般忧虑着恺撒大军随时可能攻过来，正悄悄商量着逃跑的时候。他生怕自己随时都可能被士兵出卖，于是又开始逃亡。慌乱中他走向一艘小船，却被船索绊倒，黑暗中他的卫兵拔剑企图砍断船索，却刺中了他的脚掌。他就这样硬撑着被侍卫搀扶着跟跟跄跄上了小船，准备航行到某地去治疗脚伤。然而，恺撒的骑兵紧追不舍，他犹如丧家之犬那般拖着伤残的脚继续逃亡，当他在一条崎岖夹杂着荆棘的山路狼狈逃窜时，脚伤愈发严重，崎岖的山道，根本无法换乘马匹。他被跟随的支持者抛弃，随从只顾自己逃命。他只好躲进峡谷，藏身于岩层受到腐蚀形成的山洞中。他的行踪被俘虏泄露，他被追赶前来恺撒部将所抓获，砍下的头颅被送到了恺撒处，在希斯波利斯公开示众。

多种迹象表明，恺撒自内战以来一直自我标榜的对反对派的"仁慈"和"宽容"，随着战争的拖延，他的耐心已经消耗殆尽，因为他在前线率军苦苦战斗，国内并不平静。得到他优待并授以高官的布鲁图斯对于舅舅小加图的死耿耿于怀，他虽然加入了恺撒阵营，却羞于成为恺撒的同盟者，他从内心误认为自己母亲的情人恺撒仍然是个共和主义者，因此支持这位独裁者和忠于加图的理想并不冲突。为了表示自己对共和的忠诚，他与妻子离婚并和加图女儿鲍基娅结婚，鲍基娅的前夫就是恺撒的老对手，死于内战的马尔库斯·毕布鲁斯。借此，布鲁图斯表达了自己鲜明的立场。

为了使舅舅名垂史册，他不仅用热情洋溢的笔调亲自写了一篇颂扬加图的讣告。而且请共和国最伟大的作家、理论家西塞罗写了一篇《论加图》，西塞罗出于自己政治投机的目的，为了表白自己对共和理想的忠诚，借助对加图的歌颂洗刷墙头草的恶名，自然是欣然同意，仿佛自己依然是共和主义的坚守者。他公开赞扬在乌提卡为共和壮烈殉道的加图，是更极少数比自己的名声更加伟大的人。他不仅将尖锐的笔锋对准了独裁者，而且暗中贬损那些对于恺撒的投靠的谄媚者，甚至包括他自己。因为从哲学渊源上看，他们都是深受希腊伊壁鸠鲁自由主义影响，经过斯多葛主义精神净化的贵族共和理想主义者。

书生不解君王意

恺撒是现实的功利主义者，他要借助民粹的力量对腐败的贵族寡头共和体制进行帝王式的改造，去适应帝国疆域的扩大，个人权力膨胀后的高度垄断，这就是他想象中的帝国体制。为目前千疮百孔带有很大共和痕迹的旧体制，创造更加名副其实的政治经济社会。因而他的改革是全方位的。

面对旧势力既得利益寡头集团的阻碍，他声明不怕触动权贵集团的既得利益。他一直在罗马、意大利和行省为被压迫者的诉求进行申辩，为推动他的新政，他必须摆脱共和国那件残破不堪的袍褂，独裁官公开表达了对共和国令人不安的看法："那只是一个虚名，放弃至高权利的苏拉是个无知的蠢货。"

因为当年击败自己民粹派姑父马略和老岳父秦纳的苏拉，在整顿恢复共和国秩序登上权力顶峰后，主动急流勇退，放弃独裁官的职务退休了。苏拉认为，他呕心沥血地为共和国的振兴已经建立了长治久安的体制机制，因而功成身退了，心安理得地回到自己在海边的豪华别墅颐养天年，直到病故。然而，恺撒的这番宣示，等于给了西塞罗、布鲁图斯、卡西乌斯和撒路斯提乌斯等共和派高官一记响亮的耳光，使他们对恺撒抱有的希望完全化为了泡影。

西塞罗曾经对于恺撒在内战结束后实施的民族和解宽松政策，尤其是重修在内战中被摧毁的苏拉、庞培雕像的破天荒之举，在赞美独裁官的仁慈与崇高之际，抓住机会勾勒了一幅进行道德、社会初步改革的蓝图。西塞罗在若干年前曾写过论罗马共和国的文章，提出：

我们需要重建司法制度，重塑信心、压制贪欲、鼓励生育，一切被毁灭掉的美好事物都应当得到严格法律的扶持和巩固。

恺撒为此进行了规范道德和限制级奢侈等方面的立法。但是恺撒借助立法，使自己的长臂伸入罗马公民的私生活中，借助公权力对公民自由权的干预，使他获得了"社会风尚的监察者"的称号，西塞罗认为"这个头衔已不再使他受到公众的欢迎"

撒路斯提乌斯是恺撒的老部下，内战时期旗帜鲜明支持恺撒，但是作为有影响的斯多葛学派知识分子，也曾经在内战结束后，借助私人信件上书恺撒，提出未来对共和国重建的建言，这是指他的《致晚年恺撒书》如果这些书信真为这位儒将所写，反映了一种强烈的反拜金主义倾向：

如果行政官员和其他人都不会被贪欲所收买的话，他们就能够抵制一切真正的罪恶和拜金主义思想，因此我不认为金钱的重要性应被置于首位。

撒路斯提乌斯的信件是以手抄本的形式保存在梵蒂冈图书馆中，他对战后共和国的恢复和重建提出了一系列的建议。世界文明史作者威尔·杜兰在《恺撒与基督》记载：

撒路斯提乌斯是恺撒手下的武士和政客，曾统治过努米底亚（曾任阿非利加行省总督），也曾花了一大笔财产在女人身上。随后他退休住在罗马的一个别墅，过着豪华的生活。这个别墅以花园出名，后来成为皇帝的住宅。

可见，作为参与恺撒争夺天下的新贵，本身就是恺撒新贵既得利益集团的一分子，在享受特权的同时并不妨碍他对统治集团腐败行为的揭露，庞培集团的军团司令官瓦罗（他和西塞罗一样既是恺撒的政敌，也是恺撒的文友。恺撒主政时期出任国家图书馆馆长）也是一位学富五车、著作等身的大学者，曾经揭露撒路斯提乌斯曾经与一位贵族妻子通奸，被这位贵族当场捕获，被用皮带鞭打以后勒索了一笔巨款，让他脱逃。

撒路斯提乌斯在信中揭露罗马的道德衰落，控诉元老院和法庭把财产置于人权之上，还声称说马略主张阶级平等和适才所用，他以其哲学评论和对人物的心理分析来作深入的，继又开创了警句的简洁风格。

撒路斯提乌斯在历数罗马共和国的衰微和腐化之后，还叙述了一个积极的纲领，即列举了为国家振兴必须实行的改革方案。

从撒路斯提乌斯的观点来看，导致罗马国家衰落的原因：首先是寡头集团对于土地的兼并，人民逐步丧失了自己的土地，无所作为和贫困，最后又导致腐化堕落，使得他们不能参加对于国家的管理。社会的衰落还决定于大部分公民忘记了国家的需要和利益，由于腐化堕落和玩弄阴谋诡计，人们看到元老院本身也令人痛心地削弱了。也就是人们的腐化堕落和元老院的软弱无力构成了罗马共和国社会道德体系从上到下趋于瓦解的混乱图景。

按照这一社会世相，撒路斯提乌斯阐述了自己就人民和元老院复兴积极的改革方案：关于扩大公民权和开辟"混合"移民地的建议。也即旧的公民和刚刚取得公民权的新人在殖民地相融合、"混合"到一起，在提出开辟移民地，也就是将土地分配给移民者，实质上提出了自己的土地改革方案。作者同时对国家管理者提出了根绝（或者减少）贪贿现象，必须根据品德而不是按照财富选择高级官吏的想法。

其次，对于共和政权的巩固问题，他提出，个别的王国、社会、民族只要他们坚持真理与良善的政治原则，就能保住自己的政权，但是如果贪图享乐、感到恐惧而开始背叛创建共和的初衷，就会丧失政权和国家励精图治的力量，甚至在外敌入侵时，处于被奴役的地位。

他建议实施两项改革：一是增加元老院的人数和实行秘密投票制。这些措施有助于提高元老的自尊心，激励他们更好地为国家利益服务，从而使元老院和它的道德上的威望得到提高。然而，对于撒路斯提乌斯的改革方案，后来的学者认为在现实中是行不通的，这是一种以苏格拉底和柏拉图的观点为依据的空想，是所谓的希腊"城邦思想"的翻版，和当时罗马帝国的实际严重不符。恺撒完全不可能按照这位老战友的建议去进行改革，而是反其道而行之。

如果说撒路斯提乌斯建议开辟的是混合的殖民地，那么恺撒设置的照例都是他安置自己老兵的移民地，而绝不按照恺撒提出混合原则，照顾到全民的利益；撒路斯提乌斯提出的抑制人们的贪财作风，取消财富取得特权问题，而恺撒试图用来调整债务问题或促进资本流通时所使用的办法证明，他所奉行的完全是另外一种方针。撒路斯提乌斯提到在选择高级官吏可以用抽签的办法，但恺撒大大限制了民主选官的渠道，而是完全按照自己的意志来分配高级官员的位置，都是不顾官员的品性能力，而是安插效忠于自己的人马进入权力中枢培植亲信的手段。

如果说恺撒按照撒路斯提乌斯的意思增加了元老的人数，苏拉改革将元老院由原来的 300 名增加到 600 人，恺撒又增加到 900 人。加上原来元老在内战中死亡元老的补充，几乎恺撒党人占了压倒性多数，确保了恺撒派各项议案通过的可能性。那只不过是为了瓦解共和寡头集团对于元老院的把控，所采用某种掺沙子、挖墙脚、丢石头排斥异己，扶植亲信私党团伙，稀释传统权力板块，构建新的利益共同体的手段。很可能恺撒这种拉帮立派的做法和撒路斯提乌斯最初提议之间的巨大落差是对恺撒感到失望主要原因之一，因而这位睿智而富裕的学者只能急流勇退，告别政坛，皈依豪华别墅著书立说，聊度余生了。

威尔·杜兰指出：

元老院把一切赞美词和头衔都加到恺撒的身上，或许目的是为了使人们加深对他的仇恨。因为人们一听到"国王"的名称就咬牙切齿。一连串的头衔使恺撒戴上桂冠，把他的秃头给遮住了。他现在控制着国库；他以执政官的身份，建议和执行法律；以保民官的身份使他神圣不可侵犯；以督察官的身份使他保举和废止元老院议员的权利。只有议会还保留着表决建议措施的之权，但是恺撒的副官多拉贝拉和安东尼把持着议会，当然会偏袒恺撒。和其他独裁者一样，恺撒企图把政权建立在民心上。

或许恺撒故意把新的元老院的体制扩大，使他难以发挥效用，同时要一致起来反对他也不容易。

根据《罗马革命》一书作者罗纳德·塞姆的描述，恺撒补充进元老院的恺撒党徒都是些什么人呢？

恺撒的党羽是一群可怕的、令人生厌的暴徒。这些人中，成为新元老的有百夫长、士兵、书吏和释奴的后代，概言之他们是一群渣滓。这种情况其实不值得大惊小怪，也不是什么新鲜事。理论上讲，所有自由公民都有资格担任财务官；在现实中，当选财务官的前提条件是拥有一名骑士应有的财富和社会地位，没有更高的门槛要求了。在恺撒的时代之前，一些释奴的后代，已经进入了元老院；他们战战兢兢、如履薄冰，面临着被无

251

法通融的检察官驱逐出元老院的威胁。同样书吏也很有机会取得罗马骑士的资格。恺撒手下的百夫长因他们的忠诚和由此取得的报酬而臭名昭著。有人宣称，元老院中充斥着这样的货色。只有无知或鲁莽的人才会误认为，独裁官会打破一切资历和社会地位的界限，直接从行伍中提拔自己的党徒。退伍后的百夫长有机会成为骑士，因此也有资格成为陪审团成员、官吏和实业家，成为至少在地方上有头有脸的家族始祖（如果他不是继承人的话——并非所有的百夫长都出身低微、来自穷乡僻壤）。百夫长的头衔是很有价值的，他可以通过庇护关系服役而获得。恺撒的一些骑兵指挥官从前可能就是百夫长。

　　……最糟糕的是，恺撒把一批外省人提拔进了罗马元老院。罗马市民的幽默感在对最近刚刚脱下本民族长裤，对帝国之都语言和特征尚不熟悉的高卢人的辛辣讽刺诗中得到淋漓尽致的发挥。

　　恺撒率领高卢人取得胜利，也率领他们占据了元老院。

　　高卢人脱下来裤子，穿上了元老们的宽大长袍。

　　以上评述，至少说明恺撒在打破以往元老院被贵族寡头把持，垄断共和国的陈旧组织架构赖以支撑的两大支柱：一是按照高低尊卑等级次序分配权力和财富，安排政权架构中的地位，打破陋规将中下层出身的追随自己打天下底层军官直接输送进了权力中枢，改变传统权力框架，壮大自己在元老院的实力；二是将外省协助自己打天下的蛮族或殖民地酋长引进元老院，改变了由本地贵族寡头垄断的元老院组织结构，有利于瓦解过去建立在"城邦共和"基础上的旧体制，而为帝国天下的威权体系输送了新鲜血液，成功稀释了罗马贵族寡头垄断的中枢权力结构，有利于下一步向多民族帝国君主独裁专制转型。

　　另一位书生理论家西塞罗和撒路斯提乌斯怀着共同的落寂心态看透了恺撒本意在树立个人权威，建立全能的独裁专制体制，实施没有国王的帝国体制，也就心灰意懒地返回书斋去从事教学和著书立说的千秋大业了。西塞罗的改革建言，主要体现在他在公元前46年9月就恺撒的政敌，前执政官马尔库斯·马尔凯努斯从流放中返回罗马，这位仁兄是出任公元前

51 年的执政官，曾经坚定站在庞培一边，要求解除恺撒在高卢统帅权的元老，后来追随庞培去了希腊，在法萨卢斯会战中庞培惨败后，他停止战斗，退出政坛，自我流亡海外。公元前 49 年初要求恺撒宽恕，回到罗马。这是西塞罗在元老院发表的那篇著名的演说：一是要求感谢恺撒对自己表示宽大，二是坚持要求恺撒着手"整顿"由于内战而陷于混乱的国家事务。

西塞罗说：

"这就是你的本分，你应该把国家的体制建立起来然后自己安安静静地享受它"。他还说"毫无疑问，后人在听到或读到你这位统帅、这位行政长官，有关莱茵河、大洋、尼罗河，有无数次的战斗、难以想象的胜利，有关各种遗迹古物、有关节日和比赛，有关你的凯旋的记述时，是会感到吃惊的，但如果这座罗马城不因为你的关心和指示而得到巩固的话，那么你的名字便只是在所有的城市和乡村游荡，却不会在一个长驻的地点和确定的住所"。随后西塞罗又强调指出，在未来的时代中，在评价恺撒的事业时也会出现巨大的分歧，只要这一事业不是因他最后熄灭内战之火而结束的话。

西塞罗在这一演说中与撒路斯提乌斯致恺撒的信提出的目标，有着异曲同工之妙，也即共和国在结束内战后的主要任务——重建罗马共和国，恺撒应当义不容辞地担负这一任务，而实现这一任务大致也就是撒路斯提乌斯在书信中所提到的整顿法治、恢复信贷、抑制骄奢淫逸的作风，关心后一代以及用严刑峻法把这一时期崩坏的一切"结合在一起，从道德上使国家和人民得到重生"的纲领。

然而，两位带有学究气的政治家，只是用某种书生式的思维擅自揣度实用主义者恺撒。在他出生入死登上最高权力的顶峰时，首先想到的不是恢复共和国的旧体制、旧道德和旧秩序，而是要建立适应帝国体制的元首独裁专制体制，其本质和君主独裁没有不同，只是形式上依然可以保持共和国旗号，而内囊子上已经抽空了共和国的灵魂，填充进了更多帝王专制实质性的新内容。

恺撒效法格拉古兄弟，把土地分配给退伍军人和平民。后来奥古斯都继续推进这种政策好多年，对制止农民反抗发挥很大作用，为了防止土地集中，他规定新土地 20 年内不得出售；为遏制乡村奴隶制度，他通过一项措施，宣布农场的工人一定要有三分之一的自由劳工。恺撒把一些游手好闲的大众游民捉来当兵，又把八万个市民迁徙到迦太基、柯林斯、塞维利亚和阿尔勒等新设立的殖民地。为解决罗马的失业问题，恺撒拨款 1.6 亿塞斯特斯作为建筑房屋之用。他又盖了一座宽敞的会议厅，一间会堂，他把意大利、西班牙、高卢和希腊的城市布置得面目一新。恺撒在缓和贫穷的压力后，规定领取征服的赈济品的标准；于是申请户便从 32 万降低到 15 万。

恺撒仍然得到大部分的罗马平民的支持，然而由于罗马革命是农业革命，而非工业革命，其主要对象是贵族，其次是信贷方，所以恺撒继续推行格拉古兄弟的政策，邀请商人支持农业和财政改革。西塞罗试图把中产阶级和贵族联合起来，恺撒则想使他们和平民和谐相处。恺撒降低债务，并严格规定不可过高，对于破产进行补救，他创立了破产法。为了维持货币的稳定，他以黄金的多寡作为货币发行的标准。政府发行的硬币镌刻有恺撒的头像，帝国的财政制度有条不紊，以至于当恺撒死后，国库盈余苏斯特斯 7 亿之多，而他自己的私产也有 1 亿塞斯特斯。

为了便于征税和行政，恺撒在意大利做了一次户口调查，同时计划整个帝国也要做同样的调查。由于连年兵燹战火，人民死伤无数，为了增加市民数目，他把罗马公民权广泛授予民众——罗马的医生、教师均享有了公民权。由于他一直担心罗马的低生育率，在前 59 年第一次担任执政官时，就颁布法令规定 3 个孩子的家庭便能优先分配到土地，对于大家庭政府还能进行奖励；而没有生育的 45 岁以下妇女不得乘坐肩舆和佩戴珠宝——这是他立法中最大的缺点，也是效果最坏的一环。

恺撒是罗马民众选举的国家终身大祭司，全国宗教的最高领导，他当政后，时有资金支持宗教。他不仅修复古老寺庙，也增建新寺庙，对自己的先祖维纳斯尤为推崇。恺撒一向主张宗教自由，解除以前对女神埃西斯崇拜的禁令，并且保护犹太人宗教信仰自由。由于教士的历法和季节的变换不相符合，为了修正时间的误差，恺撒委派索西琴尼（Sosigenes）仿效埃及格式创造尤利安历法，采取科学思考方式加以巧妙的运算，完成以后非常实用，用来规范月份和地球围绕太阳公转的关系，因此一年有 365 天，每四年在二月时多出一天。西塞罗抱怨说，恺撒征服、统治地球还不满足，现在正调整宇宙星球。

为了振兴首都——罗马，他还规划了一系列的重大工程计划。许多工程由于他的被刺杀而流产。蒙森在他的《罗马史：从起源、汉尼拔到恺撒》一书中评述（译文有改动）：

恺撒将罗马人对建筑的爱，与创建者对建筑的爱融为一体，他的成就不仅使前期为政者的怠惰无地自容而且更超越了罗马贵族的最佳成就。……恺撒之超越先人不仅在建筑的幅度，在他的大手笔上，也在于他对公益有真正的政治家的领会。他的继承者大肆兴建庙宇和华贵建筑，他则在战神园新建了尤利娅广场（Saepta Julia）以缓解罗马市场的压力——因为那里有公民集会会场，有主要法庭，有货币交换所，又是公务和市民休闲之处；恺撒还在卡匹托尔山与帕拉蒂尼山之间建筑了一个新的法庭。但这些成就只不过是完全重铸罗马的第一步。他还定下了其他计划：新的元老院、新的气派的集市，一座可以和庞培剧院相匹敌的新的剧院，以埃及被他一把大火所毁弃的亚历山大图书馆为样板的拉丁与希腊公共图书馆（这是罗马城的第一座国家图书馆）。

他甚至不计前嫌，任命他的老政敌，前庞培派远西班牙南行省总督兼军团司令瓦罗为图书馆馆长。瓦罗在早期的西班牙战役中曾经成为恺撒的俘虏，队伍被收编，本人被释放重回庞培阵营，继续与恺撒作对。在法萨卢斯会战后退出政坛，一直流亡海外。内战结束后回到罗马。瓦罗前半生一直追随庞培忙于东征西讨，在其 89 岁生涯中，忙里偷闲，几乎把各种知识都摘录下来，他的 620 "卷"书（大约 74 本）可以算作当时只手独创的百科全书。由于对拉丁语的起源发生兴趣，他写了一篇《论拉丁语音》的文章，他在《论乡村生活》中鼓励大家说，乡村是逃避争斗、混乱的最好去处。他的遗嘱里详细叙述了乡村的静谧和幸福，他很钦佩乡村的妇女在产后不久就回到田间劳作。他很为罗马的低生育率担忧。"以前有子万事足，现代的妇女则说她宁愿上三次战场也不愿生一个孩子"。在他的《神圣的古代》一书中说，一个国家的丰饶、秩序和勇气需要由宗教信仰支持与道德戒律才行。他是一位百科全书式的文武兼资的学者，由他来担任国家图书馆馆长是合适的。

恺撒还新建了一座战神马尔斯庙，其辉煌与富丽超过以往所有的战神庙。更伟大的规划是，他准备掏干庞普廷沼泽，以新的运河导引台伯河水到适当的人工港。这个庞大的计划而战胜首都最大的敌人——疟疾。使得极其有限的建筑空间可以得到大幅度扩充，而罗马城可以得到长久以来极为需要的安全港口。由此可见，伟大的恺撒作为神圣尤里乌斯的气魄和移山填海与大自然抗争的决心。

暗潮汹涌的罗马政坛

恺撒从阿非利加班师凯旋的时候，他的情妇埃及艳后迫不及待地像是旋风一样来到罗马，女王的突然到来，从另一个侧面证实了恺撒企图称孤道寡的传闻。

女王不仅带来了国王弟弟兼丈夫的托勒密十五世和大批太监随从，还带来了她和恺撒的私生子，那个叫恺撒·里昂的小家伙。逼着恺撒承认是他和女王的小王子，这不就意味着小家伙将来就是独裁官的继承人？这是罗马人难以容忍的事。

在这个时候，西班牙发生叛乱，两人再次挥泪依依惜别，恺撒挥师急匆匆地远征去了。大头目走了，罗马政坛风云诡谲，小加图的外甥布鲁图斯和共和大佬西塞罗勾结在一起弄出了两本悼念加图的小册子。恺撒尽管远在西班牙出生入死地艰苦鏖战着，他对罗马的政局依然很关注。读着西塞罗和布鲁图斯的文章，他怒不可遏，在即将举行的孟达会战的前夕，他愤然捉笔撰文大骂起来。他写道，加图算什么英雄？他是一个卑鄙的酒鬼，一个不识时务的疯子，简直不值一提。这篇名为《反加图》的文章在罗马散发后，民众读得津津有味，不知道他们认为谁更配得上这些骂名。这些攻击不仅无损于加图名声，反而将他推上了一个新的圣洁的高峰，共和国的疮疤再次被揭开，引发了民众对他的怀念之情。

面对庞培兄弟及其余党的拼死反抗和国内政坛的风起云涌，使得恺撒有点心烦意乱甚至是灰心丧气，这使得恺撒终于抛弃了仁慈的面具，他根本就不再把叛乱者看成是罗马的公民，因而慈善怜悯和宽容也就无从谈起。敌人的尸体被用作修建堡垒的材料，他们脑袋被顶在长矛上示众。当格涅乌斯被捕获后，他的脑壳立即被砍下，当成战利品送到了恺撒处，被独裁官到处展示。

恺撒在西班牙的平叛终于迎来了胜利的尾声。他在西班牙停留数日，对于参与反叛的部落，他下令加征额外税收，或是剥夺若干田地作为惩罚；

257

对于忠诚他的部落则给予罗马殖民区的地位，甚至给这里的人民颁赠罗马市民的权益，赐予减轻赋税的奖励。

到了 10 月初，独裁官才在罗马露面。为此，罗马元老院为他进行了第五次隆重的凯旋仪式，并举行了为时五十天的谢神仪式。然而，在鲜花、掌声和各种谄媚的笑脸背后却隐藏着深重的政治危机。反恺撒的势力在他远征西班牙的时候，已经完成了力量的聚集，罗马政坛可以说暗潮汹涌，刺杀恺撒的阴谋在暗中酝酿，直待时机成熟。六个月之后，恺撒被刺身亡。

西班牙战争是恺撒生前打的最后一战，也是打得最艰苦的一战。虽然胜利是空前的，也将他的权威推向了最高峰，这种借助军队的残酷嗜杀所获取的成功，是建立在无数民众和士兵流血牺牲之上，造成多少家庭的妻离子散和无数田地的荒芜。所谓"一将功成万骨枯"几乎是千古不易的真理。因内部权力的政治斗争，演变真刀真枪的战争已是将政治斗争推到了最高形式。即使牺牲的人群有原庞培所率军团的残余分子，也有不少西班牙部落民众，而西班牙当年也是罗马的行省，并非什么蛮夷的国王和君主。战争虽然取得了胜利，而民心却因为道义的丧失，在民众眼中成为罗马的某种耻辱。恺撒为了庆祝这场在海外行省取得的胜利，进行了这场过分奢侈和铺张的仪式，对罗马民众的内心就是某种伤害。普鲁塔克指出：

这是恺撒所打的最后一场战争，为了庆祝胜利举行的凯旋式，使得罗马人相当不悦，因为击败的不是外国的将领和蛮族的国王，只是绝灭一个何其不幸的罗马伟大人物的子女和家属。这样一来，他等于拿凯旋式庆祝国家的灾难，他对自己所发起的战争，除了确有所需之外，没有任何言辞可以向人民和神明辩解，还要为血腥成果而兴高采烈实在说不过去。除此以外，他一直没有写信或派遣使者，到罗马去宣布他对同胞获得的胜利，看来他自己也认为这并非是什么光荣的事，可能还感到很难为情。

经历这么多年的内战和灾难，人民渴望和平，哪怕是一人独裁专制下的和平，人民也能获得一段休养生息的时间，获取连年征战形式下的一丝喘息。公元前 45 年 2 月 15 日元老院和市民大会通过提案，任命恺撒为"终身独裁官"的职位。因为他现在不仅获得了权力而且是永久的权力。也即没有帝王之名，却又超越帝王之尊的帝国元首。

罗马已经顺从了恺撒，但还有地方没有顺从罗马。让战争去激发民众爱国主义情绪，分散国内民众的注意力，使得凯撒能够暂时从矛盾的旋涡中脱身，以对外战争的胜利赢得更大的荣誉，掠夺更多的财富赢得民心，从而进一步提高荣誉巩固权力。因为，政治上的老对手最顽固的就是帕提亚，利用共和国内战的机会，他们的骑兵越过了叙利亚边界。对共和国而言，拍提亚还有卡雷城杀害自己老弟兄克拉苏父子的宿怨没有清算。对他的征伐是转移群众视线顺应民意一举多得的事情，恺撒何乐而不为呢。他从公元前44年年初就宣布要远征帕提亚，出发的日子就定在3月18日。除了要击败帕提亚，收回被掳走的鹰帜救出被俘人员，他计划在归途要经过多瑙河，确定最后的防卫线，保障帝国的安全。

然而，根据先知西比尔的预言：只有国王才能打败帕提亚。一项授予恺撒国王头衔的动议即将上报元老院。帕提亚是罗马的宿敌，曾经打败了罗马三头政治之一的克拉苏军团，其中有数万罗马军团的战俘等待解救，一批克拉苏军团的银鹰军旗被缴获，卡雷城的奇耻大辱等待着恺撒去报仇。是不是戴着国王的冠冕御驾亲征，恺撒斟酌良多，鉴于他现在终身独裁官的身份早已在权力上超过了国王，要那个虚假的国王头衔还要背负背离共和祖先遗教的骂名又有什么实际意义呢？唯一的遗憾就是没有国王的身份背书，他的子嗣无法继承王位，但是他至今并没有男性继承人，只有一个杂种是女王自封的恺撒·里昂。罗马高层并不承认，他何必冒天下之大不韪干这种荒唐的事情呢，即使不去要这个王冠，也并不妨碍他指定自己的接班人。想到这里他心中有了主意。

辉煌巅峰的跌落

恺撒的那些政敌如同那些阿谀奉承之徒一样，却在推波助澜竭尽全力促成恺撒的虚荣心向权力的顶峰攀升，尊荣就成为某种沉重的十字架。这种超越了平常心态的超强欲望在政治反对派看来，完全是在适当时候可资利用的工具，因为自从内战结束后，恺撒可供指责之处并不多，他正在夙夜辛劳地推动他的恺撒新政，被后来的人称之为"罗马革命"，首先推动的是民族和解，化解内战以来积累的各种仇恨。

元老院通过了一项建立维纳斯爱神庙的议案，一方面是为恺撒的先祖阿芙洛狄特的权威立庙祭祀，另一方面也是将恺撒的仁爱、宽容美德昭示天下，以示在博爱精神的感召下建设新的罗马帝国，两全其美。恺撒对很多当年与他为敌的人，不仅赦免他们的罪行，而且还把各种头衔授予某些人，战前担任元老院议员的，战后他们依然是元老院议员，享有参政议政的权力。特别是布鲁图斯和卡西乌斯都由行省总督升任了国家法务官。

罗马人却日益感到焦灼不安，公元前 45 年底，元老院宣布，恺撒以后被尊称为"神圣的尤里乌斯"自此他如果愿意打破最后禁忌——也就是当年建立共和体制时开国元勋布鲁图斯与元老院有约"意欲为王者，人人可诛之"。他完全可以为自己戴上王冠。神化恺撒的风潮依然在罗马帝国乃至意大利和各个行省、东方诸国上下积极地推进着。

面对谄媚者虚情假意的拥戴和不怀好意地廉价奉送各种头衔和封号，恺撒陶醉在自己如日中天的权力和威望的梦中，他在思想上放松了对政治反对派的警惕，他真的以为神灵会保佑他，他的人民忠心拥戴自己，他为人为制造的假象所迷惑。他心中不是不想称王，而是高度忌惮着共和国祖先的警示，而认为国王这个称号是一种不祥的赌咒。他解散了自己人数众多的禁卫大队，这个大队在战争时期是作为自己近卫军使用的，他只带着非武装的普通护卫大队出现在大庭广众面前。

他想成为帝王的愿望时不时在他的日常行为中不经意地有所流露，乃至于成为街头民众的谈资。当元老院投票通过给予他的那些崇高荣誉后，当执政官和法务官陪同元老院全体成员穿着庄重的官服，带着元老院的法令文书，前去报告他这一信息时，他正在市民广场的主席台上处理公务，他正襟危坐地坐在主席台中心的象牙黄金圈椅中，微微抬起耷拉的眼皮，伸出手淡淡地表示他知道了。他端着架子傲慢地不按常规礼节起身进行答谢。还装模作样地说，他的荣誉应该减少，不应该再行增加。他的无礼不仅冒犯了全体元老，而且也使全场的民众感到非常不愉快。他们认为侮辱元老等于侮辱整个国家，在场许多观众心情非常复杂，人们纷纷悄然地离开了广场，表达着对恺撒的不满。

恺撒感觉到自己行为的不妥，他尴尬地回到家中，故意敞开自己的领口，高声对朋友们宣布，任何人想要刺杀他，他愿意从容赴死。他对自己的行为辩护道，见到元老们，他之所以没有起立相迎，是因为患有癫痫症，如果站着说话太多，就会头脑发晕，眼睛发花，全身抽搐以致丧失理性。显然这些话不能让罗马的人民信服。因为他本来是准备起身相迎的，但他的私人总管科尔涅利乌斯·巴尔布斯小声对他耳语道："不要忘记你是恺撒，盖世功勋难道不应该享受高高在上的尊荣吗？"

在举行每年一度的逐狼节也叫牧人节的庄重仪式上，恺撒穿上只有凯旋式才能穿的紫色托加，鹿皮精致帝王靴，高高坐在观礼台为他专设的象牙黄金椅上，威风凛凛不可一世地观看着庆典仪式。执政官安东尼光着膀子在仪式上与民同乐地在城市里进行奔跑运动，在跑到主席台前时，他突然离开跑道直接冲向主席台直奔恺撒，将一顶缀着月桂叶的王冠戴在恺撒的秃头上。台下明显是他安排的少数群众演员发出有气无力稀稀拉拉的欢呼声，在大庭广众之下却显得分外刺耳，使得恺撒感到十分尴尬，而恺撒表示拒绝时，台下的民众却发出一致的欢呼声。安东尼第二次献上王冠，还是少数人在迎合安东尼不怀好意的谄媚举止。等到恺撒再次婉拒时，所有民众欢声雷动。恺撒此刻开始清醒意识到此事绝不可掉以轻心，他站了起来，吩咐把这顶王冠送到广场对面朱庇特神庙去。为了平息他要称王的谣言，他命人在市民广场的一角的大理石柱上正式镌刻如下铭文：

执政官马尔库斯·安东尼请求终身独裁官盖尤斯·恺撒王者的权威，遭到恺撒的拒绝。

当他从阿尔巴归来，罗马民众在城门口去欢迎，奉承他的人大胆地称他为国王，向他欢呼致敬。他发现大部分民众摇头叹息，表现出非常厌恶的神情，恺撒察觉到民众的不满，他装出不高兴的样子，对那些欢呼他为国王的人回答道："我不是国王，我是恺撒。"好像这些人把他的名字弄错了似的。大部分民众听到这种言不由衷的表示，均表示沉默，于是他继续向前走，看起来脸色很阴沉。

面对这样的社会舆情，恺撒还是有些担心的，他有点后悔他的武断行为。考虑到这是他在和平环境没有军权在握的情况下所做出的轻率决定，他命令他的朋友保护他，因为他已经留下了口实给他的政敌，而暗藏的那些政治反对派正在伺机蠢蠢欲动，准备发动政变，将他赶下台。他的朋友问他，是不是希望把已经解散的西班牙近卫队再重新恢复起来，他却自信地说："世界上没有什么事比时刻都在戒备着被别人来暗杀更为不幸了；那只是一个胆小怕死的懦夫所为。"他依然我行我素地只带着他独裁官配备七十二名扈从，往来各处随意出现在公众场合，毫不介意那些逐渐扑近他的暗杀阴谋。而他的拥趸们还在不停地为他争取王号而努力，其中肯定不乏别有用心者企图借此来败坏他的名声。

这样一来，那些潜伏的共和党人不得不把目光转向青年贵族马尔库斯·布鲁图斯身上。这位青年贵族的父系，是共和国之父布鲁图斯的后裔，尽管这种血缘关系因为前辈婚姻的流转过继等问题并不十分纯正，但是继承的家族名讳却是实实在在的。他的母系是罗马老牌传统贵族塞维留斯，此外他还是小加图的外甥兼女婿。

普鲁塔克在《马尔库斯·布鲁图斯传》中记载：

"布鲁图斯拥有高贵的魄力、廉洁的德操和众多的友人让恺撒感到忌惮，由于他坚持正义原则和道德勇气，即便会使恺撒感到人身的安全，然而恺撒对布鲁图斯并不是毫无猜忌之心，也不是没有告密者对他提出诸多指控"。据说有人认为安东尼和多拉贝拉在背后捣鬼。恺撒却说道："脑满肠肥留着长发的小子没有什么好担心，倒是要提防脸色苍白骨瘦如柴的家伙。"指的就是布鲁图斯和卡西乌斯。有一些人当着他的面中伤布鲁图斯，劝恺撒要提高警惕，特别要重视个人防卫，他说道："什么，难道你以为布鲁图斯等不及了，非要取我的性命不可？"他的看法是没有人比布鲁图斯更适合继承他的权力，所以才有这样的表示。其实只要布鲁图斯耐心等待一些时间，当恺撒的权力到达峰巅开始走下坡路，过去的名声因为伟大行动的消失而逐渐式微，毫无疑问就会成为共和国的头号人选来接替恺撒的职位。

当然也有人对于布鲁图斯最终卷入刺杀恺撒的阴谋不以为然。他们认为恺撒一直对布鲁图斯钟爱有加，这种爱有着某种父亲对儿子的爱，因为布鲁图斯的母亲罗马贵妇塞尔维莉娅一直是恺撒情妇，他们的关系之深之长，引得罗马官场议论纷纷认为布鲁图斯其实就是恺撒和老情人的私生子。布鲁图斯从恺撒处获得的权位和利益，使他根本不可能去从事对于恺撒的任何谋逆活动，用来推翻当前新兴的独裁专制体制。在庞培法萨卢斯会战失败以后，不仅布鲁图斯自己得到了赦免，许多朋友因为布鲁图斯出面说情全部获得赦免。

此外，他在恺撒对共和国组织体制进行改革重组中明显属于既得利益者。在公元前45年的法务官推举中他以高卢总督的身份获选帝国阶位最高的罗马大法官，击败了竞争对手卡西乌斯。卡西乌斯虽也担任大法官却是次一等负责罗马以外地区的大法官。仅这一点就使得卡西乌斯耿耿于怀，对恺撒极其不满。也就是布鲁图斯只要安安稳稳在大法官位置上待满四年，就可参与执政官的选举，有恺撒这位干爹或者亲爹做后台他的执政官位置迟早会收入囊中。据说在这次法务官选举中卡西乌斯虽然具备更加优越的条件，但是恺撒还是让老情人的儿子如愿以偿通过了选举。布鲁图斯难道不知道知恩图报还要去恩将仇报？这不太符合人情和世故。然而，心怀大志，腹无良谋的布鲁图斯绝不是势利小人，他有他的想法，而且这个想法还很坚定。

阴谋行刺的杀手们

也许恺撒已经预感到自己深陷的政治危机，也许是厌倦了无聊的"王位"争论，也许他根本放弃了称王念头。他准备抽身退步前去远征帕提亚了。他已经预先派出16个军团的步兵和10000名骑兵，先期横渡亚得里亚海，准备进攻帕提亚。自己也将于3月18日出征亲自前去讨伐帕提亚。他急于摆脱罗马这块是非之地。然而，他想抽身退步的目的，由于阴谋集团的刺杀行动而告终结。

在刺杀行动展开的前一天，占卜官斯普林那警告他，15日要特别警惕，但恺撒从不把迷信当一回事，只是在私人的谈话中才流露出对死亡的暗示。就任终身独裁官刚好一个月的3月14日，他与雷必达共进晚餐。后者是公元前49年投靠他的罗马显贵，其父是苏拉时期的执政官，曾经组织了反苏拉的民粹派起义，后来被贵族派残酷镇压。如今他是深受恺撒信任的骑士团团长，恺撒将自己出征后主持罗马政局的重任交付于他。恺撒把他当成知心朋友，在摒退卫兵后，两人进行了一番密谈。雷必达问他："什么是最愉快的死法？"恺撒回答："毫无防备的那一种。"有防备就会有害怕，害怕就会丧失勇气。那天夜里，恺撒梦见自己忽而在云端飞翔，忽而与朱庇特携手；他的妻子卡尔普利亚幻觉，他们家的房顶坍塌，丈夫被刺死在自己怀里；他们家的房门突然自动敞开。妻子被噩梦惊醒，劝他第二天不要去元老院，恺撒笑了。

由于这一切，也因为健康情况欠佳，恺撒犹豫许久，不知是否应该待在家中推迟原计划要去元老院议事。但是终于，在德基姆斯·布鲁图斯的劝说下（此人是恺撒的老部下，参加过高卢战役和、马赛、法萨卢斯会战，深得恺撒信任，在遗嘱中被列为第二顺序继承人），因为这位老部下告诉恺撒，全体与会者已经在议事大厅等待他多时，他不能使全体议员失望。恺撒于5点钟左右登上四个仆人肩扛的软轿出了家门，路上有人递给他一张揭发阴谋的纸条，他把这张纸条和左手拿的另一张纸条放在一起，并没有马上阅读。他在肩舆上碰见了占卜官斯普林那时笑着说："你让我今天小心，可是我今天还活着。"他笑话斯普林那，说他不是一个灵验的预言家，因为3月15日确实已经到来，并未给他带来任何伤害。但是斯普林那回答道，3月15日的确到来了，时间尚还没有过去。恺撒在蔑视灾异中走进了议事大厅。

苏维托尼乌斯在书中记载：

在过去的时间里，预谋的刺杀事件还是令人惊悚地发生了，牵扯到阴谋的共60多人，其中就有他深所器重的马尔库斯·布鲁图斯、卡西乌斯和德基姆斯·布鲁图斯。

布鲁图斯参与对恺撒的谋杀，主要起因是他的舅舅加图的死，对他影响巨大。虽然从内心讲他并不赞成加图选择自戕殉国，而是认为加图应该为保卫共和国而战死在疆场。其实这种想法自私而虚伪，因为他本人在法萨卢斯会战后，选择投降恺撒，说明在敌对双方的立场抉择的矛盾心态。因为在恺撒对待布鲁图斯、卡西约、西塞罗等很多其他人的宽恕中，证明了恺撒的宽厚仁慈。

布鲁图斯认为即便恺撒俘虏了加图也会予以宽大。共和国摇摇欲坠，也不至于完全毁灭，共和国的重建是完全可能的，因为恺撒并不是暴君。而共和重建过程，加图绝对是可以仰仗的力量。然而，加图自杀了。与此同时加图也抛弃了自己，他只能自己去独立承担共和重建的重任。看到舅舅"背叛自己"选择"简单的解脱"，布鲁图斯感到了些许气愤；他因为自己未能始终陪伴在舅舅身边而有着某些愧疚。也许他本能够解救他，或者和他一直战斗到死。这当然只是布鲁图斯的书生之见，因为当时恺撒大军围困乌提卡的期间，加图选择自戕而死只能是保持对共和效忠的唯一选择，抵抗是无谓的，只会牺牲更多的民众性命和财产。不面对战乱期间这种城市民众因抵抗而惨遭屠城烧杀抢掠的实际，布鲁图斯是无法想象当时加图抉择的困难，他只能选择自戕而死，牺牲个人的生命，为了民众的生命和自己对共和忠诚的名节。

就在加图自杀一二年之后，他在罗马的人气反而飙升到顶点，几乎可以和恺撒在罗马平分秋色，加图俨然已经成为抵制恺撒称王的精神偶像。作为恺撒的干儿子和加图的外甥，布鲁图斯自己也必须再次做出抉择，他已和自己的妻子离婚，选择与加图的女儿也是自己的表妹鲍基娅结婚，已经鲜明不过地表达他的立场。当时的鲍基娅是单身寡居，她的丈夫毕布鲁斯是公元前59年恺撒任执政官时期的副手，也是恺撒"平民派"的宿敌——属于贵族共和派的坚定分子。她为毕布鲁斯生了三个儿子，其中一个也叫毕布鲁斯。鲍基娅当时年龄不算太老，但也不年轻了。布鲁图斯的这次婚姻，似乎只有一种选择，他越来越在政治上认同他死去的舅父。这无疑是对自己干爹或者亲爹的挑战。

　　布鲁图斯和西塞罗的关系比任何时候都亲密。西塞罗在法萨卢斯战役不久就声明退出政坛，但是这只是假惺惺地说说而已，出于政客不甘寂寞的本性，在加图去世后，他实际已经成为共和派的一面旗帜，只是在崇高理想和官场权益之间左右摇摆着，使他的人格严重扭曲着。布鲁图斯建议西塞罗称颂加图，因为他自己的赞美似乎收效甚微。就在公元前46年到45年，西塞罗有三部重要的哲学著作题献给布鲁图斯。他似乎在对布鲁图斯的殷勤和恭维中寻得慰藉，而西塞罗认为布鲁图斯伟大的潜能因内战而夭折。自始至终，恺撒对此保持着非同寻常的隐忍。

　　恺撒在远征阿非利加讨伐小加图和西庇阿期间，任命布鲁图斯为山内高卢总督，其他行省的民众都过着苦不堪言的生活，各地总督为了满足自己的贪婪，一味运用暴虐的手段搜刮钱财，将民众视为战争的奴隶和俘虏，只有布鲁图斯简政亲民，尽量改善以往的统治者带来的灾难和不幸，他的善行使民众对恺撒获得好感，恺撒班师回朝经过意大利看到布鲁图斯统治的城市一片升平，使他极其欣慰，布鲁图斯更加受到重用，成为最受恺撒倚重的幕僚。当法务官出缺时，其中最为显赫的市政法务官，大家意见是授予布鲁图斯和卡西乌斯为宜，有人提到这两位中间还是有差别的，而且两人还有亲戚关系，因为卡西乌斯娶了布鲁图斯的同母异父妹妹朱尼娅·特尔夏为妻，竞选过程中两人发生口角，而且争吵越演越烈，这种分歧完全出于恺撒的暗中操控，完全出于老政客制造矛盾，便于自己从中驾驭的权谋伎俩，在鹬蚌相争中坐收渔翁之利，古今中外并不鲜见。

恺撒在私下里对两人都表示器重，让他们充满希望竞争到底，甚至挑唆他们公开竞争较量，等于是观察考验两人之间对于自己的利害关系或者说是检验他们对自己的忠诚度。布鲁图斯只能靠着自己的名声和操守，不像卡西乌斯在对抗帕提亚的战争中曾经立下过汗马功劳，他在面临卡雷会战的风险，以财务官的身份曾劝阻克拉苏出战迎敌，被主公拒绝，克拉苏贸然出击，结果全军覆灭，父子双双殒命。卡西乌斯见死不救，带着500名骑兵背主临阵脱逃。

恺撒听说这两人为争夺首席法务官已经闹得水火不相容。对此事深思熟虑后，对幕僚说："虽然卡西乌斯具备更好的条件，我们还是要让布鲁图斯出任首席法务官。"卡西乌斯虽然也被任命为法务官，却是次一等的侨民法务官。因为没有达到自己的目的，自然对恺撒心生不满，心中充满怨愤。

布鲁图斯完全可以如其所愿分享恺撒的权力，只要他乐意，可以成为恺撒幕僚的首脑人物，比其他人拥有更大的权势和更高的职位。卡西乌斯招降纳叛成为反对恺撒阴谋集团的实际操控者。他一直想着拉拢布鲁图斯摆脱恺撒的控制。自从他们在竞选中发生纠纷，两人的关系一直没有恢复到过去的那种亲密无间的友情。但是，布鲁图斯还是愿意听取卡西乌斯对他的劝告，不要被恺撒的名利地位所收买，放弃重建共和的理念。目前他们所需的是避开暴君的有意识利用，暗示恺撒并非赏识他的功勋和德行，而是消磨他的精神，磨损他的活力，使他不能完成自己重建共和的神圣使命。

此刻，阴谋集团还对布鲁图斯展开了舆论攻势，给他邮寄信件，并在市民广场共和国之父老布鲁图斯雕像前贴讽刺性的小字报说："啊！我们的布鲁图斯现在在哪里？难道你死了吗？"以及"啊！布鲁图斯现在还活在世上！你的子孙有辱于你！"布鲁图斯是法务官，在他法庭里竟然出现这样的揭帖："布鲁图斯，你还在睡觉。""你是冒牌的布鲁图斯！"似乎他已经被独裁者授予的高官权位所收买，称为独裁者的走狗帮凶，这简直就是一件亵渎祖宗背叛共和信仰的丑闻，自然引起了他很多战友的反感，这些都使得布鲁图斯深感惭愧，而又无地自容。这些以及许多类似的讽刺语言，煽动起这个青年贵族去做一件效法其祖先的壮烈行动来。

卡西乌斯性格极其暴躁，他之所以痛恨恺撒完全是出于私人恩怨，并不是为了践行共和理想，也不是为了反抗暴君，激起义愤从而追求民主自由的共和理念。布鲁图斯认为，恺撒独裁统治已经给人民带来很大苦难，需要他们奋起反抗；卡西乌斯单纯目的就是反对恺撒本人。

关于恺撒要称王的谣言最盛行的时候，在元老院即将举行会议之前，卡西乌斯反复思考后，还是首先向布鲁图斯伸出和解之手，在他们闹翻以后，他决定主动捐弃前嫌，前去拜访布鲁图斯。等到双方寒暄完毕，他发现布鲁图斯是一个完全可以敞开心扉倾心交谈的人。

他抓住布鲁图斯的手说："如果那些谄媚恺撒的人提出法案，推举恺撒为国王，我们如果在元老院议事厅将怎么办？"

布鲁图斯回答："我将缺席。"

卡西乌斯又问："我的好布鲁图斯啊，如果我们以大法官的资格被召往那里去，我们又怎么办呢？"

布鲁图斯又坚定地回答："我的职责不再是维护社会安宁，应该勇敢地站出来，为了国家的自由权力不惜牺牲自己的生命，誓死捍卫共和国的荣誉不受到侵犯。"

卡西乌斯激动地拥抱了他，他说："怎么会有罗马人舍得让你去死呢？布鲁图斯，你难道不知道自己拥有多么大的感召力？如果你有反抗恺撒暴政的意图，每一个贵族都可能在你的旗帜下集合起来。你以为那些写秘密揭帖到你法庭的人是普通民众，还是出身高贵的罗马人？这些都是最高贵的罗马人，虽然向别的大法官他们要求赛会、跑马、和野兽的决斗，但是他们却向你要求最高贵的自由，希望你无愧于祖先创建共和国的初衷，继承祖先的光荣传统，反抗恺撒的独裁专制，振兴我们伟大的共和国。"

这样他们在私下相互吐露了各自思考了很久的心声，对刺杀恺撒达成了共识。他们各自试探自己的朋友和恺撒身边的人，在暗中结成了六十多人的阴谋集团，准备通过刺杀恺撒，改变独裁政体，重振共和大业。

布鲁图斯参与由卡西乌斯主导的阴谋反恺撒集团，成为该集团的一面旗帜，而其本人却一直身陷在家庭矛盾的漩涡中苦苦挣扎难以解脱。就像当年他在母亲情人恺撒和舅舅小加图以及庞培集团的分裂中的选择，使他的人格分裂一样，他的首鼠两端使他饱受舆论攻击，灵魂一直难以安宁。此番参与对恺撒的谋杀密谋，他所处的家庭环境依然四分五裂，由于舅舅的死，促使他义无反顾地转向反恺撒的阵营，希望最后拼死一搏，借助祖先的余泽和威望来彻底挽回自己被玷污名誉，达到自己青史留名的目的。但是历史对于他及其他的妹夫卡西乌斯组织的阴谋集团对于恺撒的刺杀，始终充满着争议，一直没有定论。

虽然布鲁图斯与鲍基娅的婚姻可能为他失去加图带来些许慰藉，但同时引起了家庭的严重纠纷。恺撒的情妇、布鲁图斯的母亲塞尔维莉娅坚决反对这桩婚事。为此，她和她哥哥的孩子——即将进门的儿媳妇经常吵架。与这样的近亲成就的婚姻是毫无利益可图的，还可能严重影响到和自己的心上人恺撒的关系。而塞尔维莉娅十分清楚要给儿子寻找有利可图的婚姻关系。她原来是准备为自己的儿子迎娶恺撒的爱女尤利娅的，两人也是青梅竹马两小无猜的一对，如果说布鲁图斯曾经是他所培养的乖乖男，对母亲的敬畏多于热爱，当母亲和恺撒的丑闻在罗马高层间热传时，他和妹妹特尔奇娅都感到了家庭的耻辱。

恺撒本身就是个花花公子，所谓情感也就是逢场作戏，他有情妇无数，他和塞尔维莉娅的只是无数情妇中保持关系最长的一位。他在家中也是一位专制家长，对待女儿尤利娅的婚姻，他和当时贵族一样也是把儿女婚姻当成一种巩固政治利益的手段，至于儿女的情感因素是全然可以抛弃的。当他和庞培结盟时，恰到好处地将自己唯一的爱女献给了老头子庞培，这自然又给布鲁图斯情感上造成伤害。塞尔维莉娅对恺撒的挚爱虽然属于剃头挑子一头热的单相思，但确实追求恺撒给她带来了无尽的经济政治利益。

比如在第一次任执政官期间，恺撒曾经将价值 600 万塞斯提斯的黑珍珠赠送给她。在内战期间，除其他礼物外，他还以拍卖的形式，把从政敌若干没收的上等地产以极低的价格卖给了她；对自己儿子布鲁图斯在政治上关怀提携更是无微不至，以致外界一直流传说布鲁图斯是恺撒与塞尔维莉娅的私生子。不仅如此，无耻的塞尔维利娅还将自己的女儿特尔奇娅推荐给恺撒玩弄，以致人们对于塞尔维莉娅以如此低的价格拿到这些地产感到惊讶时，不怀好意的西塞罗诡异地笑着说："这是一笔比你们知道的合算得多的交易，因为还有第三笔钱在外呢。"事实上，人们当时认为塞尔维莉娅把自己的女儿特尔奇娅卖给了恺撒。后来特尔奇娅成为卡西乌斯妻子，这也是卡西乌斯夫妇对恺撒恨之入骨的重要因素。

鲍基娅认定恺撒是导致父亲加图之死的元凶，甚至在加图死后，恺撒还变本加厉口诛笔伐连续写了两篇《反加图》的文章，直言不讳地回应了西塞罗和布鲁图斯对加图的歌颂，使得鲍基娅心中很是不爽。加上鲍基娅的前任丈夫毕布鲁斯与恺撒共任执政官时屡次遭到老恺羞辱，最终惨死于内战前线的海战中，杀夫之仇加上杀父之仇可谓是新仇旧恨一起涌上心头，她和恺撒的怨仇可以说是不共戴天。

据史料记载，鲍基娅对布鲁图斯和卡西乌斯的诡异行动忧心如焚、夜难成眠，在她的一再追问下，布鲁图斯才向他透露了刺杀恺撒的阴谋，她是真正阴谋集团以外少数几个知道内情的人。根据普鲁塔克在《布鲁图斯传》的记载：

鲍基娅是小加图的女儿，与布鲁图斯是表兄妹，虽然她年纪很轻就嫁给了毕布鲁斯，当时的鲍基娅已经不是少女，前任丈夫过世后再醮，留下一个儿子卢基乌斯·卡普纽斯·毕布鲁斯（Lueius Calpunins Bidulus），小毕布鲁斯为了纪念继父写了一本书名叫《布鲁图斯回忆录》，直到现在还流传于世。小毕布鲁斯参加了布鲁图斯和卡西乌斯对恺撒势力的反叛，在马其顿郊外参与布鲁图斯对安东尼、屋大维的腓力比决战中被俘投降安东尼，受到重用，后来出任帝国海军司令。在公元前31年阿克兴会战前病逝。

鲍基娅酷像其父，潜心研究哲学，深受丈夫敬爱，充满智慧的理性和果敢的勇气。决定在自己能够通过考验前，不去查问布鲁图斯的秘密。她要身旁的侍女离开寝室，拿出一柄用来修理指甲的小刀，在大腿上边用力扎了一个很深的伤口，流出大量的鲜血，引起剧烈的疼痛接着因发烧而全身颤抖。布鲁图斯因看到她是如此痛苦，感到极其焦虑和不忍于心，这时她就对他说：

布鲁图斯，我是加图的女儿，自从与你结婚，不只是一个同寝共室的侍妾，应该分担你的荣辱凶吉而且生死相依。你一直对我关切爱护，我不应有任何怨言，如果我不能分担你隐藏的悲伤，特别是你需要保守秘密和获得信任，使得我无法给你出任何主意，怎么能证明你是真正的爱我而且对我感到满意？我知道大家认为妇女柔弱的天性无法托付秘密，但是布鲁图斯有件事很确定，高洁的家世和懿德的教育，能与仁慈和尊荣的良人为伴，有助于我加强辨别是非的能力，从而继承我良好的家风。我一直以小加图的女儿和布鲁图斯的妻子感到无比的自豪。要是这两方面优势仍然无法获取信任，现在经过自我考验，发现无视于肉体的痛苦。于是她给他看伤口并说明她能够有所作为，布鲁图斯极为震惊，向上天举起双手，祈求神明对他的救国大业给予帮助和保佑。于是布鲁图斯向妻子和盘托出他们的计划。

阴谋分子利刃出鞘

针对恺撒的行刺密谋，西塞罗并不知晓，也许卡西乌斯等人认为西塞罗过于老迈而且生性胆怯为人谨慎，抛开政治理念，西塞罗和恺撒以文会友，眉来眼去，私交一直不错，西塞罗的弟弟昆图斯在老恺的手下担任副将混得风生水起，恺撒一度推荐昆图斯担任行省总督，外放行省担任总督一直是个肥缺。所以，这帮人对于西塞罗对于共和的忠诚度一直是心存疑虑的。

布鲁图斯是一个至死也关心家庭的人，她在母亲与妻子之间一直充当着某种调和矛盾的角色。在这个新旧体制转折的关头，布鲁图斯大部分时间陷于某种对于共和体制的忠诚还是对于恺撒的效忠矛盾漩涡里。他没有像加图那样为自己的理想献身，反而由于加图政敌的宽恕而活了下来，在恺撒体制内身居高官显贵行列，是恺撒使他成为这一年度的大法官，3 年后恺撒还准备将他推上执政官宝座，这就使他对于这位干爹一直处于理想与现实的矛盾之中，难以自拔。

曾经身为共和国捍卫者的布鲁图斯，现在却成了共和国推翻者的帮凶和奴才，这实在是某种讽刺。这种改变使他感到痛苦和无奈，随影伴形的其实就是金钱和地位的诱惑，在他看来就是道德和良知的堕落。按照传统看法，布鲁图斯家族在公元前 509 年推翻了罗马最后一个国王塔克文。老布鲁图斯为了巩固自己开创的共和体制，甚至大义灭亲亲手当众处置了自己两个卷入王室复辟的儿子，由此可见先祖的高风亮节在共和国历史上写下浓墨重彩的一笔，对他无疑起着某种振聋发聩的感召力。

现在那个被许多高层贵族谴责，并被无数称王流言包围的那个人——试图恢复个人独裁的家伙竟然成为他和母亲的重要组成部分，这实在有点匪夷所思。无论布鲁图斯走到哪里，无数双谴责的眼睛盯着他，那些爱国的口号使他无地自容。使他自惭形秽的同时，激励他必须继承前辈的遗志，用实际行动来推翻这个"国王"式的独裁者。在布鲁图斯看来，这是结束共和国灾难以及解除自己痛苦和耻辱的唯一途径和人生道路上的必然选择。在政治上，恺撒出任终身独裁官和关于称王的传说，他的多种荣誉和神圣称号都使得他在事实上已经凌驾于众人和国家之上。是使这次阴谋付诸实施的决定性因素。恢复共和制度的希望似乎已经破灭。

遇刺前 6 个月，恺撒已经修订了遗嘱，布鲁图斯并没有包括在他的继承人之列。布鲁图斯的同族也是刺杀同谋者之一的德基姆斯·布鲁图斯甚至位列第二顺序的继承人。令人不解的是，恺撒宁愿授予他高位，却在遗嘱中忽视他。也许此时对于他的忠诚度依然存在疑惑。也许他为布鲁图斯所能够做的一切，仅仅是为了对塞尔维莉娅感情的某种回报。而后者则希望自己的情人能够将自己的儿子视作他的"儿子"和权力可能的接班人。而恺撒鉴于布鲁图斯在政治立场上的反复无常，对他依然是心存戒心的。恺撒的第一继承人是他的甥外孙屋大维，但是他指出如果他有儿子，那么这个儿子就是他的第一继承人。与此同时，埃及女王克里奥特佩拉正带着她和恺撒的私生子恺撒·里昂待在罗马，也在虎视眈眈地窥伺着帝国元首的宝座，没准什么时候在女王枕边风的鼓动下，"接班人"也可能以某种合法的形式落在这个可疑的"小恺撒"的身上，这一切都是说不准的事情。那么布鲁图斯在接班无望的情况下，选择了铤而走险也是说得通的。

他的妹夫卡西乌斯的竭力鼓动，也是布鲁图斯参与谋杀恺撒的重要因素。卡西乌斯较布鲁图斯年长，经历和阅历都比较丰富。他在公元前 53 年随克拉苏到帕提亚参加卡雷战役但得以逃生。在他们年轻的时候，卡西乌斯和布鲁图斯在同一个语法老师门下学习，内战中他们都支持庞培，也都得到恺撒的宽恕，并在公元前 44 年同时被恺撒任命为大法官。两人又是缘亲关系，卡西乌斯娶了布鲁图斯的同母异父妹妹尤利娅·特尔奇娅。因此，刺杀恺撒的两位主谋是塞尔维莉娅的儿子和女婿。

卡西乌斯的妻子特尔奇娅肯定也憎恨恺撒。父亲在世的时候，恺撒就和母亲塞尔维莉娅勾勾搭搭，关系暧昧，为了收获庞大的财富，不惜将特尔奇娅也贡献出去，成为恺撒手中的玩物。虽然恺撒后来有机会娶塞尔维莉娅为妻，但恺撒从未这样做。对于恺撒，特尔奇娅可能和布鲁图斯有许多共同的负面看法，而鲍基娅和卡西乌斯则助长了这种情绪。因为这两个人从来就对恺撒没有好感。据普鲁塔克在《布鲁图斯传》中记载：

据说布鲁图斯反对独裁官职，卡西乌斯则是憎恨独裁官。他对恺撒还有诸多不满，其中之一还有运狮子一事。这些狮子是卡西乌斯即将就任营造官时得到的，他将他们放在梅伽拉（Megara），当该城被卡勒努斯（Calenus，恺撒的军官）攻陷后，恺撒却将它们据为己有，据说这些猛兽给梅伽拉带来了灾难，因为在城市被攻陷那一刻，梅伽拉人打开笼子放出它们，希望在敌人入城时攻击敌人。然而，相反，那些狮子转而攻击手无寸铁的梅伽拉人，他们惊恐万分地来回奔跑，被撕咬成碎块。其惨相连他们的敌人也不禁心生怜悯。

有人认为卡西乌斯对此事的怨愤是他策划阴谋的主要动机，但这种说法过于牵强。早年，卡西乌斯便对所有那类试图主宰其同伴的人抱有特殊的轻蔑和憎恶，并且在幼年时既有表现。当时，他与苏拉的儿子法乌斯图斯（Faustus）在同一个学校。当法乌斯图斯在玩伴中耀武扬威吹嘘自己父亲绝对权力的时候，卡西乌斯跳出来将其痛打一顿。法乌斯图斯的监护人和亲属要求将此事提交法庭，但庞培拒绝如此行事，他将两个男孩叫到一起，询问他们所为何事。随即，卡西乌斯说出如下话来："来吧，法乌斯图斯，你有种告诉庞培你说了什么让我气愤的话，我将再次打得你满地找牙……"这就是卡西乌斯的性格。

恺撒于公元前 44 年 3 月 15 日一次元老院会议上遇刺。在地中海世界的某些沿海内战甚至还没有完全结束，庞培的小儿子在西班牙还掌握着 6 个军团的实力，实际已经完全堕落成啸聚山林，纵横海上，打家劫舍，拦海抢劫，从事着山匪海盗勾当的武装集团。同时，也成为对抗罗马帝国的最后一股残余势力。

此刻，恺撒正准备集结十万大军，准备进攻帕提亚帝国，这既是为克拉苏在卡雷城遭遇的耻辱性失败报仇，又是借从外敌身上掠夺财富建立新的功业来化解国内矛盾的有效手段。

卡西乌斯和布鲁图斯选择刺杀恺撒的日子，还有一个重要原因，是元老院将要商议表决由掌握西比尔预言书的十五人司祭团成员之一路奇乌斯·奥列利乌斯·科塔（公元前65年执政官）提出的根据西比尔预言是否授予恺撒国王头衔的议案。根据该预言从帕提亚战争需要出发和民众反对王政的汹汹舆论，元老院在私底下已经形成了一个折中的议案：也即恺撒只对行省和同盟国家才能称为国王，无论他通过海路和陆路到达意大利以外的地方可以佩戴王冠，而对罗马包括意大利，恺撒和先前一样只能称为统帅（imperator）和独裁官（dictator），这在原教旨共和主义者布鲁图斯、卡西乌斯看来也是大逆不道无可容忍的事。此时不动手，恺撒称王的意愿，便在实际上成为国家的法律而合法化，这是他们不愿看到的事实。

从议案提出者的姓名来看，这位科塔显然来自于恺撒母系家族成员，人们普遍质疑，这项议案是否出于恺撒私下授意都很难说，因为没有证据，只能是某种猜测，但是在小道消息漫天飞的罗马，高层的许多人都信以为真。因此，这次会议对于恺撒而言，实在是至关重要，恺撒冒险前来，也有着和命运赌一把的意思。这种赌博他已经进行了多次，且总是赢家。因而他信心满满，踌躇满志地踏进了大会议厅。

刺杀发生在庞培新建的剧场建筑群中的元老院新址，那里新安装了庞培的雕像。那是一座可以聚集九百人的回廊形大会议厅。按照惯例，当最高执政官进入元老院议事时，首先必须在大门口的祭祀堂占卜凶吉：

现在打开为恺撒做牺牲的第一个动物时，发现没有心脏，或者，如人们所说，没有心脏的上部，占卜官预言说，这是死亡的预兆。恺撒却哈哈大笑，说他在西班牙进攻庞培党人时也遇到了同样的事。预言者说，那时候只是显示他非常危险，而当下预兆表现的死亡性更大，恺撒命令再进行祭祀。所有的牺牲没有一次预示吉祥的；但是他因为元老们长久的等待而感到惭愧。同时他的敌人伪装成他的朋友极力劝他，所以他不顾这些不祥的预兆，继续前行，因为命中注定恺撒要死了。

这是阿庇安著《罗马史》中的记载，充斥天命观宿命论的荒唐胡诌，他所述的伪装成朋友的敌人就是他的部下，竭力劝他出席元老院会议的德基姆斯·布鲁图斯。在恺撒进入空阔的议会大厅时，只有一些后座议员在座位上窃窃私语着，大部分的议员还在回廊前的花园里漫步，或者三五成群地交谈，或者向自己的书记官口述着提交独裁官批示的文件，有的躺在草地上四仰八叉地晒太阳。

德基姆斯·布鲁图斯用眼色示意着已经进入会场的阴谋团伙成员向前排的座位靠拢。恺撒在会场中心由自己随身仆人所带的象牙黄金圈椅和折叠办公桌前落座，他的办公桌前已经堆满了等待批复的文件，恺撒开始专心致志地批复文件。刺杀恺撒的阴谋在暗中按照计划进行着。

德基姆斯·布鲁图斯暗中吩咐阴谋集团的骨干盖乌斯·托雷波利乌斯，抓紧时间，趁机下手。此公时年四十五六岁，公元前60年曾任财务检察官、五年后任护民官。从公元前54年起，在恺撒手下任军团长，出征高卢。

内战爆发负责马塞攻防战陆上攻击。公元前47年，他被恺撒任命为西班牙总督，在任上敲诈盘剥当地人民，遭到民众驱逐，他放任庞培两儿子成功集结叛军，逼得恺撒出兵平叛。

托雷波利乌斯立即离开团伙缠着执政官马尔库斯·安东尼，稳住多拉贝拉，免得马尔库斯·布鲁图斯和卡西乌斯动手时进入议会大厅增加刺杀的麻烦。安东尼和多拉贝拉各有十二名扈从，站在稍远处等待主人的召唤。托雷波利乌斯之前曾经向议员们宣布，为了表示对恺撒的尊重，他已经接连几天没有带扈从了，那么从即日开始，所有执政官和大法官也应当遣散自己身边的扈从，尤其是参加元老院会议更应当如此。当卡西乌斯在议会大厅宣布这个决定时，立即得到所有议员的支持和拥护。市政官和大法官的扈从欣喜若狂，各自作鸟兽散到市内各处闲逛。

托雷波利乌斯和安东尼在台阶下花园里谈得正火热时。德基姆斯·布鲁图斯，引领着阴谋图伙成员悄悄向埋头处理公文的独裁官围过去。还有3米左右就到恺撒身旁时，他们停下脚步。他们有些怀疑恺撒是否真的没有看见自己。德基姆斯双眼无意识地扫过那尊高高耸立四角方形基座上的庞培雕像，继而把目光落在坐在两个圆柱形基座之间凹陷处的恺撒身上，他开始用不听使唤的手摸索自己的匕首，把它抽出来放在身侧。当他用眼角的余光看到布鲁图斯急匆匆穿过大厅走向主席台时，发觉在场的所有同伙几乎都已经拔出了匕首。

笔者根据普鲁塔克、阿庇安和苏维托尼乌斯的记载，综合如下：

据说，就在遭受攻击之前，恺撒将目光转向庞培的雕像，默默祈祷顺遂。恺撒是一个伊壁鸠鲁学说的信奉者，但此举与之相矛盾；然而，危机时刻——事实的确如此——和可怖事件的紧要关头使他忘却了之前的理性主义观点，充满了直觉和神启式的情感。

身强体壮的安东尼是恺撒的朋友，此刻他正与故意拖延他的托雷波利乌斯进行冗长的谈话，从而滞留在元老院会场外。

喋血庞培雕像前

　　恺撒独自走进会场，元老院成员起立向他致敬。布鲁图斯党徒有些在恺撒的座椅后坐下，有些则走过去迎上他，佯装他们要支持提里乌斯·基姆贝尔为其放逐的兄弟所提出请愿。这位提里乌斯是恺撒推荐下担任元老院议员的，原本是恺撒的拥趸，不知何时成为刺杀恩主的首先发难者。

　　于是阴谋者几乎一拥而上全部加入与他一起请愿的行列，他们像是疯狗一样随同恺撒来到座位前。恺撒就位后，继续拒绝他们的请求；随着他们的劝说愈发急迫，恺撒开始恼火说："此事需要缓一下。"提里乌斯干脆抓住恺撒的推萝紫托加袍服，好像还是在恳求的样子，提里乌斯扯开他的紫袍，让他的脖子露了出来，大声喊道："朋友们，你们还在等什么呢？"这是开始动手的信号。卡斯卡正站在恺撒的头部上面，于是他首先将短剑向恺撒的喉部刺去，这一刀刺得不深，也不致命，恺撒反手用他处理公文的蜡版铁笔戳进被他抓住的卡斯卡的手臂。恺撒用拉丁语吼叫道："卡斯卡你这个恶棍，你想干什么？"卡斯卡则用希腊语向他的阴谋者兄弟呼救："救命，兄弟。"

　　行动就是这样开始了，那些未参与阴谋之人对眼前突然发生的一切，大惊失色，他们不敢跑开，也不敢前去帮助恺撒；他们因恐惧而群体静默失声。当恺撒想跃起身来准备反击时，身上又中了一刀，已经无法有效抵抗。那些早已准备谋杀的人团团将恺撒围住，全部亮出了亮晃晃的匕首，当恺撒发现四面八方的刀锋拼命扑向他时，逼着他四处转身，像一只落网的猛兽，无论他走向何方，所见都是寒光闪烁的匕首，恺撒殷红的鲜血从他的托加袍中喷溅而出，染红了他的象牙黄金圈椅，他的折叠式办公桌被掀翻，上面的文件飞落一地。虽然恺撒在匕首雪亮的刀丛中奋力孤身搏斗，但他并没有说话，也没有大声向后座的议员求救。

　　当恺撒躺倒在庞培塑像的方形基座前时，本能地抓起托加蒙起自己的头部。又有人用短剑从他的腰部刺去，地上全是流淌的鲜血，他用他的托加盖住双脚，以至于死后的躯体不至于太难堪。卡西乌斯的一刀刺中他的面部，布鲁图斯的一刀刺在他的睾丸处，当他看到布鲁图斯时，用希腊语低声说："还有你吗？我的孩子！"这句话潜在的含义，引发后来人多方面的联想，这既可能是某种威胁，也可能是对这位饱受自己恩惠年轻朋友背叛的懊悔。根据同时代人的可疑想象，表明布鲁图斯事实上是被害者的亲生儿子，这就不仅是一场政治谋杀，而是违背伦理的弑父。

恺撒被布鲁图斯刺伤之后，终于彻底绝望了，他用他的紫袍盖住了自己的脸，安心准备死亡。他倒下后，他们还在挥剑乱捅，直到他受了23处重伤，暴行才算终止。刺杀行动结束了，直接下手谋杀的二十三个人，几乎都无情地出手，脸上和腿上都裹在紫色托加中的一代枭雄恺撒终于永久地安息在他的对手庞培大帝的塑像下的血泊中，这似乎是某种讽刺。

元老院有60名元老参与了这次刺杀的谋划，冲在最前面痛下杀手的只有这二十三人，其他人因为恐惧而迟疑不决，惊慌失措，畏畏缩缩，虽然利剑出鞘，却不敢冲向前去痛下杀手，只是忐忑地静观事态不断恶化，直到恺撒倒地不起。混乱之中甚至有许多人相互砍伤，卡西乌斯向恺撒猛扑时，却刺伤了身旁的布鲁图斯；另一个家伙惊慌中却刺伤了同志的大腿。说明事到临头慌乱和心虚胆怯。

布鲁图斯虽然能够沉着冷静，但他在指定日期的前夜，依然焦虑不安，难以安睡，他的妻子鲍基娅因为思想压力过大，在行动之前变得歇斯底里而一度昏厥。可见阴谋策划者并没有对于整个行动进行周密的部署和制定详细的预案，事到临头显得仓促草率，在混乱惊恐中完成了对独裁者的杀害，对恺撒死后怎么办，显得没有足够的心理准备。

这些人在不久前还在元老院和其他元老一起签署了要共同捍卫恺撒声誉和人身安全的协议，而这些墨迹未干的契约，转身成为血腥的背叛和刺杀，在鲜血的浸淫下变成了一张废纸。可见统治集团表面的效忠和誓约均为一种言不由衷的表演，作为阴谋者而言，又是某种掩盖阴谋欺世盗名的政治手段，却使恺撒陶醉于这种政治表演的谎言中，逐渐失去了防范的自觉，过于轻信威权迫使下臣服的假象。据说，恺撒身上所中的23刀，也就是说参与谋杀的人每人一刀，后来经恺撒的医生检查，只有一处是致命的。如果及时抢救或许还有生存的希望。

恺撒断气后，布鲁图斯站在那群凶手的最前面，似乎要为他们的血腥暴行进行一番解释，动员全体元老支持他们的谋杀，追随他们去恢复共和式的寡头统治，这就是他们追求的所谓自由。然而。惊慌失措的元老院成员已经无心听取他事先准备好的演讲，人们四散奔逃，连雷必达、安东尼、多拉贝拉等大佬都逃得不知了去向。凶手们根本没想到完成自由壮举后，会遭遇这样的尴尬的场面，他们以为在谋刺了独裁者后，会应者如云得到高层和民众的群起追随和狂热欢迎。但是，事与愿违，那些目睹血腥一幕的议员们早已吓得魂飞魄散，尖叫着冲出门外。

目睹此事的元老们纷纷溜走，如果西塞罗在场，他可能也不会比其他人更勇敢。此刻，数以千计的人正在从隔壁的庞培剧院看完角斗士表演从剧场涌出，挡住了元老们逃跑的去路，当他们风闻发生了什么后，同样想尽快安全地逃跑回家。恺撒的亲密同事、手握重兵的骑士团长雷必达逃离罗马广场后，第一件事就是去了台伯河中心小岛上的兵营，准备调集军事力量控制罗马政局。

当人们逃离一空后，阴谋者不禁面面相觑，一时竟然无计可施，甚至没来得及换下身上的血衣，处理手中沾满鲜血的匕首，就一个个惊魂未定向议会大厅的门口涌去。他们在庞培议事大厅门口脱下自己沾满鲜血的托加，用长袍缠住左手充当盾牌，右手拿着冒血腥气短剑冲向大街上沿途狂喊着："他死了，恺撒死了。我们杀死了国王和暴君！"还有人用长矛的一端撑起象征自由的小帽，过去通常是给予解放的奴隶和赎回的战俘的某种标志，在法国大革命时期演变成小红帽，象征摆脱暴政自由的公民。

他们声嘶力竭地鼓励人民恢复祖先创立的共和政府，要人民不要忘记老布鲁图斯和那些与他一起宣誓反对国王的人。有些没有参加暗杀但是很想参与一起分享重建共和荣光的投机客，也抽出身上佩剑，跟着他们在空空荡荡的大街狂奔，而这些十分少数的贵族，不但没有成为再建共和的功臣，在后来恺撒派的反扑时，却成了一时冲动的牺牲品。因为并没有出现意料之中人民蜂拥而上、欢呼雀跃那种激动人心的革命场面，命中注定这只是一场暗中策划缺乏正义的阴谋，因为民众的绝大多数都是支持恺撒改革的（包括支持穷人、建设海外定居点和不时发放救济金），而不是听上去十分美好的自由理念。这种理念不过是精英们为自己谋利和继续剥削底层阶级的美好托词，曾经受到布鲁图斯剥削的塞浦路斯人对这一点深有感触。

罗马繁华的街道店铺关门，民众纷纷躲避，闭户不出，有的甚至登上房顶摆出一副防卫的姿态。那时候，恺撒的士兵有很多还停留在罗马城内，他们有些是最近被遣散，刚刚分配了土地的老兵；另外一些已经在城里定居，等待着三天后欢送恺撒领军出征帕提夏。凶手们心中忐忑，害怕骑兵司令雷必达指挥城防骑兵前来镇压；更害怕安东尼以执政官身份绕过元老院直接征求人民意见，追究他们残酷刺杀独裁官的罪行。他们像是幽灵和游魂那样孤军穿过阒无人迹的大街上，在狂奔了一阵，在无人喝彩的落寞中，带着他们自己的角斗士，仓皇逃向阿皮托尔山的朱庇特神庙乞求神灵保佑了。

恺撒被杀后，跟随恺撒出门的官吏、仆人和随从惊慌中作鸟兽散，整整三个多小时，他那血肉模糊的遗体被丢弃在凶杀现场，他的三个奴隶和他的被保护人、释奴兼书记官奥皮乌斯见凶手们跑得无影无踪，才匆忙赶到。他们被眼前的惨状惊呆了。恺撒的整张左脸白骨森然入目，眼睛也被利刃戳爆，变成血肉模糊一团。他们轻轻将恺撒尚未僵硬的尸体塞进他的肩舆，从花园中采择的树叶遮盖了恺撒惨不忍睹的脸上，紫色托加着裹着恺撒全身，故意将那两只血迹斑斑的长臂悬垂在肩舆外。大胆的市民睁着惊恐的眼睛，看着匆匆抬过的肩舆，不敢相信肩舆中这具毫无生气的尸体就是曾经不可一世的罗马帝国伟大统治者独裁者恺撒。他们将遗体送回了独裁官兼大祭司在中心广场的大祭司官邸，恺撒生前一直住在这里直到悲惨地死去。

起初西塞罗在获悉恺撒被刺身亡后，由衷地感到欢欣鼓舞，认为实现理想的机会到了，他写信给布鲁图斯赞美这次行动是"近乎神明之举"，但后来，他称这些阴谋者具有"男人的勇气和儿童的远见"，他们自困于个人仇恨与共和理念的小世界中，从未考虑多数罗马人是否会同意除掉恺撒，尤其是军队将士大多数是追随恺撒的老兵，根本不可能掌控在阴谋者手中，这是恺撒党人的牢不可破的基本力量。阴谋者没有邀请西塞罗参加，因为他年龄太大，神经容易过度紧张，但他在不断激励阴谋者的思想方面发挥了巨大的精神鼓舞作用。

有记载说，3 月 15 日，西塞罗出现在元老院议事堂他自己的席位上，目睹了当时发生的一切。西塞罗后来在《论占卜》一书中指出，元老院会议是在庞培剧院议事堂举行的，恺撒倒在了庞培塑像底座旁。西塞罗和安东尼都坚持说，布鲁图斯在举刀砍向恺撒时，高喊着西塞罗的名字，祝贺他恢复了自由。但是西塞罗像大多数元老那样可耻地逃跑了。西塞罗记载恺撒的尸体在大厅里摆放了很长时间，无人敢于接近他。天黑之前，西塞罗上山与占领卡皮托尔山的布鲁图斯等人共商国是。在卡匹托尔山朱庇特神庙西塞罗慷慨陈词地发表自己的演讲。为丧魂落魄的自由战士鼓劲打气，并且强拽着他们下山去罗马广场发表演讲，动员群众支持他们的正义之举。

卡西乌斯原本还准备一举剪除恺撒的党羽安东尼、雷必达、多拉贝拉等人，但遭到布鲁图斯的坚决反对，原因无他，只是为了向元老院的同僚保证，他们并未有酝酿推翻政府的计划。如果其他人同恺撒一并遭到剪除，那么无党派人员很难相信此次阴谋不是一次政变。由此可能引发全面社会动荡。布鲁图斯抱有某种理想主义观念，认为安东尼可能会认识到这次行动是为挽救共和国的崇高之举，并能接受刺杀者为共和国的拯救者。

对安东尼而言，他看待事情更为实际：恺撒已经死去，下一个可能就是自己，出于自身安全的考虑，他唯一出路就是逃跑。一年之后，正当阴谋者的事业每况愈下时，西塞罗在给布鲁图斯的信中写道："此时此刻，你看到，与安东尼正在进行的斗争多么孤注一掷。如果当时他的生命没有得到宽宥，显然便不会发生这些事情。"当然也不会发生后来安东尼对西塞罗的追杀。

阴谋者本想把恺撒杀死后抛尸在台伯河中，没收他的财产，废除他是所有法令。但是怯于执政官安东尼和骑士团长雷必达对于军队权力的把控，他们没能达到自己的目的。

难以预料的后果

阴谋的付诸实施，使得阴谋者陷入了困境，并没有出现他们所预料的民众欢呼的场面。当他们鼓起胜利者的余威走上空荡荡的街头时，开始还为他们轰轰烈烈的壮举气壮如牛地鼓起勇气，情绪激昂手持刀剑带着自信满满的神色，希望自己在行进途中动员民众，一起参与他们恢复自由的壮举。

然而，他们从元老院徒步穿越寂寥空阔的街道和紧紧关闭的店铺民居时，并没有出现群众欢呼的场面。他们像是泄了气的皮球那般陷于绝望之中。出于求生的本能，他们穿过马尔斯原野奔向卡皮特尔山后登上石阶直扑朱庇特神庙，因为当初罗马的创建人罗慕路斯在这里修建过庇护所，他们希望在神灵庇佑下，使尸有余气的共和国回阳还魂，结果成了竹篮打水，最终再次酿成了帝国十三年的内战。

身负刀伤的罗马独裁官恺撒悲惨地死去。元老院陷于恐惧和慌乱之中，谋杀者则躲在卡匹托尔山林中乞求神灵保佑，他们的目标单一，就是刺杀暴君，现在独裁者已死，他们对下一步的打算缺乏周到的设计和考虑，至于自由共和国的再建或者振兴，只能走一步算一步听天由命了。随后是一段令人捉摸不定的等待期。元老院共和派和恺撒平民派正在就谋杀的性质和恺撒的独裁进行唇枪舌剑的激烈辩论。

同情谋杀者的人来到了卡皮托尔山神庙，但并未逗留很久；这些人中有年老的政治家西塞罗和佩戴着执政官标志的普布利乌斯·科奈里乌斯·多拉贝拉以及大法官秦纳。因为按照恺撒原先的安排，在他卸任执政官前往帕提亚及巴尔干地区时，指定由多拉贝拉继任执政官。至于恺撒曾经的大舅子秦纳不知哪一根筋搭错了，竟然会同情杀害自己姐夫的凶手们。另一位执政官马尔库斯·安东尼则仍然韬光养晦态度暧昧，他拒绝了自由派的邀请，并且迅速从维斯塔贞女手中强制获得了恺撒遗嘱。随后同恺撒党中的主要人物如独裁官的秘书和心腹巴尔布斯、被指定为下一年执政官的希尔提乌斯和担任骑兵统帅的雷必达进行了秘密磋商。

在恺撒被害四小时后，安东尼来到恺撒在"苏布拉"的别墅。同为执政官的安东尼第一次面对曾经的老战友罗马独裁官的遗体。在恺撒的苏布拉故居，还有恺撒的遗孀卡尔普尼娅及其老岳父——元老院资深议员皮索。正是这位皮索告诉安东尼恺撒留有遗嘱。此前，遗嘱一直在维斯塔贞女祭司保存在神庙密封的橱柜里。安东尼对此一无所知。但卡尔普尼娅、皮索、恺撒的亲信希尔提乌斯、巴尔布斯，以及恺撒死后成为罗马最高权力者的安东尼等人在能够看见恺撒遗体的回廊中齐聚后，恺撒的遗嘱首度公开。遗嘱写于六个月之前，记录日期是公元前45年9月15日。以后这份遗嘱在参见公祭仪式的群众大会上公开宣读。

阿庇安的记载：雷必达和巴尔布斯都主张复仇；但安东尼支持更为温和、审慎的希尔提乌斯的意见。那天夜里恺撒的金钱和所有文件包括收藏在维斯塔贞女手中保管的恺撒遗嘱也陆续运到了安东尼的官邸。安东尼在深夜发出通知，他将于3月17日凌晨在泰鲁斯神庙召集元老院开会。这个神庙离他的家很近，元老院议事大厅则在卡匹托尔山下，那里有一批角斗士在协助阴谋者，雷必达不敢派兵贸然进攻阴谋者，因为阴谋者中的德基姆斯·布鲁图斯是恺撒生前任命的山南高卢总督，他在山南高卢拥有着一支很强大的军队。他们只能等待时机，不断地分化瓦解这支军队。

当时骑兵统领雷必达握有军权，正处于一个十分有利的地位，是把控首都局势举足轻重的人物。3月16日清晨，他率领全副武装的士兵迅速占领了罗马广场，安东尼宣布罗马全城戒严，在一定距离内分段驻扎一些士兵。根据西塞罗的建议，自由派于3月16日上午下山向罗马广场的民众发出呼吁，希望他们支持刺杀独裁者的壮举，再造自由民主的共和国，但是毫无效果。

市民们重新出现在罗马街头巷尾，街市的商铺仍然门户紧闭，等待着局势的平静，会堂、回廊、古罗马广场周围的学校也不见师生的踪影，广场的喧闹和街道、学校的冷落形成鲜明的对比。在西塞罗的坚持下，布鲁图斯心存疑虑地走进人声鼎沸戒备森严的广场尝试着进行演讲，挤满了人和恺撒精锐士兵的广场开始时是沉默的，人们期待布鲁图斯的演讲看看他到底说些什么名堂。

布鲁图斯的演讲首先阐述了刺杀恺撒的原因，不是出于对恺撒的憎恨，而是出于对国家的爱超过对于恺撒的个人感情，自己仿佛是一个完全大公无私的爱国主义者。因为恺撒如果继续推进他的改革，那么全体罗马人民必将成为独裁者恺撒一人的奴隶。为了捍卫全体罗马人民的自由，恢复共和国的民主，他们不得已进行对独裁者的刺杀。在布鲁图斯进行演讲时整个会场保持了奇怪的沉默，仿佛是火山爆发前的可怕平静，既无反对的口号，也无拥护的掌声和欢呼声，也就是说布鲁图斯心惊胆战的演说遭到了冷遇，这时共和国大法官秦纳，也就是被苏拉清除的前执政官秦纳的儿子，曾经是恺撒的小舅子跳上了讲台。此人并非参与刺杀的谋划者和凶手，却是首先跑到卡匹托尔山神庙支持阴谋分子的共和国高官之一。当秦纳开始在演说中攻击恺撒时，沉默的人群愤怒的情绪像是沉浸在山中岩浆在瞬间爆发了，这个曾经的恺撒内亲及恺撒体制的获益者，在演说中宣称不允许为恺撒公开举行葬礼，恺撒的遗体只能投入台伯河中。这一言论激起了民众的怒号，愤怒的群众像潮水一样朝布鲁图斯和秦纳的讲台涌去。阴谋集团的成员在自家奴隶和角斗士的簇拥下再次逃向卡匹托尔山神庙避难。

马尔库斯·布鲁图斯第二天在卡皮托尔山发表的另一篇演说也石沉大海。民众根本无动于衷，或者心怀敌意，并不为他的逻辑严密、情词恳切、辞藻华丽、庄重严肃的演说术所打动。西塞罗原本可以创作出一篇风格迥异、激情四射的演说，但是西塞罗并不在现场。自由派只好带着他们的角斗士继续待在卡皮托尔山上。只是派出使者和安东尼进行沟通，安东尼做出了息事宁人的温和答复：

我们不会因为私仇而做出任何事，但是因为他们所犯下的罪行，因为我们曾经对恺撒发过誓，我们一定要保护他的生命安全，或者一定替他复仇，为了严肃地遵守我们的誓言，我们不得不驱逐那些犯罪的人，宽容少数无辜的人，而不愿所有的人都受到神圣的诅咒。对于我们一方来说，虽然这是个正当的方法，但是我们一定和你们在元老院考虑这个问题，凡是你们所共同赞许的事，我们一定认为是对于罗马城有利的。

　　夜晚和白天一样，全城都有火光，但是凶手的朋友们并没有闲着，他们整夜流窜于各个元老家，为杀人凶手游说，替山上的凶手说情。城里分到土地的恺撒老兵的领袖们也在扬言誓死要为凯撒复仇，他们的誓言得到许多市民的拥护。

　　3 月 17 日，元老院会议如期举行。按照阿庇安在《罗马史·下》中的记载，元老院大部分人都准备为刺杀者开脱罪责，认为这些刺客是诛杀暴君的正义之举。元老们毫不掩饰地公开赞扬这次谋杀。他们首先建议，在确保刺客们安全的前提下，邀请他们出席这次会议，和全体议员一起讨论善后，这样罪犯就成了法官了，安东尼慷慨允诺，他知道这些色厉内荏的家伙绝对不会前来参会，因为愤怒的恺撒老兵已经将神庙围得水泄不通，怒吼声震耳欲聋，要求严惩凶手，为恺撒复仇。阴谋者参会就是自投罗网，还未到达会场就会被作战经验丰富的恺撒老兵们拦截，被愤怒的民众撕成碎片。

　　安东尼有效控制着会议的节奏，他始终主张协调解决问题。迅速驳回了提比略·克劳狄乌斯·尼禄提出的议案——赐予暴君刺杀者特别荣誉，但是安东尼狡猾地回避了对凶手的谴责。他避免从一个极端走向另一个极端，而是采取了更加务实的政策，设法平衡高层贵族和底层民众两极悬殊极大的矛盾，逐步让国家走出恺撒被刺的阴影，达到民族和解的目的。尽管恺撒是作为一个暴君，被富于荣誉感和爱国精神的贵族所杀死，但独裁官颁布的各项法令，甚至他的最后一批尚未公布的计划都具有法律效力。对于这点，安东尼是这样说服元老的：

　　安东尼一直在旁观望，等待他说话的机会；当他看到大量不可争辩的论点被提出来的时候，他决定以引起他们恐惧和忧虑的办法来造成他们逻辑的混乱，他知道正是这些元老们中的大部分的人曾经被恺撒任命为罗马行政长官、高级僧侣和行省总督兼军队司令官（因为恺撒即将远征，所以他任命他们的任期都是五年，这是明显的既得利益）安东尼以执政官的资格宣布肃静，他说道："那些请求表决关于恺撒品质的人应当首先知道这点：如果他是一个行政长官的话，如果他是一个被选举出来的国家统治者的话，那么他的一切法律还是充分有效的；但是如果议决暴力篡夺政权的话，他的尸体应该被抛弃而不埋葬，他的法律一切都是无效的。简单地说，这些法令包括陆上和海上，不管我们喜欢不喜欢，这些法令大部分还是存在的……"

安东尼的意思非常清楚，恺撒的执政官和独裁官至少在形式上都是经过合法选举由元老院决定后任命的。他所制定的法令也是元老院通过后实施的。也就说恺撒任职和法令颁布的合法性，尤其是人事任免法令涉及所有在座高官的既得利益，不能轻易废止。他接着说：

几乎我们全体人都是都在恺撒之下担任过职务的，或者被他提拔之后，至今还担任职务的；或者由他预先任命，马上就会担任职务的。因为，你们知道，他已经安排了罗马城内的职位，每年一任的行政长官和任期五年行省总督兼司令官。你们是否愿意辞掉这些职务（因为这完全是在你们权力之内的），我愿意首先向你们提出这个问题来，然后我再谈其他问题。

这一问题提得非常关键也非常敏感，涉及在座元老们权力再分配的问题，否定恺撒颁布或者等待颁布的法令，首先在人事布局上必须重新进行选举，元老院的选举立法程序必须经过再讨论，意味着元老们到手的权力在重新洗牌中的不确定性，到口的肥肉岂容被其他人夺去，因此遭到了在场权贵的竭力反对。安东尼点起的这把火，烧得在场权贵坐不住了，他们纷纷起立高声反对重新选举或者把他们的权力交给人民群众。其中执政官多拉贝拉就是一个，因为他只有 25 岁，尚未达到法定年龄 42 岁，是恺撒的特别提名，他才破例担任了执政官职务。这家伙的厚颜无耻还表现在他政治变色龙的本色，他没有参与谋杀，却跑到广场上当众臭骂恺撒，并提议将 3 月 15 日作为共和国复兴日，但听完安东尼的报告后，为保住官位又 180 度大转弯，痛斥提出赦免凶手意见的人。

许多元老，包括许多共和派高官在内，都是通过独裁官才获得了晋升的机会、官职和行省管辖权的，恺撒政策的延续性就这样被安东尼四两拨千斤地轻易解决了，政治上既得利益替代了意识形态的狂热。为了维护国内和平与团结，西塞罗发表了演说，建议对暗杀者予以赦免。

　　现在面临的问题，是如何安慰广场上骚动不安的民众，作为恺撒曾经忠实的追随者安东尼和雷必达离开元老院，直接面对愤怒的示威民众和他们曾经的部下——前军事统帅恺撒的老兵。有些人要求必须对凶手进行复仇，大部分人提出国家必须和平。对那些要求和平的人安东尼说："将来永久的和平是我们所努力追求的，但是以恺撒的情况而言，这样多的誓言和隆重的宗教仪式都毫无用处，那么和平是无法保证的。"他对那些要求复仇的人遵守誓言和宗教义务的精神表示赞赏，进而他说："我本人一定和你们一起，假如我不是执政官的话，我一定是第一个要求复仇的，而执政官应当注意那些所谓的公众利益的事甚于注意那些正义的事。这是那些在元老院里的人这样告诉我的。当恺撒为了国家利益而赦免了那些他在战争中所俘虏的公民的时候他或许也是这样想的，因而他被他们所杀害了。"当他们在广场上左右逢源地安抚了广场的情绪后，继续回到元老院，安东尼发表了总结性演讲他最后说：

　　他们在街上游行并威胁你们这些替凶手求情的人；你们认为恺撒的同伴士兵们看见恺撒的尸体被拖在街上走过，受到侮辱，抛弃不埋葬，而会漠不关心吗？我们的法律规定这样是对待暴君的。当他们看见那个给予他们赏赐的人遭到无理的虐待的时候，他们会认为他们因为在高卢和不列颠的胜利而获得的赏赐是可靠的吗？罗马人民自己会怎么办呢？如果你们把侮辱加于一个把你们的领土推广到以前无人知道的海岸边的人的话，你们会遭到神明和人们怎样的怨恨？他们在元老院议事厅里杀害一个执政官，在全体元老院开会的时候，在神明的眼前，在一个不可侵犯的地方杀害一个不可侵犯的人；如果我们通过议案，授予那些人以荣誉的话，如果我们侮辱一个甚至我们的敌人也因为他的勇敢而尊敬的人的话，难道我们这样的不合理不会遭到非难和谴责吗？我警告你们不要做这些事情，这是亵渎神明的，不是我们的权力所能做的，我建议所有恺撒的法令和意志都应当批准，这个罪行的主谋绝不应当受到嘉许；但是如果你们愿意的话，只可以作为一个慈悲的举动，为了他们的家族和朋友的缘故而赦免他们，如果他们的朋友能够代表他们接受这个赦免，并承认这个赦免是一个恩惠的话。

　　当安东尼很激动地说了这些话后，所有人都默默无言，同意通过一个命令：恺撒被暗杀的案件不再追究；但是恺撒法令和命令都应当被批准，"因为这个政策对共和国是有利的"；凶手的朋友坚持在最后加上这句话"保证他们的安全"，暗示恺撒的法令是因为利害关系，而不是因为正义关系而被批准。安东尼作了让步，但是坚持要公开恺撒的遗嘱和为恺撒举办隆重的葬礼。

死后哀荣化神奇

　　关于恺撒遗嘱的宣读，阿庇安的《罗马史》和苏维托尼乌斯的《神圣朱利乌斯·恺撒传》的记录版本略有不同，但遗嘱内容基本一致。阿庇安在《罗马史》中记载，恺撒在公元前 45 年 9 月 13 日在自己拉维库姆庄园写下后，按照罗马法律规定，由维斯塔贞女祭司长保管，维斯塔贞女是奉祀女灶神的女祭司，由最高祭司从 6—10 岁的贵族少女中挑选，服务期是 30 年，服务期间必须保持贞洁，职责是保持庙里的圣火长明不灭，其首领是大贞女，由大祭司任命。苏维托尼乌斯的记载在元老院做出决定之后，根据恺撒岳父卢基乌斯·皮索的要求，遗嘱在安东尼的官邸开启宣读。那是 4 年前庞培死后，安东尼没收了他的豪华宅邸，恺撒回国后勃然大怒，命令其按照市场价格赔付庞培的遗孀相应的购置费。此后，安东尼正式成为这栋豪宅的持有人。

　　遗嘱是在恺撒的公祭仪式上当着民众的面公开宣读。公元前 44 年 3 月 19 日上午，恺撒的公祭仪式在罗马市民广场举行。天将破晓、晨曦初露的时候，广场上已经是人山人海，从各地赶来为他们主帅送行的老兵和城市贫民已经挤满了广场，许多人手持武器，人们群情激愤，高呼严惩凶手的口号，激起排山倒海的声浪，把葬仪变成了拥护恺撒的示威。人民强烈要求公开恺撒的遗嘱，恺撒的岳父卢基乌斯·皮索宣读了遗嘱：

　　一、恺撒的所有遗产四分之三，由盖乌斯·屋大维乌斯与阿提亚之子屋大维继承。

　　二、剩下的四分之一由恺撒姐姐的两个儿子路奇乌斯·皮纳利乌斯和昆图斯·佩提乌斯平均继承。

　　三、如第一继承人屋大维自动放弃继承权，其权利由德奇姆斯·布鲁图斯继承。

　　四、如第一继承人实行继承，则德奇姆斯·布鲁图斯与马尔库斯·安东尼两人为遗嘱执行监督人，同时若卡尔普尼亚生下恺撒的遗腹子，上述两人同为遗腹子监护人。

五、第一继承人屋大维继承遗产的同时，自动成为恺撒的养子，并改用恺撒的家族姓氏。

六、赠予所有住在首都的罗马市民每人 300 塞斯特斯，并将台伯河西岸的恺撒名下的花园捐给市民作为公共场所，该项由第一继承人实行。

在遗嘱中恺撒不仅将姐姐的外孙盖尤斯·屋大维确立为自己遗产的继承人，而且还正式收他为养子，并把自己的名字盖尤斯·尤里乌斯·恺撒授予屋大维。遗嘱中还明确德基姆斯·布鲁图斯是自己第二顺序的继承人，以致后人对于恺撒被刺倒地时最后所说的那句话"孩子，还有你吗？"并不是指马尔库斯·布鲁图斯，而是这位布鲁图斯。这一决定引起了民众巨大的骚动，他们认为德基姆斯在被指定为第二继承人等于恺撒的继子，还阴谋杀害恺撒，这是骇人听闻和亵渎神明大逆不道的事情。遗嘱还规定赠予每个罗马市民每人 300 塞斯特斯银币。恺撒将自己建在台伯河畔豪华美丽的私人花园赠送给罗马人民，作为休息游览之处。听众又是一番骚动。

随后，恺撒的遗体在士兵护卫下被抬入广场，无数的群众带着武器跑过来保卫他的遗体，在高声呐喊中，把遗体安放讲坛中央，众人号啕大哭，哭声经久不息，武装的士兵敲击着手中的盾牌，叮当有声。安东尼举起他的血衣，指着他伤痕累累的尸体给民众看上面浸满鲜血，到处都是刀剑刺戳的洞眼，这时民众怒气冲天，人们渐渐后悔赦免了这些刺杀恺撒的凶徒。

安东尼巧妙地利用群众的不满情绪，使其演变成一场反对阴谋者的全面而又失去理性的激烈回应。安东尼发表了声情并茂情词恳切，几乎是声泪俱下的演说：

"公民们，这样伟大的人物的葬礼演说由我一个人来发表是不恰当的，应当由他所代表的国家来发表。当他还活着的时候，我们全体人民因为共同钦佩他的才能，提议并由元老院决定后通过的一些法令，现在我来宣读这些法令。使我可以表达你们的情感，而不仅仅是我自己的情感。"于是他带着严肃而忧郁的面容，开始宣读，很清晰地念出每一个句子来，特别着重那些宣布恺撒为超人、神圣和不可侵犯的法令，那些称恺撒为祖国之父、恩人和无与伦比的保护者的法令，每读一个法令，安东尼把他的脸和他的手转向恺撒的尸体，以他的动作表演他的讲话，在每个名称上加入一些简短的解释，充满了伤感和愤怒；例如，在法令上宣布恺撒为祖国之父的地方，他就补充说，"这是他仁慈的证据"宣布他为"神圣不可侵犯"和"任何其他逃往他那里的人都不得受到伤害"等，——安东尼说："没有逃往他那里去的人曾经受过伤害的，但是被你们宣布为神圣不可侵犯的人却反而被杀害了。虽然他没有像暴君那样，强迫你们把这些荣誉强加到他身上。甚至没有这样请求过。"

安东尼绘声绘色地把群众的怒火引向了布鲁图斯、卡西乌斯、西塞罗等共和派。他的表演很成功。按阿庇安的记载：他好像着了魔的人一样，卷起长袍束在身上，使自己可以自由挥动双手，做出强有力的手势，增加演说的鼓动性。他站在棺架的前面，好像演戏一样，把身子弯到棺架上，又直起身来，首先唱赞美诗，歌颂恺撒，举起他的双手向着天空，以证明恺撒是神的后裔。同时，他用很快的语速，详细叙述恺撒参与的战争、战役和取得的胜利，他所征服的国家和掠夺回国的战利品。称赞他的每个功勋为奇迹，同时惊叹说："在你所打的一切战役中，从来没有被打败过，只有你替祖国雪了300年前所受的耻辱。使得那些蛮夷部落屈膝，这些蛮夷部落是曾经侵入焚毁过罗马城的罪魁祸首。"他好像是受了神明的指使那样而发狂，他把他的声调从高音降低到哀伤，好像是对一个受到迫害而死的朋友那般痛哭失声。他的高低起伏跌宕起落的腔调好像是某种声情并茂的表演，恰到好处的图腾神化了恺撒的形象，煽动起现场民粹派对共和派的仇恨。随后，他用长矛高举恺撒沾满血迹的长袍，在空中摇晃，长袍上有短剑刺穿的洞孔，于是民众好像戏剧中的合唱队那样用最悲伤的音调哀悼恺撒。

安东尼的演说结束后，合唱队演唱哀歌，军乐队奏响哀歌，在一片悲愤嘈杂的哭声中，参加葬礼的民众冲进元老院，捣毁了议事厅。凶手的住宅遭到纵火焚烧和群众围攻，保民官秦纳被愤怒的民众当成攻击恺撒的大法官秦纳，被暴民活活打死，成了冤死鬼。布鲁图斯等人都逃到了外省，做恺撒封赏的地方总督去了。西塞罗当晚逃到了恺撒的朋友家中躲了起来，才免遭了这场劫难。

葬礼宣布后，人们在马尔斯原野上靠近恺撒爱女尤利娅墓前的地方几乎自发地堆起了火葬堆。行政当局在下罗马广场多姆斯议事大厅前按照恺撒自称的先祖维纳斯神庙的样式专门搭建了一座临时圣祠供民众吊唁所用，这座圣祠比维纳斯神庙小一号但装饰得金碧辉煌成为一座镀金灵堂，里面放了一张象牙殡床上铺着金色和紫色床单。床头立一木桩，上挂恺撒被杀时那件血迹斑斑穿的长衫。木桩前立有一座形象毕俏恺撒蜡像，蜡像周身布满二十三个匕首戳血窟窿，蜡像的表情痛苦而无奈。显然这是执政官安东尼精心安排的道具，目的当然是借助葬礼刺激起民众对于杀手的仇恨。政客们往往会十分巧妙地借助突发的政治事件煽动民意，浑水摸鱼，达到自己的政治目的。已经逝去的亡灵为自己建立对罗马政坛新的统治权威背书。

安东尼煽动起民粹的力量轻而易举地赶跑了政敌——共和党对手，他们全部因为恐怖而藏匿了起来，元老院也就成为被裹挟的玩偶，在政治恐怖中建立起新的统治秩序，这次的政治表演，安东尼导演得十分成功，收效十分明显。

出席恺撒殡葬仪式的人员川流不息、络绎不绝，喧闹紊乱不安定的白昼很快过去。安东尼宣布，人们完全可以不拘泥于时间空间的限制，走罗马城中的任何一条道路，把献祭的礼品不分昼夜地送到马尔斯广场，表达对于神圣领袖朱利乌斯·盖尤斯·恺撒的哀思。在葬礼进行的过程中，安东尼再次将演出推上了高潮，为了使人们对于恺撒的死亡更加悲痛哀伤，人们齐声吟诵罗马著名悲剧作家的歌曲《武器的辩驳》中的一句歌词：

我救这些人是为了让他们可以谋害我吗？

讲台上尸架上的棺木由现任高级长官和前任高级长官在全副武装的骑兵扈从护卫下，在军乐队哀乐伴随下，在浩浩荡荡的民众追随下，缓慢逶迤地走出罗马广场的弗拉米尼努斯竞技场，沿图斯库斯大街开往马尔斯原野，因为帕卢斯·塞罗利埃沼泽地有一块空地可以容纳全部吊唁及送葬的民众。因此送葬祭礼便从这里开始。这支长长的祭奠队伍经过多姆斯议事大厅时，恺撒的棺木被抬到队伍最前列。雷必达的两个骑士团全体出动，维持圣路两旁的秩序，确保在路中央留下足够空间供民众观瞻这场规模空前的葬礼游行。澳大利亚著名作家考琳·麦卡洛在《恺撒大传》中用文学语言绘声绘色描写了当时的盛大场面：

五十辆包金的黑马车，每辆都由两匹健壮的骏马拉着加入游行队伍，这些四轮马车里坐着戴着恺撒祖先们蜡制面罩的演员们——从美神维纳斯，战神马尔斯到埃涅阿斯，从尤努斯·罗慕路斯再到妻舅盖尤斯·马略和卢基乌斯·科尔涅利乌斯·苏拉——游行队伍沿着维利亚大道直达圣坛前。在那里他们站成三个半圆形的队列。在几百辆轿子中有一百多辆里面装载着乳香、没药、香膏等昂贵的香料，而队伍两侧的士兵则肩并肩地护卫着恺撒的棺材及送葬者的安全。那些穿梭于四轮马车之间的、身穿黑色丧服的哀悼者或扯发捶胸，或发出震耳欲聋的哀哭声，或唱着真诚的哀歌。

前来参加恺撒葬礼的人数不胜数，自从萨图尔尼努斯节以来，从来没有一次出现过这么多人。当坐在棺盖上的恺撒从门外抬到罗马历代帝王圣堂时，抬着恺撒遗体的是卢基乌斯·恺撒、卢基乌斯·皮索、安东尼、多拉贝拉、卡尔维努斯和雷必达。其他元老院议员紧随其后，再后面就是士兵和罗马普通民众了。看到马车和轿子被他们挤得快要散架了，雷必达的士兵们只好用自己的背部使劲抵着拥向前来的民众和老兵，以减缓他们入内的速度。果然，民众的喧哗大大地惊骇了拉车的马匹，他们在人群中撒起野来，坐在马车上的那些表演者吓得尖声呼救。

身着堂皇而富丽大祭司袍服的恺撒像活着的一样端坐在棺盖上，他头戴纯金打造的橡叶冠、神情从容淡定、双目微合，因为为他抬棺木的六个人都是高个子，因此高居棺木之上的恺撒显得无比威严，有着帝王般的气魄。

根据阿庇安、苏维托尼乌斯等其他罗马史家的记载：在下罗马中央广场的祭台旁边民众自发地冲进法庭拆卸的桌椅板凳加上广场周围堆起的火葬台上布满了乳香、龙涎香等等高级香料，以及凯旋式游行用的饰品和人们自用的冠冕及老兵们军事勋章、奖品。突然两个身佩短剑的武士挥舞投枪用点燃的火把投向了恺撒的棺木，周围的民众添加干柴，把法庭的座椅条凳等凡是能烧的东西尽行烧毁。军团老兵把参加葬仪时的荣誉军服和武器等投入火中；乐师和演员们将参加凯旋式的袍服脱下撕碎，抛进火中；许多贵妇甚至将自己佩戴的首饰和自己孩子身上佩戴的护身符与身上的豪华礼服一一投入火中。

在公众悲悼达到高潮时，许多外籍人士也按照各自的风俗成群结队地围住恺撒的祭台痛哭哀悼。尤其是犹太人，甚至连续几夜群集焚尸场哀悼。致使葬仪没能按照官方意志在马尔斯沼泽地附近的空地举行，无须等待元老院命令，恺撒的火葬仪式就这样在民众自发的行为中结束。经过长时间的沉默后，民众的怒火终于像火山喷发那样发出排山倒海的怒吼，要那些谋杀恺撒的"自由战士"血债血偿。

由于悲伤被熊熊烈焰点燃，人们开始义愤填膺，企图寻找凶手为恺撒复仇，手持火把的愤怒民众冲向犯罪分子的宅邸进行焚烧，阴谋分子事先得到消息已经逃离罗马去躲藏了起来。愤怒的群众好不容易被骑士团挡住后，他们当街遇到了护民官赫尔维乌斯·秦纳，便把他杀了。人们误把他当成了前一天对恺撒进行激烈指控的大法官科涅利乌斯·秦纳，他们把他的头用长矛挑着游街，他成了同姓堂兄弟的牺牲品。在浓浓的夜幕中整个罗马城弥漫着怡人的馨香混杂着刺鼻的烟火味，广场一片狼藉。次日凌晨，负责殡葬的元老们才敢到广场上收集恺撒的骨灰，他们把凡是能够找到的烧焦的骨头碎片都放入那个镶嵌着蓝宝石的骨灰瓮中，恭敬地在卫兵护持下送入马尔斯原野临近恺撒爱女尤利娅墓地不远处的恺撒墓园安葬。

葬礼后的第三天，罗马民众在市中心广场矗立起一根高约 20 米的努米底亚大理石坚固石柱，上刻铭文"献给祖国之父"。在很长一段时间内，人们络绎不绝前往祭祀、献花、宣誓，或以恺撒的名义立誓解决国家的重要争端。在罗马的贵族、骑士、平民、释奴、奴隶五个阶层中，恺撒的宿敌都在第一阶层的名门望族中；越是那些低贱的甚至无法归入第五阶层的草民，越是崇敬恺撒的为人，连那些在罗马根本没被当做人看待的奴隶，都感知到恺撒的善意。恺撒已经成为神的化身、英雄的楷模。

295

　　对于恺撒的被刺身亡，真正感到锥心刺骨伤痛的莫过于当时还住在罗马台伯河畔帕拉丁山麓豪华宫殿中的埃及艳后克里奥特佩拉，不仅仅是心灵上的巨大创伤，而且在政治上也是难以弥补的失落，她心中的美梦随着恺撒的死亡，她和恺撒所谓的爱情结晶恺撒·里昂的接班帝王梦，从此破碎难以复圆了，统治埃及和罗马的野心也被冷酷的现实所撕碎。她只能无比悲伤地把以往那些美好的岁月永远地寄存在脑海中。她沮丧地告别了罗马，皈依了地中海那边她自己的王国，在自己的王国她将还会迎来一次惊心动魄的生死恋情而写下她那始终和肮脏政治联系在一起香艳残酷而充满罪恶的一生，因此而名垂青史。

　　还有一个悲痛欲绝的女人就是凶手布鲁图斯的母亲塞尔维莉娅。是她的轻薄浪荡亲手酿造了儿子和情人之间的双重悲剧，她的整个精神支柱在痛苦中崩塌，命中注定她的晚年将在精神错乱和在对情人和儿子的双重怀念中，疯疯癫癫地结束自己的余生。因为没有一个人比她对恺撒和儿子爱得更加深沉执着，恰恰这两个她最爱的男人是相生相克的一对灾星，她就在这两股情感交叉编织的绞索绞杀中结束了自己的生命。

千秋功罪话恺撒

恺撒死后，不仅由正式法令列入众神行列，而且平民百姓也深信他成了神。因为他的嗣子其实是他的甥孙屋大维，后来的奥古斯都，为庆祝他被尊为神而举行的首次赛会期间，彗星连续七天于日落前一小时在天空出现。人们相信那是恺撒升天的灵魂，正因为这个原因，他的塑像头顶上加上了一颗神圣的星，意味着他是上苍星宿下凡，引领共和国走出黑暗，拯救苍生出苦难的救世星宿。在完成神圣使命后，又皈依去了苍穹，成了天上的神圣，因为他本来就是爱神维纳斯的后裔。

元老院作出决议：封闭他被杀的大厅，3 月 15 日被命名为弑父日，元老院永远不得在那一天聚会。他的谋杀者中几乎没有谁在他死后活过三年的，没有谁是老死病死的。所有人都被判有罪，并以不同的方式横死：一部分人死于船只失事，一部分人死于战争，有些人用刺杀恺撒的同一把匕首自杀。

恺撒所在的时代，是共和体制向帝国转型的时代，新旧体制的交替：延续五百年之久的共和体制像是一袭陈旧的袍服已经难以包裹逐渐腐朽而又迅速膨胀的帝国。国家、政治、经济、社会、法律体制已不适应时代的发展，并已成为国家未来发展的障碍时，如果对其进行局部的修补或者掩盖其堕落的现状，或者仍然以顽固态度来拒绝改革，那只能让这种制度苟延残喘毫无生机地在社会矛盾激烈碰撞中渐渐走向死亡；如果不主动进行改革，必然导致暴力革命，在剧烈动乱的改朝换代中崩塌脆断。在进入新的专制王朝更替中，国家腐败进入"塔西佗陷阱"似的恶性循环，麻木的神经在醉生梦死中顽固地保持对既得利益疯狂掠夺的强势，在对物质欲望占有的贪婪中，殊死捍卫着既得的特权，而使得权贵集团的寡头政治进行着灭亡前的垂死挣扎。

只有少数睿智豪杰之士深谙：对旧制度进行革新，建立更能适应社会发展的新制度，即使身遭不测、即使困难重重也在所不惜。恺撒就是这样为罗马未来寻找新出路的天才型政治家、军事家。诚如罗马史专家郭晓凌先生在《罗马革命》中译本序言中所述：

概括起来，古罗马史家集体对罗马"革命"的解释大体一致，就是对外部力量的恐惧凝聚了内部的道德力量。恐惧刺激了罗马人追求美德，压抑固有的贪婪，所以才会产生一大批精忠报国的平民百姓和贤明伟大的贵族精英。然而随着外敌一一被灭，特别是战胜强国迦太基之后，对外部的恐惧感渐次消失，各地财富涌流到罗马，致使从贵族平民普遍沉溺于享乐，进而追逐钱财，放纵人性恶，自此社会矛盾尖锐化到积重难返，天下大乱，最终靠一个政治军事强人收拾残局。

这一政治军事强人可以是征服东方的庞培，也可以是征服高卢、不列颠的恺撒，他们之间弱肉强食，形成新的"胜者为王，败者为寇"政治格局，必然是新的帝国独裁专制者，与传统的共和国贵族自由体制捍卫者之间产生尖锐不可调和的矛盾。这就是恺撒所处的新旧交替时代的古罗马式特色。

恺撒一生有太多值得赞誉的功绩，无论是在军事领域、战略眼光、政治领域还是在道德领域上都为后世政治强人和军事豪杰留下很多可资借鉴的遗产。

他在军事上取得极为耀眼的成就。他从三十九岁起出任远征西班牙总督，开始军事征战生涯，此后十七年之间，除短暂留驻罗马担任执政官或独裁官履行法定职责外，有十三年时间亲率大军转战各地，历经大小不下几十场会战，均能以寡击众，以少胜多，攻无不克；就作战的性质而言，不论是运动战、阵地战、野战、海战、攻坚战、围城战等，都能因势利导，因地制宜，以灵活机动的战略战术，取得压倒性胜利。

高卢征战九年，先后征服了近300个国家、800座城市，杀敌100万人；俘虏100万人的惊人战绩；他还两次渡过多佛尔海峡远征不列颠群岛；渡过莱茵河彻底打击了日耳曼人，从此将罗马的天然疆界从阿尔卑斯山延伸到西至大西洋、北至莱茵河，极大地拓展了罗马的疆域、彻底解除了蛮族人几百年来对罗马的威胁；先后平定西班牙、非洲、又在东方进行的法萨卢斯和亚历山大战役中，以少胜多战胜不败将军庞培及埃及王室军事力量，随后扫荡庞培的残余势力，彻底结束内战。他征服的土地之广、人口之多、意义之大，无论是西庇阿、费边、卢库鲁斯还是汉尼拔都无法与之匹敌，即使他与伟大的亚历山大大帝相比，所取得的成就也丝毫不逊色。

他在战略上具备超越常人的眼光。当他奉命作为高卢行省总督治理高卢时，并未将高卢总督的履历作为自己的政治资本，而是利用这一机会彻底解决几百年来高卢人、日耳曼人对罗马的威胁。他率领八个军团纵横高卢全境，并在阿莱夏战役中一举平定了高卢全民族的反叛，将中部高卢、东北部高卢彻底"罗马化"，并将日耳曼人驱逐到了莱茵河北岸。要知道，自共和国以来，无数的罗马将领战胜高卢人、日耳曼人，但从未彻底消除他们的威胁，而恺撒则是第一个将帝国北部的防御界限由阿尔卑斯山拓展至莱茵河，为帝国北部的安全保持了数百年之久。

他对待政敌的宽容达到令人他的敌人都尊敬的程度。马略、苏拉对待反对派的无情与杀戮曾让许多罗马公民触目惊心，但恺撒作为胜利者进入罗马后没有杀害一个曾反对他的政敌，也未曾报复过他们的不忠。当他最为偏爱的副将拉比爱努斯背叛他投奔庞培时，他没有一句怨言，只是让士兵把他的行李送还给他；当他战胜庞培后他又先后宽恕了卡西乌斯、布鲁图斯、西塞罗。他就这样以他的胸怀演绎着伟大的人格应该具备的德行和气度。

他在政治领域有太多的建树。当他孤身一人反抗顽固的元老院统治时，面对不利局面，他建立了"三巨头"同盟，使自己能够稳固地在高卢战场展现自己的军事才华，又通过"卢卡会谈"彻底挫败了元老院的阴谋，同克劳狄乌斯、库里奥的联盟稳定了罗马首都的局势，一次又一次粉碎了元老院针对他的图谋；对于高卢"罗马化"的政策让他成为"欧洲之父"。在征服诸多意大利以外的国家实施"罗马化"国家的政治文化战略时，他成功以蛮族酋长，排除传统共和势力的反对，充实了元老院新生力量，改变陈旧的贵族权贵体制，并以新贵族排斥稀释旧贵族集团的权力固化体制。对征服王国实施怀柔统战政策，为帝国在意大利同盟基础上的政治扩张，完备了最早期的联邦或者邦联体制，成为后来英国"光荣革命"和美国独立后的由邦联到联邦的成功借鉴。

恺撒出生于最古老的贵族世家，伯父、舅父、姑父曾任执政官，父亲任法务官，母亲是执政官之妹，著名的女性法学专家。尤其是身为军事政治强人马略的侄儿，他在年轻时被视为"平民派"，从而在元老院受到贵族的排挤。

诺贝尔文学奖得主、《罗马史》作者蒙森说：

其家族的血统可以追溯到伊利亚特时期的英雄人物，他实际上是希腊和罗马两族人民共同信奉的爱与美之女神——维纳斯的后裔。童年和少年时期，他一直过着贵族青年惯有的生活，也正是那段日子，让他饱尝作为上流社会的甘苦。他曾吟咏朗诵，闲暇时习作文学和创作诗歌，也曾卖弄风情，探索风靡一时的剃须、卷发和褶边等化妆方式的奥秘之处，还曾钻研赊账的神秘色彩。虽长期身处纸醉金迷，闲散轻浮的生活之中，但得益于柔韧如钢的天性他始终能够明哲保身。不仅保持了身体活力，恺撒的理智和心灵弹性也不曾受外界侵染。

他自幼受到良好的教育，曾经游学各国、知识渊博；他身材修长，体格健壮，容貌脱俗，谈吐风雅；是一位训练有素的雄辩家，也是一位学养醇厚的修辞学家；他还精通骑术、剑术是一位文武兼资的贵族翩翩佳公子；他非常重视生活品位，讲究服饰仪容，一生以风流自诩，在罗马上流贵族圈子深受女性青睐，拥有众多情妇；他为政治和女人欠下巨额债务；得到挥霍无度的恶名，历来为小加图等以正人君子自居的权贵视为轻薄浪荡子弟，终身与之为敌；然而，恺撒是一位真正智勇双全的伟大政治军事领袖，有惊人的耐力、精力和活力，既能忍辱负重，又能先发制人，具有攻守兼备的弹性，处逆境而不气馁，处顺境而不骄纵，具备处变不惊，从实际出发的极高感受力、决策能力和执行能力，这是其克敌制胜的先天睿智禀赋和后天胆识的综合素质所决定的。

恺撒还是一位让西塞罗这种理论家、思想家、文学家都不能低看的学者，也是一位艺术家。他所撰稿和主要执笔写就给元老院的战时情况报告《高卢战记》《内战记》是历史公认的纪实文学和战地散文范本。恺撒的作品在西方世界自古以来有很高的评价，尤其是《高卢战记》是学习拉丁文的主要教材，具备简洁、明白、优雅的三大特点，其中记载的战略战术及极高的军事指挥艺术是诸种战争要素的综合表达，都达到了军事文学的很高境界，对后世很有借鉴作用。

恺撒的文学艺术创作水平是多方面的，如果不是奥古斯都对恺撒的有意识神化，他的许多充满着世俗化人性色彩以及那些充沛丰富的情感文学形式还会有更多的遗存，现在他的那些精彩篇章的残简断章只存在于西塞罗作品中的点滴引用，即使点滴亦可一窥其人文精神情感思想全貌。原因则在于公元前42年元老院通过了屋大维建议，将舅太爷恺撒定位为神，神化恺撒当然是为了将来神化自己做出铺垫，因此而焚毁了大量恺撒充满人性化表达自己喜怒哀乐真情实感的文字作品。

据古罗马史学家苏维托尼乌斯在《神圣的朱利乌斯传》中记载：

在雄辩和战争艺术方面，恺撒至少可以与这方面最杰出的人物平起平坐，或许比他们的名气还要大些。在控告多拉贝拉之后，谁也不怀疑他属于罗马最杰出的辩护人之列。确凿无疑的是。当西塞罗在《布鲁图斯》一文中列举的一些演说家时，他指出，恺撒不比任何人差。他认为，恺撒的风格不仅优美、明白，而且雄浑、甚至可以在某种程度上，有点高贵。此外，在致科涅利乌斯·奈波斯的信中，关于恺撒他是这样写的："怎么样？你以为那些专门从事雄辩演说家谁比他更高明吗？谁的常用词比他用得更多更巧？谁的言辞方面更华丽更优美呢？"看来他（至少在少年时期）模仿过恺撒·斯特拉波（恺撒先祖古罗马著名演说家，公元前87年，与其兄前90年执政官卢基乌斯·朱利乌斯·恺撒一起被杀）的修辞榜样，实际上曾把恺撒·斯特拉波题名为"为萨丁尼亚人辩护"讼词中的某些段落逐字逐句用到自己的讼词中来。据说恺撒讲话声音高亢，动作手势充满激情，但又不失优雅。他留下了若干演说词。

由于后来的帝国首席公民奥古斯都（即成为首席执政后屋大维，不敢自称国王）对这些辩护词的真实性提出质疑，官方只能销毁了这些图书，而不得存世。

　　奥古斯都不无理由地认为，"为克文图斯·莫特鲁斯辩护"的演说辞很难说是恺撒本人发表的，更可能是速记员在跟不上他说话的速度的情况下，快速记录下来的。在某些抄本中我发现有的标题竟然不是"为莫特鲁斯辩护"，而是"为莫特鲁斯而作"，尽管演说的主旨出自恺撒的本人，目的在于保护莫特鲁斯和他自己不受共同诽谤者的指控。奥古斯都还怀疑"致西班牙驻军"演说辞的可靠性，然而据阿西尼乌斯·波里奥说，由于敌人的突然进攻，恺撒未及作长篇演说，因此该篇演讲词分两部分：一部分是在第一次战斗前讲的，另一部分是在第二次战斗前讲的。

　　既然作为定于一尊的首席公民对这些演说的真实性提出质疑。即便是真实恺撒演说辞也只能作为伪作而在图书馆下架销毁了。因为首席执政官在罗马历史上都是作为帝国皇帝来对待的，而且有着父子相传的习惯，他的言辞自然就是口含天宪的谕旨，不能违背的，只是他接受了恺撒被刺的教训后，尊重罗马人对共和的情感，一直在他以后都保留着共和的旗号和已经成为摆设的元老院，这些称号和机构只是有名无实的摆设，为自己执政的合法性背书而已。因为他本身就不是公民大会选举出来的，而是恺撒遗嘱指定的接班人，这些表面的形式一直维持到西罗马帝国的覆灭。

　　苏维托尼乌斯继续在他的《罗马十二帝王传·神圣的朱里乌斯传》中说：

　　恺撒留下了高卢战争和同庞培内战的中自己行为的记录。……关于恺撒的《战记》，西塞罗在《布鲁图斯》一文中也曾做过这样的评说："他所写的《战记》理应受到赞美，它们简洁明了而又不失优美，没有演说术的堂皇词句的装饰。虽然他的目的在于给那些打算写历史的人提供素材，只是意外地满足了那些想在自己的叙述上花样翻新的庸人们的欲望。但他还是使那些有点头脑的人不敢去涉猎这个题目。"对于这些战记，撒路斯提乌斯赞美道："它们受到所有评论家如此高的评价，以致他好像不是为作家们提供了机会，而是剥夺了他们的机会，可我们对它们的赞扬比其他人还要高，因为他们只知道这些战记被写的多么优美，多么准确；可我们另外还知道他写这些战记写得多么不费劲，多么迅速。"……此外恺撒还留下了两卷集的著作《论类比》和两卷集的演说辞《斥加图》，还有一卷题名为《旅途》的诗集。其中第一部著作是他翻越阿尔卑斯山，巡回审判山南高卢后返回军队时写的；第二部著作成于孟达战役前后；第三部著作是从罗马远征西班牙24天行军路程上写的。他写给元老院的一些信也有一些保存下来。……保存下来的还有致西塞罗的书信和友人的谈家务的书信。此外，我们还知道他青少年时期写的某些作品，诸如《赫库里斯的功勋》、悲剧《俄狄浦斯》和《名言集》。可是奥古斯都在给他所任命的图书馆总监庞培·马谢尔的一封简明的信中，禁止出版所有这些小册子。

这是后来的奥古斯都在文化专制中生怕对于神化领袖的世俗化，会影响到恺撒形象的伟大神圣，将其道德性美化，下令销毁了恺撒所有演说辞集和文集、书信集其中包括他写给众多情人的那些文辞优美情意绵绵的信件，连同恺撒写的诗歌和剧本。仅留下两本表现其战无不胜英雄形象的《战纪》，那些只是英雄形象图腾柱记功碑。在他看来那些充满人性色彩的个性化文学作品都是帝国负能量产物，只能销毁下架。只有表现克敌制胜的官方文本才是帝国正能量值得提倡的爱国主义英雄史诗，它们是神圣朱利乌斯·恺撒作为伟大英雄的标准配置。其实也不过是帝王个人意志的产物。

普鲁塔克在恺撒传记的结尾处有一段似乎是对恺撒跌宕起落的人生命运的概括：

恺撒享年56岁，时间不过比庞培晚死4年多一点。他一生冒险犯难，扩展帝国疆域，追求政治权柄，盖棺论定总算如愿以偿，除了受人猜忌的虚名，并未得到实质性的收获。那位伟大的守护神，在他生前对他百般呵护，等到他被害以后还为他的死难复仇，访遍天涯海角寻觅涉及谋杀凶手终于法网恢恢不容一人逃脱，所有动手行刺和出谋策划的人士，全部受到惩罚。

此话充斥着古代历史学家对于英雄或者说是枭雄，一生波澜起伏的命运，"天命观"的宿命论解释。其实，英雄和枭雄都不能脱离当时的时代发展也不能摆脱时势的局限去创造历史，他们只在自己的历史舞台上扮演自己的角色，与其是命运主导的兴衰荣辱生死存亡，不如说是时势造出英雄，英雄同时又推动历史的发展。英雄和枭雄只是人生一个分币的两面，

303

分别扮演伟人和猛兽的双重人格才是血肉丰满的真实人生，而神圣则刻意回避了作为野兽凶残的一面，因为战争必然始终贯穿着对弱小民族的征服、杀戮和掠夺，对本国人民和殖民地民众均为灾难。

恺撒的神圣化必然是建立在成千上万民众和士兵的累累白骨之上的图腾，才成为愚弄驾驭民众的偶像。用那辆如同太阳神驾驭的战车绑架众多民众，情不自禁地追随龙驭战车去开创帝国的霸业成就自己帝王的功名，结果功名反被功名误，霸业未成身先死，长使英雄泪满襟。不过恺撒更习惯于攀附爱神维纳斯的美名而使自己享有博爱、宽容、慈善的美名。有时上帝天使和人间恶魔并没有截然分明的界限，善恶之间也只是一步之遥，跨过那道人性人道的壕沟就进入万劫不复的魔兽境界，英雄也就成了枭雄。

其实，恺撒之梦和罗马七丘之城的王国开创者、喝狼奶长大罗慕路斯之梦暗合，只是恺撒作为这群狼崽带头人他是帝国奠基的雄狮，在功成身就事业达到顶峰时，遭到狼群中獠牙毕现的失势饿狼撕咬而丧命。然而，时势发展是不容倒退的，群狼们容不得丝毫对狮王不尊出现，又群起反噬了这一伙饿狼。这就是历史发展的否定之否定规律。

共和向帝国的转型无非和平和战乱两种，血腥的暴力夹杂着对时势人心的把握，由战乱失序达到新的平衡，这几乎是王朝治乱的轮替，不以人意志为转移。时势固然是决定英雄成败的外部力量，而和个人素质素养密切相关的道义、人格，与才能、胆识奠定了英雄事业成功的内部动力。因此，与其说是保护神守护着恺撒的命运，不如说是他的睿智对时势的准确把握；英勇无畏坚忍不拔的进取开拓精神，以及团结、慷慨，在远大的政治抱负主导下的人道宽容精神，才使自己在错综复杂诸种利益交错的共和国乱世中脱颖而出，成就帝国初创时期奠定坚实的基础，才有了后来奥古斯都时代的辉煌。

蒙森不吝用最美好的语言去评价他心目中的英雄：

恺撒是一个彻底的现实主义者，也是个有理智有头脑之人，他最为显著的特点便是清醒冷静，这一点在他平时所作所为中深有体现。也正因如此，他坚持活在当下，不为回忆和期望所扰。他能时刻专心于所操行之事，甚至在最琐碎枝节的事情上仍能充分发挥自己的全部才能。他能以八斗之才领略心智所能理解的一切，主宰意志所能控制的全部。他能镇定自若地边舞文弄墨，边筹划军备，无论身处顺境还是逆境，都能保持"超乎想象的平静"。他能时刻独立自主，不受包括爱好、女宠、朋友在内的任何人挟制。鉴于此，恺撒拥有足够的理智，所以从不幻想掌握命运的力量和人类无限的才能。揭开那层诱人的面纱时，他深知自己才短力绌。他时刻谨记无论如何精妙绝伦、思虑周全地筹划，都无法逃脱命运的安排或者说阻止意外的来临。或许他对命运孤注一掷，屡次挺身范险的劲头儿，也与此有关。实际上，睿智的人偶尔也会迷信于命运之说，所以恺撒的理性主义，或多或少也与神秘主义有相连之处。

独裁官主导下的改革

恺撒从共和旧体制过渡到帝国新体制的过程，是以军事实力作为基础，并在赢得民意的保障下，逐步向共和旧贵族利益集团开刀，渐次平息内乱对外扩张的过程。由于连年征战，其真正从政的时间有限，因而计划的推行其实是不完善的，加上中道崩殂，遭遇刺杀，他的帝国改革复兴是在其甥孙奥古斯都手中，根据他的遗愿设想才逐步加以完善的。

在恺撒看来，这是天降大任于斯人，去开创世界新格局，去完成历史新使命。根据当年盖约·格拉古兄弟开创的普罗大众事业，制定的适应时代的新政体以来，多年来他们的追随者，矢志不渝地固守这一目标。虽然成就有多有少，成败此起彼伏，坚守平民和贵族利益的平衡这一原则始终不曾动摇。因而不能把恺撒的改革完全看成是为了自己有朝一日是为了登上皇帝宝座的努力。他的集权专制，更多的是为了利用自己的权威推进社会的变革而实行平稳地政治过渡，更多是在宽容的基础上实现民族和解建立帝国新的体制，逐步瓦解贵族共和寡头政治，利用温水煮青蛙的效应，推陈出新达到贵族体制的和平灭亡。

因为，他知道多年积累的政治弊端根深蒂固，积重难返，必须以强大个人集权手段强制推行改革，才能收到应有的效果。否则，借助旧体制即使合法当选，也会如格拉古兄弟那样被元老院集体谋杀。然而，恺撒最后的结局依然是悲惨壮烈的毁灭。凯撒基本属于开明专制，但是这基本上依然是一种人治，基于帝国元首的个人道德水准，而新登场的独裁者就很容易变质为个人独裁下的暴政，如奥古斯都死后，提比略及后来的卡里古拉、尼禄都是罗马皇帝中的有名暴君。直到公元96年安东尼王朝建立（96—192年五个皇帝）涅尔瓦、图拉真、哈德良、安东尼和马可·奥利略所谓"五个好皇帝"才又回到开明专制轨道，成就了罗马帝国的黄金时代。当然对外扩张和掠夺依然。

诚如蒙森评价恺撒政治体制时指出：

恺撒生来就是平民党的领袖，三十年来他一直高举平民党的旗帜，从未改变或隐瞒过自己的党性。高居君主之位时，他仍然保持平民党身份。他毫无保留地接受本党的一切传统，当然喀提林和克劳狄乌斯的荒谬计划除外；他毫不畏惧地展现出自己对贵族阶级的以及纯贵族激烈的愤恨。他的君主政体基本继承和保留了平民党思想，如缓解债务人压力，建立海外殖民，逐渐缩小国内各级人士的权利差异，令行政权脱离元老院管控等等，他借君主政体完成并实现了平民党的期望。他的君主体制不属于东方的神权独裁，而是盖约·格拉古所欲创立，伯利克利和克伦威尔成功创立的政体，即由国民委以高度信任之人来到表国家。由此可见，恺撒治国理政的思路，并非他首创，但重点在于突然这一思路变为了现实。当初那位天才设计者，若能目睹恺撒的丰功伟绩，定会对此惊讶不已。现在抑或将来，处于不同历史时期，来自不同政治背景的人们，倘若有幸在现实和历史中目睹此等伟绩，加之对伟人和历史大事的理解力，必定会流露深深的感动和敬佩之情。

恺撒独裁下的政治、经济、军事、文化、社会体治改革概括起来有以下几个方面：

一、元老院人数的增加，成分的多元化，有力分化了共和寡头集团权力，架空了元老院对国家人事任免、军政大事的决策权，逐步向独裁官一人手中集中，没有国王的王权独裁专制政治生态已经初步形成。大一统的行省、同盟国邦联体制使得帝制呼之欲出。

二、护民官改革。保民官是共和初期公民大会对元老院、执政官权力制约做出分权制衡机制，地位不高，但权力极大，有对元老院决议的否决权，而且人身安全受到法律的保护。但是自从格拉古兄弟被杀害后法律实际受到了践踏。法律限制的独裁官是非常时期任期六个月临时性设置，在恺撒执政时期任期逐步延长为一年、十年最终演进至终身独裁，保民官职责也就形同虚实，名存实亡了。恺撒实际就成了没有国王冠冕的最终国王。罗马法律授予保民官的一票否决权对于终身独裁官显然是不适用的。

三、独裁官问题。恺撒之所以不敢使用"皇帝"的头衔取代独裁官，乃是出于罗马公众对于传统尊重和对于王政反感的一种虚假的愚弄，他要的是实质的帝王权力，而不是虚假的空名根据罗马法律规定，只有独裁官是唯一一个不必与别人分享权力的职位。本来是国家遭遇危机时期的临时性集权举措，在恺撒时代变成了永久性终身职务，在奥古斯都时代干脆国家元首兼了保民官。

四、金融改革。国家设立国家造币机构，并将铸造货币系统化，确认了罗马货币必须成为罗马帝国的所有货币的基准和以金银储备为标准的兑换率，在罗马各行省的地方货币和罗马货币相统一，大大促进了帝国经济的发展。他还专门设置了"造币三人委员会"负责国家造币机构的运营，以及监督铸币中的金银含量。

五、借贷问题。或许是有过借贷的亲身经历，恺撒认为借贷并不是坏事，反而是盘活经济借助货币流通扩大再生产的重要手段。关键在于借贷的公正性：一是公正地评估担保物的价值；二是借贷利率不能随意浮动。针对第一点恺撒规定，由于内战导致通货膨胀，因此评估时应以内战爆发前的价值为准，实际在估值中减去通货膨胀带来的 25 个百分点。针对第二点，恺撒规定借贷的年利率上限为 12%。然后根据情况逐年下调至 6%。他率先垂范，将自己的物品以 6% 的利率借贷。但是罗马有着保护私有财产不受侵犯的传统，因此只要不超过 6%，其他的只能由公民之间的契约约定来具体决定。

六、行政改革。恺撒没有改变执政官制度，只是在人才的拔擢和选举中融合进了更多的个人因素，这个罗马最高行政长官每年仍然有两人担任，他是独裁官不受任何约束，即使行政官权力遭到否决时，他依然可以以独裁官身份坚持执行，这其实也就是根本无视了公民大会、元老院、保民官的职责存在。这样一来执政官事实成为独裁官的行政下属。他要把罗马改造成维持表面共和体制的君主制帝国。罗马共和政体自此走向了尽头。

七、帝国官员的任期制。除了负责国家安全的无法限定任期的行省总督外，其他所有官职都保持了共和时期的任期。根据共和时期的规定，可以无限任职的职位只有一个就是大祭司，独裁官职位原来短期任职在恺撒时代才由元老院被胁迫加持为永久性职位。那是因为恺撒党人在议会中已经结成团伙，完成了组织上的私有化改造。这两个终身职位均有恺撒一人兼任。

八、军事、法务、财务、监察官的任职。将法务官席位从 8 个增加到 16 个，恺撒时代的行省数量比过去大幅度增加。按照法律法务官一年任期结束后，将以"前法务官"的身份授予"绝对指挥权"率领两个军团驻守行省维护罗马统治。作为保障罗马国家安全的前锋。增加人数是必要的。

每个军团都要派驻一名财务检察官，在恺撒的改革中财务检察官的席位也增加到 40 个。财务检察官的职责类似军团的总务，为后来后勤保障各项收支管理，但是有所不同的是检查官不仅受军团指挥官也即执政官的领导，同时负有财务监督作用，由元老院委派，对元老院负责。对于军队内部违法违规行为负有监察弹劾的权力。虽说财务检察官必须由 30 岁以上的人出任，但是这个职务意义重大，相当于通往元老院跳板，担任过财务检察官的人几乎都能顺理成章地成为元老院议员。

九、罗马国内的"地方自治体"。与罗马帝国行省和"同盟国"联合体一样。国内的地方自治体也承认各行省的地方自治权。自治体中的地方首席行政官员由中央委派，但是他们也必须同地方议会一起共同管理地方行政。地方议会的议员们从拥有罗马公民权的当地居民中选举产生。选举权仍然依照当年苏拉的规定，被选举权即当选议员的年龄进行了规定：未服兵役者 30 岁以上；有步兵服役经验者 23 岁以上；有骑兵或者百夫长兵役经验者 20 岁以上。此外，恺撒还明确规定：罪犯、伪证者、逃兵、角斗士、戏子、卖淫者都只有选举权，没有被选举权。值得一提的是，恺撒向"解放奴隶"开放了地方议会议员和地方自治行政职位。于是"释奴"大量进入行政官僚体系中。

十、行省统治。罗马本土所有意大利半岛、众多行省及众多盟国的众多语言是一个多民族、多文化、多宗教、多人种集合体共同构筑的罗马帝国。因此，除了对本土国体、本土地方自治体的改革外，恺撒开始对行省行政体制进行改革。

首先，对小亚细亚本都、加拉提亚以及东方亚美尼亚、非洲埃及和毛里塔尼亚等恺撒当年授予的"罗马的友好同盟"的称号，都承认罗马霸权统治的独立国家，都签订了相互保障安全条约。战争期间的相互支持，和平时期的商贸往来互利互惠。

其次，恺撒将行省分为18个行政区域。苏拉统治时期罗马只有10个行省，经过庞培和恺撒的多年扩张又增加了8个行省。恺撒重新划分了行政区域，希腊被划分为马其顿和亚该亚两部分，罗马帝国的防卫需求和各行省的经济能力是这次重新划分的区域的依据。因此，领土是希腊三倍的高卢依然是一个行省。按照他的想法，重新对行省区域的划分只是为了便于管理，而并非阻止行省间的流通。已划定区域的行省并非只有本省居民可以定居。恺撒积极推动罗马公民移居行省，同时也计划将行省街道仿照罗马进行改造。

但是罗马帝国的行省和罗马本土内的地方自治体还是有差别的。地方自治体的最高责任人是类似市长的地方官，而行省的最高责任人是总督，除负责本省的防务以及向行省居民征收安全保障税的任务。因此即使在有军团司令驻守的情况下，行省总督仍掌握强大的军事权力。虽然行省议会要经过恺撒的认可才可成立，但是行省议会的议员是通过选举产生的由各个部落族长担任。这就根据当地情况由总督决定了。恺撒废除了一直使用的"包税人"私人征税制度，由国家统一征税机构取代。

十一、司法改革。上诉权和陪审团制度是罗马司法改革的重头戏。根据格拉古兄弟中的盖乌斯·格拉古提议的《森普罗尼生法案》，犯罪不分类别必须经过审判才能定罪，在上诉前不得用刑。该法案自提交起即成罗马国法，不过按照凡有"反体制派"护民官提出的法案，必遭维护体制的元老院反击，作为紧急事态的部署，就是"元老院的最终劝告"被通告的对象就已经判定为反国家罪，既不经过审判，也不给予上诉，可直接宣布死刑。元老院借此杀手锏，首次处死了法案提出者盖约·格拉古。此后，"元老院最终通告"多次出现，而《森普罗尼乌斯法》则消声于罗马政治舞台。

从37岁起恺撒就一直坚持认为元老院只是劝告及提议机关，并非决策机关。因此没有权利发布紧急事态宣言。登上权力顶峰后，恺撒重新恢复《森普罗尼乌斯法》，剥夺元老院手中强有力的武器——"元老院最终劝告"。如此一来，所有罗马公民在未经审判和进行上诉前都可以远离死刑威胁。

从公元前509年罗马实行共和体制，陪审团席位，全部被元老院贵族占据。公元前123年盖约·格拉古提出法案，规定陪审团席位由代表政界贵族、"经济界"骑士阶层和普通平民平均分配。到公元前81年，苏拉独裁重新强化元老院体制规定陪审团席位由元老贵族独占。恺撒上位后，宣布废除之前所有陪审团构成法案，重新规定了个人资产在40万塞斯提斯的罗马公民都有资格出任陪审员，甚至被解放的奴隶。之前受理公民上诉的机关是罗马公民大会，但恺撒在新秩序的改革中将公民大会改成了追认机关，因此公民上诉后由恺撒本人即独裁官受理。此外，政治犯的最高刑罚从死刑改成了流放且罪不及族人。这项法规的改革蒙森在《罗马史》中称赞"弘扬排除一切迫害异见的自由精神，清楚详细地列举了依法应受惩办的行为"，这样的司法改革被蒙森称为"王室司法权"，他指出：

在司法制度上，昔日的王室司法裁判权已重建，既然国王原本为刑事和民事裁判官，刑事上依法不受人民赦罪机构约束，民事上依法无需将争端交付陪审法庭判决，因此恺撒宣称，他的法庭有权对死刑与司法案件进行唯一和终审的审判，他若在首都，便亲自处理，离开时则交由市政官处理。实际上，我们发现恺撒基本效仿了古代国王的方式，时而端坐于首都公堂上公开审判被指控谋逆叛国的罗马公民，时而在住宅处开庭审理属国君主亲王的叛国案。因此相比其他臣民，罗马公民唯一的特权似乎只在于审判手续的公开。虽然恺撒公平谨慎地恪尽职守，但这种重生的国王最高审判权，也只能在例外事件中得到实际应用。

十二、恺撒与罗马城市建设。饱经战乱摧残的帝国首都——罗马变得民生凋敝，人口锐减，街道残破不堪、肮脏凌乱，完全不能和一个超级大国的政治、经济、文化中心相匹配。恺撒和他的继承人对于首都振兴进行了详细的规划。希望在和平建设时期，将这个城市变成众城之中的伟大奇迹。在恺撒时代首都建设的宏伟规划已经开始积极实施了。在将近两千多年的历史中，这些痕迹依然没有完全湮没在社会发展的尘埃中。

人文地理学先驱斯特拉波，公元前 64 年出生于小亚细亚的本都，和恺撒是同时代人。这位希腊人在他的《地理志》中写道：

美丽、安全，有一个能够进出货物的港口，这样的城市就足以打动希腊人了。但如果要吸引罗马人，还需要加强城市基础建设，如铺饰过的街道、完备的下水道和上水道系统。值得一提的是，罗马城市里的下水道建设，在罗马街面下呈网状分布，由弧形石头打造，排出的水统一流入台伯河。罗马街面上是马路，街面下是下水道。不仅罗马市内的街道，整个罗马领土内所有城市街道都经过铺饰。罗马在铺设街道前都会铲平小丘，将高低不平的地势修理平整。铺设后的街道非常平坦，满载货物的搬运车也可以顺利通过。上水道的设置也非常完美，饮用水可直接送到每家每户。许多家庭装有蓄水池，有的甚至可以维持家用小喷泉工作一整天。

罗马人的城市兼具功能性和舒适性，甚至 2000 年后的学者们都称赞恺撒是"体现了罗马体力和智力兼备的现实主义者"。他主持下的首都翻新工程，自然也体现了这一特点。

恺撒热爱罗马式建筑，罗马人发明的建筑技术把高高的房顶、拱门、坡地和辅助建筑融合于一体，让它们向七丘山顶以外地区不断拓展。用各种层次、迷宫式的大杂院建筑布满山间的谷地平原。形成纵横交错的街道和相互勾连的中心广场。这里既是帝国的行政中心，同时兼具市场交易功能。作为世界征服者的恺撒通过集中的权力，把大量出产于偏远省份的精美石头向首都的输送，在罗马制作成柱子、柱冠、装饰面以及成千上万的雕像。此外，当然还有宝石和贵金属、精细的纺织品和木材、玻璃制品与马赛克装饰了世界政治、经济、文化中心的门面成为象征财富和文化的顶端。当然，这些只是恺撒的最初设想，他也是一位善于组织谋划之人，因此首都的建筑业和与之相关的公益机关，都在恺撒时代有了突飞猛进的发展。他不仅在建筑本身的规模和拨给建筑业巨款上，更在于恺撒身上一种真正政治家的公益感得到了贯彻和实施，他当过共和国的营造官，在首都建设方面积累了丰富的经验，作为独裁官更为自己伟大的设想有了用武之地。

　　恺撒不像他的继承者那样去建造庙宇和其他宏伟壮丽的建筑，而是致力于缓解罗马城的市场用地——当时罗马的公民大会、最高法庭、交易所以及日常的业务和消遣场所都拥堵在此地，恺撒至少把公民大会和最高法庭迁移到了别处，为此他专门为公民大会建造了一座新会场——战神广场上的尤利娅神庙，同时为最高法庭建了新的司法所——皮卡托尔和帕拉丁中间的尤利娅广场。出于一种同样的情怀，他创立了浴室供油制——每年提供三百万磅油，给首都浴室使用。因此浴室可以为浴客免费提供涂抹身体的橄榄油油，既源于对上古遗留的传统习俗的尊重，也是为市民养成保持清洁卫生的良好习惯做出努力。

　　但这些宏大的安排不过是彻底改造罗马的初步规划，他对未来城市的建设计划均已制定妥当：建造一座元老院新会堂，一座壮观的新商场，一家与庞培剧院相匹敌的新剧院，一个拉丁文和希腊文的公共图书馆——效仿亚历山大城近期被他被毁的图书馆规模，来打造罗马首个此类图书馆，最后还有一座马尔斯（Mars）神庙——其富丽堂皇程度超过迄今为止所有的神殿。恺撒还有一个精妙绝伦的想法，首先经过彭甸沼泽地（Pomptine marshes）建造运河，水流排放至特拉契纳（Tarracina）；其次改造台伯河下游河道，使其自当时的莫列桥（Ponte Molle）起，中途不流经梵蒂冈场与战神广场之间，而绕过梵蒂冈和雅尼库鲁山（Janiculum），引流至奥斯提亚港（Ostia）——把该地的不良停泊状态改造为适当的人工停泊港。倘若这样的宏伟蓝图能够实现，首都附近的空气污染将会得到治理。战神广场的宽阔土地便可供公共和私人建筑使用，故而首都极其有限的建筑空间将会空前扩大。

独裁官风度和理论家独白

在谈到恺撒实质上在罗马恢复了帝制时，日本作家盐野七生对于帝国独裁官在政治统治方面的宽容宽恕政策做出了实事求是的评价：

在恺撒的独裁统治下，言论自由仍得到极大的鼓励，这是件了不起的事情。但是尽管大权在握的领袖有接受批评的气度，他曾经的同僚、现在的友人们却没有署名批评他的勇气。西塞罗作为这种人的代表，自己选择了放弃劝诫。

……

在苏拉时代，他大概不会让西塞罗或是其他反对自己的人有机会为要不要写意见书而烦恼，而是直接把他们列入"国家公敌黑名单"杀掉了事。此外，像小加图那样认为罗马无权宽恕其他人的，以及受小加图思想影响，但又因接受了恺撒的宽恕而苦恼不已的布鲁图斯等人，苏拉也大可直接处死他们。只要祭出"处死"利器，他们就会自我限制，不会在受了恩惠之后又自寻烦恼。

但恺撒并没有制作"黑名单"。无论是对庞培余党还是对坚持元老院体制的共和主义者，恺撒都给予了宽大处理，既允许他们回国恢复原来的生活，也保留了他们原来在元老院的席位。像布鲁图斯就被恺撒任命为公元前46年的北意大利行省总督——尽管也因为他是恺撒情人之子。苏拉曾强命恺撒与政敌秦纳的女儿离婚。然而恺撒和苏拉不同，他在知晓布鲁图斯娶小加图女儿为妻后也并没有强令其离婚或者流露出一丝不快。

……

如果在高压统治下失去言论自由，那么当事人尽可以将不满归咎于高压政策上。但是没有高压政策的压迫，是自己主动放弃言论讨伐的话，那么这份不满可就无处发泄了。同时曾被自己以剑相对的人，不仅饶恕了自己的性命，还许以高官厚禄，这样一来即使有情绪又怎么向他发泄呢？

在苏拉的高压政策下，上述烦恼、厌恶等种种情绪早被扼杀在摇篮里。

而恺撒的宽容反而让这些情绪有了滋长的空间。苏拉生前总是对周遭种种产生不安，讨厌被不安情绪包围的恺撒却不知不觉间被平静表面下暗生的怨恨情绪所包围了。

盐野七生这段评述，是在对苏拉和恺撒性格进行对比后所下的结论，应该说画像准确，评价非常精当。这也是苏拉得以善终，而恺撒死于非命，两种性格决定了不同的命运。应该说，恺撒本质上还保留着远古贵族的侠义仁慈秉性，在帝国时代的回光返照，在温暖的光照仇恨的细菌在发酵，长成巨大的毒蘑菇，最终毒杀了宽容者本身。不禁使人想到农夫和蛇的故事。

然而，罗马共和时期的执政官、独裁官均是由公民大会选举产生的，受元老院监督制约，并由护民官、监察官分权制衡，且受到严格任期的限制。只有在苏拉、恺撒当政时期，独裁官的任期在国家限于紧急状态下只有六个月。不能排除在权力和野心膨胀下才在军事强权的威慑下被打破，逐渐变成了终身制。这也就与国王的无限期在位无异，除非生老病死自然死亡，或者被暴力推翻，帝王死于非命，才导致了改朝换代的事件发生。

在古罗马曾经出现过苏拉式的"狐狸加狮子"型变态独裁者，以变态手段，变态地杀戮，面对平民派政治军事强人马略的崛起，他企图以暴力手段夺回旧贵族共和派的权力，巩固摇摇欲坠的贵族寡头统治，保障共和既得利益集团的永久特权。他只能借助阴谋诡计去对付他的老领导马略，用无情的杀戮在血泊中打出一条登上权力顶峰的道路。

苏拉的性格变态显然和他破落贵族苦难的童年和青年时代的遭遇以及坎坷艰难的人生道路有关。苏拉的一位远祖在担任执政官期间因为贪污腐败受到追责，到其父亲时家境已经一盆如洗。他自幼父母双亡，是靠着继母的抚养长大。继母死后，靠着姣好的面容混迹于底层花街柳巷，在一帮妓女和优伶的资助下，借助马略的军队体制改革进入军队，以军功发迹步入政坛。然而，青少年时代的阴影使之性格变态：既怀抱着对于摆脱贫困崇尚高官显爵的勃勃野心，同时对于曾经冷落他的贵族社会充斥仇恨，养成伺机复仇的罪恶心态，形成了他阴险凶残无情嗜杀的丑恶性格。这都是因他在年轻时遭遇底层贫困所孕育出的不幸：无权无势时苟且偷生得过且过；有权有势时飞扬跋扈为所欲为。因此，苏拉在和马略的内战中相互杀伐，冤冤相报，恶性循环，双方对于敌方集团成员的屠杀，几乎都是无所不用其极，手段极其残忍。

法国政治学者路易斯·博洛尔指出：

普鲁塔克曾经说过："苏拉在年轻时，心地善良，天真活泼，脸上时常挂着笑容，极富同情心，常常会因为同情而潸然泪下。然而，到后来他就变得冷酷无情。尽管他曾经以为权力和荣誉会败坏人的本性为由谴责过分地占有权力和荣誉，但是他并不限制自己的权力欲和荣誉感，而是拼命地去追求，使自己的竞争对手们都一败涂地。他不仅在追求权力和荣誉中使自己变得残酷无情和丧尽天良与人性。而且也使他的竞争者们变得残酷无情，丧尽天良和人性。""荣誉会败坏人的本性"是一条拉丁格言，在政治生活中既追求权力而不使本性败坏的事例极少。

恺撒父母均为世家贵族出身，且受过全面贵族教育，在文化素养和人生阅历上和苏拉有明显的区别。恺撒所尊重的传统贵族品质和气质，使他多才多艺，文武兼资，负有改造国家和社会的贵族使命感和责任心，对朋友讲究仁义和遵守契约的精神，对政敌具有宽容宽厚的人道精神，能够包容各种不同意见，具有豁达广阔的博大情怀。在政治斗争中始终襟怀坦荡光明磊落，在军事斗争中运用谋略和胆识克敌制胜，在统军治国中依靠完善法治改革政体和信守承诺树立起人格魅力，赢得民心军心，努力建立起帝国新的统治秩序。根本目的是企图树立威权来改变政体，实现开明专制，并实现对国家的良善治理。而正是这些传统贵族和骑士阶层的美好品质和理想风度，在赢得底层民心的同时，使自己失去了对于没落贵族的警惕，轻信他们忠实于自己虚伪谎言，而死于他所不屑一顾的阴谋诡计，从而铸成自己人生的悲剧。

在罗马险恶的政治环境中，无论是恺撒这类平民理想主义者和西塞罗这类贵族共和理想主义者，都是和现实格格不入的不合时宜者，因而两人的悲剧性命运几乎是殊途同归的。后来西塞罗死于阴谋家马克·安东尼之手也是某种宿命。

然而作为政治家，恺撒、西塞罗在国家关系的处理上自也不能免俗，巧取豪夺、不择手段地扩大罗马共和国的版图是他们共同追求的理想。问题在于共和国在变身为帝国的过程中，在权力的争夺上恺撒可以借助军事实力登上权力顶峰，西塞罗只能靠巧言令色借助权谋，在竞选中另辟捷径，谋求胜出。

公元前 65 年，西塞罗担任共和国营造官的弟弟昆图斯·西塞罗写给兄长一封被后来的史学家称为《竞选活动》的小册子，内容全是如何参加选战的权谋和计策，不乏被后来称之为阴谋欺诈的负面内容，完全不能称得上政治家所谓的光明磊落和襟怀坦白的伟大风范。似乎就是西塞罗参加公元前 69 年和喀提林竞选执政官时期的策略以及经验总结和选举的实际操作手册。

昆图斯说，候选人首先应当和蔼可亲，不吝谄媚。他应该出席集市和货摊，叫出每一个选民的名字，为此目的，要记住随身带一位"姓名专家"，他会熟悉地提供全部选民的姓名——"城镇和乡村的选民只要我们能够熟悉地能够叫出其姓名，立即就会以为他们是我们的朋友"。西塞罗养成了习惯，不仅熟悉有一定地位人的名字，而且熟悉他们住在城市的什么地方，在乡下曾有过什么不错的产业，以及他们结交过的朋友，和他们拜访过的邻居。

在选民前露面，与他们交谈，同他们握手，是极其重要的要点。西塞罗说："我的行为方式是，我的同城公民每天都能看到我，我不断地出现在集会广场上。"他说，他应该在集会广场上和烈士墓地露面，"带着自信和充满希望的面容，有众多的随从陪着笑脸簇拥着""选民不会投没有胜利信心的候选人的票"。

在大城市，候选人不应满足于由自己的朋友陪伴，他应很巧妙地让雇佣的支持者跟随自己，这些人会赞美他，为他喝彩，侮辱他的对手。候选人应特别注意不要树敌，避免谩骂，至少在等候选举运动结束之前不要这么做。当一个人是候选人的时候，首先必需的是表现顺从。这种谦顺，"在其他情况下是不适当和不光彩的，而在他是一个候选人时，却必不可少"。
西塞罗的弟弟接下来说："……一个候选人没有其他的选择，只有注意做
到其容貌、其表现、其言论，必须适应他所接触的一群人的看法和趣味。"

最重要之点是，让社会每个阶级都相信，一个人要为其利益效劳。以
这样的方式处事："元老院将希望在你身上发现对权威的支持；骑士、富
有并遵守法律的人们，根据你的一切行为来判断，在你身上发现一个秩序
和公共安宁的朋友；群众（不过仅仅是因为你的演讲的大众腔调）在你身
上发现你是一个长官，一个不会敌视他们利益的长官。"

由于贵族的影响依然巨大，昆图斯建议兄长寻求他们的支持，方法是
让他们相信："他们两人在内心都是显贵人物党派的朋友，与民众的党派
相去很远，假如他们的言论有某种大众倾向的话，理由也仅仅在于和庞培
和解。"西塞罗在其政治联盟中竭尽左右逢源之能事，既寻求显贵的支持
也寻求人民的支持，既需求诚实人的支持也寻求奸猾放荡者的支持。他曲
意逢迎所有的党派："我并没有陷落在对诚实公民的尊敬之中不能自拔。"
他在给阿提库斯的信中写道："而我对奸猾放荡者的尊敬中却又崇高许多。"

在西塞罗看来，一个候选人应当不断许诺，如果他事后不能兑现诺言，
那又有什么关系呢？确实在选举之后，会遭到不满的谴责和反对，但是这
种不便是遥远的，并且毫不严重，因为他的许诺得到了大量的选票。今天
候选人并不比过去吝于许诺，对有些人他们许诺职位，对另一些人许诺明
知不现实的改革。一旦选举结束，这些许诺便被遗忘。而人民尽管因为没
有得到许诺给他们的东西而恼怒，还要听那些煽动家的演讲，他们从欺骗
中捞取资本，同时却对人民说："贫困的人只能从一个本身贫困的身上找
到支持，贫困和潦倒的公民，绝对不能相信富有和有权势人的许诺……贫
困的人需要一个胆大敢为的首领，他在一种类似的困境中行走在他们的前
面。"

在早先的时代，若想获得权力，有的要做一个战士，或当一名牧师，"今
天，由于修辞学的进步，只要能进行漂亮的演讲，就足以成为人民的首领"。
这一点阐明了为什么有这样多的律师成为候选人。昆图斯·西塞罗为这类

候选人提出了特殊的建议。因为律师要做出其当事人的对手不利的辩护而容易树敌，所以，昆图斯建议律师在其当事人的对手面前强调其职业的需要，以便为自己开脱，并且向他们许诺，他将来会竭诚为他们的利益效劳，为他们提供雄辩的帮助。

一位候选人绝不能满足于慷慨，当他提供一项服务时，面部表情应当热切、投入，"因为选民不仅希望一个人做出令他们满意的事情，而且希望做这些事时，表现出热情和对他们的高度尊重。……人民对语言和礼貌的重视，超过对服务本身和实际情况的重视"。

后面对于不同背景的选民如何进行宴饮和金钱贿赂的论述，过于冗长不再引用。

总而言之，体现在这本小册子中西塞罗对于选举事项的实务操作手段，实在谈不上是端得上台面光明正大之举，这无疑是一本官场厚黑学的传世读本。而这本竞选手册出笼的事情，在英国学者伊丽莎白·罗森的《西塞罗传》和法国政治学者路易斯·博洛尔所著的《政治的罪恶》均有详细记载。博洛尔干脆将这类选举活动列入"选举中的腐败"这一章节。他尖锐地指出：

一旦候选人有可能通过欺诈、奉承和腐败当选，政治集会之道德和智力水平下降到如此低贱的境地，政治家的才具日益萎缩，就不足为奇了。一种洪亮的声音和高度脆弱的良知，一夜之间就足以使一些既不代表劳动、也不代表智力和诚实的人，能够名满天下。他们攻击神职人员，在议会中应付最严重的问题却根本不懂得这些问题，扰乱立法活动，任命或免除公职人员。事情就是这样，投机分子和身份可疑的人投身到政治，谦虚和勤劳的人却再也与政治无缘；政客们不可避免地戴着人民领袖的桂冠厚颜无耻地招摇撞骗，而人民只不过像西塞罗所说的"一群营养不良，忍饥挨饿的东西"。煽动家从有智慧的人中攫取走了权力，就像海员将舵手从轮盘边赶走，他们"抢占了轮船，触犯纪律，酗酒暴食，驾驶轮船，就像可以从这种身上料到的那样驾驶轮船。"

第五章
屋大维艰难的继承之路

初出茅庐的恺撒继承人

恺撒死后，罗马发生争夺继承权的斗争。恺撒在遗嘱中指定他姐姐的外孙屋大维继承他对罗马的统治权，这本身就是由共和向帝制转型的标志，由于恺撒没有直系男性继承人，他与埃及艳后克里奥特佩拉的私生子，所谓的恺撒·里昂既不为罗马高层所承认，得不到元老院的批准，也有悖社会传统认可的道德价值观。只是出于埃及艳后的一厢情愿，更多地来自艳后扩张势力的野心，恺撒死后就失去了任何登上罗马国王宝座的可能性。

恺撒在生前指定自己18岁的甥孙屋大维继承自己的名讳、财产和权力。屋大维作为接班人，出现在恺撒的遗嘱中，本来是恺撒的某种预设性安排，外人并不知情，指定的继承人当时不满18岁，这意味着恺撒原准备再干个十二三年才退位的，谁能意料到他只在瞬间突然被谋杀，原来的接班时间表只能大大提前。按照遗嘱设想，再过12年屋大维正好三十岁，在政治、军事上的历练已经趋于成熟后，再让他的甥孙出山继位。或许55岁的恺撒是想把自己一手开创的新罗马帝国在政治、经济、文化、社会各个方面都改革到位后，建立起繁荣昌盛和平稳定的盛世再顺势交班。

然而，人算不如天算，恺撒的被刺猝死，帝国政权在腥风血雨中交班，屋大维只能凭借自己的智慧去化险为夷了。恺撒的一纸遗嘱，充其量也只是某种家族继位化的纸面想象，文本并不能融化冷酷的现实。虽可以借助恺撒的神圣化光环争取些民心，而真正的接班还需要在恺撒集团内部所形成的权力结构中突围而出，靠实力和业绩垒筑起自己的权力基础：唯有通过自己的文治武功树立起政治军事权威，才能巩固自己的统治地位。显然，由屋大维到奥古斯都角色的转换，就是他蚕蛹化蝶的质变过程，从安东尼眼中借助外戚登上帝王宝座的毛头小伙子到民众眼里神圣奥古斯都的蜕变，使他用十三年时间的努力，飞跃了惊涛骇浪波云诡谲的宦海，成为美丽的蝴蝶，开创了罗马帝国最辉煌的时代——奥古斯都时代。实践证明，他在统治帝国的能力上表现是非常出色的，也证明恺撒识人辩才的敏锐性、准确性。

屋大维的接班地位并不是恺撒草率决定的，他的遗嘱曾经多次修改，最早的接班人他属意他的老女婿庞培，但是自从爱女尤利娅难产死去后，庞培新娶执政官西庇阿女儿科尔涅里娅为妻，他才将目光投向了自己姐姐的孙子屋大维，并刻意培养了这位年轻体弱但是并不缺乏勇气和胆识的少年。

根据《神圣奥古斯都传》作者苏维托尼乌斯的记载：奥古斯都在回忆录中写道，他出生于一个古老而富裕的骑士家庭，他父亲是这个家族中第一个进入元老院的人。马尔库斯·安东尼挖苦说他的曾祖父是个来自图里乡下的释放奴隶和搓绳匠，他的祖父是货币兑换商。奥古斯都的父亲盖乌斯·屋大维在走上社会时就是个富裕而有名誉的人物。我不能不怀疑某些人的说法，认为他也是货币兑换商，甚至受人雇佣在战神广场，也就是马尔斯原野上每年举行选举的公民大会会场（森社里亚大会）替主子贿选或从事其他活动，他后来出任共和国的大法官，在一年任期届满后，按照惯例出任马其顿总督，在途中歼灭了一伙逃离斯巴达克斯和喀提林队伍的叛军。在治理行省中多次击退贝息人和色雷斯人的进攻，他在对待同盟国人显示了他的公正，也算是一个在军事和行政能力方面都比较出色的管理人才。以至于马尔库斯·西塞罗在给自己在亚细亚行省当代理总督、名声不佳的弟弟昆图斯写信，敦促和效仿他的邻居屋大维，以便使自己在同盟国中受到爱戴。但是当他从马其顿行省总督任上返回罗马尚未来得及宣布自己是执政官候选人时，却突然暴病身亡，遗留下3个孩子，小屋大维排行老三，他上面还有两个姐姐。

小屋大维出生于公元前63年9月31日凌晨，正是西塞罗担任执政官和喀提林进行生死拼搏的那个多事之秋。公元前59年，他在四岁时父亲去世，12岁时，他在公开场合发表了纪念他祖母尤利娅的演说，这位祖母就是恺撒的姐姐，从而赢得舅公恺撒的关注。四年后，他接受了穿戴成年袍的仪式，在恺撒的阿非利加凯旋仪式上获得了勋章，虽然他没有参加这次战争。当他的舅公即将前往西班牙与庞培的两个儿子交战时，小屋大维在一场大病体力尚未恢复过来时，就带着几个少年伙伴，途中受到了船只失事的磨难，冒着生命危险，坚忍不拔地沿着敌人控制的道路，走到了西班牙前线受到舅公的高度评价。

从此，屋大维极受恺撒的钟爱，并开始有意识地对他进行培养。公元前45年，17岁的他被委任为骑兵队长，专门送往马其顿伊利里亚海边的阿波罗尼亚城进行读书和专业军事培训，并且在罗马为他专门选择配备了修辞学和军事方面的专家随行，让他更好地接受希腊式文化教育和军事技术训练，以便他今后随他参加对于帕提亚的远征。马其顿的骑兵队常常轮流派到他那儿去，共同接受训练，一些军官也常常去看他，把他当成恺撒的亲属，他总是很热情地款待他们。通过他们，他在军内建立了很好的人脉关系。在迹近实战的训练中增强他的能力，磨炼他的意志和胆魄，这也是精明的统治者培养接班人的套路。

根据英国《奥古斯都》传记作者特威兹穆尔记载：

这个城市面临亚德里亚海的一处繁华所在，位于把罗马同东方连接起来并且有埃格纳提亚之名的一条大道，这条大道以杜尔拉奇乌姆为起点，穿过马其顿到提撒罗尼卡，从那里沿色雷斯海岸直达拜占庭。阿波罗尼亚又是一个军事据点。这里的气候温和宜人，并且它由于位于东方和西方之间，因此这个位置把许多学者吸引过来，而这些学者的声名又使他们的学生也跟踪而至，它同时又是一个港口城市，一个驻防要地并且有一所大学，因此阿波罗尼亚又成了青年们乐于流连的场所。

特威兹穆尔笔下的屋大维：

他身材瘦小但是长得匀称。他的面容温柔，几乎像一个女孩子；但由于他紧闭的口型和炯炯发光的灰色眼睛，却不给人以柔弱的印象。他的一双眼睛真是十分出色，那咄咄逼人的目光往往使那些被注视的人们感到手足无措，他面色苍白，因为他的身体一直不太好。

……人们看到，从童年时代起他便献身于学问，事实上几乎还在童年时代他便学习演说术，而在几乎还是孩子的时候，就在罗马认真地钻研起哲学来了，也和其他罗马少年一样，他把许多时间用于学习修辞学，研究熟练地表达自己的看法以及进行政治辩论的技巧。然而他并不属于西塞罗所鄙视的那一部分年轻人——这些人喜欢使用怪诞和夸张的词语。他的文风犹如他的舅公恺撒，属于阿提卡式特点简洁而典雅，几乎可以说是平淡无味的，而不是那种亚细亚式文风堆砌和繁琐。他喜欢哲学这一点也可以看出同样的一种淳朴性。

英国维多利亚时代的诗人白朗宁夫人在《统治的奥古斯都》一诗中这样描述他：

由于外套向我显示了面孔——
我的窥伺的眼睛利用了这一瞬间，
它从头顶看到嘴部。
够了——我已经知道他是谁。

高高的额头上是带褐色的金黄发鬈，
而在美丽的弯弯眉毛下，
统治者的眼睛像两颗明星般的眺望着。
虽然他保持沉默，但他那薄薄的嘴却在讲话。

公元前44年的春天，命运将这个外貌酷似腼腆害羞姑娘的屋大维推上历史舞台，当他成为独裁官恺撒接班人的同时，也不由自主地被推上了权斗的风口浪尖。他面对的必然是凶险无情的未来，能否从虎狼窥伺的高层权斗的怪圈中突围而出成为罗马帝国的最高统治者，那就要看他的造化和本人的修为了。

美国著名作家约翰·威廉斯在《奥古斯都》一书中这样描述他在阿波罗尼亚的游学生活：

他们每天上午用来学习。不到黎明就起床，第一堂课要点油灯；阳光从东边山岭上照射过来时，进食粗糙的早餐；一切话题都用希腊语来谈论，并朗诵前一夜学习过的荷马选段，解说文章，最后做简短的演说，内容是依照阿波罗多鲁斯（恺撒为屋大维聘请的老师）规定而预定过的。（阿波多鲁斯当时很老了，但性情平和，大智大哲。）

每天下午，他们乘车出城不远，来到尤里乌斯·恺撒的军团操练营地；日落以前，花很多时间和军人们一起训练。正是在这时候人们开始怀疑自己低估了屋大维的能力。他的身体向来很差，但是屋大维总是参加实际的训练和列阵，和他的舅公一样喜欢和百夫长相处，跟军团中家世较显赫军官反而比较疏远，记得有一回他的马儿在模拟战中失蹄，将他重重掼倒在地上，阿格里帕与萨尔维迭努斯站在左近，萨尔韦迭努斯马上奔过去帮忙，但阿格里帕拉住他的手臂不让他去。过了一会儿，屋大维起来了，僵硬地站直，喊人给他另备一匹马。待马儿送来，他上马骑了一下午，不耽误训练。晚上在营帐里，听见他喘气，唤来军团的医者给他看看。他断了两根肋骨，他让医者给他胸膛缠上绷带，翌晨照常一起上课，也同样积极地参加下午的急行军。

从外表上看，屋大维的面相过于纤弱，似乎承受不了命运的打击；神态上过于羞怯，难以成就一番事业；声音过于温和无法发出领袖人物必须具备的冷酷无情话语。他也许能够成为一个有闲有钱的学者，或者是风雅的文士；但是他的名字和家产已经为他铺好了进入元老院成为共和国高官的道路，但是人们总觉得以他的精力甚至连元老都无法胜任。然而，自从成为恺撒认定的接班人之后，他就受到舅公的严格栽培，他被送到了阿波西尼亚的军营开始自己学者和军人的艰苦磨炼。

可惜好景不长，屋大维这种平静而有序的游学生活仅仅延续了六个月，因为罗马元老院突然发生的谋杀而戛然而止，他从此踏上了那条他那强势的舅公为他预设的却充满凶险的王者之路。他将在失去强权庇护的屏风时，踏上捉摸不定充满荆棘的人生之旅。他必须完全凭借自己的智慧和能力去处理恺撒死后复杂的政治局面。这是考验他应变能力执政能力的关键时刻。当时他虽然感到十分震惊，但是并不知道这件谋杀案背后是某些元老所为，或者仅仅是个别凶手的作为。

他是不是立即启程返回罗马，面对安东尼和雷必达这样两位实力人物对于最高权力的挑战；还必须面对元老院内共和派人物对于凶手的赦免，他必须独立挑起对恺撒之死的复仇重任。无论从哪方面说对他都是严峻的考验。为此,他的顾问班子和在罗马的亲人对他是否返回罗马有着不同的意见。

有些人劝他带着军队在马其顿避难,以保证自身的安全,等到他知道这个谋杀只是个别人所为,再鼓起勇气去攻击敌人,替恺撒复仇。他在罗马的继父和母亲则写信劝阻他拒绝恺撒的政治权位和各种头衔,只是平平安安地充当财富的继承人,这样才能平安而又富裕地度过一生。他的母亲阿提亚与继父马尔基乌斯·菲利普斯都在信中告诫他:

放弃舅公遗嘱的继承条款,这样做不会有损你舅公的英名,也没有人能够看轻你。因为如果你领受那名字和财富,就从杀死恺撒和声称继承他事业的人的双方那里领受了敌意。你会像恺撒那样只拥有群氓的爱;那种爱不足以保护他免于自己的命运。神明保佑,让你在鲁莽行事之前接到信吧。我们已从危险的罗马全身而退,会留在你继父位于普泰奥利的住宅,直到混乱结束,秩序好转为止。如果你不接受遗嘱,就可以一路安全地前来与我们团聚了。心灵和头脑依然是私密的地方,可以悠然容身。

他们劝告他不要过于自信,不要鲁莽从事,但是要记住恺撒战胜敌人之后,死在他最亲近的朋友手中;在目前情况下宁可做一个普通人,赶快回到亲人身边,但是要小心谨慎,这样比较安全。

屋大维心中明白,母亲的意思其实就是继父的真实想法,他的继父菲利普斯从思想意识上和共和派是共通的,尤其他和西塞罗是知心好友,出于和恺撒的亲戚关系他不便于公开表达自己的观点。他甚至公开对他的继子表示,刺杀暴君者当中有一些人是最负责任和最受尊重的罗马公民。元老院中最资深的贵族大部分是支持他们的,他们的危险仅来自老兵和城市贫民、失地农民中的一批群氓。那些弑君者都是菲利普斯的朋友,在他眼中这些人都是好人和爱国者。连煽动群氓闹事的安东尼也不敢明目张胆地和他们作对。安东尼的作为只是企图火中取栗,从中捞取政治稻草为自己走向最高统治者铺路。屋大维踏上这条路,两人必将成为不共戴天的死敌。母亲和继父此时在那不勒斯海湾的普泰奥利别墅,正好和西塞罗比邻而居。

屋大维没有完全听从双亲的劝告，他和马其顿军营中的军官们告别，渡过亚德里亚海，为谨慎起见，他不是在布隆迪西港登陆，而是在附近的卢比伊小镇露面，在那里他要搞清楚舅公被谋杀的详细情况。当他确切地听到谋杀案件的全过程和民众悲伤的消息，并得到恺撒遗嘱的副本和元老院法令的时候，他的亲属们提醒他要特别当心恺撒的敌人，因为他是恺撒的继子及权利继承人。他认为自己必须为恺撒复仇。

他事先派人去布隆迪西港摸清当地驻军的情况，是否可能存在杀人凶手布局设计陷害他的阴谋等等。当明确得到当地驻军热烈欢迎他返回罗马的情报后，鼓起勇气公开举行祭奠仪式。在公祭仪式上他表示对舅公兼养父恺撒的怀念，表达自己誓死报仇雪恨的决心。他开始使用盖乌斯·尤里乌斯·恺撒·屋大维的名讳。这是一种姿态也是一面旗帜，过去的恺撒党人将在这面旗帜下聚集，正式成为罗马政坛不可忽视的一股势力，开始他争夺罗马帝国最高统治者的艰辛拼搏。他毕竟有着恺撒大帝的正式授权，等待的就是力量此消彼长后的异军突起，挥师帝王宝座。面对他舅公遗留的军事强人安东尼、雷必达他只能暂时的忍耐妥协或者暂时的结盟，共同对付谋杀者——共和统治集团中公开和隐藏的杀人犯。这些都是需要有一番艰苦卓绝的努力才能达到的。

当布隆迪西军队开来迎接他的时候，把他当成恺撒的儿子和前统治者接班人来对待的。马上就有大群的人马从四面八方云集在他的麾下，使他的队伍不断壮大。来投靠他的人，有些是出于对恺撒的友谊，有些是被恺撒解放的奴隶，此外还有些士兵和他们一起到来，他们或者运输军粮输送金钱给他在马其顿的军队，或者在别的国家把金钱和贡税运来布隆迪西。总之，他在大张旗鼓地招兵买马。

因为一时加入队伍的人数众多，使得他返回罗马的队伍不断扩大；因为恺撒的荣誉，源源不断的恺撒老兵向布隆迪西港涌来，他的队伍也不断壮大，这使他欢欣鼓舞。老兵们为恺撒之死而痛哭流涕，他们抱怨着安东尼和元老院对于杀人凶手的赦免和宽大。当他的队伍离罗马越来越近的时候，他听说卡西乌斯和布鲁图斯被执政官安东尼等人剥夺了叙利亚和马其顿总督的职位，而接受了较小的塞勒内尼卡和克里特两个较小的行省作为补偿。某些海外流亡的庞培余党也纷纷回国，得到宽大处理。流亡西班牙的庞培的小儿子塞克斯都·庞培也回到了罗马。根据恺撒备忘录，罗马元老院增加了许多新的元老等等。这都使他感觉到在进入首都后必须小心谨慎放低身段行事，才能够确保生命安全。

艰难的继承人之路

屋大维在离开布隆迪西港沿着阿皮亚大道去罗马途中，路过那不勒斯海湾，风景如画的海湾星罗棋布布满着各种风格各异的别墅，这里是罗马高层贵族的避暑胜地。屋大维在普泰奥利那些度假别墅中，顺道看望了自己的母亲和继父，并请教了许多恺撒派的重量级人物，他们似乎都很支持他继承恺撒的遗志轰轰烈烈地干上一番的宏图伟业，去政坛开辟一片崭新的天地，从而不负恺撒的厚望，这更加坚定他角逐中枢权力的决心。

他也并没有忘记前去拜访共和派重量级大佬西塞罗。相对于态度谦恭的晚辈屋大维，共和国理论家西塞罗显得有些倨傲不恭。他并没有把这位18岁的毛头小伙子放在眼中。在理论泰斗、政坛元老的眼中，这位初出茅庐、乳臭未干、外表文静的小家伙，身边跟着三个年轻的朋友：马尔库斯·阿格里帕、盖乌斯·奇尔尼乌斯·梅塞纳斯和萨尔维迪鲁斯·鲁弗斯，简直就像是一伙粗卑的乡野村夫，在政界军界全是些无名小卒，既没有显赫家世可以炫耀，又无资产值得吹嘘，对于艰深的哲学问题，他们似乎全然无知；他们提出的一些问题显得很愚蠢很幼稚，对于西塞罗提出的解答似乎也听不明白，只是茫然地点头，眼睛望到别处，游移不定。因为西塞罗的别墅内布置了太多从雅典采购来的艺术珍品，使他们有些目不暇接了。

只有屋大维对他表示了学生似的敬畏，西塞罗出于礼节照例说了一些对他舅公因遽然被杀表示着言不由衷的慰问，这确实是个不幸的事件，但是罗马高层不少人觉得那行动是出于无私的爱国行动，西塞罗并没有感觉到小伙子对他的试探感到厌烦。在理论泰斗看来，他面前的这个小伙子是个没有多少心机的人；似乎不太懂得政治，将来也不可能懂。他的行动不是由于受了荣誉或者野心的催促，完全是出于对于恺撒那种父亲般温柔情感的誓死回报。

因此，他相信屋大维对他并不构成威胁，以后还可以成为政治上和安东尼对抗的伙伴，这当然是书生政治家西塞罗大愚若智似天真误判，以至于轻信了屋大维在羽翼没有丰满前装愚守拙的柔弱外表的迷惑，一度成为小伙子在初踏政坛时的枪手，在元老院慷慨陈词连续十四次发表《反菲力》的演说辞揭露安东尼丑陋行为，最终导致安东尼对老头的残酷追杀。

汤姆·霍兰在《卢比孔河》一书中写道：

这一次令人尊敬的共和主义者表现出对奉承的免疫力，没显出对屋大维有什么兴趣。无论如何，作为恺撒的继承人，追缉杀害养父的凶手是他的神圣责任。这样一个复仇者怎么可能是好公民？"不可能！"西塞罗轻蔑地说。他用年轻人本来的名字称呼他为屋大维，而不是屋大维更喜欢的尤里乌斯·恺撒。对西塞罗而言尤里乌斯·恺撒有一个就够了。

西塞罗的本意很清楚，他不想在罗马共和国再出现一个恺撒似的独裁者。就像他和老恺撒一样，各自都心知肚明，他们的友谊包括恺撒对西塞罗的尊重、宽容和赦免，只是维护一种政治生态表面平衡的手段，将西塞罗放在神圣的位置作为装点共和民主的偶像，他只不过是一个德高望重的老书生，没有军队作为实力，书生造反也只是放放口炮而已。

屋大维亲眼看到，西塞罗如何像法庭辩护师那样为元老院支持的杀人凶手作滔滔雄辩，那些一般的贵族保守派又如何激动和愤怒地为元老院辩护，贵族寡头们志得意满地确认，共和国本身经受了考验，直到这部隆隆作响浑身千疮百孔的机器，被恺撒、庞培、克拉苏结成的"三头"（Triumviri）所破坏，元老院从此被架空形成事实上的军事僭主政治，这种局面可以追溯他的外祖母家族出现军事强人马略时期。马祖公对于罗马义务兵制度的改革使得军队逐步沦落为军阀争夺政治权力的工具。然而，这种军事体制，既是提高军队战斗力对外扩张的利器，也是军事僭主篡夺共和国大权开始军事独裁的手段，从此共和国战乱频仍，血流成河，国家陷入兵燹和战乱的轮回之中。

从马略到苏拉再到恺撒、克拉苏到庞培的这段可悲历史，全是军事强人成者为王败者为寇的僭主历史。从此，希腊政治学家和历史学家亚里士多德和波里比乌斯论述过的君主政体、贵族政体和民主政体三者结合，权力相互制约体现在公民大会和元老院分工协作，共同处理国家事务的政治体制被称为罗马历史上最辉煌的共和体制趋于瓦解。

这个权力相互制约的共和体制：高级官吏拥有公民授予的广泛行政权力，但是这些权力受到元老院的限制。保民官的异议权保护了大多数公民对贵族相抗衡的权利，则有效限制贵族寡头集团的各种政治经济特权。元老院体现了国家的集体权力和经验，而高级官吏的公开竞选则宣告了人民意志的合法体现。现在以西塞罗为首的贵族阶层普遍认为，如果罗马回到人民熟悉的老路上去，一切必然会好转起来，这似乎和现实差距很大，只是某种书生式天真的臆想，丧失的权力不可能回归，只能在现实中被重新分配，再归于一统，那就是恺撒所设计的帝国体制，或者叫元首政治。

但是，眼前这个长期受到他的舅公的行为方式耳濡目染的年轻人清楚地认识到，这种回到老路上去的可能性已经不复存在了。这部残破的国家机器在经过了几百年的运作后已经是跑冒滴漏千疮百孔，不可能再进行修复了，必须要进行改革。

要改革就不能没有权威，他的舅公就是权威，已经打败了所有掌握实权的人，使元老院惶惶不可终日。舅公亲自平定了整个世界不安分的民族，而那种惶恐的情绪几乎并未因为敬畏心情的与日俱增有所缓和。因为这是建立在辉煌的无与伦比的战功之上也即不断扩张的军事权重造成的威慑。帝国的版图超过了共和国鼎盛时期数百倍，完全可以和历史上的亚历山大大帝相媲美，这就是无形中形成了一柄达摩克利斯之剑高悬于朝堂之上，随时可能落下摧毁权贵集团的性命而使得他们聚敛的巨额财富，在财产和权力的再分配中消失于无形。

屋大维亲眼看到，恺撒在军营里怎样长时间不眠不休地用他那平静又带点沙哑的嗓音陈述他在战争结束后对于伤痕累累的罗马帝国重建的计划。他瘦削的面庞上那双朱庇特似的锐利眼睛射出的咄咄逼人的目光，似乎坚定沉着洞穿一切事物的本质都使心口不一的贵族胆战心惊而不得不表示臣服，并以谄媚的目光迎合他，而暗中却滋生着仇恨，随着仇恨的增加就变成了怒火，才酿成了悲惨的"3·19"刺杀案。

他听说舅公的友人们怎样讨论改革的事宜，他在阿波罗尼亚知道了舅公的某些命令，那些命令意味着恺撒在新政策的贯彻实施上迈出了第一步：现在他试图从这些零碎的信息中构想出一个完整的政体拼图。法律和秩序应当重新建立起来。帝国必须置于强有力的统治之下，它必须有一个中央政权。整个罗马世界应当只有唯一的一种行政制度，并且这种制度不能由民众创造出来，因为愚民是绝对不能行使统治权的。元老院也根本不能再制定任何新的制度，因为它已经证明是没有任何行政能力的摆设。此外，国家也不能指望士兵对它的忠诚。在这样时刻，只有一个智勇双全的英雄能够应付这样复杂的局面，而军队必须誓死效忠这个人。一位没有军队的统帅就什么也不是了，那只能是某种政治的摆设和傀儡。

公元前 61 年，庞培从东方返回，按照共和国军队国家化要求，解散了自己的军队，然后进城。元老院原来就对手握重兵的老庞心存畏惧，老庞在交付军权后，元老们对他开始敷衍搪塞，对他安置老兵的政策迟迟不予落实，搞得庞培不得不和恺撒、克拉苏结成同盟，借助恺撒的势力来安置自己退伍老兵。接受庞培大帝的教训，统帅这支军队的人，必然应该是国家的统治者。

从东方和希腊传入的这种由个人独裁进行统治的政体模式，现在必然要变成现实，至于是不是叫国王或者皇帝还是执政这只是某种形式，凡是形式都是表面的不重要的，重要的是实质性国家体制应当有坚实配套的机制来有效运作。因为人们不可能在无政府状态下生活。这就是舅公尤里乌斯·恺撒的主导思想。其必然结果是：贵族和元老院过去的寡头集团的专制统治消失灭亡了。恺撒一直否认说他摧毁了共和制度。因为，在民众心目中罗马共和国是摆脱了暴虐王国的专制统治才建立起来的。因此，罗马人对个人独裁的统治天生有着憎恶的情绪，这也说明为什么在个人专制统治确立后还要披上共和的外衣，这完全是为了适应罗马的特殊国情，照顾到罗马人的传统感情。

这使得在相当一段时间西塞罗也认为可以借助恺撒的实力来振兴罗马不断衰落的共和体制。其实，恺撒只是想结束一种以共和名义下的暴政，他与原教旨主义的共和主义毫不相干，这个所谓的共和政权是某种寡头既得利益集团操控政治、经济、社会的腐败政权。虽然他对元老院表面上极为尊重，骨子里却是不屑一顾的；他本人想组织的新一套官吏班子只是新政府的工具。他想亲自任命行省长官，并且对这些人的诚实和能力负责。他想在理性和人道主义基础上把世界帝国重建起来。可以说屋大维的治国理念和他的舅公是高度吻合的，只不过他的舅公是创业者，他是新体制的创立和建设巩固者。至于能够巩固多久，那又是后来领导者的事情。

因为他的继父和亲戚中大多数和西塞罗一样都是贵族。凡贵族都喜爱创业时期培养的古老传统，并且不同意进行彻底的改革，改革意味对于既得利益体制下财产权利的再分配，谁又愿意将到手的利益和特权因为制度变革而丧失呢？所以必然会誓死捍卫。这样必将引发政治动荡，政治的最高形式就是战争，战争可以改变政治格局，包括地理国家的区域性变革，也包括国家内部的权力格局，这些都和士兵的流血牺牲、人民的流离失所、家园离散种种苦难的话题有关。

恺撒经常表示，任何国家都不能长期靠战争法则统治下去。屋大维在他舅公的言谈话语中听出的微言大义，却是在恺撒的权威尚未达到定于一尊说一不二的时候，绝对忠实于个人的军事力量是必须保持在政权结构中的绝对优势。当然，作为一个行政领导兼军事指挥官的角色，在老百姓这个社会群体还存在着一支潜在的军地两栖力量，就是原恺撒兵团的退伍老兵和分到土地的贫苦百姓。

当他聆听舅公那些激动人心的狂热演说时，他感到恺撒在内心深处不以为然那种赤裸裸的帝王独裁意识明目张胆地表达，那就露骨地表露了某种明显的军国主义锋芒，使得手中的法西斯束棒变成了明目张胆的法西斯血腥统治，实在有损统治者良好的道德形象，毕竟仁心大爱才是民众需要的，也符合传统贵族的良好品质。残暴和嗜杀是人性罪恶的堕落，就和苏拉、马略等前辈独裁者的嗜杀成性没有任何道义上的区别了。

屋大维明白，恺撒的改革举止使得共和国的贵族利益集团感到芒刺在背，浑身不舒服。恺撒所希望的是共和国应该建立在正义和平等的基础上，而不是特权与自由。也就是在形式上依然要保留共和所有结构形式，因为传统的罗马人认为共和国没有元老院是不正常的。而正是他的舅公取消了元老院的一切权力和尊严。而导致了以西塞罗为首的共和派的群起抵制，也促使了这次谋杀事件的发生。这是以五百年以来老城邦共和国那种顽固保守意识为基础的根深蒂固的观念，这种观念在上层贵族是十分普遍的。他希望能够找出某种保持某种古老的形式，同时又使贵族感到满意的统治形式，这其实也就是贵族和平民在帝国强权统治下的妥协，使帝国达到各种力量平衡后的稳定的和平统一。对于西塞罗这样的共和主义者，尽可能地给予尊重和优渥的待遇。但是对于他的建议是完全可以束之高阁不予考虑的，说到底这时的小恺撒和死去的老恺撒在对待西塞罗这种有影响力的公共知识分子在实际心理上把握的分寸是完全一致的。

只是年轻的小恺撒在形式上更加低调谨慎，这是他心思的缜密之处。当然对于这种锋芒毕露且清高孤傲词锋锐利的理论权威和公共演说家，自会有流氓似的政客野心家安东尼等人去对付他、牵制他。道貌岸然秉性坦荡的谦谦君子和面目狰狞的流氓野心家是一对无须人们刻意挑动的天敌，他们的相生相克是弱肉强食的天理，让他们去你死我活地相争相斗，他才能坐收渔人之利。

他还想到就在他出生那一年——公元前69年老东西担任执政官的时候未经陪审团判决就擅自处决了安东尼的叔父老安东尼，这实际上也埋下了西塞罗未来遭到残酷报复的祸根。因此，屋大维和西塞罗在普泰奥利庄园的会晤气氛还是十分平和友好的，这和屋大维刻意守拙有关。

因为共和国和元老院、公民大会、陪审团制度一样已经逐步被恺撒改革掉了，只剩空名。既然法治秩序名存实亡，权威领袖被刺身亡，法治坠落，权威陨落，只能是有枪便是草头王的群魔乱舞的混乱中因势利导突围而出，才能胜者为王。

恺撒的遗嘱也只是一纸空文，要建立帝国的威权，屋大维只有白手起家，放低身段，以柔克刚，水滴石穿，以顽强的意志，坚韧的作风，灵活的手段，撼动军人法西斯专权的坚固磐石，在与狼共舞中的夹缝中首先求得生存，再图谋建功立业不断做大做强。他就是石隙微土中凌风傲霜的幼松，没有舅公恺撒这般的能耐和勇气去遮风挡雨阻挡风雪欺侮，甚至可以斫木为杆揭舞大纛号令天下去抗击军阀——安东尼和雷必达，只能暂时忍辱负重借助钟馗去打鬼，惩治凶手包括凶手幕后的类似西塞罗这样的元老。而西塞罗这种舆论公知尽可以利用他的煽动性和蛊惑性去讨伐魔头安东尼，他只是坐山观虎斗，即可稳坐钓鱼台，再去钓取更大的鱼，也即实现舅公恺撒的美好梦想。

这一点日本天才的罗马史作者盐野七生对这舅公和甥孙两代独裁者的性格异同分析得十分到位，不妨引用：

作为恺撒指定的继承人，奥古斯都和恺撒有着相同的目标，但是手段和恺撒完全不同，为什么呢？这有以下三个理由：

奥古斯都天生小心谨慎。

奥古斯都从恺撒被杀事件中得到教训，只有活着才可能实现自己的目标。

奥古斯都自知，无论是演讲还是著述，他的感染力都无法与恺撒相提并论。

奥古斯都选择了让人们去看他们愿意看到的现实，而他自己却始终面对真正的现实，向目标迈进。我想这就是终其一生的战争。

看上去外表羸弱貌似女性的屋大维也是性格决定命运。这正应了中国先知老子所述的"以弱胜刚强"理：

天下莫柔弱于水，而攻坚强者莫之能胜，以其无以易之。弱之胜强，柔之胜刚，天下莫不知，莫能行。是以圣人云："受国之垢，是谓社稷主；受国不祥，是为天下王。"

屋大维拜见西塞罗

公元前 49 年 4 月 16 日屋大维到达他的继父——前执政官菲利普斯在那不勒斯的别墅，同时以恺撒继承人的身份，拜访了那些在海滨别墅度假的恺撒旧部希尔提乌斯、巴尔布斯、奥比乌斯等人，他们虽然对恺撒决定这位 18 岁的继承人感到意外，但是这些恺撒的亲信并没有质疑恺撒的决定，他们遵从恺撒的遗愿，坚定地拥护恺撒的决定，支持屋大维逐步走向政坛继承恺撒的遗志，大干一番完成老主公复兴帝国宏伟愿望。

这时的共和元老西塞罗刚刚在图斯库鲁姆的庄园安葬了他心爱的女儿图莉娅，告别了充满杀气首都罗马，带着从罗马和图斯库鲁姆书房收拾出的大部分写作需要的书籍和一大批随从，包括两个秘书，一个厨师、一名医生和六名护卫动身来到他在那不勒斯的达普特俄利的别墅。刺杀事件后，天气变得异常寒冷潮湿，有人认为这是众神表达对于刺杀恺撒事件的不满。正在构思新作品的西塞罗坐在颠簸不平的马车上，用毯子盖住膝盖，绵绵细雨敲打在薄薄的马车木顶上，使他心情感到格外悲凉，他为共和国的前程感到担忧，因为在有着明显独裁倾向的安东尼主政下，国家的前途格外渺茫。

安东尼无论从人品或者治国能力上都不能和恺撒相比较，至少恺撒能够容忍他这样的持不同政见的存在，而他从安东尼和富尔维娅眼中看到的尽是仇恨，尤其是富尔维娅这个前护民官克劳狄乌斯的婆娘对他更是有着刻骨仇恨，况且安东尼的继父曾经就是他在镇压喀提林乱党中被他处死的。为此，这对新贵夫妇对他一直耿耿于怀，可以说他从罗马和图斯库鲁姆的出走就是为了回避这对夫妇的迫害。他只能再次选择在著书立说中寻求某种精神上的解脱。

公元前 49 年 4 月 15 日，他在普特俄里海滨别墅写完了《论预兆》，还有一本《论命运》写了一半，下一本准备写《论荣誉》。这三本书都很好地展示了他的才华，肯定都能成为流芳百世的经典。他现在正在构思《论友谊》，准备献给他最亲密的朋友阿提库斯。对他来说现实世界可能充满着敌意、他身边危机四伏，但在他内心深处，过着自由宁静的生活，从在精神深处的驰骋自在地抒发自我情感以写作来排遣烦恼。

元老院已进入休会期，那不勒斯海岸周边的庄园开始引来一批罗马的头面人物，西塞罗的别墅也常有客人来访，如被前独裁官恺撒指定的下一任执政官希尔提乌斯和潘萨，他们都是恺撒在高卢总督任上的亲信干将，尤其是希尔提乌斯是恺撒的副官，据说恺撒所写的《高卢战纪》和《内战纪》等著作，均为恺撒在作战途中口述，由他记录整理后上报元老院的战报，经整理润色后刊印传世的。当年恺撒从阿非利加胜利归来在布伦迪西港还郑重其事地向西赛罗推荐他们，让他们向西塞罗学习修辞学和演讲术，可以说他和这两位未来的执政官有极好的个人关系。现在又成为邻居。更加方便希尔提乌斯和潘萨经常追随西塞罗身后听他讲授演讲术和修辞学，他们定期前来听取西塞罗授课。

希尔提乌斯和潘萨都将在年底前接任安东尼和多拉贝拉担任新一届的执政官。对于西塞罗来说这是极好的政治投资，虽然可能会影响他的写作计划，但是他还是尽量满足他们求知欲望，抽空为他们讲授演讲术，因为这是罗马官场重要的技巧，可能吸附更多的人脉资源鼓动元老和民众的热情，为自己的执政服务，因而修辞和演讲对于未来进入政界发展是必不可少的技巧。他带着他们海滩上练习演说技巧，让他们像古希腊的演说家狄摩西尼一样，把小石子含在嘴里说话，还让他们迎着风浪演讲，以此训练他们的发音。

在饭桌上他们谈起了安东尼，谈论这位野心勃勃的政客如何在刺杀当晚骗取恺撒太太卡尔普莉娅的信任，让她把亡夫的私人文件和财产交给他保管；谈论他如何假称里面的一些文件是具有法律效力的法令，而事实上具有法律效力的法令都是为了获取巨额贿赂伪造出来的。他们还谈到安东尼将恺撒的遗产骗到手后，并没有按照遗嘱将其中的四分之三移交给屋大维，更不可能将遗嘱中要求分给罗马民众每人 300 塞斯提乌斯交到市民手中。

　　更有意思的是，恺撒指定的接班人、未来元首屋大维的母亲阿提娅和继父前执政官菲利普斯的庄园也在普特俄利，他们是街坊邻居。这几天恰好屋大维从马其顿到布隆迪西港取道罗马路过那不勒斯前来探望他的母亲和继父，顺道来拜访恺撒过去的一些老部下希尔提乌斯和潘萨等人，希望能够得到恺撒这些部属的支持，并想听听他们对于自己未来在政坛发展的意见，这就造成屋大维主动来到西塞罗的庄园拜访，对西塞罗而言，他是求之不得，这无疑给西塞罗在政治上东山再起击败安东尼增添了希望，他完全可以和屋大维结成同盟击败安东尼，而践行恢复共和国的大业。

　　在拜访共和派元老西塞罗时，这位元老对于屋大维刻意表现出虚伪谦恭感到满意，爱好虚荣的西塞罗对于屋大维称呼他为"仲父"等于是承认他是除了恺撒之外的第二个父亲。对这个孩子就平添了几分亲切的感觉，再加上屋大维对他充满敬意的举止，心中还是很有点受用的。因为，他只是感觉到这小子充其量也只是羡慕着恺撒留下的巨额财富，而对继承恺撒的政治遗产似乎不感兴趣，对这个以后生小子自居的晚辈，老头实在是为他谦恭的外表所迷惑，几乎认为他是完全可以拉拢来对付野心家安东尼的一股潜在的力量。

　　小伙子留着一头看起来湿漉漉略显凌乱的金色头发，而且身材显得十分瘦小，面容俊俏肤色苍白，脸上长着粉刺，显得有些腼腆。看上去像是一个毫无心机城府的大小伙子。后来他们建立起了通信联系，西塞罗在信中多次称呼屋大维为"孩子"，可能对于 62 岁的西塞罗来说，18 岁的继承人确实是一个孩子。在西塞罗的印象中，这孩子在恺撒被刺三年前，他大部分时间居住在恺撒的豪华宅邸中，从小就接受过严格的训练，具有斯巴达式的纯朴；并且也涉猎希腊和罗马的文学与哲学。西塞罗并不明白，这个表面柔弱、内敛、严肃、缺乏自信的孩子，却具有果敢、坚韧、执着的意志；原本他是个具有斯多葛主义的理想主义者；在恺撒被刺后变成了一个现实主义者。屋大维体弱多病，一直患有消化不良症；饭量小、不常喝酒、因为这样和有规律的生活，他的寿命反而比那些气壮如牛的人活得都长。

汤姆·霍兰在《卢比孔河》一书中描述道：

西塞罗对屋大维也没有太多的戒心。离开普特奥利时，除了名字的一点魔力和继承全部遗产的决心外，这个年轻人一无所有。在罗马这样的政治角斗场，那些都算不上决定性的资格。而且，对恺撒派的头面人物来说，它们甚至还是令人恼火的，更别提恺撒的敌人了。虽然独裁官提名做自己的法定继承人。但还有很多其他人——如那些身居高位、手握实权的人——他们的眼睛也贪婪地盯着死去主人的遗产。既然恺撒走了，罗马大人物的野心又有了自由表现的空间，但不是用布鲁图斯和卡西乌斯预想的那种方式。"自由恢复了"，西塞罗心情复杂地写道："但共和国没有了。"

两代人见面，其实是各有打算的。西塞罗认为自己是政治上低潮期，他躲在自己那不勒斯海边的别墅里，给他那些时而满怀不切实际的希望，时而又陷入绝望深渊的共和派成员包括布鲁图斯和卡西乌斯写了无数封信，这帮人已经分别逃亡到自己的履职之地，一个去了马其顿，一个去了西西里亚担任总督，总算有了一块地盘，也有了东山再起的希望。

在避难期间，使得这位哲学家有条件从事写作那些使自己青史留名的著作，他便致力于他的《论老年》哲学专著创作来集中自己的思想，并且以不知疲倦的热情计划写作《论义务》等新作品。在这个因为恺撒被刺，帝国权力中枢重组的纷乱时代，在他看来也是他重新趁势出山收拾乱局重振共和大业的大好时机，他的心中涌现出滚滚而来的热情，如同万丈火焰那样熊熊燃烧，他终究不是一个藏在别墅里的哲学家、理论家，而应该是一个彪炳千秋的政治家。他梦想着终将像在反对喀提林阴谋那段激动人心岁月中一样，他会再次脱颖而出，成为共和国凤凰涅槃的推手和救星。

屋大维过去在罗马同西塞罗有一面之交。小伙子研读过西塞罗的著作《论共和国》和《论法律》，并且从中吸取了他终生难忘的各种教训，他在许多方面同西塞罗的看法是一致的。这次在海边别墅与西塞罗的会晤，他从西塞罗处打听到更多的关于他的舅公被刺死亡的背景和原因。在西塞罗的眼中，这个入世不深的年轻人只是一个履行自己亲属责任和义务的复仇者。西塞罗写信告诉他的好友阿提库斯说，这个年轻人是尊重他的，虽然他怀疑，由于先人的关系而加给他的重负是否能够使他成为一个好公民，在他看来，屋大维是无害的和无足轻重的。

此外，使他感到忧虑的是，当他心目中的英雄布鲁图斯和卡西乌斯不在罗马露面时，这个年轻人肯定会到罗马去大展拳脚；但是一想到屋大维因为他那份遗产而要同安东尼算账，心中又涌起一股没来由的满足感。他希望这个年轻人能够和老奸巨猾的安东尼斗个你死我活，他好趁机火中取栗。其实，罗马政坛刚刚崛起的新秀，目前还是一个不显山不露水的潜在年轻政治家，他需要隐藏真实嘴脸，给人以谦虚谨慎无知憨厚的印象，这是他目前所需要的大智若愚的假象。而西塞罗的虚荣给人的印象正好和他相反，是大愚若智般的自作聪明。这是著名学者容易犯的致命通病，包括政坛狡诈的老手安东尼也不能免俗，他们之间为了权力和财富的缠斗，即将在改朝换代之间惊心动魄地持续展开。

总之，屋大维从西塞罗哪里知道的东西远远多于西塞罗从屋大维那里得到的东西。类似西塞罗这类书生气十足的政治家是不善于掩饰自己的政治见解的，虚荣心使他为屋大维的表面假象所蒙蔽，他的政治底牌在这个毛头小伙子面前不加掩饰地和盘托出，就可以为小家伙利用作为攻击安东尼的武器，最终共和派老学者成了可悲的政治斗争牺牲品。

屋大维在这次交谈中最大的收获，就是共和派对他的掉以轻心，一些恺撒派确实已经聚集在他的身边，而他们原来的领袖人物安东尼此刻却试图不顾信义地霸占恺撒指定给屋大维的遗产。坊间已经传出安东尼已经擅自动用这笔财产还清了自己巨额债务。至少目前看来，西塞罗对这个年轻人是十分友好的。因为他认为屋大维是可以打入恺撒党人中间的一枚楔子。他们就这样在心中相互默认了这种相互利用的关系，而屋大维头脑是清楚的，眼前这位貌似慈祥的老先生其实是共和派的灵魂和理论导师、更是刺杀恺撒的幕后推手，也是他不共戴天的死敌，但是他完全可以借助安东尼之手去处置西塞罗。

屋大维其实是在盘根错节的罗马官场两面作战，他不仅必须对恺撒的敌人共和党人复仇，而且不得不对恺撒往昔的朋友作战。因此他必须在险峻对峙着的两座悬崖之间走钢索来考验自己的政治智慧和胆识。这也许就是在担当领袖重任之前不得不经历的磨难。因此他得十分小心谨慎，在坚决反对共和派的立场上，必须先制服安东尼，为此，他必须暂时和共和派结成同盟。因而他必须同西塞罗保持密切联系，因为在西塞罗看来，他是罗马政坛上新崛起的可资利用的关系户。

在西塞罗看来，那场"史无前例的"的大谋杀，造成权威领袖人物的权力真空，必然导致更多的野心家对于中枢权力的觊觎，因而共和国的前景令人担忧，被长期内战毒化了的共和国光荣传统成了被扭曲异化的旧规则，是不是未经改造和修复又重新死灰复燃了？如果是这样的话，罗马离一种扭曲、鲜血浸透的恐怖的新秩序不远了，西塞罗的预见是准确的。在这种秩序中，行政官不如军队指挥官重要，合法的方式比不上直接诉诸暴力的威胁管用。

公元前44年的夏天，这些不祥的迹象已经初步显现。军事巨头和恺撒的继承人不停地走访恺撒安置老兵的殖民地，讨好和贿赂老兵，安东尼就在这些殖民地招募了一批老兵成为他的近卫军；小恺撒一路走来，恺撒老兵欢呼雀跃主动追随，使他几乎有了两个军团的实力，只不过他的韬光养晦，这些隐形的军事实力被他暂时在民间潜伏下来。布鲁图斯和卡西乌斯也尝试着去老兵殖民地招兵买马，受到老兵的冷遇，在夏天快结束的时候，两人很不情愿地得出结论：意大利已经很不安全。他们悄悄溜走，去了东方的马其顿菲力，图谋东山再起。他们自称为人民的解放者，自由的战士，如今在安东尼的逼迫和默许下不得不开始逃亡的生活，痛苦地承认自己在政治上的失败。

现在屋大维决定必须亲自去罗马办理恺撒继子的手续，顺便去谒见一下自己继父的亲密战友——当下政坛炙手可热执政官安东尼。不过，他暂时隐藏了他大批的追随者，只是轻车简从带着他的两个忠实追随者兼谋臣、保镖马尔库斯·图利乌斯·阿格里帕和盖乌斯·奇尔尼乌斯·梅塞纳斯前往首都罗马。

同样手握军政大权的安东尼对于这个黄毛小子的横空出世，也没有当回事。在整个罗马政界几乎都被他年轻孱弱和充满着稚气的外表所蒙蔽。而他在离开那不勒斯继父的别墅时，母亲特别嘱咐他，对付布鲁图斯、卡西乌斯以及安东尼这些阴谋家、野心家必须要有计谋和耐心，而不要在公众场合冒冒失失表达他的仇恨和复仇的决心，招来反对派的报复。他表示赞成这个策略，答应他在行动中将奉行这个策略。

果然不出屋大维所料，安东尼对于他回到罗马，与其说是完全掉以轻心，不如说是刻意地怠慢，表示对于恺撒钦点的这位接班人的蔑视。对于完全服膺武力威慑的元老院，现在只是跪倒在安东尼的军事强权之下唯安东尼的马首是瞻、唯命是从的一群奴仆。

当屋大维在恺撒大批追随者的簇拥下，从那不勒斯出发，沿着阿皮亚大道北上，于四月末到达罗马。他到达罗马时，没有任何浩大的阵仗欢迎他，更别指望执政官安东尼亲自前来迎接。安东尼对他的冷落，他完全意料得到。他心中明白，没有既得利益集团认可和军事威权统治强人的点头，他的恺撒继承人名分，只是一纸空文，恺撒的权力和财富不会自动划分到他的名下，因为这些玩意儿至少目前暂时还在安东尼的手中牢牢把控着。即便他的恺撒继子身份，根据显贵家族继承的规定，还要通过大祭司的认可和大法官的批准，通过公民大会的决定才能确认。而共和国的权力授受必须经过民众的选举和元老院的批准才能获得。共和国也即帝国的"三权分立"的程序就是这么设定的。

虽然在共和后期，这种权力制衡体系，被掌控军事权力的僭主政治所冲击，已经变得支离破碎，至少民意机关已经被军事强权破坏，变成了事实上的军事独裁。公民大会、元老院、护民官、监察官、大法官体系已经变得只剩表面形式，而始作俑者就是自己的舅公——恺撒及其党徒，现在为首的就是执政官安东尼和骑士团长雷必达，过去都是舅公的亲信。大祭司的继承者是性格温和的雷必达。

首都罗马当时的关键岗位基本由安东尼家族的三兄弟所控制，老大马尔库斯·安东尼是执政官，老二盖约·安东尼是罗马大法官，老三路奇乌斯·安东尼是护民官。由此可见，安东尼一家几乎掌控了罗马的行政、司

法和民意机关，可以说是权势熏天。但是，这位外表孱弱继承人并不忌惮
这种政治上的险恶局势，他依然以他刻意伪装的弱者形象义无反顾地出现
在罗马民众面前，他知道他舅公的最大的遗产其实不是财富和生前的权势，
而是民心。这是克敌制胜的法宝，得人心者得天下，这是千古不易的真理。
况且，他进城的那一天，是 5 月的第一个周的周末，那天天气晴朗，阳光
明媚，光明笼罩着安静的七丘之城，太阳四周甚至还环绕着一圈日晕，一
切似乎都象征着美好。尤里乌斯·恺撒的遗嘱中作为赠款对象的民众正等
着按照遗嘱应该分给他们的金钱。他们热情的欢迎他，犹如从高卢战场归
来的士兵和诸神看来对他也是有所眷顾的。

谒见安东尼不欢而散

据《罗马史》作者阿庇安记载：屋大维在进入罗马当天的傍晚，即派人到各地他的朋友处，请他们天明时带人到市民广场充当证人。在谒见罗马大法官盖约·安东尼时证明他是恺撒的继子。根据罗马显贵家族继承习惯，证人必须在大法官面前证实才可完成过继手续。盖约·安东尼爽快地为他完成了过继手续后，又让书记官带着他在市民面前发表了演说。而护民官路奇乌斯·安东尼则使他如愿出席了法律规定的群众集会。

屋大维在会上作了一个十分克制的演说，他在演说中：保证立刻从恺撒的遗产中向每一个公民支付赠款，并且如果必要的话，他将自己出钱举办为庆祝恺撒的胜利而规定在尤里乌斯月，即七月（罗马人取悦恺撒，把他诞生的月份改为尤里乌斯月）举行公众性大型纪念表演。使西塞罗感到失望的是，屋大维并没有承诺将来对谋杀者实施大赦，但是后来在举行表演时，除了一位保民官禁止他使用恺撒所遗留的镀金象牙交椅外，其他也没有发生什么意外。

事后，路奇乌斯虽然后悔为这位继承人举办这样一个集会去承认他的恺撒继承人，然而生米已经煮成熟饭，唯一能够阻止的就是不让大祭司雷必达为他进行注册登记。

当这些程序完成后，屋大维带着他的三个朋友赶到了安东尼的豪华官邸，也即安东尼从庞培遗孀手中巧取豪夺来的花园别墅。他企图要回暂时放在安东尼处保管的恺撒巨额遗产。由于没有预约，安东尼正在接待客人，当文书进屋通报时，安东尼并没有放下手头的约谈，去迎接他的到来，只是吩咐让他在门口走廊上按照普通来客那般等待自己接见完预约的客人后再去觐见。

这种有意识的摆谱，使得首次到访的接班人屋大维心中很不是滋味。不过，人在屋檐下不得不低头，他只能忍气吞声地等待。足足等候了大半个上午，在饥肠辘辘，临近午饭的时候，这位傲慢的执政官才冷冰冰地接待了他。身份地位的优势，使执政官有资格蔑视屋大维，这是有意给他的下马威。随后的寒暄都显得十分虚伪。官场其实就是戴着面具的博弈。

安东尼是故意怠慢这位前独裁官的孙甥。38岁的安东尼过去曾经见过两次屋大维，那是在六七年前，他大约十二岁时，恺撒让他来宣读祖母尤利娅葬礼上的颂词；第二回是在两年前，是在恺撒夺取阿非利加胜利后的凯旋式游行上。安东尼作为恺撒离开罗马协助处理军政事务的骑士团长和独裁官恺撒坐在一辆车上同行并进，那小子乘车随行，他只是个乳臭未干的白脸小子。

那个时期恺撒经常和安东尼谈起这小子，那口吻完全是疼爱和欣赏的，哪里料得到如今又遗命他继承他的名字、他的权力、他的财富。如果那份倒霉的遗嘱没有交给维斯塔贞女神殿保管归档，没有当众宣读，他一定会冒险篡改它。想到这里，安东尼心中很不痛快。但是安东尼还是在表面上强忍着不快，端着笑脸等待屋大维走进办公厅前来谒见。

白脸小生不卑不亢地带着他那些如同扈从官似的三个保镖，走进安东尼的办公厅。他微笑着，对安东尼执礼甚恭，自称是晚辈，称安东尼是父执辈，并介绍随他同来的三个人。安东尼不以为然的脸上不得不挂出佯装的笑容，表示虚伪的欢迎之意。然后双方对视着沉默。似乎都在打量对方，猜测相互的意图。

那时的安东尼由于正处在权力顶峰，由于长期地浸淫在酒色之中，在权势如日中天的时候更是肆无忌惮，他那曾经英俊魁梧的外表已经发生了很大的变化，他自称是希腊神话中大力神赫拉克勒斯的后裔，这多半是假托的。他的体格魁伟显得孔武有力，富有男子汉的气概；安东尼有着权势者惯有的目空一切，顾盼自雄和睥睨天下的傲慢。他和贵族纨绔子弟一样贪慕虚荣，贪图奢华享乐，酒色无度，不知自制。此刻，他穿着一袭宽松的云白色托加袍，镶着亮紫色缎带，边缘上滚着精致的金线。托加短袖衬托出裸露在外粗壮而发亮褐色手臂。由于饮酒过度，生活腐化，使他年轻时的英俊外貌发生了很大的变化。

就是这位在岁月的河流中，为共和国上层滚滚浊流所腐蚀的灵魂变得越来越肮脏越来越贪婪。他穷凶极欲、荒淫无度的生活方式，早已为正直的官场政客所唾弃，如共和理论家西塞罗就对他深恶痛绝，但是他是别有用心的恺撒党徒，一直受到恺撒的青睐和庇护，一直青云直上，身居要职。

一年多前，恺撒率军团常年出征在外，作为独裁官的骑士团长，在恺撒离开罗马时，他可以代理独裁官处理军政事务，权高位重的他，理所当然地在罗马为所欲为。安东尼直接效仿东方的那些独裁君主一掷千金、挥金如土。总的来说，他的欲望是多方面，首先是政治权力，他想成为罗马政界第一人；另一方面他又非常看重世俗的享乐带来的身体快感：琼楼玉宇、软玉温香、美酒佳肴都是他生命需求的必要。对于前者，恺撒生前他还要掩饰，不敢在独裁官面前有所表露，直到恺撒被谋杀，他觊觎最高权力的野心，才毫不掩饰地崭露头角；对于后者他一直不择手段地作为自己政治家和军事强人的点缀加以炫耀。恺撒也是心知肚明的加以纵容。如今他名正言顺地住在帕拉蒂尼山麓的庞培大帝官邸——现在的执政官府邸处理公务。现在前独裁官指定的接班人找上门来了，他不得不出面去敷衍一下。也要见识一下这位恺撒继承人的真正能耐，到底有什么本事能够得到独裁官如此器重？他心中一直在嘀咕着。

当屋大维玉树临风一般带着他的三个助手沉着冷静并带着若有若无的微笑出现在安东尼面前时，安东尼甚至感觉不出来他长时间等候的不满，这说明这个小家伙遇事不慌、涵养很好、很有忍耐的定力，是个干大事的角色，安东尼心中掠过一丝阴影。

安东尼不得不首先问："你如此急切地见我，想要解决什么问题？"这时小家伙不温不火略带着尊重的口吻笑着说："您是我父亲的朋友，我也将您视作值得信赖的长辈。首先向您表示崇高的敬意。也想咨询您，您准备采取什么样的步骤来办理父亲的遗嘱。"小家伙态度诚恳，神情执著而坚定。

安东尼感到了小家伙的厉害，他愣了愣神，然后回答道："你舅公留下的是一个烂摊子，等我理清头绪之前，我建议你不要在罗马多逗留。"他不称呼屋大维为"恺撒"而是说"舅公"意味着并不承认他是恺撒的继子。

他略微停顿了一下说："我还建议你不要这么随便地使用恺撒的名字，好像他属于你那样，你很清楚，它不属于你，在元老院认可之前也始终如此。

屋大维仍然若无其事地淡淡一笑，然后他平静地说道："我非常感谢您的建议。我用这个名字是为了表示我对舅公的敬意，并非出自政治野心。但是抛开我的名字，甚至我对继承份额不谈，尚有恺撒向公民遗赠一事。我判断以公民现在的情绪已经表达了他们的不满。"这小子竟然打起了民意牌，这简直是一种威胁，安东尼在恺撒葬仪期间是见识过群众闹事的场面的。不禁感到芒刺在背，浑身不自在。

屋大维话锋一转，继续说道："在我的舅公被谋杀后，您有些事情处理得很好，我要感谢您；有些事情处理得不好，我将坦率地说出我的悲哀和遗憾。当恺撒被杀的时候，您不在现场，因为凶手把您阻拦在门口；否则您可能挽救他的生命，或者您会遭遇到和舅公相同的命运。当某些元老建议把凶手当成诛戮'暴君'的英雄来奖励的时候，您坚决地表示反对。因为这件事我衷心地感激您。虽然您知道，他们也有意图杀害您的，只是您侥幸逃脱了。但是，您后来不是如我所想象的那样去替恺撒复仇，而是如那些暴徒所说的那样，您会继恺撒之后当'暴君'还和凶手们握手言欢，在一起宴饮吃喝。而他们确实是杀人凶手；这是为什么他们心虚胆怯逃往卡皮托尔山去神庙祷告的原因，因为他们是罪犯。如果不是有一部分元老和人民被收买的话，他们的罪行怎么可能取得特赦和免于处分呢？我们假定，这也许是元老院那些被收买的人强迫您那样做的，但是当恺撒的遗嘱已经宣读了，您自己也发表那篇充满正义的葬礼演说，人民被提醒恺撒是死于谋杀，愤怒的民众拿着火把跑到凶手的住宅，那时候您为什么不同民众合作，领导他们呢？如果谋杀的现行罪犯需要公正审判的话，您是恺撒的朋友，您是执政官，您是安东尼，您为什么不把他们送去审判呢？"

屋大维感觉到了安东尼情绪的变化，为了不进一步刺激安东尼，他暂时放缓了口气谈起了他们可能合作的将来："关于将来，尊敬的安东尼执政官，凭管理友谊的神明和恺撒本人，我恳求您把过去的政策改变一下，如果您愿意的话，是可以改变的；如果您不愿意，我恳求您，今后无论如何我希望得到您的帮助，和我合作，利用人民和那些依然忠实于我父亲的人帮助，惩办凶手；我需要金钱，按照父亲的遗嘱指定给予人民的补贴，这件事需要立即去做，否则，那些被指定到殖民地去定居的人不得不逗留在罗马；至于那些他被杀后为了安全搬到你家里的动产，你可以为了纪念加以保留，但是为了使我能够支付人民所应得的遗产，请你把恺撒聚集起来为他计划中的战争用的金币交给我。这笔款项足够分配给300000人的，其余的费用，如果我冒昧的话，我或许可以向您借，或者请您做担保向国库借，如果您愿意替我做担保，我自己的财产马上拍卖。"

屋大维几乎一口气说完，使得安东尼如芒刺在背，他感觉到了这个小家伙的言辞犀利和直率。他感到吃惊，觉得过去对这小子过于轻视了，这家伙简直是一个天生的政治家，这些话似乎远远超越晚辈对长辈应有的礼貌，和他的外表和年龄给予的不成熟感，他是胸有城府，而且善于伪装的那种对手，对他的小觑完全是某种误判。于是，他开始从漫不经心的状态下，打起精神来应对屋大维。他定了定神，慢条斯理地回答屋大维的问题，口气中不乏执政官的严厉和长辈对晚辈的教训：

"小伙子，如果恺撒把政府跟他的遗产以及他的名字一起遗留给你的话，那么你质问我的公务，我说明我的公务，这是恰当的。但是，如果罗马人民没有把政府交给任何人去继承，就是他们有国王的时候，也没有这样做过，他们驱逐了国王，宣布了暂时不需要国王，这就是凶手攻击你父亲的罪名，说他们杀害他，已经不是一个领袖，而是一个国王了。那么关于我的公务，我没有回答你的必要。因为同样的理由，我也不需要你因为这些事情对我表示感谢。我做的事情不是为了你，是为了人民。只有一件事是例外，而这件事对于恺撒和你是至关重要的，因为，如果为了保证我自己的安全以免被人仇视起见，我允许表决给予凶手们以杀戮暴君的荣誉的话，那么恺撒就会被宣布为暴君，暴君既不会有光荣，也不能有任何荣誉，也不能批准他的法令有效；他的所谓遗嘱也是无效的，他就不可能有合法的儿子，也不能继承财产，他的遗体甚至不能作为普通公民来埋葬。法律规定暴君的尸体应当丢弃，不得埋葬，他死后的声名应当打上邪恶的烙印，他的财产应当没收。我因为担心这些所有的恶果，选择了为了恺撒，为了他不朽的名誉和他的公祭而斗争，这不是没有风险，不是不会引起对我的仇恨，我和那些激烈的凶恶暴徒进行了斗争，他们如你所知道的那样是准备杀害我的；我和元老院那些家伙进行了斗争，元老院是因为你父亲篡夺了最高权力，对恺撒是恨之入骨的。但是我自愿冒这些风险，情愿自己遭受而不愿使恺撒——这位时代最勇敢的人，在各个方面最幸运的人，一个我应当对他表示崇高敬意的人——不得埋葬，受到侮辱。由于我的冒险，你才能享受你目前的显贵地位，作为恺撒的继承人，继承他的家族、他的名字、他的品位和财富。你一个年轻人对长辈谈话到时候，最好为了这些事情对我表示感谢，而不是因为我安慰了元老院，或其他一些理由所做出的让步而谴责我。"

安东尼这番应答可以说合情合理也基本是符合当时罗马实际。这其实是一番自我表扬似的表功，可谓四两拨千斤。他点明了如果不是他的努力，恺撒死后的备极荣哀青史留名或者是相反的结果被抛尸台伯河成为千古罪人，屋大维目前所享有的一切财富，几乎全部拜他所赐，他不仅没有任何理由来谴责他，反而应该感激他。从话语中明显感觉到安东尼是在批评他这个少不更事太子党是在干涉朝廷的政治事务，而且口气是那么倨傲和不恭敬。安东尼接着说：

"至于你金钱上的需要和你向国库借钱的问题，我认为你一定是在开玩笑，我想你也许还不知道，你的父亲早已将国库已经掏空；自从你父亲执政后，国家收入是交到他那儿去的，而不是交到国库的；当我们决议审查这些事情的时候，我们会马上发现这些国家收入是在恺撒财产里面的。现在他已经死了，这种审查，对于恺撒不会是不公道的；如果他在活着来受审问的话，他也不会说这是不公平的。关于一些单独的财产，会有许多私人和你发生争执的。运到我家的金钱，并没有你所想象的那么大数额，而且现在也没有一点在我手中保管了。那些有权势的人，除去多拉贝拉和我的兄弟（指大法官盖约和护民官路奇乌斯）以外，马上把全部金钱当成暴君财产分掉了。但是我说服了他们支持有利于恺撒的法令。如果你是聪明的话，当你得到其余财产的话，你应当把它分配给那些不满意你的人，如果他们是聪明的话，应该把那些将要移殖的人民送到他们的居留地去。你近来研究研究希腊文著作，从这些著作中你应该知道，人民是和海上的波涛一样，是不安定的，时而前进，时而后退，在我们中间也是一样的，人民永远是把他们所喜爱的人捧到天上，又把这些人摔下宝座来，他们始终都是权贵人物愚弄的对象兼工具。"

　　安东尼这番话无疑是一把直捅心窝的匕首，直戳屋大维的要害，他这次前来拜访执政官安东尼，可以说是一无所获，反而自受其辱。时值正午，安东尼没有挽留他共进午餐意思。临别时安东尼最后建议："你还是回到阿波罗尼亚去安心读书，那边要安全得多。你舅公的事，我会在我认定的时机，以我的方式来处理。"话语中就暗含着威胁的意思了。屋大维怏怏不乐地告别而去。

屋大维对安东尼的反击

按照罗马的传统，社会名流去世之后，其子必须进行诸如戏剧、体育竞技等系列纪念活动以示对于逝者的奠念。举办这些大型活动自然需要经费。此外，恺撒遗嘱中声明要给每位公民分配300塞斯特斯。虽然屋大维的生父远比恺撒富裕，但也不像克拉苏和庞培那样富可敌国。如果安东尼不肯归还恺撒的财富，屋大维没有能力举办大型的纪念活动，也无法兑现恺撒对公众的承诺，作为恺撒的养子便无法向公众交代，那么他未来在民众中的影响力就会下降，也意味着在政坛的地位就会发生动摇。这些都深中安东尼的下怀。

不仅如此，安东尼还操纵元老院发起了对恺撒遗留财富的审计工作，暗中操纵原来被没收财富的庞培党徒后代，伺机向屋大维提起诉讼，要求发还没收的资产。使得这位继承人官司缠身，穷于应付。恺撒给他的继承人留下了巨额财富，反而成了沉重的负担。然而，屋大维看到了他舅公留下的另一笔无形资产，也即恺撒巨大的人脉关系资源，在元老院高层贵族普遍与独裁官为敌的时候，恺撒在中下层骑士阶层和基层民众和普通士兵中却赢得了广泛好感和支持，其中就有不少经济界人士。这些都可以作为和安东尼抗衡的资本加以在政治上利用，就可以收到意想不到的效果。

他首先拜访恺撒生前财力雄厚的好友马提乌斯，请他提供资金支持。恺撒遇刺后西塞罗就曾前往马提乌斯位于阿皮亚大道旁的别墅躲避风头。马特乌斯是属于骑士阶层有经济实力的人，一贯以不关心政治的金融家自居，他修养极高，曾经将荷马著作《伊利亚特》翻译成拉丁语。在内战期间他曾竭力调解恺撒和庞培的矛盾，希望双方协商和平解决，终因庞培的拒绝而未果。

虽然西塞罗百般阻挠马提乌斯赞助屋大维对于恺撒死后的纪念活动，但是出于对于亡友死于非命的崇敬心情，马提乌斯欣然同意给屋大维资金支持。日本学者盐野七生曾经全文翻译了马提乌斯给西塞罗委婉拒绝他不要给屋大维支持的回信，兹摘录片段如下，由此可见这位著名罗马银行家的高风亮节：

西塞罗啊！您大概是因为听说我将为恺撒举行纪念竞技大会提供资金援助而写信的吧。我坦白地说，我只将其视为私事，并不带有政治目的。是我自己怀着敬意，为纪念伟大的朋友而作出的捐赠。说实话，我无法拒绝那位年轻人真诚的请求，同时我也为恺撒选择了这样一位合适的继承人而感到无上欣喜。

诚如您所言，我常常拜访安东尼府上，不过那纯粹是礼节性的。如果您现在也造访安东尼宅邸，你会明白我指的是什么了。那里如今已经水泄不通，希望借当权者之手获利的人如过江之鲫充斥门庭。当中有不少就是斥责我不顾国家公义为恺撒悲痛的人。

以前恺撒从不干涉我拜访何人，也不干涉我接受谁的造访。即使我与他的政敌往来，他也从未流露出不快。与之相反的是，现在竟然有人不允许我为挚友遇害而悲伤，禁止我表达个人情感！这样践踏人性的独裁制度，断不能长期存续。若其不幸实现，我将退至远离罗马的罗德岛，远离独裁和干扰，怀着对恺撒的思念聊度余生。

马提乌斯的回信写得入情入理，充满正义和良知的追求，表现了一个经济实力雄厚具有独立意识的学者银行家的良知和人道情怀，对于所谓自由战士和他们心目中的大独裁者的类比，他肯定更欣赏恺撒似的开明专制者，因为至少他并不干涉公民的言论和社交的自由。西塞罗似乎也无颜继续进行阻挠，在愤怒的民众准备追责他暗中支持凶手刺杀恺撒的罪行的时候，作为政治中立的马提乌斯曾经无私保护了他，说明了马提乌斯在政治上的公正。

屋大维决定将恺撒的纪念大会定于恺撒诞生的七月举行。在资金方面屋大维还争取到罗马另一位经济大鳄的支持，可以说屋大维已经拥有整个罗马经济界作为后盾了。在此形势下安东尼即使想要阻止，已经无处着手。罗马民众对这位18岁"孩子"的看法有了很大的改观。重视家族利益的罗马民众认为排除阻力去恪尽孝道，是值得称颂的美德。年轻的继承人，无需借助武力，漂亮地赢得了第一个回合的胜利。

屋大维似乎豁出去了，干脆将他与安东尼的尖锐矛盾公开化，借以获取罗马民众的同情与支持。他在市民广场公开指责安东尼是个背叛恺撒的人，因为这家伙没有采取任何行动为恺撒复仇，反之却侵吞了属于人民的钱财，他向民众承诺，自己将如数支付遗嘱答应赠送给民众的金钱，即使将自己的产业全部拍卖也在所不惜。他的承诺当即得到罗马市民的欢呼。考虑到未来和安东尼的决斗，他不得不暗中组织自己的军事力量，他写信给恺撒在新迦太基训练基地的马其顿军团朋友，告诉他们自己在罗马受到的侮辱性对待，以便动员他们暗中做好军事应变的准备，开始着手筹建自己的军团，开始寻求与安东尼的武装对抗。六月份也即在恺撒纪念会即将召开前夕，理论权威西塞罗在给阿提库斯的一封信中首次称呼屋大维为屋大维亚努斯，也就是说屋大维被恺撒过继后，他的全名便改成盖乌斯·尤里乌斯·恺撒·屋大维亚努斯（Gaius Julius Caesar Octavianus）这等于承认了屋大维恺撒继承人的地位。这位共和派大佬在给阿提库斯的信中这样重新评价屋大维：

我清楚地认识到，他有才智和见识，并且他像我们所期待的那种英雄人物。然而我们仍然必须慎重考虑，我们对他能相信到什么程度，必须考虑到他的年龄、他的名字、他作为恺撒继承人的地位、他所受的教育。他有过人的天资，他必须积累经验，但愿他能够发挥自己的作用。而首先安东尼乌斯必须疏远……

在七月举行的纪念恺撒的竞技大会上，屋大维和安东尼两人打破了表面的平静，关系公开破裂。屋大维企图模仿他的舅公恺撒坐在镀金象牙椅上出场，遭到安东尼的强行阻止，借口他的恺撒继承人地位并未得到大祭司雷必达的批准，也未得到元老院的认可，因此一介平民不可能享受独裁官的待遇，当着罗马民众的面，搞得这位继承人下不了台。尽管罗马民众普遍同情屋大维，怯于安东尼的淫威一时不敢发声。

面对安东尼咄咄逼人的攻势，屋大维接受阿格里帕和梅凯纳斯的劝告，首先通过变卖资产和恺撒朋友的资助去坎帕尼亚老兵定居点唤醒潜藏的恺撒老兵，招募了一个军团的近卫兵团，加上原有的马其顿兵团，他号称已有了两个军团的军队，按照罗马建制两个军团至少应该有一万人马，但实际他只具备六千人的实力。此外，他还必须对安东尼的政治对立面采取暂时的安抚措施，表达自己的善意，在他们面前他要表现出一个谦卑的年轻人的面目。

他与共和派大佬西塞罗一直保持着通信联系，语气谦恭低调，执弟子之礼，力图蒙蔽老爷子的视线，赢得好感。在西塞罗看来他只是一个有节制的恺撒派，他要求自己的权力，他是恺撒的继承人，同时又是一个一心想要维护共和体制的年轻政治家。他与那些刺杀恺撒的共和党人完全是可以捐弃前嫌成为自己的崇拜者和同路人。至少不应该是势不两立的敌人。更重要的，他还是一个表面上和安东尼水火不容的死对头。敌人的敌人，就是自己的朋友，这是一般政客通行的信条。他的姐姐屋大维娅的老公盖乌斯·马尔凯鲁斯还是西塞罗的好朋友。基于这样的轻信，首先跳出来向安东尼挑战的是共和国理论家西塞罗。这是屋大维求之不得的事情，也是西塞罗盲目自信的政治动力所在。

在布鲁图斯和卡西乌斯离开罗马去了东方之后，西塞罗已在罗马消失了一段时间，躲在自己的海边普泰奥利别墅里对自己的去留犹豫了很久。他决定去雅典。他的儿子在那里读书，实际已成了学校出名的酒鬼。焦虑的父亲急于将儿子带回到正路。但是他的船刚刚驶出那不勒斯海湾，就被恶劣的大风暴天气赶回了港湾。等待恶劣的天气过去，罗马传来消息：他的共和派战友认为，他已经失去了向恺撒党人挑战振兴共和国的勇气。在国家危难之际，成为逃离战场的懦夫。

一向冷静的阿提库斯这样写道："好嘛！你抛弃了你的国家。"敏感而优柔寡断的西塞罗又羞又愧，自命清高的他，重新鼓起了勇气，意识到坚持共和的立场是他的责任，他应当义无反顾地挺身而出立场坚定地去反击安东尼这些以军事寡头名义挟持共和国的潜在独裁者。于是他又捡回了行李，掉头赶回罗马，义无反顾地成为挑战独裁者安东尼的领头羊，但也同时注定成为独裁者虎视眈眈准备宰割的羔羊。

对于西塞罗的回归政坛，安东尼非常客气。他非常热情地给西塞罗写信，请他对自己高抬贵手。西塞罗同样投桃报李热情地回了信，不过双方的热情仅仅停留在表面上，骨子里都将对方视为寇仇，毫无诚意可言。同时，安东尼也对逃亡在外的布鲁图斯和卡西乌斯同样表现出十分友好的姿态，他们的通信都是以安民告示的形式互通情报。安东尼真正聚焦的地方是出任山南高卢总督的戴奇姆斯·布鲁图斯，因为这家伙手中掌握的好几个高卢军团，是真正的劲旅，也是他预谋登上大位的心腹之患。他不久任期届满，将要退出执政官岗位，在离任之前，他准备胁迫元老院任命他为高卢总督，取代戴奇姆斯接受这支劲旅。他准备将戴奇姆斯打发到马其顿去担任总督，这个总督只是空名，所谓的马其顿军团全是恺撒当年准备远征帕提亚潜藏的军事力量，戴奇姆斯根本就指挥不动。作为恺撒的老部下，他是可以指挥的。

安东尼没有想到的是，屋大维这小子会成为恺撒的继承人，横空出世，与其分享恺撒留下的军事资源，利用马其顿军团来和自己相抗衡。这小子已经从马其顿回到了罗马，并且和西塞罗勾搭上了，无形中成了自己的对手。

《西塞罗传》的作者伊丽莎白·罗森写道：

4月末，安东尼离开罗马期间，多拉贝拉自告奋勇，充当了共和派的勇猛斗士，他推倒了建在广场上的恺撒纪念柱，这个石柱是为纪念恺撒举行崇拜活动的主要标志。西塞罗拍手称快，认为多拉贝拉最终可能成为一名领导人，而对布鲁图斯来说，罗马不久将是安全的，因为贫穷阶级对多拉贝拉的行动并不怨恨。西塞罗给多拉贝拉写信，对从前这名乘龙快婿赞美有加，并说愿意做他的一名顾问，做希腊神话中阿伽门农的内斯特（注：阿伽门农是《伊利亚特》中希腊联军攻击特洛伊城的总司令）。阿库提斯比较谨慎，提醒自己的朋友说，多拉贝拉仍欠他的钱；最后欠钱之事不了了之。

这个提醒无疑是为了说明多拉贝拉这位贵公子是不讲诚信的，在为人的品行上是很不靠谱的，尤其是政治上的朝三暮四，一会儿帝国派一会儿共和派说明这位即将退职的执政官在为人的节操上很成问题。

其实此时的多拉贝拉早就与西塞罗女儿图莉娅离婚，并且对于图莉娅的 60 万元塞斯特斯嫁妆也无力偿还，或者干脆就是抵赖着不愿偿还，他和图莉娅的儿子一直由西塞罗养着，但是这是西塞罗心甘情愿的事情，他更愿意享受这种儿孙绕膝的天伦之乐。

孩子随他父亲姓名叫普布利乌斯·郎图路斯·皮索。身体虚弱的图莉娅无力喂养婴儿，作为权贵，西塞罗可以雇佣奶妈，这年的冬天罗马实在太冷了，西塞罗决定带着女儿和一大群奴隶、医生、奶妈回到了图斯库鲁姆庄园，好使图莉娅在宁静的弗拉斯卡蒂山中休养生息，他则可以继续安心写作。然而，图莉娅病情一直不见好转，终于撒手人寰。这是公元前 44 年的寒冬。

英国著名作家罗伯特·哈里斯在《独裁者》一书中如此描述了图莉娅的葬礼：

寒冬的黄昏，送葬的长队走在埃斯奎利诺原野上；乐师奏响哀乐，乐声和利比蒂娜圣林里的鸟啼交织在一起；灵棺内躺着一具身材纤细的尸体；特伦提娅一脸憔悴，看上去像因悲伤化为石头的尼俄柏；在阿提库斯的搀扶下，西塞罗点燃了火堆；火焰冲天而起，它炙热的光芒照亮了所有人，每个人的表情都僵硬得像是戴上了希腊悲剧演员的面具。

第二天普布利莉娅在她母亲和舅舅的陪同下出现在门口，闷闷不乐地表示她没有收到葬礼的邀请。她决定搬回来住，还当场进行了一番演讲。演讲词明显是别人所写，但是她背了下来："先生，我知道你的女儿很难接受我的存在，但现在这已经不是问题了，我希望我们能够过上正常的婚姻生活，我会帮助你走出悲伤。"

但是西塞罗不想走出悲伤。他希望被悲伤包围，被悲伤吞噬。于是就在那天，他带着图莉娅的骨灰盒逃出了家门，没有告知普布利莉娅自己的去向。他搬入了阿提库斯在奎里纳莱山上的房子，把自己关在书房里，一关就是好几天。他没有见任何人，而是编写了一本了不起的手册，里面收录了哲学家和诗人关于如何面对悲伤和死亡的作品。他称其为《安慰》。

他说，他在奋笔疾书的时候可以听到阿提库斯五岁的女儿在隔壁的儿童房里玩耍的声音，这让他想起当年他还是个年轻的律师的时候，图莉娅也是这么玩的："那声音就像一根被火烧红的针一样，尖锐地扎在我的心上。"

后来普布利莉娅追踪而来，吵闹着要见西塞罗。西塞罗再次选择回避，他跑到新近入手的最偏远庄园，地处阿斯特拉岛上的河口，这里离安提乌姆湾只有百步之遥。岛上荒无人烟，到处都是树丛和灌木。在阿斯图拉岛，无人陪伴，独自一人在树林深处苦思冥想，直到傍晚才离开。到底灵魂是什么？他在《安慰》中写道：

它不是水，不是风，不是火，也不是地。这些元素都不能证明记忆、心灵或思想的力量，都不能回忆过去、预见未来或理解现代。灵魂必须被算作第五元素——它既神圣又恒久。

此时，西塞罗鼓起勇气给普布利莉娅写信，提出离婚。他认为，面对图莉娅的死，普布利莉娅表现的薄情寡义甚至幸灾乐祸是不能容忍的。他让阿提库斯去处理财务问题，为此他不得不卖掉一处房产。图莉娅的骨灰被埋葬在图斯库鲁姆的花园里。

多拉贝拉开始想念他的孩子了，前来西塞罗处探望朗图鲁斯宝宝，宝宝看上去身体结实，肤色红润，和他体弱多病的母亲完全不一样，就好像是儿子吸干了母亲的生命力。多拉贝拉从奶妈手中接过宝宝，像欣赏精致的花瓶那样翻来覆去地看，然后宣布他要将宝宝带回罗马。西塞罗没有反对。并告诉他："我已经在遗嘱中为他做了安排，如果在育儿上有什么问题，随时可以来找我。"

随后，岳父陪同前女婿一起去了图莉娅的墓地，那是阿卡德米里一个向阳的地方。当多拉贝拉跪在图莉娅墓前，献上一束鲜花后，哭了起来。西塞罗看到多拉贝拉流出眼泪时，他对这个人的愤怒似乎已经平息了。就像图莉娅对他常说的那样，她知道自己嫁给了一个什么样的男人。如果说她的第一任丈夫更像是她的同学，第二任丈夫只是她逃避母亲的工具，那么至少第三任丈夫是她深爱的人。西塞罗此刻似乎灵魂得到了些许安慰，至少女儿生前体验过爱情，而且他们还给他留下了一个可爱的外孙。

多拉贝拉年底执政官任期即将到期，他将离开罗马率领两个军团出任叙利亚总督，而现在卡西乌斯正在叙利亚和马其顿为共和派军队招兵买马，因为卡西乌斯和布鲁图斯还是恺撒生前任命的叙利亚和马其顿总督，他已经在这些地方招募了七个军团的共和军，多拉贝拉和卡西乌斯的交接将肯定是一场恶战，前女婿知道这事后，急于赶往叙利亚，并想在途中顺便拿下亚细亚行省，以便在那里聚敛金钱。此去肯定凶多吉少。安东尼根本就不想去马其顿，他更加中意的是山南高卢的总督，那里离罗马更近且拥有三个军团的常备军，总督是恺撒生前任命的戴奇姆斯·布鲁图斯。

西塞罗和安东尼剑拔弩张

公元前44年6月2日，为了取悦老兵和平民，安东尼通过了一项土地法；他还颁布了另一项法案；用前景可观的马其顿行省交换山南高卢，然而现驻马其顿的军队则继续归他调遣，这些军队原是恺撒发动帕提亚战争的预备军团。安东尼的目的很明确，就是要剥夺戴奇姆斯·布鲁图斯的军权。安东尼的立法是不合法的，因为他不仅没有发布相应的公告，还使用了暴力；此外，雷电交加的气候似乎也预示：人民大会召开得不吉利。西塞罗说，这意味着战争。但是，战争不会一触即发——首先，安东尼必须把军团带回意大利，直到执政官任职期满，他才可以考虑接管高卢。

时间到了公元前44年的9月1日，西塞罗似乎想重出江湖了，他返回了罗马，受到各界的热烈欢迎。他很清楚要想对抗安东尼，只有结盟不同政见的恺撒派。就在这一天，安东尼提议把一些荣誉授予恺撒，西塞罗借口身体不适，未出席元老院会议，他的有意回避，显然是不支持这些建议。如果直接反对势必公开得罪恺撒派。

安东尼对于西塞罗的缺席深表愤怒。盛怒之下，他甚至认为西塞罗的行动可能是一种针对他的计谋。然而，第二天在安东尼缺席的情况下，西塞罗在元老院发表了一篇针对安东尼的抨击性演说，谴责安东尼等于是向现任国家领袖宣战。此刻的西塞罗似乎是完全不顾一切地豁出去了，他没有军团，有的是无人可以匹敌的三寸不烂之舌、无与伦比的道德勇气和卓越的演讲才能以及崇高的政治声望。人一旦站在道德制高点上伸张正义，谴责邪恶就会义无反顾地冲锋向前，无视一切眼前的阻力。

当他踌躇满志地走到议事大厅的中央，面对全体议员慷慨陈词斥责安东尼的邪恶，等于是完全不顾一切无所畏惧地发起了主动进攻。这就是古罗马历史上众所周知的第一篇《反菲力辞》演说。那是沿用希腊雅典伟大的演说家、政治家德摩斯蒂尼针对马其顿国王菲力五世的声讨性檄文，借此形式用来针对罗马的新独裁者安东尼，而且火力全开，一点情面都不讲。

这实际就是将自己推向了无可挽回的绝路。

德摩斯蒂尼是希腊联盟对抗马其顿霸权主义者的组织者，先后发表四篇诉《反菲力辞》的大批判文章，当马其顿王占领雅典后，被反抗的民众刺杀于雅典广场，这四篇文章就是始作俑者。亚历山大大帝即位后，对这位演说家进行追捕，最终在马其顿代理人的追杀下，这位古希腊雅典城邦的雄辩家服毒身亡。

西塞罗效仿希腊先贤在发出首篇控诉安东尼的演讲后，已经是开弓没有回头箭了，他就像是一架开足马力的语言机器，一鼓作气先后发表了十四篇题目叫《反菲力》的演说，从政治的独裁到经济的贪贿以及私生活的极端糜烂腐败堕落，甚至外貌长相穿着打扮，几乎是全方位无所不用其极地运用修辞语法和演讲术对安东尼的邪恶用心和丑陋嘴脸进行了毫不留情甚至有些夸张的全面丑化和揭露，可以说是嬉笑怒骂皆成文章，追求酣畅淋漓的轰动效应。

英国著名罗马史作者玛丽·比尔德在《罗马人的笑》一书中辟出专章"演说家"阐述了西塞罗的演讲术的特点和缺陷。也涉及其为人的自命不凡而到处不合时宜地抖机灵，攻击别人卖弄才华的显著特色，这既是他演讲的长项，也是他致命的短板，不顾事实而片面地追求耸人听闻的效果，把人逼到墙角后，毫无回旋余地，其结果必然招来对手强烈反弹：

普鲁塔克承认，西塞罗的自命不凡是他在某些人中不太受欢迎的原因之一，但他还有一个十分遭人恨的地方，那就是他总是胡乱攻击别人，"而目的只是逗乐大家"。普鲁塔克在其中列举了许多西塞罗嘲笑别人或者使用双关语的例子——对象包括一个女儿容貌不佳的男人、一个凶残的独裁者的儿子，还有一个酩酊大醉的监察官。说起西塞罗肆意卖弄风趣的例子，最臭名昭著的一次发生在罗马共和国内战期间，对战的双方是尤里乌斯·恺撒和庞培——这次战争拉开了恺撒独裁统治的序幕。再三犹豫之后，西塞罗最终在法萨卢斯战役之前，于公元前49年夏天加入了庞培在位于希腊的军营。但是据普鲁塔克说，西塞罗在军队里并不受欢迎。"这都怪他自己，因为他并不讳言自己后悔去了那里……而且总是大肆开同僚的玩笑，或措辞巧妙地嘲讽他们。其实他自己在军营里四处走动时总是不苟言笑、皱着眉头。但他却不顾别人的意愿，总想逗乐他们"。

几年之后，恺撒遭到暗杀身亡。西塞罗在他一个小册子里回应了部分批评的声音，这个小册子就是我们现在熟知的《反菲力辞》二篇，他在其中对马尔库斯·安东尼发起了猛烈攻讦，因为除了其他原因以外，后者还曾明确控诉或者反复强调过去西塞罗某些滑稽言行的不妥。在当时如此糟糕的情形下，西塞罗总是不顾同僚们的意愿，逗他们放声大笑，安东尼也对他这样的习惯颇有微词——就像普鲁塔克一样，在小册子中，西塞罗采用了一个典型的修辞策略，先把安东尼对他的指控撇在一边："你指责我在军营中说了那些笑话，但我不会对此做出回应。"但随后，他还是发表了简短的反驳："当然我得承认，军营里的气氛太压抑了。但是不管怎么说就算一个人处于水深火热之中，也要时不时地休息一下——人性使然而已。不过，当同一个人（即指安东尼）既挑剔我的忧愁，又对我的打趣感到不满时，这便有力地说明了我在这方面保持了适度的原则。"

西塞罗对于老仇敌安东尼自然火力全开，毫不留情，在对独裁者逞口舌之快的同时，也必然会埋下未来的杀身之祸。

西塞罗与恺撒派的高层人士建立了联系，希望把他们也拉进恢复宪法的大业中来。他又来了个特别目标：奥卢斯·希尔提乌斯和维比乌斯·潘萨。两人是恺撒的著名军官，也被独裁官隔代指定为安东尼在公元前43年届满后的执政官候选人。

当然在西塞罗看来，不经过选民就分配行政官职是严重的违法行为。不过现在是宪政危机时刻，元老院已经决议继续执行恺撒所遗留的法令和人事任免事项。西塞罗不准备追究。按照乱世标准来说，他们两人对他还算是谦恭。甚至还向西塞罗公开请教演讲的学问。的确，西塞罗不顾生命安危而向安东尼开炮，已经排除了安东尼继续延长他的执政官任期的可能性。然而，他所攻击的对象，老军阀兼老政客不仅掌握着一支可观的军队和恺撒遗留的庞大财富，而且是个更不按常理出牌为达目的不择手段的主。现在他正利用他在执政官位置的最后岁月谋取卸任后权力的延长，也即紧邻罗马的山南高卢总督及现任总督手中的军队来壮大自己的实力，为将来问鼎权力中枢聚结力量。

在西塞罗眼中的安东尼和过去 20 年前的喀提林是一样的怪物，不把他的头砍下来，共和国就不可能复兴，西塞罗自封为法律的代言人，站在道义的制高点去声讨安东尼，就成了正义和道德的裁判官，这是独裁者所不能容忍的事情，也就心怀杀机，伺机下手了，西塞罗早已成为独裁者砧板上的鱼肉了。这种人为刀俎的险恶，作为书生的西塞罗竟然视而不见听而不闻，这就是西塞罗为坚守理想道义胆识和勇气，既有古典的贵族精神，又体现了现代的人文精神，十分难能可贵。

与以前投身的许多次战役一样，伟大的演说家对安东尼的攻击激昂慷慨，冠冕堂皇。借着元老院的讲台，发表一系列激动人心的演讲，他试图让同胞们从绝望麻木的状态中苏醒过来，唤起他们内心最深处的理想，唤醒他们对过去的回忆，指示他们未来的方向。"活着并非只有呼吸，奴隶没有真正的生命，所有其他民族都会可以忍受奴役状态，但我们的城市不行"。演讲歌颂了罗马人的自由，高度肯定了共和国历史上的英雄主义，表达了对荣誉褪色的愤怒。"恢复自由是一项光荣的事业，为之献身胜过了畏缩不前。"他如此慷慨激昂地说。

古代先贤不乏前例。西塞罗以生命做赌注，最终证明自己未偏离他毕生护卫的共和理想。然而，演讲涉及的还有其他一些古老的传统，也即古希腊和古老中华所推崇的舍生取义杀身成仁的殉道精神，这其实也是斯多葛主义的最高境界——追求精神的不死。共和国政治生活中的党派斗争一向激烈、残酷，政治辩论的特征是不留一丝情面的。在攻击安东尼时，西塞罗脑海中澎湃激昂的灵感和激情肆无忌惮地将演讲技巧发挥到了极致，激昂的战斗号令伴随着凶狠的人身攻击，贯穿全部演讲的还有一条线索，即对醉鬼安东尼的讽刺；呕吐物中有一堆堆的肉食，追求男孩子，调戏女人。恶毒、刻薄满怀仇恨、不公平——不过，公民的言论自由正是自由共和国的一个标志。西塞罗已压抑了太长时间。如今，他奏响了共和国最后一曲挽歌，悲壮雄浑的旋律，如同江河决堤一泻而下，冲决一切阻拦，追求酣畅淋漓的效果；他在生命的最后一段旅程中，他的思想言论完全上升到了舍生忘死的境界，最后发力过猛，西塞罗弦断音绝，罗马从此再也没有如此睿智激进义勇的演说家，他因此而流芳百世，安东尼却遗臭万年。

9月19日，安东尼同他的酒友经过长时间的谋划，在元老院会上对西塞罗进行了猛烈的反击，他这样做并没有违反罗马传统，但此举就是向世人昭示：从此以后，他们成了公开的敌人。西塞罗没有出席会议，从此可以看出：两位证人虽然都是在元老院同一场合相互攻讦，但是双方均未照面，而是背对背的激烈指责，互相叫骂。安东尼对西塞罗二十年造成的全部政治灾难进行谴责。他指责西塞罗唆使克劳狄乌斯和米洛相互械斗仇杀、促使恺撒和庞培反目成仇，尤其是不能容忍的是挑动布鲁图斯、卡西乌斯等人刺杀恺撒；安东尼声称，西塞罗挑拨离间，把庞培派、恺撒派和所有的人都激怒了。很明显，安东尼试图孤立西塞罗，特别是煽动恺撒派憎恶西塞罗。在元老院，当谈到所谓"自由派"战士布鲁图斯等人时，安东尼仍然表示尊重，但是不久在向人民大会发表演讲中，为了迎合民众对恺撒的感情，却把自己说成是"自由派"分子的死敌。安东尼就是这样翻手为云覆手为雨地在不同对象面前充当着变色龙的角色。

与此同时，西塞罗开始推出他的第二篇《反菲力》演说。按照伊丽莎白·罗森在《西塞罗传》的记载：这篇抨击演说驳斥了安东尼的指控，尽管不太可信，但它描绘了指挥炮制者的暴虐和放荡者的难忘形象，这是一篇义正词严、振聋发聩的演说，在一篇译文中，我们可以发现这篇演说的一段引文，尽管译文的描述不够生动，但那段译文还是很有价值的。

马尔库斯·安东尼，请你永远不要忘记国家；想一下你的祖先，他们不是你的同伙；你可以随心所欲地对待我，但你要与国家休战。不过那都是你的事；我要为自己说几句。当我年轻的时候，我就为共和国战斗了，虽然我老之将至，但我不会抛弃他。我蔑视喀提林的匕首；在你的匕首前我也不会颤抖。如果通过我的死，民族的自由能够恢复，罗马人民在劳动中长期忍受的苦日子能够拨云见日，我宁愿让自己的身体任你们宰割。大约二十年前，我在这座神庙里说过，对于一名荣任过执政官的人来说，不能说死亡提前了；既然我已经老了，在我看来，死亡是理所当然的。元老们呀，对我来说，死亡甚至是求之不得的，我毕竟已经功成名就。我只有两个愿望，一是临死之时，我能自由地离开罗马人民——不朽的神明能够赐予我更大的恩惠；二是只要为共和国建功立业，每个公民都可以大展宏图。

西塞罗这篇当着元老院全体议员的面宣读的演讲词，写得义薄云天大气磅礴，这是对安东尼赤裸裸威胁的有力回击，表达了自己对于共和理想的忠诚和自己所持政治立场的光明磊落。西塞罗反对安东尼的演讲，犹如罗马政坛刮起的飓风，点燃了高层社会久已积累的对安东尼独裁专权不满的怒火。其背后暗藏的祸心，就是企图要让恺撒派的军人反对恺撒党本身，反对恺撒党新的领袖安东尼，在内斗中分化瓦解恺撒党。

其中恺撒隔代指定的执政官接班人希尔提乌斯和潘萨早就对安东尼的独断专行表示出不满。他们对安东尼企图在任期结束后，继续利用军事强权来挟持行政当局保持高度的戒心。但是西塞罗不满足仅有两位未来执政官加入同盟。几个月前，他曾接待过屋大维，两人似乎谈得十分友好：小家伙对他这位共和老前辈执礼甚恭，甚至称他为"父亲"，这让爱好虚荣的老学者非常受用，于是就认为小家伙是政治上可以利用的帮手。他对这位年轻的恺撒表示了好感。而此刻，安东尼依然以傲慢的无耻，拒绝交付恺撒的遗产，也不兑现恺撒遗嘱中对罗马公众承诺给予的福利。屋大维抓住这一机会，冷静地拍卖了自己的房产，垫付了那部分钱财。根据阿庇安在《罗马史》的记载，屋大维在招兵买马经费充裕，其中还包括整个家族的鼎力支持：

屋大维想争取群众到他这边来，除了将自己拍卖所得的资产分配给各部落的首长，要他们把金钱分配给那些急于需要救济的人，他在他的财产拍卖的地方到处跑动，命令拍卖的人对于一切东西尽可能宣布最低的价格，一则因为诉讼的案件尚悬而未决，这些财产是靠不住的，有丧失的危险；一则他自己仓促行事；这一切行动使他得到人民的爱戴和同情，认为他是不应当得到安东尼这样不公平对待的。除他从恺撒处继承的财产外，他又拍卖了从他父亲屋大维那里得来的财产和从其他来源所得到的财产，还有他母亲和菲利普斯的全部财产，以及他从罗马财团中募集到的经费，可以说是倾其所有把金钱分配给人民（因为清算的结果，恺撒的遗产作为经费已经不够），于是人民认为这已经不是老恺撒的赠予，而是小恺撒赠予了，他们因为他所忍受的以及他立志所做的一切，深深地怜悯他和称赞他。很明显，他们不会再忍受安东尼对他的欺辱了。

屋大维大撒币得到的回报是民心，不仅是城市的民众，还包括大量的恺撒老兵。在公众眼中，小恺撒和安东尼两人已经成了公开的敌人，屋大维派出代表同马其顿兵团进行了磋商，并在他们中间散发传单，用以说明自己的立场。他本人则巡视坎帕尼亚的老兵移民地。用尤里乌斯·恺撒的名义号召老兵们重服兵役，并且为此答应给每个人一定的金钱。很快拥有了一支3000人，号称两个兵团的武装，按罗马军制两个兵团应当配备有6000人，显然屋大维是在虚张声势。他非法招募的私人武装并不能得到元老院的认可，但是他靠着这支武装，却占据罗马的中心广场。然而，安东尼率领着他的庞大军团包围了罗马城，在这种情况下屋大维不得不撤出罗马城，暂时退居罗马近郊。

此刻的小恺撒已经成了安东尼的眼中钉。屋大维已被迫撤退到伊特鲁里亚，继续招兵买马扩充自己的军队。因为那里的安东尼拥有的军队均是恺撒老兵不愿意同恺撒派其他老兵开战，集体反叛投进小恺撒的怀抱，在得到军队的同时，屋大维还获得了军团的战象群，实力有所增强。

形势突然发生逆转。公元前44年冬11月20日，安东尼率领他的军队威武雄壮地进入首都。他把他的主力部队留在了提布尔，但是他的近卫军已经足以使罗马公民陷入恐慌，他草拟了一份命令对屋大维进行了严厉谴责。在24日召开元老院会议，但是他没有出席会议，因为驻扎在提布尔的马尔斯军团发生哗变，当他赶到那里的时候，欢迎他的是城楼上射下雨点般的羽箭，他的军队全体归顺了屋大维。

28日他又急匆匆地赶回罗马，急匆匆地迫使元老院通过好几项决议，把好几个他曾经蹂躏的行省委托给他的亲信去统治。然后又急匆匆地回到提布尔，因为驻扎在那儿的第四军团也效仿马尔斯军团倒戈投向屋大维。在严酷处理了叛变军团，他又带领着他的部队挥师北进，因为他的部队都不愿意同小恺撒率领的军团作战，他转而越过卢比孔河，翻越阿尔卑斯山为自己卸任后的去向从戴奇姆斯·布鲁图斯手中接管山南高卢。因为即将上任的两名执政官可以否定他接任山南高卢总督的合法性，他必须在年底之前，将他胁迫元老院作出的决议，在武力威胁下演变成现实。他将自己的部队堵在山南高卢首府莫提纳城门口，将戴奇姆斯困在城内，看看谁能够拖过冬天。内战再次爆发。

按照共和国的传统，所有执政官在担任军事指挥官时所招募的军队，必须在军事行动结束之后，在罗马远郊的罗莫洛斯壕沟前解散，否则视为叛乱，这是共和国初期根据老布鲁图斯和克拉提努斯两位首任执政官所制定的制度性设计。任何个人不得私人拥有军队，改变国家体制。而到了共和国后期，自马略改革军制起，义务兵役制改成募兵制之后，招募的士兵实际成为军事统帅的私人武装集团。马略、苏拉等军事寡头的崛起到后来的庞培、恺撒等强人的出现，军队国家化的体制基本解体，现在屋大维和安东尼紧随其后的私人武装集团出现已经演变成现实。只不过是在共和国"礼崩乐坏"的制度性崩溃时，再添一把火，迅速予以彻底摧毁。

这些共和国后期的体制异化现象，使得共和元老西塞罗痛心疾首，但是他选择性的攻击目标只是针对安东尼。对于自己的共和盟友戴奇姆斯·布鲁图斯他是鼎力支持的，对于新的统战对象屋大维尽管违法，但他视而不见听而不闻，鼎力支持，他的攻击目标仅仅针对安东尼。

西塞罗一再致函戴奇姆斯，并以威胁的口吻劝说他坚决抵抗安东尼。12月20日两位新任执政官希尔提乌斯和潘萨离开罗马会见屋大维前去商讨共同围剿安东尼的相关事项。保民官挺身而出，召集元老院会议。戴奇姆斯一封布告传到罗马，他在布告宣称：戴奇姆斯·布鲁图斯将会坚守自己的行省，并让自己的部下听命于元老院和罗马人民。当着在座的满满的元老们，西塞罗当众发表了他的第三篇《反菲力》的演说，继续攻击执政官安东尼，为戴奇姆斯和屋大维站台，并且促成了一项决议。

元旦那天，在新任执政官希尔提乌斯和潘萨主持下，元老院再次开会。安东尼对行省权力分配的方案被当场否决。这次会议西塞罗发表第四篇《反菲力》演说。在这篇演说中他直接将矛头指向暴君安东尼。自此，西塞罗无条件站在屋大维一边，而他的统战对象屋大维只是将他当成临时的同路人，只有利用价值而已，也许双方心中各有一本账。西塞罗开始用"恺撒"来称呼屋大维，在他的第五篇《反菲力》演说中把屋大维十分肉麻地吹捧了一通。他问道："是哪一位天神似的青年，赠给了罗马人民？"——他甚至亲自为这位前程远大的罗马青年所要达到的目的负起责任来：

> 我能够亲自看到这位青年的心里去。对他来说，没有什么比一个自由的国家更为珍贵了，他最向往的是你们的影响和你们这些有道德的人对他提出的宝贵意见，他所追求的是真正的荣誉……我用如下话作为担保，即盖乌斯·恺撒将永远像他今天这样的一位真正的公民，就好像我们热切地希望和要求于他的那样。

西塞罗还热情建议，此外，那位天赐的年轻人屋大维担任大法官级的指挥官应当予以承认，并在元老院授予席位，同时允许他早日成为执政官。这些提议都被元老院接受。屋大维政治上的愿望在西塞罗的支持下如愿以偿，元老院将大法官的束棒、斧头和其他作为法务官的荣誉权标正式授予屋大维。

元老院一方面做着军事准备，一方面派出代表与安东尼进行谈判，希望能够避免内战。安东尼对于莫提纳也是围而不攻，只是忙于扩充他的军队保持对于西方各行省的影响力和控制力。他对罗马当局派出的谈判代表也是虚与委蛇敷衍应对着，提出各种难以达到的条件，他表示可以交出山南总督的位置，前提是：把山北高卢的六个军团交给他；到前39年底，他的老兵必须获取报酬；他的命令要得到认可；对他已经从国库攫取的钱财不再索要。对于这些无理违法要求，两位执政官和元老院自然不可能答应。

在西塞罗推动下，元老院于公元前43年2月2日宣布国家进入战争状态，安东尼被宣布为国家公敌。此外，来自海外的消息对罗马的局势也不无影响。布鲁图斯和卡西乌斯已经取得了马其顿和叙利亚两个行省的统治权，他们也是恺撒生前所任命的两行省总督。布鲁图斯已经招募了一支庞大的军队，卡西乌斯在叙利亚也在积极征兵备战。

执政官潘萨在 3 月间开始向北方进军，从而结束了短暂的等待时期，另一位执政官希尔提乌斯在波诺尼亚以东大约 17 公里，屋大维则在其 14 公里处，准备三路夹击包围安东尼。

4 月 20 日，前方传来莫提纳战役取得胜利的消息，罗马市民像是潮水一样涌向西塞罗的住所，人们簇拥着他前往卡皮托尔山神庙，在人声鼎沸和热烈的掌声中，他登上元老院会议的讲台，开慷慨陈词义正辞严的第十四篇，也是他存世的最后一篇《反菲力》演讲，以其一贯的凌厉词锋痛斥安东尼，赞美两位执政官和屋大维以及戴奇姆斯军团四面夹击，击败乱臣贼子安东尼的伟大功绩。各个阶级异口同声地对这位共和理论家的赞扬，使他十分感动，他的声望开始如日中天，他为这种虚假的民意感到陶醉。然而，他并不知道声名如日中天之际，正是他开始由辉煌滑下深渊的开始。

人心的险恶，并不是一厢情愿的共和理论家所能够预料的，尤其是那位刚刚在他托举下开始步入政坛的小恺撒，其政治上的伪善和狡诈，岂是书呆子似西塞罗能够揣度？沉湎于虚名和愚氓们欢呼声中的西塞罗大祸临头却毫无察觉。他只是在演讲中继续攻击安东尼，提醒人们：

战争并没有结束，同时他拒绝脱掉战袍，改穿托加的劝告；但是，这篇演说词提出了一个郑重的建议：将"英贝拉多"的头衔授予三位将军并嘉奖他们的部下，从而把这种活动变成了长时间感恩和祈祷。他歌颂高尚的死者，赞美著名的雅典国葬演说辞所采用的传统语言。他建议由一名执政官负责筹建一座大纪念碑，献给那些"为捍卫罗马人民生命、自由和昌盛，为拯救罗马城和诸神庙宇"而牺牲的人。

然而，他并不知道潘萨和希尔提乌斯两位执政官在两次交战中均不幸罹难。这两位生前都是恺撒的部下，就战绩而言并不十分突出，但是他们都是恺撒生前指定的安东尼职位的继承者。他们的突然战死，对于共和国是灾难性的。就军事而言，不利于对安东尼的乘胜追击；就政治而言，造成了巨大的权力真空，在填补执政官空缺中，必然导致各派政治势力的对于权力的残酷角逐，而导致政府瘫痪。在各政治派系实力难以平衡时，就是强者之间的妥协组合，不幸的西塞罗成为党争合纵连横之间的头号牺牲品。

莫提纳之战安东尼败北

根据苏维托尼乌斯的《罗马十二皇帝传·神圣奥古斯都传》记载：屋大维参加内战一共是五次。莫提纳之战是他首次统兵出战安东尼，以后依次是菲力比会战与布鲁图斯和卡西乌斯的决战，随之与安东尼弟弟路奇乌斯的佩鲁西亚之战，西西里亚和阿克兴战役则是消灭庞培的小儿子塞克斯图·庞培和安东尼及埃及女王的战役。第一场战役和最后一场阿克兴大海战都是他对阵马尔库斯·安东尼。可以说第一场战役和最后一场战役都是他参与指挥，取得胜利的战斗，其余基本都是他的心腹部将马尔库斯·阿格里帕所指挥。在政治角斗中，屋大维可以说少年老成，纵横捭阖，投机钻营，左右逢源于贵族和平民两派之间，利用合纵连横的各种计谋将对手玩弄于股掌之上，最终靠权谋诡计登上帝国元首的宝座；而在军事上则才能平平，多次败北，史家评价不高。

莫提纳之战主要是依靠两位执政官以死拼搏击败安东尼，最终靠妥协退让导致了"后三头"的结盟，最终理论权威西塞罗成为权斗的牺牲品。小恺撒借助安东尼和雷必达实力赢得菲力比之战，击败布鲁图斯和卡西乌斯为恺撒报仇雪恨。

戴奇姆斯·布鲁图斯是刺杀恺撒的凶手之一，屋大维·恺撒出于长远政治利益的考虑，暂时放弃嫌隙，同意捍卫他的高卢总督合法职位，同他暂时联手抗拒安东尼。得到元老院的授权后，他和两位执政官集聚兵力开赴安东尼扎营围堵戴奇姆斯军团的穆提纳城。阿格里帕首次受屋大维委托和罗马之命令执掌军权，配合两位执政官向安东尼军团发起攻击。

率领元老院军团的是两位年度执政官，盖乌斯·威尔比乌斯·潘萨和奥卢斯·希尔提乌斯。安东尼和希尔提乌斯都是恺撒生前所信任的副将。屋大维·恺撒率领的是马尔斯军团和马其顿第四军团。屋大维的朋友昆图斯·萨尔维迭鲁斯·鲁弗斯则率领在坎帕尼亚乡间招募的恺撒老兵组成的新军团。

安东尼将戴奇姆斯军团围得水泄不通，只是以静待动，消耗着戴奇姆斯军团粮草实力，等待敌军饥馑难耐时，不得不尝试突围，然后一举围歼。然而，戴奇姆斯军团在城内屯粮充实，这种消耗战估计安东尼军团要打到过了严寒的冬季。三方驰援的军队，即使等到戴奇姆斯突围，他们赶到合击安东尼的军团也还来得及。因为他们的聚集地伊莫拉离莫提纳只有两个时辰的路程。

莫提纳四周遍布沼泽而地势起伏，交织着丘陵溪谷和河流；安东尼扎营在这片沼泽地之外。为了找到横穿丘陵峡谷的道路，屋大维部在夜深时分穿越一条无人把守的山谷，屋大维和阿格里帕、萨尔韦迪努斯三人带着马尔斯军团跳进这条峡谷。潘萨及其军团的五个步兵大队也参加了这次联合作战行动。

是日夜，满月当空，月色混杂着沉沉浓雾，朦胧着山影和水流，联合作战部队的刀枪剑戟都蒙上布，耳畔唯听山风吹过的呼啸声和哗哗的流水声。部队的行军掩隐在夜色之中，前方朦朦胧胧一片；于是行军的队伍排成一列，手搭前人的肩膀，在浓重的迷雾中蹒跚前行。

这种趁着夜雾静悄悄地潜行，一直看不到前方的人马。直到晨曦微露，大雾散去，树丛中突然发出窸窸窣窣的声响，随着声响眼前蓦然出现一道光亮，似有人拨起前方的树枝，接着，传出压低嗓门声音，他们知道已经被合围了。万籁俱寂中，忽然传出了战斗的鼓角声，打破了黎明前的宁静，使前行的战士惊心动魄，一场短兵相接酷烈的厮杀即将展开。这是一场突如其来的遭遇战，士兵们在地势较高处排开战阵，准备应战。潘萨命令新招的年轻士卒散开靠后，由久经战阵的老兵靠前，排开盾牌组成前卫，杀开一条血路，企图努力突出重围。新兵只是作为后备替补部队，应需上阵。因为这些老兵来自马尔斯兵团，他们犹然记得去年兵营哗变集体投向屋大维时，安东尼在布隆迪西港屠杀过他们的同袍战友的惨烈，因此，带着满腔义愤的仇恨心情，扑向安东尼军团，作拼死的搏杀。

双方交战的地方狭小到前锋甚至无法直接交战；因此，两军前锋战士像是角斗场上的角斗士捉对两两厮杀，尘埃扬起，混沌如同昨夜的浓雾，只听到钢枪盾牌碰击的铿锵声，没有人呐喊，不断传来受伤者的惨叫声和垂死者的低沉呻吟声。

激烈的厮杀，从早晨一直延续到下午，一排精疲力竭的士兵不断由后续的士兵替换，屋大维差一点丧生在这一场突发的残酷遭遇战中。他见到英勇的执旗手高擎着银鹫战旗缓缓倒下的瞬间，立即接过旗帜继续指挥作战；执政官潘萨在这次交手中身负致命伤。安东尼命令全新的兵员投入战斗，屋大维和潘萨的军团节节败退；但是在萨尔维迭努斯的指挥下，新兵作战与老兵一样勇敢无惧生死。傍晚时分，联军部队已经退回到出发前的营地。

夜幕降临，安东尼停止了进攻。乘着夜色，联军派人进入散落着战友尸体的沼泽，将伤病员抬回营地。那天晚上，沼泽地对岸安东尼的营地升起了篝火，欢声笑语一片，庆祝初战告捷。

联军损兵折将过半，执政官潘萨生命垂危，安东尼还有后援部队没有使用，这些都使屋大维陷入了深深的绝望中，他在忧虑次日的战斗如何进行。就在夜雾浓重的当晚，执政官希尔提乌斯的增援部队踏着夜色而来，屋大维的亲信萨尔韦迪努斯接掌了潘萨军团的指挥大权，三路人马趁着安东尼部仍然沉醉于欢乐的狂欢时，猝不及防地发起了突然袭击，安东尼军团的阵脚一时大乱。鏖战连日，安东尼军团损兵大半。萨尔迭迪努斯指挥娴熟，统筹有方，身先士卒，一举冲入安东尼的大营。执政官希尔提乌斯在安东尼的营帐外被安东尼的卫兵所害。这样两位执政官全部战死于莫提纳攻防战。联军指挥大权落入屋大维手中。

遭此挫败，安东尼失去了信心；他收拾残部，向北边的阿尔卑斯山方向进发，因为攀山越岭又损失了不少兵马，才终于和避守在纳博纳的马尔库斯·埃米利乌斯·雷必达会师。

安东尼逃走后，解了围的德基姆斯才敢迈出城外。他派使者去见屋大维，感谢他的援助，并声明他刺杀恺撒的行为是受到其他密谋者的蛊惑才参与了这次鲁莽的行动，他希望能够在其他人的见证下和屋大维会谈，表示自己感谢的诚意。但是，屋大维拒绝他的道谢，屋大维明确说："我不是来救援德基姆斯的，因此我不会接受他的感谢。我是来挽救国家的，我会接受国家的感谢。我也不会和我父亲的谋杀者会谈。看在元老院权威的份上，他可以安全地离开。"

半年后，德基姆斯遭遇了高卢某部落一个酋长的袭击，因此丧命。酋长将他的头颅割下，送去交给了安东尼，换来一笔赏金。

公元前43年4月3日，元老院由西塞罗宣读了对付叛徒马克·安东尼战事的快报。德基姆斯·布鲁图斯得以解围，马克·安东尼的军队遭到重创，已经构不成对共和国的威胁，安东尼的残部已经仓皇北逃；由于两名执政官先后阵亡，他们的军团临时驻扎于莫提那城外，暂时由屋大维统一指挥，并要求屋大维一鼓作气追击安东尼残部，务必全歼，不得延误。4月6日元老院通过西塞罗议案：

宣布举行五十日感恩祭礼，届时罗马市民将为了马尔库斯·安东尼的战败与德基姆斯·布鲁图斯·阿尔比努斯的解围向众神和元老院军队致谢；

为辞世的执政官希尔提乌斯与潘萨举行最隆重的公祭仪式；

竖立公共纪念碑，铭刻希尔提乌斯与潘萨所部军团的彪炳战功；

为英勇击败叛徒马尔库斯·安东尼的德基姆斯·布鲁图斯·阿尔比努斯举行元老院凯旋式；

将以下指令送于驻军莫提纳的盖乌斯·屋大维（附抄本）：

"诸位裁判官、诸位平民保民官、元老院、罗马人民，向暂时统领执政官军团的盖乌斯·屋大维致意：

"鉴于你援助德基姆斯·布鲁图斯·阿尔比努斯有功，英勇地击败了马尔库斯·安东尼的叛军，元老院向你致以感谢，并要求你知悉，依据元老院的政令，德基姆斯·布鲁图斯已经就任各军团的唯一统帅，负责继续追击安东尼的部队。因此你受令向德基姆斯·布鲁图斯交出希尔提乌斯与潘萨的执政官军团，并转达元老院对他们的谢意，元老院已经成立委员会，研究是否应当对他们的服务予以奖赏。以上事宜，元老院委派了一位专使前往穆提纳执行；你应当派一位专使前往穆提纳执行，你应将权力交接留给他的吏员办理。"

西塞罗的全部议案由元老院表决通过。

由元老院决定通过的议案就是法律文件，作为屋大维应该无条件执行，解散私自招募的军队，交出元老院由两位执政官率领的共和国军队。西塞罗目的十分明显，也就是在利用完新崛起的少壮派屋大维的军事力量后，必须削夺他的兵权，免得日后尾大不掉，形成新的军阀势力，无疑是培养了一个新的安东尼式的独裁者、野心家，这是共和国不能容忍的。

作为恺撒的继承人屋大维当然并非等闲之辈，对西塞罗为首的元老院政客的用心洞若观火。在千方百计取得兵权，图谋今后进军政坛为恺撒报仇趁机夺取至高权力，全面施展未来宏图大计，吞进口中的肥肉，岂可能轻易吐出。他现在唯一的选择就是挥师进入罗马，以军事实力威逼元老院使自己登上执政官宝座，逼退西塞罗，他才能以实力和安东尼、雷必达进行交易。他着手向布鲁图斯和卡西乌斯等人复仇，创建自己理想中的帝国，也是实现当年恺撒心目中威权主导下，以个人独裁排除各种阻力，让帝国再次伟大的遗愿。因此，他绝不可能和德基姆斯妥协。因为，在苏维托尼乌斯所著的《神圣奥古都斯传》对于两位执政官之死，纯属是少年老成的屋大维精心策划的篡夺军权的阴谋作了记载。

在古罗马史著作人而言，李维、普鲁塔克、阿庇安和苏维托尼乌斯均有着根据传说穿凿附会历史的习惯，因此他们的记载介于正史和野史之间，既有真实的历史事件又有着文学创作的成分，可以看做是纪实文学的作品。苏维托尼乌斯在《神圣奥古斯都传》所记载的罗马两位执政官之死是这样的：

在这场战争期间，当希尔提乌斯作战阵亡，而潘萨不久也因负伤死去时，谣言四起，说这两个人的死是屋大维造成的，他的目的在于，当安东尼被赶跑，国家失去了执政官之后，他便可以单独控制得胜的军队。潘萨死的情况尤其令人生疑，以致医生格利科以给他治伤时使用了毒药的罪名被送进了监狱。阿奎留斯·尼格尔对此补充说，奥古都斯趁战斗混乱之际，亲自杀死了另一位执政官希尔提乌斯。

也就是说两位执政官恰巧在同一场征讨安东尼的内战中死去，确实令人生疑，这的确像是一场刻意篡夺军权的军事政变。随之而来的却是屋大维在驱赶了安东尼之后，不是乘胜追击一举击败安东尼残部，而是放纵安东尼逃到了高卢境内马尔库斯·雷必达控制的区域，两人结成军事同盟。这时的屋大维掌握着十三个军团的兵力和及辅助部队。他将其中的三个兵团及其辅助部队留在莫提纳，由萨尔韦迪努斯统领。自己率领十个兵团的大军浩浩荡荡重返罗马，等于是声势浩大地杀回罗马，以大兵压境之势迫使元老院任命他为执政官。

因为他知道作为恺撒的继承人，元老院那些贵族元老是不可能同他站在一起追责布鲁图斯等人谋杀恺撒罪行的，仅仅靠他的实力是不足于和布鲁图斯、卡西乌斯寻求决战。只有联手安东尼、雷必达暂时结成军事政治同盟共同对付共和派的实力人物。于是又掉转马头去寻求和安东尼、雷必达的妥协，至少他现在既具备了执政官的政治头衔，又有了相当的军事实力作为支撑，有了谈判的筹码。这就是少年老成的未来政治领袖的精明之处，他已经善于借力打力，从弱势中强势崛起了，使得老谋深算的安东尼再也不敢小觑他的政治智慧和军事实力。

屋大维部的公然抗令，使得以西塞罗为首的元老贵族们惶惶不可终日。元老院在绝望中命令布鲁图斯率领他的军队返回罗马。此时，德基姆斯·布鲁图斯的部队成千上万的人投向屋大维部，屋大维非常清楚，他不可能按照元老院的决议放弃军队，仅仅是享用那些有名无实的所谓荣誉，从公众视野中退隐。因为他已经看出西塞罗及其身后元老贵族的真实意图，利用他的力量消灭恺撒余党，再对权力中枢的恺撒余党逐步肃清。执政官的军队加上布鲁图斯等人陈兵于亚德里亚海对岸东方沿线的共和派布鲁图斯军队，虎视眈眈企图占领意大利更加广阔的地盘，拥有更多的军队，将可能对安东尼、雷必达和他展开各个击破，再图恢复共和政体。他和恺撒恢复帝国辉煌的宏图大略就可能全面覆灭，自己和自己的家族就可能完全被剿灭。

想到西塞罗的毒计使得他后脊梁骨直冒冷气，他清醒地认识到现在唯一的选择就是和安东尼、雷必达结盟。首先当然是逼退元老院老贵族的主心骨西塞罗。

屋大维带着全副武装严阵以待的八个军团及其附属部队，将大军驻扎在罗马郊外的阿斯奎利亚尔山下，造成某种凌厉的攻势直逼首都。形成对城里的民众和元老院元老的巨大威慑，他们只要举目向东眺望就能够看到连片的军营，感受到恺撒继承人的实力。

这种以展示军事实力进行赤裸裸威胁的强权手段，不到两日就产生作用。罗马城滴血未流，屋大维的士兵就拿到了早在莫提纳战事之前便承诺的赏金；尤里乌斯·恺撒收养屋大维被写入法律，屋大维获得希尔提乌斯空出的执政官职务；他正式拥有了十一个军团的指挥职责。

公元前 43 年的 8 月，西塞罗对屋大维已经彻底绝望，他无可奈何地和元老们一起迎接屋大维的到来。他绝望地为屋大维准备新的建议、新的计划。然而，屋大维对他的建议根本不感兴趣，只是嘲弄地说，西塞罗是朋友中最后一个来欢迎他的。8 月 19 日，不到 20 岁的屋大维正式就任执政官，并主持了相应的祭祀仪式。

这个月，在罗马帝国历史上定为奥古斯都月。一个月之后，他庆祝了自己的二十岁生日，标志自己登上权力宝座后在政治上的起步，不过初出茅庐的他，离独步政坛的岁月还有相当距离，总体气候尚未形成，他需要暂时和他的政治对手们分享权力，重新划分势力范围。但是不包括曾经被他称为"父亲"的西塞罗。当然，他在表面上仍然对西塞罗执礼甚恭，他请求西塞罗致仕退休，颐养天年。

这就是礼貌地剥夺了共和元老西塞罗参政议政的权力，被礼送出权力中枢，使他不能再过问政治，或者像是乌鸦聒噪一般对行政当局指手画脚地批评攻击。总之，西塞罗心情黯然地离开了罗马，去了他最喜欢的海边乡村别墅。并且他还不得不违心地致信屋大维，向他对自己的宽宏大量既往不咎表示感谢：

你说得有理，亲爱的恺撒；为国家操劳多年，这是应该享受宁静安闲的时候了。因此我会离开罗马，退隐到我最喜爱的图斯库努姆，余生潜心治学的爱好仅次于我对祖国。倘若我从前对你的判断有欠公正，那是出于爱国之情，它时时残酷地强人所难，使我们俩违背了自己较人性的、较自然的倾向而行事。

　　这实在是西塞罗无可奈何的痛苦选择，残酷的现实使他深深感觉到了小恺撒政治手段的厉害，比起仁慈的老恺撒，小恺撒对政敌更加残酷而丝毫不留情面，他只能力求自保，苟且生命于乱世，在高层权力重组中，他只能退出他深深钟爱的政治生涯，因为他的神坛在真实的政治斗争中已经无可挽回地坍塌而无法修补。他不能再为共和体制的苟延残喘去贡献自己的才华和智慧，只能退而求其次去著书立说，藏之名山而传名后世了，这一点他获得了成功。在现实中他有点灰溜溜地离开首都返回乡间已经装修一新的庄园，在历史中他仍然是伟大的共和国圣人，那是依靠他传世而不失于对自己过度美化的理论。

"后三头联盟"和大屠杀

在军事威慑和政治高压下，元老院已经成了屋大维手中的面团，横搓竖捏很快塑造出小恺撒所需要的模板。元老院审议通过了由另一位执政官佩提乌斯提出的《佩提乌斯法案》，依据该法案，那些背弃誓言，杀害恺撒的凶手全部被定有罪，并被处以流放。同时，撤销了对于安东尼"国家公敌"的指责，废止了对于雷必达和安东尼放逐的决定，并向二人及其军队的军官送去道歉信。

自此，正在自己的八个别墅间辗转流浪的西塞罗和布鲁图斯等人刺杀恺撒，维护元老院寡头共和体制理念，彻底破灭。即便此时此刻，伪善的屋大维仍然在表面上对西塞罗恭敬有加，仿佛情真意切给西塞罗写信向这位 63 岁的智叟不断讨教，致使书生气十足的西塞罗仍对年轻的执政官抱有一丝希望，希望屋大维率军北去能够和安东尼决一死战，然而，人为刀俎，他已经成为鱼肉，作为屋大维和安东尼勾结交易的筹码，被摆上了砧板，学者西塞罗的命运只能是任人宰割。普鲁塔克如此评价西塞罗和三巨头的关系：

虽然西塞罗已经是花甲老人，屋大维不过是黄口小儿而已，这一切却被对方骗得团团转。他全力帮助屋大维的参选事宜，不仅向各方拉票还为这小子争取元老院的支持。当时他的朋友对于他的不明事理大肆指责。但是没过多久，西塞罗发现屋大维完全毁了自己的共和理念，同时还出卖了国家的自由权利。因为仰仗自己的年轻，屋大维一旦得势登上执政官的宝座，便将他支开不理不睬。屋大维同安东尼和雷必达讲和，三个人的势力结合起来，使得国家统治权，成为他们的囊中之物，可以分而享之。

屋大维率领着他的军团离开罗马向北方进发，迎向安东尼和雷必达南下的部队，现在恺撒派的领袖们捐弃前嫌，相向而行，终于重新联合在一起对付共和派的残余势力了，而西塞罗被认为是刺杀恺撒的理论导师，幕后推手。

　　小恺撒要去博洛尼亚会见安东尼，他们从罗马出发以五个军团殿后向北方进发，途中双方信使来回穿梭，书信往来，事先商量了三头联合的相关事宜，达成权力重新分配的方案。这时安东尼和雷必达以及普兰库斯和波尼奥的军队也南下开过来，他们要进行一次面对面的会谈。

　　会见的地点就是博洛尼亚与莫提纳之间波河上的一个小岛上，那是出海前河道变宽的地方。小岛由窄窄的小木桥与两岸连接，周围地势平坦，双方军队都驻扎在濒临河岸稍远的地方，始终隔着芦苇遥遥相对着。在两边桥头，双方各有百人的卫队驻守，屋大维带着梅塞纳斯和阿格里帕缓缓而行，安东尼和雷必达分别带着两个随从，用同样的速度笑吟吟地向他们走来。那天灰蒙蒙的天气，飘洒着细雨。离桥几米远的地方，有一座粗石垒砌的独立小屋。

　　恺撒的继子和老部下一度分裂为敌对的双方，就这样现在像是老朋友那样有说有笑地走进小屋。进门之前雷必达甚至紧张地用眼角的余光打量着他们，似乎怕他们藏有武器。小恺撒很老练地笑笑说："我们不会相互伤害，我们为了消灭刺杀者而来。而不是来模仿他们的。"

　　他们弯腰迈进低矮的门，屋大维坐在房间正中粗糙的桌子正中，俨然成为主人，成了主持会谈的角色；安东尼、雷必达在他两边对坐。会谈只不过是形式，分赃联盟的具体事宜，早就在两边同时赴会的途中已搞定，没有任何悬念：也即模仿尤里乌斯·恺撒、格涅乌斯·庞培与克拉苏将近二十年前制定的模式——被称为"前三头联盟"，现在只是延伸为"后三头联盟"。

　　这是某种三方权力都不能独自坐大，达到垄断朝政时的暂时组合。这种权力的利益共同体将延续五年，权力的触角延伸到罗马各个领域：包括任命城市政务官、指挥行省军队。西部行省（东部行省在布鲁图斯和卡西乌斯手中）均由三头瓜分。屋大维已经接受了三份中明显偏小的一部分——两个阿非利加，以及西西里、撒丁与科西嘉三岛，而实际上这三岛中的西西里岛还在庞培的小儿子塞克图斯·庞培的掌控之中，控制着整个地中海。雷必达保有他的既得地盘：那旁高卢、内外西班牙。安东尼则分得内外高卢，是全部份额中最富庶、最重要的，实际利益远远超过前两位。这一切的背后就是一种为了征服东边的布鲁图斯和卡西乌斯所形成的临时军事政治同盟，从而惩办尤里乌斯·恺撒的谋杀者。

三名政客当晚就在波河小岛那栋风雨飘摇的神秘小石屋中，在摇曳的烛光下，拟定了所谓"人民公敌"黑名单，惩治各自的政敌，被恺撒废除苏拉时期的政治仇杀和让人心惊胆战的告密制度，在三头的共谋下死灰复燃。安东尼首当其冲的把矛头指向了共和理论家西塞罗，因为他是三头中势力最大的安东尼不共戴天的死敌，必然要作为首恶加以严惩。三颗骚动的野心在那个令人心悸的秋夜很快汇聚成一股野火扑向罗马，逐渐蔓延到意大利，变成了一阵腥风血雨瓦解了摇摇欲坠的共和国政体，摧毁着共和国的基础。

普鲁塔克在《西塞罗传》如是说：

他们列出"公敌宣告名单，必须处决的人士达200多人（应为2000多人），发生争论的关键问题是如何处理西塞罗的问题。安东尼坚持必须首先处死西塞罗，如果这一点无法协商统一，其他事项根本不必做进一步的讨论。雷必达赞成安东尼的意见，屋大维反对他们两人的要求。他们在博洛尼亚附近秘商三天，会议地点离军营不远，四周有一条河流围绕。据说屋大维在头两天还在为西塞罗力争，最后一天他只有屈服，西塞罗成为他们的牺牲品。相互让步获得如下条件：屋大维放弃西塞罗，雷必达可以牺牲他的兄弟保卢斯，安东尼送掉他的舅舅卢基乌斯·恺撒（Lucius Caesar）的性命"。这三个狠角色怒气冲天，为了报复已经到了丧失人性的程度。从他们的行为可以看出，一个人手握莫大的权势用来泄愤，无论哪种野兽要是拿来相比，都不会如此的蛮横暴虐。

当他们组成三方联军各自抱着复仇的心态返回罗马，很轻易地占领了首都。城里的大多数元老院议员和保守分子因而逃离意大利南部以及各军政区。议会只得批准新政府的成立，并且授全权给"后三雄"统治罗马五年。根据《世界文明史卷三·恺撒与基督》一书作者威尔·杜兰记载：

为了充实军饷和替恺撒复仇，第二次三头政治够得上是罗马历史上血

381

腥统治时期，他们颁令处死了 300 个元老院议员和 2000 个商人，捉到一个犯人，普通人可得 2.5 万苏斯特斯（Sesterce，合美金 1.5 万元），奴隶可获 1 万苏斯特斯。他们又宣布说有钱人要处重刑，因此一些继承到大笔遗产的小孩子都被判刑处死。寡妇所继承的遗产也都被抢夺一空。有 1400 个妇人得把他们的财产统统交给政府。最后甚至连存放的守护神（Vestal Virgin）的钱也被洗劫。西塞罗的好友，大富翁阿库提斯曾经资助过布鲁图斯也被列入黑名单，因为他是安东尼妻子富尔维娅的常年经济顾问，差点被处决，安东尼看在老婆的面子，幸免于难。三雄命令士兵严守意大利各地，防止犯人逃离；因此这些人只能隐藏在井里、排水沟中、阁楼上或烟囱里。有人反抗被杀，也有人自动投案；更有人饿死、吊死或者投水自杀；还有人跳楼自尽；还有人被误杀的，更有甚者，某些未被判处徒刑的人，竟在他们亲戚的伏尸处自杀，俾求解脱。萨尔维乌斯（Salvius）虽是保民官，却已知道他的命朝不保夕，就宴请他的友人，做最后的惜别；设席不久，三雄的卫士就冲进门砍掉了他的脑袋，而把他的躯体留在桌上，并令客人继续吃喝。此时奴隶便趁机解脱桎梏，但仍有很多人为保护他们的主人而战死；有一个奴隶甚至乔装他的主人，被砍头而死，做儿子的为保护父亲而战死；也有为继承遗产而出卖自己父亲的。元老院议员科博尼乌斯（Coponius）的太太为求得丈夫的安全不惜与安东尼同床睡觉，以求幸免。安东尼的婆娘富尔维娅以前曾向她的邻居鲁弗斯（Rufus）购买大厦，鲁弗斯当时不答应出卖，现在竟然要把大厦送给她做礼物，她仍宣布他是罪犯，并把他的头颅砍下，钉在他的门前。

汤姆·霍兰在《卢比孔河》一书记载：

三巨头同盟，不认同死去独裁官的仁慈政策，而是追溯到更早的那位独裁官在残酷的镇压中寻找灵感，三巨头进城的几天中，公敌名单上的人数不断攀升。在名单确认方面，三人进行了激烈的讨价还价，因为他们要支付总共 60 个军团的军饷，亟需勒索财产。这是影响决定的主要因素。和苏拉时期一样，财富的诱惑引出了大屠杀的恶果，一些流亡在外的人，不断被加入名单，比如在阳光下享受不义之财的瓦莱斯也被杀了。据说是那些在征服希腊联邦柯林斯所抢掠来青铜器。一些人因为派别原因被杀，被认为有可能是新政府的反对者。还有一些人成了个人恩怨的牺牲品。最显无情的是，为证明对三头执政的忠诚，安东尼、雷必达、屋大维每人抛弃了一个他们本来可以救的人。于是安东尼同意将他叔叔（应为舅舅）列上，雷必达牺牲了自己的兄弟。屋大维牺牲的是曾经被称之为"父亲"的西塞罗。理论家就这样成了权力交易的牺牲品。

根据阿庇安《罗马史》的记载：安东尼的舅舅被宣布为人民公敌后，跑到姐姐也即安东尼母亲家躲了起来。参与逮捕的百人队长长期以来因为她是三巨头之一的母亲，对她十分尊重。当那些士兵企图逮捕她的弟弟卢基乌斯·恺撒的时候。这位勇敢的母亲立即跑到市民广场面见自己的儿子安东尼，她大声呼喊道："巨头啊！我向你告发我自己，我收容了你舅舅在我家里，而且现在还留在家中，一直等到你将我们两人一起逮捕杀死。命令上规定那些企图庇护公敌的人应当一起受到惩处。"安东尼则冷漠地回答说："亲爱的妈妈，你是一个好姐姐，但是是一个不讲理的好母亲，你应当在你那个混账弟弟在元老院投票表决我是人民公敌的时候，首先阻止你弟弟去投票，跟着西塞罗去瞎胡闹。"话虽如此说，最终他的舅舅还是被恢复了公民权。

雷必达的弟弟保卢斯利用一些百人队长的帮助逃到了布鲁图斯那里，实际上也逃脱"人民公敌"的厄运。死于大屠杀的三头交易中唯有西塞罗及其弟弟昆图斯和自己的侄儿成为牺牲品。因为西塞罗的儿子在希腊求学，得到布鲁图斯的保护，幸免于难。

在惨无人道的"三头"掀起的血腥屠杀狂潮中，对于遭受迫害的所谓"公敌"者伸出救援之手的除了共和派残余力量流窜希腊马其顿和叙利亚的布鲁图斯和卡西乌斯外，还有盘踞西班牙和西西里海岸的庞培小儿子塞克图斯·庞培。据阿庇安在《罗马史·下》中记载：

因为西西里就在意大利附近，塞克图斯·庞培在那里非常欢迎那些逃难来的人们。塞克图斯·庞培为了保护那些不幸罹难者的利益，表现了惊人的和及时的热情，他派遣传令官去约请所有的人都到他那里去，对于救出被宣布为公敌的人，无论奴隶还是自由民，都给予奖赏，两倍于敌人悬赏的杀害他们的款额。他的小船只和商船迎接那些从海上逃难来的人，他的战舰航行于沿海一带，对于那些漂泊无依的人发出信号，把他们所发现的人都救出来。小庞培本人亲自迎接那些新来者，立时供给他们衣物，以及必需品。那些有才能的人，被他任命为陆军和海军将领。后来他和三巨头议和的时候，一定要在和约中附有保护那些逃亡人员生命财产的条款。否则，绝不签订和约。这样他替他的不幸祖国做出了最大的贡献，因此，除从他父亲那里继承来的声誉外，他自己还得到很高的声誉，而且这个声誉并不比小于他从父亲的父亲那里继承的声誉。

　　共和国之死是用鲜血来加以确认的，最重要的标志就是西塞罗之死。在成片的血泊中，三雄作为时代的枭雄用武力和强权建立起帝国的最新的秩序，共和元老们成为最后的牺牲，最悲惨而壮丽的那抹血色无过于理论权威西塞罗的死，他和小加图一样是为理想而殉难的，因而死得十分壮烈，他原本是可以渡海逃生流亡希腊的，但是他留在了祖国，简直可以说是引戮就颈，视死如归。不失为一个伟大学者在死亡面前无所畏惧的高尚人格和凛然风骨。

共和大佬西塞罗之死

作为安东尼的死对头，暗杀恺撒的支持者，西塞罗被列入"国家公敌"的黑名单是完全可以预料的。公元前43年11月28日，"三头联盟"首次公布2300人的黑名单，西塞罗和他弟弟昆图斯被列在榜首。西塞罗虽然已经退隐田园，但是作为曾经的共和派大佬，他在高层的眼线和亲信甚多，他对罗马高层的政治动向并不陌生。因为在此之前，已经有匿名的友人传递给他信息，虽然写得隐隐约约，但是意思很明确，劝他赶快出走：

"有个替你珍惜退隐生活可能有的宁静安闲的人，敦促你离开自己所爱的国家。你留在意大利一天，就随时有生命之虞。迫于残酷的情势，有个人违背了自己较为人性和自然的倾向，你必须马上行动。"

友人所指的这个人，不是西塞罗的老对手安东尼，而是一直伪装成他的学生、晚辈的屋大维，现在已经将这位共和国理论家、继父的老朋友当成了加入联盟的投名状献给了屠夫安东尼。这意味着西塞罗曾经寄予厚望的年轻人彻底背叛了他，抑或他们曾经在政治上的联盟，本身就是西塞罗的误判，因为从维护共和及摧毁共和重塑罗马帝国体制本身在价值追求上就是背道而驰的。所谓道不合不相为谋。

但是，西塞罗没有想到他曾经鼎力扶持的政坛后起之秀背叛得那么毫无人性、那么彻底。在黑名单公布的时候，西塞罗还待在三面临海的阿斯托拉别墅，知道自己被列入黑名单之首之后，最初打算乘船逃往马其顿，布鲁图斯已经完全控制了马其顿行省，他的儿子正在希腊雅典学习哲学。如果真那么做了，西塞罗还能逃过一劫。但是他穿越乡间小道去了他的福尔米亚别墅，打算从埃塔乘船出走，但是几次出海都被风浪打了回来，他不能忍受远航的颠簸，终于厌倦了逃命，重新折回了地势较高的别墅。他说："就让我死在我多次拯救过的祖国吧。"

后来的史学家认为，这是优柔寡断的性格导致西塞罗没有下定决心躲避灾难的发生。但是日本史学家盐野七生在她的《罗马人的故事》中说：

西塞罗主要是无法放弃自己弟弟昆图斯而独自逃生。昆图斯一直和兄长生活在西塞罗的别墅中，不久前因取生活必需品而回到罗马近郊的图斯库罗姆别墅。昆图斯曾经是恺撒麾下得力副将，参加过高卢战役，深受恺撒信任，后来曾出任行省总督。此番只因为其兄长西塞罗列为头号要犯，他受到株连被列为黑名单的死刑犯。此外，面对三头结盟，横行无忌，大开杀戒，他也无心写作，大概对于枭雄们的倒行逆施恢复苏拉暴政的行径，看得十分透彻，从而参透生死，觉得生命已经无可眷恋，也只有听天由命了。普鲁塔克在《古希腊罗马英豪传中·西塞罗传》中的记载非常详尽：

　　就在这个时候，西塞罗与他的弟弟住在图斯库伦附近的庄园，当他们听到"公敌宣告"名单已经颁布后，决定前往西塞罗在海滨名叫阿斯图拉（Astura）的别墅，然后乘船到马其顿投奔布鲁图斯，因为有消息说，布鲁图斯已经牢牢地控制了当地的局势。弟兄俩各自乘坐一辆肩舆相伴而行，心情极度忧伤；一路上前面的轿夫时常停顿下来，等待后面的肩舆赶上来。面对面对着并排停放的肩舆上两人相对叹泣，相互安慰一番。昆图斯的情绪更加沮丧，他开始考虑自己的艰难处境；他说，他两手空空，未从家里带任何东西，同时西塞罗在途中的用品也少得可怜。两人商议认为最好的办法就是西塞罗仍然尽快前行，昆图斯立即回家拿所需的物品，然后再追赶西塞罗。他们就这样相互拥抱后，挥泪相别。

　　数天后，昆图斯的奴仆向追捕的凶手告密，结果与自己的小儿子一起被杀。西塞罗顺利到达阿斯图拉后，立即登上一艘找到的船只，然后借助风平浪静的晴空，沿海岸航行，远至奇尔切伊，舵手们希望立即从那里起航，但是，西塞罗不是畏惧大海，而是还没有完全丧失对小恺撒的最后信任，他登上了海岸，朝罗马方向步行了15英里（约24公里）。他再次犹豫不定，遂改变了主意，然后命令再次调转船头，重返阿斯图拉海岸，在那里，他在恐惧和绝望中的胡思乱想中度过了那个夜晚，焦虑使他彻夜难眠，甚至有一阵子他决定偷偷潜入屋大维的府邸，就在供奉神明的祭坛前自杀，好为可恨的政敌引来复仇女神，让自己的幽灵出没在小恺撒的周围。但是，对于严刑拷打的恐惧，使得他没能走这条道路。由于心中反复出现许多混乱而矛盾的计划，只好听凭自己的仆人将其带到了凯耶塔（Caieta），他在这里有一块地产和优雅的避暑胜地，此时正值风和日丽、气候宜人的夏季。

这里有一座高于海平面的阿波罗神庙。当船靠岸时，一群乌鸦叽叽喳喳从神庙的顶部飞向航船，有些乌鸦一边叫着，一边落在帆桁的两端，还有一些乌鸦不停地啄着缆绳的末端，所有的人都视为不祥之兆，西塞罗还是登上了岸，走进别墅躺在床上休息。许多乌鸦撞着窗户发出凄厉的叫声，竟然还有一只乌鸦落在西塞罗躺卧的床上，用喙一点一点琢掉他蒙在头上的被子。见此情景，仆人们觉得自己的主人已经危在旦夕。他们责备自己站在那里袖手旁观，当他们的主人不应受到冤枉时，这些乌鸦尚能对他表示关心，纷纷前来相助，而自己却毫无作为，他们用半恳求半强制的方式将他扶起，终于将西赛罗拖进了肩舆，将其抬到了岸边。

与此同时，追杀者已经率领一队士兵来到别墅，一位是百夫长赫伦尼乌斯（Herennius）另一位是军事护民官波波利乌斯（Popilius），西塞罗一度为后者的弑亲罪进行过辩护。追杀者发现房门紧闭，于是破门而入，但没有发现西塞罗的身影，其他人都拒绝透露实情。据说一个年轻人对军事护民官说，西塞罗坐着肩舆正沿着林木茂盛的阴凉道路向海滨行进。这个年轻人曾经是昆图斯的释奴，西塞罗为他提供过享受普通教育的机会。军事护民官带着几个士兵，朝出门的方向绕道疾行，跑到海滨大道出口。西塞罗发现有人追杀他，命令仆人将肩舆放下，习惯性地托起下巴，平静地注视着追杀者。他蓬头垢面，愁眉不展，当他的脖子从轿中伸出的瞬间，赫伦尼乌斯将他的头砍了下来，在场的多数人目不忍视，均用手捂住自己的脸。赫伦尼乌斯根据安东尼的命令，砍下他的头颅和双手，他就是用这双手写出攻击安东尼的演说。西塞罗享年64岁。

这一天是公元前43年12月7日。

西塞罗的头颅和双手带到罗马之际，安东尼正在主持选举官员的会议，等到他听取报告和看到那些残缺的肢体，大声喊道："让我们结束'公敌宣告'这件事吧。"于是他下令将首级和一双手挂在讲坛的上方，罗马人民看到这种血淋淋的恐怖景象，感到了恐怖。

富尔维娅——过去克劳狄乌斯的妻子，现在是安东尼的婆娘，急急忙忙地跑来，心满意足地欣赏着安东尼那些悬挂在讲坛上方——她两任丈夫的政敌的头颅和用于写作的双手。她拿起那可怖的战利品，对着西塞罗头颅吐痰，猛扯他的舌头，用发簪在上面乱刺。发泄完了满腔怨气后，她才允许拿到广场上去展示。曾经写过伟大的《反菲力》演说的手被钉在了柱子上，他的舌头受过针刺，如今终于沉默，但在罗马人心目中，他依然雄辩滔滔。西塞罗曾经是共和国无与伦比的政治演说家。而现在能够自由演讲的政治时代结束了，人们生活在血与刀剑的巨大恐惧之中。

西塞罗残缺不全的尸体，由他忠实的朋友埃利乌斯·拉米亚体面地安葬了。公元前 58 年，拉米亚是骑士等级的领导人，因西塞罗的原因被驱逐出罗马。他大约是福尔米埃本地人，该地与西塞罗被杀的庄园相毗邻。毫无疑问，西塞罗的地产均被拍卖；他所喜爱的那些庄园全部落入安东尼和屋大维的帮派之手，好在大理论家没有多少资财，而且负债累累。为维护自己主人死后的声望，长期担任西塞罗机要秘书的获释奴马尔库斯·图利乌斯·泰罗可谓尽心竭力，他为西塞罗写了一本传记，为了跟自己已有的版本进行对照，他发表了西塞罗演说的注释；此外那部兼收并蓄的西塞罗《名言集》也是由他一手编纂。他一直生活在坎帕尼亚自行购置的小庄园内，直到百岁高龄去世。

小马尔库斯·西塞罗参加了那场壮烈的布鲁图斯等人和安东尼、屋大维的腓立比决战，布鲁图斯战败后他又和塞克图斯·庞培站在一起和诸多共和派的后代一起维护着共和国最后的尊严，参加了对抗屋大维的阿克兴大海战，直至共和体制彻底宣告灭亡。在屋大维最后战胜安东尼成为帝国一尊——奥古斯都后，最终宽恕了西塞罗的儿子。也许是屋大维良心发现在与安东尼政治交易中，他曾经无耻地出卖了父亲的老朋友西塞罗，为了弥补这一过失，他始终善待西塞罗的儿子。数年后他封小西塞罗为执政官——在他担任执政官期间，那位向罗马宣告安东尼死讯的人恰好是小马尔库斯·西塞罗。同时代人目睹了这场富有诗意般的审判。小马尔库斯在执政官期满后，曾经两次治理行省，不言而喻，他确实有能力，但是给人留下了一个酗酒的印象。他始终不渝地维护自己父亲的声望。有一次在酒桌旁，一名修辞学家诋毁西塞罗，对此他给予严厉回击。

西塞罗的精神遗产

　　50年后，帕拉蒂尼山的元首宫内孙辈们正聚在一起阅读西塞罗的名著时，年迈的奥古斯都步入殿内，孩子们知道祖父与西塞罗被杀的过程，都怕受到训斥而惶恐不安。然而，青春不再的帝国元首拿过孙儿手中的读物，伫立默读片刻。将书还给孙儿说："孩子，这是一位雄辩家，是位智者，学识渊博而且爱国。"

　　此时的屋大维是不是回忆起自己曾经被这位智者称为"孩子"的青春岁月，现在他已经成为奥古斯都———一位至高权威的神圣统治者，他回忆起西塞罗在《论义务》中的至理名言：

　　人世诸爱种种，至高至喜之爱当属爱国。世人皆知爱父母，世人亦知爱子女、兄弟、友人、爱人。然诸爱种种都包含在爱国之内，若国有难，若国有需，诸民定当赴汤蹈火，为国捐躯。

　　西塞罗注定会成为在罗马共和国历史上和恺撒一样流芳百世的人物。一文一武堪称罗马共和国的双璧，辉耀古今，几乎无人可与之相匹敌。如果说恺撒和许多优秀的军事将领和政治家一样，作为开天辟地具有雄才伟略军事天才；而西塞罗将以其滔滔雄辩和文采斐然的严谨修辞文章，对于理想的坚守诠释着共和政体的精髓、宣扬着共和政体的精神。西塞罗以语言作为武器谴责暴政、专制，依靠他过人的天赋和不知疲惫用拉丁语精妙的阐述着共和政体的核心———自由、正义。

　　西塞罗认为尤里乌斯·恺撒是第二位汉尼拔，这位独裁者操弄胁迫身为政治家的西塞罗，却以最高的敬意来对待身为作家的他，恺撒曾经评价西塞罗说：

　　就推进罗马精神的疆界比扩张罗马帝国的疆界还要伟大这点而言，他是赢家，应该获得比任何胜利游行还要荣耀的桂冠。

　　西塞罗作为平民之所以能成为元老院的领袖人物，主要依靠他的雄辩，而他对哲学的忘我研究、对共和政体的热诚让他的雄辩充满了理性之美和爱国热情。当然，在他一生中他未曾浪费过他的天赋及过人的才华。依靠他的胆识和雄辩赢得了一个又一个的诉讼胜利。在朝，他赢得了元老院议员的尊重，最后获得了执政官的高位，一举清除喀提林阴谋集团；在野，他依然坚守共和价值观，成为清流领袖，异见人士代表，坚持不懈地以笔为旗高声呐喊，毫不留情抨击贵族寡头政治的腐败堕落。

罗马帝国元首、习惯也被称为皇帝的奥古斯都对他的评价远非最后的定论。由远古到近现代历史越是进步，对他在文学、思想、理论方面的卓越贡献越是有着深刻的认识。在他离世后的最初两个世纪，他的声望和口碑远不如后来得那么高，他就像一瓶窖藏的美酒，历史越是久远，发酵的出的浓香就越是浓烈醉人。

的确，在当时的学校中，他的写作风格备受青睐。李维劝他的儿子研究"德摩斯梯尼和西塞罗"。李维本人及其以后的一些作家均受到西塞罗的影响，特别是塔西佗《论演说术》的对话录是他的早期作品，令人赞不绝口，其中不难看出西塞罗的影响。昆体良是公元 1 世纪后期的杰出作家。在他看来，西塞罗"不是一个人的名字，而是雄辩的代名词"。

被称为文艺复兴第一人的人文主义学者、诗人彼特拉克是西塞罗的崇拜者，他对西塞罗的热爱从来没有停止过，他赞美西塞罗："你是生活的源泉，我们用你那源源不断的泉水浇灌我们这片草地，你是我们言听计从的引路人，你的称赞表达了我们的喜悦，你的名字为我们增光添彩。"这不仅仅是一个写作风格的问题，面对老年、痛苦、死亡，彼特拉克发现，西塞罗的作品是一种心灵的慰藉，可以说几乎是基督教智慧的源泉。他认为西塞罗的作品不仅高于同时代亚里士多德的枯燥说教，而且也可以用他的作品批驳他们的理论。彼特拉克积极寻找西塞罗的手稿和重新发现他的演说词，以及写给阿提库斯的书信。从此可以触摸到西塞罗的人格令人感到巨大的震撼。彼特拉克写了一封著名的书信，他再一次唤醒了人们对西塞罗的回忆。在这封信中，他主要责备西塞罗在恺撒被刺后，不该重新返回政坛：

为何你要舍弃与你的年龄、地位和生活变迁不相称的平静，卷入那么多的论战和无聊的争吵呢？何种徒有虚表的名声驱使你……陷入一个圣贤所不足取的死亡？

彼得拉克始终坚信，西塞罗应该接受恺撒的仁慈和帝国的建立，但他认为，西塞罗一直教导人如何生活、如何创作；西塞罗追求的精神自由、爱国和关于荣誉、友谊、文学的理想以及对自然美的热爱，所有这一切都遇到了知音。然而，彼特拉克不理解，西塞罗不仅是一个睿智的学者，他还是那个风起云涌的大变革时代共和理想的最后坚守者和捍卫者，因而他又是一个英勇无畏的斗士。

终其一生，西塞罗一直在战斗，无论是对贪腐的西西里总督、功高震邦的庞培、还是怀有政治野心家的恺撒以及权欲熏心的安东尼，只要他们有任何破坏共和政体的企图和举动，他都毫不留情地进行批判，因此他被赞誉为"国父"是受之无愧的，只是这种坚守和捍卫，在滚滚向前的历史潮流面前显得不合时宜，因而也只能使他和小加图一样陷入中世纪骑士堂吉诃德向风车挑战的悲剧。

虽然在对共和政体的维护上、自由精神的宣扬上，他充满了热诚和正义，但西塞罗也具有明显的缺点。其一，他缺乏在逆境中的乐观自信；其二，在政局动荡中缺乏把握机会的能力；其三，具有知识分子的迂腐气息。当他遭到克劳狄乌斯的污蔑受到放逐时，他竟自怨自艾，毫无进取之心；当庞培与恺撒争权夺利时，他又左右摇摆，不知所从；当屋大维与安东尼争斗时，他又被屋大维"仲父"称呼所蒙蔽，竟支持屋大维反对安东尼。

西塞罗之所以伟大，是在于他用精确的语言阐释自由、正义，不断用精妙、批判的力量维护共和政体，很显然，在和平时期，他能充分发挥他的雄辩和天赋影响舆论，但一旦进入社会动荡，军队成为野心家的私人武装时，他就表现出了胆怯、立场不坚定的特点，这使得他在共和国后期并未成为中流砥柱的最主要原因。

一个军事将领为他的国家攻城拔地、开疆拓土是令人激动的，一个政治家为他的国家制订国策、鞠躬尽瘁是值得钦佩的，但西塞罗却用他的语言、文章为他的国家摇旗呐喊，为他所钟爱的制度奋笔疾书，当他把罗马共和政体的自由、正义用他的笔尽情挥洒时，他已经为他的祖国作出了莫大的贡献，罗马共和国具有了文化的力量，否则与迦太基又有什么不同！

这种罗马精神在欧洲的启蒙运动中再次在英法大革命中得以复活和发扬光大，弥尔顿成功地出版了一部颂扬西塞罗详实的传记，并翻译他的演说词和书信；洛克在教育方面坚持认为，西塞罗的价值体现在他的修辞能力、书信体写作技巧和高尚的道德情操，他那温文尔雅的写作风格与那个时代高度吻合；朴实无华的论文韵律符合这一时期狂热的格调；他崇尚自由，但不主张民主政治的观点，与他大多数的读者高度一致，事实上他和读者观点是默契吻合的，他向读者讲述了许多帮派斗争和腐败的急迫问题。英国下院的一些大演说家度非常了解西塞罗，但他们没有生硬地模仿他；英国著名保守派政治家伯克完全清楚自己对于沃伦·黑斯廷斯的抨击与西塞罗对维列士的抨击如出一辙。如同《罗马帝国的衰落》作者吉本所说：

阅读西塞罗的作品，"我领略了语言之美，体验了自由之精神，同时从他的格言和举例中感受到男子汉大丈夫的公共意识和个人的洞察力"。

在法国，西塞罗有很高的声望。真正的哲学与人类和社会息息相关，不能与故弄玄虚的形而上学体系或逻辑上的复杂问题相提并论；许多人发现法国人生活在专制主义统治之下，他们强烈反对专制制度，赞美西塞罗这样无拘无束、勇于探索的精神。孟德斯鸠认为西塞罗"有史以来最杰出的人物之一"。西塞罗最伟大的崇拜者伏尔泰认为"西塞罗教会我们如何思考"。伏尔泰声称，他写的不大引人注意的悲剧《喀提林》《罗马得救了》是为了向人民推荐西塞罗及其美德，在该剧首演中，他以业余爱好者身份扮演了一个角色。在法国大革命中，许多领袖都是律师，多数人不是贵族，这些布衣之士渴望凭借自己的才能闯荡天下；从米拉波起，经过吉伦特派，直至德穆兰和罗伯斯比尔，他们都将西塞罗视为英雄。与海峡对岸的英国人相比，这些法国人更积极地模仿西塞罗，书写了一系列类似西塞罗对西西里总督维列斯罪行控诉的投枪匕首式的演说辞。

西塞罗是罗马共和国最后的守夜人，一般认为西塞罗的罹难就是共和国覆灭的标志，但是他是头脑清醒的守夜人，他早已意识到共和国必然灭亡的历史命运，是无可挽回的。他对共和理想的坚守，只是守住自己的初心而已，在晚年他和共和的同路人，原共和派大将南西班牙总督后来的帝国图书馆馆长瓦罗比邻而居，有一段充满诗意却意味深长的对话，折射出共和国必然灭亡的宿命，后来的史家将这段话称之为，罗马共和国的墓志铭：

这共和国交到我们手上时，像幅美丽的画，它的颜色已经随着岁月增加而褪去。但我们的时代不仅仅没有恢复它原来的颜色，让它历久弥新，甚至没有努力试图保存它的设计和人物的模样。

后来的人们仍然清晰地记得，共和国理论家西塞罗在他的《论共和国》一书的结尾处借助虚拟的梦境中他和共和国鼎盛时期的创业者、征服欧亚非洲的阿非利加努斯·西庇阿（大西庇阿）关于人的灵魂永恒的对话：他的脑海波涛翻涌激情澎湃飞跃时空，直达宇宙银河之巅而俯瞰人类，在群星璀璨明灭之间回顾罗马共和国兴衰的过程，他的思维已经完全跨越了自我生死之门，以大爱的情怀：献身人类的福祉，借助于共和国的理想乌托邦，追求精神不朽。至今读来在语言思想的表达上充满科学理性的诗意关照，就是当下在言辞文字和精神境界也毫无隔膜违和的感觉，完全可以看做雅俗共赏的传世经典。

西塞罗在书中对于人类关注的永恒主题对于生死的关照和生命存在的意义。他如是写道：

人类得以出生，其条件就是他们必须照看好那个叫着地球的天体，你在这个天宇空间的中央能够看到。每个人被赋予一个灵魂，这些灵魂来自你称为星星的星球的那些永恒的火焰。那些天体是圆球形状的，通过神的意志而催动，以惊人的速度完成各自的循环和轨道运行。这就是你——普布利乌斯，以及所有忠贞之士必须将灵魂保管在躯体之内的原因。你不能离开尘世生命，除非你收到了赐予你灵魂之人的命令；否则你就被判定放弃了上帝分配给你的尘世使命。相反，西庇阿，学学站在这儿的你的祖父，还有你的父亲。尊重正义，履行使命。这在你对待父母亲人们时十分重要，在对你的国家尤为重要。这就是通往天堂、加入这个由已经结束一生的人组成的群体的途径。他们从躯体摆脱出来，居住在那个你能够看到的地方——你从希腊人那里学到了，这个地方叫银河（事实上，那里有一个圆圈，在烈焰熊熊的天体中正发出令人眼花的光芒）。

当我从那个角度观望整个宇宙时，一切都显得那么光辉灿烂、神奇无比。那里有一些我们在这个地球上从未见过的星星，每个星星的大小我们都从未想到过。那颗最小的星星距离天堂最远、离地球最近，正在熠熠发光，不过不是它自身的光芒。星星球体在尺寸上轻易就超过了地球很多。地球本身在我看来显得如此渺小，以致我都为我们的帝国感到惭愧，它的疆域还不如地球表面上的一个小点。

可以说西塞罗的情怀高远，目光如炬，在思考生命存在的价值和意义的时候，就已经看到了宇宙浩渺人类存在的渺小，生命有涯而探索无尽，即便体量庞大的罗马帝国，在地球也只不过表面的一点点，更遑论宇宙空间的个体更是微不足道微尘。要使个体存活的有意义必须肩负自然——神圣赋予的使命感、责任感，才能超越生死而使灵魂永生。在《论共和国》的结尾处，他总结道：

那么，既然很明显，一切自己的运动的物体是永恒的，谁又能否认，这种特性是灵魂所具有的呢？一切通过外力推动的物体都是没有生命的；但有生命的物体通过自己本身的动力推动的，因为这才是灵魂所特有的属性和功能。如果灵魂就是自己运动的唯一实体，那么显然它从未诞生，也绝不会消亡。

"要切记将他运用到最好的实践中去。现今最大的关心就是自己国家的安危。当灵魂被应用于那些关心之中并且被其所磨炼，它将会更快地飞向这里。它的居所和家园。当它还在躯体内，就已经敢于应对外面的危险，并且通过思量外面的一切而尽可能地从躯体中脱离出来，那么它更能欣然地飞来。至于那些沉溺于肉体欢娱而成为可以说是自己意志的奴隶、被那些服从享乐而违反神和人的法律的欲望所驱动的人——他们的灵魂，在逃离自己的躯体后，就在地球附近盘旋不止，而不能回到这个地方，直到被磨砺多年之后才可以。"

也就是说西塞罗追求的是历史的永恒，而这一切均要经历时间的磨砺和实践检验，才能在人类文明的时空中永生。

2022 年 3 月 28 日于秦淮河畔

2022 年 11 月 7 日改定于布里斯班

2023 年 8 月 26 日再改于南京东郊银河湾

图书在版编目（CIP）数据

古罗马墓志铭. 2, 生死之门 / 陆幸生著. –– 北京：
中国书籍出版社, 2024.8
ISBN 978–7–5068–9836–2

Ⅰ. ①古… Ⅱ. ①陆… Ⅲ. ①纪实文学—中国—当代
Ⅳ. ①I25

中国国家版本馆CIP数据核字(2024)第073211号

古罗马墓志铭（2） 生死之门

陆幸生 著

责任编辑　王　淼
责任印制　孙马飞　马　芝
封面设计　程　跃
出版发行　中国书籍出版社
地　　址　北京市丰台区三路居路 97 号（邮编：100073）
电　　话　（010）52257143（总编室）　　（010）52257140（发行部）
电子邮箱　eo@chinabp.com.cn
经　　销　全国新华书店
印　　刷　三河市富华印刷包装有限公司
开　　本　710毫米 × 1000毫米　1/16
字　　数　465千字
印　　张　25.5
版　　次　2024 年 8 月第 1 版
印　　次　2024 年 8 月第 1 次印刷
书　　号　ISBN 978–7–5068–9836–2
定　　价　518.00元（全四册）